Liz Fenwick

Das Leuchten des Meeres

GOLDMANN
Lesen erleben

Buch

Cornwall 1943: Als sich die Schwestern Adele und Amelia im Schatten des Krieges Lebewohl sagen, ahnen sie nicht, dass eine folgenschwere Tat ihr Schicksal für immer bestimmen wird. – Cape Cod 2015: Vor seinem Tod spricht Laras geliebter Urgroßvater nur ein Wort: »Adele«. Die junge Starköchin steht vor einem Rätsel, denn dies ist nicht der Name seiner früh verstorbenen Frau. Mitten in einer persönlichen Krise macht sie sich auf nach Cornwall in die Heimat ihrer Urgroßmutter Amelia. Lara hofft, dort ihre Wurzeln zu finden, und stößt auf ein tragisches Geheimnis, das die Geschicke der Familie über Generationen geprägt hat …

Weitere Informationen zu Liz Fenwick
sowie zu lieferbaren Titeln der Autorin
finden Sie am Ende des Buches.

Liz Fenwick

Das Leuchten des Meeres

Roman

Aus dem Englischen
von Kristina Lake-Zapp

GOLDMANN

Die englische Originalausgabe erschien 2017 unter dem Titel »The Returning Tide« bei Orion Books, an imprint of the Orion Publishing Group Ltd.

Dieses Buch ist auch als E-Book erhältlich.

MIX
Papier aus verantwortungsvollen Quellen
FSC® C014496

Verlagsgruppe Random House FSC® N001967

1. Auflage
Deutsche Erstveröffentlichung Juli 2018

Umschlaggestaltung: UNO Werbeagentur, München,
unter Verwendung der Umschlaggestaltung von Sidonie Beresford-Browne.
Umschlagmotiv: Himmel & Frau: Dirk Wustenhagen / Trevillion Images,
Elisabeth Ansley / Trevillion Images
Strand: Getty Images / Sabine Davis
Redaktion: Ele Zigldrum
An · Herstellung: kw
Satz: Uhl + Massopust, Aalen
Druck und Bindung: GGP Media GmbH, Pößneck
Printed in Germany
ISBN: 978-3-442-48757-8
www.goldmann-verlag.de

Besuchen Sie den Goldmann Verlag im Netz

Für meine Eltern Kim und Jay …

Sie haben mich gelehrt, dass es bei der Liebe nicht um die Worte »Ich liebe dich« geht, sondern darum, was man tut.

Der Strom der menschlichen Geschäfte wechselt:
Nimmt man die Flut wahr, führet sie zum Glück;
Versäumt man sie, so muss die ganze Reise
Des Lebens sich durch Not und Klippen winden.
Wir sind nun flott auf solcher hohen See
Und müssen, wenn der Strom uns hebt, ihn nutzen;
Wo nicht, verlieren wir des Zufalls Gunst.

William Shakespeare, *Julius Cäsar*

Ebbe

Die Gezeiten steigen, die Gezeiten fallen
Die Abenddämmerung senkt sich herab,
der Brachvogel ruft

H. Wadsworth Longfellow,
»The Tide Rises, The Tide Falls«

Kapitel eins

Windward, Mawnan Smith, Falmouth, Cornwall
12. September 1945

Das Festzelt, in dem die Hochzeitsfeierlichkeiten stattfanden, war klein, aber eigentlich wurde es auch gar nicht benötigt. Der Himmel war strahlend blau, der Weizen auf dem Feld nebenan wogte in der leichten Brise von Osten, doch die See schwoll an wie der Bauch meiner Schwester. Der Krieg war vorbei. Sie hatte soeben geheiratet, gerade noch rechtzeitig, denn man konnte schon etwas sehen. Ihr Bräutigam, ein gutaussehender Mann in der Uniform eines Captains von der US Army, stand unbeholfen neben ihr, die Hand auf ihren Rücken gelegt. Er blinzelte in die Ferne, als halte er nach etwas Ausschau. Nach etwas, was verloren gegangen war. Unschuld, nahm ich an. Die beiden hatten vor, nach Amerika zu gehen, und wäre das Schicksal gnädig, würde ich meine Schwester nie wiedersehen.

Ich berührte die Perlen an meinem Hals und wandte mich ab. Mein Vater kam mit seiner Kamera zu mir. Seine Hände zitterten. »Mach du das Foto für mich.«

Ich verschränkte die Arme.

»Nimm!«, bellte er, als würde er den Truppen eine Anweisung erteilen. Seine Uniform zeigte, dass er einen höheren Rang bekleidete als ich; er war Major bei der Armee, während ich gerade aus der Marine entlassen worden war. Er hatte eine Funktion inne, wusste, was zu tun war; ich wurde von den Gezeiten getrieben, war bereit zu gehen, wohin auch immer sie mich tragen würden, solange es nur weit fort von hier war.

Ich hielt die Kamera in Richtung des Paars, aber ich wollte nicht durch den Sucher blicken. Ich wollte sie nicht sehen, Braut und Bräutigam, perfekt gerahmt im Septembersonnenschein. Stattdessen spähte ich über die Kamera hinweg zum Haus. Bis vor Kurzem war Windward ein Ort des Glücks und der Zuflucht gewesen – trotz des Kriegs.

Ich drückte auf den Auslöser, die Kamera klickte, ich reichte sie meinem Vater, dann ging ich davon. Meine Pflicht war erledigt. Ich hatte genug getan.

Vor mir glitzerte das Wasser der Falmouth Bay. Die Ebbe legte die Felsen frei, die eine Bedrohung für jedes Boot darstellten, das bei Flut ohne Seekarte an die Küste zu navigieren versuchte.

Meine Schwester war von jeher eine Romantikerin gewesen, die unaufhörlich von der Liebe redete. *Liebe.* Wie verblendet ich gewesen war. Eines Abends im Savoy in London hatte ich den attraktivsten US-Lieutenant aller Zeiten kennengelernt. Ein einziger Blick aus seinen großen blauen Augen genügte, und ich war verloren. Von da an galt für mich weder Karte noch Kompass. Alles veränderte sich.

1. Mai 2015

Ich faltete das Taschentuch zusammen, mit dem ich mir die feuchten Augen gewischt hatte, und fuhr mit den Fingern über die Stickerei in einer der Ecken. Ein Maiglöckchen. Meine Lieblingsblumen. Mein Blick fiel auf die Maiglöckchen in den Beeten und auf dem Rasen im Garten. Die frisch geöffneten Blüten verströmten ihren Duft in die warme Luft. Ganz gleich, wie oft ich die Wurzeln über die Jahre hinweg entfernt hatte, die Blumen kehrten jedes Jahr zurück wie unerwünschtes Unkraut. Vor mir steckten meine Enkelin Peta, ihr Verlobter Fred Polcrebar und mein Enkel Jack mit Pfosten die Rasenfläche für das Festzelt ab, das in ein paar Monaten, genau gesagt am zwölften September, aufgestellt werden sollte. Sie wussten nicht um die Bedeutung dieses Datums. Die Wärme des heutigen Maitags verhieß einen heißen Sommer, während die Sonne am 12. September 1945, wenngleich warm, doch kühlere Tage hatte erahnen lassen.

Peta strahlte vor Vorfreude auf ihre Hochzeit, wohingegen Jack, ihr überfürsorglicher Bruder, fürchterlich nervös war und jede Entscheidung hinterfragte. Er hoffte, Peta damit zur Vernunft zu bringen, wollte, dass sie ihre Entscheidung rückgängig machte. Seiner Ansicht nach war sie zu jung für die Ehe, und er war der festen Überzeugung, die Liebe habe ihren Verstand vernebelt. Ich wusste nur zu gut, dass die Dinge ohnehin ihren Lauf nehmen würden. Das taten sie immer. Ich hätte diesen Lauf vor Jahrzehnten aufhalten können, aber was hätte mir das gebracht?

»Wie sieht es von dort drüben aus, Mrs Rowse?« Fred richtete sich auf und ließ die breiten Schultern kreisen.

»Gut, aber bitte nenn mich doch Elle.«

»Das kann ich nicht.« Er kam mit einem breiten Grinsen auf mich zu. Kaum zu glauben, dass er schon dreiundzwanzig sein sollte.

»Und warum nicht?«

»Es wäre einfach nicht richtig, das ist alles.«

»Weil ich so alt bin.« Ich lachte über seinen entsetzten Gesichtsausdruck.

»Nein.« Er wandte den Blick von meinem faltigen Gesicht ab.

»Du bist ein schlechter Lügner. Entscheide dich, ob du mich Elle oder Gran nennen möchtest, aber sag bitte nicht Mrs Rowse. Du gehörst jetzt zur Familie.«

Jack kam hüstelnd auf mich zu. Seine wohlgeformten Lippen waren missmutig verzogen, seine Hände zu Fäusten geballt. Er war so leicht zu durchschauen.

»Sprich mit ihr«, wisperte er.

»Gefällt dir etwa der Platz für das Zelt nicht?« Mit hochgezogener Augenbraue musterte ich die Pfosten auf dem Rasen.

»Jetzt sag bloß nicht, du stehst auf ihrer Seite.« Er sprach so leise, dass Fred und Peta ihn nicht hören konnten.

Ich unterdrückte ein Lächeln. »Ich wusste gar nicht, dass es Seiten gibt.«

»Sie sind zu jung.«

»Manche Leute sind noch jünger, wenn sie heiraten.« Knapp zwanzig Meter vor mir lachte Fred über etwas, was Peta gesagt hatte.

Jack vergrub die Hände in den Hosentaschen. »Das heißt aber noch lange nicht, dass es richtig ist.«

Ich runzelte die Stirn. Es war gar nicht gut, dass er sich derart querstellte. Die Sorge um das Glück seiner Schwester war eine Sache, aber darum ging es hier nicht. Es ging um etwas Tieferes. Um seine Vergangenheit, um seine Eltern.

»Du glaubst doch auch nicht an die Liebe.« Er schnaubte, und ich lächelte über seine Verdrossenheit.

»Ich war zwanzig Jahre lang glücklich mit deinem Großvater verheiratet«, entgegnete ich und streckte den Arm nach ihm aus, doch er hatte sich schon abgewandt.

»Ja, aber du warst schon über vierzig.«

»Macht das einen Unterschied?«

»Und ob.« Er kehrte kopfschüttelnd ins Haus zurück.

Peta schlug den letzten Pfosten mit dem Holzhammer in den Rasen. Sie strahlte Zuversicht und Selbstvertrauen aus. Sie wusste, was sie wollte, und ging ihren Weg mit einer Überzeugung, die mich neidisch machte. Fred nahm ihre Hand in seine und küsste sie auf die Stirn. Junge Liebe. Unverfälscht und rein. Könnten sie es aller Widrigkeiten zum Trotz schaffen?

Ich drehte mich um und betrachtete die rückwärtige Fassade von Windward, die auf die Bucht hinausging. Einst war dies ein glückliches Haus gewesen. Ich hatte angenommen, mit Andrew und mir hätten sich die Dinge gewendet, doch Düsternis hatte sich in die abgeschiedenen Winkel von Windward gestohlen und wartete nur darauf, die Nichtsahnenden aus dem Hinterhalt zu überfallen. Jeder der großen Granitsteine schien mit Mörtel aus

Schmerz und Verlust an seinem Platz zu verharren. Als ich nun Jacks Silhouette hinter dem Salonfenster erblickte, wusste ich, dass es sich dabei nicht nur um meinen eigenen Schmerz und Verlust handelte, sondern auch um den Schmerz und Verlust dieser Generation.

Peta blieb unter der Baumgruppe stehen, pflückte ein Maiglöckchen und atmete den Duft ein. Ihr Gesicht hellte sich auf. Sie wandte sich um und kam auf mich zu, den zarten Stängel mit den schneeweißen Glöckchen zwischen den Fingern. »Auf die Rückkehr des Glücks«, sagte sie und reichte ihn mir, doch dafür war es viel zu spät. Frieden war alles, worum ich noch bitten durfte.

5. Mai 2015

Peta warf mir einen reumütigen Blick von der gegenüberliegenden Zimmerseite aus zu. Ich funkelte sie an. Sie wusste, dass das hier das Letzte war, woran ich teilnehmen wollte, dennoch saß ich auf dem Sofa vor einer auf mich gerichteten Kamera. Ich hatte die Knöchel übereinandergeschlagen, die Schultern nach hinten genommen, das Kinn leicht emporgereckt, genau wie meine Großmutter es uns gelehrt hatte. Obwohl sie schon seit neunundsechzig Jahren nicht mehr lebte, fühlte sich Windward immer noch mehr wie ihr Haus an als wie meines. In all der Zeit hatte sich hier nur wenig verändert.

Die junge Frau von der BBC räusperte sich und schien leicht beklommen, weil sie mit mir reden sollte. »Mrs Rowse, das hier ist ein Foto von Ihnen, aufgenommen am

8. Mai 1945, dem Tag der Befreiung.« Sie hielt einen glänzenden Abzug in die Höhe, der eine Frau in der Uniform des Women's Royal Naval Service, des Königlichen Marinedienststs der Frauen – kurz: WRNS – in den Armen eines Piloten zeigte. Das Lächeln der Frau hätte der Londoner Skyline im Hintergrund Konkurrenz machen können, die zum ersten Mal seit Jahren wieder in voller Pracht erstrahlte.

Ich kannte jenes Gesicht, jene Augen.

»Das ist eine wundervolle Aufnahme«, sagte die junge Frau, »weil sie das Gefühl der Freude so vortrefflich einfängt.«

Ich nickte. Es war ein albernes Bild, und es ärgerte mich, dass mein Hut schief saß.

»War das Ihr Freund? Ihr Verlobter?«

»Nein.« Ich nahm ihr das Foto ab. Meine Hand zitterte.

»Kannten Sie ihn?«

»Nein. Es war der VE-Day. In Europa war der Zweite Weltkrieg vorbei, und wie alle anderen wollte ich tanzen, singen und feiern.« Die Freude in jener Nacht war greifbar gewesen. Nun, zumindest für die meisten Menschen. Die junge Reporterin betrachtete das Foto, und ich konnte sehen, wie sie sich ein Märchen zurechtspann, doch die Geschichte, die das Bild erzählte, war eine Lüge. Es hatte lediglich einen Moment eingefangen, kurz bevor sich alles veränderte. Ich holte tief Luft, was ein seltsam saugendes Geräusch verursachte.

»So ein wundervolles Foto.« Sie sah mich an, versuchte, eine Verbindung herzustellen zwischen der strahlenden

Wren, wie man die Mitglieder des WRNS nannte, auf dem Foto und der alten Frau vor ihr. Das Einzige, das all die Jahre über unverändert geblieben war, war meine Nase. Die Augen leuchteten nicht länger wie Bernstein, die Zeit hatte jegliche Ähnlichkeit ausradiert.

»Fotos sind selten das, was sie zu sein scheinen.« Ich reichte ihr den Abzug zurück.

Sie runzelte die Stirn und legte das Foto auf den Tisch. »Das hier ist ein Bild der Glückseligkeit am Tag der Befreiung.«

»Das ist es.« Ich wandte mich ab. Auf dem Tisch am Fenster stand ein Silberrahmen mit einem Foto von meiner Mutter im Garten von Windward, anmutig, allein. Die Aufnahme zeigte nicht, wie gebrochen sie war – nahezu gänzlich verloren in der Welt in ihrem Kopf. Die zu dieser Tageszeit schräg einfallenden Sonnenstrahlen hoben die dünne Staubschicht auf dem Walnussfurnier hervor. Ich konnte mich nicht erinnern, wann ich zum letzten Mal Staub gewischt oder die Möbel poliert hatte. Irgendwer musste das für mich übernommen haben.

»Es ist offensichtlich, dass Sie sich über das Ende des Krieges freuten.«

»Ja.«

»Erzählen Sie mir vom Krieg. Es ist wichtig, die Geschichten der Zeitzeugen zu hören.«

In wenigen Tagen jährte sich der Tag des Kriegsendes in Europa zum siebzigsten Mal. Inzwischen war er Geschichte, der *Victory in Europe Day,* und das Andenken daran sollte für zukünftige Generationen bewahrt werden, damit die Vergangenheit nicht in Vergessenheit geriet. In meinen Augen allerdings sollte man manche Dinge lieber vergessen, und mein Krieg – der Krieg, wie ich ihn erlebt hatte – zählte definitiv dazu.

»Soweit ich weiß, haben Sie auf der *HMS Attack* gedient.«

Ich nickte. Die junge Reporterin hatte ihre Hausaufgaben gemacht.

»Erzählen Sie mir, wie es war, als weibliches Mitglied der britischen Marine zu arbeiten. Sie waren Telegraphistin?«

Ich streckte den Rücken durch. Dabei fiel mir unweigerlich die Ballettlehrerin ein, die meine Großmutter engagiert hatte, damit meine Schwester und ich eine aufrechte Körperhaltung einnahmen. Wir hatten alles gemeinsam gemacht, unisono. Als wir jung waren, stimmten unsere Bewegungen so perfekt überein, dass uns niemand auseinanderhalten konnte.

»Sie haben die Nachrichten von den Schiffen aufgezeichnet.«

Ich musterte die Reporterin, während mir eine Flut von Bildern durch den Kopf schwappte. Fragmente, Schnappschüsse aus vergangenen Zeiten, als blätterte ich durch ein Album – doch dann runzelte ich die Stirn und klappte das Album zu, bevor ich mich noch an mehr erinnerte.

»Ich weiß, dass das hier schwer für Sie sein muss.«

Das Ticken der Uhr auf dem Kaminsims … *Dit-dah, dit-dah* … •– / •– … Der Buchstabe A, unendlich oft wiederholt. Ich riss die Augen weit auf. Die Reporterin hatte ja keine Ahnung.

»Es ist wichtig, dass Sie uns die damaligen Ereignisse

mit Ihren eigenen Worten schildern. Haben Sie schon früher einmal über Ihre Erfahrungen gesprochen?«

»Darüber gesprochen? Nein, das durften wir nicht.« Brachte man den jungen Leuten heutzutage denn gar nichts bei?

»Es ist wichtig, dass Sie mir – uns – davon erzählen, bevor diese Ereignisse der Vergessenheit anheimfallen, verloren gehen.«

»Manche Dinge sollten besser in Vergessenheit geraten.«

Sie runzelte die Stirn. »Ich weiß, dass Sie bei der *Exercise Tiger* dabei waren, und zwar an dem Tag, an dem die deutschen Schnellboote dem Konvoi der US-Kräfte in die Quere kamen, die sich auf den D-Day vorbereiteten.«

Der *Decision Day* – kurz: D-Day. Der Tag der Entscheidung am 6. Juni 1944. Und die Vorbereitungen für diesen Tag, die *Exercise Tiger* am 28. April 1944. Das war mein Krieg – die letzten Worte der sterbenden Männer. Sogar jetzt flüsterten sie in meinem Hinterkopf, und ihre Stimmen wurden immer lauter. Seit Jahren hatte ich versucht, sie zum Schweigen zu bringen, weigerte mich, auf sie zu hören. Diese Reporterin dachte allen Ernstes, ich wollte mich daran erinnern, alles wieder zurückholen – den Schmerz der Soldaten, ihre Angst, ihre letzten Worte. *Helfen Sie uns.* Ich konnte sie hören. Jetzt. •••• • •–•• •––•/••– ••• Mein Finger zuckte, tippte die Morsezeichen. Ich öffnete die Augen und sah die junge Frau vor mir an. »Ich möchte nicht darüber sprechen.«

Sie presste die Lippen zusammen. »Ich kann mir gut vorstellen, wie schmerzhaft die Erinnerungen sind.«

»Sie haben keine Ahnung.«

»Posttraumatische Belastungsstörung«, hielt die Reporterin dagegen.

Ich musterte sie mit zusammengekniffenen Augen. »Wie bitte?«

»Haben Sie je mit irgendwem über jenen Tag gesprochen?«

Ich zog eine Augenbraue in die Höhe. »Nein.«

»Warum nicht?«

Die heutige Welt. Über alles wurde geredet. Das Fernsehen und die Zeitungen warteten mit Details aus fremder Leute Leben auf, als ob mich das interessierte. Nichts war privat, und alle strebten ständig danach, sich zu verbessern, perfekt zu sein, aber nichts war perfekt. Nichts war vorhersehbar. »Wir haben wegen des *Official Secrets Act* nicht darüber geredet. Wer Staatsgeheimnisse ausplauderte, kam vors Kriegsgericht.« Ich stand auf und trat ans Fenster. Mein Blick fiel auf mein Spiegelbild in der Glasscheibe. Eine alte Frau sah mich an. Die Uhr sprach mit mir, weckte Erinnerungen ans Morsen. Das war die Sprache meines Krieges, und ich wollte sie nicht hören.

»Es tut mir leid, ich kann Ihnen nicht helfen.«

Stimmen hallten durch den gefliesten Flur. Was war mit dem türkischen Teppich passiert, der im Eingangsbereich gelegen hatte? Das war ein kleines Detail, das nicht mehr so war wie früher. Meine Großmutter hatte den Teppich wegen seiner intensiven Farben geliebt, doch das helle Sonnenlicht, das an den meisten Tagen in die Diele fiel, hatte den Tönen die Tiefe genommen. An manchen Stellen war er von den zahlreichen Füßen abgewetzt, die im Laufe der Jahre über ihn hinweggelaufen waren einschließlich der Füße der zahlenden Sommergäste. Ich lächelte. So war Andrew in mein Leben zurückgekehrt, über ebenjenen Teppich.

Die warmen Teppichfarben hatten in starkem Kontrast zu den schwarz-weißen Bodenfliesen gestanden. In einem Landhaus, umgeben von Feldern und Wiesen, war dies nicht der praktischste Fußboden. Die weißen Fliesen waren stets von schlammigen Fußabdrücken bedeckt, da wir irgendwann aufgegeben hatten, jeden Tag zu wischen. Großmutter hatte die Fliesen ausgesucht, als sie sich ein Leben ohne Angestellte noch gar nicht vorstellen konnte. Ich lachte, und dann fiel es mir wieder ein: Ich war vor Kurzem über den Teppich gestolpert, und Jack hatte ihn zusammengerollt und weggeräumt. Ich verstand, warum er das getan hatte, dennoch hasste ich es, dass ich mich meinen Gebrechlichkeiten beugen musste.

»Haben Sie bekommen, was Sie wollten?« Jacks Stimme, die vom Flur zu mir herüberdrang, verriet keinerlei Emotionen. Seit ich diese neuen Hörgeräte hatte, war es noch schwieriger, die Leute auszublenden. Es hatte Vorteile, fast taub zu sein.

»Nein, nicht wirklich.« Die Reporterin seufzte. »Ich nehme an, wir können das Ganze ein bisschen aufbereiten, aber es wäre wirklich hilfreich, wenn wir mehr hätten.«

Er lachte. Es war das Lachen, das er lachte, um abzulenken, das Lachen, das ich so gut kannte. Er hielt sich stets bedeckt, ließ niemanden an sich heran. Sein sarkastischer Humor diente ihm zum Selbstschutz. Der Tod seiner Mutter hatte ihn gebrochen, und der Tod seines Vaters weniger als ein Jahr später hatte ihm den Rest gegeben.

»Sie verfügt über so viele wertvolle Informationen, und sie ist keinesfalls senil.«

Schweigen senkte sich herab. Ich stellte mir Jack vor, die Stirn in Falten gelegt, Verachtung im Gesicht. Er war ein Verbündeter. Ich verstand ihn. Das tat sonst niemand, auch wenn es viele versucht hatten. Die Frauen lagen ihm zu Füßen, doch er war über sie alle hinweggestiegen. Keine, die versucht hatte, ihn für sich zu gewinnen, hatte den soliden Stahlkäfig aufbrechen können, in den er sich vor dreizehn Jahren zurückgezogen hatte. Er schob die Schuld auf die Liebe – und ich konnte verstehen, warum. Auch ich tat das, wenngleich aus ganz anderen Gründen. Nur Andrew, Jacks Großvater, hatte meinen eigenen Stahlkäfig demontieren oder zumindest Löcher hineinbohren können, die mir erlaubten, ab und an zu atmen.

Liebe. Für Jack war sie gleichzusetzen mit Tod. Das Risiko zu lieben würde er niemals wieder eingehen. Für mich bedeutete die Liebe Verlust.

»Können Sie nicht mit ihr reden?«, bat die Reporterin.

»Ich schlage vor, Sie probieren es morgen noch einmal«, erwiderte Jack.

»Glauben Sie, das macht Sinn?« Ihre Stimme stieg an vor Aufregung.

»Nein, aber dann haben Sie es zumindest versucht.«

Obwohl ich sie von hier aus nicht sehen konnte, spürte ich ihre Enttäuschung. Jack versuchte freundlich zu sein. Wie schade, dass er Freude und Hoffnung nicht in sein eigenes Leben ließ. Es war alles umsonst. Genau das hatte meine Mutter mir vor Jahren in einem ihrer hellen Momente mitgeteilt. *Finde dich damit ab,* hatte sie gesagt. *Mach das Beste aus dem, was man dir gegeben hat.* Ich konnte mich nie damit abfinden, aber zumindest hatte ich jemanden in mein Leben gelassen, wenn auch nur ein bisschen. Andrew war ein geduldiger, freundlicher Mann gewesen. Ich hatte mich bemüht, eine gute Ehefrau und Stiefmutter zu sein.

»Ich denke, sie leidet noch immer unter dem, was sie durchgemacht hat.« Die Reporterin hustete.

»Das ist durchaus möglich, aber darüber wird sie nicht mit Ihnen reden.« Ich hörte die Schritte im Flur. »So etwas macht ihre Generation nun mal nicht.«

Die Haustür wurde geöffnet und wieder geschlossen, kurz darauf betrat Jack die Bibliothek. »Du warst ja nicht sehr entgegenkommend.« Ein Lächeln umspielte seine Mundwinkel, das tatsächlich seine Augen erreichte. Er war ein gutaussehender Bursche, der mich in vielerlei Hinsicht an seinen Großvater erinnerte, auch wenn er blond war. Andrew hatte dunkle Haare gehabt.

»Nein.«

Er setzte sich mir gegenüber.

»Sie hatte doch nichts Böses im Sinn.«

»Was bringt es, ihr von meinem Krieg zu erzählen?«

Er nahm die Fotografie vom Tisch, die sie hatte liegen lassen. Sein Blick wanderte von der Aufnahme zu mir. »Du bist so schön, Gran.«

»War.«

»Nein, du bist immer noch schön.« Er schaute mich über den Rand des Fotos hinweg an.

»So sehe ich nicht mehr aus.«

Er grinste. »Doch.«

»Pah.«

»Älter, ja, aber das Lächeln ist noch dasselbe, genau wie die Augen, die Nase.« Er stand auf. »Wirst du der Frau nun helfen und ein paar kurze Sätze für sie aufzeichnen?«

»Das ist nicht nötig. Es steht alles in den offiziellen Akten.«

»Aber das ist nicht ganz dasselbe, stimmt's?« Er beugte sich über mich und küsste meine Stirn.

»Du denkst also, ich sollte das tun.«

»Tu nur, was du tun möchtest«, sagte er.

»Ha.«

»Es ist deine Entscheidung, Gran.« Er ging in die Küche. Bald schon würden wundervolle Düfte durchs Haus ziehen. Das Licht der Tischlampe spiegelte sich in der glänzenden Oberfläche des Fotos. Alles auf dem Bild passte zusammen, sogar mein schiefer Hut. Der Fotograf musste die Qual der Wahl gehabt haben bei all den fröhlichen Motiven, die sich ihm an jenem Abend in London boten, doch er hatte mich gewählt, mich, in den Armen eines Piloten.

Mein Krieg. Die Sonne hatte die Südseite des Hauses verlassen und war weitergezogen; obwohl ich es nicht sehen konnte, wusste ich, dass sie ihre letzten Strahlen nun in Küche und Herrenzimmer warf, bevor sie hinter den großen Bäumen versank, die die Gartengrenze markierten. Wann hatte mein Krieg begonnen? Diese Frage war leicht zu beantworten, doch ich glaube nicht, dass er je ein ordentliches Ende genommen hatte. Ich spürte seine Auswirkungen noch immer, und zwar jeden einzelnen Tag.

Wir waren kurz nach Beginn des *Blitz*–Angriffs 1940 nach Windward gezogen, das meiner Großmutter damals als Sommerhaus diente. Mutter war mit den Nerven am Ende, seit in London das Haus drei Hausnummern neben unserem von einer Bombe getroffen und fast komplett zerstört worden war.

Ich hatte keinen Einwand erhoben, als unser Sommerrefugium zu unserem Hauptwohnsitz wurde. Großmutter war kurz darauf ebenfalls hierher umgesiedelt, nachdem die Armee Onkel Reginalds Haus in Oxfordshire requiriert hatte. Ich lächelte. Großmutter hatte sich wieder und wieder darüber ausgelassen, welche Unannehmlichkeiten ihr die Beschlagnahmung bereitete, dabei hätte sie einfach das Witwenhaus auf Onkel Reginalds Anwesen beziehen können. Doch Cornwall lag ihr im Blut, und so diente ihr die Requisition als perfekter Vorwand, nicht das Richtige zu tun und über den Besitz in Oxfordshire zu wachen, sondern das zu tun, was sie wollte.

Ich schaute hinaus auf die Falmouth Bay und sah die Bucht vor mir, wie sie damals gewesen war – voller Schiffe der königlichen Marine –, während jetzt nur noch gelegentlich ein Tanker oder ein Vergnügungsboot zu sehen waren. Auf meinen Gehstock gestützt spitzte ich die Ohren. In der Ferne erklangen die Töne von Glenn Millers »In the Mood«. War ich etwa dabei, den Verstand zu verlieren? Ich schloss die Augen. Jene Jahre waren so weit entfernt, doch genau in diesem Augenblick packten sie mich bei der Kehle und drückten mir die Luft ab. Das Heulen einer Luftschutzsirene erfüllte den Raum. Ich schaute nach links und nach rechts, versuchte, mich daran zu erinnern, wo der Schutzraum war, doch dann verstummte die Sirene, und ich hörte Jack in der Küche »Run, Rabbit, Run« singen.

Ich lachte. Was war ich doch für eine alberne alte Frau! Es musste irgendeine Sendung im Radio laufen. Jack hörte beim Kochen gern Radio. Musik war so machtvoll. All die Jahre über hatte ich bewusst vermieden, Musik zu hören, da sie mir vorkam wie eine Zeitmaschine. Ich tanzte wieder eng umschlungen mit Bobby und hörte, wie er mir zur Musik die Worte »I Only Have Eyes For You« ins Ohr flüsterte. In jenem Moment war mir klar geworden, dass ich mein Herz für immer verloren hatte. Ich schauderte. Er drückte mich fest an sich, und als die Musik endete, wisperte er die Worte, die ich selbst so gerne gesagt hätte.

Ich liebe dich.

Der Wind wehte durchs offene Fenster. Ich rieb meine Arme. Ich hatte eine Gänsehaut. Es brachte nichts, in alten Erinnerungen zu schwelgen. Da lag diese verflixte Reporterin völlig falsch. Ich hätte das ganze Gewese um den Jahrestag meiden und der BBC eine Absage erteilen sollen. Warum sollte ich zurückblicken wollen? Warum sollte überhaupt jemand zurückblicken wollen? Wir mussten im Jetzt leben, nicht in der Zukunft oder der Vergangenheit.

Der Duft angebratener Zwiebeln waberte durchs Haus. Dass sich in Windward all die Jahrzehnte über so gut wie nichts verändert hatte, war hauptsächlich meiner Bequemlichkeit in den letzten Jahren geschuldet, doch sicherlich auch der vorangegangenen Pfennigfuchserei. Trotzdem – dafür sah es gar nicht schlecht aus. Andrew hatte gewollt, dass ich sein Geld für das Haus ausgab, doch die Sparsamkeit war mir längst in Fleisch und Blut übergegangen. Großmutter hätte sich im Grabe umgedreht bei der Vorstellung. Die Ehrenwerte Agatha Davies, *née* Worth, hatte eine gute Partie gemacht, ihre Kinder allerdings waren für sie eine Enttäuschung und ihre Enkel noch mehr. Was für ein Abstieg – aber so schlimm war es gar nicht. Andrew war ein guter Mann gewesen, und nun war ich mit seinen Enkeln gesegnet.

»Gran, das Abendessen ist fertig. Möchtest du in der Küche oder im Esszimmer essen?« Jack stand auf der Schwelle und summte mit, als Bing Crosby »Don't Fence Me In« sang. Er machte ein paar Tanzschritte und streckte mir auffordernd die Hand entgegen, ein breites Grinsen auf dem gutaussehenden Gesicht. Ja, das Leben hatte für manchen Ausgleich gesorgt.

Kapitel zwei

Eventide, Falmouth Heights, Cape Cod, Massachusetts
15. August 2015

Eine Fliege prallte am Fliegengitter ab und störte Laras Wache. Sie sah, wie sich die Brust ihres Urgroßvaters hob und senkte. Jedes Mal, wenn er einen Atemzug tat, fragte sie sich, ob dies wohl sein letzter sein mochte. Laut der Pflegerin war er nicht mehr bei Bewusstsein gewesen, seit sie um Mitternacht ins Bett gegangen war. Es würde nun nicht mehr lange dauern. Die Familie war informiert, doch niemand schien es sonderlich eilig zu haben. Sie hatten sich bereits alle verabschiedet. Lara stand auf und trat ans Fenster. Abschiede. Sie hasste Abschiede, und dieser hier zählte definitiv zu denen, die sie am liebsten vermieden hätte.

Die Hundstage im August machten ihrem Ruf alle Ehre. Wenn überhaupt ein Lüftchen ging, war es so schwach, dass es nicht mal die Musselingardinen bauschte. Der Strand vor Eventide, Grandies Zuhause, war leer. Der Nantucket Sound lag reglos unter einer Hitzeglocke. Die Fliege ruhte sich auf der Fensterbank aus. Das Einzige, was die lastende

Stille durchbrach, war Grandies rasselnder Atem. Auf seinem Nachttisch lag das Strandgut, das Lara für ihn von ihrem Morgenspaziergang mitgebracht hatte. Es erinnerte an die Schatzsuche eines Kindes: Jeden Tag der vergangenen Woche war sie bei Sonnenaufgang am Strand entlanggeschlendert und hatte ihm etwas mitgebracht, von dem sie hoffte, dass er sich daran freuen würde. Vor zwei Tagen hatte er zum letzten Mal zusammenhängend gesprochen, hatte ihr den Lebenszyklus des Pfeilschwanzkrebses erklärt, die Überreste der panzerartigen Rückenplatte, die sie gefunden hatte, in den Händen. Sein Verstand war scharf wie eh und je. Es war lediglich sein Körper, der aufgab. Seine Leidenschaft für den Ozean und all die Dinge darin war die Arbeit seines Lebens gewesen, und dieses Leben war beinahe abgeschlossen.

Er war vierundneunzig. Sie wusste, dass er auf keinen Fall seinen Geburtstag im September erleben würde, ganz gleich, wie sehr sie sich das wünschte. Ohne nachzudenken, nahm sie die Muschelschale und legte sie in seine offene Hand, half ihm, die Konturen zu ertasten. Er öffnete die Augen und sah sie an. In seinem Blick lag Liebe. Sie schluckte.

»Was für eine Muschelart ist das? Du weißt doch, ich kann das einfach nicht unterscheiden. Ist das eine Venusmuschel oder eine Mondmuschel?«

Die Pflegerin streckte den Kopf zur Tür herein. »Alles in Ordnung?«

Lara nickte und gab ihr ein Zeichen, dass sie sich zurückziehen möge. Wenn dies tatsächlich Grandies letzten Stunden waren, wollte sie so selbstsüchtig sein, sie mit niemandem zu teilen. Die Muschel fiel aus seiner Hand auf den Boden, rutschte unter das Bett und blieb neben einer alten Metallkiste liegen. Lara bückte sich, um sie aufzuheben, und zog die Kiste hervor. Vorsichtig stellte sie sie aufs Bett. »Was ist das?«, fragte sie und deutete auf die Kiste.

Grandie versuchte, die Hand zu heben, doch sie fiel kraftlos zurück aufs Bett. Der Deckel der Kiste war staubbedeckt. Lara fuhr mit der Hand darüber und legte einen gelben Aufkleber mit der Aufschrift *WWII* frei.

»Darf ich die Kiste aufmachen?«

Er blinzelte, was sie als Ja auffasste, wohlwissend, dass sie oder ein anderer die Kiste, die offenbar aus dem Zweiten Weltkrieg stammte, irgendwann sowieso öffnen würde. Sie war nicht verschlossen, man brauchte nur etwas Kraft, um den Deckel anzuheben. Obenauf lagen auf einem Einsatz Grandies militärische Orden. Lara nahm einen davon in die Hand und war überrascht über sein Gewicht. An einem rot-weiß gestreiften Band hing eine Medaille mit einem Adler, umgeben von den Worten »Tüchtigkeit, Ehre, Treue«, und es gab noch viele andere.

Sie drückte die Medaille in seine Hand, und er lächelte, doch er sagte nichts. Lara legte den Orden zurück, dann hob sie vorsichtig den Einsatz an, um nachzuschauen, was sich darunter befand. Ein paar Schwarz-Weiß-Fotos von ihm in Uniform lagen auf mehreren losen Blättern.

»Du sahst gut aus.« Sie hielt ein Foto in die Höhe. »Natürlich will ich damit nicht sagen, dass sich das geändert hat.«

Er lächelte.

»Wo warst du auf diesem Bild hier?«

Er schloss die Augen, und Lara drehte das Bild um. Auf der Rückseite stand etwas mit dünnem, verblasstem Bleistift geschrieben. Blinzelnd hielt sie es näher vor die Augen. »Helford River?«

Er antwortete nicht, war wieder eingeschlafen. Die Phasen, in denen er wach war, wurden immer seltener. Lara legte das Foto zur Seite und griff nach dem Stapel zusammengefalteter Blätter.

25. Juni 1944

Mein Herzallerliebster,

ich kann dir gar nicht sagen, wie erleichtert ich bin, dass du lebst. Tag für Tag hat man Tote und Verletzte gebracht, und ich habe gebetet, dass du nicht darunter bist, doch ich hatte beinahe Angst zu hoffen. Ich glaube nicht, dass mein Herz das verkraften würde. Ich verstehe nicht, wie du es geschafft hast, in so kurzer Zeit zu meiner ganzen Welt zu werden, aber das hast du. Bitte, bitte, pass auf dich auf! Du bist mein Herz, du bist mein Leben. Ich kann kaum atmen, wenn ich an dich und die Gefahr denke, in der du in diesem Augenblick vermutlich schwebst. Ich weiß, dass ich tapfer sein muss, und ich werde tapfer sein – für dich.

Ich liebe dich.
Für immer die Deine
Axxxooo

Mit Küssen und Umarmungen. Der Brief musste von Amelia stammen, ihrer Urgroßmutter. Grandie hatte sie in England während des Krieges kennengelernt. Lara öffnete einen weiteren zusammengefalteten Bogen, doch dann hielt sie inne, um einen Blick auf Grandie zu werfen. Vor ihrem inneren Auge sah sie ihn vor sich – so wie er auf den Fotos war: jung und ausgesprochen gutaussehend. Sie sollte seine privaten Briefe wirklich nicht lesen, doch sie waren die erste konkrete Berührung mit ihrer Urgroßmutter, deren Name nur sehr selten erwähnt wurde.

Liebling,

dich gestern zu sehen hat alles beinahe noch schlimmer gemacht. Dich für ein paar Stunden bei mir zu haben macht das Getrenntsein unerträglich. Ich berühre immer wieder meine Lippen und denke daran, wie es war, deinen Mund auf meinem zu spüren. Ich will dich so sehr, dass ich an nichts anderes mehr denken kann. Wann wird dieser elende Krieg enden, damit wir zusammen sein können?

Ich stelle fest, dass ich auf jedes Paar eifersüchtig bin, dem ich begegne. Es erinnert mich daran, dass du so weit weg bist und ich dich nicht berühren oder die Wärme deiner Haut an meiner spüren kann. Hättest du mir vor ein paar Monaten gesagt, dass ich einst so empfinden würde, hätte ich dir nicht geglaubt. Du bist mein Verlangen.

Jedes Mal, wenn ich die Augen schließe, sehe ich dich, und ich versuche, dich zu umarmen, aber im besten Falle umarme ich mein Kissen. Ich kann dir die Kälte nicht beschreiben, die mich nach der Hitze meiner Träume überkommt.

Mit all meiner Liebe
Axxxxxxxxxxxxxxxxx

PS: Mein körperliches Verlangen nach dir durchdringt all meine Gedanken. Ich möchte dich ganz kennen. Ich verstehe, dass ich warten muss, aber mein Herz und mein Körper tun das nicht. Ich träume von nichts anderem außer von dir – von dir mit Leib und Seele –, und ich erwache in dem Bewusstsein, dass du nicht hier in meinen Armen bist und mich berührst.

Lara errötete, faltete den Brief sorgfältig zusammen und legte ihn zurück zu den anderen. Es fühlte sich falsch an, sie zu lesen. Grandie hatte nie wieder geheiratet, obwohl Amelia schon 1950 gestorben war, vier Jahre nachdem sie ihrer einzigen Tochter das Leben geschenkt hatte – Laras Großmutter Betty. Seine Liebe zu Amelia hatte sein ganzes Leben angedauert. Diese Briefe zeigten, mit welcher Leidenschaft auch sie ihn geliebt hatte.

Unter den Papierbogen entdeckte Lara mehrere dünne Bücher, jedes davon mit einer goldenen Jahreszahl bedruckt – 1943, 1944 und 1945. Sie blätterte durch die Seiten und stellte fest, dass Grandie jeden Tag höchstens ein, zwei Zeilen hineingeschrieben hatte. Er hatte nie über den Krieg gesprochen, obwohl sie und ihr Zwillingsbruder Leo ihn schon vor Jahren danach gefragt hatten.

Lara ging im Zimmer auf und ab, dann blieb sie stehen, um aus dem Fenster die verschwommene Silhouette von Martha's Vineyard zu betrachten – ein schmerzhaft vertrauter Anblick. Eventide war genauso Teil ihres Lebens wie Grandie. Die Aussicht langweilte sie nie, der Strand vor dem Haus veränderte sich im Rhythmus der Gezeiten. Das Haus würde an ihre Großmutter Betty fallen, die bereits davon sprach, es zu verkaufen. Sie hatte Cape Cod schon vor Jahren verlassen und lebte nun in Florida, wo die Winter milder waren.

Es war Zeit loszulassen. Lara wandte sich vom Fenster ab und schaute wieder auf ihren Urgroßvater. Er wirkte so klein auf dem Bett mit den großen Holzpfosten, deren Spitzen durch einen geschnitzten Kiefernzapfen abgerundet wurden. Die nervige Fliege landete auf seiner Nase. Lara wedelte sie weg, dann strich sie ihm über die Augenbraue. Er war so attraktiv gewesen als junger Mann, und Spuren davon fanden sich selbst jetzt noch in seinen Gesichtszügen.

»Ich liebe dich, und ich weiß, dass du bereit bist.« Sie setzte sich neben ihn aufs Bett und nahm seine Hand. »Auch ich versuche, bereit zu sein.« Sie seufzte. »Es ist schwer, jemanden loszulassen, und, na ja, ich war nie besonders gut darin. Ich hasse es, jemanden zu verlieren.«

Seine Augen öffneten sich. Er hörte ihr zu.

»Aber genau darum ist es bei mir in diesem Jahr bislang gegangen – ums Loslassen.«

Er blinzelte.

»In der Post war noch mehr Scheidungskram.« Sie war sich nicht sicher, warum sie ihm das erzählte. Er würde es nicht verstehen, wenn sie aufgab. Das taten die Menschen aus seiner Generation nicht. Man heiratete, und das war's.

»Ich weiß, was du denkst.« Sein Blick ließ ihr Gesicht nicht los. »Ich sollte es einfach durchstehen. Aber …« Sie holte tief Luft. »Wenn es nur um mich ginge, würde ich genau das tun.« Sie schüttelte den Kopf. »Aber in einer Ehe ist man nun mal nicht allein.« Sie zögerte. »Doch genau so hat sich Pierre anscheinend in unserer Ehe gefühlt. Allein.« Ihre langen Arbeitszeiten als Köchin hatten ihren Tribut gefordert. In der Gastronomie gab es nun mal keine freien Wochenenden, und er konnte sich während der Woche nicht freinehmen.

Grandies Augen schlossen sich. Lara schwieg, bis sie sah, dass er noch atmete. Hätten sie – oder vielmehr hätte *sie* – mehr tun sollen, um ihre Ehe zu retten? Was hätte Grandie getan? »Wir haben uns auseinandergelebt.« Im letzten Jahr waren Pierre und sie jeden Tag aneinander vorbeigelaufen, ohne einander zu berühren, und sie war zu müde gewesen, um es zu bemerken. Der Ehering an ihrem Finger fing das Licht der Nachttischlampe ein. »Wenn ich ehrlich bin, ist das eher meine Schuld als seine.«

Sein Atem setzte aus. Ihr Herz schnürte sich zusammen.

»Ich bin mir nicht sicher, ob du mich hören kannst oder nicht, aber ich muss wissen, wie du es geschafft hast, deine Frau all diese Zeit zu lieben. Amelia ist seit über sechzig Jahren tot. Wie kann man eine solche Liebe aufrechterhalten?«

Seine Hand bewegte sich, suchte nach ihrer. Sie hatte den Zeitpunkt verpasst, ihm diese Fragen zu stellen. Wenn die Pflegerin recht behielt, würde Grandie kein Wort mehr hervorbringen.

Anders als in modernen Häusern lag die Küche in Eventide nicht auf der Seite mit der schönen Aussicht, sondern blickte auf die Auffahrt hinaus. Wenn jemand das Haus kaufte, würde er es zweifelsohne nach neuen Vorstellungen umbauen lassen, statt die des späten neunzehnten Jahrhunderts beizubehalten. Lara dagegen gefiel es, dass sie beim Kochen nicht von der Aussicht abgelenkt wurde. In der Küche sollte der Fokus auf den Zutaten liegen und darauf, was man damit anstellte. Das war eine Lektion, die sie heute besser verstand als damals, wenn sie mit Grandie Blaubeermuffins gebacken hatte. Jahre auf der Kochschule und in den Küchen der Toprestaurants hatten sie dies und mehr gelehrt.

Hinter ihr auf dem Tisch lagen die letzten Scheidungsunterlagen. Ihre Ehe war so gut wie beendet. Sie hatte den Details keine wirkliche Beachtung geschenkt, da sie im Grunde nichts bedeuteten. Sie wusste, warum sie gescheitert waren. Jahrelang hatte sie zwölf, dreizehn Stunden pro Tag gearbeitet, und das sechs Tage die Woche. Am siebten Tag hatte sie geschlafen. Sie hatte Pierre gar nicht mehr richtig gekannt und sich selbst außerhalb der Küche erst recht nicht.

Lara setzte den Kessel auf und stellte den Gasherd an.

Die kleine Flamme züngelte auf, und sie schaute zu, wie sie unter dem Metallboden des Kessels ihre Farbe veränderte. Es war noch immer derselbe. Einst hatte er zu den Dingen im Haus gezählt, die sie gern haben wollte. Sie hielt sich oft in der Küche auf, betastete die alten Rührschüsseln, die eselsohrige Ausgabe von *Die besten Rezepte der fleißigen Hausfrau* und die abgegriffene Rezeptsammlung *La Véritable Cuisine de Famille par Tante Marie* – Die echte Familienküche von Tante Marie. Lara entdeckte das französische Kochbuch im Regal, nahm es zur Hand und blätterte durch die Seiten. Wann mochte Grandie es gekauft haben? Lara hatte ihr Highschool-Französisch erprobt, wenn sie versuchte, die Rezepte daraus zu kochen. Am meisten am *Tante-Marie*-Buch hatte sie die handgeschriebenen Bleistiftnotizen am Rand geliebt, meistens Ideen für alternative Zutaten. Auf gewisse Art und Weise hatten sie die vielen Stunden, die sie mit diesem Buch verbrachte, zu ihrer Karriere inspiriert.

Sie blätterte nach hinten zu den letzten Seiten, auf denen zahlreiche handgeschriebene Rezepte standen, ebenfalls in Bleistift verfasst. Die Schrift war weder die von Grandie noch die von ihrer Großmutter, sie musste also von dem vorherigen Besitzer des Kochbuchs stammen. Lächelnd strich sie mit der Hand über das sorgfältig verfasste Rezept für Hagebuttensirup. Draußen vor dem Fenster war der Garten voll von weiß-rosa Sea-Spray-Rosen, die schöne kleine, orangefarbene Hagebutten bildeten. In diesem Jahr wäre sie nicht hier, um sie zu ernten. Sie hatte keine Ahnung, wo sie sich im kommenden September, Oktober befinden würde.

Sie wusste, dass sie keins dieser Bücher mitnehmen würde. Sie würden an den hiesigen Wohltätigkeitsladen gehen. Trotz ihrer Erinnerungen gab es keinen Grund, an der Vergangenheit festzuhalten. Sie wusste nicht, wo sie die Bücher unterbringen sollte. Pierre bekam das Haus, das sie vor fünf Jahren in Falmouth, Massachusetts, gekauft hatten. Lara nahm aus ihrer Ehe etwas Bargeld mit und die verschwommene Erinnerung an die Hoffnung, die sie an ihrem Hochzeitstag verspürt hatte.

Sie schüttelte den Kopf. Das war vor zehn Jahren gewesen. Der Kessel gab ein ungleichmäßiges Pfeifen von sich. Sie stellte das Gas ab und sah, wie die Flamme zusammensackte und verschwand. Wie schnell sie erstarb, wenn ihr der Treibstoff genommen wurde, ein bisschen wie ihre Ehe. Auch die Liebe war ohne beständigen Treibstoff erloschen. Sie nahm die braune Teekanne aus dem Regal. Gut möglich, dass Grandie sie nach dem Krieg aus England mitgebracht hatte zusammen mit seiner Braut Amelia. Die Tülle hatte einen kleinen Sprung, doch ansonsten war die Kanne tadellos. Vielleicht war das das einzige Stück aus Eventide, um das sie bitten würde.

Die Fliegengittertür schwang auf, und ihr Zwillingsbruder Leo spazierte herein. Laras Augen füllten sich mit Tränen. Nie hatte er so gut ausgesehen, und noch nie hatte sie sich so gefreut, ihn zu sehen.

»Hallo, Zwerg.« Er ließ seine Tasche auf den Boden fallen und öffnete die Arme.

Lara stürzte sich hinein. »Du bist doch bloß eifersüchtig, weil du der Zweitgeborene bist.« Sie hielten noch immer an diesem Scherz fest, obwohl sie inzwischen achtundzwanzig waren.

»Das stimmt.« Leo schob Lara ein Stück zurück, um ihr in die Augen zu sehen. »Wie geht es ihm?«

»Er wird uns bald verlassen.«

»Was in seinem Alter keine Überraschung ist.«

Sie runzelte die Stirn. »Das weiß ich.«

»Wie läuft das Leben in Muße?«

Lara stieß einen gereizten Seufzer aus.

»Sei ehrlich – du hast eine Pause gebraucht.« Er grinste. »Okay, ich gebe es zu, dass es nicht die feine Art war, deinen Boss einen inkompetenten Tyrannen zu schimpfen und anschließend aus dem Lokal zu stapfen.«

Sie lachte und verdrehte die Augen.

»Über sechs Monate bezahlten Urlaub kann man sich allerdings nicht beschweren«, räumte er ein.

»Das ist richtig, trotzdem ...« Sie rang nach Worten, um ihre Sorgen um ihre berufliche Zukunft zum Ausdruck zu bringen.

»Du bist eine zu gute Köchin, als dass du keinen neuen Job finden würdest.«

Sie schaute zu ihm auf, den Tränen nah, weil Leo sie wie immer verstand. Er legte einen Arm um sie. Zusammen gingen sie durchs Haus.

»Genieß die freie Zeit. Du hattest viel um die Ohren in den letzten Wochen.« Er zupfte an ihrem Pferdeschwanz. »Du warst immer schon ungeduldig.«

»Das stimmt.« Sie blinzelte die Tränen weg.

Auf der Treppe begegneten sie der Pflegerin. Leo stieg weiter die Stufen hinauf, um nach Grandie zu sehen, Lara blieb stehen und schaute ihm nach, dann ging sie ebenfalls nach oben und blieb vor dem Flurfenster stehen. Leo brauchte die Zeit allein mit ihrem Urgroßvater. Wolken zogen von der Bucht landeinwärts, der Nachmittag war kühler als der glühend heiße Vormittag. Bestimmt würde es bald ein Gewitter geben. Lara griff nach dem Foto auf der Fensterbank, das sie und Grandie an Laras Hochzeitstag zeigte. Er schritt mit ihr den Mittelgang entlang, da ihr Vater zehn Jahre zuvor gestorben war. Damals war sie gerade acht gewesen. Grandie hatte sein Bestes gegeben, um die Lücke im Leben seiner Urenkel zu schließen.

Mit zusammengekniffenen Augen schaute sie in die Ferne und sah, wie ein Blitz den bleigrauen Himmel über Martha's Vineyard erhellte. Auf dem Schwarz-Weiß-Foto in ihren Händen konnte sie die Liebe sehen, die ihr Urgroßvater für sie empfand, doch an jenem Tag hatte er sich distanziert gezeigt. Vielleicht hatte er gewusst, dass die Ehe nicht halten würde. Er hatte ihr klipp und klar zu verstehen gegeben, dass er eine Ehe mit achtzehn für viel zu früh hielt. Lara hatte ihn darauf hingewiesen, dass auch er bei seiner Hochzeit nicht viel älter gewesen sei. Dem hatte er nicht widersprochen, doch er hatte hinzugefügt, dass das Leben in Kriegszeiten die Menschen sehr viel schneller reifen ließe als das normale Leben. Sie hatte ihn gebeten, ihr mehr zu erzählen, doch er hatte schlicht entgegnet: »Das werde ich eines Tages sicher tun.«

Jetzt war »eines Tages« gekommen, doch Lara wusste, dass die Zeit für Worte verstrichen war.

Grandies Brust hob und senkte sich immer langsamer. Lara hatte ihm seinen abgenutzten Rosenkranz in die Hand gedrückt. Ihr Herz sagte ihr, dass es nicht mehr lange dauern würde. Sie half ihm, sich zu bekreuzigen. Grandies Augenlider flatterten. Jede Nacht betete er vor dem Schlafengehen den Rosenkranz, bis vor drei Jahren kniend. Nun rief der ewige Schlaf, und vielleicht konnte er nicht gehen, ohne seine letzten Gebete gesprochen zu haben. Er hatte ihr diese Gebete beigebracht, und nun fielen ihr die altvertrauten Worte wieder ein.

Gerade als sie das *Salve Regina* beendet hatte, hörte sie hinter sich Schritte. Sie führte den Rosenkranz an Grandies Lippen, dann legte sie ihn zurück in seine Hände. Sein Atem ging nun weniger mühsam.

»Leo«, flüsterte sie.

Er trat aufs Bett zu. »Bald?«

»Ja.«

Mit einem ermutigenden Lächeln strich er ihr über den Arm. »Geh ruhig. Gönn dir fünf Minuten.«

Lara ließ ihren Urgroßvater mit Leo allein und sprang die Treppe hinunter. Ihr war klar, dass Grandies Tod nur noch eine Frage von Stunden war. Wenn Grandie starb, würde er ein riesiges Loch in ihr Leben reißen, und ihr Leben war ohnehin schon ganz durchlöchert.

Sie trat vor die Küchentür und atmete tief die süß duftende Luft ein. Vielleicht sollte sie ihre Großmutter Betty oder ihre Mom anrufen, aber es gab ohnehin nichts, was die beiden tun konnten. Das Leben würde irgendwie weitergehen. Doch bis es so weit wäre, wollte sie keine Minute mit Grandie verpassen.

Eilig lief sie die Treppe hinauf. Als sie die Tür zu seinem Zimmer öffnete, richteten sich die Augen ihres Urgroßvaters auf sie. »Du bist wach«, stellte sie fest und blieb auf der Schwelle stehen.

»Ja«, flüsterte Grandie.

Leo sah sie von der gegenüberliegenden Bettseite aus an. »Wir haben uns unterhalten.«

Sie öffnete den Mund, dann schloss sie ihn wieder. Vielleicht hatte sie zu viel geredet und Grandie keine Chance gegeben, selbst etwas zu sagen.

»Halte mich so, dass ich die Bucht sehen kann.« Grandies Stimme stockte, aber sie war klar. Mit Leos Hilfe richtete sie ihn auf. Sein Blick fokussierte einen Punkt in der Ferne. Der düstere Himmel traf auf die noch dunklere See, doch darüber brachen die Wolken auf, der blaue Himmel wirkte irgendwie noch strahlender. Die Bucht war ruhig. Lara hörte den Motor der ablegenden Fähre, die in Richtung Martha's Vineyard aufbrach.

Grandie seufzte, die Augen nach wie vor auf den Punkt am Horizont geheftet. Lara schaute hinab auf den sichelförmigen Strand. Die Flut war auf dem höchsten Stand, beinahe der ganze Sand war mit Wasser bedeckt.

»Adele«, stieß ihr Urgroßvater angestrengt hervor.

Lara sah ihn an. Die Stirn gerunzelt, begegnete sie Leos Blick. *Adele?,* formte ihr Bruder mit den Lippen. Sie zuckte die Schultern. Wahrscheinlich hatten sie ihn missverstanden.

Grandies Atmung wurde flach, doch er löste den Blick nicht vom östlichen Horizont. Die gerade noch unbewegte Wasseroberfläche kräuselte sich, immer mehr blaue

Flecken zeigten sich zwischen den dunklen Gewitterwolken am Himmel. Das Wasser trat seine Reise zurück ins Meer an. Grandie holte rasselnd Atem, schloss die Augen und sagte noch einmal: »Adele.«

Dann war er tot.

Kapitel drei

Windward, Mawnan Smith, Falmouth, Cornwall
15. August 2015

Gran?« Peta stand wartend im Wohnzimmer, eine dunkle Silhouette vor dem hellen Sonnenlicht, das durchs Fenster fiel.

Ich schaute von meinem Kreuzworträtsel auf. Mein Blick fiel auf das Datum oben auf der Zeitung. *Victory over Japan Day* – kurz: VJ-Day –, der Tag des Siegs über Japan – ein Tag, der mich mit extremer Traurigkeit erfüllte. Das Beste wäre, nicht daran zu denken, sich nicht zu erinnern.

»Ich habe mich gefragt …« Sie hielt inne und setzte sich zu mir. Dieses Zögern war nicht normal.

»Ja?« Ich legte Zeitung und Bleistift beiseite, zumal ich ohnehin bei fünf senkrecht festhing, *Quiz-Spiel.*

»Jeopardy.«

Ich runzelte die Stirn. Sie deutete auf das Kreuzworträtsel.

»Natürlich.« Ich füllte die Kästchen aus, bevor ich die Lösung vergessen konnte. »Du hast dich was gefragt?«

»Früher bin ich öfter auf den Dachboden gegangen, und …« Sie schaute aus dem Fenster Richtung Meer. Trotz des guten Wetters war die Bucht voller weißer Pferde, die zum Ufer galoppierten. Es war Jahre her, seit ich das letzte Mal unten am Strand gewesen war, doch ich konnte mir vorstellen, wie sich die Wellen an den Felsen der Kliffe brachen. Hatten wir Ebbe oder Flut? Das machte einen gewaltigen Unterschied. Würde die steigende Flut gegen die Felswände rollen oder die Ebbe den Sand trockenlegen? Ich hatte stets die sonnigen Tage geliebt, wenn die See sich benahm, als tobe ein gewaltiger Sturm. War das Wasser so aufgewühlt wie jetzt, stürmte es vermutlich tatsächlich irgendwo weit draußen auf dem offenen Meer.

Ich wandte mich Peta zu. Warum zögerte sie? »Heraus damit.«

»Ich war gerade auf dem Dachboden.«

»Und?«

»Ich habe etwas gesucht.« Sie zögerte erneut und spielte mit dem Saum ihrer Jeans.

»Und wonach?« Anscheinend ging sie davon aus, dass mir das, was sie zu sagen hatte, zu schaffen machen würde.

»Nun, als ich klein war, habe ich dort oben in einem alten Koffer einen Brautschleier aus Spitze gefunden.«

Ich schnappte nach Luft.

»Ich möchte dich nicht ärgern oder aus der Fassung bringen, aber ich würde ihn liebend gern bei meiner eigenen Hochzeit tragen. Er wäre ›etwas Altes‹ – etwas, was mich mit dir verbindet.« Sie blickte mich flehentlich an.

»Der Schleier gehörte meiner Großmutter, nicht mir.« Meine Stimme verklang. Es wäre falsch gewesen, wenn ich ihn bei meiner Hochzeit mit Andrew auf dem Standesamt getragen hätte.

»Ja, das dachte ich mir. Hat deine Mutter ihn ebenfalls getragen?«

Ich nickte.

»Ich kann ihn nicht finden.«

»Nein.« Ich hatte Peta damit spielen sehen, als sie neun oder zehn war. Selbst da stand er stellvertretend für das, was verloren war. Dennoch hatte ich ihn nicht ausrangiert.

Peta griff nach meiner Hand. »Vergiss es, Gran. Ich sehe, dass dir das zu nahegeht.«

»Verschone mich mit diesem Hokuspokus.« Ich zog meine Hand weg und stand auf. Ein Schauder überlief mich. Peta und ihre hellseherischen Fähigkeiten waren mir schon immer unter die Haut gegangen. Vielleicht war dies so etwas Ähnliches wie die Verbindung, die vor langer Zeit zwischen meiner Schwester und mir bestanden hatte, doch sollte dem tatsächlich so sein, wollte ich auf gar keinen Fall, dass sie ihre Gabe bei mir anwandte.

»Entschuldige, ich kann das nicht kontrollieren.« Sie erhob sich ebenfalls. »Bei dir kann ich nicht viel sehen. Es sind eher Gefühle. Ich *spüre* dich. Alles, was ich weiß, ist, dass du leidest.« Sie biss sich auf die Unterlippe. »Nein, du empfindest keinen Schmerz, sondern Zorn …«

»Unsinn«, unterbrach ich sie.

»Gran.« Sie legte ihre Hand auf meine Schulter. Ich schüttelte sie nicht ab.

»Komm mit.« Ich nahm meinen Gehstock, und sie fasste meine Hand, was mich an das kleine Mädchen erinnerte, das sich an mich klammerte, nachdem es seine Mutter verloren hatte. Noch mehr Dunkelheit, die den Mauern dieses Hauses innewohnte. Vielleicht war es richtig, dass der Schleier benutzt wurde. Ich schloss für einen Moment die Augen und stellte mir meine Großmutter vor, dann fing ich an zu lachen. Sie würde Peta mit ihrem Nasenring und ihrer Hippie-Art mit Sicherheit ablehnen, und das allein war ein Grund, warum Peta den Schleier tragen sollte. Vielleicht würde das Schicksal bei ihr eine Wende nehmen.

Die heiße Luft auf dem Dachboden roch nach trockenem Holz. Sämtliche Oberflächen waren von einer dicken Staubschicht bedeckt. Ich widerstand der Versuchung, auf dem Absatz kehrtzumachen und alles unberührt zu lassen. Allein der Ausdruck freudiger Erwartung auf Petas Gesicht hielt mich davon ab. Ihr Eifer brach meinen Widerwillen. Am hinteren Ende des Dachbodens befand sich eine Tür, und ich hatte den Schlüssel dazu. Das letzte Mal hatte ich diese Tür geöffnet, um den Schleier wegzuräumen, damit Peta nicht mehr damit spielte. Warum hatte ich ihn weggesperrt? Um ihn vor Jack und Peta zu schützen? Wahrscheinlicher war, dass ich mich selbst gegen die Erinnerungen schützen wollte, die hier, eingeschlagen in Stoff und Papier, verwahrt waren. Als Andrew bei mir war, fiel es mir leichter, nicht an die Vergangenheit zu denken und mich an die Freude zu halten, die mir die Gegenwart bot.

»Danke«, sagte Peta leise, als ich die Tür aufschloss und sie mir in den kleinen Raum dahinter folgte. Ich trat auf eine lose Bodendiele, und sie stützte mich, als ich aus dem Gleichgewicht geriet.

»Er müsste hier drin sein.« Ich bückte mich. Der abgenutzte Lederkoffer stand unauffällig zwischen all den Truhen, als sei nichts anderes darin als ein paar Spinnweben und vergilbte Wäsche. Hier bewahrte ich meine Vergangenheit auf. Ich brachte es nicht über mich, sie auszurangieren – eine Entscheidung, die mir jetzt albern vorkam. Ich legte den Koffer flach auf den Boden, wappnete mich und öffnete die Verschlüsse.

Obenauf, eingeschlagen in Seidenpapier, lag der Schleier. Als Kind hatte ich dieselben Spiele gespielt wie Peta, war als strahlende Braut die breite Treppe hinuntergestiegen. Meine Schwester hatte unten als Mann meiner Träume mit einem Zylinder auf mich gewartet. Wie albern wir gewesen waren, wie kleinlich, so lange an unserem Zorn festzuhalten. Doch Zorn war besser als Trauer. Beides zusammen hatte dazu geführt, dass ich nicht länger Adele war, sondern zu Elle wurde.

»Gran?« Peta berührte meine Schulter. Ich fröstelte trotz der Hitze.

»Ja?«

Sie nahm die zarte Spitze, die vor über hundert Jahren von Hand gefertigt worden war. Ihre Augen leuchteten. »Danke.«

»Es ist mir ein Vergnügen. Möge er dir Freude bringen – nein, möge er dein Glück krönen.« Der Schleier hatte Mutter kein Glück gebracht, doch wenigstens Großmutter hatte eine glückliche, wenngleich sehr kurze Ehe geführt. Großvater war im Ersten Weltkrieg gefallen.

Peta küsste meine Wange. »Was hast du da sonst noch aufbewahrt?« Sie spähte neugierig über meine Schulter. Hastig ließ ich den Deckel fallen, bevor sie sehen konnte, was in dem alten Lederkoffer lag. Der dumpfe Knall ließ den Staub von den Dachbalken rieseln. Die Verschlüsse klickten.

»Nichts Wichtiges.«

5. Juni 1943

»Bist du dir sicher wegen der Wrens?« Amelia streckte sich auf dem Stück Gras aus, das von Windwards Rasenfläche übrig geblieben war, und schaute in den Himmel. Der Tag war warm, doch von der Falmouth Bay wehte eine frische Brise herüber, die die Hitze milderte und ihr blondes Haar zerzauste.

Ich ließ den Gedichtband sinken und sah meine Schwester an. »Ja, und dank Vater hatten wir auch lange genug Zeit, um darüber nachzudenken.«

Sie drehte sich auf die Seite. »Alle außer uns sind mit siebzehn zum *Women's Royal Naval Service* gegangen, nur wir mussten bis zum achtzehnten Geburtstag warten.«

Ich stützte die Hand ins Gras. »Jetzt haben wir's ja geschafft.«

Sie zog die Nase kraus. »Ich glaube nicht, dass er uns die Erlaubnis verweigert hat, weil er uns für zu jung hielt. Wir seien zu ›unreif‹, hat er behauptet.«

»Mutter.«

Sie nickte. Wir sahen einander an, und wir wussten, was keine von uns aussprechen wollte. Amelia ließ den Blick über die Bucht schweifen. »Ich kann nicht glauben, dass sie mich gleich als Unteroffizier einsetzen wollen.«

»Natürlich wollen sie das. Du kannst ja bereits Auto fahren – sehr zu Großmutters Verdruss, versteht sich.«

»Und ich verstehe nicht, warum du nicht gerne fährst.« Sie schürzte die Lippen genau wie Großmutter. Ich zuckte die Schultern und dachte an die halsbrecherische Geschwindigkeit, mit der Amelia durch die Straßen gerast war, bis sie beinahe die Kontrolle über den Wagen verlor.

»Ich *hatte* die Kontrolle.« Sie warf ein Gänseblümchen nach mir. Ich sah sie mit hochgezogener Augenbraue an. »Außerdem liebe ich Motoren – dank Patrick.« Ihre Augen funkelten vor Übermut.

Meine Augenbraue wanderte erneut in die Höhe, als ich an Großmutters gutaussehenden Chauffeur dachte und daran, wie Amelia Patrick geküsst hatte, anstatt sich von ihm zeigen zu lassen, wie man Auto fährt. Ich hatte ein plötzliches Interesse an Blumen vortäuschen und Großmutter eilig den Gartenweg entlanglotsen müssen – weg von den beiden. Meine Großmutter hatte sich allerdings nicht täuschen lassen, denn kurz nach meinem Anflug von Gartenenthusiasmus hatte Patrick die Stelle gewechselt. Ich hätte nur zu gern gewusst, wie es war, ihn zu küssen, und ich machte mir Sorgen, dass Amelia schwanger sein könnte. Sie hatte meine Befürchtung mit einem Lachen abgetan und behauptet, *das* hätten sie nicht getan.

»Aber Unteroffizier hin oder her – du wärst als Fahrerin ohnehin eine Verschwendung«, sagte Amelia jetzt, »dafür bist du viel zu clever. Vater scheint fest davon auszugehen, dass dein Platz in Cambridge ist.«

»Ich weiß.« Ich seufzte. »Ich würde allerdings viel lieber nach Durham gehen.« Mit einem Blick auf den wolkenlosen Himmel dachte ich an die Entfernung, die das zwischen mich und Windward bringen würde. Ich sehnte mich nach einem Ort, an dem ich nicht nur kein Zwilling, sondern auch nicht Vaters Tochter war. Trotzdem wollte ich nicht von Amelia getrennt sein. Ich wusste nicht, wie es ohne sie wäre, aber diese Erfahrung würde ich zweifelsohne bald machen.

»Rebellin.« Sie lachte. »Das ist wohl Rachel Mary Parsons Einfluss geschuldet. Sie hat es immerhin als eine der drei ersten Frauen an die Uni von Cambridge geschafft.«

»Mag sein.« Ich streifte mir ein paar verirrte Grashalme vom Rock. Weder meine adrette äußere Erscheinung noch mein Benehmen ließen in irgendeiner Weise auf Rebellion schließen. »Wann sollen wir am Strand sein?«

»Die Ebbe hat gerade begonnen.« Amelia schaute auf ihre Uhr. Es war die gleiche wie meine – ein Geschenk unserer Großmutter zum achtzehnten Geburtstag. Obwohl wir darauf achteten, uns nicht gleich zu kleiden, behandelten uns doch alle, als seien wir ein und dieselbe Person. Heute trug Amelia eine violette Bluse, ich eine weiße. Ich wusste, dass ich darin nicht so schwitzen würde. Maenporth Beach, vor dem kühlen Nordwind geschützt, war ein wahrer Brutofen. »Wir können in ungefähr einer Stunde aufbrechen.«

Ich nickte und zupfte einen Grashalm ab. Alles hatte

sich so lange hingezogen, und nun verstrich die Zeit plötzlich viel zu schnell. Nachdem wir das Vorstellungsgespräch und die medizinische Untersuchung hinter uns gebracht hatten, hatten wir nur noch warten müssen, bis wir achtzehn wurden, was heute der Fall war. »Ich hoffe, ich schaffe die Schulung.« Ich klemmte den Grashalm zwischen die Daumen, blies darauf und brachte einen quietschenden Ton zustande. Die Ausbildung zur Telegraphistin war so kompliziert, dass sie ganze sechs Monate dauerte, während Amelia bloß einen Monat fort sein würde, um Fahrerin zu werden. Vater gefiel mein Einsatzbereich, doch genau wie Großmutter war er wenig begeistert, dass Amelia zum *Motor Transport Corps* – dem Kraftfahrkorps – ging. Ich traute den beiden durchaus zu, dass sie Druck auf die höheren Stellen ausgeübt und dafür gesorgt hatten, dass Amelia nur Offiziere chauffierte und keine Transportfahrzeuge fuhr.

»Das wirst du, ist doch klar, und ich werde grün vor Neid, weil du sechs Monate in London verbringen kannst.« Ihre Augen wanderten über die Mauern von Windward. »Ich dagegen bin nur einen Monat weg, und dann auch noch ganz in der Nähe.« Sie rümpfte die Nase.

Ich gab mir alle Mühe, nicht über ihren empörten Gesichtsausdruck zu lachen. Es war unfair, dass ich gehen durfte, während sie bleiben musste. Meine Eltern spürten, dass ich die Gefestigtere von uns beiden war. Ich hätte mich darüber freuen sollen, dass sie mir mehr Verantwortung zutrauten, aber sie kannten nur die halbe Wahrheit. Amelia und ich sahen gleich aus, hatten die gleiche Stimme – machte man sich allerdings die Mühe, genauer hinzuschauen, lagen die Unterschiede auf der Hand. Trotzdem nahm uns keiner außer Amelia und mir selbst als Individuen wahr. Es schien uns nur im Doppelpack zu geben, und mitunter behandelte man uns wie eine Zirkusattraktion.

»Wer außer dir sollte auch dafür sorgen, dass Mutter und Großmutter einander nicht umbringen?«, fragte ich. Wir lachten, und wieder war ich fasziniert, wie unser beider Lachen zu einem verschmolz.

»Klar. Ich werde dich vermissen. Wer bringt mich zum Lachen, wenn du nicht da bist?«, sagte sie und sprach zum millionsten Mal das aus, was ich dachte.

»Gute Frage. Ich nehme an, wir werden uns mit Briefen begnügen müssen.« Ich stand auf und schaute blinzelnd in die Ferne, um aus Gewohnheit Schiffe zu zählen. Amelia streckte ihre Hand aus, und ich ergriff sie und zog sie hoch.

»Dafür wirst du häufig Vater und Tante Margaret sehen.« Wieder zog sie die Nase kraus. »Glaubst du, sie vermisst Onkel Reg wirklich so sehr, wie Großmutter es für angemessen hält?« Meine Schwester sah mich skeptisch an.

Meine Tante, unerreicht glamourös, ließ sich ihre Sorge nicht anmerken. Das schickte sich nicht. »Ich nehme an, Großmutter überträgt ihre eigene Sorge um ihren Sohn auf Tante Margaret, doch die spielt da nicht mit.« Wir hakten uns unter und gingen zusammen zurück zum Haus.

Amelia wandte sich zu mir. »Du rufst mich doch an und schreibst mir so oft wie möglich, oder?«

Ich legte meinen Kopf auf ihre Schulter. Es verunsicherte mich, sie zu verlassen, und ihr erging es umgekehrt genauso. Wir hatten unser gesamtes bisheriges Leben gemeinsam verbracht, doch in letzter Zeit hatte ich mich danach gesehnt, nur ich sein zu können – kein Zwilling, nicht immer nur Amelia und ich.

»Selbst wenn ich nicht anrufe, wirst du wissen, wie die Dinge stehen.«

»Wenn du nicht weit weg bist, ist das nicht schwer, aber wir haben es noch nie über eine so große Entfernung ausprobiert.«

»Ich weiß.« Ich zog ihren Arm dichter zu mir. »Ich nehme an, das ist der einzige Weg herauszufinden, ob es funktioniert.« Wir schauten einander in die Augen. Amelias Pupillen waren Teiche dunkler Ungewissheit, die meine eigene Furcht spiegelten. Ich schluckte mühsam und zwang mich zu einem Lächeln. So unsicher ich mich auch fühlte, das hier war aufregend, und ich bestimmte, wo es langging.

Ich stand mit Mutter in der Küche. Sie wirkte hier stets verloren. Küchenarbeit war unter ihrer Würde. Nie hätte sie gedacht, dass sie sich je damit würde befassen müssen, aber sie stellte sich nicht ganz so ungeschickt an wie Großmutter. Die Küche war so weit entfernt von Großmutters Leben vor dem Krieg, dass sie kaum wusste, was sie darin machen sollte. Sie hatte sogar lernen müssen, wie man einen Kessel aufsetzte, jetzt, da Mrs Tonks, die ehemalige Köchin, auf einer Farm arbeitete. Zum Glück hatte

Amelia ein Händchen fürs Kochen, und die evakuierten Kinder von der Latymer School, die hier untergebracht waren, kümmerte es nicht, was sie aßen – Hauptsache, sie mussten nicht hungern. Inzwischen waren sie nach London zurückgekehrt, und das Haus fühlte sich leer an ohne sie. Seit sie fort waren, war Mutter niedergeschlagen, und ich glaubte kaum, dass meine eigene Abreise dazu beitragen würde, ihre Stimmung zu heben.

»Wann geht dein Zug morgen?« Sie reichte mir ein Messer. Im Augenblick gab es jede Menge Kartoffeln, die den Großteil unserer Mahlzeiten ausmachten. Nicht dass ich mich beschwerte. Essen war Essen. Bevor ich mich ans Schälen machte, schrubbte ich unter dem Wasserhahn die Erde ab und sah zu, wie die braune Brühe im Ausguss verschwand.

»Am Mittag.«

Sie runzelte die Stirn. »Deine Großmutter hat darauf bestanden, dass du erster Klasse reist.«

Ich nickte.

»Sie möchte nicht, dass du mit dem Pöbel in Berührung kommst.«

»Natürlich nicht.« Ich lachte.

Mutter spähte mit zusammengekniffenen Augen aus dem Fenster. Wie würde sie mit Großmutter klarkommen, wenn Amelia fast den ganzen Tag über weg war? Seit meine Eltern geheiratet hatten, waren Mutter und Großmutter nicht mehr einer Meinung gewesen. Mutter hatte aus Liebe geheiratet und – laut meiner Großmutter – unter ihrem Stand. Nigel Seaton war Chirurg und verdiente damit seinen Lebensunterhalt, was uns vor dem Krieg durch ganz Großbritannien und dann nach London geführt hatte. Großmutters Ziel war es, zumindest *uns* angemessen unter die Haube zu bringen, doch der Krieg hatte ihre Pläne durchkreuzt, denn Tante Margaret konnte uns nun nicht bei Hofe vorstellen.

Mutter nahm ein Geschirrtuch und sah mich an. »Du wirst auf dich aufpassen, oder?«

»Selbstverständlich.«

Sie streckte die Hand aus und berührte mich am Arm. »Ja, ich weiß, dass ich mich auf dich verlassen kann. Bei deiner Schwester bin ich mir allerdings nicht so sicher.«

»Sie ist die Lustige von uns beiden, ich bin die Vernünftige.« Ich versteckte meine eigene Sorge hinter einem Lächeln. Wer würde Amelia aus der Patsche helfen, und wer würde mich hineinmanövrieren? Ohne sie war ich viel zu ernst, und ohne mich war sie viel zu leichtfertig. Dennoch hatte sie in meinen Augen Glück gehabt, dass sie hierbleiben durfte, auch wenn sie das anders sah. Mein Herz hing an Windward mit seinen Granitecksteinen aus dem nahe gelegenen Steinbruch und den großen, seewärts gerichteten Fenstern. Ich liebte dieses Haus. Es war Amelia, die London, unseren letzten Wohnsitz, vermisste.

»Ich weiß. Genau das bereitet mir Sorgen.«

Ich wandte mich von Mutter ab. Ihre Furcht entmutigte mich. »Es wird ihr schon gutgehen und mir ebenfalls.«

»Dieser verdammte Krieg.« Mutter seufzte. »Das wird unser Ende sein.«

Ich runzelte die Stirn. »Wir werden Hitler nicht gewinnen lassen.«

»Wir sind verloren – ganz gleich, ob er gewinnt oder nicht.« Sie ging hinaus in den Garten, um ein paar Karotten aus Großmutters Gemüsebeet zu ziehen. Ich blickte ihr nach.

»Träumst du bei der Arbeit?« Amelia tippte mir auf die Schulter, dann tänzelte sie hinaus zu Mutter.

Ertappt. Seufzend legte ich die Kartoffeln in einen Topf mit Wasser und dachte über Mutters Worte nach. *Wir sind verloren.* Ich setzte den Deckel auf den Topf. Wer wusste schon, was jedem von uns bevorstand? Ich betete, dass das Leben bald zur Normalität zurückkehrte. Der granitene Sturz über dem Herd deutete auf Beständigkeit hin. Ich strich mit den Fingern darüber. Er war ein Relikt aus dem Farmhaus, das hier gestanden hatte, bevor Großmutter Windward hatte erbauen lassen. Dieser schreckliche Krieg konnte und durfte nicht einfach unser Leben wegwischen, auch wenn er es längst verändert hatte. Die Aufregung wetteiferte mit der Furcht und drehte mir den Magen um. Morgen würde ich Windward und Amelia verlassen.

16. August 2015

Der Schleier lag ausgebreitet auf einem alten Gestell zum Trocknen von Spitze, das Peta auf dem Dachboden entdeckt hatte. Der Staub so vieler Jahre war herausgewaschen, die Farbe erinnerte nun eher an strahlendes Elfenbein als an dünnen Tee. Mit geschickten Händen hatte sie begonnen, die Schäden zu reparieren, die die Jahre an dem zarten Material angerichtet hatten. Ich ging um das Gestell herum, voller Bewunderung für die feinen Details. Mit acht hatte ich nichts davon bemerkt, ich fand den Schleier einfach nur schön und wusste, dass sich diejenige, die ihn trug, glücklich fühlte und geliebt. So war es bei Großmutter gewesen und auch bei Mutter – zumindest dachte ich das damals.

Als Peta das Seidenpapier aufgeschlagen hatte, waren die grauen Lavendelblüten auf den Teppich gefallen, die zusammen mit dem Schleier eingewickelt waren. Ich bückte mich, um an der zarten Spitze zu schnuppern, da ich feststellen wollte, ob der Lavendelduft auch nach dem Waschen geblieben war, doch der Schleier roch nur noch nach Waschpulver. Hier unten im Esszimmer konnte er trocknen, ohne dem schädlichen Sonnenlicht ausgesetzt zu sein. Peta war eifrig darauf bedacht, dieses Stück Geschichte zu bewahren. Ich widerstand dem Bedürfnis, es in Fetzen zu reißen, denn ich wusste, dass es weder über die magische Kraft verfügte, glücklich zu machen, noch die Vergangenheit zu ändern. Wir wählten unseren eigenen Weg.

Ich ging zur Treppe. Nach dem gestrigen Abstecher auf den Dachboden schmerzten meine Gelenke mehr als sonst, doch mit dem körperlichen Unbehagen kam ich zurecht. Seltsamerweise hieß ich es sogar willkommen. Es war real. Mein Körper war alt und ließ langsam nach. Als ich gestern Abend im Bett lag und über den Koffer und seinen Inhalt nachdachte, ging mir das Herz auf. So lange hatte ich es verschlossen, doch gestern Abend drückte mich der Schmerz der Vergangenheit nieder. Unfähig, mich zu regen, hatte ich gespürt, wie mein Herz immer langsamer schlug, bis es schließlich stehen blieb. Ich erinnere mich nicht, wann es wieder anfing zu schlagen, aber das hatte es offenbar getan. Als ich zu mir kam, spürte ich den bitteren Geschmack von Hass und Zorn im Mund, der ganz anders war als der salzige Geschmack meiner Tränen.

Mein Blick verschwamm. Ich klammerte mich ans Geländer. Ich musste mich den alten Dämonen stellen. Es fiel mir schwer zu atmen, dennoch ging ich den Flur entlang zur Dachbodentreppe.

»Was, zum Teufel, machst du da?« Jacks Stimme klang eher amüsiert denn verärgert.

»Ich gehe auf den Dachboden.«

»Nun, mir war klar, dass du keinen Einkaufsbummel machst.« Er kam auf mich zu. »Hältst du das wirklich für eine gute Idee?« Er musterte mich skeptisch, und wieder sah ich den Humor seines Großvaters durchschimmern. Andrew hatte mich nie gerügt, doch er hatte mich aufgezogen, bis ich mich seiner Sicht der Dinge fügte, sogar als es darum ging, ihn zu heiraten.

»Dann glaubst du also, du schaffst es, diese abgetretenen Stufen mit deinem Gehstock und deiner kaputten Hüfte zu bewältigen?« Er lehnte sich gegen die Wand. »Das muss ich sehen.«

»Ich bin fest entschlossen.« Ich stellte den Gehstock auf die erste Stufe. Gestern hatte ich die Treppe ohne Probleme geschafft, doch heute war das ganz anders. Es war, als hätte der kleine Abstecher durch die verschlossene Tür eine Stoppuhr in mir in Gang gesetzt, die nun die Sekunden herunterzählte.

»Das glaube ich dir sofort. Allerdings habe ich dich, soweit ich weiß, nur einmal in meinem Leben auf dem Dachboden gesehen. Was ist dort oben so Lebenswichtiges, dass du es jetzt unbedingt haben musst?«

»Das wüsstest du wohl gern.« Ich wich seinem fragenden Blick aus. Seit gestern suchten mich die Erinnerungen an die anderen Dinge heim, die ich in dem Koffer entdeckt hatte.

»Da hast du recht, denn es würde weit mehr Sinn ergeben, wenn du mir sagst, was du brauchst, und ich es dir hole.«

»Das wäre langweilig.«

»In der Tat, langweilig und vernünftig.« Sein Lächeln wich einem ernsten Gesichtsausdruck.

Etwas wackelig stieg ich die erste Stufe hinauf.

»Gran …«

Ich nahm die zweite in Angriff. Vor mir lagen noch zwölf weitere Stufen, ehe ich zum schwierigen Teil oben am Ende der Stiege kam. Warum gab es hier kein Geländer? Ich erklomm die dritte Stufe und hörte, wie Jack unter mir die erste betrat.

Auf der fünften Stufe näherte sich mein Kopf bereits der Öffnung in der Decke. Ich beugte mich vor, damit ich mich nicht anstieß. Die Luft war dünner hier oben. Staub stieg mir in die Nase. Ich nieste und schlug rasch die Hand vors Gesicht. Jack schlang die Arme um meine Mitte, als ich ins Wanken geriet.

»Du bist stur genug, um es ohne Knochenbrüche zu schaffen.«

»Das stimmt.« Ich nahm eine weitere Stufe in Angriff,

dann noch eine. Jacks Hand ruhte an meiner Taille, bis wir oben angekommen waren und zwischen einzelnen Stühlen, zerrissenen Lampenschirmen und anderen ausrangierten Möbelstücken hindurch zum Ende des Dachbodens gingen. Es war anstrengend, aber ich würde nicht aufgeben.

»Ich hoffe, der Aufwand lohnt sich.«

»Das kann ich dir nicht versprechen.« Tatsächlich war ich mir nicht sicher, warum ich das tat. Vorausgesetzt, die Briefe waren noch da, wäre es wirklich hilfreich, sie zu lesen?

Vorsichtig setzte ich den Gehstock auf die unebenen Bodendielen, bis ich vor der Tür zur Kammer stand. Ich hatte sie gestern nicht abgeschlossen, und nun stand sie offen und schaukelte leicht in den Angeln. Ich schaute mich um, suchte nach einem Luftzug oder einem anderen Grund, aber ich konnte keine Ursache entdecken. Alles sah genauso aus wie am Tag zuvor. Alte Truhen, eine ramponierte Kommode mit mehreren Schubladen, ein zusammengerollter Teppich, kaputte Tennisschläger und dazwischen mein alter Lederkoffer. Gestern hatte ich nur den Schleier herausgenommen und Peta und mir selbst verwehrt, einen Blick auf den Rest des Inhalts zu werfen, doch die Briefe waren da und würden keine Ruhe geben. Ich klammerte mich haltsuchend an einen Balken, tastete nach dem Lichtschalter und knipste das Licht an, das die Staubpartikel in der Luft sichtbar machte. Dann drehte ich mich zu Jack um.

Er stand hinter mir und sagte kein Wort – seine Körperhaltung war Frage genug. Die Füße weit auseinandergestellt, die Hände in die Hüften gestemmt, wartete er auf eine Erklärung.

Die Bodendielen knarrten, als ich zu meinem Koffer ging. Ich achtete darauf, mich in der Mitte zu halten, damit ich mir nicht den Kopf an den Dachbalken stieß. Jack folgte mir wortlos, bis ich vor dem kleinen Truhenstapel mit den Sachen von früher stehen blieb.

»Willst du in alten Erinnerungen schwelgen?«

»Das trifft es nicht ganz, aber ja, ich muss etwas wiederfinden.« Ich stellte fest, dass die Truhe meiner Schwester ganz oben auf dem Stapel stand. Warum war sie immer noch hier?

Jack las die Namen. »Ha, hier ist Dads. Ich bezweifle, dass etwas drin ist, was sich lohnt, aufgehoben zu werden.«

»Da magst du recht haben, aber er wollte seine Sachen behalten und war strikt dagegen, dass eure Tante sie bekam.«

»Vielleicht hat er seine Pornoheftchen in der Truhe aufbewahrt.«

»Nein, die lagen unter seiner Matratze.«

Jack lachte. Er blieb vor der Truhe stehen, die mit der Aufschrift »A.D. Seaton« versehen war, und runzelte die Stirn. Ich wurde nervös. »Das sind nicht deine Initialen, Elle Seaton. Ich nehme an, die Truhe gehörte einer Verwandten?« Er schüttelte den Kopf. »Warum hängen die Menschen so sehr an ihren alten Sachen?«

»Deine Truhe steht dort hinten am anderen Ende des Dachbodens.« Ich deutete auf eine Ecke, in der ich mehrere Metalltruhen entdeckt hatte.

»Schmeiß das verdammte Ding auf den Müll.« Er lachte. »Soll ich dir helfen und den Koffer ins Wohnzimmer bringen?«

Ich schürzte die Lippen. Das Wohnzimmer war nicht privat genug. »In mein Zimmer. Danke.«

Kapitel vier

Maenporth Beach, Falmouth, Cornwall
5. Juni 1943

All die Felsen am Fuß der Klippen lagen frei, genau wie der Seetang, aus dem Penicillin gewonnen wurde und der der Grund dafür war, dass wir nun am Strand waren. Dieses Jahr würde das Wasser nur im August noch niedriger stehen, und ich würde nicht hier sein, um das mitzuerleben, aber daran wollte ich jetzt nicht denken. Soweit ich mich erinnern konnte, wäre dies der erste Sommer, den ich nicht in Windward verbrachte. Ich richtete mich auf, ließ den Eimer am Boden stehen und rieb mir den Rücken. Der Sand erstreckte sich meilenweit ins türkisfarbene Wasser. Es konnte kaum schönere Tage geben als diesen.

Heute würde ich die letzte Nacht vor meiner Abreise zu Hause verbringen, und ich fröstelte trotz der Hitze. Ich schaute mich nach Amelia um und entdeckte sie am anderen Ende des Strands in der Nähe des ersten Geschützbunkers, gleich bei der Hochwassermarke. An einem Tag wie heute bereitete uns unsere Aufgabe keine Mühe, aber wir waren auch schon bei schlechtem Wetter hier draußen gewesen. Schweiß lief mir den Rücken hinab, feuchte Haarsträhnen klebten in meinem Nacken. Ein Bad im Meer würde guttun, aber dafür blieb keine Zeit, wenn wir unsere Aufgabe erledigen wollten. Jeder hatte seine Pflicht zu erfüllen. Ich bückte mich und machte mich wieder an die Arbeit, wobei ich mir vorzustellen versuchte, was mich morgen erwartete. Ich fuhr nach London, um meine Ausbildung zur Telegraphistin zu beginnen, aber alles war ungewiss.

»Du wirst eine tolle Zeit in London haben.« Amelia lachte, als ich beim Klang ihrer Stimme zusammenzuckte. Sie nahm mir den Eimer ab und leerte ihn in einen größeren. Schulterzuckend griff ich nach meinem leeren Eimer. »Doch, das wirst du«, versicherte sie mir. »Das weiß ich.«

Unsere Blicke begegneten sich. »Nicht ohne dich.«

»Wir können nicht immer zusammen sein, Dummerchen.« Sie schaute aufs Meer hinaus.

»Ähm, ja, und du wirst … wen heiraten? Eddie, Philip oder Angus?«

»Philip gehört dir!« Sie boxte mich auf den Arm. »Angus Lambert ist für mich. Ich will den, der mich an weit entfernte Orte mit seltsam klingenden Namen bringt.«

Ich lachte. Sie verliebte sich ständig. Ich hatte schon vor ihr ein Auge auf Angus geworfen, doch ich konnte nicht mithalten, da sie diejenige war, die ihn bereits geküsst hatte. Beklommen hatte ich ihr meine Zuneigung zu Angus gestanden, während sie auf einem Felsen saß, der die Bucht überblickte. Und dann war sie einfach aufgestanden, über den Strand zu ihm gegangen und hatte ihn geküsst. Ich hatte sie für den Rest des Tages gehasst, dann hatte ich gelacht und mich nach den Details erkundigt. Sie erzählte mir, dass sein Mund nach Pfefferminz und Zigaretten schmeckte, und war überzeugt, dass er nicht wusste, dass sie ihn geküsst hatte und nicht ich. Sie schwor, sie habe das nur getan, damit ich es nicht mit meiner Unbeholfenheit vermasselte. Sie hatte recht. Ich hätte es doch bloß verpatzt, aber wenn ich ehrlich war, war ein Teil von mir immer noch ein bisschen sauer. Anders als mir fiel ihr das Flirten absolut leicht. Sogar jetzt, hier am Strand, hatte sie einen jungen Matrosen gefunden, der begeistert an ihren Lippen hing. Wie machte sie das bloß? Wir waren einander so ähnlich, doch wenn es um Männer ging, war ich wortkarg und linkisch, während Amelia pure Lebenslust versprühte.

Ich hielt kurz inne, um mich zu strecken, rieb das Salz von meiner Hand in mein Taschentuch und betrachtete meine Schwester, die sich wieder an die Arbeit gemacht hatte. Sie war so viel geschickter mit ihren Händen als ich. Obwohl sie mehr Zeit damit verbracht hatte, Großmutters Chauffeur zu küssen, anstatt sich von ihm das Fahren beibringen zu lassen, konnte sie problemlos einen Motor auseinandernehmen und wieder zusammensetzen, was jetzt von großem Nutzen war.

»Hi.« Ein junger Mann kam zu mir, um meinen Seetang abzuholen. »Amelia?« Er grinste.

Ich schaute auf und versuchte, nicht die Augenbrauen zusammenzuziehen, während ich ihn korrigierte. »Adele.«

»Donnerwetter! Das lerne ich wohl nie.« Er zuckte mit den Schultern.

Da bist du nicht der Einzige, fügte ich im Stillen hinzu und wünschte mir inständig, er würde nicht so enttäuscht aussehen. Ohne meinen Zwilling in der Nähe hätte auch ich die Chance, wahrgenommen zu werden.

»Sei's drum. Wir haben sowieso genug für heute.« Er streckte die Hand nach meinem Eimer aus, leerte ihn wie zuvor Amelia in den größeren und sah sich anschließend nach meiner Schwester um. Was stimmte nicht mit mir?

Ich senkte den Blick und betrachtete ein paar Muscheln, die sich an den Fuß der Felsen klammerten. Vielleicht könnten wir sie heute zum Dinner essen? Ich fing an, die Muscheln von den Felsen zu lösen und in meinem leeren Eimer zu sammeln. Als ich wieder aufschaute, war der Matrose weitergegangen zu Amelia, die lachte und das Haar in ihrem Nacken hochhob, wobei sie ihre Brüste vorstreckte. Ich war nicht die Einzige, die dies bemerkte. War sie sich dessen bewusst? Wusste sie um die Wirkung, die sie damit erzielte? Ich wandte mich ab und suchte weiter die Felsen nach Muscheln ab. Vielleicht sollte ich versuchen, mehr so zu sein wie sie, unverkrampfter, koketter. Bei ihr sah das so einfach aus. Bei mir würde es unbeholfen wirken, aufgesetzt.

Ich warf einen Blick über die Schulter und sah Amelia auf mich zukommen. Auch sie hatte Muscheln gepflückt, ihr Eimer war bereits voll. Vermutlich hatte sie ihn nicht allein gefüllt. Vor meinen Füßen lag eine offene Muschelschale, die Innenseite glänzend weiß-silbern und am Rand bläulich. Ich hob die Schale auf. Amelia trat zu mir. Eine Hälfte der Schale brach ab und fiel zurück auf den nassen Sand.

»Damit mache ich einen Muscheleintopf.« Sie schüttelte ihren Eimer, während ich beobachtete, wie die See über die abgebrochene Muschelhälfte hinwegspülte. Die Flut kam. »Oder sollte ich das Mutter überlassen?«

Ich lächelte. »Mutter und Großmutter müssen unbedingt kochen lernen.«

»Mutter ist gar nicht so schlecht.«

»Ich weiß, und Großmutter liebt es, Gemüse anzubauen, aber …«

Sie lachte. »Weißt du noch, als Mrs Tonks gekündigt hat, um auf der Farm zu arbeiten? Großmutter war fassungslos.«

»Putzen und kochen!« Allein die Vorstellung, dass Großmutter eine Kartoffel schälte, geschweige denn abspülte, genügte, um bei mir einen Lachanfall auszulösen.

Kichernd kehrten wir zu den anderen zurück. Ich wollte jedes Detail in mich aufsaugen, denn morgen wäre ich fort, und ich wusste nicht, wann ich zurückkehren würde. Amelia würde hier sein, es blieb also zumindest ein Teil von mir.

Sie richtete ihr Haar, dann stieg sie auf ihr Fahrrad.

Der Matrose rannte auf sie zu. »Sehen wir uns morgen Abend beim Tanzen?«

Sie lachte und berührte mit dem Finger seine Wange. »Nur wenn du versprichst, dass du dich benimmst.« Er grinste und salutierte, dann verschwand er in Richtung Falmouth.

»Du bist unverbesserlich«, sagte ich.

»Ich weiß.«

Ich holte tief Luft, dann atmete ich langsam aus.

Sie schaute mich an. »Bitte sei nicht böse.«

Ich lächelte. »Bin ich nicht. Ich ...« Ich sah sie prüfend an und stellte fest, dass sie eine Sommersprosse auf der Nase bekommen hatte. »Ich glaube, ich bin eifersüchtig.«

»Natürlich bist du das, Dummerchen. Dabei ist es doch ganz einfach.« Sie unterbrach sich, um einen Hut aufzusetzen. »Alles, was du tun musst, ist lächeln ... und nicht allzu viel nachdenken.«

Ich schüttelte den Kopf. In dieser Hinischt waren wir komplett verschieden. Sie würde nicht mehr an den Matrosen denken, bis er bei der Tanzveranstaltung an ihrer Seite auftauchte, eifrig darauf bedacht, ihre Aufmerksamkeit zu erwecken. Sollte sie zuvor einen anderen Mann entdeckt haben, den sie für charmanter hielt, würde sie den Matrosen keines Blickes mehr würdigen, das stand fest. Ich war mir nicht sicher, ob ich so etwas übers Herz bringen würde.

»Soll ich mal versuchen, heute Abend *moules marinières* zuzubereiten?«, fragte sie.

Ich verdrehte die Augen. »Wir haben doch gar nicht die Zutaten, die wir dafür brauchen.«

Sie deutete grinsend auf meinen Eimer. »Wir haben mehr als genug, was wir bei Mrs Tonks auf der Farm eintauschen können. Mal sehen, ob sie mir etwas Sahne für deine Muscheln geben kann.«

»Und was ist mit dem Wein?«

»Ich habe im Herbst Cider gemacht, den nehme ich.«

»Knoblauch?«

Sie wandte sich um und schaute zum Wald, der sich auf dem Hügel oberhalb des Strands erstreckte. Dort wuchs wilder Knoblauch zusammen mit den letzten Glockenblumen.

»Glaubst du, das schmeckt?«

»Klar schmeckt das. Vertrau mir. Außerdem ist heute unser Geburtstag und noch dazu der letzte Abend, bevor wir Wrens werden!«

»Da hast du recht.« Ich setzte mich in Bewegung und kam vor ihr oben auf dem Hügel an. »Du passt auf dich auf, ja?«, sagte ich, als sie zu mir aufgeschlossen hatte.

Sie runzelte die Stirn. »Ich bin doch nicht blöd.«

»Nein, das bist du nicht.« *Nur leichtsinnig und blind für die Konsequenzen,* dachte ich, aber ich brachte die Worte nicht über die Lippen. Sie war sowieso schon auf halbem Weg zur Farm. Ich hoffte nur, dass sie auch ohne mich zurechtkommen würde. Heute wurden wir achtzehn, und morgen verließ ich Cornwall und meine Schwester.

Windward, Mawnan Smith, Falmouth, Cornwall
16. August 2015

»Da kann ja nicht viel drin sein. Der Koffer wiegt kaum etwas, und das Leder ist so brüchig, dass es bald auseinanderfällt.« Jack legte den Kopf schief. »Sobald du einen Blick worauf auch immer geworfen hast, schlage ich vor, dass wir ihn entsorgen.«

Ich stand am Fenster und blickte auf den Leuchtturm von St. Anthony. Draußen in der Bucht zog von Nordost Seenebel auf. Schon bald war der Leuchtturm nicht mehr zu sehen, genauso wenig wie Pendennis Castle. Manchmal wünschte ich mir, ein solcher Nebel würde in meinen Kopf eindringen und die Erinnerungen genauso verschlucken wie die Landschaft um mich herum, sodass nichts blieb als vage Schemen.

»Hast du gehört, was ich gesagt habe?« Jack trat an meine Seite.

»Das habe ich. Danke.« Ich drehte mich zu ihm. »Könntest du mir einen Whisky bringen?«

Er zog eine Augenbraue hoch und sah mich fragend an. »Erst kletterst du auf den Dachboden hinauf, und dann trinkst du allein in deinem Zimmer. Muss ich mir Sorgen machen?«

Ich lachte. »Selbstverständlich! Und schenk mir bitte ordentlich ein.« Das Nachmittagslicht ließ sein blondes Haar leicht rötlich schimmern. »Nun geh schon.«

Er verschwand, und ich berührte den Koffer. Er war älter als ich, denn er hatte meinem Vater gehört. Mit diesem Koffer hatte ich Windward an einem strahlenden Junimorgen 1943 verlassen. Die Zeit war nicht gnädig mit ihm umgegangen. Der Name meines Vaters war unter dem Griff eingeprägt: N.J.G. Seaton. Ich schloss die Augen und erinnerte ihn so, wie ich ihn das letzte Mal gesehen hatte – bei Mutters Beerdigung, dünner, blasser, die Zähne fleckig. Er war nicht mehr der schneidige Kerl in Uniform, der mir diesen Koffer gegeben hatte, als ich zum *Women's Royal Naval Service* gegangen war.

Ich bückte mich, woraufhin prompt mein Rücken protestierte. Die Verschlüsse klemmten, doch schließlich konnte ich sie öffnen. Jack hatte recht: Es war nicht viel darin, abgesehen von ein paar Bündeln mit Briefen und mehreren Fotos. Meine Hände zitterten, als ich nach einer verblichenen Aufnahme von meiner Schwester und mir auf den Felsen griff, auf der wir beide den gleichen Badeanzug trugen. Ein anderes Foto zeigte uns lachend, die Köpfe zurückgeworfen, im Hintergrund war Windward zu sehen. Dinge wie diese hatten keine Macht mehr, aber sie wühlten immer noch Emotionen auf. Ein blasses Stück Stoff lag unter den Briefen. Ich runzelte die Stirn. Ihre Briefe waren in ein Taufkleid eingeschlagen? Das hatte ich nicht getan. Es musste Mutter gewesen sein. Es war, als könnte ich ihren ungerechtfertigten Zorn noch immer spüren. Meine Hände schlossen sich um den zarten Stoff, der fachkundig von Mrs Tonks geschickten Händen ausgebessert worden war. Ich hatte die Schuld und die Strafe für das zerrissene Kleidchen auf mich genommen, dabei war es in Wirklichkeit Amelia gewesen, die einen Wutanfall bekam, als sie herausfand, dass ich als die Ältere es getragen hatte, nicht sie.

Ich nahm das Taufkleid aus der Truhe. Der Stoff war vergilbt, brüchig. Die feine Spitzenborte befand sich noch immer in perfektem Zustand, störend war allein der Riss im Batist. Das Kleid glitt durch meine zitternden Finger und zurück in den Koffer. Wie viele Kinder dieser Familie hatten das Taufkleid getragen? Meine Mutter und ihr Bruder Reginald, aber es war noch älter. Wo war Amelias Taufkleid? Ich erinnerte mich, es vor Jahren gesehen zu haben. Das war das Problem, wenn man ein Artefakt berührte; es erweckte alles wieder zum Leben.

Meine Finger spielten mit der grünen Gartenschnur, die ihre Briefe zusammenhielt. Mit den Jahren hatte die Farbe auf die Umschläge abgefärbt und vielleicht auch auf die Papierbogen darin. Ich nahm sie in die Hand, drehte sie hin und her, dann nahm ich einen anderen mit Gartenschnur zusammengebundenen Stapel. Meine Hand bebte. Was würden mir diese Briefe berichten? Ich hatte sie nie geöffnet.

Nach einer Weile ließ ich den Stapel zurück in den Koffer fallen und griff nach den Briefen, die sie mir während des Kriegs geschrieben hatte. Ich war mir sicher, dass ich wusste, was darin stand, oder hatte meine Erinnerung ihren Inhalt verfälscht? Das Gedächtnis verändert sich mit den Jahren, jede Erinnerung wandelt sich schleichend, bis sie nicht länger eine Wiedergabe der Vergangenheit ist, sondern eher eine Reflexion der Person, die versucht, sich zu erinnern. Ich wollte ihre Worte nicht lesen, doch diese Fotografie, die die junge Reporterin von der BBC ausgegraben hatte, hatte etwas in mir aufgewühlt.

Jack erschien auf der Schwelle, ein Glas in der Hand. »Ich weiß nicht so recht, was die Trinkerei in deinem Zimmer anbetrifft, aber ich nehme an, du bist alt genug.«

»Das kann man wohl sagen.« Ich legte die zusammengebundenen Briefe auf die Kommode und nahm ihm den Whisky ab. Er spähte in den offenen Koffer.

»Keine Leichen?«

»Nein.« Ich nahm einen Schluck und wartete darauf, dass er wieder ging.

»Sind das Briefe an deinen Geliebten?« Er warf mir ein verschmitztes Lächeln zu, dann nahm er den Stapel in die Hand.

»Nein.« Eine Erinnerung. Briefe von meinem Geliebten. »Hast du nichts zu tun?«

»Doch, doch. Ich weiß, wann ich unerwünscht bin«, gab er mit einem schiefen Lächeln zurück und trat den Rückzug an. Ich streckte die Hand nach ihm aus, aber er war bereits zur Tür hinaus und kurz darauf verschwunden. Jack war jemand, der das Gefühl brauchte, erwünscht zu sein, und ich hatte ihn weggeschickt. Es tat mir leid, doch ich wusste auch, dass ich den Vorstoß in die Vergangenheit allein wagen musste.

10. September 1943

Liebste A.,

es gefällt mir gar nicht, dass du so weit fort bist, doch obwohl dem so ist, kann ich deine Aufregung spüren. Dein kluges Gehirn ist begeistert von all dem, was du lernst. Ich glaube wirklich, dass du dich um einen Studienplatz in Oxford bewerben solltest, wenn dieser abscheuliche Krieg vorbei ist … wenn er denn jemals endet. Ich weiß, dass Großmutter dir niemals verzeihen wird, dass du ein Blaustrumpf geworden bist. Sie verzweifelt an uns und fährt völlig aus der Haut, wenn ich Hosen trage. Allerdings ist sie stolz darauf, dass du beim WRNS bist. Ich habe gehört, wie sie vor einer der Damen aus dem Dorf mit dir geprahlt hat. Über mich spricht sie natürlich nicht. Ich bin ja bloß Fahrerin, keine zukünftige Telegraphistin. Insgeheim hofft sie bestimmt, dass ich mich in einen Offizier verliebe und bald heirate.

Ja, ich übernehme immer noch einen Großteil der

Kocherei, obwohl ich ganz schön lange Arbeitszeiten habe. Madame Pomfrey ist meine Verbündete an der Kochfront. Ich habe so viel von ihr gelernt, und ich habe mein Französisch weit mehr verbessert als in allen Unterrichtsstunden zusammen. Doch trotz des französischen Kochunterrichts und meiner Aufgabe als Fahrerin dreht sich das Leben hier hauptsächlich um die Tanzveranstaltungen. Meine Welt kommt mir längst nicht so glamourös vor wie deine in London. Ich bin neidisch, dass du in den 400 Club gehen kannst und ich nicht. Das ist nicht fair. Machst du das Beste aus deinem Aufenthalt in der großen Stadt? Irgendwie bezweifle ich das. Du brauchst mich, damit ich dir einen Schubs gebe. Ich würde mich jede Nacht davonstehlen.

Zum Glück wird es hier ein wenig interessanter, weil so viele Besucher von der anderen Seite des Großen Teichs eintreffen. Großmutter hört nicht auf zu betonen, wie vulgär sie doch seien mit ihrem übermäßig breiten Lächeln und der ständigen Kaugummikauerei. Große Aufregung herrscht natürlich wegen der Hautfarbe mancher dieser Besucher. Die Leute bleiben stehen und starren sie an. Bei meinen Fahrten sehe ich die unterschiedlichsten Typen. Die Dinge verändern sich. Ich kann dir nicht genau sagen, inwiefern, aber wenn du Urlaub hast und nach Hause kommst, wirst du es selbst sehen.

Das Wetter ist in letzter Zeit herrlich, und ich sehne mich danach, schwimmen zu gehen, doch ich habe nie Zeit. Ich darf dir nicht alles verraten, was ich tue, nur so viel: Ich sitze meistens hinter dem Steuer, und manchmal amüsiere ich mich nach Feierabend. Ich kann dein Stirn-

runzeln sogar von hier aus sehen, doch mal im Ernst: Wer weiß schon, ob wir überleben? Vor ein paar Tagen sind Bomben gefallen, aber sie haben Gott sei Dank keinen Schaden angerichtet. Im Grunde war es ein Segen, da wir anschließend jede Menge bewusstlose Fische hatten. Mutter und Großmutter sind zusammen mit vielen anderen losgezogen, um sie einzusammeln. Wir hatten genug für das ganze Dorf, und ich habe jede Menge Fische geräuchert. An jenem Abend hatten wir ein unglaublich gutes Mahl aus Fisch und Großmutters Gemüse.

Ich bin inzwischen sehr gut darin, alle möglichen Fischarten zuzubereiten. Niemand rümpft mehr die Nase über eine einfache Makrele oder einen Seelachs. Kein Fisch ist zu fad, nicht einmal die Meeräsche. Großmutter hat angefangen zu angeln. Wenn du sie nur sehen könntest mit ihrem alten Gartenstrohhut und dem gerafften Kleid! Könnte ich bloß zeichnen! Ach ja, natürlich trug sie dabei ihre doppelreihige Perlenkette.

Mutter schweigt die meiste Zeit über. Sie scheint für Vaters unregelmäßige Anrufe und sporadische Briefe zu leben. Er ist ein Scheusal, weil er sie so im Ungewissen lässt, aber vielleicht kann er nicht anders. Ich vermisse ihn ebenfalls, doch im Gegensatz zu mir scheint sie wirklich zu leiden. Er war vor Ewigkeiten auf Urlaub zu Hause, und sie weiß nie, wo er ist.

Das Haus und die Arbeit beim Roten Kreuz halten sie zum Glück sehr auf Trab, sonst würde sie womöglich noch völlig in Depressionen versinken. Das ist etwas, was ich permanent befürchte. Wenn du Vater siehst, mach ihm Druck, damit er sich mehr Mühe gibt. Ich weiß, wie sehr er in seinen Job eingebunden und wie wichtig dieser ist, aber sie braucht ihn. Ich habe ihr vorgeschlagen, nach London zurückzuziehen, aber sie hat eine Gänsehaut bekommen und wie verrückt gezittert. Sie leidet immer noch an Albträumen von der Nacht während des Blitz-*Angriffs in London, als das Haus in der Nachbarschaft getroffen wurde. Ich erinnere mich auch daran, aber verglichen mit dem, was andere durchgemacht haben, war das nichts.*

Ich weiß, dass du jetzt sagst, ich sei zu hart mit ihr, und du hast recht. Sie ist eben eine zart besaitete Künstlernatur. Zum Glück sind wir eher so robust wie Vater!

Ich hab mich so gefreut, dass du ihn bei deinem Besuch bei Tante Margaret gesehen hast. Sie scheint ihn öfter zu Gesicht zu bekommen als jeder andere, vermutlich häufiger als ihren eigenen Ehemann. Großmutter ist mal wieder völlig außer sich wegen Onkel Reg. Sie hat getobt, er habe kein Recht, ohne Erben in den Krieg zu ziehen. Dass er sich gleich anfangs freiwillig gemeldet hat, macht ihr immer noch schwer zu schaffen.

Wie geht es Tante Margaret? Hast du nicht gesagt, sie würde ebenfalls fürs Rote Kreuz arbeiten? Ist sie immer noch so glamourös? Hätte ich doch auch so einen roten Lippenstift wie sie!

Ich vermisse dich so sehr, und ja, ich höre dich noch immer in meinem Kopf, was mich offiziell zu einer Verrückten macht und dich ebenfalls. Ich liebe dich so sehr.

Deine andere Hälfte
XXXX

Ich nahm einen großen Schluck Whisky und hob den Brief an meine Nase. Ein Hauch Tuberose haftete an der vergilbten Seite. *Tabu* – Amelias Lieblingsparfüm. Es war seltsam, dass eine Note des Dufts geblieben war. Es war alles so real. Hier in diesem Zimmer, Großmutters Zimmer. Ihre Perlen, eine Reihe davon, hingen um meinen Hals. Die andere Reihe hatte meine Schwester.

Bahnhof von Truro, Cornwall
6. Juni 1943

Der Zug war überfüllt; sogar in der ersten Klasse waren die Sitzplätze knapp. Ich hatte keine Uniform und würde während des ersten Monats meiner Ausbildung auch keine tragen, deshalb kam ich mir fehl am Platz vor. Überall drängten sich Männer und Frauen in Uniform mit ihren Koffern. Endlich entdeckte ich im letzten Abteil der ersten Klasse einen Sitzplatz am Fenster. Ein Major stand auf und half mir, mein Gepäck zu verstauen.

»London?«, fragte er.

»Ja«, erwiderte ich lächelnd.

»Ich fahre auch dorthin.« Er lächelte ebenfalls, und ich nickte ein wenig unbeholfen, während ich mich fragte, was wohl Amelia an meiner Stelle tun würde. Zweifelsohne würde sie mit ihm plaudern, aber das würde bei ihm vielleicht zu falschen Schlüssen führen, und ich wusste nicht, wie ich damit umgehen sollte. Es war sicherer, die Landschaft zu betrachten, die am Fenster vorbeizog. Sie erwartete nichts von mir.

Der Krieg hatte seinen Tribut gefordert, doch während der Zug durch die Landschaft rollte, vergaß ich beinahe, dass ich zur Ausbildung nach London fuhr. Ich hatte keine Ahnung, wo ich nach den sechs Monaten eingesetzt würde, was ziemlich aufregend war, und dennoch war ein Teil von mir neidisch auf Amelia, weil sie in Cornwall bleiben durfte. Es war gut, dass sie zu Hause helfen und sich um Mutter kümmern konnte. Irgendwer musste das schließlich tun, und sie war in so etwas weit besser als ich. Ich hatte weniger Geduld, dafür liebte ich Windward mehr als sie.

Der Zug hielt am Bahnhof St. German, und ich dachte an all die Zeiten, die wir in Carvallek, dem Zuhause von Eddie und Tom Carew verbracht hatten. Ich fragte mich, wie es ihnen wohl ging. Mutter war nicht sehr gut, wenn es darum ging, mit anderen Menschen in Verbindung zu bleiben. Vielleicht würde Tante Margaret Näheres wissen, da sie eng mit Eddies und Toms Mutter Rebecca befreundet war.

Gerade als ich schmunzelnd daran dachte, wie wir im Garten Verstecken gespielt hatten, öffnete sich die Abteiltür.

»Hallo, Delly. Du bist Delly, stimmt's?« Eddie betrat das Abteil. Überrascht, das Objekt meiner Gedanken in Uniform vor mir stehen zu sehen, sprang ich auf. Die Sommersprossen auf seiner Nase erinnerten mich an den Jungen, den ich gekannt hatte. Eddie umarmte mich, sehr zum Unmut des Majors, der versucht hatte, meine Aufmerksamkeit zu wecken.

»Auf Anhieb korrekt, Captain der Luftwaffe«, bestätigte ich scherzhaft und stellte fest, wie gut er in seiner Uniform aussah. »Warst du zu Hause?«

»Ja. Ich hatte achtundvierzig Stunden Urlaub, und Mutter wollte unbedingt ihren kleinen Jungen sehen.« Er setzte sich mir gegenüber.

»Wie geht es ihr?«

»Nicht gut. Weil Tom ebenfalls Pilot ist, macht sie sich schreckliche Sorgen, dass sie bei Kriegsende keine Kinder mehr hat.« Er legte nachdenklich die Stirn in Falten. »Bislang hat mein großer Bruder entgegen jeder Wahrscheinlichkeit überlebt, und ich hatte von uns beiden sowieso immer mehr Glück.«

»Wie geht es Sarah?«

»Sie ist in der Schule und dankbar, von Mummy weg zu sein.«

Ich lachte. Er brachte mich immer zum Lachen. Großmutter hegte die Hoffnung, dass Amelia oder ich Tom heiraten und die Familie durch einen Titel auf der Leiter des gesellschaftlichen Erfolgs eine Stufe höher befördern könnten, aber Tom war langweilig, wohingegen Eddie umwerfend witzig war.

»Wie geht es deiner Mutter und Amelia? Nach dem Drachen frage ich lieber nicht – ich weiß ja, dass es ihm so schlecht wie irgend möglich geht.«

»Großmutter hat das Gärtnern für sich entdeckt.«

Er lachte. »Meine Mutter ebenfalls. Wer hätte gedacht, dass die Blumenbeete einen solchen Ertrag bringen?«

»Ach«, sagte ich. »Als ob Großmutter ihre Rabatten opfern würde! Sie hat lieber den halben Rasen umgraben lassen.«

»Mutter hat das Haus voller Kinder aus London. Meines Erachtens hat sie ihre Berufung verfehlt – sie hätte Lehrerin werden sollen.«

Ich schüttelte ungläubig den Kopf. Es fiel mir schwer, mir Eddies Mutter in einem Haus voller Kinder vorzustellen. Rebecca war stets tadellos zurechtgemacht, und Mutter hatte sich in ihrer Gegenwart immer ein wenig unsicher gefühlt. Vater hatte Mutter gerügt, sie solle nicht albern sein, dabei hatte er den Blick nicht von Rebecca abwenden können.

»Was macht Amelia?«

»Oh, es geht ihr ausgezeichnet. Sie geht zu den Wrens genau wie ich.«

Er sah aus dem Fenster. Sein dunkles Haar fiel ihm in die Stirn. »Richtest du ihr ganz herzliche Grüße von mir aus, wenn du das nächste Mal mit ihr sprichst? Wo ist sie?«

»Im Augenblick bei der Ausbildung, aber sie wohnt noch in Windward.«

»Die Glückliche.«

»Ja, aber es ist nicht mehr dasselbe.« Mein Blick wanderte ebenfalls zum Fenster. Es war Flut, als der Zug den Tamar überquerte.

»Stimmt. Nichts ist mehr dasselbe.« Er beugte sich vor. »Fährst du nach London?«

Ich nickte.

»Schade. Ich nicht.« Er seufzte. »Bleibst du lange dort?«

»Sechs Monate.« Ich schlug die Hände zusammen und spürte den Schweiß an meinen Handflächen.

»Das sind brillante Neuigkeiten. Dann treffen wir uns dort. Kann ich dich über deine Tante kontaktieren?«

»Ja.«

Seine Augen hellten sich auf, als er mich anlächelte. Obwohl ich wusste, dass Tom die bessere Wahl wäre, der besser Aussehende von den beiden Carew-Söhnen, würde ich mich nach wie vor für Eddie mit seinen dunklen Haaren und den fröhlichen braunen Augen entscheiden. Ich hatte nicht vor, mich zu verlieben, doch als ich nun sein Lächeln sah, geriet ich der Versuchung sehr nahe.

Kapitel fünf

Eventide, Falmouth Heights, Cape Cod, Massachusetts
15. August 2015

Die Farbe des Himmels veränderte sich von stahlgrau zu dunkelblau. Die Luft war kühl. Gänsehaut bedeckte Laras Arme. Sie stand auf der Veranda und überlegte, ob sie sich einen Pulli holen sollte, doch sie hatte keine Lust, Leo hier unten allein zu lassen und nach oben zu gehen. Grandie war tot. In Eventide war alles still, abgesehen von gelegentlichem Donnergrollen über Teaticket. Das Gewitter hatte sich ewig hingezogen. Es tobte die ganze Zeit über, während Leo und sie alle angerufen hatten, einschließlich des Arztes, des Bestattungsunternehmers und natürlich ihrer Großmutter. Betty hatte kaum etwas gesagt, was sie beide überraschte. Es musste ein bewegender Moment sein, wenn man Waise wurde, selbst wenn man beinahe siebzig war. Lara rieb sich die Arme.

»Einen Penny für deine Gedanken.« Leo reichte ihr ein Glas.

Sie ließ den Wein kreisen und steckte die Nase ins Glas. »Wir sollten den nicht trinken, ohne etwas zu essen.«

»Da hast du recht, aber es war sein Lieblingswein, und die einzige Alternative war Champagner.«

Lara zog die Nase kraus. »Er würde wollen, dass wir feiern.«

»Ja, aber heute Abend würde sich das nicht richtig anfühlen.«

Der Mond erschien über dem Horizont, halb verborgen von Gewitterwolken. »Stimmt.«

»Auf Grandie.« Leo hob sein Glas.

»Den Besten von uns.« Lara stieß ihr Glas vorsichtig gegen seins, dann nahm sie einen Schluck. Der schwere Wein umspielte ihre Zunge. Grandie hatte behauptet, seine Vorliebe für Wein rühre von seiner Zeit in Frankreich her, wo er sich nach dem Krieg längere Zeit aufgehalten hatte. Sie schaute auf das Etikett: Calon Ségur, Grandies Lieblingswein. Er hatte ihr erzählt, dass der Marquis de Ségur noch zwei weitere Weingüter besaß, Lafite und Latour, doch angeblich hing sein Herz am Calon Ségur, weshalb das Etikett dieser Flaschen dessen Namen trug, umrahmt von einem Herz. Grandies Weihnachtstisch war nicht vollständig ohne einen Calon Ségur, aber Lara hatte die Weihnachtsfeste ohnehin nicht in Cape Cod verbringen können, seit sie vor einigen Jahren die Kochschule beendet hatte. Das Gastronomiegewerbe nahm keine Rücksicht auf Feiertage oder Familienleben. Sie seufzte.

»Zwerg …«, sagte Leo.

Sie schaute auf.

»Er hatte ein gutes Leben.«

Sie stieß die Luft aus. »Ich weiß.«

»Vielleicht gibt dir diese erzwungene Auszeit die Chance, dein Leben neu zu überdenken.«

Lara trat an den Rand der Veranda und lehnte sich gegen einen Pfeiler. »Glaubst du wirklich, dass mich ein anderes Spitzenrestaurant einstellt, nachdem ich mich so schlecht benommen habe?«

»Bestimmt.«

»Woher willst du das wissen?« Sie drehte sich zu ihm um. »Ich habe mich völlig unprofessionell verhalten.«

»Die gehen davon aus, dass sich die Chefs de Cuisine aufführen wie Diven.«

»Das liegt an all den TV-Shows, die nicht das Mindeste mit der Realität zu tun haben.« Sie lachte. »Die Welt der Gastronomie ist hart und unbeständig. Wenn die sechs Monate vorüber sind, wird all das, was ich erreicht und geleistet habe, vergessen sein, und am Ende werde ich als Souschef jemandem unter die Arme greifen, der weniger qualifiziert ist als ich.«

»Das kannst du doch gar nicht wissen.«

Sie lächelte. »Traurigerweise doch.«

»Sieh es doch mal so: Zumindest habe ich dir geholfen, die Zeit, in der du nicht arbeiten darfst, weil du offiziell noch bei Stephan angestellt bist, zu halbieren. Du hättest auch ein ganzes Jahr aufgebrummt bekommen können.« Er lehnte sich an einen zweiten Pfeiler und starrte aufs Wasser.

»Ja, es ist praktisch, einen Topanwalt zum Bruder zu haben.« Sie stieß sich vom Pfeiler ab und setzte sich auf den alten Schaukelstuhl. In ihrer Kindheit hatte sie so viele Sommernächte hier draußen auf der Veranda verbracht und den Gesprächen der Erwachsenen drinnen gelauscht, während sie mit Leo Glühwürmchen fing und Moskitos zerklatschte. Die Welt war einfach gewesen, und sie hatten alles gewusst, was sie wissen mussten. Jetzt war die Welt voller Fragen, und eine davon war, was sie mit ihrem Leben anfangen sollte. »Es war auch ein bisschen Glück dabei, dass sich Stephan vor Gericht so einsichtig gezeigt hat.«

»Glück spielt immer eine Rolle.« Er trank einen kleinen Schluck Wein.

»Bis zu diesem Jahr, würde ich sagen, hab ich ziemlich viel Glück gehabt.«

Er sah sie an. »Das hast du immer noch. Es handelt sich vielleicht nur um eine andere Art von Glück.«

»Keinen Mann, keinen Job, keinen Plan?« Lara schüttelte den Kopf.

»Genau.«

Sie beugte sich vor. »Für mich klingt das nicht gerade nach Glück.«

»Das kommt darauf an, wie man es betrachtet, Zwerg.«

Sie lachte. »Okay, dann sag mir, wie du das Ganze siehst.«

Leo setzte sich auf einen Stuhl neben sie. »Weißt du noch, wie wir hier draußen die Glühwürmchen beobachtet haben, als wir zehn waren, und uns ausmalten, was wir später alles tun würden?«

Sie nickte.

»Nun, du hast noch nichts davon getan.«

Lara schnaubte. »Nein, das hab ich nicht.«

»Aber ich.«

»Angeber.«

»Das hat nichts mit Angeberei zu tun. Ich habe mich nur nicht davon abbringen lassen.« Er zog eine Augenbraue hoch.

»Das ist nicht fair.« Er sprach über Pierre. Grandie hatte recht behalten. Mit achtzehn zu heiraten war ein Fehler gewesen. Es hatte nicht so funktioniert, wie sie es sich vorgestellt hatte.

»Na schön. Vielleicht ist es nicht fair, aber jetzt hast du die Chance zu tun, was du immer schon tun wolltest.«

Lara starrte ihn an. Ausnahmsweise konnte sie nicht sehen, worauf er hinauswollte.

»Du wolltest immer schon nach England gehen und die Familiengeschichte zurückverfolgen.«

Sie lachte. »Ja, das wollte ich.« Darüber hatten sie unzählige Male gesprochen. Sie wussten bereits alles über die irische und amerikanische Seite der Familie, doch sie wussten nichts über ihre Urgroßmutter. Lara senkte den Blick auf ihr Weinglas, dann schaute sie auf. Sie begegnete dem Blick ihres Zwillingsbruders.

»Adele?«, sagten sie beide gleichzeitig.

Einen Augenblick lang herrschte Schweigen, dann beugte sich Leo vor und füllte ihr Glas nach. »Was glaubst du?«, fragte er. »Eine ehemalige Geliebte?«

»Unwahrscheinlich. Grandie ist jeden Tag zur Messe gegangen, bis er nicht mehr fahren oder laufen konnte.«

»Stimmt.« Leo ließ den Wein kreisen. »Wir haben uns aber nicht verhört, oder?«

»Nein.« Da war sich Lara ganz sicher. Wenn nur einer von ihnen gehört hätte, wie Grandie diesen Namen nannte, wäre das durchaus eine Möglichkeit gewesen, aber so …

»Vielleicht kann Betty Licht ins Dunkel bringen, wenn sie herkommt.«

Leo lachte. »Träum weiter.«

»Man darf ja wohl hoffen. Außerdem brauche ich ohnehin ein paar Informationen von ihr, wenn ich losziehe, um etwas über ihre Mutter herauszufinden. Amelia ist das Schwarze Loch in unserer Familiengeschichte.«

17. August 2015

Die normalerweise gebräunte Haut ihrer Großmutter wirkte im Licht des Vormittags leicht gräulich. Lara reichte Betty eine Tasse Tee und sah zu, wie sie die blau-weiß gestreifte Tasse in den Händen drehte. »Was soll ich bloß mit all dem Zeug anfangen?« Sie schaute Lara an, dann zurück auf die geräumige Küche von Eventide mit all ihren Utensilien.

»Ich wünschte, ich könnte sagen, dass ich die Sachen nehme, aber …«

»Ich weiß, Liebling.« Sie legte ihre Hand auf die von Lara. »Gibt es denn etwas Bestimmtes, was du haben möchtest?«

Lara nickte und hob die Metallkiste hoch, die sie unter Grandies Bett gefunden hatte. Betty zog die Augenbrauen zusammen. »Großer Gott, was ist das denn?«

»Darin sind Grandies Kriegsorden, Tagebücher über den Zweiten Weltkrieg und ein paar Fotos.« Lara stellte die Kiste auf den Küchentisch. Betty öffnete sie und durchstöberte den Inhalt. Als sie die Briefe entdeckte, fing ihre Hand an zu zittern.

»Von deiner Mutter?« Lara setzte sich.

Betty zuckte die Schultern. »Ich nehme es an.«

»Was weißt du über sie?«

»Nicht viel.« Betty nahm die Fotos zur Hand. »Ich war vier, als sie starb.«

»Erinnerst du dich an sie?«

»Um ehrlich zu sein, nicht wirklich.«

Durchs Küchenfenster sah Lara ihre eigene Mutter, Maeve, die im Garten mit Leo sprach, vermutlich über die Organisation von Grandies Beerdigung, die morgen stattfinden sollte. Sie versuchte, sich ein Leben ohne ihre Mutter vorzustellen, was ihr nicht gelang – obwohl sie sich an ein Leben ohne Vater hatte gewöhnen müssen, nachdem dieser tödlich mit dem Motorrad verunglückt war. Sie vermisste ihn, aber ihre Erinnerungen an ihn waren ebenfalls verblasst. »Ich habe nichts anderes von ihr gefunden als diese Briefe.«

»Danke, dass du so viel im Haus gemacht hast.« Betty lächelte.

»Ich habe die schweren Sachen Leo überlassen und bin die Papiere für dich durchgegangen.« Lara nahm einen Schluck Tee und fragte sich, ob sie Betty noch weiter löchern sollte. »Deine Mutter …«

Betty seufzte. »Ich erinnere mich nicht an sie.«

»Hast du irgendwelche Fotos, ihren Pass, die Heiratsurkunde – egal was?«

Betty schüttelte den Kopf. »Dad war in Europa, als es passierte. Ein Nachbar fand meine Mutter am Strand. Das

Meer hatte sie angespült.« Sie nahm ein Foto von Grandie in Uniform aus der Kiste. »Er war damals anders.« Sie fuhr mit dem Finger den Umriss ihres Vaters nach. »Anders als der Mann, den du kanntest.«

»Inwiefern?«

»Er war streng, unbeugsam.« Sie schürzte die Lippen. »Nun, so war er und auch wieder nicht. Im Grunde hatte er zwei Seiten. Er war ein Mann des Militärs, der alles aufgab, um nach Hause zu kommen. Meinetwegen.«

Lara legte den Kopf schräg. »Du meinst, er hat gar nicht bei euch gelebt?«

»Nein, er war in Europa stationiert.« Sie schüttelte den Kopf. »Meine Mutter und ich waren hier in Eventide.«

Lara drehte die Teetasse in der Hand und stellte sich vor, wie still es hier vor fast siebzig Jahren gewesen sein musste, vor allem im Winter. »Gibt es irgendwelche Fotos von dir als Kind? Ich habe keine gefunden.«

Betty schnitt eine Grimasse. »Es gab nicht viele, und leider hatten wir eine Putzfrau, die Gefallen an einer Kiste fand, die sämtliche Relikte meiner Kindheit enthielt, einschließlich der Fotos und Papiere.« Sie nippte an ihrem Tee.

Lara riss die Augen auf. »Dann weißt du wirklich gar nichts über sie?«

»Man hat mir erzählt, sie sei schön gewesen.« Betty berührte ihr Haar. Lara betrachtete das glatte Gesicht ihrer Großmutter, das nicht allein das Verdienst guter Gene war, sondern auch das eines Schönheitschirurgen aus Florida, wo Betty lebte. »Leo hat mir erzählt, dass du nach England reist?«

Lara nickte. »Ich würde gern Cassie besuchen. Erinnerst du dich an sie?«

Betty runzelte die Stirn.

»Grandie hat mit ihrem Vater zusammengearbeitet, als er vorübergehend ans Institut versetzt wurde«, fügte Lara hinzu.

»Da klingelt etwas.« Betty schaute in die Ferne. »Ihr zwei wart unzertrennlich.«

»Sie betreibt mittlerweile eine Catering-Firma in Cornwall, weshalb ich vorhabe, mich mit ihr zu treffen und gleichzeitig Grandies Spuren während des Krieges zu verfolgen.« Lara nahm die Tagebücher aus der Kiste und schob sie über den Tisch zu Betty. Die blätterte sie durch, ohne wirklich hinzusehen.

»Wann fängst du wieder an zu arbeiten?«

»Das weiß ich noch nicht genau. Hoffentlich im neuen Jahr.«

»Hm. Hier kannst du nicht bleiben, zumindest nicht solange Pierre ganz in der Nähe lebt. Da kannst du genauso gut losziehen und versuchen, etwas über meine Mutter herauszufinden, während du den Spuren meines Vaters folgst.«

»Danke.«

»Es tut mir leid, dass ich dir nicht helfen kann.« Betty stand auf und stellte ihre Tasse in die Spülmaschine. Ihr Blick blieb an einem Blumenkasten voller roter Geranien vor dem Fenster hängen, die dringend abgeknipst gehörten. Ihre Augen verfinsterten sich, als sie angestrengt nachdachte. »Es gab ein Foto von den beiden«, sagte sie.

Lara richtete sich auf.

»Ich glaube, es wurde an ihrem Hochzeitstag aufgenommen.« Betty wandte sich wieder zu ihrer Enkelin um. »Allerdings habe ich es schon jahrelang nicht mehr gesehen, und ich glaube, es war auch keine gute Aufnahme.«

»Jedes Foto ist besser als keins.«

»Seltsam, das habe ich mir auch immer gesagt. Aber jetzt bin ich mir da gar nicht mehr so sicher.« Sie legte Lara die Hand auf die Schulter. »Ich habe es angestarrt und davon geträumt, dass sie aus dem Himmel zurückkehren würde. Und je länger ich es angestarrt habe, desto mehr entglitt mir die Vorstellung von ihr, bis sie irgendwann nicht mehr da war.« Betty nahm ihre Hand weg und ging hinaus in den Garten, wo sie kurz mit Leo sprach, bevor sie sich umdrehte und in die Küche zurückkehrte.

»Ich besitze zwei Dinge von meiner Mutter«, sagte sie. »Ich gebe Kevin Bescheid, dass er sie mitbringt.« Sie warf einen Blick auf ihre Armbanduhr. »Ich rufe ihn gleich an, bevor er sich auf den Weg zum Flughafen macht.«

Lara runzelte die Stirn. Kevin war Bettys dritter Ehemann. Ja, er war nett, aber Lara hatte nie verstanden, was ihn für ihre Großmutter so attraktiv machte. Aber natürlich war sie auch keine fünfundsechzigjährige Witwe wie Betty, als diese Kevin vor ein paar Jahren geheiratet hatte.

»Diese Dinge werden dir zwar nicht helfen, sie zu finden, aber ich bin trotzdem der Ansicht, dass du sie haben sollst.« Betty lächelte. »Ich habe gerade Leo gefragt, ob es ihm etwas ausmacht, wenn du sie bekommst, aber natürlich hatte er nichts dagegen.«

Lara war klar, dass sie von einigem Wert sein mussten, wenn Betty deswegen mit Leo sprach. Ihre Großmutter war stets absolut fair, wenn es um die Verteilung von Aufmerksamkeit und Geschenken ging.

»Ja, ich denke, Dad hätte das gutgeheißen.« Betty zog ihr Handy hervor und wählte. »Kevin? Schön, dass ich dich noch erwische, Schatz. Könntest du bitte so freundlich sein und den blauen Filzbeutel aus dem Safe nehmen? Es müsste eine einzelne Perlenschnur mit Diamantverschluss darin sein, außerdem der Tiffany-Diamant und die Perlenohrringe.«

Laras Augen weiteten sich.

»Ich komme zum Flughafen, um dich abzuholen. Es tut mir leid wegen des langen Zwischenstopps in Logan. Bis heute Abend.« Betty steckte das Handy zurück in ihre Tasche. »So, das wäre erledigt. Vielleicht hätte ich das schon vor Jahren tun sollen. Der Schmuck wird dir stehen.« Sie küsste Laras Wange.

»Danke.«

Betty lächelte. »Ich denke, es wäre gut, wenn du herausfinden könntest, wer meine Mutter war. Mom war ein Thema, über das ich nie mit Dad sprechen konnte. Er hat einfach auf stur geschaltet.«

Lara dachte an die Muschelschale, die noch immer auf Grandies Nachttisch lag. Warum war er so verschwiegen gewesen, wenn es um seine Frau ging? Liebe, die über den Tod hinausreichte, musste etwas ganz Besonderes sein. Doch wie zum Teufel sollte sie etwas über ihre Urgroßmutter in Erfahrung bringen, wenn alles, was sie von ihr wusste, ihr Vorname und ihre Nationalität waren?

Kapitel sechs

Hampstead, London
18. August 1943

Herzallerliebste,

es ist so heiß in London, ich sehne mich nach Cornwall. Ich kann mich nicht erinnern, dass wir je im August hier waren. Wie geht es dir? Gefällt es dir noch, Fahrerin zu sein, oder hat der Spaß schon nachgelassen? Wie es bei mir läuft? Die Ausbildung ist gut. Die Mädchen sind reizend, aber manche der Matrosen sind einfach furchtbar. Ständig sagen sie: »Gib uns einen Kuss, Jenny.« Ich mochte den Namen Jennifer eigentlich gern, aber nachdem ich die ganze Zeit über »Jenny« oder »Jenny Wren« gerufen werde, kann ich ihn nicht mehr hören. Was habe ich mit einer Romanfigur von Charles Dickens zu tun? Nein, ich habe mich in keinen von ihnen verliebt.

Falls du dich wunderst: Ich habe weder etwas von Philip noch von den anderen gehört. Du? Oder Mutter? Wie geht es ihr? Ich habe mit Vater gesprochen. Es geht ihm gut, und ich sehe ihn vielleicht an diesem Wochenende. Wenn nicht, werde ich ins Kino gehen. Letztes Wochenende waren wir ebenfalls dort.

Ständig höre ich Morsezeichen, sei es das Klopfen der Warmwasserrohre, seien es Schritte. Überall geheime Nachrichten. Nicht dass wir zwei je einen Code gebraucht hätten, um miteinander zu kommunizieren, aber es wäre lustig gewesen mit den Jungs. Sie hätten gegen die Rohre klopfen und wir hätten uns mit ihnen in der Bucht treffen können. Jetzt allerdings ist es todernst, und ich gebe mir große Mühe, die Schnellste aus meiner Gruppe zu werden.

Danke für die Strümpfe. Kann ich dir irgendwas aus London schicken, auch wenn es in den Geschäften so gut wie nichts gibt?

Ich vermisse dich schrecklich.
Xxxxx

10. September 1943

Ich zog meine Jacke zurecht und warf einen schnellen Blick in den Spiegel. Manchmal zuckte ich bei dem Anblick noch immer zusammen. Ich sah aus wie Amelia, aber eben nicht ganz – irgendwie war alles verkehrt. Früher hatten wir stundenlang in Großmutters Spiegel geschaut. Seite an Seite sahen wir genau gleich aus, und doch sah ich Amelia, wenn ich zu ihr blickte, und nicht mich. Ich rückte meinen Hut gerade und holte tief Luft. Ich hatte die Hälfte meiner Ausbildung absolviert, und nun hatte ich Urlaub. Doch anstatt nach Hause nach Windward zu fahren, würde ich diesen Urlaub bei meiner Tante in London verbringen. Mutter und Großmutter saßen bereits im Zug. Heute Nachmittag wollte ich mich mit Tante Margaret treffen und Zeit mit ihr verbringen, bevor Großmutter eintraf und das Kommando übernahm.

Ich war mir nicht sicher, was Tante Margaret und ich unternehmen würden, aber ich freute mich darauf, zur Abwechslung einmal nicht in Punkten und Strichen zu denken. Erst kürzlich war mir aufgegangen, dass man mich als Telegraphistin ausgesucht hatte, weil ich fließend Französisch und Italienisch sprach. Ich hatte keine Ahnung gehabt, dass das Morsealphabet wie eine Sprache unterrichtet wurde oder dass diese Sprache alle anderen aus meinem Kopf verdrängen würde. Bei den übrigen Mädchen war es das Gleiche.

Dit dit dit dah ··· -. An manchen Tagen brummte mir der Kopf vor lauter rhythmischem Klopfen. Rhythmus war alles beim Morsen, ein bisschen so wie beim Tanzen. Doch anders, als wenn ich ein nettes Lied im Kopf hatte, waren meine Abende voller SOS – *dit dit dit dah dah dah dit dit dit* ··· --- ···. Ich war nicht überrascht, dass wir zwei Mädchen aus unserer Klasse so schnell verloren hatten. Sie hatten dem Druck nicht standgehalten und wurden »bedittelt«, wie wir das nannten. Dieses Schicksal drohte meiner Meinung nach uns allen, doch nicht nur, dass wir wahre Morsemeisterinnen werden und unsere Geschwindigkeit ständig verbessern mussten – nein, wir lernten auch noch etwas Verschlüsselung, damit wir verstanden, was vor oder nach unserer Morseübermittlung oder dem Empfang einer Nachricht passierte. Ich wünschte, ich hätte Amelias Auffassungsgabe, wenn es um technische Fragen ging und wie alles funktionierte. Sie würde das mit Leichtigkeit meistern genau wie das Autofahren und das Auseinandernehmen von Motoren.

Beim Geräusch einer Autohupe schaute ich aus dem Busfenster. Sonnenlicht fiel auf die Trümmer von Gebäuden und gleißte auf den zerbrochenen Fenstern. Überall waren Ruinen, trotzdem kehrte eine Frau auf der gegenüberliegenden Straßenseite den Boden, etwas, was sie zweifelsohne immer getan hatte. London machte weiter, obwohl es nicht mehr dasselbe war. Auch ich hatte mich äußerlich verändert wegen der Uniform, aber im Innern war ich noch immer dieselbe. Ich war mir allerdings nicht sicher, ob das gleiche für Amelia galt.

Doch auch in mir hatte sich eine Sache ganz klar verändert: Die Uniform verlieh mir ein Gefühl der Macht, das auch nach drei Monaten nicht verschwand. Es hatte mich anders werden lassen – irgendwie war ich unsichtbar und bemerkenswert zugleich. Der einzige Nachteil, meine Uniform betreffend, waren die Strümpfe. Amelia hatte mir ein Paar aus Nylon geschickt, doch obwohl ich sie mit extremer Sorgfalt behandelte, konnte ich sie nicht mehr reparieren. Heute trug ich die potthässlichen aus Baumwolle. Sie sahen furchtbar aus, und ich musste mir alle Mühe geben, darüber hinwegzusehen, aber es wollte mir nicht gelingen. Die Strümpfe waren so dick, dass sie selbst die schönsten Beine alt aussehen ließen.

Tante Margaret hatte vorgeschlagen, dass wir uns bei

Fortnum & Mason trafen, daher stieg ich aus dem Bus und schlenderte die Picadilly hinunter. Vor der Buchhandlung Hatchards mit ihren zum Teil mit Brettern vernagelten Schaufenstern blieb ich stehen und spähte in die kleine Öffnung, um mir die ausgestellten Bücher anzusehen.

»Adele.« Meine Tante kam zu mir und küsste mich auf die Wange. »Es fällt mir immer noch schwer, mich auf deine Uniform einzustellen.« Sie betrat das Kaufhaus, und ich folgte ihr. So lief es immer. Was Tante Margaret tat, war Gesetz. Selbst Großmutter stand unter ihrem Bann. Vielleicht lag es aber auch nur daran, dass Margaret das einzige Kind eines Earl war, anders als Vater, der es lediglich zu einem erfolgreichen Chirurgen gebracht hatte. Großmutter vermisste das Leben, das sie vor dem Ersten Weltkrieg geführt hatte, als alles noch übersichtlich und klar war.

»Reg kommt nach Hause, und das ist die Liste mit den Dingen, die er benötigt. Ich gebe sie nur schnell ab, damit sie alles für ihn zusammensuchen.« Sie drehte sich um und lächelte mich an. »Und jetzt lass uns gehen und im Ritz Tee trinken, dann kannst du mir all deine Neuigkeiten berichten, bevor die anderen eintreffen.«

Trotz der Rationierungen war ihre Kleidung tadellos. Mit ihren roten Lippen und dem fast schwarzen Haar versprühte sie Glamour. Als sie nun über den Gehsteig schwebte, drehten sich so einige Köpfe nach ihr um.

Selbst als sie im Sommer 1939 mit uns am Strand picknickte, hatte sie in ihrem gewagten zweiteiligen Badeanzug ausgesehen, als sei sie direkt den Seiten eines Modemagazins entsprungen. Ich erinnerte mich noch genau an Großmutters Stimme, die vor sich hin murmelte, wie skandalös diese Art von Badebekleidung sei, und deutlich ihre Missbilligung bekundete. Amelia und ich waren furchtbar neidisch gewesen. Keiner aus unserer großen Picknickgesellschaft konnte die Augen von Margaret losreißen, als sie mit uns am Strand Cricket spielte. Es war Springniedrigwasser, und der Sand erstreckte sich schier endlos vor uns, bevor er im türkisfarbenen Wasser der Bucht verschwand.

Auf Geheiß von Onkel Reg, der plötzlich einen Heißhunger auf Muscheln verspürte, suchten Amelia und ich zusammen mit Eddie, Tom, Angus und Philip die Felsen nach Muscheln ab. Die Gruppe verstreute sich, und auf einmal fanden Philip und ich uns allein in einer kleinen Höhle wieder. Der Sand war kalt und feucht, die Felswand voller Rankenfußkrebsen, Napfschnecken und Muscheln. Ich fing an, die Schalen von der Felswand zu lösen und in den Eimer zu werfen. Als ich mich schließlich umdrehte, stand Philip dicht bei mir und sah mich an.

»So wirst du kaum dein Mittagessen zusammenkriegen«, scherzte ich und legte den Kopf schief.

»Da hast du recht.« Er kam näher, ein breites Grinsen auf dem sommersprossigen Gesicht. Sein kastanienbraunes Haar fiel ihm über eine Augenbraue, und ich widerstand dem Impuls, es zurückzustreichen.

»Adele?«

Wenn ich mich aufrichtete, war er immer noch mindestens einen Kopf größer als ich. Seine Schultern waren breit. Er hatte sich seit letztem Sommer ganz schön verändert.

Jetzt trat er so dicht an mich heran, dass wir uns beinahe berührten. Ich hielt den Atem an, schaute in seine braunen Augen und meinte zu spüren, wie ich mich ein bisschen in ihn verliebte.

»Ich … ich will dich küssen.«

Ich zog die Luft ein. »Ja.« Seine Lippen berührten meine. Er rückte ein Stück von mir ab, doch ich trat näher an ihn heran.

»Ach, hier steckt ihr zwei.« Amelia stand im Eingang der Höhle, ein schalkhaftes Lächeln auf den Lippen. Ich errötete vor Verlegenheit. »Wir bringen die Muscheln zum Haus, damit die Köchin das Mittagessen zubereiten kann.«

Philips Finger streiften meine, als er meinen Eimer nahm und ihn Eddie reichte, der Amelia gefolgt war.

In jenem Sommer verliebte ich mich tatsächlich ein bisschen in Philip – so wie sich eine Vierzehnjährige eben verlieben konnte. Im darauffolgenden Sommer waren die Ferien nicht ganz so schön. Die Jungs, einschließlich Philip, zählten förmlich die Stunden, bis sie endlich zum Militär gehen konnten. Wenigstens gelang es Philip und mir, uns ein paarmal davonzustehlen, um die Küstenwege entlangzuspazieren und über Bücher und Träume zu reden. Die unbeschwerten Sommer von früher schienen unendlich weit weg zu sein.

Ich seufzte und genoss die warme Sonne auf meinem Gesicht. London war nicht Cornwall, aber die Sonne war dieselbe. War es daheim genauso klar und sonnig?

»Das Wetter ist herrlich, nicht wahr?« Tante Margaret hakte sich bei mir unter und warf einen Blick zum Himmel. »Ich hoffe, es ist auch so schön, wenn Reg Urlaub hat.« Sie sah mich an. »Ich muss sagen, die Uniform steht dir. Das Marineblau bringt das leuchtende Blond deiner Haare und deine bernsteinfarbenen Augen hervorragend zur Geltung. Ich hatte immer gehofft, meine Kinder würden mal deine Augen bekommen – aber was nicht ist, kann ja noch werden.«

Ich lächelte. Onkel Regs Augen hatten fast dieselbe Farbe wie meine, aber eben nicht ganz. Sein Haar war inzwischen sandfarben und dünn, während Amelia und ich noch immer weißblond waren.

Als wir im Ritz eintrafen, hielten wir uns nicht lange in der Lobby auf. Meine Tante flüsterte mir ins Ohr: »Ich möchte mich nicht von dieser fürchterlich langweiligen Mrs Johnson erwischen lassen. Wir sind zusammen hergefahren, und sie hat unentwegt über ihre Kinder geplappert.« Margaret schauderte. »Ich glaube, ich sollte dich einfach adoptieren.« Sie lächelte mich an. »Ich nehme an, die liebe Amelia wird bald heiraten. Das Mädchen kann einfach nicht abwarten.«

Wir wurden zu einem Tisch geführt, und Tante Margaret winkte verschiedenen Leuten, die ich kannte, denen ich allerdings keinen Namen zuordnen konnte. Es war immer dasselbe, doch zum Glück mussten wir nicht direkt an den Tischen von ihren Bekannten vorbei, um an unseren zu gelangen. Mein Magen knurrte, und ich hoffte inständig, sie würde nach dem Tee mit ihnen plaudern und nicht vorher.

Als wir Platz genommen hatten, bewunderte ich ihren Hut, den sie in einem verwegenen Winkel aufgesetzt hatte, schräg und so weit vorn, dass er fast ein Auge bedeckte, während auf der anderen Seite ihr schönes Haar offen lag. Ich sehnte mich nach ihrer Garderobe. Alles, was sie trug, war so chic. Vor dem Krieg hatte sie den Großteil ihrer Kleider in Paris anfertigen lassen.

»So, meine Liebe, dann erzähl mir mal, ob du einen passenden Jungen gefunden hast. Oder bist du wie deine liebe Schwester und machst die Truppen glücklich?«

Ich riss die Augen auf und spürte, wie ich errötete. Tante Margarets Worte bestätigten all meine Befürchtungen.

»Ich hatte neulich eine nette kleine Unterhaltung mit ihr am Telefon, und sie hat mir alles gestanden, als deine Mutter und deine Großmutter nicht im Zimmer waren.« Sie zündete sich eine Zigarette an und nahm einen Zug. Ihre Lippen hinterließen rote Abdrücke auf dem weißen Filterpapier. »Ein Admiral war ihr ein bisschen zu bieder, aber es klingt so, als habe sie ein paar äußerst amüsante Captains kennengelernt.« Ihr tiefes, kehliges Lachen brachte mich zum Schmunzeln. Sie winkte einem Kellner und bestellte für uns.

Ich schüttelte den Kopf. »Ich verbringe die meiste Zeit damit, tüchtige Matrosen abzuwehren, die der Ansicht sind, ich solle mich um ihre Bedürfnisse kümmern.«

»Wie abscheulich – es sei denn, sie sehen gut aus. In dem Fall solltest du dich wirklich darum kümmern.«

Ich lehnte mich zurück und musterte sie stirnrunzelnd.

»Habe ich dich schockiert?«, fragte sie.

Ich nickte.

»Gut. Wer weiß schon, was in diesem vermaledeiten

Krieg passiert, und genau deshalb sollten wir so viel Spaß haben wie eben möglich.«

Der Tee wurde serviert. Ich fasste meine Tante genauer ins Auge. Dachte sie wirklich so, oder war das bloß Gerede? Hatte sie Spaß ohne meinen Onkel? Ich war entsetzt über Amelias Benehmen, und ich würde ganz sicher nicht »meinen Spaß haben«, wie Tante Margaret es ausdrückte. Zum ersten Mal erkannte ich, dass meine Schwester und ich uns in etwas ganz Wesentlichem unterschieden. Wie konnten sich Dinge so schnell verändern? Oder war mir das zuvor nur nie aufgefallen?

Eine Frau trat an unseren Tisch. »Margaret, wie schön, dich zu sehen.«

»Sophia, du erinnerst dich an meine Nichte Adele Seaton?« Die Frau nickte in meine Richtung. Ich erinnerte mich nicht an sie, daher bezweifelte ich, dass sie mich kannte.

»Entschuldige, dass ich euch unterbreche, aber ich muss dringend mit dir reden. Können wir uns ein ruhiges Plätzchen suchen?«

Margaret zog die Stirn in Falten, aber sie stand auf. »Ich bin gleich bei dir, Sophia.« Die Frau trat zur Seite und wartete auf Margaret, ohne uns aus den Augen zu lassen. Meine Tante beugte sich vor und flüsterte: »Entschuldige. Ich habe versucht, ihr aus dem Weg zu gehen, aber nun kann ich mich nicht länger herauswinden.«

Ich zuckte die Schultern.

»Du bist ein Schatz«, sagte sie. »Ich muss kurz etwas regeln. Genieß deinen Tee, wir sehen uns später.«

Ich sah, wie meine Tante mit der Frau zur Tür strebte,

und fragte mich, wer diese Sophia sein mochte, dass Margaret so reagierte. Meine Tante ließ sich nur von wenigen Leuten einschüchtern. Ein Mann trat zu den beiden, dann waren sie aus meinem Sichtfeld verschwunden. Ich sah mich um und betrachtete die anderen Gäste, die ihren Tee einnahmen – Leute der gehobenen Gesellschaft und Uniformierte. Ich lachte, als mir bewusst wurde, dass auch ich dazugehörte.

12. Oktober 1943

Ich schlüpfte aus meinen Schuhen, ließ die Schultern kreisen und sah mich in der Kajüte um. Langsam fiel die Anspannung von mir ab, zumindest teilweise. Ich warf mich auf meine Koje und spürte, wie die Tagesdecke unter mir Falten warf. Im Augenblick wünschte ich mir nichts mehr als mein eigenes Bett und Amelia, mit der ich reden konnte. Sie würde mich verstehen. Ich müsste ihr nicht mal sagen, was ich ihr in dem halb fertigen Brief geschrieben hatte, der in meiner Schublade lag. Ich stand auf und nahm ihn heraus. Allein bei dem Gedanken an das, was heute Abend passiert war – das begierige Gesicht des Mannes, seine aufdringlichen Worte und noch aufdringlicheren Hände –, begann meine Haut unangenehm zu kribbeln. Vielleicht hätte ich das Gefühl, sie wäre hier, wenn ich den Brief zu Ende schrieb.

Ich wünschte, ich wäre mehr wie du. Das würde mir das Leben erleichtern. Es ist schwer, nein zu sagen, und das ständig. Heute Abend hat mich ein lästiger Matrose, der ebenfalls an meinem Lehrgang teilnimmt, zum x-ten Male bedrängt und versucht, mich zu einem Kuss oder mehr zu überreden. Er wollte definitiv mehr, denn er hat mich in eine dunkle Ecke gedrängt und sich an mir gerieben. Ich weiß, dass du sagen wirst, das sei doch nur Spaß, und ich bin mir sicher, dass du recht hast, aber man muss diese Art von Spaß wollen, und ich will sie definitiv nicht. Ganz bestimmt nicht mit ihm.

»Komm schon, Jenny Wren, zier dich nicht. Du willst es doch auch. Ich muss bald wieder aufs Schiff mein Leben riskieren, und du sitzt hier mit deinem angenehmen Landjob.« Seine Worte hallten in meinem Kopf wider. Ich schauderte, als ich daran dachte, wie er mir weiszumachen versuchte, es sei meine Pflicht, ihm seinen Willen zu lassen. Irgendwann stieß ich ihn weg. »Eingebildete Schlampe«, blaffte er, dann ließ er mich endlich in Ruhe.

Sag mir, wie hättest du dich verhalten? Wie trennst du Liebe von Spaß?

Habe Onkel Reg gesehen. Er hat mich wie immer zum Lachen gebracht, doch diesmal war sein Humor düsterer. Zum ersten Mal habe ich auch in seinen Augen Mutters Depression lauern sehen. Tante Margaret war überglück-

lich. Darf ich es wagen zu behaupten, dass seine Rückkehr sie völlig aus dem Gleichgewicht gebracht hat? Als ich mich neulich mit ihr getroffen habe, wirkte sie entspannt und gelassen, doch als ich sie in seiner Gegenwart erlebt habe, war sie völlig aus dem Häuschen, hat doppelt so viele Zigaretten geraucht wie sonst und auch doppelt so viel Gin getrunken.

Vater ist wundervoll. Ich habe nach wie vor keine Ahnung, was er macht. Ich kann nicht nachvollziehen, warum sich ein Chirurg die meiste Zeit über in einem Büro aufhält und nicht in einem Krankenhaus. Allerdings habe weder ich noch sonst eine Frau in diesem Krieg das Sagen. Ich glaube, wir würden da ganz anders vorgehen. Doch genug davon.

Wir haben gemeinsam zu Abend gegessen und sind anschließend in den 400 Club gegangen. Was haben wir gelacht über die Possen eines Herzogs, der nicht mit seiner Herzogin, sondern der Frau eines anderen da war! Vater und ich haben bis in die frühen Morgenstunden getanzt, und dann sind auch noch Angus und Eddie aufgekreuzt. Beide haben sich nach dir erkundigt, vor allem Eddie.

Ich biss mir auf den Fingernagel, dann zwang ich mich, die Hand aus dem Mund zu nehmen. Großmutters Stimme ertönte in meinem Kopf, die mich warnte, dass ich niemals einen Ehemann finden würde, wenn ich Hände hätte wie ein Fischweib. Aber wollte ich denn überhaupt einen Ehemann finden? Theoretisch ja, irgendwann. Philip kam mir in den Sinn, aber ihn hatte ich schon seit Ewigkeiten nicht mehr gesehen. Dennoch schnürte sich mein Magen zusammen, wenn ich an ihn dachte. Ich sehnte mich danach, hier in London Zeit mit ihm zu verbringen, mit ihm Nachtklubs wie den 400 Club zu besuchen. Seufzend malte ich mir aus, wie wir in dem rauchigen Dunst tanzten, der den Klub füllte, sodass es sich anfühlte, als wären wir die einzigen Gäste. Was selbstverständlich nie der Fall sein würde.

Wie geht es Mutter? Als ich sie endlich mal ans Telefon bekommen habe, klang sie zerstreut, aber das kann auch an Großmutter gelegen haben, die während des Gesprächs mit einem lebendigen Kaninchen ins Zimmer kam und fragte, wie sie es umbringen solle. Ist alles in Ordnung mit Mutter? Großmutter scheint erstaunlich gut mit den Umständen klarzukommen, aber um Mutter mache ich mir Sorgen.

Ich vermisse dich und Cornwall so sehr, auch wenn London fantastisch ist. Es ist wunderbar, sich mit allen zu treffen, dennoch sehne ich mich danach, in der Nähe der See und in deiner Nähe zu sein. Ja, es gibt in Cornwall nicht viele Gelegenheiten, Abendgarderobe zu tragen, deshalb genieße ich das sehr. Danke, dass du mir dein blaues Seidenkleid geschickt hast; ich weiß, wie sehr du es liebst. Ich verspreche dir, gut darauf achtzugeben, und ich werde versuchen, so zu tun, als wäre ich du, wenn ich es trage. Wer weiß, was dann passiert?

Bitte schreib mir, was du erlebt hast, ich möchte alles

wissen, auch wenn mir klar ist, dass du mir gewisse Dinge vorenthältst.

Ich liebe und vermisse dich
Axxx

PS: Danke für die Strümpfe. Wie bist du daran gekommen? Nein, du musst diese Frage nicht beantworten. Hab dich lieb. Xx

Ich ließ den Stift sinken und schaute mich erneut in der Kajüte um. Selbst nach all den Monaten fiel es mir noch schwer, mein Schlafzimmer eine Kajüte zu nennen, und auch die anderen Fachausdrücke der Marine – Kombüse für Küche, Koje für Bett, Deck oder Gangway – gingen mir nur zögerlich über die Lippen.

Mit den beiden Stockbetten – Kojen –, zwei Kommoden und einem Spiegel für vier Mädchen ähnelte die Kajüte eher dem Schlafraum eines Internats und war nicht gerade gemütlich, weshalb ich anfing, die Tage bis zum Ende meiner Ausbildung zu zählen. Die Unterbringung an vielen Einsatzorten wäre noch schlichter als das hier, aber wenigstens hätten wir etwas zu tun. Das Warten war der Hauptgrund für meine Rastlosigkeit. Das Telegraphieren zu erlernen war eine Herausforderung, doch inzwischen hatte ich mehr als die Hälfte der Ausbildung absolviert und konnte zwar nicht gut marschieren, doch ich wusste, wie man morste. Mittlerweile war es so weit, dass ich im Morsealphabet träumte und das Klopfen hörte, als wäre es die englische Sprache. Ich lächelte. Vor ein paar Nächten hatte ich geträumt, dass Philip mir seine Liebe erklärte – allerdings in Morsezeichen –, seine geflüsterten *Dits und Dahs,* ·· −·−· ····/ ·−·· ·· · −··· / −·· ·· −·−· ····, waren genauso schön, als hätte er sich mir auf Englisch erklärt. Ich lachte über meine eigene Albernheit, zunächst über den Traum an sich, doch auch darüber, dass das Morsen mir so in Fleisch und Blut übergegangen war, dass ich die Worte nicht einmal übersetzen musste. Der Schalter war umgelegt genau wie damals, als ich zehn war und wir ein Jahr in Frankreich verbracht hatten.

Amelia wäre stolz auf mich, denn ich beherrschte sogar die technischen Anforderungen, was nie meine Stärke gewesen war.

29. Oktober 1943

Es schüttete, als ich zu den Quartieren stürmte. Seit ich mich Anfang Oktober mit Tante Margaret und Onkel Reg getroffen hatte, hatten wir kein schönes Wetter mehr gehabt. Alles war grau und trostlos, von Sonne oder blauem Himmel keine Spur. Ich sehnte mich nach Tee und Ruhe. Natürlich gab es Tee, aber das Geplapper der Mädchen würde von den Wänden der Mannschaftsmesse widerhallen. Als ich eintrat, wuselten die anderen Wrens um mich herum, weil gerade die Post verteilt wurde. Vielleicht, so dachte ich, würde mir ein Brief von zu Hause aus dem seelischen Tief helfen, in das ich hineingerutscht war. Vielleicht lag es einfach daran, dass sich die Tage so sehr in die Länge zogen, vielleicht an der schlichten Tatsache, dass ich Amelia vermisste und eifersüchtig war, weil sie in Windward sein durfte.

»Es ist Post für dich da.« Eine Kameradin reichte mir zwei Briefe, einen von Mutter, einen von Amelia. Ich bedankte mich lächelnd und zog mich in meine Kajüte zurück, die Gott sei Dank leer war. Obwohl mein Magen knurrend Einspruch erhob, setzte ich mich auf meine Koje und las zuerst Amelias Brief.

27. Oktober 1943

Geliebte Hälfte,

wie doch die Zeit vergeht! Ich liebe es, von deinen Abenteuern zu erfahren, und ich bin so neidisch, weil du Eddie und Angus gesehen hast. Bist du sicher, dass du nicht ein kleines bisschen in einen von beiden verliebt bist? Versuch mal, ein bisschen Spaß zu haben. Obwohl du schreibst, dass du bis in die frühen Morgenstunden getanzt hast, spüre ich, dass du voll auf deine Arbeit fokussiert bist. Das ist auch richtig so, dennoch sollte der Spaß nicht zu kurz kommen. Nein, du musst mir keine Moralpredigt halten, ich bin vorsichtig und ausgesprochen wählerisch. Die Kerle müssen gut aussehen, verdammt gut! Dennoch entgeht mir nicht, wie Großmutter mich ansieht, und ich weiß, dass sie weiß, dass ich nichts Gutes im Schilde führe. Aber es ist gut – es hebt meine Moral und die Moral der Jungs, außerdem macht es Spaß.

Hast du Amis in London kennengelernt? Sie scheinen plötzlich überall aufzutauchen, selbst hier, und sie sehen absolut umwerfend aus. Für mich sind sie eine wunderbare Ablenkung von diesem endlosen Krieg. Er zieht und zieht sich, aber den Amis scheint das nichts auszumachen.

Mutter geht es nicht gut. Körperlich schon, doch wenn sie glaubt, sie sei allein, weint sie. Ihre Telefonate mit Dad klingen so geschäftsmäßig, nichts von dem Liebesgeplänkel, das wir früher gehört haben. Ich mache mir echte Sorgen.

Du hast mir geschrieben, dass Vater äußerst beschäftigt und jedes Mal, wenn du dich mit ihm triffst, in Gedanken woanders ist. Ich kann mir das gut vorstellen, doch er muss auch an Mutter denken. Natürlich will Großmutter nichts davon hören. Alles, was sie dazu sagt, ist: »Mach dich nicht lächerlich!« oder »Reiß dich zusammen!«

Gestern Abend, nachdem Großmutter um zehn vor sechs das Radio angestellt hatte, um die Nachrichten zu hören, hat sie sich mich vorgeknöpft. Ich wusste, dass es mindestens fünf Minuten dauern würde, bis sie zum eigentlichen Thema käme. Sie hatte diesen schulmeisterlichen Ausdruck im Gesicht, und ich wappnete mich und überlegte, ob ich ihr anbieten solle, ihr einen Sherry zu bringen. Allerdings hatte sie wohl schon damit gerechnet, denn ich sah ein Glas Sherry auf dem Tisch neben dem Sofa stehen. Was dann folgte, überraschte mich. Es ging nicht um meine Missetaten, sondern um die Amerikaner. Sie hatte nichts als vernichtende Bemerkungen für sie übrig. Sie hätten zu viele Zähne, zu viele Haare und einen viel zu ausgeprägten Geschlechtstrieb – kurzum:

Sie seien einfach vulgär. Sie hatte den hiesigen Klatsch verfolgt, der seine Wirkung nicht verfehlte, dabei haben wir hier kaum Amerikaner! Sie hörte erst auf mit ihrer Moralpredigt, als die Nachrichten anfingen, doch nicht, ohne mich zuvor zu warnen, dass sie mich enterben würde, sollte ich mich mit einem von ihnen einlassen.

Ich wusste genau, was Großmutter meinte. Sie hatte recht. Die Amis waren vulgär, und es wurden immer mehr in London. Mit Sicherheit wäre Amelia nicht so dumm, sich mit einem von ihnen einzulassen. Großmutter machte sich umsonst Sorgen. Amelia war bloß ein bisschen leichtsinnig, das war alles.

Sie wird von Tag zu Tag exzentrischer, aber dafür wird ihr Gemüse immer besser. Sie ist stundenlang draußen, um ihm Vorträge zu halten. Uns geht das auf die Nerven, aber die Kohlköpfe scheinen es zu lieben!

Ich vermisse dich so sehr, und ich weiß, dass du das weißt. Ich bin froh, dass du ab und an zum Tanzen gehst. Denk dran: Arbeit allein macht auch nicht glücklich.

Alles Liebe
Xxxx

PS: Ich schicke dir bald noch mehr Strümpfe, und ja, es ist besser, wenn du nicht fragst.

PPS: Barbara aus dem Dorf ist schwanger, und alle tuscheln, weil ihr Mann seit sechs Monaten nicht mehr zu Hause war … Ich denke dran, vorsichtig zu sein. xxx

PPPS: Ich war heute früh unterwegs und habe Jim Bolitho getroffen, der auf dem Rückweg von seiner Luftüberwachungsschicht war. Der arme Mann sah erschöpft aus, hatte er doch die ganze Nacht über den Himmel beobachtet und musste nun seine Kühe versorgen. Er hat mir erzählt, sein Bruder sei Maschinengewehrschütze an Bord eines Lancaster-Bombers und habe bislang überlebt.

PPPPS: Wir haben soeben eine schreckliche Nachricht erhalten, und ich bringe es nicht übers Herz, sie dir zu schreiben, das macht Mutter.

Mir blieb das Herz stehen. Ich riss Mutters Brief auf.

27. Oktober 1943

Adele, mein Liebes,

mit schwerem Herzen muss ich dir mitteilen, dass Philip tot ist.

Ich stieß einen Schrei aus. Die Worte auf dem Papier verschwammen. Ich bekam keine Luft mehr.

Patricia ist am Boden zerstört und konnte kaum sprechen, als sie anrief. Philip ist ihr einziges Kind, und sie ist untröstlich. Ich weiß, dass du ihn gern hattest, wahrscheinlich sogar mehr als das. Amelia hat nach Luft geschnappt und deinen Namen geflüstert, als sie die Nachricht hörte, womit sie das bestätigte, was ich bereits ahnte. Patricia und mir war früh klar, dass ihr gut zusammenpasst mit eurer ruhigen, gebildeten Art. Wenn ich das sagen darf: Dein Vater und ich hegten die Hoffnung, dass er dein wählerisches Herz erobern würde.

Hoffnung hegen. Meine Hände zitterten. Philip. Mein Traum.

Ich weiß, dass diese Nachricht dich ganz besonders treffen wird, weil du so weit weg von uns bist. Ich habe mit deinem Vater gesprochen. Er hat angerufen, nachdem er Harold getroffen hatte, der Philips Tod bestätigte.

Der Tod ist momentan allgegenwärtig und nimmt uns all unsere Liebsten. Ich bin so dankbar, dass ich Töchter habe. Ich weiß, dass ich so etwas nicht sagen sollte, aber so ist es nun mal. Dieser Krieg tötet alles, was gut ist, und ein Ende ist nicht abzusehen.

Ich wünschte, ich wäre da, um dich in meinen Armen zu halten. Ich weiß, dass du tapfer sein wirst, da kommst du mehr nach deinem Vater. Ich fürchte, dass ich ganz und gar nicht tapfer bin. Amelia macht Philips Tod schwer zu schaffen, sie spricht nicht darüber.

Sonst ist in Windward alles beim Alten. Der unablässige Regen ist deprimierend wie immer. Langsam gewinnt man den Eindruck, dass sämtlicher Schlamm von den Feldern und vom Garten den Weg ins Haus findet. Deine Großmutter vergisst ständig, dass niemand außer mir da ist, um ihre schmutzigen Stiefelabdrücke vom Boden der Eingangshalle zu wischen. Manchmal wundere ich mich schon über sie. Ansonsten gibt es nichts Neues, und mir fällt auch nichts Fröhliches ein, das ich dir schreiben könnte. Ich vermisse dich so sehr.

In Liebe
Mutter

Eine einzelne Träne rollte über meine Wange. Ich wischte sie ab und schaute aus dem Fenster. Der Himmel war dunkel, und ich konnte den Regen nicht sehen, aber ich hörte ihn gegen die Scheibe trommeln. .. -.-. ..../.-.. .. . -... ./ -.. .. -.-. ....

Kapitel sieben

Falmouth, Cape Cod, Massachusetts
21. August 2015

Als »Lord of All Hopefulness« verklang, geleitete die Menge Grandies Sarg aus der Kirche. Leo ging voran, zusammen mit Betty, Lara folgte mit Maeve, die ihre Hand drückte, als sie Pierre in der letzten Bankreihe stehen sah. Lara hielt die Luft an, als er lächelte und leicht den Kopf neigte. Das Licht, das durch die Kirchenfenster fiel, ließ sein tiefschwarzes Haar bläulich schimmern. Nein, das war nicht so, wie es sein sollte. Er hätte an ihrer Seite sein sollen, anstatt wie ein beliebiger Trauergast ganz hinten in der Kirche zu stehen. Pierres Blick suchte den ihren. In seinen Augen stand Bedauern.

Das Sonnenlicht blendete, als sie vor das Kirchenportal traten. Lara nahm ihre Sonnenbrille aus der Tasche und setzte sie auf. Ihre Mutter beugte sich zu ihr. »Alles okay?«, fragte sie leise.

Lara nickte, obwohl die Frage zu groß war, um sie zu beantworten.

»Es war richtig von Pierre, zur Beerdigung zu kommen.«

Lara nickte erneut. Im Augenblick wäre es keine gute Idee, etwas zu sagen, da sie kurz davorstand, in Tränen auszubrechen.

»Ich glaube nicht, dass er mit ans Grab kommt oder anschließend ins Haus«, sagte Maeve.

Lara half ihrer Mutter in den Wagen des Bestattungsunternehmens. »Nein.« Sie wusste, dass er dort nicht erscheinen würde, weil es bedeutete, dass sie miteinander reden müssten. Sie hatten ja schon vor der Scheidung nur aneinander vorbeigeredet. Jeder von ihnen hatte genau gewusst, was er wann sagen musste, um dem anderen zu versichern, dass er nicht sauer war. Sie hatten nicht die Stimme erhoben, einander keine Vorwürfe gemacht – sie waren einfach auseinandergegangen. Irgendwie kam ihr das noch schlimmer vor, ganz besonders heute.

»Es waren ziemlich viele Leute in der Kirche«, stellte ihre Mutter fest und schnallte sich an.

Lara nickte. »Fährt Gerald bei uns mit?«

Die Mundwinkel ihrer Mutter zuckten in die Höhe. Gerald war der erste Mann, den Maeve in ihr Leben gelassen hatte, seit Laras Vater vor so langer Zeit gestorben war. »Er nimmt sein eigenes Auto. Er möchte nicht stören.«

»Oh.« Lara schaute aus dem Fenster. Der Bestattungswagen setzte sich in Bewegung, die Fahrzeugkolonne schloss sich an und folgte Lara und ihrer Mutter. Im Wagenfond vor ihnen ragten die Köpfe von Leo und Betty auf. »Haben sich Betty und Grandie eigentlich jemals wirklich nahegestanden?«

Maeve schüttelte den Kopf. »Die Beziehung der beiden war immer distanziert.«

»So kann man es auch ausdrücken. Hast du eine Ahnung, warum?«

»Nein, aber ich habe mich oft gefragt, ob es daran lag, dass Amelia starb, als Betty noch so klein war.« Ihre Lippen verzogen sich zu einem schiefen Lächeln. »Er mag ein brillanter Urgroßvater gewesen sein, aber das war sehr viel später.« Sie zögerte. »Manchmal habe ich überlegt, ob ihn die Jahre bei der Armee zu hart gemacht hatten, um dem süßen kleinen Mädchen ein liebevoller, alleinerziehender Vater zu sein.«

Lara musste lächeln. Ihre Mutter hatte den Nagel auf den Kopf getroffen. Großmutter war noch immer sehr penibel mit ihrem Aussehen, ganz wie das »süße kleine Mädchen« von damals.

»Alles in Ordnung, Küken?« Maeve legte ihre Hand auf Laras. Der Wagen bog auf den Friedhof ein.

»Alles in Ordnung, zumindest so weit im Augenblick möglich.« Vor einer frisch ausgehobenen Grube hielten sie an, und Lara und ihre Mutter setzten ihre für die Öffentlichkeit bestimmten Gesichter auf, bevor sie ausstiegen und ans Grab traten.

Nach der Beerdigung war Eventide voller plaudernder Gäste – genau wie Grandie es sich gewünscht hätte. Lara lächelte erfreut. Sie wünschte sich, sie könnte all das mit ihm besprechen. Hoffentlich würde er sie vom Himmel aus beobachten und wäre zufrieden über die große Anzahl Leute, die gekommen waren. Weniger erfreut war sie über die Canapés. Jetzt bereute sie, dass sie Betty die Organisation des Caterings überlassen hatte. Zum Glück war Leo für die Getränke zuständig. Sie drehte die Champagnerflöte in der Hand und sah zu, wie die kleinen Blasen nach oben stiegen. Als sie sechs Jahre alt war, hatte Grandie ihr mit Hilfe der Blasen in einem Glas Champagner erklärt, wie die Seelen der Verstorbenen zum Himmel aufstiegen, wenn sie den Körper verließen – ein Bild, das sie niemals vergessen hatte.

Dieser Champagner war exzellent, er war Grandies Lieblingschampagner gewesen. Sie erinnerte sich an ihr erstes Glas Pol Roger, das sie an Silvester getrunken hatte. Damals war sie vierzehn gewesen. Der Champagner war angenehm trocken, und er war all die Jahre über ihr Lieblingsschaumwein geblieben, obwohl sie das Beste, was Frankreich und die Welt zu bieten hatten, genießen durfte. Sie lehnte sich gegen das Treppengeländer und schloss für eine Sekunde die Augen. Das Geräusch der gedämpften Gespräche um sie herum rief in ihr Erinnerungen an die Zeit im Restaurant wach.

Sie sah ihren Bruder telefonieren. Wahrscheinlich sprach er mit Deborah, seiner Freundin, die geschäftlich in Peking war. Sie hatte es nicht geschafft, zur Beerdigung zu kommen, und Leo vermisste sie. Jetzt beendete er sein Gespräch, griff nach einer Flasche Champagner und kam auf Lara zu, um ihr Glas nachzufüllen. »Auf Grandie und seinen guten Geschmack.«

Lara hob ihr Glas und stieß leicht gegen das ihres Bruders. »Was hat er noch immer gesagt?«

»Er hat Churchill zitiert. ›Schon ein einziges Glas vermittelt einem ein Gefühl von Heiterkeit‹ oder so ähnlich.«

»Ja, jetzt erinnere ich mich. Das und dass eine ganze

Flasche den gegenteiligen Effekt erzielt.« Lara drehte den dünnen Stiel zwischen den Fingern. »Könnte sein, dass ich schon zu viel hatte.«

»Hast du Pierre heute zum ersten Mal seit der Scheidung gesehen?« Leo zog eine Augenbraue in die Höhe.

»Ja.«

»Wie hast du es geschafft, ihm aus dem Weg zu gehen, wo du doch quasi nebenan gewohnt hast?«, wunderte er sich.

»Indem ich mich ausgesprochen zurückgehalten und es strikt vermieden habe, auch nur in die Nähe unseres Hauses zu kommen – außerdem habe ich mich von sämtlichen Orten ferngehalten, an denen wir zusammen waren.«

»Und wie lange willst du das noch durchziehen?«

Sie zuckte die Schultern.

»Hör mal, Schwesterchen, du musst dringend etwas tun.«

Lara legte den Kopf schräg. »Ich habe mit Cassie gesprochen und meine Flüge gebucht.«

»Wunderbar.«

»Allerdings habe ich keine Ahnung, was mich erwartet, wenn ich nach ein, zwei Monaten wieder zurückkomme, und genau das ist das Problem.« Sie wand sich unbehaglich.

»Und du hast keine Lust, in einem kleinen, billigen Diner zu arbeiten, nachdem du in so zartem Alter in die Sphären der Michelin-Sterne vorgedrungen bist?«

Sie bedachte ihren Bruder mit einem finsteren Blick. »Nicht wirklich, aber das weißt du ja.«

»Du bist die Leiter sehr schnell emporgestiegen.«

»Das musst gerade du sagen.«

Er lachte leise. »Da hast du recht – trotzdem solltest du die Messlatte etwas tiefer legen, um erst mal deinen Ruf wiederherzustellen. Die Sache mit Stephan hat sich bestimmt herumgesprochen.«

Ihre Schultern sackten herab, und sie schloss erneut die Augen. Ihr Traum von einem eigenen Restaurant war geplatzt, genau wie ihr Traum von einem Leben mit Pierre. Es war Zeit, sich neu zu orientieren. Hoffentlich würde ihr die Zeit bei ihrer besten Freundin, weit weg von hier, dabei helfen.

25. August 2015

Die Morgensonne stieg höher, und Lara atmete tief den Duft der Zedernholzschindeln ein, auf denen der Tau trocknete. Dieser Geruch erinnerte sie immer an zu Hause. Sie schlenderte an den Strand von Eventide und blieb stehen, um aufs Wasser hinauszublicken. Die Neun-Uhr-Fähre setzte bereits nach Oak Bluffs über.

Eine Muschelschale traf sie am Kopf. »He, du!« Sie drehte sich um und sah Leo am Rand der Düne stehen. Er tippte auf seine Armbanduhr. »Zeit zurückzugehen!«, rief er ihr zu.

»Ich weiß.« Lara drehte sich um und blickte Richtung Eventide. Hinter der mit Strandhafer bewachsenen Düne, die das Haus vom Strand trennte, sah sie Betty und Kevin neben ihrem Mietwagen stehen. Sie würden in Kürze abreisen.

»Es war schön, dich hierzuhaben«, sagte Leo und ging zu seiner Schwester. Zwischendurch bückte er sich, um einen Kieselstein aufzuheben und in der Hand zu wiegen.

Lara sah ihn an. »Normalerweise bist du so beschäftigt, dass ich dich gar nicht zu Gesicht bekomme, wenn ich hier bin.«

»Das stimmt.«

»Ich habe das Gefühl, ich würde davonlaufen«, sagte Lara und ließ einen Stein über die Wasseroberfläche hüpfen.

Leo blieb stehen und schaute hinüber zu Martha's Vineyard. »Du nimmst dir doch bloß eine Auszeit. Eine Art Sabbatical.«

»Ach, so würdest du das nennen?« Sie bückte sich und warf einen weiteren Stein.

»Nun ja, ich muss dir ja die Wahrheit sagen.« Er grinste.

»Du bist Anwalt! Ich dachte, Typen wie du sagen niemals die Wahrheit!«

Er lachte und hakte sich bei ihr unter. »Du musst über deine Zukunft nachdenken. Du hast Pierre das Haus überlassen, wovon ich dir zum damaligen Zeitpunkt abgeraten habe – aber du wolltest ja nicht auf deinen kleinen Bruder hören.«

Sie schaute zu ihm auf. »Ich weiß«, räumte sie ein. »Allerdings war es meine Schuld, dass die Ehe gescheitert ist.«

»Dazu braucht es immer zwei.«

»Da bin ich mir nicht so sicher.« Sie folgte Leos Blick zur Insel.

»Ich aber. Glaub mir, ich bin Anwalt.«

»Genau aus ebendiesem Grund glaube ich dir nicht!«

Sie lachten und drehten sich um, um nach Eventide zurückzukehren.

Eine sanfte Welle rollte an den Strand und nahm den auf dem Sand liegenden Tang mit zurück ins Meer, wobei sie einen Krebs aufscheuchte und die Reste einer Qualle freilegte. Die Ebbe enthüllte immer neue Schätze – hier und da ein Stück Meerglas, die Schale einer Jakobsmuschel, und – leider – immer häufiger die Abfälle des modernen Lebens, hauptsächlich Plastiktüten. Lara bückte sich, um eine Sattelmuschel aufzuheben, die golden in der frühen Morgensonne glänzte, doch sie war so zart, dass sie ihr aus den Fingern rutschte. Sie ließ sie dort liegen, wo sie hingefallen war, und kehrte langsam mit Leo zum Haus zurück, um sich von ihrer Großmutter zu verabschieden.

Das dumpfe Tuten des Nebelhorns klang durch die Nachtluft, die dick vor Feuchtigkeit war. Es kam ihr viel später vor als zwanzig Uhr. Das trübe Licht, das aus den Fenstern des Pubs mit dem vielversprechenden Namen »The British Beer Company« fiel, wirkte einladend und gemütlich. Die Feuchtigkeit bildete kleine Perlen auf Laras Gesicht, und ihre Schultern waren mit Wassertropfen bedeckt, die immer größer wurden, bis sie durch das Harvard-Sweatshirt drangen, das sie trug. Es gehörte nicht ihr sondern Leo, und sie hatte es gefunden, als sie das Haus ausräumten.

»Alles okay?« Leo legte ihr den Arm um die Schulter und schob sie über die Straße und durch die Eingangstür des Restaurants.

»Ja.«

»Lügnerin«, sagte er und blickte seine Schwester vorwurfsvoll an. »Du hast gesagt, du hättest Lust, auszugehen.«

»Ich weiß.« Lara holte tief Luft, dann blieb sie stehen und sah sich um. »Das hier ist eben ein Ort, den ich mit Grandie verbinde.«

»Verstehe.« Leo ging ihr voran Richtung Bar.

»He, ihr zwei. Seid ihr wegen dem Quiz hier?«, erkundigte sich eine von Grandies Kolleginnen aus dem Institut. Lara hatte Anfang der Woche mit vielen von ihnen gesprochen. Sie schüttelte den Kopf.

»Darf ich euch auf einen Drink einladen?«, fragte die Frau. Sie war Wissenschaftlerin und zählte zu den vielen Schützlingen, die Grandie über die Jahre hinweg betreut hatte.

»Danke.« Lara lächelte. »Ein India Pale Ale, bitte.«

»Das ist nett. Für mich bitte auch eins.« Leo sah von der Bar hinüber zum Restaurantbereich, wo die Tische voll besetzt waren mit Leuten, die ihren Urlaub genossen.

»Hab ihr nicht Lust, in unser Team zu kommen?«, fragte die Frau, nachdem sie die Getränke bestellt hatte. »Vielleicht spielt ihr ja auch so gern Pubquiz wie wir und wisst es nur noch nicht.«

»Damit tun wir Ihnen bestimmt keinen Gefallen«, entgegnete Lara schmunzelnd. »Außerdem hat Grandie immer beim gegnerischen Team mitgespielt – es würde sich irgendwie nicht richtig anfühlen.«

Die Frau lachte. »Ohne ihn werden sie es verdammt schwer haben, uns zu schlagen.« Sie reichte Lara eins der beiden Gläser, die der Barmann vor sie auf den Tresen stellte, das andere gab sie Leo. »Wir vermissen ihn alle sehr.«

»Danke.« Lara kletterte auf einen Barhocker und legte eine Mappe neben ihr Glas.

Leo setzte sich neben sie und nahm einen Schluck von seinem Bier. »Ich liebe diesen Ort. Ich habe mich hier immer wie zu Hause gefühlt.«

»Da hast du recht. Wir beide haben hier jede Menge Zeit verbracht. Erinnerst du dich noch an unseren ersten Job?« Sie dachte daran, wie sie die Tische abgeräumt und Leo die Teller gespült hatte.

Er schmunzelte und griff nach der Mappe. »Sind darin deine Reiseunterlagen?«

Sie nickte. »Das und Grandies Tagebücher, Fotos und Briefe.«

Dann nahm sie Leo die Mappe aus der Hand, öffnete sie und breitete den Inhalt vorsichtig auf dem Tresen aus, wobei sie darauf achtete, dass die Oberfläche sauber und trocken war. Anschließend griff sie nach Grandies Tagebuch von 1943, schlug den ersten Eintrag auf und fuhr mit den Fingern über die Schrift, wobei sie sich wünschte, er wäre noch hier.

25. November 1943

Im Flieger nach London – eine seltsame Art, Thanksgiving zu verbringen.

26. November 1943

Bericht an HQ

»Wir wissen, dass er die Militärakademie in West Point im Frühling 1943 mit der Promotion abgeschlossen hat und am Tag von Thanksgiving in einer Maschine nach London gesessen hat.« Stirnrunzelnd ließ sie das Tagebuch sinken. »Interessant, dass er geflogen ist. Soweit ich es aus dem Geschichtsunterricht erinnere, wurden die meisten Truppen mit Schiffen befördert.«

»Vielleicht musste er London aus irgendeinem Grund schnell erreichen«, überlegte Leo.

Lara seufzte. »Warum haben wir ihm diese Fragen nicht schon vor Jahren gestellt?«

»Ich habe ihn nach dem Krieg gefragt, aber er wollte nicht darüber reden.«

»Stimmt. Wir wissen so wenig.«

Leo nickte und nahm einen weiteren Schluck Bier. »Dann fliegst du also nach London.« Er schaute auf ihr E-Ticket. »Hoffentlich findest du Genaueres heraus.«

»Hoffentlich.« Sie zog mit dem Zeigefinger kleine Schlangenlinien in den Beschlag an ihrem Glas. »Allerdings habe ich nur wenig, worauf ich mich stützen kann.«

»Du hast Puzzles schon immer geliebt.«

»Ja, Puzzlespiele aus Holz oder Pappe. Das hier ist etwas anderes.« Sie hob ihr Glas und betrachtete den Bierdeckel. »Seltsam, dass Cassie ausgerechnet in der Nähe dieses Helford River lebt.«

Er nickte. »Ich wette, sie ist total aus dem Häuschen, dich wiederzusehen.«

»Ich denke schon.« Lara trank einen großen Schluck von dem kräftig schmeckenden Pale Ale, dann zog sie ein Foto von ihrem Großvater aus der Mappe, auf dem er allein auf einer Landzunge stand, umgeben von Wasser. Leo nahm es ihr aus der Hand, drehte es um und betrachtete die kaum noch lesbare Schrift auf der Rückseite. »Sieht so aus, als hätte dort ein Datum gestanden, aber die Schrift ist ganz verblichen.« Er gab das Bild seiner Schwester zurück. »Ich denke, wenn du erst mal in England bist, wird es leichter, seine Schritte zu verfolgen.« Er sah sich die Fotos an, dann nahm er sich die Briefe vor, während Lara die Bar betrachtete. Alles war so vertraut. Gut möglich, dass sich die Auswahl der Biersorten geändert hatte oder dass die Sonnenschutzcremes der Touristen anders rochen – die Bar war immer noch wie früher. Hier, in der Küche des »The British Beer Company«-Pubs, hatte sie ihre erste Arbeitsstelle als Souschefin angetreten.

»Die Briefe sind für die damalige Zeit ziemlich deutlich«, stellte Leo fest und legte sie zurück in den Ordner.

»Du hast recht. Es fühlt sich falsch an, sie zu lesen, allerdings haben wir nichts anderes.« Lara betrachtete die Tagebücher und wünschte sich, sie würden die Antwort auf ihre Fragen oder zumindest konkrete Hinweise enthalten. Eine erste Durchsicht hatte allerdings eher an ein Reisetagebuch erinnert, in dem verschlüsselte Orte und Namen notiert waren. Sie nahm an, dass die Bücher Grandie als eine Art Gedächtnisstütze gedient hatten. »Es ist seltsam, dass es keinerlei Fotos von unserer Urgroßmutter gibt.«

»Glaubst du, Grandie hat sie vernichtet?«

»Gut möglich. Vielleicht war es für ihn einfach zu schmerzhaft, sie zu betrachten. Oder es gab tatsächlich keine Aufnahmen.«

»Und du möchtest das wirklich tun? Dich auf Spurensuche nach Grandies Vergangenheit begeben?« Leo trank sein Bier aus.

»Ja.« Lara stellte ihr leeres Glas ab. »Das hält mich davon ab, irgendwelchen Unsinn anzustellen, und gleichzeitig hält es mich eine Weile von der Küche fern.« Sie räumte ihre Sachen zusammen und rutschte von ihrem Barhocker.

Gemeinsam verließen sie das Restaurant. Leo legte ihr den Arm um die Schulter.

»Du wirst deinen Weg gehen – so oder so.«

Sie schnaubte zweifelnd. »Es freut mich, dass du Vertrauen in mich hast.«

»Das habe ich in der Tat.«

Schweigend gingen sie am Strand entlang in Richtung Eventide. Langsam lichtete sich der Nebel. Als sie am Haus ankamen, war der Himmel klar und voller Sterne. Dasselbe wünschte sich Lara für ihre Zukunft: dass sich der Nebel lichtete und sie endlich wieder klarsehen konnte.

Kapitel acht

Windward, Mawnan Smith, Falmouth, Cornwall
25. August 2015

Ich ging zum Ende der Terrasse und blickte mit zusammengekniffenen Augen in die Ferne. Ein weiterer Tanker schipperte Richtung Falmouth. Würde er in der Bucht anlegen oder weiterfahren? Die leuchtend orangefarbenen und grünen Schiffskörper sorgten an trüben Tagen im Hafen von Falmouth für Abwechslung. Selbst an einem nieseligen Sommermorgen wie diesem herrschte reges Treiben bei den Wasserfahrzeugen, die aus der Bucht herausfuhren.

Im Süden war gerade noch die Spitze von Nare Head, einer hoch aufragenden Felsnase, zu erkennen. Die ehemalige Luftabwehrbatterie war nach wie vor dort und wurde inzwischen von der Küstenwache benutzt. Heute zählte man dort Riesenhaie, damals hatte man von dort aus versucht, den Feind in die Irre zu führen. Und es hatte funktioniert: Mit Hilfe von nachgebauten Bahngleisen und falschen Lichtern hatte man die Bomber von ihrem eigentlichen Ziel abgelenkt. Beim letzten Mal, als ich jenen Küstenstreifen entlangspaziert war, waren die Spuren der Gleise noch deutlich zu sehen gewesen. Ich schloss die Augen und dachte daran, wie man vor ein paar Jahren ganz in der Nähe vom Durgan Beach eine Siebenhundert-Kilogramm-Fallschirmbombe entdeckt hatte. Es war schier unglaublich, dass sie dort über siebzig Jahre gelegen hatte, während zahllose nichtsahnende Urlauber darüber hinwegschwammen. Es hatte eine Wahnsinnsdruckwelle gegeben, als man sie in der Bucht sprengte – Explosionen wie diese waren ziemlich spektakulär anzusehen, wenn sie keine Bedrohung darstellten im Unterschied zu anderen, wie ich sie am eigenen Leibe hatte erfahren müssen.

An jenem Morgen stand ich also auf der Terrasse, spähte durch den Nebel und ließ mich auf das Steinmäuerchen sinken. Warum war das plötzlich alles so nah? Die entscheidenden Jubiläen waren vorüber, und wieder hatte ich ein Jahr überlebt. Jack hatte einen Rahmen für das Foto von mir am Tag der Befreiung gefunden und es im Wohnzimmer aufgestellt. Er schien tatsächlich zu glauben, es würde mir guttun, mich mit der Vergangenheit auseinanderzusetzen, aber ich ignorierte das Bild und würde ganz bestimmt nicht darüber sprechen. Es war besser, die Geister der Vergangenheit ruhen zu lassen.

Aber es war nicht das Foto, auch nicht, dass Peta den Schleier tragen wollte. Mein Krieg hatte nie geendet, trotz meines sehnlichen Wunsches zu vergessen. Ich hatte gewusst, wo die Briefe lagen, doch sie hatten mich nie so aufgewühlt wie jetzt. Jene Jahre der Vergangenheit fühlten sich so nah an, dass ich beinahe meinte, sie berühren zu können. Ich wandte mich von der Bucht ab und blickte auf Windward, Großmutters Haus, 1911 erbaut auf dem Land ihrer Familie. Beinahe erinnerte es an eine Festung, was nicht überraschend war angesichts der Tatsache, dass es dem Ostwind ausgesetzt war. Meine Großmutter hatte die Freiheit geliebt, die dieses Haus ihr bot. Es gehörte ganz allein ihr und war nicht dem Vermögen meines Großvaters einverleibt worden, das Onkel Reg bei dessen Tod 1917 im Alter von neun Jahren geerbt hatte.

»Gran, du wirst ziemlich nass werden, wenn du noch länger draußen bleibst.« Peta streckte lächelnd die Hand aus. Hoffentlich würde bei ihrer Hochzeit anderes Wetter herrschen. Ich ergriff ihre ausgestreckte Hand, dann hakte ich mich bei ihr unter, und wir gingen Arm in Arm ins Frühstückszimmer, wo die Unterlagen für die Hochzeit auf dem Tisch ausgebreitet lagen. Neben dem Tisch stand Jack, eine Tasse Kaffee in der Hand, die Stirn in Falten gelegt.

»Wäre es nicht sehr viel leichter, einfach nur mit ihm zusammenzuleben?«, fragte er.

Peta funkelte ihn an. »Ich werde mir nicht die Mühe machen, diese Frage zu beantworten. Warum kochst du Gran nicht einen frischen Kaffee, während ich ihr die endgültige Sitzordnung erkläre?« Sie nahm einen Teller mit Krümeln vom Tisch. »Und bring bitte noch etwas von dem fantastischen Kuchen mit.«

Er verdrehte die Augen und verließ das Frühstückszimmer. Peta zog einen Stuhl für mich heran. Ich hatte keine Lust darauf, weitere Hochzeitsdetails zu erfahren, aber Peta hatte sich noch nie von meinem Unmut abhalten lassen. Sie schaute mich an und sah stets mehr, als mir lieb war. Mir blieb nichts übrig, als mich abzuwenden.

»So, Gran, beten wir mal, dass wir schönes Wetter haben, damit wir die Seitenwände des Tipis hochrollen können.« Sie schaute von den Unterlagen auf. »Wenn es so ist wie heute, haben wir kaum Aussicht, und das wäre wirklich schade.«

»Da hast du recht.«

»Aber selbst wenn es schüttet, hält das Tipi durch, das hat der Verleiher versprochen.«

»Ein Tipi.« Ich schürzte die Lippen und betrachtete das Bild, das Peta mir zuschob. Es hatte nur wenig Ähnlichkeit mit den kleinen Dingern aus den alten Filmen. Dieses hier war riesig und hatte drei hohe Spitzen. Das Tipi war bestimmt ein Kassenschlager, doch ich wusste nur zu gut, was Wind und Wetter in diesem ungeschützten Landstrich anrichten konnten. Obwohl es drei Stockwerke hatte, ragte Windward nicht so hoch auf wie viele der anderen im frühen zwanzigsten Jahrhundert errichteten Gebäude hier in der Gegend. Die Decken waren hoch, aber nicht so hoch, wie man es in einem edwardianischen Landhaus erwarten würde. Der Architekt hatte in diesen Gefilden seine Sommer verbracht und wusste um die Auswirkungen des Windes. Der Zeltverleiher nicht – da war ich mir sicher.

»Ich habe einen Tischplan gezeichnet und dafür gesorgt, dass du einen Stuhl mit Lehne bekommst.« Sie lächelte. »Alle anderen sitzen auf Bänken.«

Ich nickte. Was sollte ich dazu sagen? Auch alle anderen würden auf Stühlen sehr viel bequemer sitzen, nicht nur eine alte Frau.

»Wir kriegen keine hundertfünfzig Leute ins Tipi, wenn wir sie alle auf Stühle setzen.«

Ich schüttelte den Kopf. Es war unheimlich, wie Peta meine Gedanken lesen konnte. Zum Glück verstand sie, dass manche Dinge besser privat blieben. Obwohl sie sich nach außen hin unbekümmert und mitunter eher leichtfertig gab, war sie ein sensibles Kind, das es ihrer Umgebung während der Teenagerzeit nicht leichtgemacht hatte.

Jack trug ein Tablett ins Zimmer. »Madam, Ihr Kaffee.« Mit einer leichten Verbeugung stellte er das Tablett auf den Tisch.

»Danke, Bruderherz.« Peta zwinkerte. »Und jetzt, Gran, möchte ich mich vergewissern, dass du mit Leuten zusammensitzt, mit denen du reden möchtest, und nicht mit solchen, bei denen du dich dazu gezwungen fühlst.«

»Und, hast du jemanden gefunden?« Ich schmunzelte.

Sie kicherte. »Ich arbeite noch dran.«

Jack reichte ihr lachend eine Tasse Kaffee.

»Dann sitzt du aber nicht am Brauttisch.« Zwischen ihren Augenbrauen bildete sich eine Furche. »Das wäre zu beengt. Ich denke, du wärst glücklicher, wenn ich dich an der offenen Zeltseite platzieren würde.«

»Vorausgesetzt, das Wetter ist schön«, feixte Jack, und Peta schlug ihm mit dem Bleistift auf den Arm. Sie schob gelbe Klebezettel auf dem großen Plan hin und her. »Wenn ich dich an den Tisch mit Victoria und Sebastian Roberts und natürlich mit Eddie setzen würde, hättest du definitiv drei Personen, mit denen du dich unterhalten könntest, und sei es auch nur über Gärten.«

Ich nickte und stellte mir Eddie vor mit mir zusammen auf einer Hochzeit in Windward. Zumindest er würde mich verstehen. Mein Herz schnürte sich zusammen, dennoch lächelte ich. Petas Fröhlichkeit war ansteckend.

»Wo setzt du mich hin?« Jack lehnte sich gegen den Tisch, eine Kaffeetasse in der Hand.

»Du hast nicht so viel Glück wie Gran. Für dich gibt es keine schnellen Fluchtmöglichkeiten.« Sie sah ihn an. »Du sitzt am Brauttisch.«

Die Farbe wich ihm aus dem Gesicht. Er schloss die Augen. Er würde alles für Peta tun, aber ich wusste, dass ihn das sehr dicht an seine Grenzen trieb. Zuerst hatte sie ihn darum gebeten, sie zum Altar zu geleiten, einen Wunsch, den er ihr widerstrebend erfüllte. Sie wusste besser als jeder andere, was er dank des Verhaltens ihres Vaters von der Liebe hielt, trotzdem war sie noch weitergegangen und hatte ihn dazu gedrängt, eine Rede zu halten. Er hatte abgelehnt und sie gebeten, jemand anderen auszuwählen, woraufhin sie erwidert hatte, es gebe niemand anderen. Er war ihre Familie. Abgesehen von mir hatten sie nur einander. Peta hatte genügend Verstand, nicht mich mit ihrer Bitte zu behelligen.

Ich stellte meine Kaffeetasse auf dem Tisch ab und stand auf. »Den Rest überlasse ich euch.«

Peta küsste mich auf die Wange. »Danke. Ich glaube, ich habe mich noch gar nicht dafür bedankt, dass ich die Hochzeitsparty hier veranstalten darf.«

»Gern geschehen. Was mein ist, ist dein.« Ich wischte ihre Dankbarkeit mit einer wegwerfenden Handbewegung beiseite, auch wenn mir klar war, dass meine Worte nicht ganz der Wahrheit entsprachen. Das Haus gehörte mir nicht allein. Es war meiner Schwester und mir hinterlassen worden.

Hampstead, London
5. November 1943

Geliebte Hälfte,

mein Herz blutet – deinetwegen, meinetwegen und wegen Philips Eltern. Ich weiß, dass du mir weismachen wirst, du hättest nicht wirklich etwas für ihn empfunden, allerdings weiß ich auch, dass du das doch getan hast. Es ist einfach schrecklich. Dieser verfluchte Hitler! Entschuldige meine Wortwahl, aber nur mit diesem Begriff kann ich meinem Zorn gerecht werden.
Mutter geht es gar nicht gut. Großmutter ist biestig zu ihr, und ich mache Überstunden. Die beiden müssen sich selbst durchschlagen.
Ich weiß nicht, was ich sagen soll. Ich spüre, dass du dich in dich selbst zurückziehst, aber bitte tu das nicht. Du musst leben. Ich bin zu müde, um weiterzuschreiben.
Ich werde diesen Brief gleich morgen früh aufgeben. Du sollst wissen, dass ich Bescheid weiß und dass du nichts vor mir verbergen kannst.

Für immer die Deine
Xxxx

Ich warf den Brief meiner Schwester auf die Bettdecke und sprang von der Koje. Es war, als hätte sich mit der Nachricht von Philips Tod ein Teil von mir abgeschottet. Sie hatte recht. Es war albern, sich einzureden, wegen ein paar heimlicher Küsse in jemanden verliebt zu sein. Es gab schließlich genügend andere Dinge, die bedacht werden mussten. Meine Ausbildung war beinahe abgeschlossen. Bald würde ein sogenanntes *sparker's batch,* ein Telegraphistinnenabzeichen, meinen Ärmel zieren, und wir sollten zwei Orte auswählen, an denen wir eingesetzt werden wollten. Natürlich war St. Merryn meine erste Wahl. Ich vermisste Cornwall – die Luft, das Meer, die Menschen. Obwohl ich sechs Jahre in London gelebt hatte, bevor ich mit meiner Familie nach Windward zog, hatten mir diese sechs Monate meiner Ausbildungszeit gezeigt, dass ich nicht hierhergehörte. In Cornwall hatte ich London kein einziges Mal vermisst, und nun sehnte ich mich nach einem Himmel voller Sterne und dem Schrei des Brachvogels in der Abendbrise. Ich wollte, dass meine Tage erfüllt waren von dem Duft nach wildem Geißblatt in den Hecken und dem Duft von Mrs Tonks' Pasteten, der aus der Küche von Windward wehte, bevor wir zu unseren Picknicks aufbrachen.

Camilla, eine Kameradin mit unbändigen Locken, betrat das Zimmer. »Wir gehen ins Kino, hast du Lust mitzukommen?« Sie lächelte. Ihre Haare hüpften, obwohl sie stehen geblieben war.

Ich zwang mich zu einem Lächeln. »Ja.« Eigentlich hatte ich keine Lust, aber Amelia hatte recht. Ich musste leben.

»Wunderbar. Wir treffen uns in zwanzig Minuten unten.« Sie verließ die Kajüte, dann steckte sie noch einmal den Kopf zur Tür herein. »Hast du mitbekommen, dass Paula Thompson weg ist?«

»Nein.« Ich runzelte die Stirn. »Bedittelt?«

Sie nickte. »Bis gleich!«

Jetzt zusammenzubrechen, wo das Ende der Ausbildung schon in Sicht war, war wirklich Pech. Die meisten waren sehr viel früher auf der Strecke geblieben. Ich selbst hatte mehrere Male kurz davor gestanden, alles hinzuwerfen, obwohl ich die Schnellste im ganzen Kurs war. Das Morsen war mir zur zweiten Sprache geworden, mitunter überholte es sogar mein Englisch. Ich hatte einen gehörigen Schreck bekommen, als ich merkte, dass ich anfing, auch tagsüber in *Dits* und *Dahs* zu denken und nicht nur in meinen Träumen. Ich zog die Decke auf meiner Koje gerade und legte Amelias Brief weg, wohlwissend, dass ich das Jetzt annehmen musste – nur eben nicht mit dem Eifer, wie sie es tat.

12. November 1943

Geliebte Hälfte,

du wirst nie erraten, wer auf Heimaturlaub war und uns besucht hat. Ja, es war Eddie. Seine Mutter Rebecca war bei uns, also hat er seinen Urlaub hier verbracht. Er hat mir von eurem Treffen in London erzählt und wie du über Philip gesprochen hast. Ich weiß, dass Philips Tod

auch ihn schwer getroffen hat. Er war der Erste und hoffentlich der Letzte aus unserer Truppe, der sterben musste. Ich hasse diesen abscheulichen Krieg.
Doch für ein paar Tage hatten wir eine wundervolle Zeit. Seiner Mutter geht es gesundheitlich nicht so gut, deshalb blieb es an mir hängen, ihn zu unterhalten. Zum Glück hatte ich ebenfalls Urlaub. Das Wetter war herrlich für November, also durchstreiften wir die Gegend mit dem Fahrrad. Wir haben einen netten Abend im Ferryboat Inn verbracht und uns in Barbary's Garage in Penwarne einen Film angesehen. Es gab sogar Eiskrem. Mrs Barbary hat sie aus dem Puddingpulver gemacht, das die Amerikaner geliefert haben.
Du würdest nicht glauben, wie sich hier alles verändert, seit die Amis hier sind. Ich kann das unmöglich in Worte fassen, aber du wirst es selbst sehen, wenn du demnächst nach Hause kommst. Die ersten Amerikaner, die in Falmouth eintrafen, wurden Seabees, *Seebienen, genannt. Der Name stammt von der Abkürzung CB –* Naval Construction Battalion. *Eine Art Bautrupp also für neue Stützpunkte. Neuerdings kommen aber auch Soldaten, sogar Schwarze sind darunter.*
Großmutter ist außer sich wegen dem, was sie am Mittwoch beim Arbeitskreis in Carwinion House erfahren hat. Bei Stricknadelgeklapper hört man viel Geplapper. Niemand aus der Gegend hatte je zuvor einen Schwarzen zu Gesicht bekommen, und jetzt sieht man ständig schwarze Männer. Also, es gibt zwei Riesenskandale. Der erste ist, dass die weißen Soldaten mit den schwarzen scheinbar nicht gut klarkommen, weshalb es zu einer

gewaltigen Prügelei kam, als sie alle zu einem geselligen Beisammensein in der Aula der nahe gelegenen Schule eingeladen waren. Der zweite Skandal, der den ersten bei Weitem übertrifft, ist das Gerücht, Ginny Smith habe sich mit einem der Schwarzen eingelassen. Ich muss allerdings hinzufügen, dass er ausgesprochen gut aussieht.
Ja, ich weiß, ich erzähle dir nicht alles, aber es fällt mir schwer, alles wiederzugeben, weil schrecklich viel passiert ist, seit Eddies Mutter hier eingetroffen ist. Oh, ich kann hören, dass du mehr über Eddie und mich wissen willst. Nun, natürlich hab ich ihn geküsst, und vielleicht hab ich noch ein bisschen mehr mit ihm angestellt.
Nein, ich kann dich nicht belügen. Wir haben noch sehr viel mehr angestellt, und es war wundervoll. Ich denke, ich habe mich verliebt.
Ich kann dich förmlich sagen hören, ich solle nicht so albern sein, mein Herz zu verlieren, aber es ist zu spät. Ich habe mir das bereits selbst gesagt, aber von dem Moment an, in dem seine Augen den meinen begegneten, war ich verloren. Wenn er das nächste Mal Urlaub bekommt, wird er mich in Windward besuchen. Natürlich ist mir schier das Herz gebrochen, als er abreiste, und ich halte jedes Mal die Luft an, wenn ich ein Flugzeug über mir höre, obwohl ich weiß, dass er nicht hier in der Nähe stationiert ist. Wenn du ihn siehst, sag mir … nein, tu's nicht. Ich möchte gar nicht wissen, ob er mit einer anderen Frau zusammen ist. Ich bin ihm längst verfallen, weise sogar andere Angebote zurück. Und dazu bedurfte es bloß eines einzigen Blicks. Der alles sagte. Er hat in mir das gesehen, was ich bin. Er hat mir nicht gesagt,

dass er mich liebt, und ich ihm auch nicht. Dafür ist es noch zu früh und doch auch wieder nicht – denn vielleicht gibt es keine weitere Gelegenheit. Ich bewahre unsere Umarmungen in meinem Herzen und hoffe, dass der Krieg bald endet.

Ich kann nicht aufhören, an ihn zu denken.

Kann es sein, dass du über Weihnachten Urlaub bekommst?

Ich bin in Gedanken überall und nirgendwo, und jetzt muss ich Schluss machen und einen Konteradmiral abholen. Ich bringe den Brief heute noch zur Post. Schreib mir. Obwohl ich dich hören kann, sind wir doch weit voneinander entfernt, und ich sehne mich danach, dich wieder nahe bei mir zu haben.

In Liebe deine xxx

PS: Mutter geht es besser, seit Rebecca hier ist, was ich nie für möglich gehalten hätte, zumal es ihr immer schlecht ging, wenn wir zu Rebecca fuhren. Ich lerne sehr viel über die französische Küche. Mme Pomfrey ist merveilleuse. *Wenn ich länger arbeiten muss, übernimmt sie den Großteil der Kocherei, außerdem ist sie eine hervorragende Schneiderin.*

PPS: Ich weiß, dass du über Philips Tod grübelst und Sorge hast, mein Herz könne ebenso gebrochen werden. Ich muss daran glauben, dass das nicht passieren wird. Ich kann nicht umhin, ihn zu lieben – ich tue es einfach. Xxx

Ich ließ den Brief sinken. Das war es also, was ich gefühlt hatte. Sie behauptete, sie könne mich hören, aber ich konnte sie *spüren.* Das Flattern in meinem Bauch, gepaart mit Furcht – das kam von ihr! Wir *waren* verschieden. Ich ging in der Kajüte auf und ab. Draußen prasselte der Regen. Die Tropfen auf der Fensterscheibe jagten einander, verschmolzen, dann teilten sie sich wieder und verschmolzen erneut.

Das letzte Mal, als ich Eddie gesehen hatte, tanzte er mit einer WAAF – einem Mitglied der *Women's Auxiliary Air Force*, wie man das Korps der weiblichen Helfer bei der Königlichen Luftwaffe nannte – und hatte jede Menge Spaß. Jetzt hatte sich Amelia in ihn verliebt. Was sollte ich dazu sagen? Alle sprachen von der Liebe. Meine Kameradinnen waren allesamt verliebt, entweder in neue Flammen oder in alte. Der Krieg machte alles ungewiss. Ich war nicht in Philip verliebt gewesen, doch ich hatte in Betracht gezogen, ihm meine Liebe zu schenken. Sein Tod raubte mir noch immer den Atem. Es war einfach so ungerecht.

Seufzend setzte ich mich auf meine Koje. Einsamkeit stieg in mir auf. Trotz der Menschen um mich herum war ich allein. Ich vermisste Amelia so sehr, dass es mich körperlich schmerzte. Ich wollte mich an sie klammern. Vielleicht tat sie das Richtige, indem sie sich verliebte, und ich war bloß eifersüchtig.

Trotz des Schmerzes in meinem Bauch zwang ich mich hoch. In fünf Minuten würde ich strammstehen müssen. Meine Antwort an Amelia würde bis zum Abend warten müssen. Ich freute mich für sie. Eddie war ein wundervoller Mensch. Sie würden bestimmt glücklich miteinander werden, wenn der Krieg erst mal zu Ende war. Hoffentlich müssten sie nicht allzu lange warten.

Windward, Mawnan Smith, Falmouth Cornwall
26. August 2015

»Peta hat ihre Sachen in der Bibliothek untergebracht und die Garage mit tonnenweise Krempel vollgestellt.« Jack rieb sich die linke Schulter. »Keine Ahnung, wie sie das ganze Zeug in ihr Apartment in Falmouth gequetscht hat.«

»Es wird seltsam sein, sie auf der anderen Seite des Flusses zu wissen, wenn sie mit Fred in das Haus zieht.« Ich schaute von der Zeitung auf. Es war mir nicht gelungen, sie zu lesen, da meine Gedanken immer wieder zurück zum Krieg schweiften. Ich konnte dem Krieg nicht entkommen. Nachts wachte ich schluchzend auf und war dankbar, dass ich bislang niemanden außer mir selbst gestört hatte.

»Sie wird immer noch ganz in der Nähe sein.«

Ich lächelte. »Die andere Seite kommt mir sehr weit weg vor.« Ich blickte über die Bucht. Für die Krähen war die gegenüberliegende Seite nah, und mit dem Boot konnte man schnell übersetzen. Doch mit dem Auto musste man sich über enge, kurvige Straßen hügelauf- und hügelabwärts kämpfen. Trotz der geringen Entfernung war selbst die geologische Beschaffenheit auf der Südseite des Helford River anders als die auf der Nordseite.

»Ich bin mir nicht sicher, warum sie heiratet.«

»Sie ist verliebt.«

Er räusperte sich. »Und was bringt einem die Liebe?«

»Viel.«

»Meine Eltern waren dafür ein leuchtendes Beispiel.« Er fuhr sich mit den Fingern durch die Haare.

»Sie haben einander geliebt.« Ich sah ihn an. Wenn ich diesen beiläufigen Ton beibehielt, könnte ich ihn vielleicht erreichen. Der Verlust seiner Mutter und Tante hatte uns alle schwer getroffen, doch dass sein Vater George die Warnung des Arztes in den Wind schlug und weitertrank, bis er einen Herzinfarkt bekam, der ihn das Leben kostete, stand auf einem anderen Blatt. Jack hatte seinen Vater angefleht, mit dem Trinken aufzuhören und daran zu denken, dass Peta und Jack ihn brauchten, dass sie ihn liebten. George hatte nicht auf ihn gehört. Die Trauer hatte ihn für alles unempfänglich gemacht außer für seinen eigenen Schmerz. Im Jahr 2002 hatte Jack beide Eltern zu Grabe getragen und kurz darauf sein eigenes Herz.

»Genau das meine ich ja. Du siehst doch selbst, wohin zu viel Liebe geführt hat.« Er blickte mich mit seinen durchdringenden blauen Augen an. Ihnen war im Laufe der Jahre nicht viel entgangen. Als er jung war, waren sie einfühlsam und scharfsichtig gewesen. Es bekümmerte mich zu sehen, wie hart sie jetzt blickten.

»Zu dir und Peta.«

Er lachte, und trotz seiner abweisenden Fassade wusste ich, dass es genau das Richtige für ihn wäre, sich zu verlieben. Nichtsdestotrotz bezweifelte ich, dass er das jemals zulassen würde, was mich traurig machte. Zumindest für einen kurzen Augenblick hatte auch ich erfahren, was Liebe bedeutete. Ich wusste von anderen, dass Liebe ein Leben lang halten konnte, und vielleicht hätte das auch für meine Liebe gegolten. Der Krieg machte kurzen Prozess – mit der Liebe, mit dem Leben und mit dem Tod. Aber zumindest war ich geliebt worden – mit allem, was zur Liebe dazugehörte.

Ich sah Jack an. Er war ein guter, wenngleich verschlossener Mann. Sein Großvater war genauso gewesen, was seine Leidenschaft überdeckt hatte. Andrew hatte mich weit mehr geliebt als ich ihn. Er hatte nie mehr von mir verlangt, als ich ihm geben konnte. Es hatte funktioniert, was nicht zuletzt daran lag, dass wir längst über den ersten Rausch der Jugend hinweg waren, als wir heirateten.

Ich trat ans Fenster. Es war August, aber das Wetter hatte andere Pläne. Schuldgefühle prasselten auf mich ein wie die Regentropfen auf die Fensterscheibe. Als Andrew – oder Commander Rowse, wie er damals genannt wurde – 1964 mit seinen Kindern nach Windward kam, versuchte ich, das Haus zu erhalten, indem ich Frühstücksgäste aufnahm. Meine Welt geriet ins Wanken, als er mit den beiden Teenagern durch die Tür spaziert kam, so sehr war er Teil der Vergangenheit, die ich zu vergessen versuchte. Doch am Ende seines dreiwöchigen Aufenthalts hatte er mich dazu gebracht, ihn zu heiraten. Ich wusste noch immer nicht genau, wie, hatte ich mein Herz doch fest verschlossen. Es mag die Art und Weise gewesen sein, wie dieser sanfte Witwer mit den Kindern umging, denen er aufopferungsvoll zugetan war. Er wollte, dass ihr Urlaub etwas Besonderes war, und trotzdem überredete er mich, sie zu Picknicks zu begleiten, und erinnerte mich daran, dass es wieder möglich war zu lachen – vor allem beim Strand-Cricket.

»Was bringt dich so zum Lächeln?«, wollte Jack wissen.

»Ich habe an deinen Großvater gedacht.« Ich berührte seine Hand. »Vielleicht haben wir nicht jene Leidenschaft empfunden, die Peta für Fred verspürt, aber es war eine gute Ehe, und sie war es wert, gelebt zu werden.«

»Wenn du das sagst.« Er straffte die Schultern. »Ich hab noch Arbeit zu erledigen.«

Ich runzelte die Stirn. Er musste nicht arbeiten – er hatte genug Geld von dem Verkauf des Buchführungs-Widgets, das er entwickelt hatte. Trotzdem spielte er mit Zahlen, indem er für ein paar lokale Firmen die Geschäftsbücher führte. Er hätte sich darauf konzentrieren sollen zu leben, aber er ließ sich ja nichts sagen.

Kapitel neun

Eventide, Falmouth Heights, Cape Cod, Massachusetts
26. August 2015

Lara schlenderte zurück in die Küche und rückte die Kochbücher im Regal gerade. Trostessen. Sie kannte das Rezept für die Jordan-Marsh-Blaubeermuffins auswendig. Draußen war es heiß, eigentlich zu heiß, um zu backen, aber das interessierte sie nicht. Das Haus würde wundervoll duften, und sie könnte köstliche Blaubeermuffins essen. Entschlossen heizte sie den Ofen vor, fettete die Förmchen und fing an, die Zutaten abzumessen.

Gerade als sie Butter und Zucker verrührte, kam Leo zur Hintertür herein, eine Zeitung in der Hand. Er steckte einen Finger in die Schüssel, und Lara gab ihm einen Klaps auf die Hand.

»He!«, tadelte sie ihren Bruder, dann steckte sie selbst den Finger in die Schüssel und probierte. Die Butter schmolz in ihrem Mund. Sie seufzte.

»Was ist los?«, fragte er.

Sie runzelte die Stirn. »Bin ich so leicht zu durchschauen?«

»Für mich schon.« Er sah ihr zu, wie sie die übrigen Zutaten abmaß. »Du hast dir immer schon in der Küche zu schaffen gemacht, wenn du Sorgen hattest.«

Sie stellte den Mixer aus, bestäubte die Blaubeeren mit Mehl und gab anschließend eine Prise Zimt in die Mischung.

»Spuck's aus.« Er setzte sich auf die Anrichte, nur ein kleines Stück von ihr und ihren Zutaten entfernt.

»Wenn ich ehrlich bin, hab ich Angst, von hier wegzugehen ... als wäre Eventide nicht mehr da, wenn ich wiederkomme.«

Wieder steckte er den Finger in die Schüssel. »So wird es auch sein.«

»Du bist immer so sachlich.«

»Das macht es leichter.«

»Tatsächlich?« Sie musterte ihn kritisch.

»Du musst nach vorn blicken. Das müssen wir alle.«

»Das stimmt.« Lara füllte den fertigen Teig in die Förmchen, reichte Leo die leere Schüssel und den teigverschmierten Löffel, dann schob sie die Muffins in den Ofen.

»Hast du Angst vor der Reise?«

Seine Frage ließ sie leicht zusammenzucken. »Ein bisschen. Zumindest vor dem Flug.« Sie stellte die Küchenuhr ein. »Außerdem habe ich das Gefühl, dass wir besser nicht in Grandies Vergangenheit herumstochern sollten.«

»Du meinst Adele.« Er leckte den Teig vom Löffel und machte sich anschließend über die Schüssel her.

Sie nickte.

Leo holte Luft. »Wir haben alle unsere Geheimnisse.«

Lara lachte. »Ja, ich weiß, aber er war so … so geradlinig.«

»Da hast du recht.« Er seufzte. »Ich bezweifle ja, dass du etwas über Amelia oder diese Adele herausfinden wirst, wer auch immer sie sein mag. Allerdings bin ich mir sicher, dass du eine gute Zeit mit Cassie verbringen und frisch und munter zurückkehren wirst.«

Lara lächelte. »Danke.«

»War mir ein Vergnügen. Und jetzt lass uns diesen herrlichen Tag nutzen und eine Reise in die Vergangenheit unternehmen, sobald die Muffins fertig sind.« Er stellte die Schüssel in die Spüle.

Lara schüttelte den Sand aus ihrem Handtuch und stieg in Leos Wagen. Sie hatten schon seit Jahren keinen gemeinsamen Tag mehr am Strand verbracht. Der Strand von Craigville hatte zu Grandies Lieblingsstränden gezählt, was für Leo der ausschlaggebende Punkt gewesen war hierherzufahren. Lara ließ sich auf den Beifahrersitz fallen, strich sich den Sand von den Füßen, schlüpfte in ihre Flipflops und atmete den Geruch nach Sonnenmilch ein, den die leichte Brise zu ihr wehte. Leo bahnte sich einen Weg durch die Familien, die am Strand lagerten, um sich zu ihr zu gesellen.

»Und jetzt gibt's ein Eis«, sagte er, stieg ein und ließ den Motor an.

»Perfekt.« Lara schloss die Autotür, lehnte sich zurück und band ihr salzverkrustetes Haar zu einem Pferdeschwanz. Dieser Tag hatte ihr ausgesprochen gutgetan.

»Auf ins Four Seas!«

Lara lächelte. Ein Abstecher in die Eisdiele hatte Grandie stets als Vorwand gedient, um sie vom Strand wegzulocken. Seiner Meinung nach hatte das Four Seas das beste Eis von ganz Cape Cod, was der vollbesetzte Parkplatz bestätigte. Laras Blick wanderte zu der Tafel, die genau wie früher anzeigte, welche Sorten es gab. Als Kind war Pfefferminze ihr Lieblingseis gewesen, doch als Erwachsene hatte sie den Geschmack einer perfekten Vanilleeiscreme schätzen gelernt. Manche mochten diese Sorte langweilig finden, doch die subtile Balance von Süße und Würze hinzubekommen war ein schwieriges Unterfangen. Nur ein kleines bisschen zu viel, und das Eis schmeckte entweder übermäßig süß oder übermäßig intensiv. Sie mochte sowohl die schnelle All-in-Methode für ein leichtes Vanilleeis, bei der alle Zutaten sofort miteinander vermischt wurden, als auch die aufwendigere, gehaltvolle Variante auf der Basis von Vanillepudding. Es kam darauf an, was man – wenn überhaupt – damit kombinierte und was man zuvor gegessen hatte. Die Leute verstanden nur selten, wie sehr das Hauptgericht den Genuss des Desserts zu steigern vermochte. Oftmals taten sie besser daran, ein Menü zu bestellen, bei dem der Küchenchef die Geschmackskomponenten aufeinander abgestimmt hatte.

Lara schob ihre Gedanken schulterzuckend beiseite, stieg aus und drückte die Fliegengittertür der Eisdiele auf. Sie war völlig ausgehungert.

»Was hältst du davon, wenn wir uns gemütlich an einen Tisch setzen? Oder willst du nur eine Kugel in der Waffel nehmen?« Leo warf seiner Schwester einen fragenden Blick zu.

»Du hast meine Gedanken gelesen.« Lächelnd folgte Lara ihm zu einer der leuchtend blauen Sitznischen. Kaum hatten sie Platz genommen, entdeckte sie ein Schild über der Tür, das Bananensplit anbot. Sie musste ungefähr zwölf gewesen sein, als sie zum letzten Mal ein Bananensplit bestellt hatte. Das Wasser lief ihr im Mund zusammen.

Eine Kellnerin trat an ihren Tisch und stellte Gläser mit Wasser vor sie hin. »Suchen Sie in Ruhe etwas aus, ich bin gleich wieder bei Ihnen.«

»Nicht nötig. Ich weiß schon, was ich nehme.« Lara sah Leo an. Er grinste.

»Großartig.« Die Kellnerin zückte ihren Notizblock.

»Ich nehme ein Bananensplit mit Vanilleeis.«

»Möchten Sie auch Erdbeeren?«

Lara dachte an die klebrige Süße von Erdbeeren mit Schokoladensoße, Vanille und Banane. »Ja, bitte.«

»Darf es sonst noch etwas sein?«, erkundigte sich die Kellnerin.

»Einen schwarzen Kaffee, bitte. Das ist alles.«

Die Bedienung wandte sich an Leo.

»Ich hätte gern das Gleiche.« Als die Frau in Richtung Tresen verschwand, um die Bestellung abzugeben, wandte sich Leo schmunzelnd an Lara. »Du sahst nicht so aus, als würdest du mit mir teilen.« Sie lachte. Er nahm seine Sonnenbrille ab, die er sich auf den Kopf gesetzt hatte. »Dann wenden wir uns mal den wichtigen Dingen zu.«

Besorgt blickte Lara auf.

»Hast du genügend Geld?«

Noch bevor sie antworten konnte, kam ihr Kaffee, was Lara Zeit zum Nachdenken verschaffte. »Nun«, sagte sie schließlich, »ich muss keine Hypothek abtragen, und ich werde immer noch bezahlt. Das dürfte für eine Weile reichen.«

»Gut. Außerdem lächelst du.«

»Es war ein herrlicher Tag. Danke.«

»Salzwasser heilt alles.«

Lara lachte. »Das hat Grandie auch immer gesagt, ganz gleich, ob wir uns geschnitten, blaue Flecken geholt oder uns erkältet hatten.«

»Ich weiß. Aber er hatte recht. Heute haben wir uns beide besser gefühlt.«

»Das ist richtig.«

Die Kellnerin brachte ihre Bananensplits. Leo nahm die Kirsche, die obenauf thronte, und bot sie Lara an. Die nahm sie, ohne zu zögern, und steckte sie in den Mund, als seien sie wieder Kinder. Anschließend nahm sie den langen Löffel und lud ihn voll, um von all den verschiedenen Geschmacksrichtungen ein bisschen zu erwischen.

»Ich denke, jetzt ist ein guter Zeitpunkt, um dir etwas zu sagen.« Plötzlich wirkte Leo ernst. »Ich weiß, dass die letzte Zeit schwer für dich war – die Scheidung, Grandies Tod –, aber ich weiß auch, wie tough du bist.« Er sah sie an. »Dennoch – oder gerade deswegen – solltest du etwas nachsichtiger mit dir selbst sein.« Er lächelte schief. »Du hast gerade zwei deiner Liebsten verloren.«

»Danke, dass du mich daran erinnerst.« Sie betrachtete die schmelzende Masse am Boden ihrer Schale – ein Sinnbild ihres Lebens.

»Entschuldige. Das Gute allerdings ist, dass Grandie dir

etwas Geld hinterlassen hat.« Er nahm einen Schluck Kaffee.

»Wie bitte?« Sie fuhr hoch.

»Es ist also Zeit, dein Leben zu planen, während du weg bist.« Leo lehnte sich zurück und betrachtete sie.

»Ich hatte nichts erwartet.« Das Eis war fast geschmolzen. Lara nahm einen weiteren Mund voll. Die Mischung traf ihre Geschmacksknospen – die Süße der Erdbeeren und die buttrige Schwere der Schokoladensoße.

»Ich weiß. Er wollte es geheim halten.«

»Warum?« Sie schob die Schale von sich. Jetzt könnte sie noch einen Kaffee gebrauchen, der sie beim Denken unterstützte.

»Als ich ihm damals half, das Testament auf den aktuellen Stand zu bringen, dachte ich, er wolle einfach nur diskret sein, doch langsam fange ich an zu glauben, dass Grandie Geheimnisse mochte.«

»Du meinst Adele?«

Leo nickte, dann sah er auf und verzog die Lippen zu einem breiten Lächeln. »Na, wenn das nicht Judith Warren ist«, sagte er und stand auf.

»Leo.« Eine große, dunkelhaarige Frau küsste ihn auf beide Wangen. »Darf ich dir meinen Ehemann, Tristan Trevillion, vorstellen?«

Leo schüttelte seine Hand. »Warum leistet ihr meiner Schwester Lara und mir nicht Gesellschaft?«

»Das würden wir liebend gern tun, aber wir müssen weiter. Ich versuche, Tristan die Highlights zu zeigen. Es ist seine erste Reise nach Cape Cod.« Sie nahm Tristans Hand, und Lara beneidete die beiden um das Glück, das sie verströmten. Tristans Augen, die er nur selten von Judith abwandte, erinnerten Lara ans Meer.

»Seid ihr wegen Johns Hochzeit hier?«, erkundigte sich Leo.

»Ja.« Judith errötete und schaute leicht verschämt zur Seite. Lara nahm sich vor, Leo später nach John zu fragen. Sie fragte sich, ob er ein Freund aus der Kanzlei war.

»Ich freue mich so für ihn.« Judith lächelte.

»Ich auch.« Leo zog eine Augenbraue in die Höhe. »Wie lebt es sich denn so in England?«

»Wunderbar – ich liebe es. Ich kann gar nicht sagen, wie sehr es mir in Cornwall gefällt.«

Laras Augen weiteten sich.

»Ich hatte ganz vergessen, dass du nach Cornwall gezogen bist.« Leo wandte sich an seine Schwester. »Lara wird bald dorthin reisen, um ein wenig Familienforschung zu betreiben.«

Judith zog eine Karte aus ihrer Tasche. »Wie schön. Es wird dir bestimmt gefallen. Ruf uns an, wenn du in der Nähe von Helford River bist.«

»Danke, genau dorthin werde ich reisen.« Lara lächelte und steckte die Karte in ihre Handtasche.

»Dann ruf unbedingt an.« Judith wandte sich an Leo. »Wir sehen uns nächste Woche auf Johns Hochzeit. Herzlichen Glückwunsch übrigens zu den wundervollen Neuigkeiten.« Sie sah Lara an. »Ich weiß, es ist ein Geheimnis, aber ich denke, in diesem Fall ist es in Ordnung zu gratulieren. Ich habe Deborah gestern Abend bei ihren Eltern getroffen. Sie sah so glücklich aus, dass ich die Neuigkeiten erraten habe.«

Laras Blick schoss von Judith zu Leo. Er errötete.

»Danke.«

Judith und Tristan nickten Lara zu und gingen weiter zur Eistheke, während Leo stehen blieb und ihnen nachsah. Lara starrte ihn an. Als er sich endlich wieder setzte und sich seiner Schwester zuwandte, wirkte er verlegen und angespannt.

»Entschuldige. Auch das wollte ich dir gerade erzählen.«

Lara holte ein paarmal tief Luft und kämpfte mit den Tränen.

»Ehrlich. Als Nächstes wollte ich dir mitteilen, dass ich dich im Dezember zur Hochzeit brauche. Willst du meine Trauzeugin sein?«

Lara öffnete den Mund, um etwas zu erwidern, dann klappte sie ihn wieder zu. Selbstverständlich würde sie für ihren Bruder da sein. Seine Freundin Deborah – seine *Verlobte,* korrigierte sie sich selbst – war ein großartiger Mensch, doch es schmerzte sie, dass sie nun wirklich und wahrhaftig allein war. Ihr Bruder war verlobt, und sie war geschieden. »Natürlich möchte ich das.«

»Es tut mir leid, dass du es auf diese Art und Weise erfahren hast.« Er streckte den Arm nach ihr aus und nahm ihre Hand in seine. »Wir haben das nach der Beerdigung beschlossen. Grandie zu verlieren hat mir bewusst gemacht, dass ich keinen weiteren Tag verschwenden möchte.« Sein Griff wurde fester. »Heute ging es mir darum, dass wir endlich etwas Zeit miteinander verbringen, damit ich es dir sagen kann.«

»Ich freue mich riesig für euch beide.« Lara blickte ihrem Bruder in die Augen, die ihren so ähnlich sahen. Sie waren voller Glück. Auch sie wollte dieses Glück für sich haben, aber sie hatte ihre Chance verspielt.

»Es wird schon klappen, Zwerg. Pierre war einfach nicht der Richtige für dich. Du wirst deinen Seelenverwandten schon noch finden.«

Eine Träne kullerte aus ihrem Augenwinkel. Sie blinzelte.

»Erinnerst du dich an den Skandal, als ein Freund von mir vor dem Altar stehen gelassen wurde?«

Lara nickte und fragte sich, wohin das wohl führen würde.

»Dieser Mann war John, und Judith war die Frau, die ihn stehen gelassen hat.«

Jetzt wusste Lara, warum die Erwähnung von Johns Namen Judith in Verlegenheit gebracht hatte. Ihr Blick schweifte zur Eistheke, aber Judith und Tristan waren fort. »Sie ist doch gar nicht der Typ für so was.«

»Nein, aber sie hat das Richtige getan, auch wenn es zu jener Zeit ganz und gar nicht danach aussah.«

»Das Richtige?«

»Ja, sie wusste, dass es nicht richtig war, John zu heiraten, deshalb hat sie eben nicht das getan, was alle von ihr erwarteten.« Er musterte sie durchdringend. Lara wandte den Blick ab. Leo kannte sie so gut.

Flut mit dem Winde

Kein Mann mich drängte – bis der Strom
Der Flut den Schuh umfloss –
Zur Schürze stieg – zum Gürtel –
Das Mieder mir – begoss –

Emily Dickinson

Kapitel zehn

London
1. Dezember 1943

Geliebte Hälfte,

es tut mir so leid, dass du keinen Urlaub nehmen konntest, um dich in London mit mir zu treffen. Ich habe dich vermisst.

Ich bin verliebt, ich bin verliebt, ich bin verliebt! Ich weiß nicht, wie wir es angestellt haben, beide zur selben Zeit freizubekommen, aber ich war bei Eddie in London. Er hat mich vom Bahnhof abgeholt, mich in seine Arme gezogen und mit Küssen bedeckt. Von dem Augenblick an war es um mich geschehen. In mancherlei Hinsicht fühlte ich mich an dein Leben in London erinnert, nur dass ich mich nicht hinausgestohlen habe, um in den 400 Club zu gehen. Wir hatten einen wundervollen Abend. Tante Margaret hat mir ein Kleid geliehen, und wir haben getanzt, und wie wir getanzt haben! Es genügte schon, in seinen Armen zu liegen, doch das war natürlich nicht alles. Er hat mir gesagt, dass er mich liebt. Ich bin im Himmel, aber das weißt du ja. Wir hatten nur achtundvierzig Stunden, und ich glaube, ich habe keine einzige Minute geschlafen – erst als ich wieder im Zug saß. Ich wollte nicht einen Moment mit ihm verpassen.

Ich ließ den Brief sinken und ignorierte den Stich der Eifersucht. Das konnte keine wahre Liebe sein. Dazu ging es viel zu schnell. Bestimmt war es bloß eine Schwärmerei wie bei Philip und mir. Liebe war etwas, was sich langsam entwickelte. Etwas, das ein ganzes Leben lang halten sollte. Zumindest hatte man mir das immer gesagt. Ich berührte meine Lippen und versuchte mir vorzustellen, wie sich die Küsse angefühlt hatten. Die wenigen unschuldigen Umarmungen mit Philip gaben mir einen vagen Hinweis auf mehr. Ich spürte Amelias Erregung und erbebte. Sie war so nah gewesen.

Von unten aus der Messe drangen ein Poltern und ein glücklicher Schrei zu mir herauf. Morgen wäre die Ausbildung vorbei. Mein Blick schweifte durch die Kajüte. Die anderen waren alle ausgegangen. Ich würde ihr Geplapper und ihre albernen Streiche vermissen. Es war ein bisschen so gewesen wie im Internat, nur dass die Aufgaben hier sehr viel wichtiger, wenngleich ziemlich langweilig waren. Unruhig ging ich auf und ab, spürte, wie freudige Erregung in mir aufstieg, gepaart mit Sorge. Eddie war wundervoll und wirklich perfekt für Amelia, dennoch … Ich holte mir einen Stift und einen Bogen Papier, dann setzte ich mich aufs Bett, ein Buch als Schreibunterlage auf den Knien.

Geliebte Hälfte,

hast du den Verstand verloren? Es ist verrückt, sich jetzt zu verlieben.

Dein Herz wird brechen, schon gar bei einem Piloten. Eddie ist wundervoll, das will ich nicht bestreiten. Wie du weißt, habe ich ihn gesehen, und er hat nur Augen für dich.

Ich dachte an Philip. Ich war nicht in ihn verliebt gewesen, und doch war mit seinem Tod auch ein Teil von mir gestorben.

Warte mit der Liebe bis nach diesem Krieg. Eines Tages wird er enden, und dann ist es wieder sicher zu lieben. Daran muss ich glauben. Ich kann hören, wie du sagst, du hast nicht vor, dein Leben in der Warteschleife zu verbringen und dass wir morgen vielleicht ohnehin alle tot sind.

Ich ließ den Stift sinken und betrachtete die Fotografie auf der Kommode, die ich mir mit Sue teilte. Wir durften nur ein Bild aufstellen, und ihres zeigte George – George mit der dicken Brille und dem schiefen Grinsen. Ich hatte mich daran gewöhnt, ihn neben dem Foto von Mutter und Vater stehen zu sehen, das Amelia zwei Sommer zuvor in Windward aufgenommen hatte. Obwohl es sich um eine Schwarz-Weiß-Aufnahme handelte, hatte die Kamera die Strahlen der untergehenden Sonne, die auf den Stamm der alten Kiefer fielen, eingefangen, und selbst jetzt noch konnte ich mich an den glühend roten Stamm erinnern.

Sue steckte den Kopf zur Tür herein. »Lust auf eine Tasse Tee?«

»Ja.« Ich stand auf. »Ich komme gleich runter.« Ich legte den Brief unter mein Kopfkissen, da ich ihn später zu Ende schreiben wollte. Ich war zerstreut, konnte mich nicht richtig konzentrieren, hauptsächlich deshalb, weil ich mich fragte, wohin man mich wohl versetzen würde. Das würden wir morgen erfahren.

Unten hörte ich das Geplapper der Kameradinnen und war überrascht, Sue allein in der Kombüse stehen zu sehen. Wir hatten die *HMS Pembroke* in Mill Hill verlassen, und dieses Privathaus in Hampstead, in dem wir nun untergebracht waren, erinnerte an eine Kombination aus Mädchenwohnheim und Herrenhaus. Die Monate waren verflogen, versunken in Punkten und Strichen.

»Aufgeregt?« Sue drehte sich um, als ich eintrat.

»Ja.«

»Angst?«

Ich biss mir auf die Lippe. »Ein bisschen, aber gleichzeitig sehne ich mich verzweifelt danach, endlich etwas Sinnvolles zu tun.«

»Hm.« Sie reichte mir eine Tasse Tee. »Glaubst du, wir bekommen Urlaub?«

Ich zuckte die Schultern. Seit ich Cornwall vor sechs Monaten verlassen hatte, war ich kein einziges Mal dort gewesen. Der Sommer hatte damals gerade begonnen, und nun war beinahe Weihnachten. So weit weg von meinem Zuhause fühlte ich mich nicht vollständig, es fehlte etwas, aber das gehörte nun mal zu den Auswirkungen des Krieges. Er nahm einem so vieles, und nur wenn man Glück hatte, bekam man es wieder zurück. Vielleicht hatte Mutter das gemeint, als sie gesagt hatte, wir seien verloren. Immerhin hatte der Erste Weltkrieg einen Großteil ihrer Generation ausgelöscht. Mutter hatte Glück, dass Vater überlebt hatte. »Es wäre schön, über die Feiertage nach Hause zurückkehren zu dürfen«, sagte ich, »doch vielleicht möchten sie, dass wir andere entlasten.«

»Mag sein.«

»Hast du etwas von George gehört?« Ich sah den Brief auf der Anrichte liegen.

Sue lächelte. »Ja. Vor zehn Tagen war alles in Ordnung mit ihm.«

»Ich habe keine Ahnung, wie man das erträgt.«

»Man schafft das. Das tun wir alle.«

Ich nahm einen kleinen Schluck von meinem Tee. »Meine Tante spielt den Einsatz meines Onkels herunter, aber ich kann die Sorge in ihren Augen sehen.« Der Tee war heiß. Vorsichtig blies ich über die Tasse. »In deinen Augen sehe ich diese Sorge ebenfalls. Ein Brief trifft ein, und die Stimmung hebt sich, doch dann folgt eine lange Lücke, und obwohl du lächelst, weiß ich, dass du krank bist vor Sorge.«

Sue lachte. »Man kann sich nicht immer aussuchen, wann man sich verliebt. Die Liebe wählt dich.«

»Pah. Man hat immer eine Wahl.«

»Tatsächlich?« Sie strich zärtlich über den Briefumschlag. Ich wusste, dass es keinen Sinn hatte, diese Diskussion mit ihr zu führen.

»Warte nur, Adele«, sagte sie. »Ehe du dich's versiehst, stiehlt jemand dein Herz, und dann, nur dann, wirst du verstehen. Ich kann kaum abwarten, dass das passiert.«

Ich lachte. »Das glaube ich kaum.«

Wir standen stramm, als unsere Chief Wren hereinkam. »Seid ihr bereit für morgen?«, fragte sie.

Wir nickten. Morgen fand die Abschiedsparade statt, an der die Herzogin von Kent teilnehmen würde. Trotz der allgemeinen Begeisterung glaubte ich nicht, dass das gutgehen würde. Ich sollte die Parade anführen, da ich die besten Ergebnisse in Telegraphie erzielt hatte, aber Marschieren war einfach nicht meine Stärke.

***HMS Attack,* Portland, Dorset**
6. Dezember 1943

Ich verließ die Tunnel und zog die frische Luft in meine Lunge. Obwohl das bunkerartige Tunnelsystem über eine Sauerstoffzufuhr verfügte, war die Luft dort unten schlecht, und es herrschte eine drückende Atmosphäre. Ich war todmüde. Meine Schicht war zu Ende, und ich war froh, als ich den Wind auf meinem Gesicht spürte und den Geruch des Meeres einatmete. Die *HMS Attack* in Portland war nicht meine Wahl gewesen, aber keine von uns war zu den Stellungen geschickt worden, die sie ausgewählt hatte. Der Krieg hatte seine eigenen Bedürfnisse, er legte fest, wo wir eingesetzt wurden. Zumindest gab es in Portland genau wie in Cornwall überall Wasser. Obwohl ich nicht auf einem Schiff war, vermittelte die vom Meer umgebene Halbinsel in vielerlei Hinsicht genau diesen Eindruck, vor allem, wenn im Hafen so viel los war. Erst vor wenigen Tagen war ich mit dem Zug über die schmale, natürliche Landbrücke gekommen, die die Isle of Portland mit Dorset verband. Chesil Beach erstreckte sich an der Westseite des Hafens und bildete mit der Isle of Portland, die an der Südküste von England baumelte wie eine Quaste, eine von allen Seiten außer von Osten geschützte Bucht.

An diesem grauen Dezembertag schaute ich vom Fuß des Hügels über das aufgewühlte Wasser zu den Kreidefelsen, die die Küste von Dorset markierten. Die für Cornwall typischen dramatisch dunklen Felsen gab es hier nicht, nur die sauberen hellen. Ich musste Amelia schreiben. Nicht dass ich ihr viel zu erzählen hatte, dennoch sehnte ich mich danach, ihr zu schildern, wo ich arbeitete. Bei jeder Schicht betrat ich die Tunnel am Fuße des Hügels hinter der *HMS Attack.* Die Wand krümmte sich und war beinahe rund wie die Metallplatte, an der die Eingangstür befestigt war. Wenn ich durch den langen Gang ging, stellte ich mir vor, wir wären riesige Maulwürfe. Von dem Gang in Form eines eckigen U gingen mehrere Räume ab, und in jedem dieser Räume summte es vor Aktivität wie in einem Bienenstock. Es war ganz anders als während der Ausbildung. Von allen Seiten wurde man abgelenkt, sei es durch Schritte, sei es durch ein Niesen. Die Signale schienen nie wirklich eindeutig zu sein.

Mein Kopf schmerzte, so angestrengt versuchte ich, zuzuhören. Ich konnte mir jetzt keinen Fehler mehr erlauben.

Der Wind war bitterkalt und erinnerte mich daran, wie ich zu Hause in Windward im Garten stand und auf die Bucht hinausblickte. Ich würde an Weihnachten nicht zu Hause sein. Es wäre das erste Mal, dass Amelia und ich dieses Fest getrennt voneinander verbrachten. Ich war mir nicht sicher, was ich bei dem Gedanken daran empfand. Ich war traurig, das ja, doch gleichzeitig verspürte ich ein Gefühl der Freiheit. Mit Sicherheit würde ich mich an Heiligabend nach meiner Familie sehnen, doch im Augenblick empfand ich eine Bestimmung, die ich noch nie zuvor verspürt hatte.

Der Wind riss an meinen Haaren und drohte, mir den Hut vom Kopf zu reißen, als ich den steilen Hang zu unseren Quartieren hinaufstieg – Nissenhütten, auf den abschüssigen Grund zwischen den Felswänden gebaut. Alle Hütten waren nach Schiffen benannt und beherbergten jeweils sechs Mädchen in einer Kajüte mit Doppelstockbetten. Die fünf Kameradinnen in meiner Kajüte hatten mich herzlich aufgenommen, obwohl die Hütte den Namen »Tormentor« – Peiniger – trug. Doch ich war ja gerade erst angekommen, hatte gerade mal meine sechste Schicht beendet. Ich straffte die Schultern, atmete zweimal tief durch, dann betrat ich das Gebäude. Das Geräusch der plappernden Stimmen war laut im Vergleich mit den Morsesignalen, die ich während der vergangenen Stunden in den Tunneln empfangen hatte.

Georgette, eine meiner Zimmergenossinnen, schaute von dem Brief auf, den sie las, und begrüßte mich. Ich nickte in ihre Richtung. Ihren geröteten Wangen nach zu urteilen musste der Brief von ihrem Verlobten kommen. Sein Bild stand auf der Kommode. Er hatte ein nettes Gesicht, und es machte mir nichts aus, daran vorbeizugehen, wenn ich meine Kleidung holen wollte. Eine der anderen Kameradinnen, Pat, hatte sich mit einem Amerikaner eingelassen. Sein Lächeln, das von dem Foto neben ihrem Bett strahlte, mochte ich nicht. Ich konnte nicht sagen, warum, nur dass es mir einfach zu breit und aufdringlich erschien. Ich hatte gedacht, in London seien viele Amerikaner stationiert, aber hier waren sie *überall.* Obwohl ich es versuchte, konnte ich ihnen nicht aus dem Weg gehen. Natürlich wusste ich, dass sie unsere Verbündeten waren, und ich wusste, dass wir sie brauchten, aber das bedeutete noch lange nicht, dass wir sie mögen mussten.

Ich schüttelte den Kopf. Manchmal hörte ich mich an wie meine eigene Großmutter.

Georgette warf einen Blick auf ihre Armbanduhr. »Ich habe völlig das Zeitgefühl verloren.« Sie faltete den Brief zusammen, steckte ihn in ihren BH direkt über dem Herzen. Ich sah ihr nach, als sie die Kajüte verließ, und schickte ein stummes Stoßgebet zum Himmel, dass ich nun allein sein könnte, doch dann kam Pat herein und legte ein Paar Strümpfe in ihre Kommodenschublade. Ohne dass sie es mir sagen musste, wusste ich, woher sie stammten – natürlich von den Amis. Es wäre geschwindelt, wenn ich behauptete, ich sei nicht neidisch wegen der Strümpfe gewesen, aber die Vorstellung, dass sie womöglich eine Art Bezahlung darstellten, gefiel mir gar nicht. Die Amerikaner waren sexbesessen und nahmen sich unverschämte Dinge heraus. Auf der Zugfahrt hierher hatte einer von ihnen mit der Hand über mein Bein gestrichen, aber im Dunkeln war es schwer, ihn zur Rede zu stellen. Ganz gleich, wie oft ich die Hand wegschob, sie kam zurück, zusammen mit seinem Bieratem.

»Adele.« Pat stand auf. Sie war einen guten Kopf größer als ich, dunkel und exotisch. Wenn sie sprach, lächelten ihre Augen, und ich mochte sie, obwohl sie einen Amerikaner zum Freund hatte. Sie arbeitete in den Docks, war für die Wartung der Elektrowerkstätten zuständig. In Overall und Kopftuch sah sie nicht sonderlich glamourös aus, trotzdem war sie ausgesprochen attraktiv mit ihren vollen Lippen und den mandelförmigen Augen. »Kommst du mit zum Essen?« Sie streckte sich.

»Gleich, ich muss mich erst kurz sammeln.«

»Am Anfang ist alles etwas viel.« Sie lächelte und schlüpfte zur Tür hinaus. Ich ließ mich aufs Bett sinken und zog meinen Schreibblock unter dem Kopfkissen hervor.

Habe meine sechste Schicht hinter mich gebracht. Alles ist so anders als bei der Ausbildung – so wichtig. Was nicht überraschend ist, aber trotzdem ein Schock. Ich kann nicht viel sagen, außer dass es mitunter furchtbar langweilig ist und mir andere Male kaum eine Minute zum Nachdenken bleibt. Was ich tue, muss automatisch vonstatten gehen, und ich bete, dass ich keinen Fehler mache. Ich glaube nicht, dass ich gegen die Vorschriften verstoße, wenn ich dir erzähle, dass ich unter der Erde arbeite. Die

Decke ist gewölbt, und man kann die Feuchtigkeit riechen, den Geruch der Menschen und etwas, was vermutlich Adrenalin ist. Ich vermisse die frische Luft und das Tageslicht. Wenn ich arbeite, ist es, als würde ich in eine andere Welt ohne Grenzen schlüpfen.

Wenn ich dir das nun schildere, fällt mir ein: Könntest du bitte mit Mutter sprechen? Sie bildet sich anscheinend ein, ich sei auf einem Boot stationiert. Ich habe versucht, ihr zu erklären, dass es sich bei der HMS Attack *um einen Stützpunkt an der Küste handelt und dass es lediglich eine Marotte der Marine ist, wenn diese Stützpunkte nach alten Kriegsschiffen benannt sind. Sie wollte einfach nicht hören und ließ sich darüber aus, wie schrecklich der Krieg sei und dass man jetzt schon Frauen auf den Schiffen einsetze. Sie hat sich richtig in Rage geredet.*

Ich hielt inne, dann strich ich die letzten drei Sätze.

Im Augenblick würde ich am liebsten aufs Bett sacken und Kakao trinken, bis ich einschlafe, aber ich werde in die Mannschaftsmesse gehen und für eine Weile gesellig sein. In mancherlei Hinsicht wärest du geeigneter für dieses Leben, als ich es bin – es ist ein bisschen so, als wären wir in einem Mädcheninternat. Du würdest die Geschäftigkeit und die Kameradschaft lieben, während ich mich in der Bibliothek verstecke. Ich vermisse dich. Wie schön, wenn du an meiner Stelle in die Messe gehen und dich unter die Leute mischen könntest, dann bliebe mir das erspart.

Ich legte den Block und den Stift wieder unter mein Kopfkissen. Ich würde den Brief noch heute Abend zu Ende schreiben und ihn gleich morgen aufgeben. Vielleicht lag es daran, dass ich so nah am Meer stationiert war, aber ich war krank vor Heimweh nach Cornwall, nach Windward. Um diese Jahreszeit wären die Bäume kahl, sodass man vom Haus aus Ausblicke genießen konnte, die sonst durch die Blätter verdeckt waren. Ich schluckte, vermisste mein Zuhause, und ich vermisste Amelia.

London
20. Dezember 1943

Ich stand in der Lobby des Savoy und wartete auf Vater. Er kam zu spät, aber das war in jenen Tagen nichts Außergewöhnliches. Die Welt stand kopf, zumindest galt das für London, doch wenigstens kam ein kleines bisschen Weihnachtsstimmung auf, was vor allem an den festlich dekorierten Schaufenstern lag, die ich auf dem Weg hierher betrachtet hatte. Die Gelegenheit, nach London zu reisen, hatte sich in letzter Minute ergeben. Ich wäre an den Feiertagen nicht zu Hause, aber es war wundervoll, Vater zu sehen und wenigstens etwas Familienkontakt zu haben. Ich hatte gedacht, es würde mir nicht allzu viel ausmachen, an Weihnachten nicht in Windward zu sein, doch je näher das Datum rückte, desto weniger konnte ich die Sehnsucht leugnen, die in mir aufstieg.

Elegante Damen schwebten an den Armen von Herren in Abendgarderobe herein. Ich trug noch immer meine

Uniform. Ich hatte gehofft, mich bei Tante Margaret umziehen zu können, aber dazu war keine Zeit mehr gewesen. Meine Reisetasche mit meinem Kleid stand vor meinen Füßen. Ich hätte mich so gern in Schale geworfen, da das Diner im Savoy ein ganz besonderer Genuss war. Als ich aufsah, stellte ich fest, dass mich ein hochgewachsener amerikanischer Lieutenant beobachtete. Ein Lächeln trat auf seine Lippen, seine Augen strahlten.

Ich konnte nicht anders. Meine Mundwinkel hoben sich, dann senkte ich rasch den Blick und schaute auf meine Armbanduhr. Mein Vater war eine halbe Stunde überfällig. Der Amerikaner kam zu mir herüber.

»Hat sich Ihre Verabredung verspätet, Ma'am?«, fragte er mit tiefer Stimme. Er hatte blaue Augen. Ich zog die Nase kraus. Vater und »Verabredung« klang irgendwie falsch.

»Ja.«

»Mir geht es genauso. Ich glaube, man hat mich versetzt.«

Ich betrachtete seine imposante Statur und bezweifelte, dass irgendwer diesen dunkelhaarigen Offizier versetzen würde, selbst wenn er Amerikaner war.

»Ich bin zuversichtlich, dass das bei mir nicht der Fall ist.« Ich lächelte spröde. Ich wusste es. Amerikaner waren so aufdringlich. Mein Blick schweifte über die Menschen, die durch die Lobby schlenderten, auf der Suche nach einem bekannten Gesicht.

»Ich mag Zuversicht bei einer Frau.«

Ich prustete los. Ich konnte zuversichtlich sein, dass mein Vater mich nicht versetzen würde, doch ich wäre keinesfalls zuversichtlich gewesen, hätte es sich um eine »richtige« Verabredung gehandelt. Auf einmal wurde mir bewusst, dass ich noch nie zu einer »richtigen« Verabredung gegangen war, weshalb ich aufhörte zu lachen und die Stirn in Falten legte.

»Habe ich etwas Falsches gesagt?«, fragte der schmucke Lieutenant.

»Nein, nein. Entschuldigung.«

»Wofür entschuldigen Sie sich?« Er legte den Kopf schief, und ich konnte gelbe Einsprengsel in seinen blauen Augen erkennen. Augen, die intelligent blickten, nicht anzüglich, wie ich es erwartet hatte.

»›Entschuldigung‹ ist die englische Art und Weise, ein Thema zu meiden oder eine Gesprächslücke zu füllen«, erklärte ich.

»Verstehe.« Seine vollen Lippen verzogen sich zu einem Lächeln. »Ich weiß, dass das dreist ist, dennoch finde ich, wir sollten ihnen noch zehn Minuten geben, und wenn sie dann nicht erscheinen, darf ich Sie vielleicht zum Essen einladen?«

Ich schaute erneut auf meine Uhr, als könnte ich meinen Vater dadurch dazu bringen, durch die Eingangstür zu treten. Gleichzeitig überlegte ich, wie ich dem Amerikaner auf höfliche Art eine Abfuhr erteilen konnte. Was würde Amelia in dieser Situation tun? In diesem Moment brauchte ich sie dringend, doch sie war nicht da. Also schaute ich auf und sah den Amerikaner lächeln, weder anmaßend noch arrogant.

»Ja, das wäre nett«, sagte ich.

»Nett?«

»Ja, nett.«

Er lachte leise, ein Lachen, das aus tiefstem Innern zu kommen schien. Ich fing an zu grinsen, und zu meiner Überraschung stellte ich plötzlich fest, dass ich hoffte, mein Vater würde nicht binnen der nächsten zehn Minuten erscheinen – vielleicht weil sein medizinisches Fachwissen bei einem Notfall gebraucht wurde. Um halb neun am Abend war das zwar unwahrscheinlich, aber es herrschte Krieg, und im Krieg war nichts außergewöhnlich – auch nicht, dass ich eine Einladung zum Diner von einem fremden amerikanischen Offizier annahm.

»Ich bin Bobby Webster.« Er streckte mir seine Hand entgegen. Sie war kräftig und zeigte, dass er sich überwiegend draußen aufhielt. Ein großer Goldring hob sich von seiner gebräunten Haut ab.

»Adele Seaton.« Er umschloss meine Hand. Meine Haut wirkte sehr blass im Vergleich zu seiner, allerdings arbeitete ich seit Monaten ohne Unterlass drinnen. Ich nahm an, dass er seine Ausbildung draußen absolviert hatte – vermutlich irgendwo in den Südstaaten.

»Wie schön, Sie kennenzulernen. Darf ich Sie Adele nennen?«

Ich kniff leicht die Augen zusammen. Die Amerikaner waren so zwanglos. Wie sehr sich die Welt in den vergangenen Jahren doch verändert hatte. Ich presste die Lippen zusammen. Er war mir viel zu vertraulich, doch er hatte mich immerhin gefragt, und es wäre kleinlich gewesen, nein zu sagen, also nickte ich.

Dann schaute ich auf und sah meinen Vater die Lobby betreten, dicht gefolgt von einem sauer dreinblickenden

Major. Vater entdeckte mich sogleich. »Danke für die nette Einladung, aber meine Verabredung ist soeben eingetroffen. Auf Wiedersehen.« Ich streckte wieder die Hand aus. Der Amerikaner hielt sie eine Sekunde zu lange in seiner. In seinen Augen blitzte Enttäuschung auf. Mein Herz raste, und mir wurde bewusst, dass ich genauso empfand wie er. Dann ließ er meine Finger los, und ich stürzte auf Vater zu, weg von der Versuchung, die der Lieutenant mit den schönen Augen für mich darstellte.

»Mein liebes Mädchen.« Vater zog mich in seine Arme, hob mich vom Boden und hielt mich einen Augenblick fest, dann setzte er mich wieder ab und wies zu seiner Rechten. »Darf ich dir Major Percival Parkes vorstellen?«

»Major.« Ich nickte und wartete auf seine Erwiderung, doch er wandte sich meinem Vater zu, weshalb ich Bobby Webster hinter seiner Schulter an uns vorbeischlüpfen und aus der Lobby in die Dunkelheit verschwinden sah.

»Ich habe nicht lange Zeit«, drängte der Major.

»Selbstverständlich. Entschuldigung.« Vater nahm meine Hand. »Ich tue dies nur sehr ungern, aber ich muss mit Parkes zu Abend essen, da wir heute mit der Zeit in Verzug geraten sind. Wir treffen uns übermorgen zum Mittagessen, einverstanden? Komm doch in mein Büro, ja?« Er drückte meinen Arm.

»Selbstverständlich.« Ich stellte mich auf die Zehenspitzen und küsste ihn auf die Wange. Man konnte ihm deutlich ansehen, dass er mich nicht versetzen wollte, doch anscheinend blieb ihm keine andere Wahl.

»Danke, Liebes«, sagte er. Ich sah den beiden nach, die Richtung Untergeschoss gingen, wo sich seit dem *Blitz-*

Angriff das Restaurant befand. Als sie aus meinem Blickfeld verschwunden waren, wandte ich mich um und verließ die Lobby durch den Haupteingang.

Draußen in der Dunkelheit schlenderte ich zum *Strand* in der Hoffnung, es würde keinen Fliegeralarm geben. Ich fragte mich, ob Tante Margaret wohl etwas zu essen im Haus hatte. Mein Magen knurrte und erinnerte mich lautstark daran, dass man mich soeben um ein Diner im Savoy betrogen hatte. Hätte ich das gewusst, hätte ich ruhig mit Lieutenant Webster zu Abend essen können. Aber so war es immer. Immer *hätte* etwas sein können. Wäre ich Amelia gewesen und nicht ich, hätte ich die Einladung des gutaussehenden Amerikaners angenommen und Vater stehen lassen. Amelia war unkonventionell, ich nicht, so einfach war das. Ich war nicht mein Zwilling. Ich war Adele, und ohne sie musste ich ich sein. Das war schwer, und trotzdem hatte ich seit dem Beginn meiner Ausbildung im Juni niemandem erzählt, dass ich eine Zwillingsschwester hatte. Mit den Jahren hatte ich gelernt, dass sich von dem Moment an ohnehin alles nur noch auf die Zirkusshow um die eineiigen Zwillinge konzentrierte und alles andere zur Nebensache geriet.

In der Ferne hörte ich einen Bus und hoffte, es wäre die Nummer 9, die Linie, die mich nach Kensington brachte. Ein ausgedehntes Bad würde das ausgefallene Abendessen wettmachen, vorausgesetzt, es gäbe im Haus meiner Tanter genug heißes Wasser. Ich rückte meinen Hut zurecht und ging zur Bushaltestelle, wobei ich mir alle Mühe gab, nicht an Essen zu denken.

Leider kam nicht der richtige Bus, aber der Abend war

mild, also schlenderte ich einfach weiter in der Hoffnung, auf ein Café zu stoßen, wo ich zumindest eine Tasse Tee bekäme. Währenddessen überlegte ich unablässig, was so wichtig sein konnte, dass Vater diesen Abend so kurz vor Weihnachten in einer Besprechung mit dem Major verbringen musste. Ja, Ärzte waren wichtig, doch es fiel mir schwer zu glauben, dass mein Vater irgendwelche kriegsstrategischen Dinge organisierte. Es war stets Mutter gewesen, die unser Leben auf Kurs hielt. Doch vielleicht hatte der Krieg etwas in ihm hervorgebracht, was er zuvor nicht gebraucht hatte. Ganz bestimmt sogar, denn das war bei so vielen der Fall, mich eingeschlossen.

Ich stolperte, als mein Schuh an einem erhöhten Asphaltstück hängen blieb. Jemand fing mich auf. »Entschuldigung«, sagte ich.

»Geben Sie acht, junge Frau«, sagte ein Mann.

»Das werde ich.« Ich ging weiter, abwechselnd auf meine Füße und auf die Dunkelheit vor mir blickend, und nahm mir vor, besonders vorsichtig zu sein. Was hatte ich mir bloß dabei gedacht, eine Einladung von einem Fremden anzunehmen? War das tatsächlich ich gewesen, oder hatte sich Amelia in meinen Kopf geschlichen? Oder hatte mir Lieutenant Webster für einen aberwitzigen Moment mein rationales Denkvermögen geraubt? Lächelnd blieb ich stehen. Bestimmt traf Letzteres zu.

Kapitel elf

Windward, Mawnan Smith, Falmouth, Cornwall
27. August 2015

Ich verfluchte das Durcheinander des Altpapierstapels. Statt der Zeitungen vom letzten Samstag, die ich suchte, hatte ich die von vor zwei Wochen entdeckt, doch darin wurde über nichts anderes berichtet als über den Tag des Siegs über Japan am 15. August 1945. Erst der Tag der Befreiung, dann der Tag der Kapitulation Japans. VE-Day, VJ-Day. Ich warf die Zeitung beiseite. Meine Welt hatte sich an diesen beiden Tagen verändert, doch meine Erinnerungen an jene Zeit würden meine eigenen bleiben. Ich hatte nicht vor, sie mit jemandem zu teilen. Ich griff nach den Briefen aus dem alten Koffer und nahm sie mit hinaus in den Garten. Die Sonne schien warm, von Westen wehte eine leichte Brise. Auf der Terrasse ließ ich mich in einen bequemen Schaukelstuhl sinken und schaute aufs Wasser hinaus.

Dunst stieg über dem Meer auf, aber an der Küste war es klar. Es tat mir leid für Peta, dass die Rosenzeit vorbei war. Blühende Rosen bei einer Hochzeit waren für mich das Sinnbild für Glück. Allerdings hatte Peta vorgesorgt und zur Blütezeit die Blätter gesammelt, die später auf den Weg des Brautpaars gestreut werden sollten. Auf den Rock ihres Hochzeitskleids hatte sie Rosenblätter gestickt, von zartrosé bis burgunderrot und dazwischen silberne, die glitzerten, wenn sie sich bewegte. Das geschickte Mädchen hatte das Kleid selbst entworfen. Alles war ganz anders als an dem Hochzeitstag vor siebzig Jahren. Während der Rationierung musste ein aufgearbeitetes Kleid genügen. Das hätte eigentlich keine Rolle spielen dürfen, aber an jenem Tag war nichts so gewesen, wie es hätte sein sollen, Braut und Bräutigam eingeschlossen.

Ich verscheuchte mit meinem Gehstock eine Fliege, die sich auf der Lehne meines Schaukelstuhls ausruhte. Der Stuhl schaukelte heftig nach vorn. Schmerz schoss meinen Arm hinauf. Ich holte tief Luft. Plötzlich fielen mir Mutters Perlen ein, die mit dem Diamantverschluss. Sie hatte die Kette getragen, als sie bei Hofe vorgestellt und in die Gesellschaft eingeführt worden war. Irgendwo gab es ein Foto davon. Ich fragte mich, wo die Perlen sein mochten. Sie kamen auf junger Haut zur Geltung, nicht auf alter. Ich sollte sie suchen und Peta schenken.

Ich tastete nach der Perlenkette an meinem Hals. Südseeperlen, ausgesprochen hübsch. Die Kette war ein Hochzeitsgeschenk von Andrew. Ich war damals zweiundvierzig gewesen, noch einigermaßen jung.

»Gran?« Peta kam auf mich zugetanzt. »Versteckst du dich?« Sie setzte sich auf die niedrige Terrassenmauer, hinter der der Garten mit der ausgedehnten Rasenfläche begann.

»Nein.«

»Ich hab dich überall gesucht.«

»Ich sitze oft hier.«

»Das stimmt, nur für gewöhnlich nicht um diese Tageszeit.«

Ich nickte. »Warum hast du mich denn gesucht?«

Sie legte die Stirn in Falten. »Ich konnte dich spüren. Du warst unglücklich, sogar wütend.«

»Bitte, Peta, verschone mich mit diesem Hokuspokus.«

»Ich kann das nicht kontrollieren. Ich habe letzte Hand an deine Garderobe gelegt und Schmerz empfunden, also habe ich das Nähzeug beiseitegelegt und beschlossen, dich zu suchen.«

»Nun hast du mich gefunden, ich bin am Leben und genieße den Nachmittag im Garten. Wollen wir hinter zu der alten Monterey-Kiefer gehen?« Ich drückte mich vorsichtig hoch und spazierte mit Peta über den Rasen zu einem meiner Lieblingsplätze, wo eine bequeme Gartenbank stand.

Wir setzten uns, und Peta streckte die Hand nach den Briefen aus. Ich wusste, dass ich ihre Neugier nur zusätzlich anfachen würde, sollte ich versuchen, sie daran zu hindern, also ließ ich zu, dass sie mit den Fingerspitzen darüberstrich, und zwang mich, an das schöne blaue Kleid zu denken, das sie für mich zu ihrer Hochzeitsfeier entworfen hatte. Sie besaß Talent und hätte mehr mit ihren Fähigkeiten anfangen sollen, als sie es im Augenblick tat. Doch im Moment gab es für sie nichts als ihre Verliebtheit.

»Freust du dich über die Hochzeit, Gran?«

»Ja, Liebes.« Ich schaute auf die See. Eine Möwe nutzte die Thermik, um aufzusteigen, dann stürzte sie sich aufs Wasser und verschwand aus meinem Blickfeld.

Petas Blick wanderte von den Briefen direkt zu mir. »Du sollst nicht schwindeln.«

»Ich bin nur höflich.«

»Du bist nicht höflich.« Sie strich sich eine widerspenstige Haarsträhne hinters Ohr. »Doch, meistens schon, aber mitunter kannst du ganz schön boshaft sein.« Sie kicherte. »Ach Gran, du hast eine wunderbare Ehe mit Grandad geführt, warum also machst du dir solche Sorgen, weil ich heirate? Es liegt doch nicht an Fred, oder?«

»Nein, Fred ist ein netter Mann.«

»Das klingt eher abschätzig.«

»Es ist aber nicht so gemeint.« Ich hielt inne, um nachzudenken, dann sagte ich: »Du bist sehr jung.«

Sie nahm meine Hand in ihre. »Ist das ein Problem?«

»Nein.«

»Gran. Irgendetwas *ist* ein Problem. Und es wäre mir lieber, du würdest mit der Sprache herausrücken, als deine stumme Missbilligung auszudrücken.«

Ich lachte. »Was macht die Arbeit?«

»Aha, verstehe.«

»Ach ja?« Ich schaute auf die Bucht und sah eine Jacht kreuzen. »Wovon willst du leben?«

»Fred steht kurz davor, als Partner in das Geschäft seines Vaters einzusteigen, und ich habe vor, weiterhin Brautkleider zu entwerfen.«

»Wirst du damit genug verdienen?«

Peta lächelte. »Ich kann für mich selbst sorgen.«

»Kannst du das?«

»Ja.«

»Dann mach dir keine Sorgen um die Gedanken einer alten Frau.«

Peta berührte noch einmal den Stapel mit Briefen. »Aber das tue ich.«

»Das ist nicht nötig.«

Sie stand auf, beugte sich zu mir und küsste mich auf die Wange. Sie roch nach Maiglöckchen, dem Duft einer anderen Zeit.

Falmouth Docks Train Station, Cornwall
28. August 2015

Der kleine Zug fuhr in den Bahnhof ein, und Lara sah Cassie, die neben einem weißen Lieferwagen mit der Aufschrift *Cassandra's Catering* stand und telefonierte. Ihre Freundin entdeckte sie ebenfalls und winkte ihr, dann deutete sie auf das Handy. Ihr Lächeln verschwand, als sie das Gespräch fortsetzte.

Lara stieg aus dem Zug, nahm ihr Gepäck und ging zu dem Lieferwagen hinüber. Cassie beendete ihr Telefonat und streckte den Arm aus, um sie an sich zu ziehen. »Ich kann dir gar nicht sagen, wie gut es tut, dich zu sehen!«, rief sie.

Lara grinste. »Geht mir genauso.«

»Ich nehme an, du hast einen ordentlichen Jetlag.« Cassie lachte, nahm Laras Reisetasche und verstaute sie im Van. »Hoffentlich macht es dir nichts aus, dass ich unterwegs bei einem Kunden anhalten und einen Kuchen ausliefern muss.«

»Kein Problem.« Lara war bereits eingestiegen und merkte jetzt erst, dass sie auf dem Fahrersitz hinter dem Lenkrad saß. Sie würde sich daran gewöhnen müssen, dass in England vieles anders war.

»Vielleicht solltest du es auf deiner ersten Fahrt hier mit einem etwas kleineren Wagen versuchen.« Cassie lachte.

Lara grinste entschuldigend und rutschte auf den Beifahrersitz. Wann würde sie wohl anfangen, sich wieder menschlich zu fühlen? Obwohl sie während der Zugfahrt viel geschlafen und Unmengen an Wasser in sich hineingeschüttet hatte, fühlte sie sich schlechter als nach der Landung.

»Du wirst gleich sehen, was ich damit meine.« Cassie fuhr vom Parkplatz und bog in einen engen Kreisel ein. Sie hatte nicht gescherzt: Die Straßen schienen viel zu eng für Fahrzeuge dieser Größenordnung zu sein.

Die Freundin fuhr aus dem Kreisverkehr hinaus und lenkte den Lieferwagen eine steile, schmale Straße hinauf, dann warf sie einen Blick in Laras Richtung und fragte: »Hattest du einen guten Flug?«

»Gut?« Lara versuchte, sich auf die Landschaft zu konzentrieren. »Nun, wir sind angekommen.«

Cassie lachte. »Du hast das Fliegen schon immer gehasst.« Sie bog in eine enge Seitenstraße, die in Laras Augen definitiv zu eng für den Lieferwagen war.

»Ich würde jederzeit den Zug vorziehen.« Lara kniff die Augen zusammen, dann schnappte sie nach Luft, als plötzlich eine riesige, strahlend blaue Wasserfläche in Sicht kam. »Was ist das?«

»Die Falmouth Bay.« Cassie schaltete einen Gang zurück. »Erinnerst du dich an die Reise nach Kalifornien mit meinen Eltern?«

Lara nickte. »Mir war auf beiden Flügen schlecht.«

Cassie lachte. »Trotzdem war es eine großartige Reise.«

Wieder nickte Lara und stellte fest, dass die Landschaft immer atemberaubender wurde. Leider im selben Maße, wie sich die Straße verengte. »Anderes Thema«, schlug sie vor. »Grandie und der Zweite Weltkrieg.«

Sie näherten sich einem Strand. Cassie ging vom Gas. »Wenn du etwas genauer hinsiehst, findest du hier überall Spuren vom Krieg.«

»Hm.« Lara sah nichts als herrlichen Sand und Familien, die am Strand lagerten, doch Cassie, die nun einen Hügel hinauffuhr, beharrte: »Wirf einen Blick über die Schulter, dann siehst du zwei Bunker bei den Felsen.« Lara kniff die Augen zusammen, doch sie waren schon fast auf der Hügelkuppe angelangt, als sie die beiden flachen Betonbauten mit den kleinen, rechteckigen Fenstern entdeckte. »In Helford findest du noch viel mehr solcher Spuren.« Cassie lenkte den Lieferwagen an den Straßenrand, um ein entgegenkommendes Fahrzeug vorbeizulassen. Lara hielt die Luft an. Keine Chance, dass der Wagen an ihnen vorbeipasste. Es gab ja kaum genug Platz für ein Fahrzeug, geschweige denn für zwei. Nichtsdestotrotz fuhr der Wagen an ihnen vorbei, und Cassie bog wieder auf die Straße ein.

Oben angekommen sah sie in den Lücken zwischen

den Häusern das Meer aufleuchten. »Die Aussicht von den Grundstücken dort muss atemberaubend sein.«

»Das ist sie in der Tat. Wir fahren gleich bei einem davon vorbei und geben eine Hochzeitstorte ab. Meine Freundin Peta heiratet bald, und ich liefere ihr heute ein Testexemplar zum Probieren.«

»Du machst Hochzeitstorten?«

Cassie nickte. »Die hier ist aber noch ohne Verzierung, der Fondant kommt erst bei der eigentlichen Torte.«

Sie bogen zwischen zwei Granitpfeilern in eine Zufahrt ein. *Windward,* las Lara – ein passender Name für ein Haus an dieser Stelle. Die Zufahrt schlängelte sich durch große Rhododendren, bis sie sich auf einen kleinen Obstgarten öffnete.

»Ich übernehme übrigens das komplette Catering für die Hochzeit.« Cassie lächelte und hielt vor dem Haus an. »Wenn Peta vor den Altar tritt, wird das mit Sicherheit ein fabelhaftes Fest.«

Sie stellte den Motor ab. Ihr Handy klingelte. »Entschuldige, da muss ich drangehen. Es geht um die Veranstaltung morgen Abend. Kannst du die große Schachtel aus dem Kofferraum holen und zur Seitentür bringen? Die ist normalerweise offen. Geh einfach in die Küche und stell die Schachtel ab.« Sie deutete in die entsprechende Richtung, dann drehte sie sich um und nahm den Anruf entgegen. »Hallo, hier spricht Cassie.«

Lara atmete tief ein, als sie zur Hecktür des Lieferwagens ging, um die Schachtel herauszuholen. Die Luft roch nach gemähtem Gras und der See. Die Schachtel mit der Hochzeitstorte war groß und schwerer als erwartet, doch dann fiel ihr die Vorliebe der Briten für Früchtekuchen ein.

Cassies Stimme verklang, als sie um die Ecke des imposanten grauen Gebäudes bog. Laras Blick glitt an der Steinfassade empor und blieb an dem Turm hängen, der über dem Haus aufragte und an eine Festung erinnerte. Der Turm hatte zu allen Seiten Fenster und musste eine fantastische Aussicht bieten. Alle Fenster waren in Granit eingefasst, was das Gebäude älter wirken ließ, als es vermutlich war.

Lara konzentrierte sich auf die Schieferplatten unter ihren Füßen und gab sich alle Mühe, weder zu stolpern noch auszurutschen. Die Platten waren uneben, und die große Schachtel versperrte ihr die Sicht. Wie Cassie gesagt hatte, stand die Seitentür zur Küche offen. Lara blieb auf der Schwelle stehen. Sie hätte einfach hineingehen können, doch so war sie nun mal nicht erzogen worden.

»Hallo?« Sie beugte sich vor und spähte mit zusammengekniffenen Augen ins Haus, wo sie einen großen Eisenherd erblickte und einen Tisch, der groß genug war für mindestens acht Personen. »Hallo?«

Wieder keine Antwort. Lara verharrte auf der Türschwelle.

»Wer zum Teufel sind Sie?«, fragte eine Männerstimme.

Lara machte einen Satz, trat neben die Stufe und prallte mit der Hand gegen den Türrahmen. »Mist!« Die Tortenschachtel glitt ihr aus den Händen. Lara versuchte verzweifelt, sie aufzufangen, doch es war zu spät. Die Schachtel schlug hart auf den Boden, der Deckel klappte auf, darunter kam eine mehrstöckige Torte zum Vorschein, die in zwei Hälften gebrochen war. Als Lara den Kopf hob, sah sie in zwei finster dreinblickende blaue Augen, nur wenige Zentimeter von ihren eigenen entfernt. Sie schluckte.

Der Mann hob leise fluchend die Schachtel auf, stellte sie auf die Anrichte und drehte sich zu ihr um. Sie hatte diesen aggressiven Blick schon öfter gesehen. Während ihrer Ausbildung und Karriere hatte es so einige Vorgesetzte gegeben, die sie heruntergeputzt hatten, und eine der wichtigsten Fertigkeiten war es, das Ganze an sich abprallen zu lassen, ohne Widerworte zu geben. Anders als sie es bei ihrer Kündigung vor gut einem Monat getan hatte.

Sein Blick wanderte von der zerbrochenen Torte zu ihr. »Sie haben meine Frage nicht beantwortet.«

»Ich bin Lara … Pearce.« Sie wusste, dass ihn ihr Zögern misstrauisch machen musste – vermutlich nahm er an, dass sie log. Es hätte ihr nicht schwerfallen sollen, ihren Mädchennamen auszusprechen, doch instinktiv wollte ihr immer noch »McNulty«, ihr Ehename, über die Lippen schlüpfen.

»Sind Sie sicher?« Er steckte eine Hand in seine Jeanstasche und lehnte sich gegen die Anrichte. Schlank und muskulös hatte er in etwa Leos Statur, und sie kam sich klein vor neben ihm. Die verunglückte Hochzeitstorte konnte jedoch kaum der Grund für seine Feindseligkeit sein.

»Ja. Es tut mir leid wegen der Torte.«

»Das glaube ich gern.« Er machte einen Schritt auf sie zu. Lara rührte sich nicht vom Fleck. Sie wusste, dass es nicht allein ihre Schuld war, doch sie wusste auch, dass der Kunde stets König war.

»Wo ist Cassie?« Seine Stimme war tief und klang jetzt weniger verärgert.

»Sie telefoniert. Ich werde die Torte ersetzen.« Sie lächelte trotz ihrer schmerzenden Hand.

Er schüttelte den Kopf. »Die verdammten Amerikaner denken immer, sie können alles richten. Trampel.«

Lara biss sich auf die Lippe, um sich eine scharfe Antwort zu verkneifen. Sie war mehr als fähig, eine Torte zu backen.

Er betrachtete das auseinandergebrochene Kunstwerk. Sein Gesichtsausdruck wurde etwas milder. »Machen Sie sich keine Gedanken. Es ist ja auch nur ein Probeexemplar. Die Ehe wird ohnehin das gleiche Ende nehmen wie diese Torte.«

Lara schnappte nach Luft. Sprach sie womöglich mit dem Bräutigam?

»Sie müssen Cassie nichts davon sagen. Sie ist eine Perfektionistin, und ich will nicht, dass Sie Ihren Job verlieren.«

Lara öffnete den Mund, dann klappte sie ihn wieder zu. Es gab keinen Grund, ihn zu korrigieren. Das würde diese Begegnung lediglich verlängern. Er sah sie an, als wartete er darauf, dass sie etwas sagte.

»Danke.« Lara drehte sich um und kehrte zum Lieferwagen zurück. Seltsamer Mann. Sie wünschte dieser Peta viel Glück. Es war sicher nicht leicht, mit einem solchen Typen zurechtzukommen.

Lara kletterte auf den Beifahrersitz und wartete, dass

Cassie ihren Anruf beendete. Endlich legte sie auf und setzte sich hinters Lenkrad. Lara holte tief Luft. »Ich muss dir ein Geständnis machen. Aber zunächst einmal: Was für ein interessanter Bräutigam.«

»Dann war Fred da?« Cassie strahlte, als sie den Wagen anließ, wendete und über die Zufahrt zurück zur Straße fuhr. »Er ist der netteste Mensch, den man sich nur vorstellen kann. Sein Vater Anthony und er haben die Scheune für mich renoviert.«

Mit gerunzelten Brauen blickte Lara über die Zufahrt zu den Feldern, die hinter den Hecken zu sehen waren. »›Nett‹ würde ich nicht gerade sagen. ›Verbittert‹ käme der Wahrheit schon näher.« Die Landschaft veränderte sich, als sie von der Küste weg durch ein Dorf fuhren. »Es überrascht mich, dass er überhaupt heiratet, wenn er sowieso davon ausgeht, dass die Ehe nicht hält.«

Cassie lachte. »Das war nicht Fred.«

Lara sah sie fragend an.

»War er groß, übellaunig, hatte schöne Augen und einen Körper, für den man sterben würde?«

Lara nickte. Obwohl sie stinksauer auf den Kerl war, konnte sie das nicht bestreiten.

»Das ist Jack, Petas Bruder.«

»Tatsächlich? Nun, er ist ausgesprochen ungehobelt, außerdem hasst er Amerikaner.«

Cassie runzelte die Stirn. »Dass er etwas gegen Amerikaner hat, wusste ich nicht, aber er ist …« Sie verließen das Dorf. Cassie schaltete in einen höheren Gang und drückte aufs Gas.

»Ja? Er ist was?« Lara wusste, dass es eine Weile dauern

würde, bis sie sich hier zurechtfand. Die Straßen waren so kurvig, dass sie ohne den Stand der Sonne am Himmel nicht einmal gewusst hätte, in welche Richtung sie fuhren.

»Ich versuche noch, das richtige Wort zu finden.«

»Und?« Vor einer Art Kreuzung blieben sie stehen, dann bogen sie so scharf ab, dass man beinahe meinen konnte, sie würden wenden. Lara versuchte, das altmodische Schild zu lesen – weiß, mit schwarzen Buchstaben.

»›Gebrochen‹ ist vermutlich das passendste Wort.«

Lara riss den Blick von der Landschaft los und sah Cassie an. »Und was soll das heißen?«

»Nun, er hat seine Mutter und seine Tante bei einem tragischen Bootsunfall verloren und seinen Vater ein knappes Jahr darauf.«

»Das ist schrecklich. Was ist mit seinem Vater passiert?«

»Es hieß, er sei an gebrochenem Herzen gestorben, aber was genau geschehen ist, weiß ich nicht.«

»Und er war damals …« Lara blickte mit zusammengekniffenen Augen aus dem Fenster.

»Ungefähr siebzehn, glaube ich.« Cassie lenkte den Lieferwagen durch eine schmale Allee. Die Äste der Bäume berührten einander über der Straßenmitte. »Das war wirklich schlimm.« Die Allee endete vor einem Garten. »Willkommen in meinem Zuhause.«

Cassie stellte den Motor ab und holte Laras Reisetasche aus dem Laderaum. Lara stieg aus und betrachtete den kleinen weißen Bungalow, dessen Wände prächtige blaue Schmucklilien säumten. Zu ihrer Linken befand sich eine solide Scheune, etwa doppelt so groß wie der Bungalow.

Durch die großen Glastüren sah Lara eine blitzsaubere Großküche.

»Beeindruckend.«

»Ich weiß.« Cassie hakte sich bei Lara unter. »Ich wollte dir eigentlich eine Tasse Tee anbieten, aber ich glaube, du kannst etwas Stärkeres vertragen. Anschließend kannst du endlich loswerden, was du mir zu beichten hast.«

Lara zuckte zusammen.

Windward, Mawnan Smith, Falmouth, Cornwall
28. August 2015

Ich betrachtete das dünne Blatt Papier vor mir. Die Schrift war gedrängt, um das Maximum auf den kleinen Bogen zu bringen. Die Rationierung hatte vor nichts mehr Halt gemacht. Die Spitzen und Bogen zogen sich flüssig über das Papier. Würde man allein die Schrift betrachten, wäre es unmöglich zu unterscheiden, wer von uns beiden den Brief geschrieben hatte. Allein der Inhalt gab einen Hinweis darauf.

Liebste,

mein Herz schmerzt. Eddies Briefe und Anrufe genügen mir nicht. Das kann ich aber nur dir anvertrauen. Großmutter sieht mich bloß missbilligend an, und Mutter ist zu gar nichts nutze. Zumindest freut sie sich über unsere Beziehung. Ich habe gehört, wie sie zu Großmutter sagte, ich hätte eine gute Partie gemacht, und Großmutter pflichtete ihr bei, obwohl sie, wie du weißt, lieber Tom an Eddies Stelle gesehen hätte. Tom hat den Titel, aber er hat nicht Eddies Herz. Aber das muss ich dir nicht sagen.

Du hast mir gar nichts von Portland und den Wrens erzählt, mit denen du dort stationiert bist. Sind noch andere Mädchen aus deinem Ausbildungskurs dort?

Was kann ich dir von hier schreiben? Neulich Nacht ist eine weitere Bombe in die Bucht gefallen, und Großmutter war unten am Strand, um mit den anderen Frauen die benommenen Fische einzusammeln. Das hätte ich gern gesehen, aber ich musste arbeiten. Als ich nach Hause kam, lag ein Zackenbarsch auf der Anrichte. Ich habe eine delikate Sauce dazu gemacht mit Schnittlauch und etwas Sahne. Wir haben jetzt weniger Eier, weil mittlerweile alles über die offiziellen Kanäle verteilt wird, aber Anne von der Farm zweigt gelegentlich etwas für uns ab.

Letzten Freitagabend fuhr ich hinter Mr Wellbrook her, dem Möbelhändler aus Falmouth, der nebenbei Lebensmittel verkauft. Er wurde angehalten, weil seine Scheinwerfer zu hell waren. Ich beobachtete alles und wartete darauf, dass er mit Schwarzmarktgütern erwischt wurde, aber er hatte eine Arzttasche auf dem Beifahrersitz stehen und wurde durchgewinkt. Ich grinste von einem Ohr zum andern, und der Commander schien sich zu wundern, was mich so amüsierte. Ja, man muss das Leben hier mögen.

Wie ich schon sagte: Ich vermisse London ganz schrecklich. Vielleicht sollte ich um Versetzung bitten. Wenn ich in London wäre, könnte ich Eddie häufiger sehen. Ich höre deinen Einwand, dass es mich bei einem Versetzungsantrag womöglich nach Schottland verschlägt oder noch weiter weg, und du hast wie immer recht – außerdem braucht Mutter mich hier. Ich sehe, dass ihr Lächeln die Augen nicht mehr erreicht. Wahrscheinlich geht es um Vater, aber das kann ich nicht mit Sicherheit sagen. Seine Anrufe sind kürzer als nötig, und sie reden nicht viel miteinander, nicht wie früher. Schreib mir, was er auf dich für einen Eindruck macht, wenn du dich wieder einmal mit ihm triffst.

Ich vermisse dich fürchterlich und verzehre mich vor Sehnsucht nach dir. Ich kann nicht glauben, dass wir Weihnachten nicht zusammen verbringen werden. Wir werden ein paar Amerikaner zu Gast haben. Großmutter ist darüber gar nicht begeistert, deshalb habe ich Mutter die Einladung aufsetzen lassen. Du weißt, dass ich ein Teufelchen bin.

Ich liebe dich so sehr.
Xxx

Meine Hand zitterte. Wenn ich die Augen schloss, war alles so nahe, als würde es jetzt geschehen. Windward hatte sich kaum verändert, abgesehen von den Badezimmern, die auf Jacks Drängen und Kosten erneuert worden waren. Der Rasen war ebenfalls wiederhergestellt worden – die Wiederbepflanzung war das Erste, was Großmutter nach Kriegsende hatte vornehmen wollen, doch dann hatte sie weiterhin Gemüse angebaut. Ich schmunzelte. Die Rationierung hatte noch lange danach weiterbestanden, und das Gemüse aus dem Garten hatte uns über die Runden geholfen.

Meine Gelenke knackten, als ich aufstand, der Brief fiel mir aus der Hand. Wo war meine Schwester jetzt? Ich hatte sie so lange nicht mehr gespürt. Ich hatte mich von ihr abgeschottet, und vielleicht hatte sie das Gleiche mit mir getan. Mit neunzig war es außerdem durchaus wahrscheinlich, dass sie tot war. In unserer Familie wurden die Menschen nicht sonderlich alt, ich wusste eigentlich gar nicht, warum ich noch lebte.

»Gran.« Jack schlenderte von der Zufahrt her auf mich zu. Der Wind von Osten zerzauste sein blondes Haar. »Darf ich dir helfen?« Sein Blick fiel auf den Brief. »Wie ich sehe, gräbst du noch immer in der Vergangenheit.« Er sah mich an, dann nahm er meinen Arm. »In Anbetracht deines finsteren Gesichtsausdrucks bin ich mir nicht sicher, ob das eine gute Idee ist.«

»Es ist nie eine gute Idee, in der Vergangenheit zu verharren.« Ich musterte ihn durchdringend. »Man muss loslassen und nach vorne schauen.«

»Autsch. Was immer in diesem Brief dort steht, hat dich in schlechte Laune versetzt.«

»Im Ernst, Jack.« Ich blieb stehen. »Du hast nur ein Leben. Vergeude es nicht.«

Er entzog mir seinen Arm und trat ein paar Schritte zurück. Ich wappnete mich für die Explosion. Ich hatte die Grenze überschritten, die wir vor Jahren abgesteckt hatten. Er starrte mich an. Seine Pupillen wurden zu Stecknadelköpfen, dann drehte er sich um und stapfte davon. Ich sah mich um nach etwas, was mir Halt geben könnte. Sein Schweigen war schlimmer als alles andere.

Er konnte sich nicht auf ewig von der Welt abschotten. Er musste sich öffnen, oder es würde ihn auf die eine oder andere Art umbringen. Das wusste ich nur zu gut.

Kapitel zwölf

London
22. Dezember 1943

Ich betrachtete den Brief, den ich gestern begonnen hatte. Ich sehnte mich nach Amelia und spürte, wie ich nun doch immer trauriger wurde, weil ich bald nach Portland zur *HMS Attack* zurückkehren musste, anstatt in Windward die Weihnachtstage zu verbringen.

21. Dezember 1943

Geliebte Hälfte,

In London wimmelt es von Amerikanern. Sie sind überall. Einer hat gestern Abend sogar versucht, mir schöne Augen zu machen, während ich auf Vater wartete.

Papier war kostbar. Ich strich den letzten Satz durch und kaute auf dem Ende meines Stifts, verwirrt, weil ich noch immer die blauen Augen des amerikanischen Lieutenants und sein dunkelbraunes Haar vor mir sah.

Ich war mit Vater im Savoy zum Essen verabredet, und als der sich verspätete, sprach mich der Amerikaner an. Er war so dreist, mich zum Essen einzuladen und mich beim Vornamen zu nennen. Dir hätte er gefallen – groß, dunkelhaarig, spontan, aber natürlich ist dein Herz vergeben. Hast du von Eddie gehört? War er in der Zwischenzeit wieder einmal in Cornwall?

Vater sah gut aus, aber ich habe ihn nur kurz gesehen. Er musste mit irgendeinem Major dinieren und schickte mich hungrig heim. Ich bin sicher, dass er sich furchtbar deswegen fühlte. Ich soll ihn morgen zum Mittagessen treffen, allerdings wird es ein kurzes Treffen werden, denn ich muss um sechs wieder im Dienst sein und fahre gleich nach dem Essen nach Portland zurück.

Wie geht es Mutter und Großmutter? Oder soll ich besser fragen: Reißt sich Großmutter zusammen? Tante Margaret war recht munter, obwohl neue Leute in ihrem Haus untergebracht sind. Sie hat über eine Stunde mit mir über deren Marotten geplaudert.

Ich schreibe weiter, sobald ich mich mit Vater zum Mittagessen getroffen habe und zurück auf der HMS Attack *bin. Ich vermisse dich und hoffe, dass bei dir alles in Ordnung ist.*

Für immer die Deine
Axxx

HMS Attack, **Portland, Dorset**
22. Dezember 1943

Die Rückfahrt nach Portland in den so kurz vor Weihnachten völlig überfüllten Zügen war anstrengend gewesen, und ich war froh, dass mir noch etwas Zeit blieb, bevor meine Schicht begann. Zum Glück war ich allein in der Kajüte. Ich packte meine Reisetasche aus, setzte mich auf meine Koje und lehnte mich zurück. Meine Gedanken schweiften nach Cornwall. Ich versuchte, mir die schmalen Straßen vorzustellen, die Landschaft, vollgestopft mit Jeeps und Zelten. Es passte nicht, und ich wollte keine kaugummikauenden Amerikaner in meinem Cornwall. Stirnrunzelnd nahm ich den Brief zur Hand, den ich gestern begonnen hatte, und fing an zu schreiben.

Ich gewöhne mich an das Leben hier. Die Wrens in meiner Kajüte sind ein sympathischer Haufen, auch eine Freundin von Angus ist darunter, die wir vor ein paar Jahren kennengelernt haben. Ich bin froh, am Wasser zu sein, das bringt mich Cornwall näher. An klaren Tagen bilde ich mir ein, Rosemullion Head zu sehen, und weiß, dass Windward ganz in der Nähe ist.

Das Mittagessen mit Vater war enttäuschend und kurz. Er war körperlich anwesend, doch geistig war er völlig abwesend. Ich würde gern behaupten, er sei mit seinen Gedanken beim Krieg gewesen, aber

Ich hielt mitten im Satz inne, unsicher, ob ich schreiben sollte, was ich dachte. Er verhielt sich so, wie sich ein Verliebter verhielt. Ich dachte an Tante Margarets flapsige Bemerkung. Wie hatte sie sich ausgedrückt? »Wer weiß schon, was in diesem vermaledeiten Krieg passiert, und genau deshalb sollten wir so viel Spaß haben wie eben möglich.« Ergriff Vater die Gelegenheit beim Schopf und amüsierte sich? Es sah ganz danach aus. Arme Mutter.

Ich bin mir da nicht so sicher. Es war, als hätte er lieber mit jemand anderem zu Mittag gegessen, auch wenn ich mir nicht vorstellen kann, mit wem. Ich hatte so sehr gehofft, es würde mein kleines Familienweihnachtsfest werden, aber nun beschleicht mich ein Gefühl der Leere. Ich bin so neidisch auf dein Weihnachten in Windward, auch wenn Amerikaner bei euch am Tisch sitzen. Ist die französische Flüchtlingsfrau, Mme Pomfrey, noch bei euch? Vermisst Mutter die Kinder von der Latymer School noch immer?

Ich kaute auf meinem Fingernagel. Obwohl es uns an materiellen Freuden gefehlt hatte, waren die vergangenen Weihnachtsfeste so fröhlich gewesen mit Vater, der Urlaub hatte und zu Hause war, und all den Schulkindern. Jetzt bereitete ich mich auf mein erstes Weihnachten fernab von Windward vor.

Ich werde dich so sehr vermissen. Du musst mir alles erzählen, vor allem, wie sich Großmutter mit den Amerikanern schlägt.

Alles Liebe
Xxx

HMS Attack, Portland, Dorset
25. Dezember 1943

»Frohe Weihnachten, Adele!«, rief eine der Kameradinnen, als ich den Bunker verließ.

Ich winkte und trat hinaus in die Dunkelheit. Es dauerte einen Moment, bis sich meine Augen an die Finsternis gewöhnt hatten. Im Gehen blies ich auf meine Hände. Frostbeulen waren ein echtes Problem. In der Ferne hörte ich ein Weihnachtslied. »God Rest Ye Merry, Gentlemen« wehte durch die kalte Luft zu mir herüber. Es war der erste Weihnachtstag, und es herrschte kein Friede auf Erden.

Ich fühlte mit den Männern auf den Booten. Es war schlimm genug, hier zu sein, fernab von zu Hause, doch im Ärmelkanal waren sie in ständiger Gefahr. Im Funkraum war es stiller gewesen, als wüssten wir alle, dass wir bei unseren Lieben sein sollten. Ich seufzte. Das Weihnachtsessen hatte während meiner Dienstzeit stattgefunden. Das Lied endete, und ich setzte meinen Weg zur Mannschaftsmesse fort in der Hoffnung, dort eine Suppe oder sonst etwas Wärmendes zu bekommen. Der Nordwind war schneidend kalt, und es würde heute Nacht strengen Frost geben, aber keinen Schnee. Sosehr Schnee die Laune auch heben würde – er würde alles nur noch schwieriger machen.

Während ich auf die Nissenhütten zuhielt, sang ich »O Little Town of Bethlehem«, doch plötzlich hörte ich Schritte hinter mir und verstummte.

»Ich kenne den Text, aber nicht die Melodie«, sagte eine tiefe Stimme.

Ich fuhr zusammen und wirbelte herum. Ein Amerikaner stand hinter mir, der in der Dunkelheit so lang wie breit aussah. »Ist die Melodie in Amerika anders?«, erkundigte ich mich.

»Ja, Ma'am. Sie geht so: ›*O little town of Bethlehem, how still we see thee lie*‹ – Du kleines Städtchen Bethlehem, wie still liegst du vor uns …« Sein Bariton hallte durch die nächtliche Stille. »Dieselben Worte, eine andere Melodie.«

»Sie haben eine schöne Stimme.«

»Danke, Ma'am.«

Ich wich ein paar Schritte zurück. Mir war bewusst, dass er höflich sein wollte, wenngleich etwas zu sehr. Genau das war das Problem mit den Amerikanern: zu viel Lächeln, zu viele Zähne, zu viel gute Laune und überhaupt: zu viel von allem, insbesondere von den Amerikanern selbst. Auch wenn mir klar war, dass wir sie brauchten.

Wir erreichten die Messe, und er blieb stehen. »Frohe Weihnachten, Ma'am.«

»Vielen Dank, Ihnen ebenfalls.« Ich stürmte so schnell hinein, wie es meine froststarren Beine erlaubten, die amerikanische Melodie im Kopf.

Frohe Weihnachten, dachte ich, als ich mit einer Schüssel Eintopf und einem Mince Pie am Tisch Platz nahm. Zu Hause in Windward hatten die Amerikaner mit Sicherheit dafür gesorgt, dass Amelia all die nötigen Zutaten für ein weihnachtliches Festmahl zur Verfügung hatte. Eintopf wäre nichts im Vergleich dazu. Doch ich war hungrig, weshalb ich meine Schüssel leerte und mir vorstellte, es wäre Gans mit sämtlichen Beilagen. Ich pickte gerade mit dem Finger die letzten Krümel meines süßen Weihnachtsgebäcks auf, als ich Pat hereinkommen sah. Sie ging direkt auf mich zu. »Das sieht ja nicht gerade nach einem Festessen aus«, stellte sie mit einem finsteren Blick auf die leeren Teller vor mir fest.

»Stimmt.« Ich stand auf.

»Wir gehen in einer halben Stunde an Land.«

Ich lächelte und dachte an den Frieden, der die Quartiere erfüllen würde, wenn der Großteil der Belegschaft fort wäre. »Na dann, viel Vergnügen!« Ich räumte meine Teller ab und wollte mich auf den Weg zu unserer Hütte machen, aber so leicht ließ mich Pat nicht davonkommen.

»Nein, nein, nein – du kommst mit uns.« Pat folgte mir hinaus in den kalten Abend und ging neben mir her.

Ich rieb mein schmerzendes Handgelenk. Die Anspannung kroch meinen Arm hinauf bis in meinen Nacken. »Ich passe«, sagte ich und betrat unsere Kajüte.

»Ich akzeptiere kein Nein. Es ist Weihnachten, und du wirst mit zum Tanzen gehen, Adele.« Sie blieb auf der Schwelle stehen.

»Hör mal, Pat, ich hatte den ganzen Tag über Dienst und wünsche mir nichts sehnlicher, als die Füße hochzulegen!«

»Es ist Weihnachten, es gibt nicht genügend Frauen, und wie wir nur allzu gut wissen, ist das Leben viel zu kurz.« Ihr Blick schweifte zu dem Foto von Sallys Mann. Er war vor zwei Wochen abgeschossen worden. »Ich gehe jetzt runter und erwarte, dass du im Liberty-Boot sitzt. Keine Ausreden, keine faulen Tricks.« Sie ging zur Tür hinaus, und ich zog meine Schuhe aus. Ich hatte keine Lust zu tanzen, Weihnachten hin oder her. Ein Tanzsaal voller Zigarettenqualm und aufgesetzter Fröhlichkeit. Wie viel lieber würde ich einfach ins Bett fallen!

Ich wandte mich um und betrachtete die Geschenke, die am Fußende meiner Koje lagen. Ein Blick auf die Uhr zeigte mir, dass noch genügend Zeit blieb, um sie zu öffnen und es trotzdem aufs Liberty-Boot zu schaffen. Der Name »Liberty-Boot« brachte mich zum Schmunzeln. Es handelte sich um einen ramponierten alten Bus, sehr zum Amüsement der Amerikaner. Andererseits amüsierte sie alles an uns, unsere ganze »drollige« Lebensweise. Vielleicht war es das, was mir wirklich auf die Nerven ging. Ich spürte, dass sie über uns lachten, über unser warmes Bier, über unsere Gärten. Ich rieb mir die Schläfen. Das würde nichts bringen, und ich war auf dem besten Wege, dem grantigen Ebenezer Scrooge aus Charles Dickens' *Weihnachtsgeschichte* Konkurrenz zu machen oder, schlimmer noch, ein absoluter Spielverderber zu werden. Amelia hätte mir sicher einen Tritt verpasst. Vielleicht war genau das das Problem: Ohne meinen Zwilling war ich nicht ganz. Ich hatte keine Lust, an einer Party teilzunehmen – oder, wenn ich ehrlich war, am Leben. Herrgott, ich vermisste sie, und ich wusste, dass sie genauso empfand.

Als Erstes öffnete ich das Geschenk meiner Mutter. Sie hatte mir einen Schal aus leuchtend roter Wolle geschickt. Großmutters Geschenk entpuppte sich als eine Ausgabe von Jane Austens *Stolz und Vorurteil.* Ein anderes Päckchen war in Zeitungspapier eingewickelt. Als ich es auspackte, kam eine Flasche zum Vorschein. Ich lächelte, als ich das Etikett las: *Nehmen Sie einen Löffel davon, meine Liebe, um Cornwall in Ihren Knochen und Sie gesund und munter zu erhalten. Hagebuttensirup, 1943. Frohe Weihnachten wünscht Mrs Tonks.*

Mrs Tonks sorgte sich um mich. Immer, wenn wir früher nach Windward zu Besuch gekommen waren, hatte sie einen Riesenwirbel veranstaltet. Ich öffnete die Flasche, hielt sie mir unter die Nase und atmete tief ein. Cornwall. Der Duft brachte mich dorthin. Wenn das Gefühl doch nur anhalten würde! Ich seufzte, verschloss die Flasche und öffnete Amelias Geschenk – ein Seidenhöschen, das sie mit Mme Pomfreys Hilfe genäht hatte. Ich musste lächeln, als ich über den glatten Stoff strich. Es wäre Verschwendung, das Höschen unter der Uniform zu tragen, also legte ich es ganz unten in meine Schublade und fragte mich, was sie von dem Gedichtband halten mochte, den ich ihr geschickt hatte. Ich kicherte.

Das letzte Geschenk kam von Tante Margaret. Es war groß, und als ich es öffnete, wusste ich sofort, was es war: ein Satinkleid in Smaragdgrün, und zwar das, das ich an ihr so bewundert hatte. Ihr Weihnachtsgruß fiel aufs Bett.

Meine liebe Adele,

es tut mir leid, dass ich dir etwas Gebrauchtes schenke, aber es ist so schwer, an Kleider zu kommen, und du hast dieses so bewundert. Es gab so wenig zu kaufen, und dann kam mir die Idee. Ich hoffe, du wirfst alle Männer um, denen du darin begegnest. Grün ist deine Farbe!

In Liebe
Tante Margaret

Ich strich mit den Fingern über den Stoff. Er glänzte und erinnerte an die See, wenn Licht und Schatten auf der Oberfläche spielten. Das Kleid war wunderschön, und ich war gerührt über Tante Margarets Großzügigkeit, auch wenn ich nicht wusste, wann ich es tragen sollte. Ich schlug es wieder ein und legte es in die Kommode zu dem extravaganten Höschen von meiner Schwester. Anschließend zog ich mich um für die Tanzveranstaltung, auf die ich keine Lust hatte. Frohe Weihnachten.

Das Liberty-Boot war erfüllt von Gelächter, als ich einstieg und mich auf den letzten freien Platz quetschte. Neben mir saß eine Wren, die zusammen mit Angus' Freundin für die Nachschubtruppen arbeitete. Dot war ein klein wenig älter als ich und kam mir sehr vernünftig vor. Ihren Augen entging nichts, und ihr hübsches Gesicht blickte oft ein wenig verschmitzt drein.

»Frohe Weihnachten«, wünschte ich, als der Bus losfuhr. Der Mond stand am Himmel, und ich konnte die hohe Formation von Chesil Beach erkennen, als wir über die Dammstraße holperten. Ich hörte ein Fahrzeug an uns vorbeirumpeln, sehen konnte ich kaum etwas. Seit der Verdunkelung hatte es so viele Unfälle und Tote gegeben. Ich wollte nicht gern hinter dem Lenkrad sitzen, schon gar nicht ohne Licht in der Dunkelheit, und ich hatte keine Ahnung, wie Amelia das anstellte.

»Freust du dich aufs Tanzen?« Dots leise Stimme war bei dem Lärm kaum zu verstehen.

Ich wandte mich ihr zu. »Um die Wahrheit zu sagen, nein.«

»Müde, Heimweh?«

»Beides.«

»Es wird dir guttun. Wir müssen das Leben genießen, solange wir es haben.«

»Ja«, pflichtete ich ihr nicht ganz aufrichtig bei. Der Bus hielt an, und wir liefen durch die dunklen Straßen. Zu Hause würde ein Feuer brennen und das Radio laufen, während Großmutter schlafend in ihrem Sessel saß. Ob Amelia mit unseren Gästen Scharade spielte oder ob alle am Klavier standen und Weihnachtslieder sangen? Für gewöhnlich war Vater derjenige, der spielte, aber er war nicht da. Ich hatte keine Ahnung, wo er steckte – er hatte es mir nicht gesagt.

Dot tippte mir auf die Schulter, und ich folgte ihr. Eine Gruppe Amis kam auf uns zugeschlendert. »Hallo, Dot. Frohe Weihnachten.«

»Frohe Weihnachten euch allen.« Sie nahm meinen Arm. »Das ist Adele, und sie hat Heimweh.«

»Das haben wir alle, Süße.«

Ich drückte den Rücken durch vor Verachtung. *Süße,* dachte ich. *Also wirklich.* Ich dachte mir zwar nichts dabei, wenn mich ein Busfahrer in London »Schätzchen« nannte oder ein Fremder in Cornwall »meine Liebe« zu mir sagte. »Süße« war im Grunde nichts anderes, trotzdem spürte ich, wie ich mich dagegen sträubte. Vielleicht lag es am Ton, der Intimität implizierte. Schaudernd ging ich weiter durch die Dunkelheit auf das Tanzlokal zu. Jedes Mal, wenn sich die Tür öffnete, drang Musik auf die Straße. Ich wappnete mich gegen den Lärm, die gezwungene Heiterkeit und den Rauch.

Als wir drinnen waren, berührte Dot meinen Arm, als spürte sie, dass ich drauf und dran war, auf dem Absatz kehrtzumachen und die Beine in die Hand zu nehmen. »Im Ernst, es wird dir guttun. Nichts hebt die Laune so sehr, wie ein bisschen zu tanzen.«

»Unsinn«, murmelte ich, trotzdem setzte ich ein freundliches Lächeln auf und hoffte, ich würde ein ruhiges Eckchen finden, in das ich mich vor den Amis zurückziehen konnte.

Aber Dot ließ das nicht zu. Sie führte mich durch das überfüllte Tanzlokal voller amerikanischer Soldaten zu einer Gruppe von Männern in Uniformen der Royal Airforce. »Adele, das ist Johnny. Er ist mit ein paar Freunden über Weihnachten auf Heimaturlaub.«

»Adele.« Er lächelte und errötete leicht. »Möchten Sie tanzen?«

Ich mochte seine Schüchternheit und wie er in seiner Uniform als Fliegerleutnant aussah. »Ja.« Ich nahm seine Hand und ging mit ihm auf die Tanzfläche, wobei ich die Amerikaner ignorierte. Heute Abend würde ich dafür sorgen, dass all unsere Jungs zum Tanzen kamen, vor allem der ausgesprochen süße, ruhige Johnny. Es war eine Freude, von jemandem über die Tanzfläche geführt zu werden, der tanzen konnte und nicht versuchte, mir zu nahe zu kommen. Es war genügend Abstand zwischen uns, sodass ich ihn ansehen konnte. Er nutzte die plötzliche Nähe nicht aus wie so viele andere bei dieser Art von Tanzveranstaltungen.

Der Abend verflog, und ich tanzte sogar mit ein paar Amerikanern. Insgeheim hoffte ich, Johnny würde mich um den letzten Tanz bitten. Ich traute mich nicht, ihn anzusehen, da ich fürchtete, dem Blick eines anderen Mannes zu begegnen, also starrte ich in meine Teetasse.

»Darf ich um diesen Tanz bitten?« Johnny stand lächelnd vor mir.

»Ja.« Ich nahm seine Hand, und er führte mich auf die Tanzfläche. Diesmal zog er mich etwas näher an sich, aber nicht zu nah. Großmutter würde das gutheißen. Die Vorstellung brachte mich zum Schmunzeln.

»Einen Penny für Ihre Gedanken.«

Ich schüttelte den Kopf. »Nicht wichtig.«

»Nun, ich freue mich darüber, weil es Sie zum Lächeln bringt.«

Mein Lächeln wurde breiter. »Das tut es.«

»Werden Sie in zwei Wochen wieder hier sein?«, flüsterte er mir ins Ohr.

»Ich weiß es nicht.« Ich sah zu ihm auf. »Ich kann noch nicht sagen, für welche Schichten ich eingeteilt werde.«

Er nickte. »Sollten Sie da sein … werden Sie den letzten Tanz für mich reservieren?«

»Ja.«

Er zog mich ein kleines Stück näher an sich heran, und plötzlich kam mir Weihnachten gar nicht mehr so einsam vor.

***HMS Attack*, Portland, Dorset**
10. Januar 1944

Ich öffnete Amelias Brief und zögerte. Ein Teil von mir wollte unbedingt erfahren, dass sie ein wundervolles Weihnachtsfest verbracht hatten, der andere Teil nicht. Aus welchem Grund auch immer hatte sie sich viel Zeit gelassen, mir zu schreiben. Unentschlossen hielt ich den Bogen in den Händen, dann machte ich es mir auf meiner Koje bequem, um ihn zu lesen.

Neujahrstag

Mein Schatz,

was für einen Spaß wir hatten, aber ich fühlte mich so schuldig ohne dich. Weihnachten war göttlich, und sogar Großmutter hat es genossen. Die Amerikaner einzuladen war inspirierend. Sie haben Geschenke in Form von Essen und alkoholischen Getränken mitgebracht, und wir haben sofort damit begonnen, Großmutter abzufül-

len. Was für einen Unterschied das machte! Anschließend nahm ich die Geschenke – Dosenpfirsiche und Puddingpulver – mit in die Küche. Das Trifle mit Pfirsichen, Biskuit, Vanillepudding und Sahne war zum Sterben! Während ich mich mit dem Zubereiten befasste, unterhielten die Jungs Mutter und Großmutter. Ich wünschte, ich hätte das Gelächter für dich aufnehmen können. Sie stellten das Grammophon an, und du wirst es nicht glauben: Sie brachten Großmutter den Jitterbug bei. Es war zauberhaft, als hätte der Weihnachtsmann höchstpersönlich Feenstaub über die alte Schachtel gestreut, auch wenn ich fürchtete, sie würde sich sämtliche Glieder verrenken. Sie sah um Jahre jünger aus, als sie in den Armen eines Captains durch den Salon schwebte!

Niemanden kümmerte es, dass es gebratenes Karnickel statt Gans zum Hauptgang gab. Es war ein Weihnachtsfest, an das man sich noch lange erinnern wird, und das Einzige, was mir fehlte, waren Eddie, du und Vater. Eddie rief an, was dazu führte, dass ich mich aufs Neue bis über beide Ohren in ihn verliebte. Du solltest dich ebenfalls verlieben. Wenn man verliebt ist, begreift man, dass es sich lohnt, um die Welt zu kämpfen, und ich kenne dich – wenn du dein Herz einmal verschenkst, wird es für immer sein.

Gestern Nacht habe ich im Ferryboat Inn in das Jahr 1944 hineingefeiert, genauer gesagt standen wir alle am Bar Beach und stimmten mehr schlecht als recht »Auld Lange Syne« an; trotzdem war es unvergesslich wegen der Sterne und weil es ansonsten stockdunkel war. Ich konnte die Menschen um mich herum hören und fühlen, doch für jenen kurzen Augenblick stand ich in der Dunkelheit und spürte die Welt.

Sag bitte, dass du bald Urlaub bekommst. Wenn du nicht genug Zeit hast, um nach Cornwall zu reisen, könnten wir versuchen, uns in London zu treffen. Schreib mir! Wie war dein Weihnachtsfest, und wie hast du Silvester verbracht? Wer hat dich geküsst, um das neue Jahr einzuläuten?

Xxxx

PS: Danke für den Gedichtband… Du willst, dass ich mich weiterbilde? Nun, das funktioniert. Ich lese ein Gedicht pro Tag, aber es ist immer dasselbe: Elizabeth Barrett Brownings Sonett »Wie ich dich liebe?«. Ich glaube, ich kann es bereits auswendig aufsagen. Es drückt genau das aus, was ich für Eddie empfinde.

PPS: Wenn wir uns sehen, musst du mich daran erinnern, dir von dem gutaussehenden Holländer zu erzählen, der versucht hat, Mutter zu umwerben. Sie hat mich an einem Abend ins Ferryboat Inn begleitet, und dieser charmante Herr fand Gefallen an ihr. Ich glaube nicht, dass er sie hätte gehen lassen, wäre da nicht sein kaputtes Bein gewesen!

Xxxx

Leicester Square, London
21. Januar 1944

Wir stolperten aus dem 400 Club hinaus auf die Straße. Ich wusste, dass mein Atem kleine weiße Wölkchen bildete, auch wenn ich sie wegen der Verdunkelung nicht sehen konnte. Der Boden unter meinen Schuhen war rutschig. Die smaragdfarbene Seide des Kleids, das Tante Margaret mir geschenkt hatte, bot nur wenig Schutz vor dem schneidenden Wind. Ich zog meine Stola enger zusammen, und Angus legte den Arm um mich.

»Bist du sicher, dass du genug getanzt hast? Drinnen war es um einiges wärmer.« Ein jungenhaftes Grinsen breitete sich auf seinem Gesicht aus und enthüllte die Lücke zwischen seinen Schneidezähnen.

Ich lächelte. »Absolut, aber ich möchte dich keineswegs davon abhalten, noch mal reinzugehen und weiter das Tanzbein zu schwingen. Ich habe morgen Dienst, deshalb brauche ich unbedingt etwas Schlaf.«

Er zog mich etwas näher an sich heran. »Stets die Pflichtbewusste.«

»Da hast du recht. Du hast heute Abend den kürzeren Strohhalm gezogen – nur dieser Zwilling ist in London.«

Angus lachte. »Unsinn. Obwohl ich euch zwei ehrlich gesagt nie auseinanderhalten konnte, selbst wenn ihr direkt nebeneinander steht. Außerdem gefällt es euch, mich an der Nase herumzuführen.«

»Aber sicher doch. Du weißt noch immer nicht, welche von uns beiden du vor all den Jahren geküsst hast.«

»Nun, du könntest mich jetzt küssen, dann wüsste ich es.« Er legte erwartungsvoll den Kopf schief.

Ich lachte und schob ihn sanft in Richtung Eingangstür. »Geh zurück in den Club und amüsier dich gut. Du hast es dir verdient. Danke für den wundervollen Abend.«

»Es macht dir nichts aus?«

»Es macht mir nur etwas aus, hier zu stehen, während du drinnen einem anderen Mädchen schöne Augen machen könntest.«

Er sah mich prüfend im Mondlicht an, dann küsste er mich auf die Wange. »Ich weiß, dass du es warst.« Und noch bevor ich widersprechen konnte, hatte er sich auch schon umgedreht und stürmte zurück in den Nachtklub. Ich dachte an jene sonnendurchfluteten Ferien in Windward zurück, als wir alle zusammen am Strand waren und Amelia einfach zu Angus gelaufen war und ihn geküsst hatte.

Schmunzelnd schlenderte ich die Straße entlang in der Hoffnung, in einen Bus oder ein Taxi steigen zu können. Nach einer Weile fing ich an, die Mondschein-Serenade zu summen. Nicht weil ich Angst hatte, eher um die Leute in der Dunkelheit zu warnen, dass ich den Gehweg entlangging – was albern war, meine Schritte hallten laut genug durch die Nacht.

Als ich am Piccadilly ankam, heulte die Luftschutzsirene. Fliegeralarm. Adrenalin schoss mir ins Blut. Ich schaute mich um und widerstand dem Drang, einfach loszurennen. Aus allen Richtungen eilten Menschen an mir vorbei. Ich schloss mich der Menge an, die zu einer U-Bahn-Station strebte. Trotz der späten Stunde waren alle freundlich, bis ein betrunkener Mann auf der Treppe gegen mich stieß und mich eine Schlampe schimpfte. Meine Haut kribbelte, als ich seinen Bieratem roch. Mit gesenktem Kopf hastete ich weiter, aber er folgte mir, kam immer näher. Ich sah mich nach einer Fluchtmöglichkeit um, aber es waren einfach zu viele Leute auf der Treppe.

»Lassen Sie die Dame in Ruhe!«, rief ein Mann, doch er war zu weit weg, um mir tatsächlich eine Hilfe zu sein. All meine Muskeln spannten sich an – ich wollte fliehen, aber die Menschenmenge schob mich näher zu dem Betrunkenen hin.

»Kümmere dich um deinen eigenen Mist!«, grölte der Kerl. »Außerdem ist sie keine Dame.« Er streckte die Hand nach mir aus, und ich wich zurück, so weit es mir möglich war. Unten konnte ich den vollen Bahnsteig sehen. Ich wusste nicht, was er tun würde. Ein Schrei stieg in meiner Kehle auf, als sich seine Hand dem Oberteil meines schulterfreien Kleides näherte.

Plötzlich nahm ein Amerikaner in Uniform die Hand des Betrunkenen von meinem Arm. »Lassen Sie die Dame los«, sagte er ruhig.

»Verfluchte Amis! Ihr glaubt wohl, euch gehört die Welt, hm?«

»Achten Sie auf Ihre Wortwahl, hier sind überall Frauen und Kinder.« Die Menge schob uns nach vorn auf den Bahnsteig, doch leider nicht weg von meinem Problem. Ich hielt den Blick weiterhin gesenkt, als hoffte ich, dass sich die Situation von selbst klären würde, wenn ich sie einfach ignorierte.

»Kein Ami schreibt mir vor, was ich zu tun habe!«

»Wie Sie meinen.« Die Stimme des Amerikaners war sehr leise. Ich konnte sie kaum hören, so laut klopfte mein Herz, aber es war klar, dass der Betrunkene sie gehört hatte, denn er trat einen Schritt zurück.

»Ihr Scheißkerle kommt einfach hier rüber und nehmt uns unsere Frauen weg.«

»Genug.« Auf einmal wurde mir klar, dass ich wusste, wer da sprach: Bobby Webster, der Lieutenant, der mich im Dezember zum Diner im Savoy eingeladen hatte. Vorsichtig hob ich den Blick. Diesmal lächelten seine Augen nicht verschmitzt, sondern waren kalt und konzentriert. Er fasste mich beim Ellbogen und manövrierte mich durch die sich langsam bewegende Menge zum anderen Ende des Bahnsteigs, während ein paar Leute den Betrunkenen zum Glück ablenkten.

Der Lieutenant zog seinen Mantel aus und legte ihn über meine Schultern, die nur von meiner Stola bedeckt waren. Ich hatte gar nicht gemerkt, dass ich zitterte. Offenbar machte sich der Schock bemerkbar. Ich ließ mich auf den Bahnsteigboden sinken, dankbar für die Wärme und für Bobbys Schweigen. Um uns herum versuchten Familien, ihre weinenden Kinder zu beruhigen. Er setzte sich neben mich, aber nicht zu dicht, während die Geräusche der Menschen auf dem Bahnsteig übertönt wurden vom lauten Hämmern meines Herzens. Ich hatte von Vorfällen wie diesem gehört, etwas derart Widerwärtiges jedoch nie am eigenen Leibe erfahren, geschweige denn so unverhohlenen Hass.

Ein Kind fing ganz in der Nähe an zu wimmern. Ich hörte, wie seine Mutter es leise tröstete, und auch auf mich hatte ihre sanfte Stimme eine beruhigende Wirkung. Ich wandte mich an den Lieutenant. »Danke.«

»Ich will nicht behaupten, es sei mir ein Vergnügen gewesen, aber ich bin froh, dass ich da war, um Ihnen zu helfen.«

Schweigend saßen wir nebeneinander auf dem Boden. Ich fragte mich, wie knapp die Bomben uns wohl verfehlt haben mochten, und hoffte, dass niemand getötet oder verletzt worden war.

»Smaragdgrün steht Ihnen gut.«

Ich schaute zu ihm auf. Ich mochte sein verschmitztes Lächeln.

»Danke.«

»Gern. Ich hoffe, Sie hatten einen angenehmen Abend, bevor das hier passiert ist.«

Ich lächelte. »Ja, den hatte ich. Und Sie?«

»So einigermaßen.«

Das hatte ich nicht erwartet. *So einigermaßen.* Normalerweise sprachen die Amerikaner stets in Superlativen.

Endlich ertönte nach sehr langer Zeit – zumindest kam es mir so vor – das Entwarnungssignal, und die Leute um uns herum begannen sich zu regen.

»Darf ich Sie nach Hause begleiten?«, fragte er.

Ich schaute über den Bahnsteig und hielt Ausschau nach dem Trunkenbold. »Ja, vielen Dank.«

Sirenengeheul erfüllte die Luft, als wir durch die Dunkelheit am Piccadilly gingen. Ich hatte versucht, ihm seinen Mantel zurückzugeben, aber das ließ er nicht zu. »Sie werden sich eine Erkältung einfangen«, sagte er.

»Und was ist mit Ihnen?«

»Die Winter in Massachusetts sind kälter.«

»Kommen Sie von dort?« Ich versuchte, im Licht eines in der Ferne brennenden Gebäudes sein Gesicht auszumachen.

»Ja, von der Küste, südlich von Boston.«

»Das klingt schön.«

»Es ist schön.«

Ich rutschte aus, und er fing mich auf. Die ganze Strecke am Hyde Park vorbei ließ er meinen Arm nicht los. »Und woher kommen Sie?«

Ich lächelte. »Gute Frage.« Ein Taxi fuhr an uns vorbei, aber es war besetzt. »Da könnte ich mehrere Orte nennen.«

»Wie kommt's? Ist Ihr Vater beim Militär?«

»Nein, zumindest war er es damals nicht.« Ich dachte an Vater. Er hatte sich schnell an den Kriegsdienst gewöhnt, und ich hatte den Eindruck, er genoss die Gesellschaft von Männern, an denen es bei uns in der Familie mangelte.

»Und jetzt?«

»Jetzt ja. Doch sind momentan nicht fast alle beim Militär?«

»Das stimmt«, pflichtete er mir bei. »Aber klären Sie mich auf: Woher kommen Sie denn nun?«

»Ich bin in Cornwall geboren, doch dort lebten wir nicht, auch wenn meine Eltern damals stets bei meiner Großmutter Urlaub machten.« Ich dachte an Windward und verspürte einen schmerzhaften Stich.

»Und wo sind Sie aufgewachsen?«

»Überall und nirgends. Vater ist Facharzt für Chirurgie, deshalb zogen wir mehrere Male um, bis wir uns vor dem Krieg in London niederließen.«

»Und Sie sind nicht nach Cornwall zurückgekehrt?«

»Nein, aber wir haben ausnahmslos jeden Sommer dort verbracht.«

»Ein schöner Ort, wenngleich die Straßen fürchterlich eng sind.«

»Sie sind dort gewesen?«

Er nickte, doch er sagte nicht mehr. War er einer der Amis, die die Straßen in der Nähe von Falmouth unsicher machten? Die Amerikaner waren überall. Als ich heute durch die Cadogan Gardens gegangen war, hatten sie mir bewundernd nachgepfiffen, doch daran hatte ich mich bereits gewöhnt, so viele von ihnen waren an der Südküste, und es wurden immer mehr. Wir brauchten sie für den Krieg, aber wir mussten sie nicht mögen.

Der Lieutenant und ich wichen einer Gruppe von Menschen aus, die sich einen Weg durch das Chaos bahnten. Bei dieser Dunkelheit sollte eigentlich Ruhe herrschen, aber die Nacht war voller Lärm.

»Warum waren Sie allein unterwegs?«, fragte er. »Haben Sie Ihren Begleiter im Durcheinander des Fliegeralarms verloren?«

Ich drehte mich zu ihm. »Ich habe ihn weitertanzen lassen. Ich habe morgen Dienst und muss einen frühen Zug zurück erwischen.«

»Er hat Sie einfach allein gehen lassen?«

»Er ist ein lieber Freund.« Ich dachte an Angus und den gestohlenen Kuss.

»Dann sind Sie also frei?«

»Ich denke schon.« Ich lächelte. »So frei wie jeder andere in dieser verrückten Welt, in der niemand weiß, ob er den nächsten Tag noch erleben wird.«

»Carpe diem.«

Mit zusammengekniffenen Augen starrte ich in die Dunkelheit und versuchte, seinen Gesichtsausdruck zu deuten, doch es gelang mir nicht. »Es hängt immer davon ab, auf welche Weise man den Tag auskosten möchte.« Ich hielt inne. »Ich meine, jeder wünscht sich doch etwas anderes.«

»Tatsächlich?«

»Ich denke schon.« Jemand rempelte mich an. Ich war so auf den Lieutenant und unser Gespräch fokussiert gewesen, dass ich kaum auf meine Umgebung geachtet hatte.

»Wollen wir nicht alle glücklich sein?«, fragte er.

»Gewiss, aber was die Menschen glücklich macht, ist individuell.« Der Mond kam hinter einer Wolke hervor und warf ein silbriges Licht auf die Straße.

»Ich möchte behaupten, dass die Suche nach Liebe universal ist.«

»Das stimmt, aber das, was die Menschen unter Liebe verstehen, ist wiederum grundverschieden.«

Er lachte. »Ich denke, wir müssen akzeptieren, dass wir unterschiedlicher Meinung sind.«

»Angst, die Diskussion fortzusetzen?«

»Ganz und gar nicht. Ich würde nichts lieber tun, aber sagten Sie nicht, Sie seien unterwegs zur Kensington High Street?«

»Richtig.« Noch während ich sprach, sah ich den Kirchturm von St. Mary Abbots, was bedeutete, dass wir kurz vor Tante Margarets Haus waren. »Danke, dass Sie mich begleitet haben.«

»Es war mir ein Vergnügen.« Ich streckte die Hand aus, und er nahm sie, doch dann runzelte er die Stirn. »Aber Sie wohnen doch gewiss nicht hier?«

»Nein.«

»Nun, ich möchte Sie sicher zu Hause wissen.«

»Sie müssen mich nicht noch weiter begleiten.«

»Doch, das muss ich. Meine Mutter würde mir nie verzeihen, wenn ich eine Dame nicht bis zur Haustür bringe.«

»Es ist noch ein kleines Stück den Hügel hinauf.« Ich stellte fest, dass er noch immer meine Hand in seiner hielt. Wie sollte ich sie ihm entziehen, ohne unhöflich zu wirken? Außerdem genoss ich die Wärme, die durch meinen Handschuh drang. Dieser Ami war anders. Nicht nur, dass er ein ruhiger Mann war – er kaute auch nicht Kaugummi, und im Gegensatz zu den anderen neigte er nicht zu gezwungener Jovialität. Wenn alle Amerikaner so wären wie dieser höfliche Lieutenant, wäre es nicht schwierig, so viele von ihnen hier zu haben.

Als wir Tante Margarets Haus erreichten, fragte er: »Wie viel Zeit haben Sie noch, bis Ihr Zug fährt?«

»Nicht mehr viel. Gerade noch genug, um meine Ausgehgarderobe gegen die Uniform zu tauschen.«

»Nun, es war mir ein Vergnügen, Sie wiederzusehen, Adele.«

»Mir ebenfalls, Lieutenant.«

»Bitte nennen Sie mich Bobby.«

»Bobby.«

»Auf Wiedersehen.« Er drückte meine Hand, dann ließ er mich los, und ich stieg die Stufen zu Tante Margarets Haus hinauf. Nachdem ich die Haustür geöffnet hatte, drehte ich mich noch einmal um, und für einen Augenblick meinte ich, ihn auf dem Gehweg stehen zu sehen. Ich winkte in die Dunkelheit, unsicher, ob er wirklich dort stand, doch dankbar, dass ich den höflichen amerikanischen Lieutenant wiedergesehen hatte.

Kapitel dreizehn

Weymouth, Dorset
5. Februar 1944

Wir saßen auf der Mauer, die an der Promenade entlangführte, und genossen den unerwarteten Sonnenschein. Der helle, frühlingshafte Tag hatte mich beinahe ein wenig lethargisch gemacht, doch dann riss mich das laute Rumpeln von Reifen aus meiner Trägheit.

Ein Konvoi von Jeeps mit amerikanischen GIs fuhr vorüber. Ich runzelte die Stirn. Noch mehr von der Sorte. Pat winkte begeistert, und sie riefen ihr etwas zu. Sie beugte sich zu mir. »Die Tanzlokale werden voller Männer sein. Du solltest öfter kommen. Es ist deine Pflicht, die Moral aufrechtzuerhalten.«

Ich schmunzelte. »An Moral scheint es ihnen nicht zu mangeln.«

»Lass sie ein paar Tage auf einem nassen Feld sein, und sie brauchen dein strahlendes Lächeln, das ihnen sagt, dass es in England doch nicht ganz so schlecht ist.«

Lachend betrachtete ich den Konvoi. Die Amerikaner brauchten mich nicht. Weitere Fahrzeuge kamen in Sicht.

Der Konvoi wurde langsamer, hielt an – und plötzlich sah ich in einem der Jeeps direkt vor mir Lieutenant Bobby Webster sitzen. Unsere Blicke begegneten sich, dann tippte er sich lächelnd an die Mütze.

»Das ist ja ein attraktiver Mann.« Pat stieß mich an.

»Schön, dich zu sehen, Adele!«, rief er.

»Das finde ich auch, Lieutenant«, rief ich zurück, gerade als sich der Jeep wieder in Bewegung setzte und mit ihm davonfuhr.

»Du kennst ihn?« Meine Kameradin starrte mich mit offenem Mund an.

»Wir haben uns vor Kurzem kennengelernt.«

»Das hast du mir gar nicht erzählt! Und du hast dich nicht auf der Stelle in ihn verliebt?« Trotz der Rufe – »Hallo, die Damen!« – wandte sie sich nicht wieder dem Konvoi zu, sondern starrte stattdessen mich an.

»Ich sagte, wir haben uns kennengelernt, nicht, wir hatten eine Affäre.«

»Stille Wasser sind tief.« Sie lachte. »Er war ganz offensichtlich erfreut, dich zu sehen.«

Ich errötete. »Nicht im Mindesten. Und jetzt, da sie vorbeigezogen sind, sollten wir lieber wieder zur *HMS Attack* zurückkehren.«

»Spielverderberin. Ich will wissen, wie und wo du ihn kennengelernt hast.«

»Ich sage nur, es war in London.«

»Er war aber nicht der Kerl, der dir auf dem U-Bahnsteig Beistand geleistet hat, oder?«

Grinsend setzte ich mich in Bewegung und marschierte zum Bahnhof, gefolgt von Pat, die immer wieder einen

Blick über die Schulter auf die Truppen warf. Ich drehte mich um und rief ihr zu, sie möge sich beeilen – und prallte versehentlich gegen Commander Rowse. »Verzeihung, Sir.«

Er lächelte. »Ein beeindruckender Anblick.« Er deutete mit dem Kopf auf die Truppen, und ich ertappte mich bei dem Gedanken, wie glücklich sich seine Frau schätzen konnte, einen Mann wie ihn zu haben. Es hieß, dass er verheiratet war und andere Frauen nicht einmal anblickte, zumindest nicht auf eine unschickliche Art und Weise. Das war es, was ich mir von einem Mann wünschte, aber erst nach dem Krieg. Letzte Woche hatte ich erfahren, dass es Johnny, meinen liebenswürdigen Tanzpartner, »erwischt hatte«, wie seine Freunde es ausdrückten. Ein weiteres Leben – ausgelöscht. Niemals würde ich das Risiko eingehen, mich zu verlieben.

***HMS Attack*, Portland, Dorset**

1. Februar 1944

Meine Liebe,

wie sehr ich dich gestern Abend vermisst habe! Du hättest sicherlich die komische Seite gesehen, doch das wollte mir zu dem Zeitpunkt nicht gelingen. Wir trafen im Embassy Club ein, und der Erste, dem wir begegneten, war Commander Tommy Pinkerton-Smith, mit dem ich eine lus-

tige Zeit verbracht hatte, als ich für drei Monate seine Fahrerin war. Ich bereue nichts, aber nun war ich mit Eddie da, und als Tommy in unsere Richtung schaute, konnte ich sehen, dass er nichts Gutes im Schilde führte.

Meine Hand fing an zu zittern, als ich Amelias Verlegenheit und Furcht spürte. Ich stopfte das Kissen auf meiner Koje zwischen Rücken und Wand, um bequemer sitzen zu können.

Ich wäre beinahe gestorben und hoffte, der Fußboden würde sich auftun, als er schnurstracks auf uns zueilte. Das konnte nicht gut ausgehen. Es ist nicht so, dass Eddie meint, ich hätte vor ihm keine anderen Liebhaber gehabt, aber es war doch ausgesprochen unerfreulich, einem von ihnen gegenüberzustehen. Tommy, der vermaledeite Schwerenöter, fackelte nicht lange und küsste mich auf die Wange. Ich hielt die Luft an. Das hätte ein böses Ende nehmen können!

Zum Glück war meine Sorge unbegründet, denn er streckte Eddie die Hand entgegen. »Ich habe gehört, Sie sind der glücklichste Mann der gesamten Bomberstaffel, Lieutenant, weil Amelia eingewilligt hat, Ihre Ehefrau zu werden.« Er lächelte mich an. Mir wären um ein Haar die Knie weggesackt. Die beiden Männer schüttelten einander kräftig die Hand. Es stellte sich heraus, dass Eddie mit Tommys Bruder zur Schule gegangen war. Die beiden waren Freunde gewesen. Nun wusste ich, dass alles gut werden würde. Eddie zog mich in seine Arme, die Band begann zu spielen, und die Zeit verflog, auch wenn ich nicht wollte, dass sie jemals endete. Wir gingen durch den Hyde Park zurück zu Tante Margaret, um uns umzuziehen. Die Morgendämmerung brach bereits an. Alles glitzerte vor Tau, und ich wünschte mir nichts sehnlicher, als diesen Augenblick für alle Ewigkeiten festzuhalten.

Eddies Ehefrau? Sie war verlobt und hatte mir nichts davon gesagt. Der Brief fiel mir aus der Hand. Ich weiß nicht, wie lange ich dort saß und auf den Bogen auf dem Fußboden starrte, bevor ich mich bückte und ihn aufhob.

»Verlobt?«, höre ich dich sagen. Ich bin nicht verlobt, zumindest war ich es nicht, als Tommy dies behauptete. Ich zog ihn später deswegen beiseite. Er behauptete, wir hätten beide so glücklich ausgesehen, dass es einen Grund dafür geben musste. Als er mich an den Tisch zurückbrachte, sagte er: »Wenn du dieser Frau nicht hier und jetzt einen Antrag machst, dann tue ich es.«

Eddie schmunzelte, dann zog er eine Schachtel aus der Jackentasche. Ich wäre beinahe in Ohnmacht gefallen, als er vor mir auf ein Knie fiel und mich fragte, ob ich seine Frau werden wolle. Zuvor hatte er mich in seinen Armen gehalten, während wir tanzten, und jene magischen drei Worte ausgesprochen.

Der prächtige Diamantring sagt alles. Jetzt sitze ich im Zug zurück nach Cornwall und sehe ihn im Tages-

licht funkeln. Wenn ich in Windward ankomme, werde ich den Ring ablegen, da wir die Nachricht gemeinsam unseren Familien überbringen möchten. Eddie wird erst mit Vater sprechen, bevor wir unseren Müttern die Neuigkeit überbringen. Ich bin im siebten Himmel!

Ich hasse die Abschiede so sehr, doch trotz des Schmerzes habe ich noch nie ein solches Hochgefühl empfunden. Jedes Mal, wenn er mich verlässt, stirbt ein kleiner Teil von mir, da ich weiß, dass er vielleicht nie mehr zurückkehrt wie so viele von uns. Insgeheim hoffe ich, dass ich schwanger bin, denn dann trüge ich sein Kind in mir, selbst wenn er tot wäre. Ist das falsch?

Ich kann deine Stimme hören, die mir sagt, dass dann mein Leben ruiniert wäre. Doch wäre es das tatsächlich? Sei nicht zu hart mit mir in deinen Gedanken. Denk daran, dass ich sie hören kann.

Xxxx

PS: Morgen schreibe ich dir wieder und bringe dich auf den neuesten Stand, was die Familie betrifft. Tante Margaret schickt dir liebe Grüße. Ich musste mir große Mühe geben, die Nachricht für mich zu behalten. Kannst du dir Mutters Reaktion vorstellen, wenn die Tante zuerst von der Verlobung erführe? Ruf Tante Margaret doch mal an, wenn du die Möglichkeit dazu hast. Sie braucht ein bisschen Aufmunterung. Seit dem letzten Brief von Onkel Reg ist eine Ewigkeit vergangen. Sie bemüht sich, sich nicht unterkriegen zu lassen, aber ich kann sehen, wie viel Kraft sie das kostet.

PPS: Ich hatte gestern einen entzückenden Admiral als Fahrgast. Er kennt Vater gut, deshalb hat er sich benommen. Glaubst du, Vater führt sich auch so auf? Die meisten dieser Männer sind verheiratet, aber sie scheinen nicht viel darauf zu geben. Die Verheirateten lasse ich abblitzen. Vorgestern Abend allerdings habe ich einen wundervollen Major kennengelernt, der Tommy Pinkerton-Smith kannte. Sie waren zusammen in Eton. Ich habe ihm versprochen, am nächsten Abend mit ihm tanzen zu gehen, aber leider hat er abgesagt.

Ich habe dir ein Fläschchen Parfum beigelegt. Frag mich nicht, wie ich darangekommen bin, aber du weißt ja, dass ich Muguet des Bois *nicht mag. Trag es, und wenn du die Maiglöckchen riechst, denk an deine Schwester.*

Ich ließ den Brief sinken, wohlwissend, dass das Leben nie mehr dasselbe wäre. Es war normal, dass dies passiert war, und es war das, wovon sie geträumt hatte … die Liebe zu finden. Doch die Tränen in meinen Augen standen für beides: für große Freude und für unsägliche Traurigkeit.

12. Februar 1944

In meiner Kajüte öffnete ich die kleine Parfümflasche, legte den Finger auf die Öffnung und drehte das Fläschchen vorsichtig um, um nicht das kleinste bisschen Duft zu verschwenden. Seit Monaten hatte ich kein Parfüm mehr gehabt, und *Muguet des Bois* war mein Lieblingsduft. Er erinnerte mich an den Mai in Cornwall, wenn der Garten voller Maiglöckchen war. Ich tupfte ein klein wenig auf beide Handgelenke und hinter die Ohren, dann hielt ich die Innenseite meines Handgelenks an meine Nase und atmete tief ein. Zum Glück hatte Amelia Maiglöckchen nie für ihren Duft gehalten. Ich schauderte, als ich mir vorstellte, wo und wie sie zu dem Fläschchen gekommen war. In ihrem Brief stand nicht viel darüber; sie überließ es mir, die Lücken zu füllen, doch das, was ich dachte, gefiel mir gar nicht. Ich billigte nicht, was sie da tat, aber es gab wenig, was ich aus dieser Entfernung dagegen unternehmen konnte. Ich versuchte zu verstehen, das tat ich wirklich, aber war es nicht noch viel schlimmer, eine kurze Liebelei zu haben und die Süße zu kosten, die einem doch nur wieder entrissen wurde? Philip und Johnny waren tot. War ich nicht besser dran, weil ich eben nicht von der süßen Versuchung gekostet hatte und mich daher nicht auf ewig danach verzehren musste?

Ich warf einen Blick auf die Uhr. Es war Zeit, mich mit den anderen zu treffen und an Land zu gehen. Obwohl die *HMS Attack* ein Stützpunkt an Land und keineswegs ein Kriegsschiff war, sagten hier alle, sie würden »an Land gehen«, wenn sie nach Weymouth fuhren, was in meinen Ohren selbst nach Monaten noch seltsam klang. Es war Tanzabend, und ich rief mir wieder einmal ins Gedächtnis, dass es hier nur wenige Frauen gab und es daher meine Pflicht war, die Moral der Männer zu stützen. Ich fragte mich, ob Bobby – Lieutenant Webster – ebenfalls an der Tanzveranstaltung teilnehmen würde. Es war inzwischen eine Woche vergangen, seit ich ihn in Weymouth hatte eintreffen sehen.

Trotz der ausgelassenen Stimmung im Bus starrte ich aus dem Fenster und dachte an meine Familie. Ich sehnte mich danach, sie zu sehen, und war traurig, weil ich so viel von ihrem Leben verpasste. Meine Schwester war verlobt. Mein Vater war völlig vom Krieg vereinnahmt und schien sich von uns entfernt zu haben. Mutter war depressiv, dafür war Großmutter gut in Form. Wie dieser verdammte Krieg uns innerlich veränderte, blieb abzuwarten, aber die äußeren Anzeichen waren bei allen mehr als deutlich zu erkennen. Manche trugen Uniformen, andere klammerten sich an alles, was ihnen aus dem Leben vor dem Krieg geblieben war. Für Großmutter waren das der Sherry vor dem Abendessen und ihre Perlen, die sie selbst dann trug, wenn sie angeln ging. Mutter war gefangen im Kreuzfeuer – sie hielt Großmutters Routine aufrecht, während sie sich gleichzeitig nach Vater verzehrte und vorgab, alles sei in bester Ordnung. Würden die Veränderungen verschwinden, wenn der Krieg vorbei war? Ich hoffte es, doch ich vermutete, dass sie wohl schon zu weit vorangeschritten waren.

Ich stieg aus dem Liberty-Boot. Die Straße war stockdunkel, und es dauerte einen Moment, bis sich meine Augen an die Schwärze gewöhnten. Als ich der Musik zu dem Tanzlokal folgte, spürte ich freudige Erregung in mir aufsteigen, ein seltsames Gefühl in Zeiten der Verzweiflung. Trotzdem empfand ich genau das, als ich nun die Stufen zum Eingang hinaufstieg – eine Vorfreude wie auf Weihnachten. Ich kannte den Grund – Lieutenant Bobby

Webster. Ich hatte von Pat erfahren, dass die Truppen etwa zwei Meilen entfernt auf einer Farm in Burton Bradstock kampierten, aber das bedeutete nicht, dass er auch hier war. Vielleicht war er nur durchgefahren und ganz woanders stationiert – schließlich hatte er Cornwall bei unserem nächtlichen Spaziergang in London erwähnt. Er hatte nicht gesagt, wofür er zuständig war, aber das tat heutzutage niemand. Ich wusste nur, dass er als Oberleutnant bei der US-Armee diente und einen großen Ring an der linken Hand trug. Mehr nicht.

Zögernd blieb ich auf der Schwelle stehen und fragte mich, ob meine freudige Erwartung verfliegen würde, sobald ich eintrat. Wenn er nicht da war, wäre es schlimmer als …

Als was?, fragte ich mich und ging hinein.

Der Raum war voller US-Soldaten. Durfte ich zu hoffen wagen, dass er dort war? Wie immer war die Luft dick vor Zigarettenqualm, aber die Stimmung war großartig. Es wurde »Paper Dolls« von den Mills Brothers gespielt, auf der Tanzfläche drängten sich die Paare. Ich suchte nach den breiten Schultern des Lieutenants und seinem dunklen Haar, aber es gab hier so viele große dunkelhaarige Männer. Meine Hoffnung schwand. Wie albern von mir! Es konnte heute Abend weitaus Schlimmeres passieren, als dass Lieutenant Webster nicht auftauchte, immerhin befanden wir uns im Krieg, schalt ich mich, während ich mit zusammengekniffenen Augen in den Raum starrte und versuchte, meine Freundinnen zu finden.

Endlich entdeckte ich Pat an einem der Tische und setzte mich zu ihr. Bobby war nirgendwo zu sehen. Erleichterung und Enttäuschung stiegen gleichermaßen in mir auf. Ich redete mir ein, dass ich nur enttäuscht war, weil ich ihm nicht noch einmal für seine Freundlichkeit neulich Abend danken konnte, und suchte weiterhin die Menge nach ihm ab. Jemand legte »A Nightingale Sang in Berkeley Square« auf. Pat wurde in die Arme eines amerikanischen Offiziers gezogen. Ich betrachtete eine Teetasse auf dem Tisch, die einen Sprung am Rand hatte, und summte leise die Melodie mit.

Auf einmal flüsterte mir eine tiefe Stimme ins Ohr: »Würden Sie mir die Ehre erweisen?«

Ein Schauder lief mir den Rücken hinab. Ich hob den Kopf und blickte direkt in Bobby Websters leuchtend blaue Augen.

Ich brachte kein Wort über die Lippen, also nickte ich nur und streckte meine Hand aus. Als seine Finger die meinen berührten, konnte ich nicht mehr aufstehen. Er lächelte. Die Zeit stand still. Die Musik setzte ein, »That Old Black Magic« von der Glenn Miller Band. Es war, als seien wir beide mit einem Bann belegt, unfähig, uns zu bewegen.

»Führ die Dame auf die Tanzfläche, sonst tue ich es«, sagte eine Simme neben uns. Bobbys Mundwinkel zuckten. Er zog mich in seine Arme, und irgendwie gelang es uns zu tanzen. Das Gefühl seiner Hand an meiner Taille, seiner Finger, die meine hielten, verzauberte mich. Zeit und Ort spielten keine Rolle mehr – es gab nur noch mich und ihn in diesem überfüllten Tanzlokal.

Es war eine Qual, ihm für einen kurzen Moment so nahe zu sein und sobald das Lied endete, den Armen eines anderen Soldaten übergeben zu werden, ohne nein sagen zu können. Ich fühlte Bobbys Blicke auf mir und wünschte mir, er würde einschreiten, aber die Frauen waren weit in der Unterzahl, und ich wusste, dass ich mich glücklich schätzen konnte, wenn ich mich noch einmal in seinen Armen wiederfand.

Als ich nach zu vielen Tänzen, um alle zu erinnern, endlich die Tanzfläche verlassen konnte, hatte ich ihn aus den Augen verloren. Pat reichte mir ein Glas Wasser. Es war warm, trotz der kalten Außentemperaturen. Schweißperlen bildeten sich über meinen Augenbrauen, und ich gab mir alle Mühe zu lächeln, während mich Pat mit wissendem Blick musterte. Das nächste Lied begann – »I Only Have Eyes For You«.

»Ob es einen Aufruhr gibt, wenn ich Sie ein zweites Mal in meinen Armen halte?« Bobby tauchte an meiner Seite auf. Seine Worte ließen mein Herz schneller schlagen. Es war der letzte Tanz des Abends, der Tanz, den man für einen ganz besonderen Menschen reservierte.

Ich drehte mich zu ihm um und strahlte ihn an, während in meinem Bauch Schmetterlinge flatterten. »Das ist durchaus möglich, aber das Risiko gehe ich ein.«

Kapitel vierzehn

Falmouth, Cornwall
31. August 2015

Möwen schrien, als Lara am Kai entlangschlenderte und das gegenüberliegende Ufer im Abendlicht betrachtete. Falmouth Harbour. Dieses Falmouth war völlig anders als das Falmouth zu Hause in Amerika und doch irgendwie vertraut. Hier gab es keine Häuser mit Zedernholzschindeln, stattdessen fand man winzige Gassen mit windschiefen Häuschen. Überall gab es Ecken und Kurven, und immer wieder boten sich atemberaubende Ausblicke aufs Wasser. Die Gebäude waren überwiegend alt. Hinter jeder Ecke lauerte Geschichte.

Sie betrachtete den Hafen und versuchte, ihn sich vorzustellen, wie er wohl während des Krieges gewesen sein musste – voller Marineschiffe und Soldaten. Im Internet hatte sie gelesen, dass die meisten der hiesigen Einwohner die Ankunft der amerikanischen Truppen begrüßt hätten, aber das war nicht überall der Fall gewesen. Schon jetzt änderten sich ihre Vorstellungen vom Zweiten Weltkrieg. Grandie war im November 1943 zum ersten Mal in Cornwall gewesen und im Mai 1944 kurz vor der Landung der Alliierten in der Normandie erneut hier stationiert worden.

Sein Tagebucheintrag vom 29. November 1943 lautete:

Ich dachte, ich wüsste, was Grün ist, doch dann traf ich in England ein. Irland mag vielleicht noch grüner sein, aber ich bin mir nicht sicher, ob meine Augen noch weitere Schattierungen wahrnehmen können. Es ist Herbst. Ich vermisse die Farben. Obwohl die Bäume auch in England die Farbe wechseln, haben sie dennoch nicht die gleiche Leuchtkraft.

Zwei Tage später schrieb er:

Wir sind die Nacht über in einem Herrenhaus untergebracht. Morgen werden wir uns einen Überblick verschaffen. Ich habe noch nie so schmale, gewundene Straßen gesehen.

Lara pflichtete ihm hundertprozentig bei, was die Straßen anging. Sie hatte sich heute Morgen ein Auto gemietet, doch sie hatte Angst, damit zu fahren. Die kurze Strecke von dem Mietwagenverleih zu Cassie war aufregend genug gewesen – nicht nur für sie, sondern auch für Cassie, die hinter ihr hergefahren war. Cassie arbeitete heute

Abend und hatte Lara freundlicherweise in der Stadt abgesetzt, damit sie die Möglichkeit hatte, Falmouth zu Fuß zu erkunden. Lara wusste, dass sie tapfer sein und sich ans Fahren gewöhnen musste, aber noch war sie dazu nicht bereit.

Eine Möwe schrie, in der Luft hing der Geruch nach Pommes frites, vermischt mit Algen und Sonnencreme. Lara folgte dem Essensgeruch, der sie einen Hügel hinaufführte, weg vom Hafen, bis sie vor einem Imbiss ankam. Die Abenddämmerung war wunderschön, und sie beschloss, ihre ersten Fish & Chips auf dieser Seite des Atlantiks zu genießen. In vielen Restaurants auf dem Kap galten Fish & Chips als Spezialität des Hauses, weshalb es interessant war, sie hier zu probieren. Dem Aussehen der Kunden nach zu urteilen handelte es sich überwiegend um Touristen, und Lara war überrascht, eine große Auswahl an Fisch auf der Karte zu finden, hatte sie doch nur mit Kabeljau oder Schellfisch gerechnet.

Vor ihr in der Schlange standen drei Kunden. Plötzlich hörte sie eine tiefe Stimme sagen: »Drei große Kabeljau und eine Portion Pommes frites, bitte.«

Lara erkannte die Stimme sofort. Sie gehörte dem Bruder der Braut.

Nach einer kurzen Debatte mit Cassie hatte Lara heute Morgen eine neue Torte angefertigt, um die zu Boden gefallene zu ersetzen. Es hatte Spaß gemacht, wieder mit Cassie in einer Küche zu stehen. Die Freundin hatte ihr nicht verraten, was bei dem Telefonat wegen der zerbrochenen Torte besprochen worden war, aber sie hatte lautes Gelächter gehört, weshalb Lara davon ausging, dass Cassie nicht mit Jack gesprochen hatte. In diesem Moment trat er zur Seite, um auf seine Bestellung zu warten. Da er mit dem Rücken zu ihr stand, konnte sie ihn unbemerkt beobachten. Sein blondes Haar war kurz geschnitten, seine Körperhaltung aufrecht, aber entspannt. Die Schlange rückte vor, und Lara überlegte, welchen Fisch sie bestellen wollte. Hoffentlich blickte er nicht in ihre Richtung. Aber natürlich begegneten sich ihre Blicke, als er seine Bestellung entgegennahm und sich umdrehte.

»Die tollpatschige Köchin.« Er trat auf sie zu. Beinahe wäre sie einen Schritt zurückgewichen, aber sie widerstand ihrem Instinkt.

»Ich bin weder tollpatschig noch ein Trampel. Das war reines Pech.« Lara zwang sich zu einem höflichen Lächeln.

»Ich habe gehört, Sie machen eine neue Torte, nicht Cassie.«

Lara kniff die Augen zusammen. »Sie ist bereits fertig.« Sie hatte es genossen, mit dem Rezept zu spielen, das Cassie ihr vorgeschlagen hatte. Auf der Kochschule war es ihr stets am schwersten gefallen, sich genau an ein Rezept zu halten. Damals war das unerlässlich gewesen, aber sie hatte sich immer danach gesehnt, etwas abzuändern, selbst bei den simpelsten Rezepten, um sie an die Jahreszeit anzupassen oder dem, wonach ihre Geschmacksknospen im Augenblick verlangten.

»Ich hoffe, sie ist gelungen.«

Sie musterte ihn. Das Neonlicht des Imbissstands warf Schatten auf sein Gesicht und ließ seine klassischen Züge kalt erscheinen, wie gemeißelt. »Nun«, erwiderte sie, »alles ist besser als eine zerbrochene Torte.«

Er lachte freudlos. »Reine Zeitverschwendung.« Dann wandte er sich ab und ging von dannen. Lara schüttelte den Kopf. Sprach er über die Torte oder über die Hochzeit?

»Was darf es sein?«, fragte der Mann hinter dem Tresen.

»Kabeljau und Pommes frites, bitte.«

»Essig?«

Lara zog die Nase kraus. Das würde sie ein andermal probieren, doch heute gefiel ihr die Vorstellung, dass etwas Scharfes den Geschmack des Fischs überdeckte, gar nicht. »Nur Sauce Tartare, bitte.«

»Im Kühlschrank neben Ihnen.«

Lara nickte, nahm sich zwei kleine Döschen und bezahlte. Ihre Bestellung kam, dampfend heiß, und sie ging ein Stück den Hügel hinunter, bevor sie beschloss, zum Wasser zurückzukehren.

Sie setzte sich auf den Kai und ließ die Füße baumeln, dann packte sie ihr Essen aus, brach den Backteig auf und sah zu, wie der Dampf aufstieg.

Der Kabeljau fiel perfekt vom Teig ab, das Fleisch war aromatisch, zart und saftig. Die frisch gemachte Soße schmeckte nicht übermäßig scharf. Es war eine angenehme Balance zwischen Teig, Fisch und Soße mit einem Hauch von Kapern. Lara lehnte sich zurück und kostete eine Fritte. Nicht zu dünn und perfekt knusprig an der Außenseite, innen schön weich … Ein Genuss. Jetzt fehlte nur noch ein Glas Wein.

Cassie hatte erwähnt, dass frisches lokales Essen in Cornwall Trend war, und das war genau ihr Fall. Lara würde behaupten, dass der Fisch am selben Tag gebraten wurde, an dem er ins Netz gegangen war. Er zerging förmlich auf der Zunge.

Saisonales Essen aus heimischem Anbau war etwas Wundervolles. Spargel im November schmeckte völlig verwässert im Vergleich zu dem Spargel, der im Frühling in Hadley, Massachusetts, geerntet wurde. Die Saison war kurz, und erst dieses Jahr im Mai hatte Lara einen Abstecher zu den Farmen gemacht, um den Spargel binnen weniger Stunden zu kochen und zu essen. Damals hatte sie wirklich verstanden, was für einen Unterschied frische, regionale Lebensmittel machten.

Während sie also Zeit mit Cassie verbrachte und ihre Nachforschungen anstellte, würde sie gleichzeitig herausfinden, was Cornwall kulinarisch zu bieten hatte. Es war seltsam, doch als sie auf ein kleines Marineschiff im Hafen blickte, konnte sie Grandie spüren. Vielleicht war es nur ihre Trauer, die eine andere Form annahm, doch nichtsdestotrotz war es ein tröstliches Gefühl.

Ferryboat Inn, Helford Passage, Cornwall
1. September 2015

»Du musst die Austern als Vorspeise nehmen.« Cassie setzte sich an einen Tisch, während Lara stehen blieb und die Aussicht genoss. Grandie hatte sowohl das Pub als auch den Fluss erwähnt. Ein Schauder lief ihr das Rückgrat hinab, als sie über das Wasser zwischen den vielen vor Anker liegenden Yachten hindurch zu dem hübschen Dorf am Ufer gegenüber blickte.

In gewisser Weise erinnerte sie die Gegend an Teile des Kaps. Nicht die pittoresken Cottages, sondern die Boote und die Stimmung im Pub.

Lara wandte sich ihrer Freundin zu und deutete dann auf eine Reihe weißgetünchter Holzhäuschen, die eine schmale Straße am Fluss säumten. »Das ist also der Helford River.«

Cassie nickte.

»Sieht gar nicht wie ein Fluss aus.«

»Er ist gezeitenabhängig. Ein Mündungsgebiet.«

»Ah, das erklärt den Strand.«

»Ja, und obwohl der Helford seit den Vierzigern ziemlich verändert wurde, gehe ich davon aus, dass die Aussicht immer noch annähernd dieselbe ist.«

Lara setzte sich zu Cassie an den Tisch und griff nach der Speisekarte. »Was kannst du sonst noch empfehlen?«

»Ich nehme das Tagesgericht.« Als Lara sie fragend ansah, deutete Cassie mit dem Finger über die Schulter ihrer Freundin. »Steht auf der Tafel hinter dir. Gegrillte Makrele.«

»Klingt gut«, befand Lara, »aber ich glaube, ich nehme die Krabben.«

»Damit kannst du hier nichts falsch machen.«

»Hm.« Ein paar Kinder plantschten am Strand im Wasser, was Lara an vergangene Sommerferien erinnerte. Der Kellner kam, um ihre Bestellung aufzunehmen. Lara befolgte Cassies Rat bei allem, einschließlich des Weins – das hier war ihre Gegend, und sie würde sich am besten auskennen.

»So«, sagte Cassie, als der Kellner ihren Wein gebracht

hatte. »Jetzt, da wir einen ruhigen Moment haben, erzähl mir alles.«

»Das könnte dauern.«

»Ich weiß.« Cassie nahm einen Schluck Wein und unterdrückte ein Gähnen. »Entschuldige. Du langweilst mich nicht, ganz bestimmt nicht.«

»Ist schon in Ordnung.« Cassie hatte allen Grund, müde zu sein – sie hatte unter Hochdruck gearbeitet, während Lara ein paar faule Tage genossen und so gut wie gar nichts gemacht hatte, abgesehen davon, im Garten zu liegen und ein Buch über die Beteiligung Cornwalls am Zweiten Weltkrieg zu lesen.

»Warum fängst du nicht mit Grandie an?«, fragte Cassie. »Er war ein so liebenswürdiger Mann.«

Lara dachte an ihren Urgroßvater und spürte, wie ein Lächeln auf ihr Gesicht trat. »Das war er.« Sie zog das Foto von ihm aus der Tasche und reichte es Cassie.

»Wahnsinn! Er sah noch mit über achtzig ausgesprochen gut aus, aber in seinen Zwanzigern war er einfach … umwerfend.«

Lara nickte. Klare Gesichtszüge, breite Schultern und eine schmale Taille, betont durch die schmucke Uniform. Ein klassischer Mädchenschwarm der 1940er Jahre.

»So cool. Er könnte glatt Captain America sein!«

»Das reicht.« Lara lachte. »Weißt du, wo das Foto aufgenommen wurde?«

Cassie überlegte. »Irgendwo am Rosemullion Head, würde ich sagen, unten an der Flussmündung.« Sie deutete nach rechts. »Von hier aus kannst du nicht viel sehen, aber wenn du am Strand entlanggehst, kannst du bis zur

Falmouth Bay blicken.« Sie schaute über die Schulter. »Es ist bald Ebbe. Wenn du Lust hast, können wir nach dem Mittagessen zu einer Erkundungstour starten.«

Die Austern kamen. Schon mit dem ersten Bissen hatte Lara das Gefühl, den Fluss zu kennen, schmeckte das Salz, die Mineralien, den Wind und die Wellen. Cassie und sie sprachen kein Wort, als sie Auster um Auster nur mit einem kleinen Spritzer Zitronensaft schlürften.

»Was ist mit Pierre?« Cassie schaute auf und wischte sich die Hände an einer Serviette ab.

Lara zuckte die Schultern. »Nun, ich habe versagt.«

»Unsinn. Er hat versagt. Er konnte deinen Erfolg nicht ertragen.«

Lara lachte. »Deine Sicht der Dinge hat mir schon immer gefallen.«

»Im Ernst, Lara, du bist eine brillante Köchin.« Cassie nahm einen Schluck Wein.

»Brillant oder nicht – ich hab's in den Sand gesetzt.« Lara schüttelte den Kopf. »Den Job und die Ehe.« Sie drehte ihr Glas in den Händen und betrachtete den Beschlag, der sich an der Außenseite gebildet hatte. »Ich war so dumm.« Sie seufzte. »Es macht sich gar nicht gut, einen mit zwei Michelin-Sternen ausgestatteten Koch sitzenzulassen. Genauso wenig wie einen Ehemann.«

Cassie musterte sie eingehend. »Du bist bestimmt nicht ohne Grund gegangen. Ich kenne dich, und außerdem war es Pierre, der sich letztendlich trennen wollte.« Lara krampfte die Finger um den Stiel des Weinglases, und Cassie berührte sanft ihre Hand. »Du brauchst eine Auszeit. Genieß es, hier zu sein. Hoffentlich findest du mehr über

Amelia heraus.« Sie hob ihr Glas. »Auf dich und darauf, dass du Köchin in deinem eigenen Restaurant wirst – aber erst nach einer ordentlichen Pause.«

Lara stieß ihr Glas gegen Cassies und fragte sich, was sie wirklich wollte. Im Augenblick ging es ihr lediglich darum, etwas über ihre Urgroßmutter Amelia in Erfahrung zu bringen. Fürs Erste wäre das genug.

Kapitel fünfzehn

Constantine, Falmouth, Cornwall
2. September 2015

Das große Paket stand auf dem Küchentisch. Lara erkannte die Handschrift ihrer Mutter. Verdutzt hob sie es hoch und trug es ins Wohnzimmer – dann blieb sie überrascht stehen.

Vom Sofa aus blickten ihr große gelbe Augen entgegen.

»Und woher kommst *du*?«, fragte sie.

Es war eine Katze – obwohl »Katze« nicht ganz das richtige Wort für dieses riesige, flauschige Geschöpf war, das sich genüsslich auf den Polstern ausstreckte. Cassie hatte keine Katze erwähnt, und Lara war keiner begegnet, seit sie bei ihrer Freundin wohnte. Sie fragte sich, woher der riesige Stubentiger kommen mochte, bis sie bemerkte, dass die Terrassentür offenstand. Wahrscheinlich war er einfach hereinspaziert. Lara war sich nicht sicher, ob es sich um eine Katze oder einen Kater handelte, doch die löwenartige Mähne aus weißem Fell und der herablassende Blick ließen sie auf Letzteres schließen. Mit seinen goldenen Augen verfolgte er jede ihrer Bewegungen, als Lara das Paket auf dem Tisch vorm Sofa abstellte.

Sie drehte dem Kater den Rücken zu und las das Zollformular auf dem Paket, dann zog sie das Klebeband an einer Seite ab, doch ohne ein Messer würde sich der Karton nicht öffnen lassen. Lara ließ sich neben den großen weißen Kater fallen, der keineswegs bereit war, auch nur ein kleines Stück zur Seite zu rücken.

»Was glaubst du, was Mom mir geschickt hat?«, fragte sie ihren neuen Katzenfreund.

Der Kater antwortete, indem er anfing, seine Pfoten zu lecken, während Lara eine Hand ins Paket steckte, um seinen Inhalt zu ertasten. Unter den Schichten aus Papier und Luftpolsterfolie fühlte sie zwei, nein drei Bücher. Ihre Finger streiften einen Brief, den sie herauszog und öffnete. Er war von ihrer Mutter Maeve, und sie las ihn aufmerksam, wobei ihr bewusst wurde, wie seltsam es heutzutage war, statt einer E-Mail einen Brief zu bekommen.

25. August 2015

Meine liebe Lara,

wie du weißt, wurde Eventide verkauft. Alles geht ziemlich schnell. Betty ist gnadenlos und lässt sämtliche Dinge aus dem Haus versteigern. Ich habe ein paar Sachen für dich aufgehoben und in Gerards Garage untergestellt, aber ich fürchte, es sind nicht die, die du gern hättest, zumal sie nicht groß sein dürfen. Es ist mir gelungen, das kornische Geschirr zu retten, aber Betty hat fast alle Kochbücher weggeworfen. Hier sind die, die ich retten konnte. Ich weiß nicht, ob du sie haben möchtest, aber ich konnte es nicht ertragen, dass sie auf den Müll kommen, weil ich weiß, dass du sie so oft benutzt hast. Ich habe noch ein weiteres Bild von Grandie in seiner Uniform gefunden. Ich weiß, dass du es gern behalten möchtest, während Betty es doch nicht haben wollte. Ich habe die Beziehung der beiden nie verstanden. Sie hat sich, ohne mit der Wimper zu zucken, ihrer Vergangenheit entledigt.

Die restlichen Fotos stammen vom örtlichen Antiquitätenhändler, der sie mir zurückgegeben hat. Erinnerst du dich an das Winthrop-Pult? Als der Händler es aufgearbeitet hat, hat er die Fotos gefunden, die zwischen der Rückseite und der untersten Schublade eingeklemmt waren. Ich dachte, sie würden dich interessieren.

Ich vermisse dich mehr denn je. Hier am Kap geht es etwas ruhiger zu, jetzt, da der Labor Day vorbei ist und viele Sommergäste abgereist sind. Du weißt, dass ich den frischen Wind liebe, der um diese Jahreszeit weht, auch wenn die Sonne noch genauso heiß brennt. Ich liebe dich, mein Schatz, und ich hoffe, dass du dein Abenteuer genießt und dich gut erholst. Grüß Cassie ganz herzlich von mir.

Hoffentlich können wir trotz der fünf Stunden Zeitunterschied bald skypen.

Mom xxx

Lara ließ den Brief auf das Paket sinken, dachte an die Gerüche des Herbstes am Kap und daran, wie sich die Blätter langsam verfärbten. Sie sehnte sich nach einem Spaziergang am Strand von Eventide. Der Schrei einer Möwe, der von draußen ins Wohnzimmer drang, erinnerte sie daran, dass sie nicht weit vom Wasser entfernt war. Einen Strandspaziergang zu machen wäre ein Leichtes. Sie wünschte sich, sie hätte Eventide mehr ausgekostet, als sie noch Zugang dazu hatte, aber war das nicht immer so, wenn man voller Sehnsucht auf etwas zurückblickte?

Sie trat hinaus auf Cassies Steinterrasse und spürte, wie die Augen des Katers ihr folgten. Lara wusste nicht, woher er stammte, doch obwohl sie sich mit Katzen nicht auskannte, ahnte sie, dass er bald verschwinden würde, wenn sie ihn nicht fütterte. Katzen liebten den Komfort, und Lara musste zugeben, dass die Couch ein ausgesprochen komfortabler Ort war, zumal fast den ganzen Nachmittag lang die Sonne darauf schien. Das goldene Licht strahlte wie ein Weichzeichner auf die Wipfel der Bäume. Weil Cassie so viel um die Ohren hatte, würde sich Lara morgen in die Höhle des Drachen wagen und die neue Hochzeitstorte liefern. Hoffentlich würde sie dem Drachen, wie sie den Bruder der Braut insgeheim nannte, dabei nicht wieder über den Weg laufen.

Das Telefon klingelte, und Lara hörte, wie Cassie dranging. Sie kehrte ins Haus zurück und holte sich ein Messer, um den Karton richtig zu öffnen. Oben auf den drei alten Kochbüchern – eins davon ihr geliebtes *La Véritable Cuisine de Famille par Tante Marie* – fand sie eine kleine Sammlung von Fotos in ungewöhnlichen Größen. Ihre

Hand erstarrte, als sie nach dem obersten griff. Es handelte sich um eine unscharfe Aufnahme von einem Paar an seinem Hochzeitstag, und es zeigte unverkennbar Grandie. Seine aufrechte Haltung, die Uniform und die breiten Schultern waren klar zu erkennen, obwohl die Kamera das Gebäude hinter dem Paar fokussierte. Braut und Bräutigam standen am rechten Bildrand, hinter ihnen war das Meer zu sehen, vor ihnen ein Stück Rasen. Seltsamerweise war die Linse nach links auf ein in grauen Stein eingefasstes Erkerfenster gerichtet.

Das musste das Foto sein, von dem Betty gesprochen hatte. Lara starrte darauf und fuhr mit dem Finger über das Bild ihrer Urgroßeltern. Der Landschaft nach zu urteilen war es in Cornwall aufgenommen worden. Offenbar stand sie kurz davor, mehr über Amelias Wurzeln herauszufinden. Mit zusammengekniffenen Augen betrachtete Lara die Aufnahme in der Hoffnung, weitere Details erkennen zu können, doch ihre Anstrengung wurde lediglich mit leichtem Kopfschmerz belohnt.

3. September 2015

Lara hielt das Lenkrad mit beiden Händen fest umklammert und beugte sich leicht nach vorn, um die Hecken einzusehen, die ihr die Sicht auf die Straße versperrten. Obwohl sie jeden Tag ein wenig gefahren war, hasste sie es noch immer und ging, wenn irgend möglich, zu Fuß. Die Hochzeitstorte jedoch konnte sie unmöglich zu Fuß nach Windward bringen, deswegen saß sie in ihrem kleinen Mietwagen und schlängelte sich durch die winzigen Straßen und Gassen in Richtung des alten Herrenhauses. Die Straßen verengten sich ohne jede Vorwarnung, wie aus dem Nichts tauchten Kurven auf, und die Leute fuhren, als hätten sie jede Menge Platz.

Obwohl der Kuchen gut gesichert in einer speziellen Schachtel auf der Rückbank lag, nahm Lara jede Kurve mit äußerster Vorsicht und war bereits viermal von frustrierten Autofahrern überholt worden. Aber das war ihr gleich. Diese Torte würde in einem Stück geliefert werden.

Sie passierte eine kleine Kirche auf der rechten Straßenseite und dachte an Grandie. Er war jetzt seit fast drei Wochen tot. Anders als erwartet war der Schmerz darüber, dass er nicht mehr bei ihr war, nicht weniger geworden. Grandie hatte in ihrem Leben eine große Rolle gespielt. Ihn in etwa zur gleichen Zeit zu verlieren wie ihren Job und ihren Mann warf in ihr die Frage auf, was sie ohne all das war. Sie hatte keine Ahnung. War völlig leer. Nur wenn sie kochte, fühlte sie sich ganz.

Endlich kamen die Granitpfeiler des Tors von Windward in Sicht, und sie stieß einen Seufzer der Erleichterung aus. Teil eins des Martyriums war vorüber. Jetzt musste sie nur noch den Kuchen in der Küche abliefern, ohne ihn fallen zu lassen. Sie stellte den Wagen ab, stieg aus und nahm die Schachtel mit der Torte vorsichtig vom Rücksitz, dann straffte sie die Schultern und machte sich auf den Weg zur Seitentür.

Der Wind pfiff ums Haus und brachte die Kühle des Herbstes mit sich. Lara konnte sich gut vorstellen, dass das Haus trotz des strahlend blauen Himmels heute die Kraft des grauen Harz-Quarzsandsteins brauchte, aus dem es gebaut war. Die Lage war wunderschön, doch so hoch oben über der Bucht sah sich Windward regelmäßig der vollen Gewalt von Wind und Wetter ausgesetzt.

Nichtsdestotrotz zeigte der Garten keinerlei Anzeichen, dass die Tage langsam kälter wurden, auch der Wind schien keine erkennbaren Schäden hinterlassen zu haben, sogar die Rosen kamen noch einmal zur Blüte, wie Lara voller Bewunderung feststellte. Sie riss ihren Blick von den Blüten los, da sie auf keinen Fall ins Stolpern geraten wollte. Wie beim letzten Mal stand die Küchentür offen. Der Raum war dunkel, doch anders als vor ein paar Tagen duftete es leicht süßlich nach kochenden Tomaten.

Zögernd blieb Lara auf der Schwelle stehen und wartete, bis sich ihre Augen an das dämmrige Licht gewöhnt hatten. »Hallo?« Keine Antwort, also trat sie ein und stellte die Torte auf dem großen Tisch ab, der den Raum dominierte. Sie fuhr mit den Fingern über die blank gescheuerte Tischplatte, während sie die Einmachgläser betrachtete, die aufgereiht neben dem großen gusseisernen Herd standen. Gehackte Zwiebeln und Kräuter lagen auf einem Schneidbrett, daneben sah Lara zwei große Flaschen Essig. Offenbar war jemand dabei, die reichlich geernteten Tomaten einzumachen.

»Hallo?«, rief Lara erneut. Es war offensichtlich, dass jemand zu Hause war, auch wenn sich niemand blicken ließ. »Hallo?« Wieder keine Antwort. Ihr Blick fiel auf einen Stift und einen Notizblock neben dem Telefon. Eilig hinterließ sie eine Nachricht, dann flüchtete sie hinaus in den Sonnenschein, bevor sie noch jemandem begegnete.

Draußen im Garten verlangsamte sie ihre Schritte und setzte ihre Sonnenbrille auf. Das Gemüsebeet war groß, und sie sah noch mehr leuchtend rote Früchte an den müden Stängeln hängen. Zu dieser Jahreszeit schmeckten sie am süßesten und wurden auf vielerlei Art und Weise für Soßen oder Chutneys verwendet. Mit Käse – vorzugsweise Ziegenkäse – und frischem Sauerteigbrot zum Mittagessen serviert wären diese fast überreifen Tomaten perfekt. Das Wasser lief ihr im Munde zusammen. Als sie zu ihrem Wagen zurückkehrte, blieb sie stehen, um den Obstgarten zu bewundern. Die Äste waren schwer von Früchten. Eine träge Wespe umsurrte sie, und sie verscheuchte sie mit der Hand, bevor sie in den Wagen stieg.

Ihr Auftrag war erledigt, die Torte ausgeliefert. Vorsichtig fuhr sie von Windward aus in Richtung Trebah Garden. Dort war Grandie an Bord eines Schiffes gegangen, um am D-Day in der Normandie zu landen. Auf halber Strecke klingelte ihr Handy. Cassies Nummer blinkte auf dem Display auf. An einem Feldweg fuhr Lara rechts ran und nahm den Anruf entgegen.

»Hi.«

»Tut mir leid. Zwei der Kellnerinnen liegen mit einem grippalen Infekt flach. Könntest du zurückkommen und mir zur Hand gehen?«

»Selbstverständlich. Bis gleich.« Lara seufzte. Sie konnte gerade das Blau des Flusses sehen. Trebah würde warten müssen.

Windward, Mawnan Smith, Falmouth, Cornwall
5. September 2015

Peta kniete vor mir, den Mund voller Nadeln, um den Saum des Kleids abzustecken, das ich zu ihrer Hochzeit tragen sollte. Aufrecht stand ich da, ohne mich auf meinen Gehstock zu stützen. In letzter Zeit fiel mir das immer schwerer. Das Wetter war gut, dennoch schien die Feuchtigkeit stets einen Weg in meine Hüften und Knie zu finden. Die anderen Gelenke waren nicht so sehr betroffen.

»Sollte ich nicht besser den Gehstock benutzen, damit du weißt, wo das Kleid auf dem Boden aufliegt?«, fragte ich.

Peta schüttelte den Kopf und murmelte etwas, das wie »Halt still!« klang. Aber genau das war das Problem: Weder mein Kopf noch mein Körper wollten stillhalten. Es war nur noch eine Woche bis zu Petas Hochzeit, und meine Gedanken wanderten immer wieder zu jenem einen Tag vor siebzig Jahren. Und weil ich mich nicht daran erinnern wollte, sorgte ich dafür, dass ich anderweitig beschäftigt war.

Ich hatte mein Testament ausgegraben, und das war ein Punkt, der mir Sorge bereitete. Als Erben hatte ich Jack und Peta bestimmt, was genau das war, was ich wollte. Das Problem war meine Schwester. Ihr Name war im Grundbuch eingetragen. Sie besaß die Hälfte von Windward, auch wenn ich das alleinige Nutzungsrecht auf Lebenszeit hatte. Ich hätte sie schon vor Jahren kontaktieren sollen, doch manche Dinge gingen zu tief und konnten nicht ungeschehen gemacht werden.

Den Schmerz hatte ich vor langer, langer Zeit weggeschlossen, doch nichts konnte ihn für immer fernhalten – außer der Tod. Und genau das war der Punkt. Trotz meiner schmerzenden Knochen und meines fortgeschrittenen Alters war ich nicht tot. Der Doktor beharrte darauf, dass ich in guter gesundheitlicher Verfassung sei, doch das würde nicht unendlich so weitergehen. Was ich auch nicht wollte. Ich musste die Dinge klären. Meine Schwester konnte durchaus schon verstorben sein. Ich hatte sie so viele Jahre nicht mehr gespürt.

»Halt still!« Ich spürte den feinen Stich einer Nadel, als Petas Hand ausrutschte.

Es war nicht fair, Jack und Peta das Chaos zu hinterlassen. Was, wenn Amelia noch am Leben war? Ich seufzte und versuchte, mich auf sie zu konzentrieren, doch da war nichts. Und genau das hatte ich mir so lange gewünscht.

Wahrscheinlich gäbe es heutzutage eine Möglichkeit, das Problem zu lösen. Ich könnte Jack darum bitten, doch dann würde er mir Fragen stellen. Vermutlich würden sich auch Amelias Kinder oder Enkel für Windward interessieren. Wenn Geld im Spiel war, hielten alle die Hand auf.

»So, das ist schon besser.« Peta stand auf und steckte die letzte Nadel ins Nadelkissen, dann berührte sie meinen Arm. »Lös dich von deinen finsteren Gedanken.«

Ich schaute sie durchdringend an, besorgt, dass sie in meinen Kopf schauen konnte.

»Nein, Gran, ich sehe keine Details. Nur Schmerz, den du nie geteilt hast – auch wenn du dich in letzter Zeit damit auseinandergesetzt hast, nicht wahr?« Sie hob das Kleid vorsichtig über meinen Kopf. »Und das macht mir Sorgen. Grübeln ist nie gut, Gran.«

Peta hatte recht. Es brachte tatsächlich nichts, über die Vergangenheit nachzugrübeln, aber ich konnte nicht anders.

»Denk an etwas Schönes – zum Beispiel daran, dass Eddie in ein paar Tagen hier sein wird. Es ist eine Ewigkeit her, dass wir ihn zum letzten Mal gesehen haben.«

Ich lächelte. *Eddie.*

»Das ist schon viel besser. Obwohl ich auch jetzt Traurigkeit spüre. Konzentrier dich auf das Glück, Gran. Denk an meinen Großvater, den Kuss eines Geliebten oder an deinen ersten Kuss.«

Ich lachte und erinnerte mich, während sie mir in meine Kleidung half und mir den Gehstock reichte.

»Mir war gar nicht klar, dass du so viele Frösche geküsst hast.« Peta kicherte.

»Es gibt viele Dinge, die du nicht weißt.«

»Das ist mir klar.« Sie strich die Strickjacke über meinen Schultern glatt.

»Und das ist vermutlich am besten so.«

»Ja, ein paar Geheimnisse sind immer gut, solange man sich nicht näher damit befassen muss. Ich muss los und mich mit Cassie treffen. Du weißt doch, dass sie das Hochzeitscatering übernimmt, oder? Brauchst du noch etwas?«

»Nein.«

»Prima. Denk an Küsse – aber nur an die guten.« Sie klemmte sich mein Kleid unter den Arm und rannte die

Stufen hinunter. Kurz darauf hörte ich ihren Wagen davonfahren.

Küsse. Selbst jetzt noch erinnerte ich mich an das erste Mal, als er mich aus Liebe, nicht nur aus Leidenschaft geküsst hatte. Mit diesem einen zärtlichen Kuss hatte er mir für immer mein Herz genommen. In jenem Moment wusste ich, dass ich mich nie mehr in einen anderen verlieben würde.

Windward, Mawnan Smith, Falmouth, Cornwall
8. September 2015

Die unterste Schreibtischschublade war voller Papiere, auf die ich seit dem Tod meiner Großmutter keinen Blick mehr geworfen hatte. Ich war mir nicht sicher, ob ich sie tatsächlich sortieren wollte, doch wenn ich es nicht tat, würden Jack oder Peta diese Aufgabe übernehmen müssen, und ich wusste nicht, auf was sie dabei stoßen würden. Als ich gestern Nacht wach gelegen hatte, war mir klargeworden, dass ich ihnen kaum ein größeres Geschenk machen konnte, als für das Ende bereit zu sein. Und das bedeutete, reinen Tisch zu machen. Sie brauchten keine Fragmente meiner Vergangenheit, die lediglich mehr Fragen als Antworten aufwerfen würden. Für sie war ich die Witwe ihres Großvaters, die außer ihnen keine Familie hatte.

Der schwarze Müllsack lag leer neben mir auf dem Fußboden. Von irgendwoher schallte Musik zu mir herüber. Vielleicht traf sich Peta mit dem Mann, der bei der Hochzeit den Discjockey geben würde, wenn die Band zu spielen aufhörte. Da mein Schlafzimmer auf die Bucht hinausging, hatte ich keine Hoffnung, bei all dem Trubel auch nur ein Auge zuzubekommen – nicht dass ich diese Woche viel geschlafen hatte. Meine Träume waren erfüllt von der Vergangenheit – nicht so, wie sie tatsächlich geschehen war, sondern so, wie ich sie mir gewünscht hätte. Der Schmerz war gewaltig, wenn ich aufwachte und feststellte, dass der Traum nicht real war, sondern lediglich der Kraft meiner Fantasie entsprang.

Ich zog einen Stapel Papiere aus der Schublade, blätterte durch die brüchigen Zeitungsausschnitte und lächelte. Ich entdeckte Großmutters Verlobungsanzeige, die sie aus der *Times* ausgeschnitten hatte, außerdem die Geburtsanzeigen von Mutter und Onkel Reg. Auch ein kleines Album mit Fotos aus ihrem Debütantinnenjahr war darunter. Sie war eine schöne Frau gewesen. Vom niederen Adel zum Bürgertum, und das in Windeseile. Das Geld war weg genau wie der Glanz. Alles, was blieb, waren ein paar Schmuckstücke und Windward. Es war nicht der Erste Weltkrieg gewesen, der die Familie gebrochen hatte, sondern der Zweite.

Ich steckte die Zeitungsausschnitte in das Fotoalbum. Peta würde bestimmt gern die Kleider sehen, die Großmutter getragen hatte. Ich wühlte mich weiter durch die Schublade und förderte hauptsächlich Unterlagen Windward betreffend zutage. Großmutter hatte das Haus meiner Schwester und mir hinterlassen. Mutter hatte sie den Schmuck vererbt, auch wenn der damals das Letzte war, was Mutter brauchte. Die besten Stücke waren ohnehin längst an Tante Margaret gegangen.

»Was hat denn diesen Anfall von Geschäftigkeit ausgelöst?«, erkundigte sich Jack, der ins Zimmer geschlendert kam und über meine Schulter spähte. »Erst wagst du dich auf den Dachboden, und jetzt nimmst du dir die Tiefen des Sekretärs vor. Gibt es einen verlorenen Schatz, von dem ich nichts weiß, und du suchst die dazugehörige Schatzkarte?«

Ich lachte. »Leider nicht, aber hast du die Höhlen unten am Strand gründlich durchforstet?«

»Hab ich, und zwar so viele Male, dass ich es gar nicht mehr zählen kann.« Er schüttelte den Kopf. »Das sieht mir nach einer Besitzurkunde aus.«

»Stimmt. Das ist das Original.« Ich streckte ihm die Urkunde entgegen.

»Wirf sie bloß nicht weg! Ich würde mir die Unterlagen liebend gern ansehen, aber ich muss mich gleich mit einem Klienten treffen.«

Ich zog eine Augenbraue in die Höhe.

»Ja, ich weiß, persönlich.« Er küsste mich auf den Scheitel. »Ich versuche, rechtzeitig zurück zu sein, um das Abendessen zu kochen. Ich habe keine Lust auf dein angebranntes Zeugs. Ruh dich ein bisschen aus, während ich weg bin. Du bist die letzten Tage über sehr blass gewesen, als hättest du einen Geist gesehen.«

Ich hielt die Luft an. Ich lebte tatsächlich mit meinen Geistern, den Geistern der Vergangenheit, und zwar mehr denn je. »Ich werde ein Nickerchen machen.«

»Es dauert bestimmt nicht lange.«

Während ich die Unterlagen vom Haus zurück in die Schublade legte, überlegte ich, ob dieses Treffen mit einem

Klienten ein Zufall war oder einen neuen Kurs andeutete. Jack traf sich nicht mit Leuten, außer wenn es unbedingt sein musste. Zahlen waren sein Ding, und zwar seit Jahren. Zahlen verstand er.

Kapitel sechzehn

***HMS Attack*, Portland, Dorset**
17. Februar 1944

Katherine reichte mir eine weitere Tasse Kaffee. Ich nickte dankend, schob den Kopfhörer ein Stück nach hinten, sodass ein Ohr freilag, und sah ihr nach, wie sie zu ihrem eigenen Kopfhörer am Ende eines der langen Tische zurückkehrte, die beide Seiten des Funkraums säumten. Sie fummelte an der Drehscheibe, während sie mit einem Ohr lauschte. Die Tagschichten waren normalerweise ruhig, hauptsächlich mussten wir den Überblick über die ein- und ausfahrenden Schiffe wahren. Zumeist ging es um allgemeine Nachrichten, die aufzuzeichnen mühsam und langwierig war, manchmal mussten über zweihundert Blöcke von vier- oder fünfstelligen Codes aufgeschrieben werden. Noch eine weitere Stunde, dann wäre auch diese Schicht geschafft. Alles war friedlich gewesen bis auf einen Vermittler, der offenbar Bohnen in den Ohren hatte und geschlagene zehn Minuten brauchte, um eine einzige Nachricht zu empfangen. Endlich hatte er sie richtig aufgenommen. Ich war mir sicher, dass ich schon einmal mit ihm zu tun gehabt hatte; er hatte eine Art zu morsen, die einzigartig war wie eine Unterschrift. Gut möglich, dass man dasselbe über mich sagte.

Gähnend schob Katherine den Kopfhörer auf beide Ohren. »Es ist so ruhig.« Sie zündete sich eine Zigarette an. Rauchen war die beste Möglichkeit, um wach zu bleiben, aber ich machte mir nicht viel daraus. Trotzdem lagen in dem Aschenbecher neben mir zwei ausgedrückte Kippen, die ich hauptsächlich aus Langeweile geraucht hatte. Seltsamerweise bevorzugte ich die Schicht von Mitternacht bis acht Uhr morgens. Zwar war ich dann oft verschlafen, aber es war einfach mehr los.

»Erzähl mir von deinem Amerikaner.«

Ich riss die Augen auf.

Katherine schmunzelte. »Ich nehme an, du hast von ihm geträumt, denn den Großteil der Schicht über warst du komplett abwesend.«

Ich lachte. »Er ist nicht ›mein‹ Amerikaner.«

»Mir machst du nichts vor. Er hat mit keiner anderen getanzt, und an den letzten beiden Samstagen hat er den letzten Tanz für dich reserviert.«

»Lieutenant Webster ist ein Freund.« Ich schürzte die Lippen. Selbst in meinen Ohren klang das dürftig.

Katherine lachte. »Sei einfach vorsichtig. Verlier nicht dein Herz. Die arme Jane hat herausgefunden, dass auf den Amerikaner, in den sie sich verliebt hat, zu Hause eine Ehefrau und drei Kinder warten.«

Ich blinzelte. »Und wie ist sie darauf gekommen?«

»Sie hat mitbekommen, wie einer der GIs über ihn

und sie geredet hat und dass er sie sich …« Sie senkte ihre Stimme zu einem Flüstern. »Dass er sie sich zu Willen gemacht hat.«

Meine Augen weiteten sich.

»Also pass auf dich auf. Du bist zwar sehr vernünftig, aber wenn es um die Liebe geht, verlieren wir alle den Kopf.« Sie zog an ihrer Zigarette. »Ich muss es ja wissen.« Katherine war geschieden, weil ihr Mann in einer anderen Stadt eine weitere Frau hatte.

Dah dit dah dah dah dah dit dah, – ·–– ––·–, kam über meinen Kopfhörer. Unser Rufzeichen, ganz so als hätte jemand meinen Namen genannt. Ich straffte meinen Rücken und hielt meinen Bleistift bereit, um einen Strom von Codes zu notieren. Binnen Minuten hatte ich ein Blatt gefüllt, abgerissen und es den Dekodierern gereicht, die es mitnahmen, um es zu entschlüsseln. Bis zum Ende der Schicht ging eine Nachricht nach der anderen ein, sodass ich erst anschließend wieder an Bobby denken konnte. Ich kehrte zu meiner Unterkunft zurück. Bobby würde mich nicht so schnell rumkriegen. Plötzlich blieb ich stehen. Sprachen die Leute auch so über Amelia? Hoffentlich nicht. Ich schaute zum Hafen, in dem ein weiteres Schiff der US-Marine vor Anker lag. Wie konnte ich herausfinden, ob Bobby in Amerika eine Frau hatte? Vielleicht war das der Grund dafür, dass er keinen Annäherungsversuch unternommen hatte.

3. März 1944

In den Tunneln war es immer dasselbe – die Luft war abgestanden und voller Qualm, ganz gleich, ob es Tag oder Nacht war, warm oder kalt. Es war eine Erleichterung, wieder draußen zu sein. Ich blieb auf der Schwelle am Eingang stehen. Die Sonne schien auf mich herab, und ich atmete tief ein, um meine Lunge mit frischer Luft zu füllen. Die Tage wurden länger, hinter mir auf dem Hang zeigten sich die ersten Frühlingsboten. Dot winkte, und ich ging zu ihr. Sie war in Weymouth gewesen.

»Oh, warst du einkaufen?«, fragte ich mit einem Blick auf die Tasche in ihrer Hand.

»Wie üblich gab es nichts«, erwiderte sie.

»Und was ist dann da drin?«

»Zahnpasta und Seife.« Sie öffnete die Tasche, um mir ihre Einkäufe zu zeigen, dann stieß sie mir den Ellbogen in die Rippen. »Ist das nicht dein Amerikaner?« Vor uns stand eine Gruppe Männer. Bobby war auch darunter, doch er schaute nicht in meine Richtung, sondern zu den Docks. Neben ihm standen ein US-General, zwei Majore, ein Admiral und Commander Rowse. Mein Blick schoss zwischen dem Commander und Bobby hin und her. Beide waren ausgesprochen attraktive Männer. Als Dot und ich zur Mannschaftsmesse gingen, um eine Kleinigkeit zu essen, nahm ich die Schultern zurück und achtete auf einen aufrechten Gang, da wir direkt an den Männern vorbeimussten. Warum war Bobby hier? Nein, rief ich mich zur Vernunft, solche Fragen darfst du dir gar nicht erst stellen. Allein dass so viele hochrangige Offiziere hier zusammenstanden, sagte mir, dass etwas Größeres in Gang sein musste.

Als wir die Gruppe passierten, schaute Commander Rowse uns an. Wir salutierten. Bobby drehte sich um und lächelte. Ich hielt die Luft an. Dot und ich beschleunigten unsere Schritte, hasteten an ihnen vorbei und verschwanden in der Messe.

»Er hat nur Augen für dich.« Dot zwinkerte, und ich versuchte, an etwas zu essen zu denken anstatt an Bobby. Ich hoffte, ich würde ihn bald wiedersehen. Das war albern, aber ich konnte nichts dagegen tun. Ich träumte von ihm, und wenn ich mich nicht auf die *Dits* und *Dahs* konzentrieren musste, galten all meine Gedanken ausschließlich ihm. Es hatte mich übel erwischt. »Das wurde aber auch Zeit«, würde Amelia sagen, wenn sie davon erfuhr. Ich war doch nicht etwa verliebt? Lust, ja. Alle Emotionen kochten hoch. Wenn das Leben so gefährlich war, nahm man alles sehr viel intensiver wahr.

Als ich meine Kajüte betrat, wartete ein Brief von Amelia auf mich. Ich verspürte einen Stich von schlechtem Gewisssen. Ich hatte nicht geschrieben. Niemandem. Beim letzten Mal hatte ich versucht, ihr zu ihrer Verlobung zu gratulieren, aber es wollte mir einfach nicht gelingen, die richtigen Worte zu finden. Ihre Gedanken waren erfüllt von Glück, himmelhoch jauchzend, und ich war mir nicht sicher, ob ich ihren Brief lesen wollte, um noch mehr darüber zu erfahren.

1. März 1944

Liebes,

etwas hat sich verändert. Ich spüre deine Aufregung. Warum teilst du dich mir nicht mit? Du bist total beschwingt, in deinem Innern rumort es. Du bist verliebt, und du hast mir nichts davon erzählt. Ich gebe mir Mühe, nicht allzu beleidigt zu sein, wirklich. Hoffentlich gibt es einen simplen Grund für dein Verhalten, zum Beispiel dass du zu beschäftigt warst, um zu schreiben. Bitte sag, dass nicht mehr dahintersteckt. Ich möchte niemals spüren, dass du das Gefühl hast, du könntest nicht alles mit mir teilen. Ich hoffe, der Grund ist nicht der, dass du fürchtest, ich könnte sagen: Hab ich's dir nicht gesagt?, denn so gemein könnte ich nicht sein. Ich freue mich für dich, solltest du dich tatsächlich verliebt haben. Sagst du mir nichts, weil er ein Amerikaner ist? Du fragst dich bestimmt, woher ich das weiß, aber du vergisst, dass ich manchmal deine Gedanken hören kann. Nicht immer, und in letzter Zeit eher weniger.

Doch nun lasse ich es dabei bewenden und erzähle dir, dass Eddie gekommen ist und von unserer Verlobungsfeier. Vater war ebenfalls hier. Ich fand es furchtbar, dass du nicht da warst, aber immerhin hast du die Neuigkeit vor allen anderen erfahren. Wir haben Champagner getrunken, Austern gegessen, das Grammophon angeworfen und getanzt – sogar Großmutter. Eddies Mutter war glücklich, glücklicher, als ich sie jemals gesehen habe, aber das könnte auch an dem Anruf von Tom gelegen haben, der uns seinen Glückwunsch ausrichten ließ. Wie du konnte auch er nicht an der Feier teilnehmen.

Zögere nicht zu lieben. Nimm dich nicht zurück. Erinnerst du dich an Kitty aus dem Dorf? Ihr Verlobter ist tot. Sie geht äußerst tapfer damit um, sagt, zumindest habe sie erfahren, was Liebe bedeutet. Verschwende nicht dein Leben. Ich weiß, was du denkst, aber ich hoffe, du nutzt die Chance, wenn sie sich dir bietet.

Für immer die Deine
Xxxx

Ich hielt ihren Brief in den Händen. Wie hatte ich vergessen können, dass sie meine Gedanken kannte? Diese Gefühle waren allesamt so neu, und unsicher, wie ich war, wusste ich nicht, was ich davon halten sollte. Ihr Weg war so verführerisch. Im Gang hallten Schritte. Pat betrat die Kajüte.

»Oh, hier bist du. Ich dachte, du wärst in der Messe. Gerade hat Lieutenant Webster für dich angerufen. Er wollte wissen, ob du morgen Zeit hast.« Sie grinste. »Ich habe ihm gesagt, ich dächte schon, da wir gemeinsam an Land gehen würden. Wir haben zehn Uhr vereinbart.«

»Du hast eine Verabredung für mich ausgemacht?«

»Richtig. Du kannst dich später bei mir bedanken.« Sie duckte sich, als ich meinen Bleistift nach ihr warf.

Ich schluckte und schaute auf Amelias Brief. Meine Schwester riet mir, mein Leben zu leben, mich nicht zurückzunehmen.

Pat reichte mir meinen Bleistift. »Ach ja, er hat noch gesagt, du sollst dich warm anziehen.«

In den vergangenen Tagen war es bitterkalt gewesen, doch wenn ich nur an ihn dachte, durchflutete mich Wärme.

»Danke.«

»Hab einfach ein bisschen Spaß – nur nicht zu viel.« Sie zwinkerte und tänzelte kichernd zur Tür hinaus. Ich schaute auf meine Uhr. Wie sollte ich einschlafen können, wenn ich doch nur an Bobby dachte?

4. März 1944

Der Morgen war frisch und klar. Frost bedeckte sämtliche Oberflächen, glitzerte und funkelte in der tiefstehenden goldenen Morgensonne. Als der Zug am Chesil Beach vorbeifuhr, dachte ich an Amelias Brief. Sie und Eddie waren ein Liebespaar. Ich wollte es nicht glauben, obwohl ich mich gleichzeitig vor Neugier verzehrte.

Der Zug wurde für einen Moment langsamer, und ich schaute auf zu dem Damm aus Steinen und Kieseln, der uns von dem Strand auf der anderen Seite trennte. Dieser Damm war genau wie der Krieg. Er verstellte uns den Weg, hielt uns davon ab, unser Leben zu leben. Ich versuchte, mir einzureden, dass er Amelia nicht aufhalten würde, aber was, wenn Eddie getötet wurde? Um ehrlich zu sein, war das ziemlich wahrscheinlich. Wie würde sie damit zurechtkommen? Die Chancen für einen Bomberkommandanten standen nicht gut – bislang war er davongekommen, aber was, wenn ihn das Glück verließ? Was, wenn sie schwanger wurde? Großmutter würde ihr niemals verzeihen.

Ich schüttelte den Kopf. Ich hatte recht. Es war besser, nichts zu riskieren, bis der Krieg vorüber war, und das galt genauso für die Liebe. Es war die einzige Möglichkeit, diese schweren Zeiten unbeschadet zu überstehen oder zumindest so wenig Schaden zu nehmen wie möglich. Ich konnte mir nicht vorstellen, dass irgendwer unversehrt blieb.

Ich stieg aus dem Zug und suchte mit den Augen den Bahnsteig ab. Als ich Bobby nicht entdeckte, strebte ich dem Ausgang zu, und endlich sah ich ihn. Er stand am Rand der Menge und hielt nach mir Ausschau. Ich musterte ihn – so groß, so stark, so zuverlässig. Mein Mund wurde trocken. Jetzt hatte er mich entdeckt. Sein ernstes Gesicht verzog sich zu einem Lächeln, das strahlender war als die Sonne. Er kam zu mir, seine Schritte wurden schneller, bis er abrupt stehen blieb, um nicht mit mir zusammenzustoßen. »Sie haben es geschafft.«

»Hatten Sie etwa Zweifel?«

»Nein, aber …« Er schaute sich um. In der Ferne marschierten Truppen. »Im Augenblick ist alles ungewiss.«

Ich nickte. Wir verließen den Bahnhof, vor dem ein Jeep wartete. Ich legte fragend den Kopf schief.

»Ich dachte, es wäre schön, dem Krieg an diesem herrlichen Tag zu entfliehen«, sagte er.

Entfliehen. Was für ein Gedanke. Ich stieg ein, und mein Blick fiel auf den geflochtenen Picknickkorb auf dem Rücksitz.

Binnen Minuten fuhren wir nach Westen in Richtung Burton Bradstock, wo die Amerikaner kampierten, doch bevor wir Abbotsbury erreichten, bogen wir von der Straße ab auf eine unbefestigte Piste. *HMS Attack,* die Routine und der Dienst kamen mir plötzlich sehr weit weg vor. Mein Haar löste sich im Fahrtwind aus der Klammer und wehte mir ins Gesicht, als ich mich Bobby zuwandte. Er trug eine Lederjacke und eine Sonnenbrille und sah aus wie ein Schauspieler aus einem Hollywoodfilm. Wir schlängelten uns durch die schmalen Straßen. Ab und zu konnten wir einen Blick auf Lyme Bay werfen, und für einen Moment fühlte ich mich weit weg vom Krieg trotz des Stacheldrahts auf den Klippen. Ich wusste, dass ich die Kriegsschiffe und Militäreinrichtungen sah, wenn ich mich umdrehte, doch stattdessen betrachtete ich Bobby. Es war zu laut, um zu sprechen, bis er in eine kleine Seitenstraße einbog, die einen Hügel hinaufführte.

»Wohin fahren wir?«

Er tippte sich grinsend an die Nase.

»Oder sollte ich besser fragen, woher um alles auf der Welt Sie die Stelle kennen, zu der Sie mich jetzt bringen, wo immer diese sein mag?«

Bobby lachte. Der Jeep kletterte immer höher den Hügel hinauf, bis die Seitenstraße endete. Er stellte den Motor ab und nahm den Picknickkorb von der Rückbank. »Es tut mir leid, aber von hier an müssen wir zu Fuß gehen.« Er nahm meine Hand, und wir stiegen zusammen hügelaufwärts, einem kleinen Gebäude entgegen, das aussah wie eine Kirche. »Was ist das?« Ich kniff die Augen zusammen.

»St. Catherine's Chapel.« Wir erreichten die Spitze des Hügels. Unter uns erstreckte sich die schmale Landbrücke von Chesil Beach bis nach Portland – schmerzhaft schön und gleichzeitig beängstigend. Von diesem Aussichtspunkt aus hatte man die Realität des Krieges glasklar vor Augen: Überall am Strand standen Flugabwehrkanonen. An einem klaren Tag wie diesem konnte man bis nach Frankreich blicken. Trotzdem war die Luft warm vom Sonnenschein, und neben der Kapelle blühten Narzissen. Zu jeder anderen Zeit wäre das hier ein herrlich friedliches Plätzchen gewesen, doch die Vorrichtungen am Chesil Beach erzählten eine andere Geschichte.

»Schön«, sagte er neben mir. Sein Atem liebkoste meine Wange. Ich drehte mich zu ihm. Seine Lippen waren so dicht an meinen. Ich schauderte, und er zog mich näher an sich heran, doch ich versteifte mich, Katherines Warnung im Ohr. Er trat zurück. Der Wind vom Meer kühlte die Luft zwischen uns.

»Hungrig?«

»Ja.« Ich konnte meinen Augen kaum trauen, als er eine Decke ausbreitete und unser Picknick zutage förderte: zwei Hähnchenschlegel, etwas Käse und einen herrlichen Laib Brot. Mein Magen knurrte laut. Er lachte und packte weitere Köstlichkeiten aus, darunter etwas Schinkenspeck und eine Dose mit Pfirsichen. Mir lief das Wasser im Munde zusammen.

»Kennen Sie die Geschichte der Kapelle?«

Er nickte, verschränkte die Hände hinter dem Kopf und lehnte sich mit geschlossenen Augen zurück. Seine Wimpern waren schwarz und lang. Meine Finger wanderten in seine Richtung, doch statt ihn zu berühren, nahm ich mir noch ein Stück Käse und genoss den cremig-salzigen Geschmack.

»Sie gehörte zu einer Abtei, die von Henry VIII. zerstört wurde. Der Volksmund sagt, die Kapelle sei um 1300 als Rückzugsort für die Mönche erbaut worden.« Er öffnete die Augen und betrachtete mich. »Sie wurde zu Ehren der heiligen Katharina von Alexandrien errichtet.«

»Die heilige Jungfrau, die ihr Martyrium auf dem Rad erlitt?«

»Genau die. Man sagt, die einheimischen Mädchen kommen hierher und beten darum, dass sie einen Ehemann finden, denn die heilige Katharina gilt hier als die Schutzpatronin der unverheirateten Frauen und Jungfrauen.« Ein Lächeln trat auf sein Gesicht.

Ich runzelte die Stirn. »Woher wissen Sie das alles?«

Er setzte sich auf, öffnete die Dose mit Pfirsichen und bot mir ein Schälchen davon an. »Ich habe ein sehr informatives Gespräch mit einem der hiesigen Bauern und dem Dorfvikar geführt.«

Ich zerteilte einen Pfirsich mit dem Löffel und steckte mir ein Stückchen in den Mund. Die Süße traf auf meine Zunge, und ich schloss genussvoll die Augen. Bobby lehnte sich wieder zurück und beobachtete mich, als ich etwas Saft mit den Fingern auffing und eilig ableckte. Er schmeckte einfach zu gut, um ihn zu verschwenden – Publikum hin oder her. Bobbys Lächeln ließ seine blauen Augen strahlen. Amelia fand, dass alle Amerikaner aussahen wie Filmstars, was nicht ganz stimmte, aber auf diesen einen traf es tatsächlich zu. Doch seine ruhige, höfliche Art und seine guten Manieren unterschieden sich drastisch von der schnodderigen Aufdringlichkeit seiner Landsleute, zumindest von denen, die ich kennengelernt hatte, nicht zuletzt auf der Rückfahrt im Zug zur *HMS Attack.* Die vorgeschriebene Verdunkelung schien den Freifahrtschein, den sie zu besitzen meinten, nur noch mehr auszuweiten. Bobby war anders.

»Erzählen Sie mir von Ihrer Heimat und von Ihrer Familie«, bat ich ihn, den letzten Pfirsich in der Dose beäugend. Er schob ihn mir zu, und ich sagte nicht nein.

»Da gibt es nicht viel zu erzählen«, begann er. »Ich komme aus Massachusetts. Aufgewachsen bin ich südlich von Boston in einer Stadt namens Scituate.« Er reichte mir eine Serviette. »Ich habe eine jüngere Schwester, die eine Lehrerausbildung absolviert. Mein Vater ist Anwalt, und meine Mutter war Krankenschwester.«

»Das sagt mir sehr wenig über Sie.«

Er lächelte. »Stimmt.«

»Verschwiegen?« Ich zog eine Augenbraue hoch und betrachtete seine Züge: Sie waren markant, scharf geschnitten und sehr amerikanisch, aber da war etwas in seinem Blick, was auf mehr hindeutete. Er war nicht oberflächlich, ich konnte Tiefe erkennen, vor allem in seinen Augen.

»Ich bin, was Sie sehen.« Er deutete mit der Hand vom Scheitel bis zur Sohle.

Ich lachte. »Dann sind Sie genau wie ich.«

»Jetzt sind wir bei einem interessanten Thema.«

»Langweilig«, wehrte ich ab, riss die Augen von seinem Gesicht los und richtete sie stattdessen auf die Kapelle und den Ausblick. Ich nahm an, dass er diese Stelle kannte, weil sie zur Küstenüberwachung genutzt wurde.

»Erzählen Sie mir trotzdem von sich.« Er drehte sich auf die Seite und stützte sich auf seinen Ellbogen.

»Wie Sie habe ich eine Mutter, einen Vater und eine Schwester.«

Er grinste. »Die Ähnlichkeiten sind verblüffend.«

»In der Tat. Mein Vater ist Major und Chirurg, während meine Mutter in Cornwall das dortige Rote Kreuz leitet und meine Großmutter unterstützt. Die Armee hat das Haus meines Onkels requiriert, weshalb Großmutter in ihr Sommerhaus in Cornwall umziehen musste.« Ich zögerte, dachte an zu Hause und spürte den vertrauten Stich des Verlusts. »Großmutter vollbringt mit ihren Stricknadeln wahre Wunder und hat erstaunliche Fertigkeiten beim Angeln und Gärtnern an den Tag gelegt für eine Frau, die nicht einmal wusste, wie man Wasser kocht.« Ich zögerte erneut, dann fügte ich hinzu: »Ich habe keine Ahnung, ob sie das inzwischen gelernt hat.«

Er lachte, doch dann wurde sein Gesicht ernst. »Es ist sicher schwer, wenn einem das Zuhause weggenommen wird.«

Ich nickte und rief mir Großmutter vor Augen, wie sie zusammen mit Tante Margaret die Rettung der kostbarsten Güter überwacht hatte, die in das Witwenhaus auf Onkel Regs Anwesen in Oxfordshire geschafft wurden. Kurz darauf befanden die beiden, dass selbst das zu dicht bei den »Horden« war, wie Großmutter die Truppen bezeichnete. Obwohl sie ein paar von den Offizieren kannte, war das mehr gewesen, als sie verkraften konnte.

»An dem Abend, an dem wir uns kennenlernten, haben Sie auf Ihren Vater gewartet, hab ich recht?«

Ich schmunzelte. »Ja, er hatte mich zum Abendessen eingeladen, aber am Ende ist er mit einem anderen Major aufgetaucht und hat unsere Verabredung abgesagt.«

»Dann hätten Sie meine Einladung lieber doch annehmen sollen.«

»Ja.« Ich schaute auf die Reste unseres Festmahls. Es war weitaus besser als jedes Diner im Savoy.

»Erzählen Sie mir mehr«, bat er.

Ich zupfte einen Grashalm ab und zog ihn durch meine Finger. »Da gibt es nicht viel zu erzählen. Meine Schwester ist ebenfalls beim *Women's Royal Naval Service* und scheint viel Spaß zu haben.« Ich runzelte die Stirn und beschloss, nicht zu erwähnen, dass ich ein Zwilling war. »Sie hat sich mit einem Piloten verlobt und hangelt sich am Rande der Verzweiflung von einem Brief zum nächsten.«

»Sie missbilligen die Wahl ihres Verlobten? Oder geht es eher um seine Stellung?«

Ich legte den Kopf schräg und musterte ihn nachdenklich. »So hatte ich das noch gar nicht betrachtet«, räumte ich ein und zwirbelte den Grashalm zwischen den Fingern. »Nein, Eddie ist der richtige Mann für sie, aber ich sehe keinen Sinn darin, sich in Zeiten wie diesen zu verlieben.« Gespannt wartete ich ab, wie er auf meine Worte reagieren würde. »Man hat einfach zu viel zu verlieren«, fügte ich an. »Jeder von uns kann morgen nicht mehr da sein.« Mein Blick schweifte zur Kapelle. »Anders als die einheimischen Mädchen werde ich erst zur heiligen Katharina beten, wenn der Krieg vorbei ist.«

»Sie glauben also nicht daran, dass man den Tag auskosten sollte – *carpe diem*?«

»Ja und nein. Einen so wundervollen Tag wie heute auszukosten und zu genießen – das ist etwas, woran man sich festhalten kann. Sein Herz zu verschenken, nur um anschließend einen Verlust zu erleiden, ist dagegen ausgesprochen unklug.«

Sein Blick ließ mich nicht los. »Und Sie sind klug und weise.«

Ich schleuderte den Grashalm nach ihm. »Sie machen sich über mich lustig.«

»Absolut nicht. Es überrascht mich nur, jemanden zu finden, der genauso denkt wie ich.«

»Tatsächlich?«

»Ja.« Sein Blick begegnete meinem, und trotz meiner Worte spürte ich, wie mein Herz einen Satz machte. Er nahm meine Hand und verschränkte meine Finger mit seinen. Mir stockte der Atem. Wie in Trance spürte ich die Nachrichten, die der leichte Druck seiner Finger durch meinen Körper schickte, und verlor völlig die Fähigkeit zu denken oder zu sprechen. Ich konnte nur noch fühlen.

Er beugte sich vor und küsste mich – sein Mund streifte meinen. Auch ich beugte mich vor, wollte nicht, dass die Berührung endete. Mein Kopf drängte mich, sofort damit aufzuhören, doch mein Körper rückte näher an ihn heran.

Plötzlich zog er sich zurück. »Wir dürfen nicht riskieren, dass du zu spät zurückkommst.«

Ich darf mein Herz nicht riskieren, fügte ich stumm hinzu – obwohl ich fürchtete, dass es dafür längst zu spät war.

Kapitel siebzehn

Constantine, Falmouth, Cornwall
10. September 2015

Es waren hektische Tage gewesen, in denen irgendein fieser Vierundzwanzig-Stunden-Virus Cassies Mitarbeiter einen nach dem anderen außer Gefecht gesetzt hatte. Lara und Cassie hatte es als Einzige nicht erwischt, und Lara war keine Sekunde Zeit geblieben, an Grandie oder Amelia zu denken – in Wirklichkeit hatte sie an nichts anderes gedacht, als ihrer Freundin in dieser Notsituation unter die Arme zu greifen. Jetzt, da alles ruhig war, lehnte sie sämtliche Fotos, die sie von Grandie besaß, gegen die Wand hinter Cassies Küchenanrichte. Es war nicht gerade viel, was sie über Amelia wusste – im Grunde kannte sie nur ihren Vornamen und ihr Aussehen von einer verschwommenen Fotografie. Ihre Großmutter Betty interessierte sich nicht für ihre Vergangenheit – während sie Laras Vater geliebt und sich innig um Lara und Leo gekümmert hatte, war die Beziehung zwischen ihr und ihrem Vater stets von Respekt, nicht aber von Wärme geprägt gewesen. Lara dachte an ihr Gespräch mit Betty zurück und fragte sich, ob Amelias früher Tod die Kluft zwischen ihnen verursacht hatte oder ob es sich lediglich um zwei Menschen handelte, die einander nie wirklich leiden konnten. Das war traurig, aber es kam durchaus öfter vor.

Lara nahm eine Flasche Margaret-River-Wein aus dem Kühlschrank, die sie in dem Laden in Constantine entdeckt hatte, als sie ein paar Lebensmittel für das heutige Abendessen einkaufte. Sie war erstaunt gewesen über die exzellente Weinauswahl, darunter zahlreiche Weine eines Weinguts namens Stuart Vineyard. Diese Weine wurden in dem Restaurant in Manhattan angeboten, in dem sie früher einmal gearbeitet hatte. Der hier zählte zu ihren Lieblingsweinen; ihn in einem Geschäft auf dem Land so weit weg von zu Hause zu entdecken war eine echte Überraschung. Sie öffnete die Flasche, atmete den Duft des Weines ein und roch den Eukalyptus, der rund um das Weingut wuchs. Während sie Radieschen und Tomaten für ein Omelett schnitt, musterte sie das unscharfe Hochzeitsfoto auf der Suche nach etwas Prägnantem, irgendeinem Hinweis, doch der einzige Anhaltspunkt, den sie hatte, war das Erkerfenster.

Auf einmal hörte sie ein lautes Miauen, der weiße Kater strich um ihre Beine. Cassie hatte versucht, seinen Besitzer ausfindig zu machen – bislang vergeblich. Sie waren übereingekommen, ihn wegen seines schneeweißen Fells »Snowy« zu nennen. Snowy hatte sich bereits häuslich eingerichtet und verbrachte jede Menge Zeit auf dem Sofa.

Lara bückte sich, um den Kater zu streicheln. Im selben Augenblick kam ein Windstoß durchs Fenster und wehte die Fotos auf den Küchenboden. Sie hob sie auf, und wieder einmal blieb ihr Blick an dem Hochzeitsfoto hängen. Warum bloß war es so verschwommen? Sie erkannte ihre eigene Statur in der ihrer Urgroßmutter, doch viel mehr war nicht zu sehen. Die Gesichtszüge der Frau waren völlig unscharf. Der Schleier und das Kleid würden weiß gewesen sein, und aus Filmen wusste sie, welche Farbe Grandies Uniform hatte – allerdings war die Vorstellung in ihrem Kopf klarer als das, was auf dem Fotopapier abgebildet war.

Draußen bog ein Lieferwagen mit der Aufschrift »Boscawen Cyder« auf der Seite in die Auffahrt ein. Ein Mann und eine Frau stiegen aus und gingen zur Scheune. Cassie arbeitete noch, und Lara hatte das Abendessen fast fertig, aber sie würde ihre Freundin erst rufen, wenn die beiden wieder weg waren. Um die Zeit zu nutzen, setzte sie sich an ihren Computer und durchforstete die Nationalarchive, um zu sehen, was sie über die Eheschließung ihrer Urgroßeltern herausfinden konnte, die ihrer Meinung nach in Cornwall stattgefunden hatte. Ihre Suche führte sie zu einer anderen Seite, wo sie die Details eintippen konnte, die sie bereits kannte, aber der Computer spuckte nichts aus. Vielleicht würde sie ein besseres Ergebnis erzielen, wenn sie wüsste, in welchem der ehemals sechs Bezirke von Cornwall die Eheschließung stattgefunden hatte. Sie stand auf, streckte sich und warf einen Blick aus dem Fenster. Cassie und das Paar kamen plaudernd aufs Haus zu.

»Lara, lass mich dir Sam und Demi vorstellen«, rief Cassie auf dem Weg zur Küche. »Wie ich sehe, hast du Sams Wein entdeckt.«

Lara zog die Augenbrauen zusammen. *Sams Wein?*

»Das Weingut in Margaret River gehört meiner Familie«, erklärte der Mann lächelnd, als alle in der Küche standen. »Sam Stuart.« Er streckte die Hand aus, und Lara schüttelte sie.

»Lara Pearce.« Der hochgewachsene, kräftige Australier gefiel ihr.

»Hi, ich bin Demi Williams, Sams Geschäftspartnerin«, sagte die Frau.

»Weinhandel?«, fragte Lara, der nicht entging, wie schön die Blondine war.

»Nein, wir führen ein kleines Boutique-Hotel nicht weit von hier entfernt, in Boscawen. Außerdem vertreiben wir Cider«, antwortete Demi. »Cassie hat mir erzählt, dass Sie Köchin sind und in einigen der besten Restaurants an der Ostküste der Vereinigten Staaten gearbeitet haben.«

Lara nickte und warf Cassie einen fragenden Seitenblick zu.

Demi lächelte. »Nun, ich hätte liebend gern Ihren Input für das Restaurant, das wir gerade aufbauen.«

»Und ich würde es mir liebend gern einmal ansehen, auch wenn ich nicht weiß, wie ich Ihnen weiterhelfen kann. Aber ich bin mir sicher, dass Sie der Küchenchef beraten wird, mit dem Sie zusammenarbeiten wollen.«

Sam hustete. »Genau das ist das Problem. Bislang haben wir keinen Koch gefunden, der bereit ist, sich in die Wildnis von Cornwall in ein unbekanntes, noch nicht einmal eröffnetes Restaurant zu wagen – schon gar nicht einer von dem Kaliber, das wir suchen.«

»Verstehe.«

»Cassie hat unsere Telefonnummer, rufen Sie uns an, wann immer es Ihnen passt.« Demi zog die Autoschlüssel aus der Tasche.

»Das mache ich.«

»Wir sehen uns auf der Hochzeit, Cassie. Und ich freue mich schon darauf, Ihnen alles zu zeigen, Lara.« Demi winkte, dann verschwanden Sam und sie zur Tür hinaus und stiegen in ihren Lieferwagen.

»Ein interessantes Paar.« Lara schenkte Cassie ein Glas Wein ein und fing an, die Omeletts zu backen.

»Sehr, außerdem total nett und clever.« Cassie rieb sich das Kreuz. »Sie liefern den Wein für die Hochzeit. Demi ist eng mit Braut und Bräutigam befreundet.«

»Klingt nach einer Hochzeit im ganz großen Stil.«

»In der Tat.« Cassie nahm einen Schluck Wein. »Sie verbindet sozusagen das Nord- und das Südufer des Flusses.« Sie lachte. »Wenn du mich fragst, haben die zwei deshalb ein Haus in Gweek gekauft.«

Lara sah sie fragend an.

»Gweek liegt an der Quelle des Helford River«, erklärte Cassie, »von dort aus erstrecken sich beide Uferseiten.«

»Ah.« Lara stellte die Salatschüssel auf den Tisch und servierte die Omeletts.

»Du solltest dir Boscawen unbedingt mal ansehen.«

Lara nickte, obwohl sie eigentlich nicht hier war, um sich Hotels und Küchen anzuschauen, sondern den Spuren ihrer Urgroßmutter nachzugehen.

»Im Ernst, es ist ein wundervoller Ort. Das Restaurant wird den Fluss überblicken.« Cassie nahm einen Schluck Wein. »Ich würde sagen, es ist genau nach deinem Geschmack.«

Lara seufzte. »Ich darf noch monatelang nicht arbeiten.«

»Es wird noch Monate dauern, bis das Restaurant eröffnet.«

Lara schnitt eine Grimasse.

»Ich sag ja nur.« Cassie griff nach ihrer Gabel. »Wie dem auch sei – wenn die Hochzeit vorbei ist, müssen wir unbedingt meine Eltern in Nordcornwall besuchen.«

»Das wäre großartig. Ich würde sie liebend gern wiedersehen.« Lara freute sich, doch wieder fragte sie sich, wann sie etwas über Amelias Vergangenheit herausfinden sollte, wenn sie ständig abgelenkt wurde. »Ach übrigens, in welchem Bezirk von Cornwall sind wir hier eigentlich?«

»Das hier ist Carrick. Hat das etwas mit deiner Urgroßmutter zu tun?«

»Ja.«

»Dann würde es sich sicherlich lohnen, auch Kerrier zu überprüfen, das ist der angrenzende Bezirk weiter südlich.«

»Das mache ich.« Lara schloss die Augen, und wieder einmal wünschte sie sich, sie hätte mehr, auf das sie sich stützen konnte.

11. September 2015

Eine Pfote traf Lara ins Gesicht. Sie öffnete ein Auge. Licht durchflutete den Raum. Snowy starrte sie an. Lektion eins im Zusammenleben mit dem weißen Kater: am Abend das Fenster schließen. Es war allerdings so mild draußen, dass es ihr dann zu warm geworden wäre. Warum die Engländer keine Fliegengitter vor ihren Fenstern hatten, war ihr ein Rätsel. Fliegengitter eigneten sich hervorragend dafür, Insekten und verwaiste Tiere draußen zu halten. Lara streichelte Snowys Köpfchen und streckte sich. Heute würde sie nach Trebah fahren und endlich ihre Nachforschungen fortsetzen. Aus Cassies Team waren alle wieder gesund und einsatzbereit.

Nach einem schnellen Frühstück aus Kaffee und Toast fuhr Lara vorsichtig durch die schmalen Straßen. Inzwischen fiel es ihr etwas leichter, mit den kornischen Straßenverhältnissen klarzukommen, aber eben nur etwas. Gestern war sie falsch abgebogen, über eine fürchterlich kurvige, enge Straße ohne Wende- oder Ausweichmöglichkeit gezockelt und in der Nähe von Port Navas gelandet, die ganze Zeit über voller Sorge, dass ihr ein Fahrzeug entgegenkommen könnte. Heute Morgen waren die Straßen frei, und sie erreichte den Parkplatz von Trebah Garden, noch bevor die berühmte Gartenanlage mit ihren subtropischen Pflanzen öffnete.

Sie ging unter einer Reihe von Baumfarnen hindurch zum Eingang. Die kühle Luft duftete nach Eukalyptus und Kiefern. Als das Besucherzentrum öffnete, erwarb Lara eine Eintrittskarte und blieb vor den Wandtafeln stehen. Sie zeigten Aufnahmen der 29. Infanteriedivision, die sich für die Landung an der Küste der Normandie bereit machte, und informierten über diese düstere Zeit in Cornwalls Geschichte. Es war nur schwer zu glauben, dass dieses friedliche Fleckchen Erde einst eine Schlüsselrolle im Zweiten Weltkrieg gespielt hatte. Siebentausendfünfhundert Männer hatten sich am 1. Juni 1944 auf zehn fünfundvierzig Meter langen Landungsschiffen eingeschifft und waren am 6. Juni am Omaha Beach gelandet. Lara fasste die wenigen Fotografien auf der Suche nach Grandie ins Auge, aber sie entdeckte ihn nicht. Die Männer, die dort gezeigt wurden, bereiteten sich auf den D-Day vor, indem sie die Straße von Penryn bis hierher verbreiterten, wofür sie ihnen sehr dankbar war. Die Straße war auffällig breit im Vergleich zu den anderen. Sie stellte einen gewaltigen Eingriff in die so unberührte Landschaft dar, doch eine andere Möglichkeit, die großen Fahrzeuge zum Fluss zu schaffen, gab es nicht.

Trebah Garden, der voll war von prächtigen Hortensien, nahm das abschüssige Tal ein. Das riesige Spektrum von Farben und Pflanzenarten lenkte Lara von ihren Gedanken an Grandie ab, trotzdem konnte sie ihn hier spüren. Was würde damals in diesem Garten geblüht haben? Auf jeden Fall keine Hortensien. Auf der Wandtafel, vor der sie nun stand, las sie, dass die Männer Gräben ausgehoben und Munition gelagert hatten, deswegen hatte hier vermutlich nichts geblüht außer der Furcht. Schon vor Jahren hatte Leo gespürt, dass Grandie nicht gern über den Krieg sprach, doch vielleicht war er so unwirsch gewesen, weil er eine traumatische Erfahrung gemacht hatte, an die er sich lieber nicht erinnern wollte. Lara ging weiter, genoss die Pflanzen, wenngleich sie in Gedanken bei ihrem Urgroßvater und all den anderen Soldaten war. Was sie erlebt haben mochten, schien so weit weg von der friedlichen Stille, die sie umgab.

Als Lara aus dem baumbestandenen Tal hinunter an

den Strand gelangte, wurde sie geblendet vom strahlenden Sonnenlicht. Sie machte einen Schritt nach vorn und erwartete, im Sand einzusinken, doch stattdessen traf ihr Fuß auf Beton. Lara schaute den Fluss hinab und versuchte sich vorzustellen, wie es hier von nervösen, möglicherweise auch erwartungsvollen GIs nur so wimmelte. Dieser Einsatz war für viele von ihnen der erste gewesen – Grandie eingeschlossen. Natürlich hatte er eine militärische Ausbildung absolviert, doch das war alles nur Theorie, keine Praxis, und der Drill auf der Militärakademie von West Point hatte die Männer bestimmt nicht auf das vorbereitet, was sie am Omaha Beach erwartete.

Abgesehen von dem sanften Plätschern der Wellen, die auf den Beton trafen, war alles still. Ein paar Segelboote kreuzten auf dem Fluss, doch ansonsten war die Ruhe erstaunlich. Trotz der wenigen sichtbaren Häuser wirkte der Ort vollkommen zeitlos. Wie hatten die Menschen in diesem abgeschiedenen Stück von Cornwall auf die gewaltige Menge an Landungsschiffen reagiert? Trotz der Aufnahmen im Kassenbereich des Besucherzentrums war eine solche Invasion von Soldaten nur schwer vorstellbar. Jetzt herrschte hier Postkartenidylle, dachte Lara, als sie die weiß getünchten Cottages oberhalb eines Strands ein Stück weit entfernt betrachtete. Der Kontrast zwischen dem, was sie sah, und dem, was jene Männer gesehen hatten, nachdem sie über den Ärmelkanal gesetzt hatten, war unvorstellbar. Ihr Magen drehte sich um. Jene Plattbodenschiffe waren nicht für die hohe See gemacht und boten keinerlei Komfort.

Sie zog ihre Schuhe aus und krempelte ihre Jeans hoch.

Das Wasser war unglaublich klar und genauso kalt – kälter als in Cape Cod. Sie ging knöcheltief hinein, zog ihren Pulli enger um sich und spürte, wie ihre Füße taub wurden. Wieder schweifte ihr Blick zur Mündung des Flusses. Dort irgendwo musste die Stelle sein, wo das Foto ihres Urgroßvaters entstanden war. Sie konnte den Uferweg sehen, der sie am Fluss entlangführen würde.

Ihr Handy klingelte. »Cassie?«, fragte Lara, anstatt sich zu melden.

»Lara, ich brauche dich.«

»Okay.«

»Es geht um Mum. Sie ist im Krankenhaus, und Dad ist komplett am Boden.«

»O Gott. Das tut mir leid.« Lara wusste sofort, worum Cassie sie bitten wollte, und sie zögerte nicht. »Fahr los. Ich bin am Strand von Trebah. Ich bin bald zurück.«

»Aber morgen ist Petas Hochzeit, und es gibt noch so viel zu tun …«

»Ich kümmere mich darum. Ich schaffe das, mach dir keine Sorgen. Fahr jetzt einfach zu deinen Eltern und ruf mich später an.«

»Danke.«

»Wofür sind Freunde da? Fahr vorsichtig.« Lara warf einen letzten Blick auf den Fluss, dann durchquerte sie die ausgedehnte Gartenanlage und kehrte zum Parkplatz zurück. Trotz der wunderschönen Aussicht spürte sie, wie Traurigkeit in ihr aufstieg. Sie fragte sich, wie viele der Männer, die hier an Bord der Schiffe gegangen waren, überlebt und ihre Heimat wiedergesehen hatten.

Mawnan Church, Mawnan Smith, Falmouth, Cornwall
11. September 2015

Der Duft von Lilien erfüllte die Kirche. Ich betrachtete das Werk von Victoria Lake – nein, nicht Victoria Lake, sondern Victoria Roberts, jetzt, da sie mit dem liebenswürdigen Sebastian verheiratet war. Unterstützt worden war sie von Jane Penrose, einem treuen Mitglied der hiesigen Gemeinde, das stets bestens über alles und jeden informiert war. Die beiden Frauen hatten wundervolle Arbeit geleistet mit Lilien vom Floristen und dem, was im Garten blühte – Fuchsien, Fetthennen, ein paar allerletzten Rosen, Goldruten, Hortensien und Herbstanemonen. Die Wirkung war enorm, und ich wusste, dass die üppigen, warmen Farben hervorragend mit Petas Brautkleid und den Kleidern der Brautjungfern harmonieren würden. Petas Haar, das jetzt sein normales Blond hatte, würde mit zartrosa Rosen geschmückt sein. Sie hatte mich in die komplette Planung mit einbezogen, obwohl ich ihr zu verstehen gegeben hatte, dass sie es ohnehin am besten wusste. Ich interessierte mich durchaus dafür, doch es ging mir alles viel zu nahe. Abgesehen von den Lilien waren dies dieselben Blumen, die diese Kirche 1945 geschmückt hatten, und es war fast so, als würde ich alles noch einmal erleben. Wie konnte ich ein Teil davon sein wollen? Sosehr ich Peta auch liebte – sie hatte keine Ahnung, was sie da von mir verlangte, trotz ihres zweiten Gesichts. Sie stand vor dem Altar, zusammen mit Victoria, die einen Bund Lorbeerzweige in der Hand hielt. Peta war Jack so ähnlich und doch grundverschieden. Die beiden trennten acht Jahre und ein ganzes Leben an Erfahrungen.

Jane kam zu mir. »Ich wusste nicht genau, was Peta geplant hatte, aber ich muss sagen, die Kirche sieht atemberaubend aus.«

»Das tut sie. Allerdings kommen so viele Gäste, dass ich mich frage, ob sie die Blumen überhaupt bemerken?«

Sie lachte. »Ich bemerke die Blumen immer, aber wer weiß?« Sie richtete eines der Blumengebinde am Ende der nächsten Bankreihe. »Ihre Mutter hatte ein Händchen für Blumen.«

Ich nickte. Klar, dass sich Jane daran erinnerte. Mutter hatte den Blumenschmuck für die Kirche übernommen, bis es ihr körperlich nicht mehr möglich war, auch wenn man sie nicht als gebrechlich bezeichnen konnte. Ich hatte mich oft gefragt, ob es leichter war, mit körperlicher als mit geistiger Schwäche zurechtzukommen. Ihr Talent im Umgang mit Blumen hatte sie sich bis zuletzt bewahrt, und es war ein Trost für sie gewesen, als nichts anderes mehr zu ihr durchdrang – Gott weiß, dass ich alles versucht hatte.

»Haben Sie meine Frage gehört?« Jane berührte mich am Arm.

»Entschuldigung, nein.«

»Ich sagte, dass ich mich an die Hochzeit Ihrer Schwester erinnere. Natürlich nur bruchstückhaft – ich war damals noch so jung. Die Goldrute mit den Hortensien hat die Erinnerung zurückgebracht.« Sie hielt inne. »Doch da war auch Geißblatt.« Sie schaute sich um. »Ihre Mutter hatte Geißblattranken um die Säulen gewunden. Der Duft war himmlisch.«

Ich nickte und entfernte mich. Das Hochzeitskleid hatte man aus dem von Tante Margaret geschneidert. Der Babybauch war gut kaschiert, nur wenn man genau hinsah, konnte man ihn erkennen. Meine Beine zitterten, und ich musste mich setzen, als ich die vorderste Bankreihe erreichte genau wie vor all den Jahren. Außer dass das Zittern damals von meinem unsäglichen Schmerz herrührte, nun dagegen vom Alter und meiner Traurigkeit. Meine Brust schnürte sich zusammen, das Atmen fiel mir schwer. Ich schaute zu Peta hinüber, die sich plötzlich von Victoria abwandte und an meine Seite eilte.

»Komm schon, Gran, jetzt atme mal bitte tief durch. Du darfst doch nicht ausgerechnet am Tag vor meiner Hochzeit ins Gras beißen!« Ihre Hand massierte in langsamen Kreisen meinen Rücken, und nach einer Weile wich die Enge, Luft füllte meine Lunge. »Ich bringe dich nach Hause.« Sie half mir hoch und führte mich nach draußen zu ihrem kleinen roten Wagen. »Ich muss nur noch schnell mein Handy holen. Ich hab's auf dem Altar liegen lassen. Bin gleich zurück!« Sie ging ein paar Meter auf die Kirche zu, dann blieb sie stehen und drehte sich um. »Denk an jetzt, Gran. Nicht an die Vergangenheit.«

Ich sah, wie sie in der Kirche verschwand, und fragte mich, wie viel sie wohl wissen mochte.

Kapitel achtzehn

Weymouth, Dorset
11. März 1944

Als die Lichter gedimmt wurden und die Wochenschau begann, nahm Bobby meine Hand. Er verschränkte seine Finger mit meinen, und schon fühlte sich die Welt sicher an – trotz der Bilder auf der Leinwand. Ich freute mich darauf, *Casablanca* zu sehen. Er legte seinen Arm um mich, als der Vorspann begann, und ich lehnte meinen Kopf an seine Schulter und spürte seine Stärke. Kurz darauf nahm mich die Misere von Rick und Ilsa gefangen.

Am Ende des Films, als ich Rick mit Capitaine Renault davongehen sah, reichte mir Bobby sein Taschentuch. Ich wusste, dass Rick das Richtige tat, doch mein Herz war beinahe so gebrochen wie das von Ilsa. Bobby beugte sich zu mir und küsste mich, bevor die Lichter im Kinosaal wieder angingen. Ich weinte noch immer, als wir hinaus in die Dunkelheit traten. Er blieb stehen und wischte mir die Tränen vom Gesicht. »Es war doch nur ein Film.«

»Ich weiß, aber das war …« Meine Worte wurden verschluckt von meinen Tränen. »Liebe«, murmelte ich schließlich.

»Ja, er hat sie geliebt, und er hat das Richtige getan.«

»Aber …«

»Kein Aber. Es war das Richtige.«

Ich nickte. Rick und Ilsa würden niemals eine Zukunft haben, aber sie hatten Paris. Würde das genügen?

Kurz darauf trafen wir am Golden Lion ein, dem Pub, das überwiegend von der Marine und den Amerikanern besucht wurde. In Gedanken war ich allerdings nicht in Weymouth, sondern in Casablanca. Das Pub war so überfüllt, dass ich kaum etwas sehen konnte, aber schlussendlich fand ich einen Platz, während Bobby zur Bar ging. Ich starrte blinzelnd durch den Rauch und wünschte mir, Sam säße am Klavier, doch ich sah nur jede Menge Uniformen und hörte Gelächter statt Musik.

Lächelnd kehrte Bobby zu mir zurück. »Langsam gewöhne ich mich an das warme Bier.«

Ich lachte und schnitt eine Grimasse. »Ich kann mir kaltes Bier gar nicht vorstellen.«

»Eines Tages werde ich dir den Genuss eines eiskalten Biers an einem heißen Sommertag nahebringen, und dann erinnerst du dich an diesen Augenblick und fragst dich, warum du jemals dachtest, das hier würde gut schmecken.«

»Ist das ein Versprechen?« Meine Mundwinkel zuckten, bemüht, ein Lächeln zu unterdrücken.

Er sah mir in die Augen und hob sein Glas. »Definitiv.«

In dem Augenblick trat ein weiterer Amerikaner zu uns. »Sie wissen doch, dass Sie den Jungs aus West Point nicht trauen dürfen.« Er zwinkerte. »Sie sind viel zu überzeugt von sich selbst und schlauer, als es ihnen guttut.«

»Du musst es ja wissen.« Bobby lachte.

»O ja. Und nun stell mich dieser englischen Schönheit vor.«

»Adele Seaton, das ist Captain James Tucker aus Houston, Texas, nur für den Fall, dass du den Akzent nicht einordnen kannst.«

Commander Rowse betrat das Pub und kam auf uns zu. Ich rutschte auf meinem Stuhl hin und her. Ich war schon öfter unseren Offizieren in diesem Pub begegnet, aber heute war das erste Mal, dass ich auf Commander Rowse traf.

Captain Tucker drehte sich um. »Da ist meine Verabredung. Ich lasse euch zwei dann mal in Ruhe.« Er grinste. »Ich muss sagen, Webster, du hast einen wundervollen Geschmack.« Er sah mich an. »Sollten Sie seiner je überdrüssig werden – ich bin zu haben.« Er zwinkerte mir zu, dann gesellte er sich zu Commander Rowse. Zusammen gingen sie zum anderen Ende der Bar.

»Beachte ihn gar nicht.« Bobby stellte sein Pint ab.

»Warum nicht?« Ich legte den Kopf schief, um nach den beiden Männern zu sehen.

»Weil ich eifersüchtig bin.«

Lachend beobachtete ich Tucker und Rowse, die, jeder ein Pint in der Hand, ins Gespräch vertieft waren. »Warum?«

»Weil ich dich nicht verlieren möchte.« Er berührte meine Hand, und ich sah, wie ernst er plötzlich wirkte.

»Er trägt denselben Ring wie du.«

»Ja, das ist der Absolventenring einer US-Militärakademie.« Er drehte den großen Ring an seinem Finger, und ich zog seine Hand über den Tisch. Der Ring war aus Gold und Onyx, »West Point 1943« war um ein Siegel herum eingraviert.

»Habt ihr die Akademie zusammen besucht?«

»Er war zwei Jahre über mir.«

»Sir.« Ein Soldat kam zu Bobby und stand stramm, wobei er meinem Blick auswich. »Spielen wir morgen?«

»Ja. Armee gegen Marine um null neunhundert.«

»Jawoll, Sir.« Er salutierte und verließ das Pub.

Ich schaute Bobby fragend an.

»Football«, sagte er.

»Football?«

»American Football. Möchtest du kommen und zuschauen?«

»Liebend gern, aber morgen habe ich Schicht von acht bis sechzehn Uhr.« Ich lächelte bedauernd.

»Ich könnte den Commander fragen.«

Mein Blick blieb bedauernd.

Bobby legte den Kopf zur Seite und verzog die Lippen zu einem Grinsen. »Es würde zum gegenseitigen kulturellen Verständnis beitragen.«

Ich lachte. »Du spielst also Football.«

»Ja, ich bin der Quarterback.«

»Und das ist was?«

Während der nächsten halben Stunde versuchte Bobby, mir die Feinheiten des American Football nahezubringen. Ich verstand nichts, hörte nur den Klang seiner Stimme und spürte seine Begeisterung für das Spiel. Die Glocke läutete, um die letzte Bestellrunde anzukündigen, und er stand auf und brachte mich zum Zug. Die Nacht war kalt und dunkel, am Himmel waren weder Mond noch Sterne zu sehen.

»Worüber denkst du nach?«, fragte er, als wir am Bahnhof ankamen. »Du bist so schweigsam.«

»Über dich.«

Wir betraten den Bahnsteig.

»Über mich?« Er blieb kurz vor dem Ende der Schlange stehen.

»Hm, ja. Du nimmst den Großteil meiner Gedanken ein, wenn ich nicht arbeite.«

»Hervorragend.« Er zog mich in seine Arme. »Da hast du etwas, worüber du nachdenken kannst.«

Sein Mund berührte den meinen. Wärme stieg in mir auf, als seine Lippen eine Spur von Küssen über meine Wange zu meinem Ohrläppchen zogen.

In dem Augenblick rief der Schaffner: »Alle einsteigen!«, und Bobby half mir in den Waggon. Ich lehnte mich aus dem Fenster.

»Wünsch uns Glück.« Er nahm meine Hand.

»Aber ich bin bei der Marine«, wandte ich ein, »ich muss für unsere Mannschaft jubeln.«

Der Zug setzte sich in Bewegung.

»Ich weiß, aber in diesem Krieg stehen wir auf derselben Seite.«

»Ja!«, rief ich in die Dunkelheit und lachte.

Ich stand mit Dot am Rand des Spielfelds und konnte kaum glauben, dass es mir tatsächlich gelungen war, in letzter Minute die Schicht zu tauschen. Der Tausch bedeutete, dass ich die Schicht von Mitternacht bis acht Uhr früh übernehmen musste, aber die Freude auf Bobbys Gesicht war die schlaflose Nacht wert. Später hätte ich noch genug Zeit zum Schlafen.

»Sieh dir das Grinsen an! Da freut sich jemand, dich zu sehen.« Dot stieß mich sanft mit dem Ellbogen an.

»Er lächelt immer.«

Dot wandte sich vom Spielfeld ab und sah mich an. »Nein, das tut er nicht. Ich habe ihn gesehen, als du nicht in der Nähe warst, und ich würde behaupten, dass er ein ziemlich ernster Mensch ist.« Sie lachte. »Du bringst ihn zum Lächeln und er dich umgekehrt genauso.« Wir sahen, wie eine Münze geworfen wurde, dann ging der Ball an Bobby. »Ihr zwei seid euch ähnlich. Beide ernst und fleißig, aber ihr bringt einander zum Lachen. Er ist nicht derselbe, wenn du nicht da bist.«

Das Spiel wurde angepfiffen. Bobby warf den Ball, und beide Teams rannten los. Ich wusste gar nicht, wohin ich zuerst schauen sollte. Der Ball wurde nach vorn geworfen, und ich erwartete, einen Pfiff zu hören, doch nichts dergleichen passierte. Ich schaute amüsiert zu und zuckte jedes Mal zusammen, wenn Bobby getackelt wurde, obwohl er einen gut gepolsterten Anzug trug.

Ich versuchte, mich an das zu erinnern, was er mir am vorangegangenen Abend über das Spiel erzählt hatte, doch offenbar hatte ich kein Wort davon mitbekommen, denn das, was ich sah, ergab für mich keinen Sinn. Ich hatte etwas Ähnliches wie Rugby erwartet, aber das hier war ganz anders. Bobby fing den Ball, den ein Spieler von der Marine geworfen hatte, und stürmte damit auf die Goalline zu.

»Vorwärts, Armee!«, schrie ich und sprang auf und ab.

Dot stieß mich an. »Du stehst hier in der Uniform der britischen Marine und feuerst die amerikanische Streitmacht an. Ich denke, das ist nicht das, was man von dir erwartet.«

Ich errötete.

Dot zog lachend eine Augenbraue in die Höhe. »Nur weil du verliebt bist, heißt das noch lange nicht, dass du die Armee anfeuern darfst.«

»Ich bin nicht verliebt.«

»Du kannst mir nichts vormachen«, sagte sie und lachte erneut, als sie meinen empörten Gesichtsausdruck sah.

HMS Attack, Portland, Dorset
9. April 1944

Wie immer, wenn Ostern in den April fiel, wurde das Wetter schlecht. Christus mochte zwar auferstanden sein, aber alles andere wurde vom Regen niedergedrückt, als ich draußen vor der Kirche stand, in der ein Gottesdienst stattfand. Gerade als ich beschloss, hineinzugehen und daran teilzunehmen, gellte eine Hupe hinter mir. Bremsen quietschten.

»Brauchst du eine Mitfahrgelegenheit?« Bobby streckte den Kopf aus dem Jeep, der soeben zum Stehen kam. Sein Lächeln erwärmte mein Herz. Ich rannte zu ihm und stieg ein. Regentropfen hingen an seinen langen Augenwimpern und rollten seine Wangen hinab. Ich hob die Hand, um sie abzuwischen, meine Finger strichen zärtlich über seinen Wangenknochen. Hinter uns hupte jemand, und ich zog meine Hand weg.

»Wohin fährst du?«

»Zu einer Versammlung, aber ich habe noch genug Zeit, um dich abzusetzen.« Er streckte die Hand nach meiner aus, dann legte er den Gang ein und fuhr los.

»Danke«, sagte ich. »Ich dachte, du wolltest vielleicht in die Kirche gehen.«

»Der Pater hat heute eine Frühmesse im Camp gehalten.«

»Der Pater?« Der Jeep holperte die Straße entlang.

»Ich bin katholisch.« Bobby wich einem entgegenkommenden Fahrzeug aus.

»Oh.«

»Ist das ein Problem?«

Ich schaute hinaus in den Regen. Die Sicht war verheerend, ich konnte kaum die Gebäude entlang des Flusses ausmachen, als wir daran vorüberfuhren. »Nein, es ist lediglich ein weiterer Unterschied.«

Wir näherten uns den Quartieren. »Ich glaube nicht, dass die Versammlung lange dauert. Hast du nachher Zeit?« Er hielt an.

Ich nickte. »Allerdings weiß ich nicht, was wir bei diesem Wetter unternehmen könnten.«

»Spazierengehen können wir bestimmt nicht, aber ich bin mir sicher, uns fällt etwas anderes ein. Sollen wir uns hier in eineinhalb Stunden treffen?«

»Ja.« Ich wollte schon aussteigen, doch dann drehte ich mich zu ihm um. »Du bist aber nicht verheiratet, oder?«

Er starrte mich an. »Nein.«

»Ich wollte nur sicher sein.«

»Das kannst du.«

»Gut.« Lächelnd sprang ich aus dem Jeep und rannte zur Tür. Bobby fuhr davon, unter den Reifen spritzte das Wasser in alle Richtungen. Binnen Sekunden war er im Regen verschwunden. Ich streifte die Tropfen von meinen Schultern. Er war katholisch. Eine weitere Kluft tat sich zwischen uns auf, gerade jetzt, da ich begann, mich mit seiner Nationalität zu arrangieren.

14. April 1944

Es war fast eine Woche her, seit ich Bobby das letzte Mal gesehen hatte. Wir hatten ein paar Nachrichten ausgetauscht und einmal telefoniert, mehr nicht, und ich war beunruhigt. Die Atmosphäre um uns herum war angespannt; immer mehr Schiffe trafen ein, der Hafen glich einem Bienenstock. Alle außer mir rauchten beinahe unablässig, und der Verbrauch von Kaffee hatte sich verdoppelt. Vor lauter Koffein und dem unbedingten Willen, während der langen Nachtschicht wach zu bleiben und aufmerksam auf die eingehenden Signale zu lauschen zitterten uns allen die Hände. Es war seltsam, dass man fast eindämmerte – und dann schoss einem plötzlich das Adrenalin durch den Körper, wenn das ·–– ––·– des Rufzeichens einging, als würde einen der Geliebte beim Namen rufen. Schlagartig war man hellwach, konzentrierte seine ganze Kraft darauf zu lauschen, zu schreiben und zu antworten. Mir wurde bewusst, dass mein Kopf in jenen langen Stunden komplett auf morsen umschaltete und jedes Geräusch, das ich hörte, ohne nachzudenken, als Morsezeichen wertete. Nach einer Schicht musste ich erst einmal an der frischen Luft durchatmen, damit mein Gehirn zum Englischen zurückkehrte, doch selbst dann konnte ich nicht ganz loslassen – selbst das Rattern des Zugs auf den nahe gelegenen Gleisen sendete mir Botschaften. Das Morsealphabet war zur Sprache meines Unterbewusstseins geworden, vor allem nach einer anstrengenden Acht-Stunden-Schicht.

Heute Abend war das nicht anders gewesen. Ich hatte es mit jeder Menge gestörter Datenleitungen und überbelegter Frequenzen zu tun gehabt. Mein Kopf schwamm. Ich versuchte, während der Pausen nicht einzunicken, aber es passierte trotzdem. Plötzlich schreckte ich auf. *Dah dit dah dah…* Und dann hatte ich auf einmal kaum genug Zeit, die Nachricht zu notieren und einen Kohlepapierdurchschlag für den Dekodierer anzufertigen, bevor auch schon die nächste Nachricht hereinkam.

Als ich jetzt draußen vor den Tunneln stand, wurde mir klar, dass sich die Situation in der vergangenen Woche zugespitzt hatte. Wir hatten so unsere Vermutungen, weil noch mehr amerikanische Truppen eingetroffen waren. Die Stützpunkte *HMS Attack* und *HMS Boscawen* in

Castletown waren überschwemmt mit Amis. Hinter mir fiel das Land sanft ab bis hinunter zu den Docks, und ich konnte das Artilleriefort am Rand des Hafens erkennen. Dieser Ort hatte schon vor vielen hundert Jahren zur Verteidigung Englands beigetragen. Die Alliierten hatten an der Küste der Normandie zwei Mulberry-Häfen, künstliche Nachschubhäfen, errichtet, das Meer war gesprenkelt von Kriegsschiffen. Alles deutete darauf hin, dass man bereit war.

Commander Rowse hatte mir eine Nachricht hinterlassen, dass ich nach Schichtende zu ihm kommen sollte. Ich hatte gehörigen Respekt vor ihm. Der Commander – streng, leicht finster wirkend und ausgesprochen gutaussehend – war ein Mann der Marine, und zwar durch und durch; das lag ihm im Blut. Man konnte ihn sich gut als Piraten vor der Küste Cornwalls vorstellen, und tatsächlich stammte er ursprünglich von dort.

Selbst die frische Luft wollte mir heute nicht helfen, meinen Kopf wieder freizubekommen. Das würde nur ein bisschen Schlaf schaffen. Gähnend machte ich mich auf den Weg zu Commander Rowses Büro und setzte mich auf einen der davorstehenden Stühle, die Hände ordentlich im Schoß gefaltet, die Knöchel übereinandergeschlagen. Soweit ich wusste, hatte ich nichts falsch gemacht, und wenn doch, so würde bestimmt nicht der Commander mit mir sprechen, sondern der First Officer des WRNS.

Im Hintergrund hörte ich Schritte – *dit dah dit dah dit*. Mein Finger begann, auf mein Knie zu tippen.

»Sie wollen dich jetzt sehen.« Eine Wren, Akten an die

Brust gedrückt, eilte den Gang entlang. Ich wischte mir die Handflächen am Rock ab, fragte mich, wer *sie* waren, und betrat das Büro des Commanders.

»Seaton«, empfing mich der Erste Offizier des WRNS, eine Frau namens Smith, und ich stand stramm vor den drei Personen im Raum, einer von ihnen ein amerikanischer Captain.

»Wie Sie wissen, sind jetzt die Amerikaner zuständig.«

Commander Rowse nickte dem untersetzten Captain zu, der am Fenster stand, während First Officer Smith am Schreibtisch saß. »Es ist unsere Aufgabe, dafür zu sorgen, dass die Dinge glattlaufen.« Rowse stand auf und ging zur Wandtafel. »Nach Gesprächen mit First Officer Smith und Captain Harris wurden Sie ausgewählt, mit den amerikanischen Telegraphistinnen zusammenzuarbeiten, die in diesem Augenblick eintreffen.«

Der Captain lächelte. »Wir haben nur Gutes über Ihre Arbeit gehört.«

Ich nickte und wusste nicht, was ich antworten sollte.

»Sie werden zu einer leitenden Wren befördert.«

First Officer Smith zeigte keinerlei Emotionen, sodass ich nicht sagen konnte, ob dies mit ihrem Einverständnis geschah oder nicht. Ich wollte lächeln, an den kleinen Anker denken, der sich in leuchtend hellblauem Garn von dem Dunkelblau meines Uniformärmels abheben würde. Ich würde im Rang höher stehen als meine Schwester, und ich hätte mich selbst belogen, wenn ich nicht zugeben würde, dass mich das in eine gewisse Erregung versetzte.

»Morgen werden Sie sich um null achthundert Uhr bei

Captain Harris melden. Er wird Ihnen Ihren Arbeitsplatz bei den neuen Telegraphistinnen zeigen, wo Sie sich mit deren Gerätschaften vertraut machen können.« Commander Rowse griff zum Telefon. Ich nickte und verließ den Raum. Verflogen war die erwartungsvolle Vorfreude auf den morgigen Abend mit Bobby, stattdessen stieg Furcht in mir auf vor der überwältigenden Herausforderung, die vor mir lag.

Weymouth, Dorset
15. April 1944

»Gratulation zu neuen militärischen Ehren, Leading Wren Seaton.« Bobby wartete ein kleines Stück abseits der anderen, als ich aus dem Liberty-Boot stieg.

»Vielen Dank.« Ich warf einen Blick auf meinen Ärmel, noch immer ein wenig ungläubig, dass dort der Anker prangte. »Ich muss mich erst noch daran gewöhnen.«

Er lachte. »Wenn ich es richtig verstanden habe, bist du die Toptelegraphistin.«

Ich runzelte die Stirn. Ich wusste, dass ich schnell und – noch wichtiger – akkurat war, aber woher wusste er das?

»Jetzt schau nicht so besorgt drein. Ich hab's von Commander Rowse erfahren.« Er zog mich in seine Arme. »Er hat eine sehr hohe Meinung von dir.«

»Was diese vorübergehende Versetzung zu euch bestätigt.« Ich blieb stehen. »Hast du etwas damit zu tun?«

Er beugte sich zu mir und flüsterte: »Nein, ich habe nichts mit der Marine zu tun. Ich bin lediglich ein Melder. Der Commander hat uns zusammen gesehen und kam in einem höflichen Gespräch darauf zu sprechen.« Er lachte leise. »Na ja, so höflich dann auch nicht. Er hat mir dringend geraten, mich anständig zu verhalten, da du – um es kurz zu machen – nicht zu ›dieser Sorte von Mädchen‹ gehörst.«

Ich trat einen Schritt zurück und versuchte, den Ausdruck auf Bobbys Gesicht zu deuten. Ich wusste nicht, was mich mehr schockierte – die Worte des Commanders oder Bobbys.

»Ich habe ihm versichert, dass ich gut auf dich achtgeben werde.«

»Vielen Dank.« Ich rückte wieder näher an ihn heran und atmete den Duft nach Seife und Pfefferminz ein. Die Wärme seines Körpers drang durch den Stoff unserer Uniformen.

»Du bist still.«

Ich nickte, dann zogen wir Hand in Hand los. Es war ein seltsames Gefühl, bei Tageslicht zu dem Tanzlokal zu gehen. Als ich im Dezember hier gewesen war, hatte ich die Strecke im Dunkeln zurückgelegt, doch nun sah ich die vernagelten Schaufensterscheiben und verdunkelten Häuser entlang des Weges und musste mich nicht nach Gehör bewegen. In der Dämmerung waren die Auswirkungen des Kriegs deutlich zu erkennen. Vor einem Trümmergrundstück blühten beinahe trotzig Narzissen in einem Kübel, ein munterer Farbfleck in der Landschaft. Aber der Krieg war nicht normal. Wir befanden uns inzwischen so lange im Krieg, dass ich mich fragte, ob ich mich überhaupt noch erinnern konnte, was normal war und was nicht. »Glaubst du, der Krieg wird jemals enden?«, fragte ich Bobby.

»Ja, ich denke schon.« Er blieb stehen und ließ die anderen an uns vorbeigehen. »Ich muss daran glauben, dass wir gewinnen und dass das, wofür wir alle unser Leben aufs Spiel setzen, zurückkehren wird.«

»Ich hoffe, du hast recht.«

»Hab Vertrauen.« Er zog mich erneut in seine Arme, und ich legte meinen Kopf an seine Schulter.

»Das versuche ich ja, aber manchmal fällt mir das sehr schwer.«

»Genauso ergeht es uns allen.«

»Kommt schon, ihr zwei!« Pat und ihr Amerikaner traten aus einer Seitenstraße und winkten uns. Ich warf ihr einen finsteren Blick zu, doch wir schlossen uns ihnen an und setzten unseren Weg zum Tanzlokal fort. Ich hatte begonnen, diese samstäglichen Veranstaltungen zu lieben und gleichzeitig zu hassen. Wenn Bobby da war, war es zauberhaft, in seinen Armen zu liegen und zu tanzen, ganz gleich, zu welcher Musik. War er nicht da, was immer häufiger vorkam, wurde ich gewaltig auf den Prüfstand gestellt. Ich hatte keine Lust, mich von anderen Männern auffordern zu lassen. Zeit war zu kostbar.

Als wir eintraten, wurde gerade »Fools Rush In (Where Angels Fear to Tread)« gespielt. Bobby zog mich direkt auf die Tanzfläche und sang den Text mit. Dot hatte recht – ich war verliebt. Doch war er umgekehrt auch in mich verliebt? Oder diente ich lediglich dazu, ihm die Zeit zu vertreiben, die Härte des Krieges zu mildern? Woher sollte ich das wissen?

Das Lied endete, und wir gesellten uns an einen Tisch zu Dot und Bobbys Offizierskameraden. Ich musterte ihn, versuchte, ihn zu durchschauen, aber dann wurde ich von einem anderen Amerikaner zur Tanzfläche geführt – einem Kalifornier, der schreckliche Sehnsucht nach seiner Frau und seinem Sohn hatte. Zwar ließ er sich kaum etwas anmerken, aber ich hatte es gespürt, als er mir ein Foto von den beiden zeigte. Wie schwer eine solche Trennung sein musste. Würde ich stark genug sein, so etwas zu ertragen, wenn die Reihe an mir war?

Er führte mich zurück an den Tisch. Bobby war nicht da. Ich konnte ihn in der Menge nicht finden, aber ich sah einige der Frauen, mit denen ich neuerdings zusammenarbeitete. Sie standen zusammen, eine Traube von Männern um sich herum. Ich wusste, dass es meine Pflicht war, mich zu ihnen zu gesellen und mit ihnen zu reden. Ich stand auf, strich meine Jacke glatt und durchquerte das Lokal, wobei ich mich bemühte, den Blicken der Männer auszuweichen. Wenn ich aufschaute, würde ich mich unversehens auf der Tanzfläche wiederfinden.

Die Frauen schauten auf und lächelten schüchtern, dann rückten sie enger zusammen. Ich krümmte mich innerlich – anscheinend verdarb ich ihnen mit meiner Gesellschaft den Abend. »Hallo.« Ich zwang mich zu einem breiten Lächeln. »Ich hoffe, ihr habt einen schönen Abend.«

»Ja, danke.« Die eine, die ich für die Anführerin der Gruppe hielt, sprach mit einem so breiten Akzent, dass ich Mühe hatte, sie zu verstehen, vor allem, wenn sie schneller redete. Ich nahm an, dass sie aus New Jersey stammte.

»Ich kann mir gut vorstellen, dass hier alles etwas anders ist als zu Hause.«

»Ja, das stimmt«, sagte eine der Zurückhaltendsten zu meiner Überraschung.

Die Musik setzte ein, und ich spürte Bobbys Hand auf meiner Schulter. »Entschuldigen Sie, meine Damen. Ich entführe Adele für diesen Tanz.«

Es wurde »I Only Have Eyes For You« gespielt – das Stück, das ich für unser Lied hielt. Bobby sang leise mit seiner tiefen Baritonstimme mit, während er mich über die Tanzfläche führte und sorgfältig darauf achtete, nicht mit anderen Paaren zu kollidieren. Ich schloss die Augen und versuchte, mein neues Team zu vergessen, genau wie den dichten Qualm, der in der Luft hing. In diesem Moment sollte es nur uns zwei geben – sonst nichts. Doch obwohl seine Hand leicht auf meiner Taille ruhte und ich seinen Herzschlag unter meiner Wange spürte, drang die Welt um uns herum in meine Gedanken ein. Ich dachte an den Raum, den man in den Tunneln für mein Team geschaffen hatte. Er war noch beengter als der angrenzende Funkraum, doch irgendwie hatten wir es geschafft, sämtliche Apparaturen unterzubringen. Es hatte nicht lange gedauert, mich daran zu gewöhnen.

Bobby zog mich enger an sich. »Du bist gar nicht bei mir«, flüsterte er. Sein Atem streifte meinen Nacken und holte mich zurück ins Hier und Jetzt, weg von dem logistischen Albtraum. Es war schwer, nicht daran zu denken – ich hatte die vergangenen zwei Tage damit zugebracht, mich mit Captain Harris und meinem Team zu besprechen, und nun hatte ich so viel Verantwortung, nicht nur meine eigene Arbeit betreffend, sondern auch die der anderen. Ich schluckte.

»Tut mir leid.« Ich legte den Kopf schräg und lächelte.

»Hm. Kann ich dir irgendwie helfen?«

Die Musik wechselte. Seufzend legte ich meinen Kopf an seine Schulter. »Leider nein.«

»Sollen wir einen Spaziergang machen?«

Die Vorstellung, an der klaren Luft mit ihrer frischen Brise zu sein, war verführerischer, als in dem verrauchten Lokal mit so vielen anderen Menschen zu bleiben. Zugegeben: Allein mit Bobby durch die Dunkelheit zu spazieren trug sicher nicht dazu bei, vernünftig zu denken, doch all der Lärm und die Tanzerei brachten mich auch durcheinander. Ich brauchte Klarheit, nicht den Jitterbug.

In unsere Mäntel gehüllt ließen wir das lärmige Lokal hinter uns und gingen Arm in Arm die Straße entlang Richtung Promenade. Ich versuchte, mir vorzustellen, wie es hier vor dem Krieg ausgesehen hatte ohne den Stacheldraht und andere Verteidigungsvorkehrungen, doch es wollte mir nicht gelingen.

Wir begegneten weiteren Militärangehörigen und hörten über unseren Köpfen die Geräusche von Flugzeugen, und ich wusste, dass ich mich auf das Hier und Jetzt, zumindest aber auf Bobby konzentrieren musste. »Wie sehen deine Pläne für die Zeit nach dem Krieg aus?«

»Diese Frage ist eine Herausforderung«, erwiderte er.

»Tatsächlich?« Ich blinzelte in die Dunkelheit, doch ich konnte seinen Gesichtsausdruck nicht erkennen.

»Sprichst du von konkreten Plänen oder Träumen?«

Ich blieb stehen. »Von beidem, glaube ich.«

»Aha.« Er zog mich an sich. »Jetzt, da all meine Träume dich mit einschließen, wünsche ich mir ein Haus am Meer und mindestens drei Kinder.«

Ich hielt die Luft an. Was er da sagte, war verrückt, doch mein Herz schlug schneller, als wolle es meinem Brustkorb entfliehen und sich mit seinem zusammentun. Seine Gedanken glichen so sehr meinen eigenen, doch ich konnte mir nicht erklären, wie wir so schnell an diesen Punkt gelangt waren. »Du machst Witze.«

»Nein.« Er schüttelte den Kopf. »Das ist das, was mich aufrechterhält. Der Traum, dass ich ein ganz normales Leben mit dir führen kann, sobald dieser Albtraum vorbei ist.«

»Was willst du denn mit einer Frau wie mir?«

»Ein langes, gemeinsames Leben genießen.« Er beugte sich vor, und ich wusste, was passieren würde. Ich stellte mich auf die Zehenspitzen, um näher an seinem Gesicht zu sein. Ein kalter Windstoß fuhr um meine Knöchel. Ich schauderte, als seine Lippen auf meine trafen. Unsere Körper verschlossen sich gemeinsam dem eisigen Wind und der Welt. Sehnsucht stieg in mir auf, unglaublich große Sehnsucht. Ich wollte ihn, und zwar ganz.

»Guten Abend, ihr beiden Turteltäubchen.«

»Tucker.« Bobbys Arme schlossen sich noch enger um mich. »Grauenhaftes Timing, wie immer.«

»Jawohl, das ist meine größte Begabung – stets zur falschen Zeit am falschen Ort. Tut mir leid, ich muss dich loseisen.« Wir setzten uns in Bewegung. Captain Tucker begleitete uns über die Promenade. Unsere Schritte wurden schneller.

Bobby wandte sich mir zu. »Soll ich dich zu Dot zurück ins Lokal bringen?«

»Nein, nein, ich gehe zum Zug. Offensichtlich braucht Captain Tucker dich dringend.« Ich stellte mich auf die Zehenspitzen und küsste ihn. »Bis bald.«

Kapitel neunzehn

Windward, Mawnan Smith, Falmouth, Cornwall
11. September 2015

Jack schritt auf der Terrasse neben der niedrigen Steinmauer, über die der Lavendel schaute, auf und ab. Ich wusste, dass er die Schönheit des September-Gartens um sich herum nicht sah. Die Hortensien waren ein echter Hingucker, vereinzelte Spätrosen hielten sich tapfer, und die Fetthenne stand in voller Pracht. In Jacks Hand entdeckte ich Papier und Stift. Er wirkte hochkonzentriert, sein Haar war zerrauft genau wie damals, als er noch ein kleiner Junge war und über der Lösung seiner Mathematikhausaufgaben gebrütet hatte. Es war ein Kampf gewesen – bis ein brillanter Lehrer ihm die Welt der Zahlen entschlüsselt hatte, der er bis heute anhing, doch nun spiegelte sich auf seinem Gesicht derselbe verzweifelte Ausdruck wie damals. Anscheinend konnte er die Logik nicht erkennen oder fand schlichtweg keinen Zugang.

Ab und an blieb er stehen und schaute hinunter zur Bucht. Sein ganzes Leben hatte sich verändert, als seine Mutter und seine Tante bei einem furchtbaren Bootsunfall ums Leben kamen. Hoffentlich blickte er nicht zurück. Ich wusste, dass das nie etwas brachte, und er musste doch seine Rede für Petas Hochzeit vorbereiten. Sie liebte ihren Bruder, und sie glaubte an ihn. Ihre Liebe hatte geholfen, seine Wunden zu schließen, und umgekehrt genauso.

»Er sieht gar nicht glücklich aus«, unterbrach Freds Stimme meine Gedanken. Ich drehte mich um.

»Nein, das tut er nicht«, pflichtete ich ihm bei.

»Ich habe Peta gesagt, dass es nicht fair war, ihn um eine Rede zu bitten.« Er schaute zu seiner Verlobten hinüber. Fred sah gut aus, war kräftig gebaut, aber dennoch schlaksig. Halb Mann, halb Junge. Ich erinnerte mich an so viele junge Burschen wie ihn und dachte daran, wie viele von ihnen niemals das Erwachsenenalter erreicht hatten.

»Nein, das war in der Tat nicht fair, aber wen hätte sie sonst bitten sollen?«

»Stimmt.« Er wischte sich die Hände an seiner Jeans ab. Ein Bleistift klemmte hinter seinem Ohr, an seinen Schultern hafteten Holzspäne. Sein Vater und er bauten ein kleines Podest für den Brauttisch – Peta wollte, dass alle Gäste das Brautpaar sahen, damit sie sich nicht ausgeschlossen fühlten, wenn sie an einem der weiter entfernten Tische saßen. »Vielleicht sollte ich mit ihm reden?«

Ich zog skeptisch eine Augenbraue in die Höhe.

»Oder denkst du, lieber nicht?«

»Er muss das mit sich selbst ausmachen«, befand ich.

Fred schüttelte den Kopf. »Dann soll Peta mit ihm sprechen. Er muss das nicht tun.«

»Ja und nein.«

Fred sah mich fragend an.

»Er liebt sie.«

»Das stimmt.« Er lächelte.

»Ah, da bist du.« Peta kam näher, ein Tablett mit Tassen in den Händen.

»Du hast meine Gedanken gelesen.« Fred küsste sie, dann nahm er ihr das Tablett ab. »Sollen wir uns dort drüben in den Schatten setzen?«

»Klar.« Peta hakte mich unter und führte mich zu einem Tisch, den man vor die bequeme Bank unter der großen Monterey-Kiefer gestellt hatte. Es war heiß und außergewöhnlich windstill. Das Wasser in der Bucht wirkte völlig unbewegt, doch ich wusste, dass das täuschte. Genau wie Petas Ruhe. Ihre Nerven mussten bis zum Zerreißen gespannt sein. Sie war noch so jung, gerade einmal zweiundzwanzig.

Große, finstere Wolken zogen über der Bucht auf. Ich lauschte dem munteren Gespräch. Peta zeigte sich zuversichtlich, dass das Wetter morgen perfekt wäre. Das, was ich vor mir am Himmel sah, verhieß anderes. Doch galt Regen am Hochzeitstag nicht als gutes Omen? An dem Tag, an dem ich Andrew heiratete, hatte es geschüttet wie aus Eimern. Es war eine schlichte Zeremonie gewesen, nur seine Kinder und zwei Freunde als Trauzeugen waren bei den Feierlichkeiten dabei. Wir nahmen unser Hochzeitsfrühstück im nahe gelegenen Green Lawn Hotel ein und verbrachten eine schöne Zeit miteinander, dann bestiegen Andrew und ich den Zug nach London, wo wir unsere Flitterwochen verbrachten, bevor wir nach Cornwall zurückkehrten. In Windward erwartete uns die Urlaubssaison mit jeder Menge Sommergäste. Das war der letzte Sommer gewesen, in dem ich in dem ehemaligen Sommerhaus meiner Großmutter ein Bed & Breakfast hatte betreiben müssen. Andrew bestand darauf, dass das nicht nötig sei, und behauptete, ich hätte das Haus zu seinem Zuhause gemacht. Er sei froh, dass er sich beides leisten könne: Windward und mich. Ich lächelte. Er hatte sehr gut für mich gesorgt; ich hatte es genossen, seine Kinder aufwachsen zu sehen, und noch mehr hatte ich mich an Jack und Peta erfreut. Sie kamen mir nicht wie angeheiratete Enkel vor, sondern vielmehr wie meine eigenen Kinder, obwohl wir nicht blutsverwandt waren. George und Pamela waren Teenager gewesen, als sie nach Windward zogen. Für sie war ich einfach nur da gewesen, während ich für Jack und Peta eine weitaus größere Rolle spielte. Und nun wollte ich nichts mehr, als dass sie beide ihr Glück fanden. Wenn ich Fred und Peta betrachtete, konnte ich sehen, dass das zumindest einem von beiden gelungen war.

Kapitel zwanzig

***HMS Attack*, Portland, Dorset**
27. April 1944

Die *Exercise Tiger* war gestern Nacht nach Plan verlaufen, und ich war an diesem Nachmittag mit einem Gefühl gespannter Erregung aufgewacht, das bis jetzt angehalten hatte. Nun, eine Stunde vor Beginn meiner Mitternachtsschicht, atmete ich die klare Luft ein, während ich von den Quartieren zu den Tunneln ging. Der erste Teil der Übung war glattgelaufen – nicht ein einziges Signal, das wir nicht empfangen hatten. Wir würden diesen Krieg gewinnen, ich wusste es einfach.

Ich blieb stehen und schaute auf zum Himmel. Über mir blinkten Tausende und Abertausende von Sternen. Mir wurde leichter ums Herz. Noch eine weitere Nacht üben, dann würde man auf gutes Wetter für eine Invasion warten. Nicht dass irgendwer das offen ausgesprochen hätte, doch bei Übungen von einem solchen Umfang musste es genau das sein, worauf man abzielte. Die amerikanischen Mädchen, mit denen ich zusammenarbeitete, waren längst nicht so schlimm, wie ich zu Anfang befürchtet hatte, nur ein bisschen nervös. Aber das war nur verständlich, so weit weg von zu Hause. Das Gleiche galt für die Männer. Als die ersten Truppen bei uns eintrafen, waren sie nervös gewesen und leicht reizbar, doch das wochenlange Kampieren auf einem schlammigen Feld hatte ihre Aufregung gedämpft.

Die heutige Nachtschicht würde das Ende der Übung bedeuten. Ich hatte seit Tagen nichts mehr von Bobby gehört und nahm an, dass er in die Operation involviert war – sicher wusste ich das allerdings nicht. Die Arbeit war etwas, worüber wir nie sprachen.

»Gut gemacht gestern Nacht«, sagte eine Stimme.

Überrascht riss ich meinen Blick vom Sternenhimmel los und drehte mich um. Hinter mir stand Commander Rowse. Sofort nahm ich Haltung an und salutierte. In der Dunkelheit hatte ich nicht bemerkt, dass er auf mich zukam. »Danke, Sir.«

»Ich wusste, dass Sie die Richtige für die Aufgabe sind.«

Ich nickte und spürte, wie mir die Röte in die Wangen stieg. Alles lief glatt, ausnahmsweise sogar der Krieg. Ich setzte meinen Weg zu den Tunneln fort.

»Die Bedingungen sind gut.« Er passte seinen Schritt meinem an.

»Ja, Sir.«

Er nickte und wandte sich in Richtung der Docks, während ich im Laufschritt zum Tunneleingang eilte. Ich wollte sichergehen, dass alles für meine Schicht bereit war, genau wie gestern Nacht. Das hier war eine amerikanische Operation, und meine Aufgabe war es, dafür zu sorgen, dass sie ein Erfolg wurde.

In den Tunneln ging ich zum Funkraum der Amerikanerinnen, sah das Team, das auf den Schichtwechsel wartete, und spürte die Unruhe der Frauen. Schnell zählte ich die Köpfe und vergewisserte mich, dass alle da waren. Susan, die Jüngste im Team, kam auf mich zu.

»Ich bin so froh, dass du hier bist. Dolores traut sich nicht zu sagen, dass sie sich nicht wohlfühlt.« Sie deutete auf ihren Bauch, und ich spürte, wie sich mein eigener voller Mitgefühl zusammenschnürte.

»Ich rede mit ihr.« Ich schaute durch die Tür zu dem engen Raum, in dem die acht Telegraphistinnen an den beiden langen Tischen entlang den Wänden saßen. Ihre Erschöpfung zeigte sich deutlich an ihren herabhängenden Schultern. Das Horchen auf Signale erforderte äußerste Konzentration, und ich wusste, dass der Konvoi im Augenblick unterwegs war.

»Dolores?«

Sie nickte.

»Fühlst du dich zu unwohl für deinen Dienst?«

»Es geht schon.«

Ich zog eine Augenbraue in die Höhe. »Bist du dir sicher?«

»Ja.«

Die Entscheidung war getroffen, und ich hoffte, dass es die richtige war. Ich suchte den Raum des diensthabenden Offiziers auf. Es war fünf Minuten vor Mitternacht.

Die Uhr an der Wand stand auf null dreihundert, der Konvoi kam gut voran. Die Funkgeräte blieben relativ ruhig. Captain Harris hatte den Raum verlassen. Ich holte tief Luft. Stille füllte die Luft, gemischt mit Zigarettenrauch und dem Geruch nach kaltem Kaffee. Ab und an hörte man das Klappern einer Morsetaste. Noch ein paar Stunden, und ich hätte es hinter mir. Morgen würde ich mich hoffentlich mit Bobby treffen. Ich sah seine lächelnden blauen Augen vor mir, die abrupt verschwanden, als ich das Rufzeichen hörte. Mein Bleistift schwebte über dem Papier, mein Finger verharrte an der Morsetaste. Das Team um mich herum wurde aktiv, konnte kaum mithalten mit der Flut der eingehenden Signale. Die Stille wurde schlagartig abgelöst von ratternden Klopfgeräuschen.

Ich sah, wie sich im Raum die Köpfe hoben. Die Frauen sahen einander an, die Stirn verwirrt in Falten gelegt. Irgendetwas ging hier vor. Ich blendete den Lärm um mich herum aus und konzentrierte mich auf die eingehenden Nachrichten. Als ich die Morsezeichen auf meinen Block notierte, stellte ich fest, dass die Nachricht unverschlüsselt war.

»O mein Gott!«, hörte ich Dolores in dem Moment rufen. »Sie werden beschossen!« Sie war weiß wie ein Bettlaken.

»Das gehört zur Übung«, sagte eines der Mädchen. »Genau wie letzte Nacht.«

Ich hatte mitbekommen, dass scharfe Munition verwendet wurde, um die Männer vorzubereiten. Die meisten von ihnen hatten so gut wie keine Erfahrung, schon gar nicht mit einem Gefechtseinsatz. Ich dachte an die frischen, eifrigen Gesichter, die am Rand der Tanzfläche standen oder lächelnd durch die Straßen schlenderten.

»Nein, nein, sie wurden getroffen, das Schiff sinkt! Sie

benutzen keinen Code mehr.« Dolores senkte den Kopf, lauschte, schrieb und klopfte.

»Erinnere sie daran, dass sie den Code benutzen sollen!«, rief ich über das metallische Klappern hinweg. Panik sprach aus den Blicken der Frauen, und ich konnte nicht leugnen, dass auch ich Panik verspürte.

Ich richtete meine Kopfhörer und lauschte angestrengt, um absolut sicher zu sein, was ich hörte. Notierte in Höchstgeschwindigkeit die Nachrichten. Ja, wir waren getroffen worden. Diese Botschaft war unverschlüsselt. Ich antwortete ihnen, sie sollten den Code verwenden. Die Nachrichten gingen weiter unverschlüsselt ein. Aus jedem Wort sprach nackte Angst.

Wir sind zwanzig Meilen vor Portland Bill. Schickt Hilfe.

SOS ··· ––– ··· Das Schiff wurde getroffen.

Ich warf einen Blick auf die Frauen um mich herum. Alle waren völlig gefangen genommen von dem, was geschah. Die Schiffe wussten nicht, woher das Feuer kam. Ich horchte auf die *Dits* und *Dahs*, die ihre Verwirrung ausdrückten.

Warum schießen die Briten auf uns?

Ich wiederholte, dass sie den Code verwenden sollten.

Nein, das sind nicht die Briten. Da sind deutsche Schnellboote. Keine Ahnung, wie viele. Schickt Hilfe.

Seid ihr sicher, dass es keine U-Boote sind?, fragte ich. Mein Finger drückte blitzschnell die Taste.

Schnellboote der deutschen Kriegsmarine, kam umgehend die Antwort. *Drei, vielleicht mehr.*

Ich konnte kaum mit der Flut der eingehenden Nachrichten mithalten. Es waren nicht nur *Dits* und *Dahs,* es war Angst, und Angst brauchte keine Übersetzung.

Warum hilft uns denn niemand?

Ein weiterer Blick durch den Raum und zur Tür von Captain Harris' Büro zeigte mir, dass dieser noch nicht zurückgekehrt war. Hatte er sich während der ruhigen Zeit davongestohlen, um sich zu beraten? Wo steckte er jetzt? Männer starben, wir mussten dringend etwas tun! Er könnte helfen. Wir saßen hier sicher in einer unterirdischen Bunkeranlage, während deutsche Schnellboote den Konvoi zerstörten. Ganz in der Nähe tobte ein Gefecht. Wo waren die Schiffe, die die Landungsschiffe schützen sollten? Was passierte in den Räumen ein Stück weiter den Gang entlang? Was sagten die britischen Schiffe? Wussten sie, was passierte?

Das Schiff sinkt. Wir sind verloren. Herr im Himmel! Bill hat einen Granatsplitter abbekommen, mitten in die Brust.

Hier ist Fähnrich Peter Crown. Bitte sagt meiner Frau, dass ich sie liebe, und meiner Mutter, dass es mir leidtut. Sagt…

Die Übertragung brach ab. Ich sah mich um. Die weißen Gesichter um mich herum sagten alle dasselbe.

Lieber Gott, betete ich. *Steh den Männern bei.*

Ich fing ein weiteres Signal auf. Wieder benutzte der Telegraphist auf dem Landungsschiff keinen Code, sondern morste in unverschlüsseltem Klartext. Dabei war es absolut wichtig, den Code zu verwenden. Die Schnellboote konnten diese Signale ebenfalls auffangen! Bei seinen Worten stellten sich mir sämtliche Haare auf. Die Männer starben.

Wo bleibt die Hilfe? Wir werden von allen Seiten beschossen.

Es sind drei Schnellboote. Männer sterben im Wasser. SOS ··· ——— ···

Mit zitternder Hand schrieb ich alles auf. Ich konnte nicht länger die Frauen um mich herum sehen. Ich war mit den Männern auf den Booten, mitten im Beschuss, inmitten der Explosionen. Sie meldeten mir alles. Mit jedem *Dit* und jedem *Dah* hörte ich sie sterben. Ohne den Schutz der Verschlüsselung war ihr Schmerz der meine.

Hörten die anderen Frauen dasselbe? Warum half niemand diesen Booten? Es waren Schiffe im Hafen. Sie konnten etwas tun. Wir konnten dafür sorgen, dass das aufhörte. Wir *mussten* etwas tun!

Herrgott, sie ertrinken alle. Sie tragen ihre Rucksäcke, bereit, am Strand zu landen, aber damit können sie nicht schwimmen.

Bitte benutzt den Code, morste ich panisch, aber das war nicht das, was sie hören wollten.

Wir sterben. Das Schiff wurde schon wieder getroffen. SOS ··· ——— ···

Ich kümmere mich darum, antwortete ich. Mein Finger schwebte über der Taste. Was sollte ich sonst sagen? Hektisch riss ich ein weiteres Blatt von meinem Block ab und sah mich nach dem verantwortlichen Offizier um. Noch immer keine Spur von ihm. Wusste er, was passierte? War er fort, um Hilfe zu holen?

Bitte.

Was sollte ich darauf erwidern? Eilig tippte ich: *Ihr müsst das Beste für euch selbst tun.*

Sie kommen nicht. Gott, so hilf uns doch jemand.

Eine aus dem Team schaute auf. »Was können wir tun?«

»Zeichne einfach alles auf, absolut alles.« Ich nahm meine Kopfhörer ab. Ich musste etwas tun. Ich gab den Frauen zu verstehen, dass sie weitermachen sollten. Die Dekodierer waren genauso verblüfft wie ich. Sie hatten nichts zu tun, es gab nichts zu entschlüsseln. Ich gab mir alle Mühe, aufrecht zu gehen, die Schultern gestrafft, doch ich tappte durch den Gang, als wäre die Welt aus den Angeln gekippt. Wo war Captain Harris? Wohin war er gegangen? Diese Männer brauchten Hilfe. Sie befanden sich in Reichweite von Portland. Wir könnten ihnen binnen Minuten Schiffe schicken. Warum unternahmen wir nichts? Gestern Abend waren sämtliche Befehlshaber versammelt gewesen, und heute Abend waren bloß meine Mädchen und ich hier?

Ich schaute auf die Wände des Tunnels, die immer enger zu werden schienen. Was war passiert? Fand eine feindliche Invasion statt? Ich schauderte. Niemand war zu sehen. Ich hatte keine Ahnung, was ich tun sollte – meine Schicht verlassen und mich auf die Suche nach Hilfe begeben oder bei den Frauen bleiben und das Massaker protokollieren? Ich hatte kaum ein paar Schritte gemacht, als ich hörte, wie eine meiner Telegraphistinnen einen Schrei ausstieß. Ich kehrte auf meinen Posten zurück. Ich würde gemeinsam mit ihnen zur Zeugin werden. Zitternd setzte ich den Kopfhörer auf und sank auf meinen Stuhl.

Die Stunden verstrichen. Niemand kam uns oder den Jungs zu Hilfe. Die Offiziere waren nirgendwo aufzutreiben. Der Zorn in mir verschwand, an seine Stelle trat ein

Gefühl der Betäubung. Das Entsetzliche setzte sich fort, Stunde um Stunde. Ich hörte den Schmerz der Männer, meine Ohren fingen den Takt ihres Todes auf. *Dit dit dit dah dah dah dit dit dit* ··· ––– ···

Endlich zeigte die Uhr an der Wand null achthundert. Die nächste Schicht traf ein, und wir übergaben schweigend. Ich sammelte die Protokolle von allen ein. Die vergangenen acht Stunden kamen uns vor wie eine Ewigkeit. Wir hatten als Letzte Kontakt zu den Männern gehabt, die diesen Morgen nicht mehr erlebten. Ich wich den Blicken meiner Telegraphistinnen aus. Ich würde darin ohnehin nur meinen eigenen Zorn, meine Machtlosigkeit und meinen Schmerz gespiegelt sehen. Eine der Frauen streckte die Hand aus und berührte meine. Ich erstarrte, dann holte ich tief Luft. Unsere Blicke trafen sich. Nach einem kurzen Moment wandte ich mich ab und marschierte den Gang entlang, um die Protokolle zu überreichen.

Die Tür zum Büro stand offen, doch niemand war dort. *Sie haben das sinkende Schiff verlassen,* schoss es mir durch den Kopf. Sie waren alle entkommen, hatten uns hilflos zurückgelassen. Es war ein Massaker gewesen. Ich hatte keine Ahnung, wie viele Männer tot waren, doch alles, woran ich denken konnte, war Bobby. War er einer von ihnen?

Endlich sah ich Captain Harris aus einem der Kommandoräume kommen. Ich streckte ihm die Blätter entgegen. Am liebsten hätte ich sie ihm um die Ohren gehauen. Gerade als ich mich umdrehen und zu meinen Mädchen zurückkehren wollte, sah ich Commander Rowse hinter Harris aus dem Raum treten.

Der Commander nickte. Plötzlich tauchte First Officer Smith an meiner Seite auf und führte mich aus den Tunneln, gefolgt von den beiden Offizieren. Frische Luft schlug mir entgegen, doch sie wirkte nicht wie sonst belebend auf mich. Sowohl Rowse als auch Harris begannen zu sprechen, aber ich nahm kaum wahr, was sie sagten. Mein Kopf war voll von den Worten der sterbenden Männer, dem dichten Qualm der Zigaretten, vermischt mit dem Aroma des starken Kaffees, den wir bis in die frühen Morgenstunden getrunken hatten. Wir hatten sie sterben lassen, ohne etwas dagegen zu unternehmen. Undeutlich bekam ich mit, dass Commander Rowse First Officer Smith Anweisungen erteilte, die mich daraufhin am Arm fasste und davonführte.

Das Nächste, an das ich mich erinnere, war, dass ich in Smith' Büro saß und sie mir einen großen Whisky einschenkte, obwohl es erst kurz nach acht Uhr morgens war.

»Trinken Sie das.«

Mit zitternden Händen nahm ich das Glas. Der Alkohol brannte sich durch meine Kehle in den Magen, der sich umgehend beschwerte. In mir war alles taub außer dem engen Knoten in meinem Leib, der mich noch zusammenhielt. Zumindest bedeutete das Brennen des Whiskys, dass ich überhaupt noch in der Lage war, etwas zu empfinden. Die Welt um mich herum verschwamm. Nichts stimmte. Niemand hatte etwas getan. Niemand hatte sich so verhalten, wie man es erwarten sollte. Die Landungsschiffe waren von den Schnellbooten der Nazis abgefangen und gleichzeitig vom Land aus von den Alliierten beschossen worden – offenbar ein zeitlichen Unstimmigkeiten geschuldeter Irrtum. Es hatten Verwirrung und Untätigkeit geherrscht, und das war eine Schande.

»Ich verstehe, dass Sie ein Martyrium durchlitten haben.« Smith' Augen sagten sehr viel mehr als ihre Worte.

Ich erwiderte nichts. Die Männer, die gestorben waren, hatten ein Martyrium durchlitten, eine Drangsal aus Feuer und Tod, waren im eisigen Wasser des Ärmelkanals ertrunken, weit weg von ihrem Zuhause und ihren Liebsten. Ich hob das Glas an die Lippen und starrte blicklos über den Rand.

»Reißen Sie sich zusammen, Seaton.«

Ich nickte. Das hätte nicht passieren dürfen. Wir hätten nicht zulassen dürfen, dass die Männer direkt vor unserer Küste ums Leben kamen.

Commander Rowse betrat den Raum. Er sah genauso schrecklich aus, wie ich mich fühlte, bleich und erschüttert. Smith schenkte auch ihm einen Whisky ein, dann füllte sie mein Glas auf. Rowse kippte seinen Whisky in einem Zug herunter.

»Um zwölf Uhr findet eine Versammlung statt.« Er sah mir direkt in die Augen. »Sie werden daran teilnehmen. Ich weiß, dass das eine Selbstverständlichkeit ist, aber sagen Sie zu niemandem ein Wort über das, was Sie gehört oder zu hören gemeint haben.«

Ich starrte ihn an. Er sollte wissen, was zu tun war, doch stattdessen sah er mich an und flehte förmlich darum, dass ich nicht zusammenbrach. Wie sollte ich das bewerkstelligen? Ich spürte bereits, wie ich Risse bekam, die immer größer wurden, alles in mir drängte nach außen. Ich folgte seinem Beispiel und kippte den Whisky in einem Zug. Smith zog die Brauen hoch.

»Legen Sie sich hin und versuchen Sie, etwas Schlaf zu bekommen«, sagte sie.

»Danke.« Selbst in meinen Ohren klang das Wort verschliffen, doch ob das am Alkohol lag, an der Erschöpfung oder an meiner Verzweiflung, konnte ich nicht sagen, und es war mir auch egal.

Als ich die Tür zu meiner Kajüte öffnete, stellte ich erleichtert fest, dass außer mir niemand da war. Ich taumelte ins Badezimmer und spritzte mir Wasser ins Gesicht. Mein Magen rebellierte, also beugte ich mich übers Waschbecken und würgte, aber es kam nichts. Wieder und wieder krampfte sich mein Magen zusammen – vergeblich. Nichts wollte aus mir herauskommen. Nichts durfte aus mir herauskommen. Mein Gesicht sah nicht anders aus als gestern, und doch wusste ich, dass ich nie mehr dieselbe sein würde.

Kapitel einundzwanzig

Constantine, Falmouth, Cornwall
12. September 2015

Der Kaffee war schwarz, doch Lara brauchte jedes bisschen Koffein, das sie kriegen konnte, als sie die Notizen durchsah, die sich Cassie bezüglich der Hochzeit gemacht hatte. Cassie hatte sie gestern aus dem Krankenhaus angerufen, um ihr mitzuteilen, dass ihre Mutter ein Aneurysma habe. Lara hatte nicht gezögert und ihre Freundin aufgefordert, bei ihrem Dad zu bleiben – sie würde sich um die Hochzeit kümmern. Auf Cassies Anweisung hin hatte sie Peta Rowse angerufen, sie auf den neuesten Stand der Entwicklungen gebracht und ihr versichert, dass alles nach Plan laufen werde: Die Vorbereitungen seien abgeschlossen, Cassies Team wusste, was zu tun war, und Lara war da, um es zu beaufsichtigen. Die Braut zeigte sich erstaunlich gelassen darüber, dass ihr Caterer nicht da sein würde, und bekundete stattdessen ihr Mitgefühl für Cassie und ihre Mutter.

Lara ging die Unterlagen durch. Hundertfünfzig Gäste und drei Gänge. Der erste Gang sollte in Form von Canapés zum Champagner gereicht werden, während die offiziellen Fotos gemacht wurden. Unterdessen wollte man vor Ort auf mehreren Grills das Hauptgericht – Rindfleisch und Lamm aus der Region – zubereiten. Die vegetarische Option war eine Quiche mit kornischem Käse – einem weißen Stilton – und karamellisierten Zwiebeln. Die Quiches wurden heute Morgen gebacken und später warm serviert. Platten mit frischen Salaten, Gemüse und neuen Kartoffeln sollten auf den langen Tischen verteilt werden. Noch einmal blätterte Lara durch die Seiten und betrachtete die Skizze mit dem Sitzplan sowie den Koch- und Servicebereichen.

Der Empfang fand in einem Tipi statt. In den Unterlagen fand sich ein Foto von dem gleichen Modell bei einer anderen Hochzeit. Das war mal etwas anderes. Lara versuchte, sich in dieser Umgebung ein Tipi vorzustellen, aber die Erinnerungen an ihren eigenen Hochzeitsempfang am Meer verdrängten alle anderen Bilder. Hoffentlich würden Peta Rowse und ihr zukünftiger Ehemann mehr Glück haben als sie selbst, allerdings hatte Lara nicht allzu viel Hoffnung für eine Ehe heutzutage. Die Gesellschaft insgesamt hatte sich verändert. Das Leben war austauschbarer geworden.

Die Brownies, bei deren Zubereitung sie gestern geholfen hatte, waren geschnitten und verpackt. Lara überprüfte sämtliche Kühlschränke und das erforderliche Zubehör zweimal, bevor sie in Cassies Bungalow zurückkehrte, um sich umzuziehen. Cassie hatte darauf bestanden, dass sich Lara, sobald alles lief, ihrer Kochbekleidung entledigte und unter die Gäste mischte, um sich zu vergewissern, dass alles korrekt ablief. Ihr Team wusste, was zu tun war, doch Cassie meinte, sie wäre glücklicher, wenn Lara paratstünde.

Lara öffnete den Kleiderschrank in ihrem Zimmer und betrachtete die ihr zur Verfügung stehende Garderobe, doch sie fand nichts Passendes für eine solche Gelegenheit. Auf eine Hochzeit im Nachsommer war sie nicht vorbereitet gewesen. Snowy strich um ihre Beine, während sie versuchte, eine Entscheidung zu treffen, doch schließlich musste sie sich eingestehen, dass nur ein Blick in Cassies Schrank helfen würde. Hoffentlich hatte ihre Freundin etwas Passendes. Sie hatten zwar ungefähr die gleiche Größe und Figur, aber schon als Kinder war ihr Geschmack weit auseinandergegangen.

Der weiße Kater folgte ihr durch die Küche, wobei er das Hochzeitsfoto ihrer Urgroßeltern vom Küchentisch fegte. Sie bückte sich und legte es zurück. Noch immer hoffte sie, irgendein Detail darauf auszumachen, das ihr weiterhelfen könnte. Bei den wenigen Informationen, die sie hatte, musste sie im Grunde darauf bauen, auf jemanden zu treffen, der Grandie persönlich gekannt hatte. Leo stellte Recherchen über Grandies Verbindungen zur Militärakademie in West Point an, vielleicht kam dabei etwas heraus.

»Na, Snowy, was, glaubst du, hat Cassie in ihrem Schrank?« Lara öffnete die Tür und betrachtete die Auswahl an geblümten Kleidern. Sie standen Cassie ganz hervorragend, aber Lara war ein völlig anderer Typ und konnte mit Blumenmustern nur wenig anfangen. Nichtsdestotrotz fühlte sie sich zu einem Vintage-Kleid mit Rosenmuster hingezogen, das sie an die Vierzigerjahre erinnerte. Sie nahm es aus dem Schrank und entdeckte ein hübsches Paar rote Schuhe mit einem Riemchen am Knöchel, das hervorragend zu den Rosen passte. Der Absatz war relativ klobig und nicht ganz so hoch, sodass man damit auch gut auf dem Rasen laufen konnte. Es gab nichts Schlimmeres als eine Veranstaltung im Freien, bei der die Schuhe im Gras versanken.

»Das hier dürfte passen, Snowy. Was denkst du?« Lara hielt sich das Kleid vor und warf einen Blick in den Spiegel. Sie würde ihre Haare zu einer Rolle drehen, um den Stil der Vierzigerjahre zu vervollständigen. Hinter ihr rüttelte der Wind an der Fensterscheibe. Sie fragte sich, ob es zu optimistisch war, ein Sommerkleid auszuwählen, aber mit Sicherheit hatte Cassie irgendwo eine feine Strickjacke, die sie darüberziehen konnte.

Nach kurzem Suchen entdeckte sie tatsächlich ein passendes Jäckchen. Sie machte ihre Haare, zog eine schwarze Hose und ein T-Shirt an, über das sie ihre weiße Kochjacke ziehen würde, und packte die Sachen ein, die sie sich von Cassie leihen wollte. Der weiße Kater verfolgte jede ihrer Bewegungen.

Als sie fertig war, blieb ihr gerade noch Zeit, eine Kanne Kaffee aufzusetzen, bevor das Team eintraf und alle gemeinsam nach Windward aufbrechen würden. Snowy stolzierte über das Sofa und rieb sich an ihren Beinen. Lara strich ihm von Kopf bis Schwanz über das lange, weiße Fell. Es hatte ganz den Anschein, dass er auf Dauer hier eingezogen war. Sie wusste, dass sie ihn zum Tierarzt bringen sollte, um nachsehen zu lassen, ob er gechipt war – sein Besitzer machte sich womöglich Sorgen um ihn. Cassie hatte sich umgehört, doch anscheinend schien niemand eine Katze zu vermissen. Snowy miaute und sprang vom Sofa, dann tappte er in die Küche und blieb erwartungsvoll vor dem Schrank stehen, den Lara erst vor Kurzem mit Katzenfutter gefüllt hatte. Ihr war bewusst, dass sie es vermutlich übertrieb, doch Hauptsache, er war ein rundherum glücklicher Kater.

Windward, Mawnan Smith, Falmouth, Cornwall
12. September 2015

Die Kulisse raubte Lara den Atem. Bei ihren beiden vorherigen Besuchen war sie nie bis zum hinteren Garten vorgedrungen, von dem aus man das Meer überblicken konnte. Der Rasen erstreckte sich bis zu einer Klippe, die steil zu dem darunterliegenden Strand abfiel. Sie schlenderte zu dem riesigen Tipi mit den drei Spitzen, das in der Mitte der Rasenfläche aufgebaut war, während Cassies Catering-Team die Grills an der Seite des Hauses zusammenbaute. Alles tropfte von dem heftigen Unwetter gestern Nacht, und Lara war dankbar, dass sie in letzter Minute daran gedacht hatte, ein Paar Gummistiefel in den Wagen zu werfen. Obwohl die Sonne vom Himmel strahlte, musste es erst wärmer werden, damit alles trocknete. Sie betrachtete die Bucht. Der Himmel war wolkenlos. Die Sicht war so klar, dass sie das Gefühl hatte, vor einem HD-Fernseher zu stehen. Regentropfen klammerten sich an die Nadeln der Kiefer, und das darauffallende Sonnenlicht zauberte Regenbogenfarben auf den Stoff des Tipis – die Verheißung auf eine glückliche Zukunft für das Brautpaar?

Der Kühllieferwagen parkte dicht an der Küche. Lara nahm einen Schluck Kaffee aus ihrem mittlerweile allgegenwärtigen To-go-Becher und verschaffte sich einen Überblick über das Gelände. Die transportablen Sanitäranlagen waren ein Stück vom Haus entfernt aufgestellt worden, diskret versteckt hinter einer Baumreihe. Alles war wohldurchdacht und wirkte trotzdem nicht übertrieben hochzeitsmäßig. Cassie hatte erwähnt, dass Peta die Kleider selbst entworfen hatte. Laras Bewunderung für das Talent der Braut wuchs, als sie eine der Brautjungfern durch die Küche eilen sah. Sie trug ein burgunderrotes Kleid, dessen intensive Farbe in dem fließenden Rock zu einem weichen Rosé verlief. Das war kein gewöhnliches Brautjungfernkleid. Kurz darauf erblickte sie eine weitere Brautjungfer, deren Kleid mit seinem blassrosa Oberteil ihrem Teint schmeichelte, bevor es immer dunkler und an den Knöcheln schließlich burgunderrot wurde. Jede Brautjungfer trug ein anderes Kleid – manche waren schulterfrei und ausgesprochen elegant, andere erinnerten eher an den Stil einer Diva aus den 1950er Jahren. Lara war beeindruckt und gespannt, was die Braut wohl für sich selbst geschneidert hatte.

Sie schüttete den restlichen Kaffee auf den Rasen, dann betrat sie das Tipi, wo sie auf eine Frau mit stahlgrauen Haaren stieß, die wundervolle kleine Blumengestecke in regelmäßigen Abständen auf den langen Tischen verteilte. Der Effekt war bezaubernd und bildete eine schöne Ergänzung zu den Kleidern, die Lara gesehen hatte.

»Hallo, sind Sie Cassie?«

»Nein, Cassie ist leider durch einen Notfall in ihrer Familie kurzfristig verhindert. Ich bin Lara.«

»Victoria Roberts«, stellte sich die Frau vor und steckte eine weitere Anemone in eine kleine Vase, bevor sie innehielt und sich aufrichtete. Sie war eine beeindruckende, eher streng wirkende Erscheinung, und Lara fragte sich, ob sie sie wohl gleich niedermachen würde. »Wie enttäuschend. Ich hoffe, es ist nichts Ernstes.« Noch bevor Lara etwas erwidern konnte, fragte die Frau: »Weiß Peta davon?«

Lara nickte. »Ich habe gestern mit ihr gesprochen.«

»Gut. An seinem Hochzeitstag braucht man nicht noch zusätzlichen Stress.«

»Das ist wahr.« Lara zählte die Tische, bemerkte die Tanzfläche an einem Ende des Tipis und mehrere zu einer Sitzecke gruppierte Sofas am anderen. »Die Blumen sehen wundervoll aus.«

»Danke. Die Braut hat sie ausgesucht.«

Lara überließ die Frau ihrer Aufgabe und ging zu dem Tisch, auf dem die Hochzeitstorte stand. Die glatte Eiweißspritzglasur war mit zarten Herbstblättern bedeckt und mit Geißblatt- und Jasminranken verziert – ein wahres Kunstwerk. Sie wandte sich wieder der Tanzfläche zu. Wenn die Musik aufgedreht wurde und die Gäste zu tanzen begannen, wäre sie längst gegangen.

Peta stand in meinem Schlafzimmer vor dem großen Spiegel meiner Großmutter, genau wie meine Schwester an ihrem Hochzeitstag vor siebzig Jahren. Meine Mutter hatte darauf bestanden, dass ich an der Hochzeit teilnahm, doch offensichtlich hatte sie nicht begriffen, wie schwer das für mich war. Sogar dann verschloss sich ihr Verstand der Realität. Nur sechs Personen kannten an jenem strahlend schönen Septembertag die ganze Wahrheit, und jede davon hatte auf verschiedene Weise Narben davongetragen. All die Jahre später wusste ich nur, was aus meinem Vater, meiner Mutter, meiner Großmutter und mir geworden war – das Schicksal von Bobby und meiner Schwester kannte ich nicht.

Heute schoss der Fotograf Fotos, und ich versuchte, ihn zu ignorieren, während ich den Schleier meiner Großmutter auf Petas Kopf platzierte. Er sah wunderschön aus zu dem selbstgeschneiderten Kleid. Trotz des schmalen Goldrings in ihrer Nase und den vielen Perlen in ihren Ohren bot Andrews Enkelin ein Bild der Unschuld und der Liebe.

Ich sicherte den Schleier mit einer letzten Haarnadel, und sie legte ihre Hand auf meine, die auf ihrer Schulter ruhte. »Danke.«

»Wofür?« Ich sah, wie glücklich sie war, und lächelte. Ihr Glück würde mich durch den Tag bringen.

»Für alles.«

Ich zupfte ihren Schleier zurecht. »Nicht der Rede wert.«

»Das stimmt nicht.« Sie legte mir den Finger unters Kinn. »Du warst immer für mich da.«

Ich schluckte. »Ich liebe dich.«

»Ich liebe dich auch, aber ich sage es nicht oft genug.«

Ich wandte mich von ihrer strahlenden Schönheit ab.

Ich würde nicht zulassen, dass die Vergangenheit den heutigen Tag umwölkte.

»Ich weiß nicht, was dir solchen Schmerz bereitet, aber ich kann ihn spüren.« Sie umarmte mich und wischte mir eine Träne aus dem Augenwinkel. »Ich weiß nicht, ob du an meine Eltern oder an Großvater denkst. Das macht mich ebenfalls traurig, aber wir beide werden das hier schon hinter uns bringen.« Sie küsste mich auf die Wange. »Und siehst du: Ich hatte recht, was das Wetter betrifft.« Der Vormittag war trocken und windig gewesen, doch wie durch ein Wunder hatte sich der Wind gelegt. Alles wirkte so ruhig und frisch, als hätte Gott selbst den Tag sauber gewischt, dazu schien die Sonne vom Himmel. »Du siehst wunderschön aus.«

»Danke. So fühle ich mich auch.« Lächelnd betrachtete sie ihr Spiegelbild.

Ihre oberste Brautjungfer klopfte an die Tür. »Die Kleinen sind fertig.«

»Großartig, danke. Alles klar, Gran?«

Ich nickte und überließ es ihren Freundinnen, letzte Hand anzulegen und die Blumenkrone zurechtzurücken, dann stand Peta auf und trat hinaus auf den Flur. Sie sah aus wie eine Feengöttin, ganz anders als meine Schwester vor siebzig Jahren. Amelia hatte zart und zerbrechlich gewirkt, doch damals wollte ich nicht sehen, wie viel Angst sie hatte, einen Mann zu heiraten, den sie kaum kannte. In ihren Augen standen Sorge und Furcht, doch das blendete ich aus – zu groß war mein eigener Schmerz. Peta dagegen verbreitete nichts als strahlenden Glanz.

Draußen im Flur herrschte Chaos. Kinder flitzten hin

und her und entwischten immer wieder den erwachsenen Brautjungfern, die ihr Bestes gaben, die Kleinen für ein Foto zur Treppe zu dirigieren. Jack stand vor seiner Zimmertür, einen Ausdruck grimmiger Entschlossenheit auf dem Gesicht. Ich sehnte mich danach, durch den Flur zu stürmen und ihm zu versichern, dass ganz bestimmt alles gut werden würde. Doch das war nicht möglich, außerdem hatte ich keine Ahnung, ob ich mit meiner Versicherung recht behalten würde. Fest stand nur, dass alle wunderschön aussahen. Die kleinen Mädchen in ihren bunten Röckchen und die kleinen Jungs in den bunten Seidenwesten. Ich sah, dass Jack unter seinem Gehrock eine ganz ähnliche Weste trug. Er unterschied sich gar nicht so sehr von diesen kleinen Energiebündeln. Es fiel mir leicht, mich daran zu erinnern, wie er in dem Alter gewesen war – ständig hatte er mir Vögel mit gebrochenen Flügeln und verirrte Kätzchen gebracht. Er wollte stets alles richten, daher hatte ich angenommen, er würde Veterinär werden oder Humanmediziner. Wo war dieses große Bedürfnis, alles wieder ganz zu machen, geblieben? Ich seufzte, als mir klar wurde, dass es zusammen mit seinem Vater gestorben war. Jack hatte versucht, ihm begreiflich zu machen, dass er noch immer geliebt wurde, aber George hatte nichts anderes sehen können als den Verlust seiner Frau.

Peta schaute inmitten des Chaos auf und streckte die Hand nach ihrem Bruder aus. Er lächelte sie an, und mein Herz machte einen kleinen Satz. Der kleine Junge war noch da, und er würde alles für seine Schwester tun, sogar dies.

Kapitel zweiundzwanzig

HMS Attack, **Portland, Dorset**
28. April 1944

Jemand klopfte an die Tür der Kajüte, dann trat Pat mit einer Tasse Tee in der Hand ein. »Hi. First Officer Smith schickt mich. Ich soll dir das bringen.« Sie sah mich mit zusammengekniffenen Augen an. »Ich denke, die kannst du gebrauchen.«

Ich nickte. Mein Kopf hämmerte. Helles Sonnenlicht fiel durch das Fenster der Kajüte, und jedes Mal, wenn ich aufblickte, schien ein scharfes Stechen meinen Kopf in zwei Hälften zu teilen. Am liebsten wäre ich tot gewesen. Mein Mund schmeckte schal nach Whisky.

»Ich habe keine Ahnung, was passiert ist.« Pat schauderte. »Ich weiß nur, dass den ganzen Morgen über die Leichname der jungen Amerikaner an die Küste gebracht wurden. Es ist grauenvoll.« Sie setzte sich ans Fußende, und ich schloss die Augen und versuchte, das Bild auszublenden, das ihre Worte in meinem Kopf hervorriefen.

Bobby.

»Zum Glück habe ich von Joe gehört.« Sie schlug die

Hand vor den Mund. »O Gott, es tut mir leid. Hast du Nachricht von Bobby? Joe hat ihn gar nicht erwähnt ...«

Ich öffnete die Augen und nahm ihr Tasse und Untertasse ab, dann blies ich vorsichtig über den heißen Tee, um ihn abzukühlen. Die öligen Pfützen auf der Teeoberfläche trieben hin und her. »Nein.«

Pat warf einen Blick auf ihre Uhr. »Es ist zehn Uhr fünfzig.«

Ich nickte, was in mir das Gefühl hervorrief, mein Gehirn würde gegen meine Schädelseiten prallen. Gequält zuckte ich zusammen.

Pats Blick fiel auf meine Uniform am Boden, die noch dort lag, wo ich sie ausgezogen hatte. »Brauchst du Hilfe?«

»Nein danke. Es geht gleich wieder.«

»Sicher?«

»Ja.« Ich stellte Tasse und Untertasse auf dem Fußboden ab und versuchte, mich wieder zu fangen. Ich wollte meinem schmerzenden Kopf keine Beachtung schenken – der Schmerz war nebensächlich im Vergleich zu dem, was passiert war. Dort draußen waren so viele Menschen gestorben, und ihre Familien würden nun ohne sie auskommen müssen. Womöglich hatte ich Bobby verloren, und der Schmerz würde tiefer gehen als alles, was man mit Whisky anrichten konnte. Ich wiegte mich vor und zurück, bis ich die Kraft fand, meine Uniform anzuziehen und die Tagesdecke auf meinem Bett glattzustreichen.

Draußen vernahm ich die Klage eines einsamen Dudelsackpfeifers. Als ich mich dem Dock näherte, sah ich einen Konvoi aus US-Militärlastern. Ich ging weiter, auch wenn ich mich vor dem, was ich zu sehen bekäme, fürchtete. Mit jedem Schritt brach mir das Herz. Der Konteradmiral und Commander Rowse standen auf dem Motorrettungsboot und überwachten den Abtransport der Leichen. Tränen strömten mir übers Gesicht. Waren das die Jungs, die ich letzte Nacht sterben gehört hatte? Gott bewahre, dass sich Bobby unter ihnen befand!

Commander Rowse blickte auf. Sein Gesicht war aschfahl. Er wirkte resigniert. Was für ein Verlust! Er sah mich an, und ich wusste, dass ich mich zusammenreißen musste. Ich wandte mich ab und atmete tief durch, um die Spinnweben zu vertreiben, die mein Gehirn umhüllten. Wir hatten diese Männer letzte Nacht sterben lassen. Das wusste ich. Sie waren dicht genug an Portland gewesen, um ihnen Hilfe zu schicken. Ihr Tod hätte vermieden werden können, und wir trugen die Verantwortung dafür, dass dies nicht geschehen war. Ich schritt auf und ab. Zorn stieg in mir auf, und dann war plötzlich gar nichts mehr da, und es war Zeit, zu der Versammlung zu gehen.

Ein amerikanischer Sergeant mit einem Clipboard in der Hand stand vor der Tür des Versammlungsraums Wache. Er musterte mich von oben bis unten. »Name?«

»Leading Wren Seaton.« Ich spuckte die Worte förmlich aus. Meine Hände waren zu Fäusten geballt.

Er trat zur Seite, nachdem er meinen Namen auf der Liste abgehakt hatte. Der Raum war bereits voll. Unglücklicherweise gab es nur noch einen einzigen freien Platz ganz vorne, in der ersten Reihe. Wäre da nicht mein hämmernder Kopf gewesen, hätte ich mich nach hinten gestellt, doch so drängte ich mich nach vorn und setzte mich, während ich gleichzeitig die Menge nach Bobby absuchte oder zumindest nach jemandem, bei dem ich mich nach ihm erkundigen konnte. Als ich Platz genommen hatte, fragte ich mich, ob es das war, was Amelia empfand, wenn sie keine Nachricht von Eddie bekam. Aber nein, sie war anders als ich, positiver. Ich musste die Hoffnung bewahren. Bobby könnte in London oder sonst wo sein. Ich betete, dass er sich nicht unter den vielen Toten befand, die unter dem klagenden Lied des Dudelsackpfeifers geborgen worden waren. Das waren die Männer, deren Signale ich letzte Nacht empfangen hatte. Ich wusste, dass ich sie für immer hören würde.

Ich wandte meine Aufmerksamkeit dem amerikanischen General zu, der vorne mit einem Zeigestock auf eine Schautafel deutete. Neben ihm standen ein Admiral der US-Marine und ein Konteradmiral. An der Seite des Raumes entdeckte ich Commander Rowse. Er hatte die Stirn in tiefe Falten gelegt. Der Konteradmiral trat einen Schritt vor.

»Ich sehe, dass noch einige Leute fehlen, aber wir haben keine Zeit zu verlieren.« Ich betrachtete ihn, während er in die Runde blickte und mit einigen der Anwesenden Augenkontakt suchte. »Jeder weiß, warum wir hier sind, doch ich will eines klarstellen: Alles, was heute gesagt wird, unterliegt der offiziellen Geheimhaltung. Sollte jemand etwas durchsickern lassen, wird er vor ein Kriegsgericht gestellt. Das ist Fakt und keine simple Drohung. Ich verlasse mich auf Ihre absolute Integrität.« Wieder schweifte sein Blick durch den Raum von einem zum anderen, mich eingeschlossen.

»Ich erwarte von Ihnen, dass Sie sich auf Ihre Schlüsselfunktionen konzentrieren. Wir werden unsere Lehren aus dem ziehen, was passiert ist, das sind wir all den Männern schuldig, die ihr Leben verloren haben.«

Der US-Admiral trat vor. »Wenn Sie hier sind, wissen Sie, dass in den vergangenen Nächten Landungsübungen an den Stränden von Dorset abgehalten wurden. Die Tragödie von gestern Nacht hat gezeigt, dass wir Fehler gemacht haben. Es wird eine gründliche Untersuchung stattfinden, die Sicherheitsvorkehrungen werden erhöht.« Er räusperte sich. »Das ist zwingend notwendig.« Er blickte in die Gesichter vor ihm. »Ich möchte mich bei Ihnen allen bedanken, dass Sie in dieser fatalen Situation Ihr Bestes gegeben haben, vor allem die Ärzte. Dank Ihrer Hilfe konnten viele Leben gerettet werden.«

Trotz seiner höflichen Worte konnte ich ihm seine Empörung und sein Entsetzen anmerken, auch wenn man uns noch gar nichts gesagt hatte. Vermutlich wusste ich mehr als viele der Anwesenden um mich herum, zum Beispiel dass der Konvoi nicht nur von den Deutschen angegriffen, sondern gleichzeitig unter »friendly fire« geraten und von den britischen Schiffen beschossen worden war – denn das hatten die Männer unverschlüsselt übermittelt.

»Wir werden jeden Stein umdrehen, so lange, bis wir genau herausgefunden haben, was passiert ist.« Der US-Admiral drehte sich um und trat zur Seite. »Jeder von Ihnen wird einzeln vernommen werden, und denken Sie daran, absolutes Stillschweigen zu bewahren und mit niemandem außer Commander Rowse oder mir über den Vorfall zu reden.«

Ich schaute den Commander an. Er stand aufrecht da,

doch seine Augen wirkten erschöpft. Ich bezweifelte, dass er überhaupt ein paar Stunden Schlaf bekommen hatte.

Die Versammlung war vorbei. Die Leute standen auf. Als ich mich umdrehte, bemerkte ich Captain Tucker, der soeben den Raum verließ. Unsere Blicke trafen sich. Ich trat auf den Gang hinaus und stellte fest, dass er auf mich wartete.

»Ich habe keine Neuigkeiten.«

Ich nickte. Seine Worte bestätigten mir, was ich am meisten fürchtete. Warum hatte ich Bobby nicht gesagt, was ich für ihn empfand? Nun würde ich vielleicht nie mehr die Gelegenheit dazu bekommen. Draußen empfing mich der dichte Nebel, der vom Meer heraufzog. »Keine Neuigkeiten« musste nicht unbedingt etwas Schlimmes bedeuten, aber es war schwer, nicht die Hoffnung zu verlieren.

30. April 1944

Dot ging neben mir her zu unseren Quartieren. Wir waren in der Kirche gewesen. Ich hatte versucht zu beten, doch ich konnte lediglich stumm dasitzen und zu den Liedern die Lippen bewegen. Zwei Tage waren vergangen, und das Wetter war noch immer trüb – ich hoffte, die Sonne würde bald durchkommen und den Nebel vertreiben. Obwohl wir schon Ende April hatten, kam ich mir vor wie im Winter. Nicht einmal die Kirchenlieder konnten meine düstere Stimmung heben.

»Das ist der zweite Tag, an dem die Flagge auf Halbmast weht.« Dots Blick schweifte zu den Booten im Hafen. »Glaubst du, das ist wegen der vielen jungen Amerikaner, die man vor zwei Tagen geborgen hat?«

Ich zuckte die Schultern. Es gab nichts, was ich erwidern konnte. Ich wünschte, ich wüsste es nicht. Von Bobby hatte ich noch immer nichts gehört.

»Alles in Ordnung?«, fragte sie, als wir unser Quartier erreichten. »Nein, das ist eine dumme Frage.«

Ich nickte. Sie hatte gestern von ihrem Flieger Nachricht erhalten, in ihrer Welt war alles in Ordnung. Meine Welt bestand ausschließlich aus meinem Job. Ich war hin- und hergerissen. Wäre ich meinem Vorsatz treu geblieben und hätte mich nicht in Bobby verliebt, dann würde ich mich jetzt nicht in dieser Situation befinden. Ich würde weder das Gefühl von Liebe kennen noch das von Verlust. Wir betraten die Mannschaftsmesse, und ich öffnete den Brief, den mir Amelia geschickt hatte. Bislang hatte ich noch keine Gelegenheit dazu gehabt.

28. April 1944

Liebste Delly,

Eddies letzter Urlaub wurde gestrichen, und nun hofft er, dass er sich Mitte Mai freinehmen kann. Ich wünsche mir so sehr, dass wir dann heiraten. Ich weiß, das ist verrückt, aber ich möchte lediglich die Sicherheit haben, dass er mein ist, wirklich und wahrhaftig mein. Er hält mich für übergeschnappt und fände es besser, wenn wir warten, bis dieser vermaledeite Krieg vorüber ist, aber er sagt, er wird mich jederzeit heiraten – ganz gleich ob heute oder morgen oder wann immer ich möchte. Mutter sagt nichts dazu, was mir Sorgen bereitet, aber Großmutter hat nichts gegen eine Kriegshochzeit einzuwenden.

Ich schaute lächelnd aus dem Fenster. Ja, es würde Großmutter gefallen, dass Amelia Eddie Carew heiratete. Vermutlich ginge sie sogar davon aus, dass die Verbindung meine Chancen erhöhte, doch mein Herz gehörte bereits einem Mann. Es würde keinen anderen geben.

Ich mache mir ernsthafte Sorgen um Mutter. Sie ist ausgesprochen verstört und will nicht mit Vater sprechen, wenn er anruft. Ich denke, sie ist außer sich vor Sorge. Ruf sie an, sollte sich die Gelegenheit dazu ergeben. Ich weiß, dass du sagen wirst, dass sie ohnehin nur auf mich hört, aber du kannst mir glauben – das tut sie nicht.

Nimm dir Urlaub, wenn du kannst, und besuche sie. Das wäre wundervoll.

Doch nun zu weiteren Neuigkeiten: Ich liebe meine Arbeit noch immer, auch wenn alle sehr angespannt sind. Ich verbringe viel Zeit mit einem Konteradmiral, und anfangs hat er sehr viel geplaudert, doch inzwischen sitzt er nur noch da und schweigt. Das sagt alles.

Gestern Abend bin ich ins Dorf zum Tanzen gegangen. Die Amerikaner sind ausgesprochen charmant, was eine angenehme Abwechslung zu der angespannten Lage zu Hause ist. Ja, ich spreche schon wieder von Mutter. Es geht ihr gut, wenn sie mit Dingen für das Rote Kreuz beschäftigt ist, doch sobald sie das erledigt hat, ist sie wieder völlig abwesend. Ich weiß nicht, was ich tun soll.

Tante Margaret hat angerufen. Sie war ziemlich in Plauderstimmung. Onkel Reg scheint es gutzugehen, doch in ihrer Stimme schwang etwas Merkwürdiges mit, als sie über ihn sprach.

Ich vermisse dich schrecklich. Mit dir an meiner Seite wäre diese elende Warterei erträglich, so jedoch nicht. Ich spüre deine Angst. Willst du dich mir nicht mitteilen?

Ich liebe dich
Xxxx

Ich faltete den Brief zusammen. Heute Abend würde ich Mutter anrufen. Vielleicht könnte ich mir im Mai wirklich ein paar Tage Urlaub nehmen. Die Vorstellung, Amelias Hochzeit zu verpassen, war mir unerträglich. Ich fand es schon schlimm genug, dass sie ihre Verlobung ohne mich gefeiert hatten. Natürlich verstand ich das, aber das änderte nichts an meiner Enttäuschung. In letzter Zeit war so vieles passiert, was wir nicht gemeinsam erlebt hatten. Es fühlte sich falsch an, von Amelia getrennt zu sein, doch tief im Herzen wusste ich, dass die Kluft zwischen uns größer werden würde, je weiter die Zeit voranschritt. Amelia und ich würden getrennte Wege gehen, das wäre unausweichlich, nur hatte ich zuvor nie wirklich darüber nachgedacht. Ich holte tief Luft und spürte, wie Furcht in mir aufstieg.

Ich hatte nichts von Bobby gehört. Alle, die ihn kannten, schienen mir aus dem Weg zu gehen. Die Zahl der Opfer war hoch, und ich musste akzeptieren, dass Bobby tot war. Der Schmerz durchfuhr mich wie ein Messer, als ich einen Bogen Papier zur Hand nahm und anfing zu schreiben.

Geliebte Hälfte,

ich habe dir nicht viel über den Mann erzählt, den ich liebe, und nun schreibe ich dir, um dir mitzuteilen, dass er wahrscheinlich tot ist. Mehr kann ich dir nicht sagen, weil… Nun, ich kann es nicht.

Ich weiß nicht, wohin mit meinem Leid, also konzentriere ich mich auf die Arbeit und gehe viel spazieren. Meine Freundinnen machen sich Sorgen, aber sie halten Abstand, als spürten sie, dass ich nicht darüber reden möchte. Warum habe ich nicht meinen Vorsatz befolgt, bis zum Ende dieses unglückseligen Krieges keinen Mann auch nur anzublicken? Was soll ich jetzt tun? Warum tut Liebe so weh? Wie hältst du es aus, dass Eddie so weit weg ist und du nie weißt, ob er in Sicherheit ist oder nicht?

Ich möchte seiner Familie schreiben, aber ich kann es nicht. Ich sehne mich danach, Verbindung aufzunehmen, aber wir haben unsere Gefühle füreinander noch nicht einmal uns selbst wirklich eingestanden. Ich bezweifle, dass er mich in einem Brief an zu Hause erwähnt hat. Was, wenn sie noch gar nichts von uns wissen? Mehr kann ich nicht sagen, aber ich habe das Gefühl, innerlich zu zerbrechen. Der Schmerz durchdringt alles, was für mich einst Glück bedeutete.

Es tut mir leid zu hören, dass es Mutter nicht gutgeht. Sie neigte schon immer zu Depressionen. Es muss schwer für sie sein, dass Vater so weit weg ist. Im Nachhinein denke ich, es wäre besser gewesen, sie hätte den Krieg mit Tante Margaret in London verbracht, der es prächtig zu gehen scheint, obwohl Onkel Reg so weit weg ist.

Ich vermisse dich, aber das weißt du ja.
In Liebe
xx

HMS Attack, Portland, Dorset
6. Mai 1944

»Ich akzeptiere kein Nein.« Pat stand neben meinem Stuhl in der Messe. »Du kommst mit an Land und gehst tanzen. Das ist deine Pflicht.«

Ich bedachte sie mit einem finsteren Blick, doch sie machte keinerlei Anstalten zu gehen. Meine Augen wanderten zu dem Buch und der Tasse Tee neben mir. Sie hatte recht. Ich musste das tun. Bobby würde nicht wollen, dass ich nur in meiner Unterkunft hockte. Außerdem wurde ich in ebenden Momenten, in denen ich eigentlich zur Ruhe kommen wollte, heimgesucht von Träumen, in denen ich die Worte der sterbenden Männer hörte. Bobby war einer von ihnen, da war ich mir sicher. »Einverstanden«, sagte ich und stand auf. »Ich komme mit.«

»So ist es schon besser.« Ich schnitt eine Grimasse, aber sie ließ sich nicht beeindrucken. »Also los dann – lass uns ins Liberty-Boot springen, und du *wirst* eine schöne Zeit verbringen.«

»Ich werde Zeit verbringen«, widersprach ich. »Ob die ›schön‹ ist, sei einmal dahingestellt.«

Wir lächelten einander an, und Pat hakte sich bei mir unter. Zusammen traten wir hinaus in den warmen, klaren Abend. Der Hang war überzogen mit Ginster.

Im Liberty-Boot saß ich am Fenster und betrachtete die Mondsichel, die hinter einer Wolke hervorkam. Ich musste positiv denken. Auch wenn meine Welt zusammen mit Bobby untergegangen war, musste ich dennoch weitermachen. Die Landschaft vor dem Fenster verschwamm, aber ich würde nicht weinen.

Bestens gelaunt stiegen die Mädchen aus dem Liberty-Boot. Ich blieb hinter ihnen zurück und schaute zum Wasser. Es war Ebbe, und ich sehnte mich danach, am Strand entlangzugehen. Mein Blick fiel auf Captain Tucker. Er wartete auf seine neueste Eroberung. Er lächelte mich an. Es war das erste Mal, dass er Augenkontakt mit mir suchte, seit er mir gesagt hatte, er habe keine Neuigkeiten von Bobby. Ich setzte mich in Bewegung, um mich den anderen anzuschließen. Eine Brise wehte von der See her durch die schmale Straße und zerzauste mein Haar. Ein paar Strähnen lösten sich aus meiner Frisur. Ich fröstelte, dann blieb ich abrupt stehen, als ich eine Hand auf meinem Arm spürte.

»Adele«, drang Bobbys tiefe Stimme an mein Ohr.

Für einen Augenblick stand ich wie angewurzelt da und

zwang mein Herz weiterzuschlagen. In meine Augen traten Tränen.

Ich drehte mich um.

»Du bist … hier«, flüsterte ich.

Er hatte eine große Wunde auf der Stirn. Meine Hände schlossen sich um sein Gesicht. Es war echt und warm und nicht nur ein Trugbild meiner Fantasie oder meiner nächtlichen Träume.

Er nahm meine Finger und führte sie an seine Lippen. »Ja. Gerade rechtzeitig, um mit dir zu tanzen.«

Mir schnürte sich die Brust zusammen. Wieder in seinen Armen zu liegen … Ich schloss für einen Moment die Augen, dann riss ich sie weit auf, um ja keine Sekunde mit ihm zu verpassen. Ich konnte kaum atmen, geschweige denn sprechen. »Ja.« Ich schlang meine Arme um seinen Nacken und zog ihn an mich, um ihn zu küssen, wie ich ihn noch nie im Leben geküsst hatte.

Kapitel dreiundzwanzig

Mawnan Church, Mawnan Smith, Falmouth, Cornwall
12. September 2015

Der Schatten eines Baumes verschaffte mir Erleichterung. Die Luft war feuchtheiß von der intensiven Septembersonne. Die Gäste schlenderten vor der Kirche herum, und ich bezog Trost aus ihrer großen Anzahl und ihrer farbenfrohen Kleidung. Es gab keinerlei Parallelen zur Hochzeit meiner Schwester außer dem Datum, dem Ort und dem Sonnenschein. Freds Brüder brachten alle Leute in der Kirche unter, die rappelvoll werden würde. Vermutlich gäbe es bald nur noch Stehplätze ganz hinten.

Der Wagen mit den Brautjungfern, jung und alt, war gerade eingetroffen. Es gab ein munteres Chaos, als die Kinder zwischen den Grabsteinen umherflitzten – lauter leuchtend bunte Tupfer. Ja, es war ganz anders als vor siebzig Jahren, als alles so ernst gewesen war und nur sehr wenige Gäste zur Feier erschienen waren. Heute würde ein wundervoller Tag werden.

Kurz darauf hielt der Wagen mit Peta und Jack vor der Kirche. Jack stieg aus, ein schöner, ernster Mann. Er öffnete die Tür für seine Schwester und streckte die Hand aus, um ihr behilflich zu sein. Ein glitzernder blauer Schuh erschien, dann folgte die wunderschöne strahlende Braut. Peta strahlte etwas aus, was über Glück hinausging – Zufriedenheit. Sie stellte sich neben ihren Bruder und küsste ihn auf die Wange, wobei sie leuchtend rote Lippenstiftabdrücke hinterließ, die sie mit den Fingern abwischte. Er säuberte ihr mit einem Taschentuch die Hand und anschließend sein Gesicht, dann schenkte er ihr ein schiefes Grinsen. Mir wurde leichter ums Herz. Heute würde ein guter Tag werden. Ich spürte, wie ich freier atmete.

Freds jüngster Bruder fasste mich am Arm und geleitete mich vom schützenden Baumschatten in die Kirche. Der süße Duft der Lilien und das leise Murmeln der Gäste, die auf Peta warteten, empfingen mich. Fred stand mit großen Augen neben dem Altar und schaute zur Tür. Die Orgel begann zu spielen, die Gemeinde erhob sich. Die Kinder stürmten durchs Portal, gefolgt von den erwachsenen Brautjungfern, die alle vier einfach umwerfend aussahen, vor allem Petas neue Freundin Demi. Ihre Schönheit stellte beinahe die der Braut in den Schatten, doch als Peta durchs Portal schritt, hochgewachsen und stolz an der Seite ihres Bruders, konnte nichts ihre Anmut oder ihren Frieden trüben. Es war seltsam, dass mir ausgerechnet das Wort »Frieden« in den Sinn kam, doch sie verströmte eine heitere Gelassenheit, die sich nicht anders fassen ließ.

Freds Lächeln strahlte heller als das Sonnenlicht, das durch die Kirchenfenster fiel. Ich sah Tamsin, Freds Mutter, auf der anderen Seite des Mittelgangs stehen und sich verstohlen die Wangen tupfen. Ihr Mann Anthony war ebenfalls gerührt, und auch über mein Gesicht liefen Tränen. Ich wünschte, Andrew wäre hier.

Jemand schlüpfte neben mich in die Kirchenbank und nahm meine Hand. Es war Eddie. Gott, was für ein Anblick für meine müden Augen! Vierundneunzig Jahre alt und noch immer schlank und elegant in seinem Cutaway. Er beugte sich zu mir.

»Hallo, Delly. Du siehst fantastisch aus wie immer.«

»Du alter Schlawiner«, flüsterte ich zurück und schmunzelte, weil er meinen alten Kosenamen gebraucht hatte. Es war lange her, dass mich jemand Delly genannt hatte.

Er küsste mich auf die Wange. Peta und Jack schritten an uns vorbei. Jack war blass, doch auf seinen Lippen lag der Anflug eines Lächelns. Als er Peta an Fred übergab, sackten seine Schultern leicht ab – eine seiner Aufgaben für heute hatte er geschafft. Er rutschte auf der anderen Seite neben mich und nahm meine andere Hand. Umgeben von Menschen, die ich liebte, fand ein klein wenig von Petas Frieden den Weg in mein Herz.

Es war eine wundervolle Zeremonie, und als die junge Sopranistin Hannah sang, blieb kein Auge trocken. Nur Jack schien ungerührt. Es war schön, ein hier ansässiges Talent erblühen zu sehen. Nächste Woche würde Hannah an die Universität gehen, um Geschichte zu studieren, doch sie hatte vor, weiterhin zu singen.

Jack machte während des gesamten Gottesdienstes einen unruhigen Eindruck und war spürbar angespannt. Als ich versuchte, mit ihm auf der kurzen Fahrt zurück zum Haus ein Gespräch zu führen, hörte er nicht zu, dabei musste er jetzt doch nur noch das Glas heben und auf das Brautpaar anstoßen.

Nun schlenderten die Gäste über den Rasen, Champagnergläser in der Hand, und schlürften Austern aus dem Helford River. Peta hatte sich gewünscht, das Fest so weit wie möglich mit regionalen Produkten zu bestreiten. Das Rindfleisch stammte meines Wissens von der Farm neben uns, das Lamm aus einer Zucht in der Nähe des Militärflugplatzes Culdrose. Alles war so, wie sie es sich vorgestellt hatte. Jack entfernte sich, vermutlich brauchte er einen Moment für sich allein. Seine Schwester war jetzt eine verheiratete Frau. Er war nicht länger für sie verantwortlich, obwohl Peta das ohnehin nie von ihm erwartet und auch gar nicht zugelassen hätte. Seit Georges Tod die beiden zu Waisen machte, hatte Jack jeden ihrer Schritte überwacht.

»Mrs Rowse«, sagte eine der hübschen kleinen Brautjungern, »der Fotograf möchte, dass Sie zur Gartenmauer kommen, damit er Aufnahmen machen kann.« Sie schaute sich suchend um. »Haben Sie Jack gesehen?«

Ich deutete in Richtung der alten Stallungen. Er würde wieder auftauchen, sobald er dazu bereit war, aber das konnte die muntere Kleine nicht wissen. Peta hatte sie geschickt, und sie wollte ihren Job machen.

Ich nahm mir eine Champagnerflöte und bahnte mir einen Weg durch die Gäste, lächelnd, doch Distanz wahrend. Je eher die Fotos gemacht waren, desto schneller konnte ich mich auf meinen Platz zurückziehen und dem bunten Treiben vom Tisch aus zusehen. Ich war wie Jack, wartete auf den Moment, an dem ich in die Bedeutungslosigkeit abtauchen konnte – obwohl mir bewusst war, dass dies einer alten Frau ungleich besser gelang als einem attraktiven Junggesellen.

Ein paar Meter vor mir stand das glückliche Paar, die Falmouth Bay als Kulisse im Rücken. Die unbefangene Leichtigkeit der beiden war ganz anders als die steifen Höflichkeiten bei der letzten Hochzeit, die hier gefeiert worden war. Peta und Fred lachten über etwas, was eines der Kinder gesagt hatte. Ihre Hände waren fest verschränkt – genau wie ihre Herzen. Mein Herz schnürte sich zusammen. Einst hatte auch ich ein solches Glück gekannt.

»Bringen wir's hinter uns.« Jack war zu mir getreten und fasste mich am Ellbogen, um mich zur Mauer zu führen. Die Brautjungfer hatte ihre Aufgabe gut gemacht.

»Sie sind glücklich.«

Jack blieb stehen und betrachtete Peta und Fred. »Ja, ja, das sind sie.«

Ich folgte seinem Blick. Der Wind frischte auf, der lange Rock von Petas Kleid umspielte ihren Leib. Ich hielt den Atem an. War sie etwa schwanger? Ich blinzelte. Nein, meine Augen spielten mir einen Streich.

»Großartig, dass Sie alle hier sind. Mrs Rowse und Jack, könnten Sie sich bitte rechts und links neben das Brautpaar stellen?« Der Fotograf trennte mich von Jack und platzierte mich neben Fred. Ich schaute auf und sah, dass Tamsin den Polcrebar-Clan in unsere Richtung führte. Für ein so kleines Persönchen regierte sie ihre

Familie mit eiserner Faust. Sie hatte jung geheiratet und drei wohlgeratene Söhne großgezogen. Sie würde für Peta da sein. Alles würde gut werden.

»So, Fred, lass uns jetzt eine Aufnahme von der Braut mit ihrem Bruder und der Großmutter machen, bevor deine Familie für die nächsten Fotos antritt.«

Peta küsste meine Wange und legte mir einen Arm um den Rücken. »Es ist großartig, Gran. Vielen Dank für alles.« Ich schaute in ihre Augen und sah nichts als Glück. Ich brauchte mir keine Sorgen zu machen. Einer der Pagen machte einen Handstand auf dem Rasen hinter dem Fotografen und sorgte für Gelächter, als sein Vater ihn bei den Füßen fasste und zu seiner Mutter trug.

»Deine Kinder sind nicht zu zähmen, Mark!«, bemerkte Fred.

Der Mann, der den Jungen trug, drehte sich mit einem breiten Grinsen um. »Nein, das sind sie nicht. Der hier erinnert mich an dich, Fred – voller unbändiger Energie. Dem steckt der Schalk im Nacken.«

»Schön, dass ich das auch erfahre!«, rief Peta. Der kleine Page quiekte vor Freude, während seine Mutter herbeigeeilt kam, ein kleines Mädchen auf dem Arm.

»Du hättest doch ohnehin nicht auf mich gehört«, erwiderte Mark mit einem Blick über die Schulter. Er stellte seinen Sohn auf die Füße und zauste sein Haar, dann legte er einen Arm um seine Frau, um gemeinsam mit ihr und den Kindern zum Tipi zu schlendern.

Der Fotograf seufzte. »Würden Sie bitte alle zu mir schauen? Wir machen diese Reihe fertig, und dann können Sie zur Party zurückkehren.«

»Jawohl!«, rief Freds Vater Anthony. Ich versuchte, fröhlich dreinzublicken; immerhin war heute ein Tag der Freude. Mein Blick wanderte zu den beiden Menschen, die mich fraglos liebten. Ich war von jeher ein Teil ihres Lebens gewesen. Natürlich würde das nicht mehr lange der Fall sein. Mit neunzig hatte man nur noch eine begrenzte Anzahl von Jahren vor sich, und um ehrlich zu sein, gab es nur noch eine Sache, dich ich gern erleben würde. Ich wandte mich Jack zu. Das Lächeln auf seinen Lippen erreichte seine Augen nicht.

Lara schmunzelte. Ein Stück entfernt versuchte der Fotograf, die Familie zu gruppieren, aber es sah nicht so aus, als wären die Beteiligten so kooperativ, wie er es sich wünschte. Sie drehte sich um und konzentrierte sich wieder auf ihre Aufgabe. Die nächsten Canapés standen bereit, weitere Flaschen Champagner kühlten in großen Metallkübeln. Die Bedienungen eilten geschäftig hin und her. Laras Job war beinahe erledigt. Sie hatte mehrfach die Temperatur der Grills überprüft und die Gewürze im Salatdressing abgeschmeckt. Nichts zu beanstanden. Cassie hatte ein fein abgestimmtes Team. Lara ging zu ihrem Wagen und nahm den Bügel mit ihrer Garderobe heraus. Sie würde schnell in ihr Kleid schlüpfen und sich unter die Gäste mischen, um das Catering so unauffällig wie möglich zu überwachen.

Das Sommerkleid mit Tellerrock und Gürtel eignete sich perfekt für diesen heißen Tag. Das Licht in dem kleinen Bad neben der Küche war nicht ideal, um das Make-up aufzufrischen, also legte sie bloß roten Lippenstift auf und steckte ein paar lose Strähnen zurück in die Haarrolle. Kleid und Frisur waren im Stil der 1940er Jahre aufeinander abgestimmt. Lara griff in ihre Handtasche und zog die Kette und die Ohrringe hervor, die Betty ihr geschenkt hatte. Sie fragte sich, ob Grandie den Schmuck Amelia zur Hochzeit geschenkt hatte, aber die Stücke sahen älter aus. Sie steckte die Ohrringe an, legte die Perlenschnur um ihren Hals und kehrte zum Wagen zurück, um ihre Kochuniform zu verstauen.

Die leichte Brise trug das Geräusch fröhlicher Stimmen zu ihr hinüber. Lara bog um die Ecke des Hauses, um in den Garten zu gehen, und blieb abrupt stehen. Der Blick über die See war beeindruckend, aber das hatte sie nicht erstarren lassen – es war das große Erkerfenster, das dem auf dem Hochzeitsbild ihres Urgroßvaters verblüffend ähnlich sah. Warum hatte sie es zuvor nicht bemerkt? Wahrscheinlich war sie zu sehr auf die Vorbereitungen konzentriert gewesen und darauf, dass alles glattlief. Sie zog ihr Smartphone aus der Tasche und machte ein Foto. Wahrscheinlich war diese Art von Erkerfenstern typisch für Cornwall, sagte sie sich, genau wie die atemberaubenden Ausblicke, nichtsdestotrotz würde sie das nach der Hochzeit überprüfen.

Der Fotograf schoss noch immer Fotos von der Hochzeitsgesellschaft. Die Braut trug ein cremefarbenes Kleid im Stil der 1920er Jahre, das mit eingestickten Rosenblättern verziert war, deren Schattierungen immer intensiver wurden, bis sie an den Knöcheln in voller Farbenpracht erstrahlten. Dazwischen glitzerten vereinzelte silberne Blütenblätter. Irgendwie passte diese moderne Komponente hervorragend zu dem klassischen Stil und dem altmodischen Schleier, der um ihre Füße drapiert war. Bei dem Schleier musste es sich um ein Familienerbstück handeln. Petas Bruder Jack hielt sich abseits der Gruppe. Lara sah, wie der Fotograf ihn ermutigte, sich dazuzustellen.

Von hier aus konnte man sehen, wie wunderbar Peta jedes Outfit auf seinen Träger abgestimmt hatte, bis hin zu den leuchtenden Seidenwesten der Herren. Die gesamte Hochzeitsgesellschaft war ein atemberaubendes Spektrum von Farben vor dem leuchtenden Blau der Bucht im Hintergrund.

Lara schlenderte auf das Tipi zu und richtete ihre Aufmerksamkeit auf die Gäste. Der Champagner floss in Strömen, die Band spielte jazzige Nummern aus den Fünfzigern und Sechzigern. Die Stimme des Sängers erinnerte entfernt an Sinatra. Die Sonne war warm, während der Wind erfrischend in genau die richtige Richtung wehte, um den Rauch der Grills vom Tipi fernzuhalten. Wenn alles glattging, könnte sie bald wieder zu Hause sein und sich mit Snowy auf dem Sofa zusammenrollen, während Braut und Bräutigam die Nacht durchtanzten. Sie hoffte nur, sie planten nicht, den Sonnenaufgang zu beobachten oder im Meer zu baden, wie Pierre und sie es getan hatten. Lara seufzte. Es war nicht fair, ihre desaströse Ehe mit der, die heute hier geschlossen wurde, zu vergleichen, doch sie konnte den schlechten Geschmack des Scheiterns einfach nicht abstreifen.

Lara hielt sich im Eingangsbereich des Tipis auf. Bislang war alles nach Plan verlaufen – das Dinner war abgetragen, und laut Cassies Programm war es jetzt Zeit für die Reden. Hätte Lara nicht mehrere britische Filme gesehen, wäre sie verwundert gewesen über diesen Punkt der Veranstaltung. In den Filmen gab stets der Trauzeuge einen kleinen, humorvollen Beitrag über die Liebe zwischen Braut und Bräutigam zum Besten – eine Aufgabe, die heute Freds Bruder zufiel. Er sprach so lustig und unbeschwert, dass sie überlegte, eine solche Rede bei Leos Hochzeit im Dezember zu halten.

Jetzt stand Jack vorn, ein Mikrofon in der Hand, das Gesicht ernst. Seine Augen hatten die Farbe des Sommerhimmels, sein lockiges blondes Haar ließ sich nicht vollständig zähmen. Vielleicht lag es an seiner Haltung oder seinem verkniffenen Mund, dass Lara Mitleid mit ihm verspürte. Er räusperte sich, und die Gäste verstummten.

»Ich weiß, dass ich nicht unbedingt die geeignetste Person für eine solche Aufgabe bin, aber Peta hat mich gebeten, den Brautjungfern und Kindern zu danken.« Er machte eine Pause und schaute auf den Zettel, den er in den Händen hielt. Sein Adamsapfel hüpfte sichtbar. »Außerdem möchte ich mich im Namen von Peta und Fred bei unserer Großmutter dafür bedanken, dass sie ihnen ihr wunderschönes Zuhause für das Fest zur Verfügung stellt. Elle Rowse hat stets eine große Rolle in Petas und meinem Leben gespielt, war uns Elternteil und Großmutter und manchmal beides zugleich.« Er hob sein Glas und blickte in die Menge, bis er sie entdeckte. »Danke, Gran!«, rief er, und die Menge antwortete mit einem höflichen »Bravo!«

Anschließend wandte er sich wieder Braut und Bräutigam zu und zögerte, für Laras Geschmack ein bisschen zu lange. Sie wünschte sich, er würde endlich weitersprechen. Ein paar Leute fingen an, leicht unruhig auf ihren Bänken zu rutschen, manche flüsterten miteinander. Endlich räusperte sich Jack, und Lara entspannte sich wieder.

»Ich glaube nicht an die Liebe«, erklärte er mit fester Stimme. »Sie bringt einen dazu, alberne Dinge zu tun. Man verliert die Perspektive, und alles läuft schief.«

Lara hörte, wie die Leute nach Luft schnappten, und sah, dass der Vater des Bräutigams Anstalten machte, sich von seinem Platz zu erheben, als wollte er Jack einen Schlag versetzen. Ein Mann direkt vor Lara flüsterte laut: »Schafft ihn da weg!«

»Aber würde ich an die Liebe und die Ehe glauben«, fuhr Jack fort, den Aufruhr unter den Gästen ignorierend, »dann hielte ich das, was diese beiden verbindet, möglicherweise tatsächlich für … Liebe.«

Lara betrachtete das glückliche Paar. Beide wirkten zutiefst schockiert, was verständlich war, und doch wusste sie, was Jack meinte. Sie glaubte auch nicht mehr an die Liebe, doch sosehr sie in diesem Punkt mit ihm übereinstimmte, so wenig konnte sie den Zeitpunkt gutheißen, an dem er seine Ansichten verkündete. Die Hochzeit seiner Schwester war dafür bestimmt nicht geeignet. Doch das Leben heute funktionierte in der Tat nicht mehr so wie in der Vergangenheit. Liebe und Ehe gehörten in eine Zeit, in der man die Dinge bewahrte, anstatt sie einfach wegzuwerfen. In Gedanken erhob sie ihr Glas auf seinen Mut, als er die Anwesenden bat, auf Braut und Bräutigam und auf die gemeinsame Zukunft der beiden anzustoßen.

Als er zu seinem Platz zurückkehrte, war die Stimmung im Zelt nicht länger ausgelassen. Die Leute rutschten auf den Bänken hin und her, manche standen auf und traten hinaus auf den Rasen. Lara wies die Bedienungen an, den Kaffee und die Brownies an die Tische zu bringen. Vielleicht würde eine Dosis Zucker die Gemüter besänftigen. Nicht dass es noch zum Streit kam. Das hatten die Frischvermählten nicht verdient, selbst wenn das Ideal von Liebe und Ehe nicht länger existierte.

Trotz des Stuhls mit hoher Rückenlehne, den man mir hingestellt hatte, beschwerte sich mein Körper bitterlich, als ich aufstand. Am liebsten hätte ich laut gerufen, dass alle still sein und vergessen sollten, was Jack gesagt hatte, doch dafür war es zu spät. Mit diesen verdammten Hörgeräten bekam ich mit, was die Leute einander zuflüsterten, und das, was Tamsin und Anthony dachten, war ihren Gesichtern deutlich zu entnehmen. Peta war blass, doch sie legte eine Hand auf den Arm ihres Bruders und küsste seine Wange, als er sich neben sie setzte. Ganz gleich, was er sagte, sie würde ihn immer lieben, doch diese Rede würde einen Schatten auf ihre Beziehung werfen. Ich hatte nicht gedacht, dass sein Zorn und seine Verbitterung so tief gehen würden, dass er sie bei einer Gelegenheit wie dieser nicht im Zaum halten konnte.

Als ich mich hochgerappelt hatte, nahm Eddie meine Hand. »Nun, das wird jahrelang Gesprächsthema bleiben.« Er schüttelte den Kopf. »Manchmal ist es das Beste, wenn die Leute gar nichts sagen.«

Ein schiefes Lächeln stahl sich auf meine Lippen. »Da

hast du recht.« Sowohl er als auch ich hatten erfahren, was bittere Enttäuschung bedeutete, doch es war nicht unsere Art, darüber zu sprechen. Unsere Generation redete aus vielerlei Gründen nicht über solche Dinge, und ein Grund davon war der, dass wir anderen Menschen Kummer ersparen wollten. Das Schweigen mochte zwar verheerende Schäden in unserem Innern anrichten, doch so verlief das Leben ruhiger. Ich dachte an die Reporterin, die mich dazu bringen wollte, über den Krieg zu sprechen. Mein Krieg, so fand ich, blieb am besten in mir verschlossen, denn dort hatte er keine Macht, jemand anderem Schaden zuzufügen.

»Ich sehe mal, ob ich mir einen Whisky bestellen kann«, sagte Eddie. »Leistest du mir Gesellschaft?«

Mit seinen vierundneunzig Jahren hatte er immer noch Charme, war ein Gentleman durch und durch. »Ich brauche zuerst etwas frische Luft«, erklärte ich und atmete tief ein. »Ein anständiger Drink klingt allerdings verlockend.«

»Ich werde versuchen, den jungen Jack von der erbosten Hochzeitsgesellschaft wegzulocken und dir einen Drink mitzubringen.«

»Danke.«

»Ist mir ein Vergnügen, meine Liebe.«

Er humpelte in die eine Richtung davon, ich mit meinem Gehstock in die andere auf den Ausgang des Tipis zu. Die untergehende Sonne tauchte die Wipfel der Kiefern in einen goldenen Schein und fiel über die Rasenfläche neben dem Haus. Ich fröstelte; der heiße Tag kühlte merklich ab. Die Mitarbeiter des Catering-Services hatten hervorragende Arbeit geleistet, waren stets zur Stelle gewesen mit den richtigen Speisen oder Getränken, mitunter noch bevor die Gäste überhaupt merkten, dass sie noch etwas haben wollten. Die weißen Röcke der Bedienungen, die nun erneut mit ihren Tabletts zum Tipi eilten, wirkten beinahe gelb im Licht der untergehenden Sonne. Zumindest das war glattgegangen. Ich hoffte nur, dass die Band wieder zu spielen begann und die Anspannung im Zelt minderte. Der Wind hatte sich gedreht. Bald würde das Wetter umschlagen.

Meine Augen schweiften umher und genossen die Aussicht, doch plötzlich wurde mein Blick von einem geblümten Rock angezogen, der sich in der Brise bauschte. Die Frau, die ihn trug, stand an der Seite des Hauses. Das Muster ihres Kleids erinnerte mich an eins, das ich selbst einst besessen hatte. Ich versuchte zu erkennen, welcher Gast sich da in den Grill- und Küchenbereich verirrt hatte – und dann sah ich die Frau richtig. Im goldenen Licht stand dort ein Abbild meiner selbst, jung, mit den Ohrringen meiner Großmutter, in denen sich die Abendsonne fing.

Ich rührte mich nicht vom Fleck, blieb stehen wie angewurzelt. Ich bekam kaum mit, dass Eddie zu mir trat, einen Drink in der Hand, einen besorgten Ausdruck auf dem Gesicht. »Hier, nimm mal einen kräftigen Schluck. Du siehst aus, als hättest du einen Geist gesehen.« Er folgte meinem Blick, und eine Sekunde später glitt ihm das Glas, das er mir reichen wollte, aus der Hand und fiel ins Gras. Eddies Gesicht verzog sich in fassungslosem Entsetzen.

»Allmächtiger.« Er räusperte sich. »Das nenne ich eine frappierende Ähnlichkeit.«

Schulter an Schulter standen wir da und starrten die Frau in dem geblümten Kleid an. Ich war erleichtert. Wenn er sie sehen konnte, spielte mir mein Verstand keinen Streich. Ich wollte nicht über das nachdenken, was ich sah, aber es blieb mir nichts anderes übrig. Wieso sah diese Frau genauso aus wie einst meine Schwester und ich? Es gab nur eine Antwort, und die konnte ich nicht glauben. Warum jetzt?

Ich schloss die Augen und zählte die Jahre rückwärts. Meine Doppelgängerin musste Mitte zwanzig sein, vielleicht dreißig. Das ließ sich heutzutage schwer sagen, und noch dazu trug sie Kleidung, die aus der Vergangenheit stammte. Sogar die Frisur stimmte. Doch es war nicht das Kleid oder die Frisur. Es war, als wären die Jahre davongeschmolzen, und ich sah das, woran ich mich erinnern wollte. Es war der letzte Sommer, bevor wir achtzehn wurden und unsere Leben getrennte Wege nahmen.

Minuten später verschwand die Erscheinung im Haus und aus unserem Sichtfeld. Die Frau in dem geblümten Kleid war fort.

»Uff«, sagte Eddie. »Was für ein Schock, meine ehemalige Verlobte genau so wiederzusehen, wie ich sie in Erinnerung habe.« Er legte eine Hand aufs Herz.

»Ja.« Ich sah Eddie an und wusste, dass sein Schmerz genauso tief gehen musste wie meiner, obwohl er ein Mensch war, der eher verzieh als ich. Trotzdem hatte er nie geheiratet. Sein Herz war gebrochen. Der Vergangenheit nachzuhängen machte die Dinge nicht besser.

»Brauchst du vielleicht einen Drink?« Er hustete. »Ich auf alle Fälle.«

»Ja, ich definitiv ebenfalls.« Ich schaute ihn mit zusammengekniffenen Augen an. Vielleicht war das ein möglicher Weg – all die Erinnerungen und den Schmerz in Alkohol zu ertränken. Doch anders als mein Vater hatte ich mich nicht dafür entschieden.

Nein, das war unfair. Vater hatte Dinge gesehen, die er nicht vergessen konnte, angefangen bei den Stränden am D-Day bis hin zu den Vernichtungslagern. Er hatte versucht, die schrecklichen Bilder auszublenden, indem er sich den Frauen und dem Wein hingab, bis Mutter gänzlich zusammenbrach. Es war, als könnte er den Schmerz seines Krieges nicht in seinem Innern verschließen; er musste seine Verletzungen nach außen tragen. Mein Krieg war anders gewesen. Ich zerbrach nicht wie Vater an den Folgen all dessen, was passiert war – ich wurde hart, unzerbrechlich. Und zum Glück hatte Andrew das gewusst. Wir hatten nie über den Krieg gesprochen, außer über allgemeine Dinge.

Auch Eddie verlor nie ein Wort über das, was passiert war. Er ergötzte die willigen Zuhörer mit Geschichten über die Freuden des Fliegens, die Aufregung, seine Waghalsigkeit… doch er erwähnte nie, wie er mit der Tatsache zurechtkam, dass er Tausende von Zivilisten getötet hatte. Ich konnte jene Geister der Vergangenheit in seinen Augen sehen; sie sprachen mit denen in meinen Augen, auch wenn ich niemals einen Abzug gedrückt oder eine Bombe abgeworfen hatte.

Brandung

Auf! Auf ohne Verzug! Es entflieht gar hastig
des Glückes günstige Zeit.

Silius Italicus, *Punica*

Kapitel vierundzwanzig

Windward, Mawnan Smith, Falmouth, Cornwall
12. September 2015

Ich machte es mir auf dem Sofa im Wohnzimmer bequem, endlich. Die bunten Lichter, die die Klappen des Tipis säumten, blinkten in der Dunkelheit. Die Nacht war so schnell hereingebrochen, dass ich es im festlichen Gewimmel erst bemerkte, als ich anfing zu frösteln und Eddie vorschlug, dass wir uns ins Haus zurückzogen.

»Glaubst du, die junge Frau könnte auf irgendeine Weise mit Amelia verwandt sein?« Eddie reichte mir einen Drink. Aus dem Tipi drang Musik zu uns herüber, aus dem Fenster konnte ich sehen, dass die Tanzfläche rappelvoll war. »Es ist wirklich schade, dass ich sie nicht finden konnte. Ich habe mich überall nach ihr erkundigt.« Er schüttelte den Kopf und sah mich durchdringend an. »Sie ist verschwunden wie eine Erscheinung, aber sie war wirklich da, Delly.«

»Ich weiß«, erwiderte ich bedrückt. Seine Frage spiegelte meine eigenen Gedanken wider, doch ich wollte nicht darüber reden. Es war zu schmerzhaft.

»Sie hat für das Catering gesorgt.« Eddie lachte. »Eine Köchin – wie Amelia.« Er nahm einen großen Schluck Whisky. »Weißt du, was in Amerika aus Amelia geworden ist?«, fragte er.

Ich starrte ihn an. Die wummernde Musik dröhnte in meinem Kopf. »Weißt du es?«

»Ach, Delly. Natürlich nicht. Wie sollte ich?«

Ich schloss die Augen. Ich konnte ihm keine Vorwürfe machen. Das war nicht fair.

»Ich dachte, du hättest vielleicht etwas von ihr gehört«, sagte er. »Sie ist immerhin deine Schwester.«

Ich seufzte.

Eddie legte mir eine Hand auf die Schulter. »Du hast mir nie erzählt, was passiert ist.«

Ich schüttelte den Kopf, unfähig zu antworten. Sogar als Mutter starb, hatte ich mich geweigert, mit Amelia in Kontakt zu treten. Vater war eingesprungen – nicht dass ich wieder mit ihm in Verbindung treten wollte –, doch er tat alles, was erforderlich war, und informierte auch meine Schwester. Er hatte versucht, mit mir zu reden, mir eine Erklärung zu liefern, sich zu rechtfertigen, aber ich hatte mich geweigert, ihm zuzuhören.

»Was auch immer es war, ich wusste, dass es schrecklich sein musste. Du hast noch nicht mal mehr ihren Namen ausgesprochen. War Robert Webster der Deine?«

Ich schnappte nach Luft.

»Verstehe.« Er nahm einen Schluck von seinem Drink. »Sie war ein leichtes Mädchen, als ich mich mit ihr einließ, aber …« Seine Stimme verklang. »Sie war ein guter Mensch. Ich glaube nicht, dass sie das absichtlich getan hat. Ich weiß, dass sie mich für tot hielt.« Er schüttelte den Kopf. »Das war das Einzige, was mich daran hinderte, mich von einer Klippe zu stürzen.« Er lachte grimmig. »Das und die Tatsache, dass das Laufen zu jener Zeit eine äußerst komplizierte Angelegenheit war.« Eddie klopfte auf seine Prothese, dann schaute er mich an, als wollte er mich zum Sprechen bewegen. Ich presste die Lippen zusammen.

»Ich kann nur raten, wenn du es mir nicht erzählst«, sagte er, als ich schwieg.

»Ich spreche nicht darüber. Und du auch nicht.«

»Den Schmerz in Worte zu fassen heißt nicht, dass er dann verschwindet. Es macht ihn realer, denn wenn man sich damit auseinandersetzen muss, kann man ihm nicht mehr aus dem Weg gehen. Dennoch …« Er nahm einen großen Schluck Whisky. »Als ich alt wurde, habe ich begriffen, dass ich darüber reden musste. Alles unter Verschluss zu halten, den Schmerz zu leugnen hat mich nicht weitergebracht. Nachts, wenn ich allein war, kam sowieso alles heraus. Ich wachte auf und schrie die Namen von Menschen heraus, die lange schon tot waren.«

Jetzt war es an mir, die Hand nach ihm auszustrecken. Mein Krieg war furchtbar, aber er war nichts im Vergleich zu dem, was er durchgemacht hatte. Nachdem er Europa überlebt hatte, ging er nach Fernost, wo er abgeschossen wurde und in Gefangenschaft geriet. Als er wieder nach Hause kam, war er nicht mehr derselbe, und seine Verlobte war mit einem anderen verheiratet. Wie er noch immer freundliche Worte für sie finden konnte, ging über meinen Verstand, aber er war von jeher ein ausgesprochen gutherziger Mensch gewesen.

Der Stapel ungeöffneter Briefe, der oben auf mich wartete, würde seine Fragen vielleicht beantworten – ich hatte sie eigentlich weggeworfen, aber Mutter hatte sie gerettet in der Hoffnung, ich würde Vernunft annehmen und mit meiner Schwester in Kontakt treten. Sie dachte, es ginge mir um die Moral, aber sie hatte ja keine Ahnung. Ich wollte nicht lesen, was Amelia mir schrieb. Die Details zu erfahren würde den Schmerz nur noch unerträglicher machen. Die Unwissenheit sollte mich davor bewahren, hätte nur nicht meine Fantasie stets versucht, die Lücken zu füllen.

»Lass es dabei bewenden, Delly.«

Ich zuckte zusammen. Elle, das war der Mensch, zu dem ich geworden war. Die Hochzeit und das Baby hatten Adele die Zukunft genommen, deshalb hatte ich mich verwandelt. Elle definierte mein neues Ich, das Ich, das ich aus dem Schmerz herausgearbeitet hatte, damit ich die Zukunft akzeptieren konnte, die sich mir bieten würde.

Ich bezweifelte, dass Mutter Amelia jemals geschrieben hatte, was anschließend geschehen war, dass Vater sich nicht mehr die Mühe gemacht hatte, nach Windward zurückzukehren, auch nicht im Urlaub oder zu den Feiertagen. Sie würde nur Positives berichtet haben. Ich konnte beinahe ihre Stimme hören, als säße sie in ihrem Lieblingssessel in der Ecke: *Es war ein herrlicher Frühling mit so mildem Wetter, dass die Rosen früh gekommen sind. Deine Schwester kümmert sich um den Garten deiner Großmutter. Wer hätte gedacht, dass sie einen grünen Daumen hat?*

Ich schaute tatsächlich zu dem Sessel hinüber, nur um mich zu vergewissern, dass meine Mutter nicht darin saß.

Vierundsechzig Jahre waren seit jenem bitterkalten November vergangen, in dem sie einer schweren Lungenentzündung erlegen war. Seit ich heute die Frau in dem geblümten Kleid gesehen hatte, spürte ich die Gegenwart der Vergangenheit wie schon seit Jahren nicht mehr. Die Art und Weise, wie sie sich bewegte, wie sie ihren Kopf gedreht hatte, war völlig identisch mit Amelia, und dennoch weigerte sich mein Verstand zu glauben, was meine Augen gesehen hatten. Sie musste eine Verwandte sein; es musste eine Verbindung bestehen.

»Delly, wo bist du?« Eddie stand vor mir, aber ich sah ihn kaum. Ich war zurückgekehrt in meine Jugend, in eine Zeit der Verheißung, doch nun waren Eddie und ich Relikte einer zerstörten Vergangenheit.

***HMS Attack*, Portland, Dorset**
10. Mai 1944

Geliebte Hälfte,

ich habe mir meine Verzweiflung von der Seele geschrieben, aber ich hoffe, du weißt, dass sie sich in pure Freude verwandelt hat. Inzwischen ist es vier Tage her, dass ich meinen Liebsten wiedergesehen habe. Die Sonne scheint, und mein Herz jubiliert. Ich muss mich immer wieder kneifen, aber ja: Er ist am Leben, und das ist alles, was zählt. Ich dachte, ich würde nie wieder seine Arme um mich spüren, und hatte mich gewappnet, mein Leben auf dieser Welt ohne ihn zu verbringen, aber das muss ich nun nicht. Ich dachte, was ich für ihn empfinde, könnte nicht stärker sein, aber da habe ich mich getäuscht.

Du fragst dich sicher, was ihm passiert ist. Um ehrlich zu sein, weiß ich es nicht. Er hat eine Naht auf der Stirn, das ist alles, was ich sagen kann. Wir hielten einander auf der Tanzfläche umschlungen und wagten nicht zu sprechen.

Jetzt zähle ich die Stunden, bis ich endlich an Land gehen und ihn wiedersehen kann. Wir haben nur vier Stunden, aber fürs Erste muss das genügen.

Ich weiß nicht, wie du ohne Eddie leben kannst. Offenbar bin ich nicht so stark wie du, dabei dachte ich all die Jahre über, ich sei die Stärkere! Hah! Wie albern von mir. Während ich das schreibe, kann ich dich kichern hören. Wird Eddie Urlaub nehmen und nach Hause kommen können? Ich hoffe, dass ihr zwei dann heiraten könnt. Gib mir Bescheid, sobald du Genaueres weißt. Werdet ihr in Cornwall oder anderswo heiraten? Was wirst du anziehen?

Ich kann nicht länger stillsitzen. Ich schreibe dir, sobald ich ihn gesehen habe.

Ich ließ den Stift sinken, legte den Brief zur Seite und zog meine Bettdecke glatt, anschließend schritt ich im Zimmer auf und ab. Alles, was ich im Augenblick wusste, war, dass ich in Bobbys Armen sein wollte, nicht hier. Ich konnte es mir nicht leisten, noch mehr Zeit zu verschwenden. Wenn mich die Vorfälle am achtundzwanzigsten April eines gelehrt hatten, dann wie wichtig es war, im Jetzt zu leben. Ich hatte den heutigen Tag mit Bobby, und vielleicht gab es kein Morgen mehr.

Nach dem Abendessen gingen Pat und ich zu den Tennisplätzen. Ich hatte schon eine Weile nicht mehr gespielt, aber ein paar Wrens standen auf dem Feld, als wir vorbeischlenderten.

»Spuck's aus, Adele.« Pats Worte klangen schroff, aber sie lächelte, während sie sprach.

Ich errötete. Es war nicht leicht, sie zu fragen, was ich wissen wollte. »Ähm, kannst du mir … du weißt schon … Kannst du mir erklären, wie es geht?«

Sie sah mich durchdringend an, dann lachte sie. »Kein Wunder, dass du beim Abendessen so unbehaglich dreingeblickt hast.« Ihre Augen blitzten schelmisch. »Dann willst du also die schmutzige Tat mit deinem Ami begehen?«

Ich nickte, auch wenn mir das, was sie sagte, nicht gefiel.

»Das hätte ich nicht von dir gedacht, aber nun, man kann sich irren. Dieser verfluchte Krieg verändert uns alle.« Seufzend betrachtete sie die weißen Klippen in der Ferne. »Du hast auf dem Land gelebt, da hast du bestimmt Tiere dabei beobachtet.«

Ich nickte erneut und schluckte.

»Keine Sorge, es ist sehr viel besser als das, aber der Akt ist im Grunde derselbe.« Sie legte ihren Arm um mich und flüsterte mir Details ins Ohr. Mein Gesicht wurde heiß. Ich war erregt und abgestoßen zugleich.

»Deinem Gesichtsausdruck – und deiner Ähnlichkeit mit Roter Beete – nach zu urteilen bist du vielleicht doch noch nicht dazu bereit.« Pat lächelte. »Aber besser, du springst ins kalte Wasser, als wenn du so endest wie meine Tante nach dem letzten Krieg. Wenn das hier vorbei ist, sind vermutlich nicht mehr viele Männer übrig, und meine Tante hat nie einen abbekommen.«

Weymouth, Dorset
11. Mai 1944

Als der Zug langsamer wurde und ich aus dem offenen Fenster spähte, konnte ich Bobby in der Ferne sehen, der wartend auf dem Bahnsteig stand. Alles in mir begann zu jubeln. Die Sonne schien auf seinen Kopf, und als mich der Zug näher zu ihm brachte, konnte ich helle Strähnchen in seinem braunen Haar erkennen. Als Kind hatte er am Meer gelebt und war blond gewesen wie ich. Würden unsere Kinder blond werden oder dunkel wie er später? Ich hielt den Atem an, schockiert über das, was ich gerade gedacht hatte – aber ich wusste, dass es das war, was ich mir mehr wünschte als alles andere. Mein Kopf sagte mir, dass es viel zu früh war, an so etwas zu denken, während mein Herz längst so weit war.

Aus einem plötzlichen Impuls heraus lehnte ich mich aus dem Fenster und winkte. Früher hätte ich meine Gefühle nie so öffentlich gezeigt, aber jetzt konnte ich sie einfach nicht mehr zurückhalten. Ich wollte, dass Bobby genau wusste, wie ich für ihn empfand. Vielleicht hatten wir nicht mehr viel Zeit. Der Zug fuhr in den Bahnhof ein, und ich trat vom Fenster zurück und stürmte zur Tür. Ich wollte nicht eine Sekunde verschwenden. Mein Magen verkrampfte sich vor Vorfreude. Ich hatte eine Entscheidung getroffen, und Amelia hatte recht. *Carpe diem* – wir hatten vielleicht kein Morgen mehr, und ich wollte das Heute.

Als der Zug anhielt, riss Bobby die Tür auf, und ich stürzte mich in seine Arme, wobei ich ihn beinahe umgestoßen hätte.

»Na, das ist eine Begrüßung«, sagte er lachend.

»Hmhm.« Das Gefühl seiner sonnenwarmen Haut auf meiner versicherte mir, dass er real war, nicht bloß eine Erinnerung. Er betrachtete mich. Ich erwiderte seinen Blick und versuchte, ihm alles zu vermitteln, was in meinem Herzen war. Lächelnd nahm er meine Hand. Der Nachmittag war schön, das Meer so blau, die Klippen in der Ferne so strahlend weiß. Die Sonne tauchte alles in einen goldenen Glanz, und sogar der Stacheldraht am Strand wirkte nicht so bedrohlich wie sonst.

Der Jeep stand bereit, was bedeutete, dass wir landeinwärts fahren und den Wahnsinn des Krieges für ein paar Stunden vergessen würden. Ich war fest entschlossen, jede Sekunde davon auszukosten.

Bobby war still, als wir die Stadt verließen. Nach einer Weile gelangten wir in eines der zahlreichen Waldgebiete, in dem das Sonnenlicht auf ganze Schwaden kleiner blauer Knospen fiel. Blauglöckchen.

Bobby stellte den Jeep unter einem Baum ab, nahm einen Korb von der Rückbank und streckte mir die Hand entgegen. Wie immer, wenn sich unsere Finger berührten, fing mein Herz an zu rasen; und nun kannte es meine Pläne. Ich hatte vor, ihn ganz und gar zu dem Meinen zu machen. Das Gespräch mit Pat war mir frisch in Erinnerung. Furcht und Freude wallten in mir auf.

Als wir den Wald hinter uns ließen und einen Hügel hinaufgingen, bemerkte ich Bobbys versteinerte Miene. Er lächelte nicht, als er mit zusammengekniffenen Augen zum Horizont blickte. Ich drückte seine Hand. »Ist alles in Ordnung?«

Er blieb stehen und küsste mich auf die Stirn. »Entschuldige, ich muss dir etwas sagen.«

Ich schaute zu ihm auf, versuchte, seinen Gesichtsausdruck zu deuten, doch mir war jetzt schon klar, dass ich nicht hören wollte, was er zu sagen hatte. »Ja?«

»Lass uns erst essen.«

Ich runzelte die Stirn. Unter diesen Umständen würde das Essen schmecken wie Sägemehl, aber sein Gesicht war so angespannt, dass ich mich auf die Zehenspitzen stellte und ihn auf die Wange küsste. Er lächelte, und als wir ein hübsches Feld erreichten, breitete er die Decke aus und nahm das Essen aus dem Korb – unglaubliche Köstlichkeiten, die ich in der Vergangenheit für selbstverständlich erachtet hatte und die ich erst jetzt zu schätzen wusste – zum Beispiel Süßrahmbutter auf frischem Brot.

Noch während mir diese Gedanken durch den Kopf gingen, wusste ich plötzlich, was Bobby mir mitteilen wollte. *Er wird versetzt,* dachte ich. Das schien mir das einzig Denkbare zu sein.

Ich hatte den Eindruck, eine Art Henkersmahlzeit zu mir zu nehmen, während ich darauf wartete, dass er zu sprechen begann. Ich hätte das Picknick genießen sollen, aber ich konnte es nicht. Also legte ich mich mit dem Rücken auf die Decke und spürte die kratzige Wolle durch meine Bluse, während mir die Sonne das Gesicht wärmte. Mein ganzer Körper schrie förmlich nach dem Mann, der keine zehn Zentimeter von mir entfernt war, doch ich wusste nicht, wie ich die Lücke zwischen uns schließen sollte. Ich dachte an meine Schwester. Sie würde wissen, was zu tun war.

Er strich mir eine verirrte Haarsträhne von der Wange. Mir stockte der Atem. Bobby beugte sich über mich. Seine Lippen berührten meine. Er schmeckte nach salzigem Schinken und süßen Pfirsichen. Der Kuss wurde intensiver. Ich spürte seinen Körper an meinem, drängte mich an ihn und hörte, wie er nach Luft schnappte. Er zog mich an sich. Obwohl ich wusste, was ich zu tun hatte, war ein Teil von mir ängstlich, unsicher. Seine Lippen wanderten zu meinem Hals und über meine Schlüsselbeine.

Ich presste mich an ihn, meine Finger erforschten seinen Rücken, wanderten sein Rückgrat hinab, dann verharrten sie zögernd, bevor sie tiefer glitten. Seine Hand umschloss meine Brust. Jeder vernünftige Gedanke verschwand, als sein Mund bei meinem Büstenhalter verharrte. Ich hörte ein Stöhnen – ob von ihm oder von mir, konnte ich nicht sagen. Er schob den Stoff beiseite und strich mit dem Daumen über meine Brustspitze. Mein Herz setzte einen Schlag aus, als ich plötzlich seinen Mund anstelle seiner Finger spürte. Meine Hände streichelten seinen Oberkörper, während sich unsere Hüften in ihrem eigenen Rhythmus bewegten.

Über uns schrie eine Krähe, und plötzlich zuckte Bobby zurück.

»Es ist nicht richtig, was wir da tun.«

Kalte Luft strich über meine Haut, dort, wo gerade noch seine Lippen gewesen waren. »Hör nicht auf.« Ich küsste seine Wange und arbeitete mich vor zu seinem Mund.

»Nein, das dürfen wir nicht tun.« Er setzte sich auf und rutschte voller Unbehagen hin und her.

Ich stützte mich bebend auf die Ellbogen. Er beugte sich vor und zog meinen BH und meine Bluse zurecht. »Es tut mir so leid. Ich habe die Kontrolle verloren.«

»Nein.«

»Es ist nicht richtig.« Er stand auf und trat ein paar Schritte zurück, dann blickte er wieder zum Horizont.

Ich schloss die Augen. Ich wollte ihn so sehr, und er hatte mich gerade zurückgestoßen. Einen Moment später öffnete ich die Augen wieder, stand auf und ging zu ihm. »Es *ist* richtig. Ich liebe dich.«

Er drehte sich zu mir, die Augen weit geöffnet. »Ich liebe dich auch.«

»Und was ist dann falsch daran?«

»Ich möchte dich heiraten.«

»Ja, bitte!«

Er zog mich in seine Arme und flüsterte mir ins Ohr: »Deshalb ist es falsch. Ich möchte es richtig machen. Ich möchte für immer mit dir zusammen sein, und ich möchte nicht, dass wir zurückblicken und irgendetwas bedauern.«

Ich seufzte. »Vielleicht gibt es für uns kein Morgen mehr.«

»Ich weiß. Aber …«, er küsste mich, »… ich liebe dich so sehr, dass ich nicht möchte, dass du denkst, ich hätte nicht …« Er zögerte, dann fuhr er fort: »Es ist nicht leicht zu erklären.«

Ich schaute ihn an. »Versuch es.«

»Meine Eltern.«

»Ja?«

Er schüttelte den Kopf. »Beide haben einen völlig unterschiedlichen Hintergrund. Das hat ihnen große Probleme bereitet.«

»Aber sie sind zusammen.«

»Ja, es hat funktioniert, aber nicht ohne … sehr viel Schmerz auf allen Seiten. Mein Vater war nicht katholisch, aber meine Mutter.«

Ich sah ihn verwirrt an. »Ich verstehe nicht.«

Er seufzte. »Mein Vater kam aus einer sehr vermögenden Familie. Meine Mutter war Immigrantin.«

»Oh.« Ich versuchte, mir vorzustellen, was dies bedeutete, aber ich wusste so wenig über Amerika.

»Seine Eltern verboten meinem Vater, meine Mutter zur Frau zu nehmen, aber die beiden heirateten trotzdem, weshalb sie ihn enterbten.«

»Verstehe.« Aber ich verstand nicht. Seine Eltern liebten einander. Das musste doch genügen …

»Ich möchte nicht, dass uns das passiert. Ich möchte es anständig machen.« Er nahm meine Hände in seine. Das wiederum konnte ich verstehen, auch wenn es frustrierend war. »Du könntest schwanger werden, und wenn mir dann etwas zustößt …« Er schüttelte den Kopf. »Wir müssen stark sein.«

Ich schluckte. Ich wollte nicht stark sein. Ich wollte ihn lieben, jetzt und auf der Stelle. Mein Körper schrie: *Wir haben heute, aber vielleicht kein Morgen mehr.*

Er küsste mich, bevor ich protestieren konnte.

»Ich werde versetzt.« Sein Finger strich über mein Gesicht.

Ich nickte. Ich hatte die Worte nicht hören wollen. Wer wusste schon, wann ich ihn wiedersehen würde, wenn er Weymouth verließ?

»Darfst du mir sagen, wohin?«

Er schloss die Augen. »Nein, aber … du weißt es. Du liebst es.«

Cornwall.

Er streichelte meine Wange. »Sag, dass du meine Frau sein möchtest.«

»Ja und ja und nochmals ja!«

»Dann werden wir das verwirklichen.«

Ich nickte. Ich wusste, dass uns das irgendwie gelingen würde.

Kapitel fünfundzwanzig

Bodmin Moor, Cornwall
14. Mai 1944

Ich zwickte mich, und es tat weh, also passierte es wirklich. Ich saß in einem Jeep, fuhr mit Bobby durch Cornwall, einem leeren Windward entgegen. Mutter und Großmutter waren zu einem lange überfälligen Besuch bei Vater in London aufgebrochen. Ich wusste nicht, wo Amelia sein würde, denn ich hatte keinen Brief von ihr bekommen, doch zweifelsohne vergnügte sie sich irgendwo. Und zur Abwechslung tat ich das auch einmal.

Die Stunden verflogen, ohne dass ich sie wirklich wahrnahm, und irgendwann bogen wir von der A30 ab und suchten uns ein ruhiges Fleckchen, um Tee zu trinken und ein Sandwich zu essen. Der Himmel war kornblumenblau, nicht ein Wölkchen wagte es, seine Makellosigkeit zu trüben. Ich legte mich auf dem grasbewachsenen Hügel zurück und schloss die Augen, bemüht, meine Aufregung darüber im Zaum zu halten, dass ich Bobby nun drei ganze Tage für mich hatte. Ich wusste nicht, wie lange es dauern würde, bis ich ihn danach wiedersah. Es war einfach wundervoll, dass wir diese Zeit in Cornwall verbringen würden. Bobby und Cornwall – das, was ich so sehr liebte, vereint. Ich war von ganzem Herzen glücklich.

Plötzlich stockte mir der Atem. Amelia. Ich wandte mich dem Mann an meiner Seite zu. Alles in mir fühlte sich zu ihm hingezogen. Er war mein Leben, und Eddie war Amelias Leben. Etwas tief in mir drin schnürte sich zusammen, und ich wusste, dass ich ohne sie niemals vollständig wäre.

»Warum der nachdenkliche Blick?« Er stützte sich auf seinen Ellbogen.

Ich blinzelte. Ich konnte ihm nicht von dem Loch erzählen, das meine Zukunft ohne meine Schwester hätte. »Ich war nicht mehr zu Hause, seit ich vor über einem Jahr meine Ausbildung begonnen habe.«

»Und das macht dir Sorgen?«

»Die Dinge werden sich verändert haben.«

»Das mag sein. Nichts bleibt so, wie es ist.«

»Das sind weise Worte.« Ich sah in seine Augen, die von einem noch tieferen Blau waren als der Himmel. Er erwiderte meinen Blick. Seine Liebe würde jede Lücke in meinem Leben schließen und mir ein neues, ganzes Leben schenken. Ich wollte mir keine Gedanken über die Zukunft machen, wollte nur an das Jetzt denken. Ich wollte nichts überstürzen – ich wollte die Zeit entschleunigen, sodass jede Minute so lang war wie eine Stunde oder gar ein ganzer Tag. Ich holte tief Luft und schloss die Augen, genoss die Wärme der Sonne und die Berührung seiner Finger, die auf meinem Arm lagen.

»Einen Penny für deine Gedanken …«

»Ich wünschte, der heutige Tag würde niemals enden.« Ich öffnete die Augen und schaute in seine.

»Du willst den ganzen Tag neben der Straße verbringen?«

»Nein, aber ich möchte den ganzen Tag mit dir im Sonnenschein liegen.«

Er küsste mich. Sein schönes Gesicht nahm mein gesamtes Blickfeld ein. Ich fuhr seine Lippen mit meinem Finger nach, um mir einzuprägen, wie sie sich anfühlten. Drei Tage, um Erinnerungen zu schaffen, an denen ich mich festhalten konnte. Großes stand bevor, das spürte ich, auch wenn ich nicht mit Gewissheit sagen konnte, was. Obwohl Bobby gelassen wirkte, spürte ich, dass er angespannt war.

Er streckte sich neben mir aus, unsere Hüften berührten sich, unsere Finger waren ineinander verschlungen. »Wir haben noch mehrere Stunden Fahrt vor uns.«

»Ich weiß.«

»Wir sollten wieder aufbrechen.«

»Wenn du darauf bestehst.« Ich stützte mich auf meinen Ellbogen und betrachtete ihn. Seine Lippen, voll und fest, waren zu einem Lächeln verzogen, seine Augen halb geschlossen wegen der hellen Sonne. Die Wunde auf seiner Stirn war verheilt. Ich beugte mich zu ihm und küsste ihn. Er stöhnte und zog mich auf sich. Ohne unsere Lippen voneinander zu lösen, rollten wir herum. »Ich will dich so sehr«, flüsterte er dicht an meinem Ohr. Seine Worte jagten mir Schauder durch den Körper.

»Ich dich auch.« Ich wand mich vor Lust, und wir rollten erneut herum, wieder und wieder, nahmen Schwung auf, bis wir von einer Erhebung am Fuß des Hügels dicht beim Jeep gebremst wurden.

Wir lachten ausgelassen, und er stand auf, streckte die Hand aus und zog mich in seine Arme. »Das war knapp.«

Wir blickten über das Moor. In der Ferne war Rough Tor zu erkennen, eine Erhebung im Bodmin Moor. Bobby verschränkte seine Finger mit meinen, und zusammen stiegen wir erneut den Hügel hinauf, holten den Picknickkorb und setzten unsere Fahrt fort.

Der schwarze Himmel war voller Sterne, als wir in Windward eintrafen. Die milde Nacht duftete nach Kiefern.

»Du bist zu Hause«, flüsterte Bobby.

Und das war ich. Windward war die Konstante in meinem Leben, und als ich den soliden Umriss des Hauses vor dem Nachthimmel betrachtete, verspürte ich wieder die vertraute Anziehungskraft, die immer da gewesen war. Amelia und ich waren hier geboren worden, die Seeluft in unseren Lungen, den Geschmack von Salz auf unseren Zungen. Unsere bedauernswerte Mutter hatte vorzeitige Wehen bekommen, als sie am Strand unterhalb des Hauses spazieren ging. Die Frau eines einheimischen Bauern war ihr zu Hilfe geeilt und hatte uns auf die Welt gebracht.

Ich ließ mich von der Nacht umfangen und gab mich dem Gefühl hin, zu Hause zu sein, zu Hause in Cornwall.

Bobby nahm unser Gepäck und fasste nach meiner Hand. Gemeinsam überquerten wir den Rasen, der bereits mit Tau bedeckt war. Wir betraten das Haus durch die Seitentür zur Küche. Drinnen war alles dunkel. Ich knipste meine Taschenlampe an. Der Strahl erfasste die vertrauten Umrisse von Herd und Tisch. Es gab so vieles, was ich ihm zeigen wollte, und wir hatten nur so wenig Zeit. Ich sehnte mich danach, mit ihm zum Strand zu gehen, wo wir uns auf den kalten Sand legen, den schwarzen Nachthimmel betrachten und nach dem Leuchten des Meeres Ausschau halten konnten. Doch der Strand war tabu genau wie die gesamte Küste, an der diverse Verteidigungsvorkehrungen getroffen worden waren. Ich könnte ihn lediglich mitnehmen zu meinem alten Geheimversteck, etwa auf halber Höhe der Klippen. Von dort aus könnten wir die Stille der Nacht genießen und den Wellen lauschen, die unter uns an den Strand rollten.

Wir gingen an Großmutters Zimmer vorbei und stiegen die Stufen hinauf zum Turmzimmer, wo er seine Tasche abstellte. Das war der beste Raum im ganzen Haus, obwohl er nicht so groß war wie Großmutters Zimmer. Bei Tageslicht bot er einen fantastischen Ausblick über die Bucht, bei klarem Wetter konnte man Dodman Head im Norden und die Manacles im Süden sehen. Es erstaunte mich, dass man das Haus nicht wegen der freien Sicht über die Küstenlinie beschlagnahmt hatte. Das nahe gelegene Hotel bot einen ähnlichen Ausblick, und das dazugehörige Strandhaus wurde von den holländischen Kadetten genutzt, während die British Home Guard, unsere Heimwehr, eine Basis unten am Wasser entlang der Küste errichtet hatte. Ein Notizblock am Fenster bestätigte meine Vermutung, dass Großmutter sämtliche Marineaktivitäten aufzeichnete, die sie bemerkte.

In meinem Zimmer stellte Bobby meine Tasche auf

mein Bett, und ich griff nach seiner Hand und zog ihn mit mir.

»Wohin gehen wir?«, fragte er.

»An einen ganz besonderen Ort.«

»Klingt spannend. Können wir dort etwas trinken? Es war eine lange Fahrt.« Er entzog mir seine Hand und zauberte eine Flasche Whisky hervor.

Ich lächelte. »Aber sicher doch. Lass uns zwei Gläser mitnehmen.«

Wir gingen hinunter in die Küche, und ich fuhr zusammen, als dort jemand war. Ich hatte nicht an Mme Pomfrey, den französischen Flüchtling, gedacht.

»Ich kann nicht glauben, dass Sie hier sind, ausgerechnet jetzt, wo Ihre Familie in London ist.« Sie rang aufgewühlt die Hände. »Sie haben Ihre Schwester um ein paar Stunden verpasst. Sie will sich mit ihrem Verlobten treffen, da sie gerade erfahren hat, dass er nach Fernost geschickt wird.«

»O nein!« Ich schlug die Hand aufs Herz. Das erklärte den Kummer, den ich trotz meiner eigenen Glückseligkeit verspürt hatte.

»Ist alles in Ordnung? Du bist plötzlich sehr blass.« Bobby sah mich besorgt an.

»Ja, ich mache mir bloß Sorgen um Amelia.«

Er nickte, und Mme Pomfrey nahm ihren Kakao und zog sich zurück. Ich schaltete das Küchenlicht aus, und Bobby folgte mir hinaus in den Garten. Dort blieben wir erst einmal stehen, während sich unsere Augen an die Dunkelheit gewöhnten und ich versuchte, Amelia meine Liebe zu schicken. Dieser Krieg war die Hölle, vor allem für unsere Herzen. Der Ferne Osten war unvorstellbar weit entfernt von Cornwall. Es würde keinerlei Möglichkeit geben, Eddie zu sehen, bevor er zurückkehrte. *Wenn* er denn zurückkehrte.

Bobby legte seinen Arm um meine Schultern. »Das wird schwer für deine Schwester werden.«

»Ja.« Ich setzte mich in Bewegung, ohne die Taschenlampe anzuknipsen. Selbst bei Dunkelheit fand ich diesen Weg mühelos, doch der Garten hatte sich verändert, und kurz darauf stolperten wir über Großmutters Gemüsebeet.

Ich musste tatsächlich die Taschenlampe einschalten, um den schmalen Pfad zu meinem geheimen Ort zu finden, dann ging ich weiter. Bobby folgte dicht hinter mir stets bereit, mich aufzufangen, sollte ich erneut ins Straucheln geraten.

Nach einer Weile blieb ich abrupt stehen, und Bobby prallte mit mir zusammen. Er hatte keine Ahnung, wie dicht wir am Abgrund standen. Ich nahm seine Hand und führte ihn zu meinem Geheimversteck unter einem mit Strauchkiefern bewachsenen Felsvorsprung.

Es war ziemlich eng für uns beide, ein kleines, vor den Elementen geschütztes Fleckchen zwischen den Felsen. Bobby quetschte sich neben mich. Der Whisky brachte meine Geschmacksknospen zum Prickeln und rief die gleiche Reaktion in mir hervor wie sein Körper an meinem. Ich wusste, dass das pure Chemie war, Chemie der physischen Art. Ich wollte ihn und wurde immer ungeduldiger. Die Verachtung, die ich meiner Schwester für das Ausleben ihrer körperlichen Gelüste entgegengebracht hatte, fühlte sich mehr und mehr an wie Ignoranz.

»Ich kann den Oriongürtel sehen.« Er deutete zum Himmel, dann nahm er seinen Arm zurück und legte ihn um meine Schultern, um mich enger an sich zu ziehen. Trotz der kühlen Nachtluft wurde mir warm.

»Ja, und den Großen Wagen«, sagte ich.

Er drehte mir das Gesicht zu, das nur noch ein paar Zentimeter von meinem entfernt war. »Du meinst den Großen Bären?«

»Großer Bär?«

»Ja, Bär.« Er küsste mich. »Der Große Wagen besteht bloß aus den sieben besonders hellen Sternen.«

»Aha.« Ich schmeckte den Whisky auf unseren Lippen. »Danke für die Erklärung.«

»Hm.« Er küsste mich erneut, und ich vergaß alles um uns herum, sogar die Sterne am Himmel, und spürte nur noch mein dringendes Verlangen nach ihm.

Windward, Mawnan Smith, Falmouth, Cornwall
13. September 2015

Der Wind traf das Haus mit voller Gewalt. Nach dem wunderschönen Tag und Abend der Hochzeit war die Hölle losgebrochen genau wie in meinen Gedanken. Ich knipste das Licht an und sah, wie der Fensterrahmen bebte. Bald würde es anfangen zu schütten, deshalb stand ich auf und schloss das Fenster. Als ich es heruntergezogen hatte, schritt ich rastlos in meinem Zimmer auf und ab und versuchte, den Kopf frei zu bekommen. Geschlafen hatte ich nicht, stattdessen hatte ich bis in die frühen

Morgenstunden der Musik von der Hochzeitsparty gelauscht. Gelächter, so viel Gelächter und fröhlicher Lärm drangen zu mir, überlagert vom Wummern des Basses.

Ich freute mich so sehr für Peta und Fred, doch als ich nun stehen blieb und in die Dunkelheit hinausschaute, blutete mir das Herz. Die junge Frau in dem Kleid. Ich wusste, dass sie real war, doch als ich dort allein stand, wurde mir ganz anders. Sie hatte alles zurückgebracht, alles, was verloren war. Was wusste sie? Oder war es nur eine grausame Laune des Schicksals, die sie hierher, nach Windward, gebracht hatte?

Etwas krachte gegen das Haus. Ich ging nach unten. In der Küche nahm ich mir eine Taschenlampe und zog meine gewachste Jacke an. Als ich die Seitentür öffnete, wurde sie mir von dem heftigen Wind fast aus den Händen gerissen. Mit aller Kraft schaffte ich es, sie hinter mir zu schließen. Sowohl Jack als auch Eddie mussten tief und fest schlafen, wenn sie bei dem Krach nicht aufgewacht waren.

Ich ging zur Terrasse und schaute auf die darunterliegende Bucht. Hier traf mich der Wind mit voller Wucht. Kleine Regentropfen prasselten auf mein Gesicht, als ich mit der Taschenlampe in die Dunkelheit leuchtete. Laut Küchenuhr war es vier Uhr morgens, was bedeutete, dass es noch eine Weile dauerte, bis die Morgendämmerung anbrach und das Ausmaß des Schadens offenbarte, allerdings konnte ich nichts Außergewöhnliches bemerken. Nicht dass ich irgendetwas hätte tun können. Hier draußen im heulenden Sturm zu stehen war nicht gerade vernünftig, doch ich fühlte mich besser, wenn ich die rohe

Kraft der Elemente spürte. So wild, wie der Wind mein Haar peitschte, peitschten die Gedanken durch meinen Kopf. Ich stand dort, wo ich meine Schwester zum letzten Mal gesehen hatte, und ließ den Tränen freien Lauf. Sie vermischten sich mit den Regentropfen auf meinem Gesicht.

Ich ging weiter, bis ich an den schmalen Pfad zur Bucht gelangte. Auf halber Höhe der Klippe wurden die Regentropfen zu wahren Geschossen, deshalb machte ich kehrt und bahnte mir den Weg durch dichtes Brombeergestrüpp zu meinem Geheimversteck. Ein Kloß bildete sich in meiner Kehle. Bobby. Mein Herz verlangte voller Sehnsucht nach ihm. Ich konnte nicht mehr. Ich duckte mich in den kleinen Hohlraum unter dem Felsvorsprung und rollte mich zu einem Ball zusammen, klammerte mich an meine Erinnerungen und hoffte, dass der Tod mich holen würde. Wenn ich mir ganz große Mühe gab, konnte ich Bobbys Arme spüren, die mich umschlangen, seinen Mund auf meinem. Ein gequälter Schrei drang über meine Lippen. Ich schloss die Augen und wartete.

Kapitel sechsundzwanzig

Boscawen House Hotel, Constantine, Cornwall
18. September 2015

Lara passierte das Tor von Boscawen und stellte fest, dass die Zufahrt länger war als erwartet. Die Aufbauphase von Restaurants hatte sie schon immer fasziniert. Sämtliche Restaurants, in denen sie gearbeitet hatte, waren zu der Zeit, als sie dort angefangen hatte, fest etabliert gewesen – das letzte hatte sich bereits den ersten Michelin-Stern erworben, und sie hatte geholfen, den zweiten zu verdienen. Sie hatte dort sehr viel gelernt, aber im Gegenzug hatte sie alles geopfert – sogar ihre Ehe, wie sich später herausgestellt hatte. Würde sie das noch einmal tun wollen? War es das wert? Ihre Brust schnürte sich zusammen vor Kummer.

Sie hatte auf der Hochzeit mit Demi und Sam gesprochen, die ihre Einladung, sie in Boscawen zu besuchen, erneuerten, und nach kurzem Hin und Her hatten sie einen passenden Vormittag gefunden. Zum Glück ging es heute eher ruhig in der Catering-Firma zu. Ihre Freundin war noch immer bei ihren Eltern, aber das Team hatte alles im Griff. Cassies Mutter hatte aus dem Krankenhaus entlassen werden können und bekam nun zu Hause Medikamente. Das Leben würde sich für die ganze Familie radikal ändern.

Sonnenlicht fiel durch die Bäume, herabgefallene Blätter bedeckten die Zufahrt. In der Ferne sah Lara Rinder auf eine Lücke in der Hecke auf der gegenüberliegenden Seite eines Felds zustreben. Ihr Fleisch würde nach Gras und der frischen Luft schmecken. Sie stellte sich eine Platte mit Bresaola und etwas Frischkäse vor, zum Beispiel Burrata, und spürte, wie ihr das Wasser im Mund zusammenlief. Hätte sie nicht das Frühstück ausfallen lassen, würde sie die Rinder nun bestimmt nicht beäugen wie ein hungriger Wolf.

Die Zufahrt öffnete sich auf ein prächtiges Herrenhaus, das vermutlich aus Granitstein erbaut war. Es sah aus, als hätte es schon immer dort gestanden und wäre fest mit der Erde verwachsen. Es war riesig, sehr viel größer, als Lara bei der Bezeichnung »Boutique-Hotel« gedacht hatte, und umgeben von ausgedehnten Rasenflächen und Blumenbeeten. Bestimmt hatte es eine faszinierende Geschichte. Sie stellte ihren Mietwagen neben den schicken Fahrzeugen ab, die vor dem Eingang parkten, und ging durch die große Holztür. Drinnen hörte sie gedämpfte Stimmen, dann erschien Demi neben einer ausladenden, geschwungenen Treppe.

»Guten Morgen.« Die hübsche blonde Frau trat auf Lara zu. »Im Moment beenden die Gäste gerade ihr Frühstück, es ist also genau der richtige Moment, um sich zum Fluss davonzustehlen.«

»Großartig.« Lara schaute sich um. Ihr Blick blieb an den Fenstern und Gemälden hängen. Die gesamte Einrichtung sah aus, als entstamme sie einer alten Filmkulisse, wenngleich Lara nicht entging, dass alles auf dem neuesten Stand, aber nicht modern war.

»Am Anfang ist es überwältigend.« Demi lächelte, als sie über das Grundstück gingen, vorbei an einem von einer Mauer umgebenen Garten zu einem Pfad, der in einen kleinen Wald hineinführte. »Wir haben den alten Weg zum Kai wieder hergerichtet, doch ich ziehe es vor, durch den Wald zu gehen.«

Lara nickte und betrachtete die verschlungenen Äste der Bäume und die Flecken von blauem Himmel, die zwischen den Wipfeln zu sehen waren. Hätte sie nicht den Schrei einer Möwe gehört, hätte sie sich nicht vorstellen können, in der Nähe des Wassers zu sein. »Was hat euch auf die Idee gebracht, ein Restaurant an diesem entlegenen Ort zu eröffnen?«

»Nun, als wir Fotos von dem alten Bootshaus sahen, kam es uns absolut passend vor.«

Lara runzelte die Stirn. Bestimmt würden die Leute Probleme mit der Anfahrt haben, vorausgesetzt, sie würden sich überhaupt hierher verirren. Sie überlegte gerade, wie man die Betriebs- und Personalkosten kalkulieren könnte, als der Pfad abrupt endete und direkt vor ihr der Fluss vorbeiströmte. Auch das gegenüberliegende Ufer war dicht mit Bäumen bewachsen. Ein Boot mit roten Segeln glitt vorbei. Auf einem Kai, der in den Fluss hineinragte, stand eine beeindruckende Holz-Glas-Konstruktion mit Granitsockel.

»Das alte Bootshaus wurde früher benutzt, um den Granit abzutransportieren, der auf dem Grund von Boscawen abgebaut wurde, anschließend diente es nur noch dem Vergnügen, bis es schließlich in Vergessenheit geriet und verfiel.«

»Es ist schön.« Das Gebäude spiegelte deutlich seine industriellen Wurzeln, und wäre das Holz grau vom Alter gewesen, hätte man meinen können, es hätte schon immer dort gestanden und dem Wechsel der Gezeiten zugesehen.

»Ja, ich habe mit Mark Triggs zusammengearbeitet. Hast du ihn bei der Hochzeit kennengelernt?«

Lara schüttelte den Kopf.

»Er ist ein brillanter Architekt, der sich in dieser Gegend auskennt und ihre Einzigartigkeit und Geschichte zu schätzen weiß. All das muss ich noch lernen.«

An der Rückseite des Gebäudes, die auf den Wald hinausging, standen zwei große Türen offen. Lara nahm an, dass in dem großen, lichtdurchfluteten Raum dahinter die Küche eingerichtet werden sollte. Rohre und Elektrokabel ragten aus den groben Granitwänden.

»He, Sam, Lara ist hier.«

Ein Kopf erschien hinter einem Sims. »Hallo.« Er legte den Hammer aus der Hand. »Wie gefällt dir das Bootshaus?«

»Beeindruckend.« Lara ging durch den großen Raum hinüber in den Teil mit den Glaswänden, die zur Seite geschoben werden konnten, sodass der Restaurantbereich komplett offen auf den Fluss hinausging. Die Aussicht war selbst bei Ebbe beeindruckend, wenn das Wasser die Wattflächen freigab. Muscheln klammerten sich an die Felsen am Fuß des Kais. Das Einzige, was Lara davon abhielt, hinunterzuklettern und sie zu ernten, waren die dünnen Stahlseile, die eine Art Geländer darstellten, ohne die Sicht aufs Wasser zu versperren. Die Sonne schien auf den Fluss, ihre Strahlen spiegelten sich an der weißen Decke des Bootshauses. »Was für eine unglaubliche Kulisse.«

»Das fanden wir auch, als wir uns für diesen Ort entschieden haben.« Sam legte locker den Arm um Demis Schultern.

»Ich habe dich gestern Abend gegoogelt.« Demi zog ihr Handy aus der Tasche. »Eine Lara Pearce konnte ich nicht finden.«

Lara seufzte. »Probier's mal mit Lara McNulty.«

Demi runzelte die Stirn. »Oh.«

»So hieß ich vor der Scheidung.«

»Ach.«

»Hast du Lust, einen Blick auf die Küchenpläne zu werfen?«, fragte Sam. Er rollte die Architektenpläne auf einem Tisch aus.

Lara betrachtete sie. »Sieht gut aus«, sagte sie prompt. »Allerdings glaube ich, dass ihr eine größere Anrichte braucht.« Sie schaute hinüber in den Küchenbereich. »Das würde bedeuten, dass ihr etwas von dem Essbereich abzwacken müsst, allerdings nicht viel.« Sie wandte sich wieder den Plänen zu und nickte. »Ja, das kommt hin. Ansonsten macht alles einen perfekten Eindruck auf mich.« Sie fuhr mit der Fingerspitze über das Papier und spürte, wie Sehnsucht in ihr aufstieg. Sehnsucht, wieder in einer Küche zu arbeiten, mit Geschmacksrichtungen, Aromen und Gewürzen zu spielen – sich einfach nützlich zu machen.

»Könnte sich eine Köchin deines Kalibers vorstellen, hier bei uns, am Ende der Welt zu arbeiten? Oder kennst du jemanden, der Lust darauf hätte?«

Laras Augen schweiften zum Fluss, dann zurück zu den Plänen. Ein eigenes Restaurant …

»Das ist eine verlockende Vorstellung.«

Der Reifen war platt. Der Grund dafür musste der Stein sein, über den sie gefahren war. Über ihr beschattete ein dichtes Blätterdach die Straße, die wenigen Sonnenstrahlen, die den Weg hindurchfanden, zeichneten ein Muster auf den Asphalt. Das war mit Abstand der ungünstigste Ort für eine Panne, den Lara sich vorstellen konnte – in einer Senke und noch dazu in einer unübersichtlichen Kurve. Sie öffnete den Kofferraum und suchte nach dem Ersatzreifen, doch alles, was sie fand, war ein kleines Reparaturset. Sie hatte den Wagen so weit wie möglich an den Rand der schmalen Straße gestellt, damit andere Fahrzeuge daran vorbeifahren konnten, doch sie war sich nicht sicher, ob das wirklich reichte. Zum Glück herrschte hier kaum Verkehr. Sie hatte sich verfahren. Irgendwo auf dem Rückweg von Boscawen musste sie eine falsche Abzweigung genommen haben.

Sie vergewisserte sich, dass ihre Warnblinkanlage funktionierte, dann machte sie sich an die Arbeit. Während der Kompressor das Reifendichtmittel und Sauerstoff in den Reifen blies, horchte sie auf sich nähernde Fahrzeuge.

Es dauerte nicht lange, und beide Vorderreifen sahen wieder gleich aus.

Mit gedrückten Daumen fuhr Lara vorsichtig die schmale Straße entlang, bis die Bäume ausgedehnten Feldern wichen. Kurz darauf vernahm sie das gleiche Wummern wie zuvor – der Reifen war erneut platt. Lara fuhr in die Zufahrt zu einem Feld und hielt vor dem großen Metallgatter an. Wenigstens stand sie nicht mehr auf der Straße.

Sie zog ihr Handy aus der Tasche und stellte fest, dass es tot war. Nicht sonderlich hilfreich. Da ihr nichts anderes einfiel, nahm sie die Straßenkarte aus dem Handschuhfach, sperrte den Wagen ab und ging los. Hoffentlich würde sie bald herausfinden, wo sie war. Sie hatte eine ungefähre Vorstellung, war sich aber nicht sicher.

Am Ende der Straße erkannte sie die granitenen Torpfeiler von Windward. Dort könnte sie fragen, ob sie das Telefon benutzen dürfte. Die Septembersonne war warm, die Luft süß vom Duft der reifen Äpfel. Die Bäume trugen reichlich Früchte, die Wespen umschwirrten eifrig das Fallobst. Lara ging die Zufahrt entlang und blieb an der offenen Seitentür stehen. Sie spähte in den dunklen Raum. »Hallo?«

Jemand durchquerte die Küche und kam auf sie zu. Es war Jack. »Na, wenn das nicht die Tortenzerstörerin ist«, sagte er.

Lara zuckte zusammen. Er war nicht gerade sensibel im Umgang mit Worten. »Ähm, ja.« Sie sah sich um in der Hoffnung, es wäre noch jemand bei ihm.

»Immerhin haben Sie die Torte ersetzt.«

»Ja.«

»Sie war köstlich.«

»Vielen Dank.« Sie bemühte sich, ihre Überraschung zu verbergen. »Es tut mir leid, wenn ich Ihnen Umstände bereite, aber mein Wagen hat einen Platten, und mein Handy funktioniert nicht. Darf ich Ihr Telefon benutzen?«

»Selbstverständlich.« Er griff auf die Anrichte hinter sich und reichte ihr einen schnurlosen Apparat.

»Danke.« Sie legte die Karte auf den Küchentresen und wählte. Jack spähte über ihre Schulter. Lara erklärte dem Mann vom Pannendienst die Situation, doch als sie ihm ihren Standort und den des Wagens nennen sollte, wusste sie nicht recht, was sie sagen sollte. Jack deutete auf den Hörer. Sie reichte das Telefon weiter, und er gab die Adresse und Telefonnummer von Windward durch und legte auf.

»Der nächste Abschleppwagen ist in St. Agnes«, teilte er ihr mit. »Sie dürfen gern hier warten.«

»Danke.« Das bedeutete, dass der Rest des Tages verloren war. Schon wieder würde sie ihre Recherchen zu Grandie und ihrer Urgroßmutter nicht fortführen können. Sie hatte sich in der Buchhandlung in Falmouth ein Buch über die hiesige Geschichte besorgt und machte sich nach und nach ein Bild von dem, was während des Zweiten Weltkriegs in dieser Gegend passiert war. Jetzt wollte sie herausfinden, welche Rolle Lieutenant Robert Webster dabei gespielt hatte. Er hatte stets behauptet, er sei lediglich ein Melder gewesen. Leo hatte die Namen und Telefonnummern eines gewissen General Tucker und drei seiner Kameraden von der Militärakademie in West Point ausfindig gemacht, die noch am Leben waren. Mit einem von ihnen hatte Leo gesprochen, und er hatte bestätigt, dass Grandie am D-Day in Trebah an Bord eines Landungsschiffes gegangen war. Ob die beiden anderen Kameraden ebenfalls noch bei klarem Verstand waren, musste sie noch herausfinden, aber sie hatte ihnen bereits geschrieben. Den General würde sie anrufen, sobald sie Zeit dazu fand.

»Was führt Sie in diese Gegend?«, fragte Jack und setzte den Teekessel auf. »Sie arbeiten normalerweise nicht für Cassie, sonst hätte Peta Sie gekannt.«

»Oh, ich …«, setzte Lara an, doch in dem Augenblick klingelte das Telefon, und Jack erteilte der Person am anderen Ende der Leitung jede Menge Anweisungen.

Als er aufgelegt hatte, wandte er sich wieder ihr zu. »Das war der Fahrer des Abschleppwagens. Er meint, es dauert mindestens drei Stunden, bis er hier ist.« Er nahm zwei Tassen aus einem Schrank und stellte sie auf die Anrichte. »So, dann schießen Sie los. Erzählen Sie mir, warum Sie hier sind.«

»Ich stelle Recherchen zum Leben meines Urgroßvaters an.« Lara blickte auf ihre Hände und machte sich leicht beklommen bewusst, wie wenig sie seit ihrer Ankunft diesbezüglich tatsächlich unternommen hatte.

»Ach, Sie sind auf der Suche nach Ihren Wurzeln? Nun, das ist typisch amerikanisch, aber ich glaube, auch hier infizieren sich die Leute mit diesem Trend.«

»Ahnenforschung ist keine Krankheit.«

Er lachte. »Da bin ich mir nicht so sicher. Meiner Erfahrung nach kann einen die Familie sehr wohl krank machen.« Er presste die Kiefer aufeinander.

Lara runzelte die Stirn. »Ich mag meine Familie.«

Er wandte den Blick ab. »Dann stammte Ihr Urgroßvater also aus Cornwall?«

»Nein, er war Amerikaner mit englischen und irischen Wurzeln.«

»Klingt so, als seien Sie bereits bestens über Ihre Familiengeschichte informiert.« Er lehnte sich gegen die Anrichte. »Was recherchieren Sie dann noch?«

»Mein Urgroßvater ist im August gestorben. Es gibt ein Foto von ihm, das ihn als Soldat im Zweiten Weltkrieg zeigt. Auf der Rückseite steht ›Helford River‹.«

»Ach, dann war er einer von den Amis, die von Trebah aus in die Normandie aufgebrochen sind.«

»Ich glaube schon. Die andere Sache ist die: Er hat sich in eine englische Frau verliebt, die er auch geheiratet hat.«

»Sie glauben, sie war von hier?« Er zog eine Augenbraue hoch.

»Gut möglich. Allerdings ist das schwer zu sagen, denn alles, was ich habe, ist ein verschwommenes Schwarz-Weiß-Foto, das am Hochzeitstag der beiden aufgenommen wurde. Die Kulisse kommt mir bekannt vor – tatsächlich sieht das Haus so aus wie Windward.«

»Merkwürdig. Doch andererseits ist die Architektur von Windward nicht ungewöhnlich für diese Gegend, und die Landschaft sieht an vielen Orten ähnlich aus.«

»Das dachte ich auch. Wie gesagt, das Foto ist unscharf, was es nicht gerade leichter macht.« Lara nahm die Tasse, die er ihr entgegenstreckte. »Das Einzige, was scharf ist, ist eine Kante des Gebäudes und ein Stück Erkerfenster.«

»Ebenfalls merkwürdig. Man sollte meinen, der Fotograf hätte den Sucher auf das Paar gerichtet.« Er verließ die Küche und ging ihr voran in den Garten.

»Vielleicht hat er geniest.«

Jack lachte. »Kann sein. Damals war das Papier knapp, deswegen hat man zu jener Zeit nicht viele Fotos gemacht.« Er bückte sich und zupfte etwas Unkraut vom Weg. »Dann wissen Sie also nichts über Ihre Urgroßmutter?«

»Nein.«

»Aber Sie haben die Unterlagen Ihres Urgroßvaters bei sich?«

»Ja.« Sie schaute hinaus auf die Bucht. Der Ausblick war faszinierend, weiße Jachten glitten übers Wasser, ein orangefarbener Tanker lag vor Anker.

»Es müsste doch ein Leichtes sein, mit Hilfe der Heiratsurkunde Genaueres über die Braut herauszufinden.«

»Das dachte ich auch, aber bislang hat meine Suche nichts ergeben.«

»Haben Sie die Register bei den hiesigen Gemeinden überprüft?«

Lara nickte.

Er deutete auf eine Bank, von der aus man einen atemberaubenden Blick aufs Wasser hatte. »Wie hieß sie denn?«

»Amelia.«

»Amelia … Und wie weiter?«

»Das ist das Problem. Das wissen wir nicht.«

»Ihre Großeltern wissen das nicht?«, fragte er erstaunt.

Sie schüttelte den Kopf.

»Das klingt für mich ziemlich seltsam.«

»Ich weiß. Für mich auch.« Lara seufzte. »Amelia ist tragischerweise sehr jung gestorben, nur ein paar Jahre nachdem sie meinen Urgroßvater geheiratet hatte. Meine Großmutter war damals vier. Mein Urgroßvater hat seine Frau sehr geliebt. Sie war seine große Liebe, und umgekehrt galt das genauso.« Lara versuchte, nicht zu erröten. »Ich habe einige von den Briefen gelesen, die sie ihm während des Krieges geschrieben hat.«

Er zog eine Augenbraue in die Höhe. »So eindeutig?«

»Ähm, ja.« Sie schaute auf die Teetasse in ihrer Hand. Jack warf ihr einen Seitenblick zu. Er hatte seine Meinung, die Liebe betreffend, auf der Hochzeit mehr als deutlich kundgetan.

»Dann sind Sie also auf der Suche nach Spuren von einem amerikanischen GI, der hier in der Gegend stationiert war.«

»Ja, das könnte man so sagen.«

»Haben Sie keinen Job?«

Lara machte eine abwehrende Handbewegung. »Bezahlte Freistellung.«

»Aber Sie unterstützen Cassie.«

»Das ist kein offizieller Job.«

»Dann sind Sie sozusagen auf Forschungsreise.«

»Hm. Könnte man so sagen.«

»Waren Sie schon in Trebah?«

»Ich war kurz vor Petas Hochzeit dort. Es ist schwer,

sich vorzustellen, wie die Schiffe vom Strand dort in Richtung Normandie aufgebrochen sind. Der Ort kam mir so ruhig vor, so friedlich.«

Er lachte. »Ja, diese Gegend wirkt so abgeschieden von allem, so weit weg von Dingen wie dem Zweiten Weltkrieg. Nichtsdestotrotz ging es hier während der Kriegsjahre zu wie in einem Bienenkorb.« Er stand auf. »Meine Großmutter ist im richtigen Alter, um Ihnen etwas über den Krieg in dieser Gegend zu erzählen.«

»Ja?« Lara hielt die Luft an. Vielleicht würde sie endlich einen Fortschritt machen.

»Es ging ihr in letzter Zeit nicht gut.« Er stellte seine Teetasse auf der Bank ab. »Sie hat sich nach der Hochzeit erkältet, was sich zu einer Lungenentzündung ausgeweitet hat.«

»O nein!«

»Leider ja. Wenn es Ihnen nichts ausmacht, würde ich kurz nach ihr sehen.«

Lara schaute ihm nach, als er zum Haus ging. Er war ausgesprochen attraktiv, aber das interessierte sie nicht, also riss sie den Blick von ihm los und richtete ihn auf die Rosen, die am Wegrand wuchsen. Sie waren verblüht und hatten schöne, große Hagebutten hervorgebracht. Sie dachte an das Hagebuttensirup-Rezept hinten in dem alten *Tante-Marie*-Kochbuch. Hier gab es genug Hagebutten, um eine riesige Menge einzukochen.

Jack kehrte zurück, die Teekanne in der Hand. »Sie schläft.« Er schüttelte den Kopf. »Es ist, als hätte sie sich aufgegeben.«

»Wie alt ist sie denn?«

»Neunzig.« Er schenkte ihnen nach, setzte sich zu ihr und stellte die Teekanne neben die Bank auf die Erde.

»Vielleicht hat sie das tatsächlich.«

Er nickte. »Ich wünschte nur, sie würde etwas essen. Ich habe versucht, sie mit ihren Lieblingsspeisen in Versuchung zu führen, aber es hat nicht funktioniert.« Er berührte eine der Hagebutten. »Mir ist schon klar, dass sie nicht ewig leben wird, aber bis zur Hochzeit war sie in guter körperlicher Verfassung. Vielleicht haben sie die Feierlichkeiten zu sehr angestrengt.«

»Bei Hochzeiten kochen immer die Gefühle hoch.« Kaum hatte sie die Worte ausgesprochen, hätte sie sich am liebsten auf die Zunge gebissen.

»Das stimmt.« Seine Augen begegneten ihren. Lara entdeckte Humor darin und einen Anflug von schlechtem Gewissen.

Sie wandte sich wieder den Hagebutten zu. »Haben Sie es bei ihr mit guter alter Hausmannskost probiert?«

Er sah sie fragend an.

»Na ja, ich denke da an etwas wie Tapioka…« Sie drehte sich zu den Rosensträuchern um. »Vielleicht mit einem Schuss Hagebuttensirup.« Sie lächelte. »Gut möglich, dass sie das während des Krieges gegessen hat.«

»Hm.« Er wirkte skeptisch.

»Ich könnte Ihnen helfen, Speisen zu kochen, die sie wieder zu Kräften bringen. Und wenn sie sich besser fühlt, kann ich sie vielleicht nach dem Krieg fragen.«

Seine Augen wurden schmal. »Ich kann kochen.«

»Davon bin ich überzeugt, aber ich verdiene mir damit meinen Lebensunterhalt.«

»Ich werde mir Ihr Angebot durch den Kopf gehen lassen.«

Damit stand er auf und ging ihr voran zurück zum Haus.

Kapitel siebenundzwanzig

Windward, Mawnan Smith, Falmouth, Cornwall
15. Mai 1944

Die Morgensonne stahl sich durch die Lücken im Verdunklungsvorhang, der Schrei einer Möwe zeigte an, dass es später war, als ich geplant hatte. Ich streckte mich im Bett aus und erinnerte den Geschmack von Bobbys Küssen und die Berührung seiner Hände auf meinem Körper. Meine Wangen glühten, und ich wusste, dass das nicht nur an meinen Gedanken, sondern auch an Bobbys Bartstoppeln lag. Letzte Nacht hatten wir kurz davorgestanden, miteinander zu schlafen, und ich wollte ihn so sehr, aber kurz bevor es ernst wurde, hatte er aufgehört.

Noch immer war ich voller Verlangen, doch ich verdrängte meine Gefühle und ging zum Fenster, wo ich den Vorhang zurückzog. Der Himmel war wolkenlos, die Bucht windstill, zu still, um zu segeln – nicht dass wir das vorgehabt hätten. Ein Bad allerdings wäre wundervoll, vorausgesetzt, das Wetter hielt. Laut dem Reisewecker auf meinem Nachttisch war es zehn Uhr. Ich musste mich sputen.

Unten fand ich Bobby in der Küche vor, ins Gespräch

mit Mrs Tonks vertieft, was mich überraschte, doch ich nahm an, dass Großmutter sie gebeten hatte, nach dem Rechten zu sehen. Zweifelsohne erwartete sie bei ihrer Rückkehr aus London einen lückenlosen Bericht.

Es war offensichtlich, dass Bobby Mrs Tonks bereits um den Finger gewickelt hatte, nicht zuletzt mit dem aromatisch duftenden echten Kaffee, den er mitgebracht hatte. Er bereicherte mein Leben mit all diesen kleinen Extras – purer Luxus, auch wenn mich nichts davon wirklich interessierte, denn ich wollte nur ihn. Er drehte sich um, und sein Blick begegnete meinem. Kurz blieb die Welt um mich herum stehen, dann setzte sie sich wieder in Bewegung.

»Miss Delly«, sagte Mrs Tonks. »Wie schön, Sie zu sehen, und wie nett von Ihnen, diesem charmanten Herrn unser Fleckchen Erde zu zeigen.« Sie schaute zwischen uns hin und her, und ich bemühte mich, meinen Gesichtsausdruck unter Kontrolle zu halten. Noch wollte ich meine Liebe niemandem mitteilen, wollte sie allein in meinem Herzen tragen. Mit anderen darüber zu sprechen würde bedeuten, sie ein Stück weit zu teilen. Ohnehin hatte ich mich immer bloß Amelia geöffnet, nun aber hatten sich die Dinge verändert. Sie verbrachte jede freie Minute mit Eddie, und ich wusste, dass sich die beiden zurückziehen und aus jedem Augenblick so viel wie möglich machen wollten, und ich hatte das Gleiche vor.

Ich war nicht hier in Cornwall, um ihm die Gegend zu zeigen, obwohl man mir vermutlich aus dem Grund meinen Urlaub gewährt hatte. Commander Rowse und First Officer Smith wussten, wo ich herstammte, und sie wussten, dass ich Bobbys Freundin war. Es brauchte nicht viel, um zwei und zwei zusammenzuzählen.

Es war seltsam, dass ich seine häufigen Abwesenheiten einfach so hinnahm – ich fragte nie nach, weil ich wusste, dass er mir ohnehin nichts sagen durfte. Genau genommen wäre es sogar noch schlimmer, Näheres zu wissen, denn dann hätte ich die anderen belügen oder mir etwas Unverfängliches einfallen lassen müssen. Das Einzige, was sich in dieser verrückten Welt echt anfühlte, wahrhaftig, waren Bobby und meine Liebe zu ihm.

Mrs Tonks lächelte mich an. »In der Pfanne ist eine Speckscheibe, Miss Delly, aber leider haben wir den Kaffee ausgetrunken.« Ich sah, wie Bobbys Mundwinkel zuckten, als sie mich bei dem Namen nannte, unter dem ich bei den Einheimischen bekannt war. Amelia war Melly. Delly und Melly. »Dafür habe ich Ihnen eine frische Kanne Tee aufgebrüht.« Sie stellte die alte braune Kanne auf den Tisch. Wie sich die Dinge verändert hatten! Ich bekam meinen Tee nicht länger aus der georgianischen Silberkanne serviert, sondern aus der für das Personal. Amelia und ich fanden seit jeher, dass der Tee daraus besser schmeckte. Nicht so metallisch. Ich schenkte Bobby und mir eine Tasse ein und fügte einen winzigen Tropfen Milch hinzu. Seit Beginn der Rationierungen hatte ich mir angewöhnt, nur noch wenig Milch zu nehmen, auf Zucker verzichtete ich ganz.

»Es war wundervoll, Sie zu sehen«, sagte Mrs Tonks, legte ihre Schürze ab und hängte sie an den Haken an der Rückseite der Speisekammertür. »Ich freue mich so, dass Ihre Großmutter mich gebeten hat, vorbeizuschauen.« Ich musste lächeln, als ich meine Vermutung bestätigt sah. »Es ist ein herrlicher Tag, um die Gegend zu erkunden«, fuhr sie fort und wandte sich zum Gehen. »Ich habe gehört, das Ferryboat bietet ein gutes Mittagessen an.«

Wir winkten ihr zum Abschied und sahen ihr nach, als sie auf ihr Rad stieg und die Zufahrt entlangrollte.

»Endlich allein?« Bobby kam auf mich zu.

»Für den Augenblick ja.« Ich fragte mich, wo Mme Pomfrey stecken mochte, doch da schloss er mich schon in seine Arme.

»Was willst du heute mit mir anstellen?« Seine Augen funkelten verschmitzt.

Lächelnd sah ich aus dem Fenster. »Ich wünschte, wir könnten mit dem Boot hinausfahren, weil ich dir gern eine einsame Bucht zeigen würde, aber leider herrscht nicht genug Wind.«

»Schade. Ich würde gern weitere deiner Geheimverstecke kennenlernen.«

Ich errötete. »Das wirst du bestimmt noch. Wir könnten stattdessen den Küstenweg entlangschlendern und im Ferryboat zu Mittag essen.«

Er sah mich fragend an. »Im Ferryboat?«

»Ja, im Ferryboat Inn. Der Name kommt von der Fähre, die zwischen Helford Passage und Helford Village verkehrt.«

»Eine Fähre?«

»Keine große, eine Passagierfähre. Es gibt sie schon seit Hunderten von Jahren. Es dauert ewig, die südliche Seite von Helford zu erreichen, aber mit der Fähre ist man ruck, zuck da.«

Er küsste mich, und plötzlich kippte die Tasse, die ich in der Hand hielt, zur Seite. Tee floss auf meine Bluse. »Oh.« Bobby schnappte nach Luft. »Das tut mir leid.«

»Mach dir keine Gedanken. Ich gehe nur schnell nach oben und plündere den Kleiderschrank meiner Schwester.«

Ich sprang die Treppe hinauf und betrat Amelias Zimmer. Der Duft ihres Parfums hing in der Luft. *Tabu.* Kein anderer Duft entsprach ihr mehr als dieser. Auf ihrem Nachttisch standen Fotos von Eddie und eins von mir. Ich lächelte. Es war schön, bestätigt zu sehen, dass auch sie mich vermisste. Der Raum war überaus ordentlich, was bedeutete, dass sie sich verändert hatte, aber auch ich war nicht mehr dieselbe.

Ich öffnete ihren Schrank und zog eine Bluse heraus. Ein paar Minuten später war ich wieder unten. Die violette Bluse war Amelias Lieblingsstück. Ich war neidisch gewesen, als sie sie entdeckt hatte und es nur eine gab. Es war lange her, dass wir unsere Kleidung getauscht hatten.

Bobby und ich gingen die Zufahrt hinunter und bogen dann in einen Fußweg ein, der über mehrere Felder führte. Die Gehölze waren voller Blauglöckchen. Ich liebte diese Jahreszeit mit ihren leuchtend grünen Blättern, in der alles so eindringlich wirkte. Der Weg zur Kirche war seltsam still, wenngleich ich auch nicht recht sagen konnte, was für Geräusche ich erwartete. Alles war ruhig. Ich lauschte auf Vogelgesang, aber ich hörte keinen. Sogar die neuen Blätter an den Bäumen regten sich nicht. Ohne eine erfrischende Brise würde es bald ziemlich heiß werden.

Am Torbogen vor dem Friedhof trafen wir auf den alten Pfarrer, der gerade auf sein Fahrrad stieg, seine Brille zurechtrückte und uns zuwinkte. »Guten Morgen.«

Ich winkte zurück. Bobby lächelte, dann richtete er den Blick auf die Inschrift über dem Tor. »Was für eine Kirche ist das?«

»Das ist die Kirche von St. Mawnan und St. Stephen, aber sie wird Mawnan Church genannt.«

»Mawnan.«

Ich nickte. »Ein Heiliger, der sich hier im sechsten Jahrhundert niedergelassen hat.«

Er zog eine Augenbraue hoch.

»Viele Pilger sind von Irland und Wales in Cornwall gelandet, um die Heiden zu bekehren.«

Bobby lachte. Wir gingen durch das Tor auf den Friedhof und zum Eingang der Kirche. Ich stieß die Tür auf, führte ihn hinein und seufzte. Erst jetzt fiel mir auf, wie sehr ich das alles vermisst hatte. Das Sonnenlicht strömte durch die Fenster und fing den Staub ein, der in der Luft tanzte. Als Kind hatte ich hier gesessen und die Staubpartikel betrachtet. In meinen Augen war das Gottes Art, mir zu zeigen, dass er existierte.

»Dieser Ort bedeutet dir etwas«, sagte Bobby, der meinen Gesichtsausdruck bemerkte.

»Ja.« Ich sah mich in dem vertrauten Gemäuer um. »Das tut er.« Mein Blick richtete sich auf ihn. »Ich habe immer davon geträumt, hier zu heiraten.«

Sein Lächeln verschwand.

»Stimmt etwas nicht?«

Er schüttelte den Kopf. »Das wird nicht möglich sein.«

Ich stützte mich an der nächsten Kirchenbank ab und spürte die Maserung des Holzes unter meinen Fingern.

»Nicht dass ich dich nicht heiraten möchte, es ist nur so, dass ich …«

»Was?«

»Nun ja, ich bin katholisch.«

Ich nickte. Ich würde konvertieren müssen. Das war mir bewusst gewesen, aber ich hatte nicht über die Konsequenzen nachgedacht. Seinem Gesichtsausdruck nach zu urteilen, war ich da nicht die Einzige.

»Ich hatte nicht vor, mich zu verlieben, und dennoch …«, er sah mich zärtlich an, »… habe ich es getan.«

Mein Herz setzte einen Schlag aus. »Ich auch.«

»Aber ich …« Er fuhr sich mit der Hand durchs Haar. Plötzlich wirkte er jünger und weniger selbstsicher. »Ich kann nicht konvertieren. Und wenn ich dich hier sehe, wird mir klar, dass ich das auch von dir nicht erwarten kann.«

Mein Blick fiel auf die Sonnenstrahlen, dann auf den Altar. Würde ich das für ihn aufgeben?

Ich nahm ihn bei der Hand und führte ihn nach vorn, bis wir vor dem Altar standen. »Ich konvertiere.«

Sein Gesicht hellte sich auf, dann zog er die Augenbrauen zusammen. »Das kann ich nicht von dir verlangen.«

»Das tust du auch nicht. Ich habe es dir von mir aus angeboten.« Ich stellte mich auf die Zehenspitzen und küsste ihn. »Robert Webster, ich liebe dich, und ich werde alles dafür tun, um den Rest meines Lebens mit dir zu verbringen.« Eine Träne rollte über seine Wange. Ich wischte sie weg. »Ich liebe dich.«

»Das tust du, und ich fühle mich dieser Liebe nicht würdig.«

»Aber nein, du bist meiner Liebe nicht unwürdig!« Ich nahm seine Hand. Seine Finger schlossen sich um meine, als ich sie an meine Lippen führte. Ich liebte diesen Amerikaner von ganzer Seele, und das würde ich ihm beweisen.

Kapitel achtundzwanzig

Constantine, Falmouth, Cornwall
18. September 2015

Es war schon Abend, als Lara nach Hause zurückkehrte. Snowy saß draußen auf der Terrasse und machte einen hungrigen, verärgerten Eindruck. Als sie die Tür öffnete, verlieh er seinen Emotionen lautstark Ausdruck, miaute und streifte ihr wiederholt um die Beine, also ging sie zum Küchenschrank und nahm das Katzenfutter heraus, das sie letzte Woche gekauft hatte.

Sie stellte eine Schüssel vor ihn hin, aber der Kater schaute das Trockenfutter verständnislos an und heftete die Augen erneut auf Lara. »Tut mir leid, Kumpel«, sagte sie, »aber das ist dein Abendessen. Die Dose Thunfisch gehört mir.« Sie öffnete den Kühlschrank, nahm eine Flasche Sauvignon blanc heraus und schenkte sich ein Glas ein. Die Fächer waren leer bis auf eine runzelige Paprika und etwas verwelkten Rucola.

Snowys Blick wanderte von der Dose mit Thunfisch und ihrem Glas Sauvignon zu seiner Schüssel mit Trockenfutter. Ohne die Brekkies zu beachten, tappte er ins

Wohnzimmer und streckte sich auf dem Sofa aus. Lara stellte sich unwillkürlich vor, wie er nach der Fernbedienung griff und einen Sportsender einschaltete. Wenn er könnte, hätte er ihr bestimmt einen verächtlichen Rüffel erteilt.

Lara ignorierte das flauschige weiße Kerlchen und betrachtete die Fotos und Briefe, die sie auf dem Küchentisch ausgebreitet hatte. Sie hatte so wenig, worauf sie sich bei ihren Recherchen stützen konnte, und im Grunde nur einen einzigen Hinweis: Helford.

Wieder einmal nahm sie das Hochzeitsfoto zur Hand. Es gab keinerlei Aufschluss über die Jahreszeit. Sie drehte die Aufnahme um in der Hoffnung, irgendein Detail übersehen zu haben, aber da stand lediglich das Jahr, 1945, geschrieben mit verblichenem Bleistift genau wie auf dem Bild, das Grandie auf der Landzunge vor dem Helford River zeigte. Er war in Uniform – logisch, denn er hatte bis 1950 in der US-Armee gedient.

Das Ganze war ein aussichtsloses Unterfangen. Trotzdem war es richtig gewesen von Leo, dass er sie gedrängt hatte, Cape Cod zu verlassen, damit sie endlich aufhörte, sich selbst zu zerfleischen. Sie nahm einen großen Schluck Wein und machte sich daran, das Abendessen zuzubereiten. Cassie war noch immer bei ihren Eltern in Nord-Cornwall, und so wie es am Telefon klang, waren sie dabei, ihr Leben neu zu organisieren. Lara schüttelte den Kopf. Das Ganze war ziemlich beängstigend, und es hatte sie dazu gebracht, ihr eigenes Leben auf den Prüfstand zu stellen. Fakt war, dass ihr die langsamere Geschwindigkeit hier gefiel.

Ihr Magen knurrte. Sie trat an die Anrichte und nahm den Dosenöffner zur Hand. Sofort war Snowy neben ihr und sah sie bittend an. Sein prächtiger weißer Schwanz zuckte aufgeregt hin und her, dann legte er ihn um seinen Körper herum über seine Vorderpfoten. Sein Blick sagte alles: *Wenn du glaubst, dass du die ganze Dose Thunfisch für dich allein beanspruchen kannst, dann hast du dich getäuscht.* In Laras Vorstellung hatte Snowy den typischen Akzent der britischen Oberklasse. Er war ein würdevoller Kater, und sie enttäuschte ihn bitterlich, indem sie ihm dieses fürchterliche Trockenfutter anbot, während sie selbst ein Festmahl, bestehend aus Dosenthunfisch, zu sich nahm.

Lara bückte sich und streichelte ihn. Er schnurrte laut, und sie bekam ein schlechtes Gewissen. In dem Augenblick wurde ihr klar, dass er gewonnen hatte – und ihm vermutlich auch. Snowy ließ sie nicht aus den Augen, als sie die Dose öffnete und das überschüssige Wasser abschüttete. Lara nahm eine Schüssel aus dem Schrank, warf den Rucola hinein, gab die kleingeschnittene Paprika hinzu und drei Viertel des Thunfischs. Anschließend schweifte ihr Blick zu dem Katzenfutter in dem Näpfchen auf dem Boden. Sie überlegte, ob sie das verbliebene Viertel einfach darauf verteilen sollte, doch vielleicht würde ihr vornehmer Gast auch darüber die Nase rümpfen. Also füllte sie den Rest der Dose in eine kleine Schale, die sie neben die andere Schüssel auf den Boden stellte. Blitzschnell beugte sich Snowy über die Schale mit dem Thunfisch.

Lara schenkte sich Wein nach, setzte sich an den Tisch

und ging noch einmal die kurze Liste mit Fakten durch, die sie erstellt hatte. Robert Webster hatte Amelia irgendwann während des Krieges oder kurz danach geheiratet. Sie hatten eine gemeinsame Tochter, Betty, die 1946 in England zur Welt gekommen war.

Ihr Handy pingte und zeigte eine E-Mail von Deborah, Leos Verlobter, in ihrem Posteingang an.

Hi Lara,

hab ein bisschen über Amelias Tod recherchiert. Sie ist am 5. Oktober 1950 ertrunken, die genaueren Umstände sind nicht bekannt. Offiziell wurde ihr Tod als Unfall eingestuft. In den Zeitungen stand, ihr Leichnam sei von einem Nachbarn am Strand vor Eventide entdeckt worden, Betty sei allein im Haus gewesen. Nach übereinstimmenden Berichten war es an jenem Abend sehr stürmisch. Vielleicht ist sie hinausgelaufen, um etwas zurückzuholen, was weggeweht worden war, und wurde dabei von einer Welle erfasst.

Leo schickt dir liebe Grüße.
Dx

Lara kaute und ließ sich den Inhalt der E-Mail durch den Kopf gehen. Nach Amelias tragischem Tod hatte Grandie nicht mehr geheiratet. Er hatte den Armeedienst 1950 quittiert und war nach Massachusetts zurückgekehrt, um sich um Betty zu kümmern, während er gleichzeitig sein Studium fortsetzte und Professor für Schiffsmaschinenbau in Woods Hole wurde, einem Ort an der Südwestspitze von Cape Cod, der für seine Forschungseinrichtungen bekannt war.

Sie blätterte durch Grandies Tagebücher. Das letzte stammte aus dem Jahr 1945. Eine Woche nach dem VE-Day, dem Tag der Befreiung am achten Mai, endeten die Einträge, als hätte es sich von jenem Tag an nicht mehr gelohnt, sein Leben aufzuzeichnen. Der letzte Eintrag lautete:

Ich war so ein Narr.

Das war alles. Keine aufgeregten Worte, weil er sich wieder mit A. traf. Keine codierten Einträge, wo er sich momentan aufhielt und mit wem.

Morgen würde sie versuchen, General Tucker telefonisch zu erreichen. Hoffentlich wäre er in der Lage, zumindest ein wenig Licht in Grandies Krieg zu bringen, vielleicht wüsste er sogar etwas über ihre Urgroßmutter.

Snowy sprang auf den Stuhl neben ihr und fing an, seine Pfoten zu putzen, während sie die schrumpeligen Paprikastückchen in der Schüssel hin und her schob und überlegte, was sie als Nächstes tun sollte.

Ihr Telefon klingelte. Snowy streckte sich.

»Hi, Lara«, sagte die Stimme am anderen Ende der Leitung. »Hier spricht Jack Rowse.«

Lara sah Snowy mit hochgezogener Augenbraue an. Der Kater musterte sie durchdringend. »Hi«, erwiderte sie vorsichtig.

»Ich wollte nur sichergehen, dass alles mit Ihrem Mietwagen geregelt ist. Und fragen, ob Ihr Angebot mit der ›guten alten Hausmannskost‹ ernst gemeint war.«

»Selbstverständlich. Was das Auto anbetrifft: Das ist leider etwas ärger als zunächst gedacht. Die Felge hat auch etwas abbekommen.« Sie warf dem Kater einen erstaunten Blick zu. »Ich werde also morgen kein Auto haben. Allerdings könnte ich mir Cassies Van ausleihen …«

»Das ist nicht nötig. Ich hole Sie ab.« Er zögerte, dann fügte er hinzu: »Da ist noch etwas … Als Gran hohes Fieber hatte, murmelte sie immer wieder ›das Mädchen‹. Ich habe mit Eddie darüber gesprochen, und er meinte, sie habe sich auf die junge Dame vom Catering-Service in dem geblümten Sommerkleid bezogen.«

Lara nahm den Wein aus dem Kühlschrank. »Ich habe ein geblümtes Kleid getragen.«

»Ich weiß. Und mir ist etwas aufgefallen: Sie haben einige Ähnlichkeit mit meiner Großmutter, als sie jung war.«

»Tatsächlich?«, fragte Lara verwundert und füllte ihr Glas nach.

»Ja. Vor ein paar Monaten habe ich eine alte Fotografie von ihr gesehen. Eine BBC-Reporterin wollte sie interviewen und hat ein Foto von ihr mitgebracht, das 1945 am Tag der Befreiung aufgenommen wurde. Ich muss sagen, Sie sehen ihr verblüffend ähnlich.«

»Oh.« Laras Haut fing an zu kribbeln. Vielleicht war seine Großmutter mit Amelia verwandt. Das würde das Erkerfenster auf dem Hochzeitsfoto erklären.

»Ich weiß nicht, wie es ihr morgen geht, aber ich denke,

sie könnte Ihnen bei Ihren Recherchen behilflich sein. Bis morgen dann.«

»Das wäre großartig. Bis morgen.« Sie ließ das Telefon sinken und starrte für einen Augenblick darauf. Das war das unerwartetste Gespräch, das sie seit Langem geführt hatte. Ihr für morgen geplanter Abstecher in die hiesige Bibliothek würde warten müssen – sie hoffte nur, dass Jacks Großmutter in der Lage wäre, sich mit ihr zu unterhalten.

15. Mai 1944

Kühle Luft umfing uns, als wir unseren Weg im Schutz der Kiefern fortsetzten. Bobbys Schweigen bereitete mir Sorgen. Ich hatte gehofft, dass mein Versprechen, zum Katholizismus zu konvertieren, die Anspannung von ihm nehmen würde, doch mit jedem Schritt, den wir uns weiter von der Kirche entfernten, wurde sein Schweigen bedrückender. Er schien sich immer weiter zurückzuziehen. Als sich der Weg aufs freie Feld öffnete, blieb ich stehen und drehte mich zu ihm um. »Was ist los?«

Er betrachtete die Aussicht, dann schüttelte er den Kopf. »Ich verlange alles von dir.«

Ich nahm seine Hand. »Ich gebe es dir gern.«

»Das weiß ich.« Sein Blick schweifte über die Küste, dann setzte er sich wieder in Bewegung. »Ich kann dir das hier nicht nehmen. Du hast ein wundervolles Leben.«

Ich fasste seinen Arm. »Bleib stehen und sieh mich an.« Das Wasser in der Falmouth Bay glitzerte wie blaue Diamanten, die Hügel waren grün und voller Blumen, doch das, was ich wollte, entzog sich mir.

Er drehte sich um und sah mich an. »Es tut mir leid.«

»Hör auf damit. Ich liebe dich.« Ich holte tief Luft. »Wenn mich dieser elende Krieg eines gelehrt hat, dann das: Es ist wichtig, im Jetzt zu leben und zu handeln, und jetzt geht es um uns und darum, wie wir füreinander empfinden.«

Seine Pupillen waren klein wie Stecknadelköpfe im hellen Sonnenlicht. Ich suchte in seinen Augen nach einem Hinweis, dass meine Worte angekommen waren.

Er schüttelte den Kopf. »Ich habe mit eigenen Augen gesehen, was passiert, wenn zwei Menschen aus verschiedenen Welten heiraten.«

»Nein, ich werde in die Staaten gehen, und niemand wird wissen, wer Adele Seaton ist und aus welcher Familie sie stammt. Sie werden mich einfach nur als Adele Webster, die englische Frau von Bobby, kennenlernen.«

»Ich bete, dass du recht hast.« Er strich mir eine Haarsträhne hinters Ohr. »Ich liebe dich.«

»Ich liebe dich auch, und das ist alles, was zählt. Alles andere werden wir schon bewältigen.«

Er zog mich in seine Arme und küsste mich. »Und jetzt verrate mir, was ich hier sehe.«

»Auf der anderen Seite der Mündung ist Dennis Head, dann kommt Nare.«

»Es ist so schön hier.« Seine Augen suchten den Horizont ab.

»Das ist es.«

Er nahm meine Hand, und wir gingen Seite an Seite

weiter, solange es der schmale Küstenpfad erlaubte. »Das Haus auf der Südseite des Helford ist Pengarrock«, erklärte ich ihm und deutete über den Fluss. »Und über uns liegt Porth Sawsen. Das hier ist der dazugehörige Strand.« Der geriffelte Strand wirkte riesig bei Ebbe; weiter draußen sahen wir das klare Wasser – leuchtend türkisfarbene Stellen, eingefasst von einem tiefen Kobaltblau. Das kühle Nass war verführerisch an einem heißen Tag wie diesem, aber wir widerstanden der Versuchung und gingen händchenhaltend weiter.

Hinter dem Bootshaus am Ende der Bucht kam uns Bill Tonks in seiner Home-Guard-Uniform entgegen. »Hallo, Bill«, begrüßte ich ihn.

»Hallo, Adele.« Er sah mich mit zusammengekniffenen Augen an. »Heimaturlaub?«

Ich nickte. Wie schnell sich der Klatsch hier verbreitete!

»Und dein Begleiter?«

»Lieutenant Robert Webster.«

Bill musterte ihn von oben bis unten. »Ausweis, bitte.«

Nachdem er Bobbys Papiere kontrolliert hatte, schaute er auf. »Seid ihr auf dem Weg ins Ferryboat?«

»Ja.«

»Trinkt ein Pint für mich mit. Es wird ein ganz schön heißer Tag heute.«

»Das machen wir«, versprach ich, dann setzten wir schweigend unseren Weg fort, vorbei an einem Bunker, bis wir nach Durgan kamen. Verschlafen lag das Dorf in der Mittagssonne. Fischernetze trockneten am Ufer, und für einen kurzen Moment konnte ich tatsächlich vergessen, dass wir uns im Krieg befanden. Das änderte sich schlagartig, als wir Trebah erreichten. Der Strand war nicht wiederzuerkennen mit seinem Landungssteg, der weit ins Wasser hineinreichte. Ich kam mir vor wie in einem fremden Land, als wir nicht nur von unserer Heimwehr, sondern auch von amerikanischen Soldaten angehalten wurden, die mich an importierte Gewächse erinnerten, welche die einheimischen Spezies verdrängt hatten. Man hatte den Strand mit Beton übergossen, und von dem einst so wunderschönen Garten war so gut wie nichts zu erkennen, da ein Großteil der Pflanzen mit militärischer Ausrüstung bedeckt war.

»Papiere?«, fragte unser letztes Hindernis, ein junger Corporal. Wir reichten ihm unsere Ausweise, und ich sah, wie Bobby die Anzahl der Wachtposten und den Stacheldraht ins Auge fasste.

»Sir.« Der Corporal salutierte.

Auf der kurzen Strecke bis zum Ferryboat Inn wurde mir klar, dass ich jetzt hier die Fremde war. Das hier war nicht länger mein Cornwall und würde es vermutlich auch nie wieder sein. Ich hatte versprochen, den Mann an meiner Seite zu heiraten, meinen Glauben, meinen Namen und mein Land zu wechseln. Ich holte tief Luft. Der Geruch nach Salz und Tang füllte meine Lunge. Amelia wäre für immer hier, während ich womöglich nie mehr zurückkehrte. Ich blieb stehen und blickte über den Fluss nach Helford. Die Aussicht war schmerzhaft vertraut. Ein Teil von mir würde immer in Cornwall sein. Die Mittagssonne fiel auf die dicht zusammenstehenden Häuser von Treath. Hummerfangkörbe trockneten auf dem Kai. Die Ebbe veränderte die Landschaft. Ich musste mir diesen

Anblick ins Gedächtnis einprägen, damit ich ihn niemals vergaß.

Ich wandte mich Bobby zu. »Erzähl mir von deinem Zuhause.«

Er schaute mich an, die Augen zusammengekniffen gegen die gleißende Sonne. Seit wir das Gelände der einst so prächtigen Gartenanlage von Trebah betreten hatten, wirkte er verändert. »Es ist schön, aber anders.« Sein Blick schweifte zur Mündung. »Hauptsächlich weil das Land flacher ist.« Er nahm meine Hand. »Ich verlange so viel von dir.«

Ich seufzte. »Ja.« Das Wasser des Flusses reflektierte den wolkenlosen Himmel. Der Anblick war so schön, dass er beinahe schmerzte. Vielleicht war es das Beste, nicht dem nachzuhängen, was ich hinter mir lassen würde, sondern mich stattdessen auf die Zukunft zu konzentrieren. »Aber du bist es mir wert.«

Er sah mir tief in die Augen. »Hoffentlich werde ich dich nicht enttäuschen.«

»Das wirst du nicht.« Ich küsste ihn, dann zog ich ihn in Richtung Pub.

Kapitel neunundzwanzig

Knightsbridge, London
28. Mai 1944

Der Teesalon war leer bis auf eine alte Dame, die in einer Ecke saß. Als ich die Türklingel hörte, blickte ich von der Teekanne vor mir auf. Amelia war in London. Wir hatten uns seit Monaten nicht gesehen. Ihre Briefe verrieten mir nur wenig, aber sie wirkte verändert. Verschwunden waren ihre Ausgelassenheit, ihr Überschwang, was zweifelsohne Eddies Versetzung nach Fernost geschuldet war.

Eine zweite alte Dame kam langsam durch die Tür. Ich blickte aus dem Fenster auf das Gewusel draußen auf der Straße. Inzwischen waren fast vier Jahre vergangen, seit unsere Familie aus der Stadt geflohen war. Ich vermisste sie nicht, aber ich vermisste Cornwall. Jene wenigen Tage mit Bobby hatten mich an das erinnert, was ich hinter mir gelassen hatte – Amelia, Mutter, Großmutter, Windward, das Land und die See, auf ewig verbunden und doch getrennt, eins und verschieden – ein bisschen wie Amelia und ich.

Würde sich Amelia sehr verändert haben? Mir war klar, dass dies bei mir der Fall war. Bobby hatte alles auf den Kopf gestellt. Heute war ich in der Farm Street Church in Mayfair gewesen, um mit einem katholischen Geistlichen zu sprechen. Je schneller ich dieses Hindernis beseitigte, desto besser. Vor ein paar Tagen hatte sich der Pater in Weymouth als hilfreich, aber sehr amerikanisch erwiesen. Der Priester heute war ausgesprochen zuvorkommend gewesen und hatte mir ein Buch mitgegeben. Es war ein Anfang.

Ich schenkte mir eine weitere Tasse Tee ein. Amelia verspätete sich. Dieser Tage gab es so viele unvorhergesehene Ereignisse, mit denen wir uns abfinden mussten, doch heute hatte ich nur wenig Geduld. Ich sehnte mich danach, Amelia zu sehen und all ihre Neuigkeiten zu erfahren. Zum Glück hatte ich wenigstens ihre Briefe, aber ich wollte mit ihr zusammen sein. Tante Margaret war die Einzige in der Familie, die alle zu Gesicht bekam. Sie hatte eine nette Zeit mit Mutter und Großmutter verbracht und erzählte mir heute Morgen beim Frühstück, dass Vater bei ihrem letzten Treffen wohlauf gewesen sei. Sie selbst benahm sich allerdings etwas seltsam, wirkte abgelenkt, zerstreut. Doch andererseits konnte man von mir das Gleiche behaupten.

Ich hatte Amelia noch nicht einmal verraten, wie Bobby hieß, als hätte ich Furcht, er könne sich in Luft auflösen, wenn ich seinen Namen nannte. Wenn ich ihn für mich behielt, fühlte sich Bobby mehr wie der Meine an, und ich fühlte mich mehr wie ich, nicht nur wie ein Zwilling. Plötzlich fiel mir auf, dass ich Bobby gar nicht erzählt hatte, dass Amelia nicht nur meine Schwester, sondern meine Zwillingsschwester war. Ich musste es ihm unbedingt sagen, schließlich waren wir verlobt.

Die Türglocke klingelte, und Amelia spazierte herein. Wie ich war sie in Uniform, und wie immer brachte es mich aus der Fassung, mich selbst zu sehen. Sie strahlte, wirkte glücklicher als je zuvor. Ich sprang auf und umarmte sie. »Melly, gut siehst du aus!«

»Meine Güte, Delly, du strahlst ja!«

»Du auch.« Wir ließen uns los und setzten uns einander gegenüber. Die beiden alten Damen unterbrachen ihr Gespräch und starrten uns an, aber wir hatten uns an diese Reaktion gewöhnt. Mit unserem hellblonden Haar und den bernsteinfarbenen Augen erstaunten wir die meisten Leute. Sogar das kleine Muttermal unter dem linken Auge war gleich. Und nun trugen wir auch noch die gleiche Uniform.

»Erzähl mir alles von diesem mysteriösen Amerikaner.«

Ich senkte den Blick. »Da gibt es nicht viel zu erzählen.«

»Du hast ihn nach Cornwall mitgenommen.«

»Er wäre sowieso dorthin gefahren. Ich habe mich ihm lediglich angeschlossen.« Ich rührte den Tee in meiner Tasse um.

»Ich kann nicht glauben, dass du dort warst und ich nicht. Was für ein verdammtes Pech.«

»Achte auf deine Ausdrucksweise«, tadelte ich und blickte in ihre lachenden Augen.

»Ich weiß, entschuldige. Seit ich im Fahrdienst bin, geht es mit meinen Umgangsformen steil bergab.«

Kopfschüttelnd schenkte ich meiner Schwester eine Tasse Tee ein. »Ich bin so glücklich, dich zu sehen.«

»Geht mir genauso. Ich habe dich so vermisst.«

»Erzähl mir alles von Eddie.«

»Du hast es immer gewusst, stimmt's?« Sie blickte mich über den Tassenrand hinweg an. Wenn sie für Eddie nur halb so viel empfand wie ich für Bobby, dann war es perfekt.

»Schon möglich. Im Augenblick sehe ich nur, dass du glücklicher bist als je zuvor.«

»Das bin ich, und das kann ich auch nicht verbergen.« Sie schloss die Hände um die Tasse.

»Warum solltest du es auch versuchen?« Ich griff nach ihrer Hand. Die Verbindung war hergestellt, und etwas in mir fiel an den richtigen Platz zurück.

Ihr Blick verfinsterte sich. »Weil ich fürchte, dass es falsch ist, so glücklich zu sein.«

Ich hielt den Atem an. »Ich weiß, was du meinst.«

»Ich kann Großmutter sagen hören, dass zu viel Glück ungebührlich ist und nicht lange anhält.«

Ich lachte. Großmutter hatte diese Worte vor Jahren gesagt, als sie über einen Kuchen sprach, den Amelia gebacken hatte. Sie missbilligte die Tatsache, dass Amelia hervorragend kochen und backen konnte. Die Köchin sollte das erledigen, teilte sie uns von oben herab mit, und nicht die junge Dame des Hauses – daran gab es nichts zu rütteln. Erst während des Krieges hatte unsere Großmutter zu ihrem Leidwesen begreifen müssen, dass das Kochen der Schlüssel zum Überleben war.

»Los jetzt, erzähl mir endlich von deinem Amerikaner.«

»Da gibt es nichts zu erzählen«, beharrte ich und schaute auf, als ein Soldat und eine Frau eintraten. Ihr Gesicht war ernst. Ich fragte mich, warum. An Amelia gewandt fuhr ich fort: »Er ist gerade zum Captain befördert und versetzt worden, deshalb kann er nun weniger Zeit mit mir verbringen.«

»Das tut mir leid.« Sie nahm meine Hand, dann stieß sie hervor: »Hast du Vater gesehen?«

»Nein. Triffst du dich mit ihm?«

»Das hoffe ich, auch wenn ich es nicht mit Sicherheit sagen kann. Selbst diesen Urlaub jetzt verdanke ich nur dem glücklichen Zufall, dass ein Admiral dringend nach London gefahren werden musste.«

Ich sah sie fragend an. »Du bist nicht mit dem Zug gekommen?«

»Nein, ich bin mit dem Wagen nach London gefahren und muss übermorgen wieder zurück.«

»Ach, ein Kurzurlaub.« Ich drückte ihre Hand. »Ich war froh, dass man mir die Erlaubnis erteilt hat, nach London zu fahren.«

»Ich war so aufgeregt, als ich angerufen habe. Ich hatte kaum noch zu hoffen gewagt.«

»Das Glück war auf unserer Seite.« Ich schaute zur Kellnerin, die an einem anderen Tisch bediente. Ich konnte meiner Schwester nicht sagen, dass ich bereits geplant hatte, nach London zu reisen, um dem Priester in der Farm Street Church einen Besuch abzustatten. Dabei hatte ich nie zuvor Geheimnisse vor ihr gehabt. War es der Krieg, der mich so geheimniskrämerisch machte, oder lag es daran, dass wir uns voneinander entfernten?

Ich wandte mich wieder Amelia zu. Sie wusste, dass ich ihr etwas verheimlichte, das sah ich ihren Augen an, trotzdem lächelte sie. Ich war überzeugt, dass auch sie nicht länger alles mit mir teilte. Die räumliche Trennung hatte dazu geführt, dass das Gefühl, die andere ganz und gar zu kennen, nachgelassen hatte. Obwohl ich spürte, wenn sie unglücklich war, war sie von mir abgerückt. »Was gibt es Neues von Eddie?«

»Der letzte Brief ist vor zwei Tagen eingetroffen; alles ist in Ordnung. Es gefällt ihm in Indien. Sein Brief war voll mit Geschichten über die Heldentaten des Hundes von seinem Flugnavigator, der anscheinend zum Maskottchen der Truppe geworden ist. Er hat sogar ein Foto von dem Vierbeiner geschickt.« Sie kramte in ihrer Handtasche und zog zwei Fotos heraus, die sie mir über den Tisch hinweg reichte. Auf dem einen war ein kleiner Dackel zu sehen, der neben dem Flugbuch saß, das andere zeigte Eddie mit einem weiteren Offizier.

»Das ist Gordon George, der Besitzer des Hundes.« Lächelnd griff sie nach den Fotos und steckte sie wieder ein. »Dem Vernehmen nach verbringen sie eine schöne Zeit.«

»Ich freue mich so, dass mit Eddie alles in Ordnung ist.« Ich dachte an Bobby. Es war gut, dass er in meiner Nähe war, obwohl ich nur einmal die Woche einen Brief von ihm bekam.

»Sollen wir noch eine Kanne Tee bestellen?« Amelia sah sich nach der Kellnerin um.

»Lass uns einkaufen gehen.«

Sie lachte. »Es gibt nichts zu kaufen, aber einverstanden, gehen wir trotzdem.«

Ich bezahlte die Rechnung und hakte mich bei ihr unter. »Ich habe dich vermisst«, sagte sie, als wir über den Gehsteig Richtung Harrods gingen.

»Ich dich auch.«

»Ich sehe, dass du glücklich bist mit deinem Ami, auch wenn du mir nichts von ihm erzählen willst.«

Ich lachte. »Das bin ich. Ich bin genauso glücklich wie du.«

Sie kniff die Augen zusammen. »Bist du verlobt?«

Ich zögerte. »Ja, aber wir wollen mit der Hochzeit bis nach dem Krieg warten.« Ich blickte auf meine Hände. »Ich habe es noch niemandem erzählt.«

»Verstehe.« Sie schaute in ein Schaufenster. »Es gibt tatsächlich nichts zu kaufen, also lass uns stattdessen einen Drink nehmen. Wir müssen unsere Verlobungen feiern!«

Einen Augenblick später hatte Amelia ein Taxi angehalten, und wir waren auf dem Weg ins Savoy. Schmunzelnd griff sie auf der Rückbank des Taxis nach meiner Hand. »Dann wirst du also …«

»… Mrs Robert Webster sein«, beendete ich den Satz für sie.

»Und ich Mrs Edward Carew.« Ihr Lächeln verwandelte sich in ein Stirnrunzeln. »Dann werden wir noch weiter voneinander entfernt sein.« Schweigend saßen wir da und machten uns bewusst, was das bedeutete. Ich schaute aus dem Fenster, weg von Amelia. Ich wollte meine eigene Identität, wollte unabhängig sein von ihr, und das hatte ich erreicht, doch der Atlantik war riesig. Ich schluckte. Das Taxi kam zum Halten, neben uns tauchte eine Ruine auf. Von dem ehemaligen Gebäude war nur noch die Rückwand übrig geblieben. Wie es wohl sein mochte, plötzlich allein dazustehen, ohne Halt? Vor der Mauer lagen nichts als Trümmer – die zerstörten, verkohlten Reste ausgelöschten Lebens. Das Taxi fuhr weiter, und kurz darauf kamen wir am Savoy an. Ich stieg aus und bezahlte den Fahrer.

Es fiel mir schwer zu glauben, dass ich Bobby vor wenigen Monaten hier zum ersten Mal begegnet war. Wie sehr sich meine Welt seitdem verändert hatte! Amelia und ich schlenderten Schulter an Schulter durch die Türen des Savoy in die Lobby und lächelten jeden an, der stehen blieb, um uns anzustarren. Wir waren so lange nicht zusammen gewesen, dass ich vergessen hatte, was für ein Aufsehen wir erregten.

»Ich nehme einen Gin und einen Dubonnet!« Amelia ging mir voran und nahm auf einem der hohen Hocker vor der American Bar Platz. Ich zögerte. »Sei kein Spielverderber! Du solltest auch einen trinken.«

Ich schaute mich um, ob ich jemanden sah, der uns kannte. Mit Sicherheit würde Großmutter von dieser Eskapade erfahren. Amelia drehte sich um und sprach mit dem Barkeeper. Sie flirtete schon wieder. So war sie nun mal. Seufzend glitt ich auf den leeren Hocker neben sie.

»Du brauchst etwas zur Aufmunterung, Delly.« Sie lächelte den Barkeeper an und hob ihr Glas. »Auf uns und auf unsere Männer.« Sie nahm einen großen Schluck. Ich lachte, dann bestellte ich das Gleiche wie sie und prostete ihr zu.

»Ich wünschte, sie wären heute Abend bei uns. Vielleicht sollten wir tanzen gehen und ein paar anderen bedauernswerten Seelen eine Freude machen.«

Ich schürzte skeptisch die Lippen.

»Komm schon, Delly. Bald sind wir verheiratet und langweilig. Lass uns heute Abend noch mal einen draufmachen!«

»Hm. Na gut, einverstanden.« Wir ließen die Gläser klirren, dann tranken wir unsere Drinks, und ich spürte, wie sich der Alkohol mit aufgeregter Vorfreude mischte. Lächelnd betrachtete ich meine Schwester. Wir würden diesen Krieg durchstehen und als Sieger daraus hervorgehen. Wenn wir bislang mit allem fertiggeworden waren, mussten wir einfach gewinnen. Wenn nicht, könnten Bobby und ich niemals zusammen sein, und daran wollte ich nicht einmal denken.

Kapitel dreißig

Constantine, Falmouth, Cornwall
19. September 2015

Es klingelte. Lara stand auf, ging durch den Flur und öffnete Jack die Tür. Snowy, der sich vor dem Kamin zusammengerollt hatte, legte den Kopf auf die Pfoten und beäugte den Neuankömmling.

»Ach, hier ist Mrs Carrs Kater also gelandet«, sagte Jack.

»Sie kennen Snowy?«

»Snowy?« Jack sah sie fragend an. »Sie meinen Sid.«

Lara betrachtete das weiße Fellbündel. »Snowy« passte definitiv besser zu ihm als »Sid«. »Kann ich den Kater zu ihr zurückbringen?«

Er schüttelte den Kopf. »Mrs Carr wurde in ein Pflegeheim bei Birmingham eingewiesen, ganz in der Nähe ihrer Tochter.«

»Oh.«

»Ich sorge dafür, dass sie erfährt, dass Sid ein neues Zuhause gefunden hat.«

»Hm.« Lara runzelte die Stirn, unsicher, was Cassie

dazu sagen würde. »Wie geht es Ihrer Großmutter heute Morgen?«, wechselte sie das Thema.

»Sie ist wach und hat widerwillig das kalorienreiche Aufbaugetränk zu sich genommen, das sie wieder auf die Beine bringen soll.«

»Igitt.«

»So schlecht schmeckt das Zeug nun auch nicht.« Er lehnte sich gegen den Türrahmen, während sie Jacke und Tasche holte, die ganz schön schwer war wegen des Kochbuchs von *Tante Marie,* das sie mitnehmen wollte.

»Und sie ist nach der Hochzeit krank geworden?«, erkundigte sich Lara, als sie die Haustür abschloss.

Er nickte. »Aus irgendeinem Grund ist sie während des Sturms rausgegangen, wahrscheinlich um sich zu vergewissern, dass draußen alles in Ordnung war. Ich hab sie am nächsten Morgen gefunden. Sie hatte unter einem Felsvorsprung Schutz gesucht und war durchgefroren und klatschnass.« Jack blieb vor seinem Wagen stehen und öffnete die Beifahrertür für Lara, dann stieg er selbst ein. »Ich führe das auf die Aufregung um Petas Hochzeit zurück.«

»Hochzeiten verursachen eine Menge Stress.« Sie warf ihm einen Blick zu und sah, wie einer seiner Mundwinkel in die Höhe zuckte. »Aber sind Sie sicher, dass es daran liegt?«

Jack lenkte den Wagen die Zufahrt hinunter und bog auf die Straße ein. Lara betrachtete die vorbeiziehende Landschaft und fragte sich, wie es wohl Grandie hier gefallen hatte. »Mein Urgroßvater war vierundneunzig, und mit seiner Gesundheit ging es rapide bergab. Einen konkreten Grund dafür schien es nicht zu geben – ich nehme an, es lag einfach am Alter und an der damit einhergehenden Erschöpfung.«

Als sie in die Zufahrt von Windward einbogen, klingelte Jacks Handy. Jack hielt an, und Lara stieg aus und wartete im Garten, während er den Anruf entgegennahm. Wenn sie schon hier war, konnte sie gleich die Gelegenheit nutzen, einen weiteren Blick auf das Hochzeitsfoto ihrer Urgroßeltern zu werfen. Die Aufnahme in der Hand ging sie ums Haus herum zu der Seite, die auf die Bucht hinausging, und hielt das Foto zum Vergleich neben das Erkerfenster. Das Fenster passte, genau wie der Ausblick. Grandie war eigentlich recht gut zu erkennen, ganz anders als Amelia, deren Gesicht und Haare zum Teil von ihrem Schleier bedeckt wurden.

Lara dachte an die unzähligen Fotos, die an ihrem eigenen Hochzeitstag aufgenommen worden waren. Alle waren perfekt und fingen eine Liebe ein, die nicht von Dauer gewesen war. Bei Grandie dagegen hatte die Liebe ein ganzes Leben lang gehalten.

Dennoch war sie immer noch verwundert über sein letztes Wort. *Adele.* Selbst jetzt hatte sie den Moment klar vor Augen. Die Flut war auf dem höchsten Stand und wechselte zur Ebbe, als sie und Leo Grandie aufrichteten, damit er auf den Nantucket Sound hinausblicken konnte. Die Augen auf den Horizont im Osten geheftet hatte er seufzend »Adele« hervorgestoßen, nicht einmal, sondern zweimal.

Ihr Handy piepte und zeigte ihr den Eingang einer Nachricht von Cassie an.

Mum geht es sehr viel besser. Meine Eltern schicken dir liebe Grüße.
Cx

So wie es aussah, würde Cassie noch ein paar Wochen bei ihren Eltern bleiben. Ihr Catering-Service lief quasi von allein, und bei der Taufe am Wochenende brauchten sie Laras Input nicht, da das Team die Veranstaltung selbst mit verbundenen Augen stemmen konnte.

Der Wind strich über den Lavendel unterhalb der verblühten Rosen. Lara atmete tief den aromatischen Duft ein und zog das Kochbuch von *Tante Marie* aus der Tasche, um die Mengenverhältnisse der Zutaten für Hagebuttensirup nachzuschlagen. Es würde nicht lange dauern, genügend Hagebutten zu ernten.

Jacks Stimme wehte zu ihr herüber, als sie zur Terrassenkante schlenderte. Sämtliche Spuren der Hochzeitsfeier waren verschwunden, die Bucht in der Ferne glitzerte an diesem frischen Herbstmorgen, Wolken trieben über den Himmel. Sie stellte sich den Strand vor Eventide vor und spürte, wie Heimweh in ihr aufstieg. Die Landschaft hier war schön mit dem grauen Steinhaus, das über dem Wasser thronte. Der Granit hatte beinahe die Farbe von Zedernholzschindeln, wenn sie in Neuengland ein paar Jahre lang den Elementen ausgesetzt gewesen waren.

Laras Turnschuhe waren feucht vom Tau. In der Ferne brummte ein Rasenmäher, und der Geruch des frisch geschnittenen Grases, den die Böen zu ihr trugen, verstärkte ihr Heimweh nur noch. Sie liebte den Herbst, wenn die Blätter fielen und weniger auf den Straßen los war.

Lara blieb stehen und ließ den Blick über den weitläufigen Garten schweifen. Wespen surrten um die Apfelbäume, die voller reifer Früchte hingen. In ihrer Kindheit war ihre Familie jedes Jahr nach New Hampshire gepilgert, um mit kistenweise Äpfeln, überwiegend Macintosh, aber auch anderen Sorten, zurückzukehren. Die Bäume in diesem Garten sahen nahezu perfekt aus. Sobald sie heute den Hagebuttensirup eingekocht hatten, könnten sie etwas mit Äpfeln machen. Apfel mit Zimt schmeckte selbst den mäkeligsten Essern. Aber natürlich war das Essen nicht das einzige Problem für Jacks Großmutter. Eine Lungenentzündung stellte in ihrem hohen Alter eine echte Gefahr dar.

Jack hatte sein Telefonat beendet und kam auf sie zu. Sie streckte ihm das Hochzeitsfoto entgegen. »Hat dieses Haus immer Ihrer Familie gehört?«

Er nahm das Bild und betrachtete es stirnrunzelnd. »Das weiß ich nicht hundertprozentig. Meine Großmutter könnte Ihnen da sicher Genaueres sagen.«

Lara achtete auf seinen Gesichtsausdruck, als er die Aufnahme betrachtete. Er schaute zurück zu ihr, dann wieder auf das Schwarz-Weiß-Bild. »Es sieht definitiv so aus, als wäre das Foto hier in Windward aufgenommen worden, und es ist schwer zu sagen, aber ich finde, die Frau ähnelt meiner Großmutter, als sie jung war.« Noch einmal schweifte sein Blick zu Lara. »Wie ich schon sagte: Sie sehen ihr ebenfalls sehr ähnlich.«

»Ich weiß nicht recht, was ich damit anfangen soll.«

»Ich auch nicht.« Sie gingen in die Küche. »Wenn es ihr später einigermaßen gut geht, stelle ich sie Ihnen vor und zeige ihr das Hochzeitsbild.« Er reichte ihr das Foto zurück.

»Danke. Aber erst einmal müssen wir die Hagebutten ernten.«

Er zog fragend eine Augenbraue in die Höhe.

»Ja, legen wir los«, forderte Lara ihn lächelnd auf.

»Hagebutten?«

»Vertrauen Sie mir.«

Er zögerte und bedachte sie mit einem eindringlichen Blick, bevor er zustimmte: »Na schön. Ich hole schnell Handschuhe und die Rosenscheren. Ihre Sachen können Sie hier ablegen, ich bin gleich wieder da.«

Jack verschwand, und Lara musste lächeln. Sie freute sich darauf, den ganzen Tag lang zu kochen, und außerdem hoffte sie, den Antworten, die sie suchte, endlich ein Stück näher zu kommen. Es wäre wunderbar, wenn Jacks Großmutter ihr dabei helfen könnte.

Ich sah in Jacks erwartungsvolles Gesicht und führte den Löffel zum Mund. Der Geschmack versetzte mich zurück in die Zeit des Weihnachtsfestes 1943. Hagebuttensirup. Mrs Tonks. Er versuchte, mich aufzupäppeln, während ich aufgeben wollte. Ich lächelte ihn an und probierte den Pudding – Tapioka. Der liebliche und doch leicht scharfe Geschmack der Hagebutten mit der cremigen Süße des Puddings war perfekt. Ich nahm einen weiteren Löffel. Jack strahlte.

Ich sah ihn skeptisch an. »Hast du das gemacht?« Er

war ein guter Koch, aber Pudding gab es bei ihm nur selten.

Er grinste. »Na ja, ich hatte Hilfe.«

»Von wem? Hast du den Sirup im Internet bestellt?«

»Nein, ich habe die Hagebutten heute Morgen mit meinen eigenen Händen geerntet.«

Ich riss die Augen auf und aß mehr. »Und was hat dich zu dieser neuen Art des Kochens inspiriert?«

»Lara.«

Meine Augen wurden noch runder. Den Namen hatte ich noch nie gehört. »Wer ist das?«

»Eine Köchin.«

Der Löffel verharrte auf halbem Wege zu meinem Mund. »Du hast eine Köchin engagiert?«

»Nein, sie hat mir ihre Hilfe angeboten, nachdem ich ihr aus der Patsche geholfen hatte.«

»Und sie …?«

»… unterstützt mich dabei, mit frischen, saisonalen Zutaten etwas Leckeres zu kochen und nichts Konserviertes aus der Dose zu verwenden.«

Ich lächelte. Es war in der Tat lecker. Ich machte mich über das Schälchen her und genoss den Geschmack lang vergangener Zeiten. Als ich aufgegessen hatte, schloss ich die Augen. »Danke.«

»War mir ein Vergnügen, Gran.« Er nahm mir das leere Schälchen ab und küsste mich auf die Stirn. »Ruh dich ein bisschen aus.«

»Das mache ich«, erwiderte ich, wenngleich ich mir nicht sicher war, ob meine Gedanken das zulassen würden. Der Geschmack des Hagebuttensirups erinnerte mich an einen Sommerabend 1944. Pat hatte eine Flasche Gin mitgebracht, und wir hatten uns an den Rand des Tennisplatzes gesetzt und den Gin mit Hagebuttensirup gemischt. Es war ein warmer Abend gewesen, der Himmel klar. Ich hatte sogar den Oriongürtel sehen können. In jener Nacht hatte ich gut geschlafen trotz meiner permanenten Sorge um Bobby. Es musste am Gin und dem Sirup gelegen haben, der so sehr nach Cornwall schmeckte.

***HMS Attack*, Portland, Dorset**
30. Mai 1944

Ich streichelte zärtlich den Umschlag mit Bobbys letztem Brief, weil ich ihn so sehr vermisste. Wir hatten nun nicht mehr den Vorteil, so dicht beieinander stationiert zu sein, und jetzt musste auch ich von Brief zu Brief leben.

23. Mai 1944

Geliebte Adele,

du weißt, dass ich dich vermisse. Wenn sich die Gelegenheit bietet, ein wenig zu schlafen, schweifen meine Gedanken zu dir, und ich träume von unserer Zukunft. Ich spüre dich in meiner Nähe, weil ich weiß, wie sehr du das alles hier liebst. Geht es deiner Familie gut? Ich habe einen Brief von meiner Mutter bekommen. In Massachusetts ist alles in Ordnung.

Wie läuft es in Portland? Ich kann mir vorstellen, dass du ganz schön viel zu tun hast. Die Männer hier sind rastlos, daher haben wir gemeinsam mit dem Geistlichen, Pater Lynch, und der Mutter Oberin, die die Schule leitet, einen Plan ausgeheckt. Die Männer werden eine Pilgerstätte für Unsere Liebe Frau von Lourdes errichten, eine Grotte. Kennst du die Schule, die von Les Filles de la Croix *– den Töchtern vom heiligen Kreuz – in Tremough geleitet wird?*

Und ob ich die Schule kannte. Amelia und ich wären beinahe dorthin geschickt worden, als wir bei Großmutter einzogen, obwohl es eine katholische Ordensschule war.

Vor zwei Tagen war ich abends im Ferryboat Inn. Ich kann dort nicht sein, ohne an dich zu denken. Ich fühle mich schuldig, weil ich dich von alldem weghole. Hier steht alles in Blüte. Die vielen Rhododendren erinnern mich an zu Hause. Ich habe meinen Eltern von unserer Verlobung geschrieben. Hoffentlich ist es mir bald möglich, mich mit deinem Vater zu treffen, um bei ihm um deine Hand anzuhalten. Ich hoffe, es macht dir nichts aus, dass ich meinen Eltern von uns erzählt habe. Mir ist aufgefallen, dass ich ständig nur von dir schrieb, und dann fragte mich meine Mutter in ihrem letzten Brief direkt nach unserer Beziehung. Ich konnte nicht lügen. Sie freut sich.

Ich liebe dich so sehr, und ich zähle die Stunden, bis dieser Krieg vorbei ist und wir heiraten können.

Für immer der Deine
Bobby xx

Ich lehnte mich in das Kissen auf meiner Koje zurück und dachte an seine Eltern. Was empfanden sie, wenn sie erfuhren, dass sich ihr Sohn, der so weit weg war, in eine Fremde verliebt hatte? Ich fragte mich, wie meine Eltern reagieren würden. Großmutter würde entsetzt sein. *Ein Ami.* Ich schmunzelte. Eigentlich hätte mich das nicht amüsieren dürfen, aber das tat es. So weit war ich also schon gesunken. Zum Glück machte Amelia in Großmutters Augen eine gute Partie.

Mein Dienst begann in einer Stunde. Es fiel mir schwer, mich auf die Arbeit zu konzentrieren, wenn ein Teil meiner Gedanken bei Bobby war. Der letzte Brief, den er mir geschickt hatte, war vor sieben Tagen datiert, und seitdem hatte sich die Atmosphäre hier verändert. Alle waren in höchster Alarmbereitschaft. Sämtlicher Urlaub war gestrichen worden. Wir waren allesamt hochgradig nervös, dabei wusste keiner wirklich, was vor sich ging. Gestern Nachmittag war eines der Mädchen völlig aufgelöst von den Docks zurückgekehrt, weil es – in Arbeitsoverall, einen Schal um den Kopf gebunden, einen Schraubenschlüssel in der Hand – zwei Wagen hatte vorbeifahren sehen. Der Premierminister, der König und General Patton saßen darin. Sie hätte den König so gern persönlich getroffen, erzählte sie uns atemlos, doch sie wollte ihm auf keinen Fall im ölverschmierten Overall gegenübertreten. Wir lachten mit ihr, doch mir war klar, dass einschneidende Ereignisse unmittelbar bevorstanden.

Vaters letzter Brief bestand aus lauter Nichtigkeiten. Er erzählte fast ausschließlich von dem Diner, zu dem er sich mit Tante Margaret getroffen hatte, sonst stand nur wenig darin. Um ehrlich zu sein, war er das Papier nicht wert, abgesehen davon, dass er hoffte, mich bald wiederzusehen. Ich hatte keine Ahnung, wann ich wieder Urlaub bekommen würde. Ich sehnte mich danach, mit Bobby in London zu sein, damit er mit Vater sprechen konnte. Ich wollte unsere Pläne jetzt öffentlich machen, und mein Wunsch, vorerst alles für mich zu behalten, kam mir albern vor, wenn so viel auf dem Spiel stand. Amelia hatte recht daran getan vorwärtszupreschen.

Ihre Briefe strotzten vor Neuigkeiten. Sie schrieb winzig, um Papier zu sparen und mir alles erzählen zu können.

Gestern Abend habe ich von Eddie gehört. Er war auf einer Feier und musste mit der Frau des Gouverneurs tanzen, die ihm wiederholt auf die Zehen trat. Am nächsten Tag waren sie so wund, dass er humpeln musste. Ich kann mir gut vorstellen, wie er sich aus lauter Höflichkeit quält, du auch? Erinnerst du dich an die Hausparty, bei der er jedes Mauerblümchen aufforderte, während wir nur ein einziges Mal mit ihm tanzen konnten, bevor die Band zu spielen aufhörte? Er hat so ein gutes Herz, und deshalb liebe ich ihn so sehr. Er entdeckt ein Mauerblümchen und kümmert sich stets darum, dass es auch einmal aufgefordert wird. Ich könnte ihn nicht mehr lieben.

Bitte erzähl mir von deinem Amerikaner. Mir ist zu Ohren gekommen, dass er ausgesprochen gut aussieht und noch einmal im Ferryboat war. Außerdem hast du mir noch gar nicht gesagt, was du von all den Veränderungen hier in der Gegend hältst. Es ist seltsam, nicht wahr? Ich kann gar nicht genug betonen, wie viel einfacher es ist, auf der verbreiterten Straße zu fahren. Ja, ich genieße die Fahrerei noch immer, und der Admiral, in dessen Diensten ich stehe, ist sehr witzig, doch in letzter Zeit wirkt auch er immer ernster. Genug davon.

Vater hat gestern Abend angerufen. Mutter hat tatsächlich mit ihm gesprochen. Eine Zeitlang wirkte sie munterer, doch dann brach sie wieder zusammen. Ich versuche, sie damit abzulenken, dass ich neue, interessante Speisen mit den Zutaten koche, die wir zur Verfügung haben. Ich habe noch nie so viel Fisch zubereitet und bin sehr gut im Adaptieren von französischen Rezepten geworden. Mme Pomfrey hat mir ihr Tante-Marie-*Kochbuch geschenkt. So frische ich einerseits mein Französisch auf und erweitere gleichzeitig meinen Küchenhorizont. So glücklich wie momentan habe ich Großmutter schon seit Jahren nicht mehr gesehen. Sie wirkt auch wesentlich fitter. Ich glaube, das liegt an der körperlichen Ertüchtigung beim Fischen und Gärtnern. Ihr Stolz auf ihr Gemüse ist köstlich! Ich habe mitbekommen, wie sie vor Lady V. damit geprahlt hat.*

Gestern Abend bin ich zu der Tanzveranstaltung für die Amis im Gemeindesaal gegangen, habe sämtliche Männer ins Auge gefasst und mich gefragt, ob dein Amerikaner wohl darunter ist. Ich glaube, er war nicht da, denn ich bin mir sicher, ich würde wissen, dass er es ist. Ich würde deine Liebe zu ihm spüren. Obwohl ich ihn nicht gefunden habe, habe ich mich gut amüsiert und das Tanzen genossen. Es hilft mir über die Entfernung hinweg, die zwischen Eddie und mir liegt. Ich spüre deine Sehnsucht nach deinem Ami, und ich weiß, dass du mich verstehst. Wer hätte gedacht, dass wir beide verliebt und getrennt sein würden? Ich bete täglich für uns beide und für unsere Männer. Soweit ich weiß, ist Vater hier im Vereinigten Königreich – zumindest im Augenblick –, doch ich habe gehört, dass das womöglich nicht mehr lange der Fall sein wird.

Pass auf dich auf. Denk an mich und bete für uns und unsere Männer.

Xxxx

5. Juni 1944

Ich war außer Atem, weil ich so schnell den Hügel hinaufgerannt war. Eilig stürmte ich in meine Kajüte und ließ mich auf meine Koje fallen, das Gesicht in den Händen vergraben. Mein Kopf war voll von den Bildern, die ich soeben gesehen hatte – die Truppen gingen an Bord der Landungsschiffe. Irgendwo machte sich auch Bobby dafür bereit. Ich versuchte zu beten, aber ich fand keine Worte, um meine Furcht auszudrücken, auch wenn gleichzeitig die Hoffnung in mir keimte, diesen Krieg zu gewinnen. Ich hörte Schritte auf dem Gang und schaute auf. Pat kam in unser Zimmer, einen Brief in der Hand. Sie lächelte, und ich wusste sofort, dass er von Bobby war.

1. Juni 1944

Ich weiß nicht, wann ich dir wieder schreiben kann. Ich gehe davon aus, dass dir bewusst ist, was jetzt passiert, und ich möchte, dass du weißt, dass ich dich von ganzem Herzen liebe.

Bete für uns alle.
Bobby

Ich stand auf, strich meine Uniform glatt und trat schweren Herzens meinen Dienst an.

Der Himmel über mir war klar, die Flugzeuge hoben sich als schwarze Silhouetten gegen die Abendsonne ab. Jede Maschine zog eine Reihe von Segelfliegern hinter sich her. In dem Augenblick wusste ich, dass die Operation begonnen hatte. Ich winkte den Piloten zu und entdeckte eine Gruppe von Kameradinnen, die dies ebenfalls taten. Die ganze Basis befand sich im Operationsmodus. Die Invasion stand unmittelbar bevor. Bobbys Brief in den Händen sah ich zu, wie ein Landungsschiff nach dem anderen den Hafen verließ. Meine Angst war unbeschreiblich. Ich legte den Kopf in den Nacken, blickte zum Himmel und drängte die Tränen zurück. Dann steckte ich Bobbys Brief in die Innentasche meiner Uniform und ging in Richtung Tunneleingang. Ich hatte einen Job zu erledigen.

Gezeitenwechsel

Das Blatt hat sich gewendet! Die freien Männer dieser Welt marschieren gemeinsam zum Sieg! Ich habe volles Vertrauen in euren Mut, eure Pflichtergebenheit und euer Können im Kampf. Wir werden nichts akzeptieren als einen vollständigen Sieg! Viel Glück! Lasst uns den Segen des allmächtigen Gottes für dieses großartige und edle Unterfangen erbitten.

General Dwight D. Eisenhower, 6. Juni 1944

(Die Operation) rechnet mit Gezeiten, Wind, Wellen, Sicht, sowohl vom Wasser her wie aus der Luft, und dem kombinierten Einsatz von Land-, See- und Luftstreitkräften im engsten Zusammenwirken, unter Umständen, die niemals genau vorausgesehen werden können.

Winston Churchill, 6. Juni 1944

Kapitel einunddreißig

HMS Attack, **Portland, Dorset**
11. Juni 1944

Ich war in der Sonne eingeschlafen. Das war nicht geplant gewesen, und nun spürte ich, wie sich ein Sonnenbrand auf meiner Haut bildete. Großmutters tadelnde Stimme hallte durch meinen Kopf, doch das Letzte, worum ich mir im Augenblick Sorgen machte, war mein Teint. Die Tage verschliffen, gingen unscharf ineinander über. Seit ich vor ein paar Tagen auf dem Weg zum Dienst so viele Schiffe hatte auslaufen sehen, brach es mir nun das Herz, wenn Boote voller Toter und Verwundeter zurückkehrten. Ich wusste nicht, wohin mit meinen Gefühlen, also verschloss ich sie in mir. Mein Gesicht gefror zu einer Maske. Die *Exercise Tiger* hatte mir klargemacht, womit es die Allierten zu tun hatten, daher hatte ich diesmal schon beim Auslaufen der Boote gewusst, dass die Chancen unserer Männer, lebend zurückzukehren, äußerst gering waren. Pat wurde von Tag zu Tag unruhiger. Ich versuchte, nicht zu denken, nur zu arbeiten, zu essen, zu trinken und zu schlafen.

»Adele«, rief Dot, »ein Anruf für dich!«

Mit hämmerndem Herzen rannte ich zum Telefon. Ich wusste, dass es nicht Bobby sein konnte, doch wider besseres Wissen hoffte ich genau das, als ich den Hörer ans Ohr drückte. »Hallo?«

»Adele, Liebling.«

»Mutter.« Ich schluckte meine Enttäuschung herunter. »Wie geht es dir?«

»Gut, gut.« Sie hickste.

»Was ist los?« Ich hörte, wie sie versuchte, ihre Atmung unter Kontrolle zu bringen. Vergeblich.

»Ich wollte …« Ihre Worte wurden von Schluchzern erstickt, dann riss sie sich zusammen und holte tief Luft. »Ich wollte nur, dass du weißt, dass es deinem Vater gutgeht.«

Ich zog die Augenbrauen zusammen. »Warum sollte es ihm nicht gutgehen? Vater ist in London.«

»Er ist in Frankreich, mein Schatz. Er ist mit den Kanadiern dort gelandet.«

»Wie bitte?«

»Er ist Arzt, Liebes.«

Ich verkniff mir die Erwiderung, die mir auf der Zunge lag. »Das hat er mir gar nicht gesagt.«

»Ich weiß. Er wollte nicht, dass du dir Sorgen machst.«

Ich seufzte. Er wollte nicht, dass ich mir Sorgen machte? In dem Augenblick begriff ich, wie wenig meine Eltern mich kannten. »Dann ist er jetzt also in Frankreich.«

»Ja, Liebling, aber es geht ihm gut.«

»Gott sei Dank. Was machen Großmutter und Amelia?«

»Alles in Ordnung. Amelia ist gerade mit dem Wagen unterwegs.«

Das war nicht das, was ich wissen wollte. Mutter klang so merkwürdig. »Danke, dass du mich deswegen anrufst. Geht es dir gut?«

»Ja ja, aber …«, sie zögerte, »… ich muss dir etwas mitteilen.« Ihre Stimme zitterte. »Reginald wird vermisst. Wahrscheinlich ist er gefallen.«

»O Mutter! Das tut mir so leid. Arme Tante Margaret, arme Großmutter. Wie haben sie die Neuigkeiten aufgefasst?«

»Nicht gut. Deine Großmutter ist nach London gefahren, um Margaret beizustehen.«

Ich holte tief Luft. »Ich werde versuchen, Tante Margaret telefonisch zu erreichen, und ihr gleich schreiben.«

»Ja, tu das, Liebes. Die drei Minuten sind vorbei, wir müssen auflegen. Ich liebe dich, Schatz.«

»Ich liebe dich auch«, sagte ich, aber das hatte sie wohl schon nicht mehr gehört. Ich legte den Hörer auf und kehrte in meine Kajüte zurück, wo ich mich auf meine Koje fallen ließ. Onkel Reginald – vermisst. Wahrscheinlich gefallen. Vater in Frankreich. Unter den momentanen Umständen stand fest, dass sämtliche zur Verfügung stehenden Ärzte gebraucht wurden. Bestimmt war er im OP nützlicher als auf dem Schlachtfeld, doch andererseits wusste ich nicht wirklich, was passierte. Die Worte meiner Mutter hallten in meinem Kopf nach. *Reginald wird vermisst. Wahrscheinlich ist er gefallen.* Ich konnte es nicht glauben.

Pat kam herein. »Du hast zu viel Sonne abbekommen.«

Ich nickte. »Ja, das ist wirklich dumm. Ich bin eingeschlafen.«

»Gut. Dann bist du wenigstens ausgeruht für die Tanzveranstaltung heute Abend.«

Ich schnitt eine Grimasse. Tanzen war das Letzte, worauf ich momentan Lust hatte.

»Keinem von uns ist zum Tanzen zumute«, sagte Pat, als habe sie meine Gedanken gelesen. »Trotzdem wird es uns guttun.«

Ich schüttelte den Kopf.

»Wir können doch nicht nur Trübsal blasen …« Sie zwang sich zu einem Lächeln.

»Das stimmt«, sagte ich. Auch Pat hatte nichts von ihrem Joe gehört. Ihre Fingernägel waren kurz abgekaut, doch sie war fest entschlossen, tapfer zu sein. Ich würde es halten wie sie und mich ebenfalls nicht unterkriegen lassen.

Windward, Mawnan Smith, Falmouth, Cornwall
20. September 2015

Lara streckte ihren Kopf zur Küchentür herein. »Guten Morgen.«

»Kaffee?« Jack stellte ein paar Tassen auf ein Tablett, dazu die Cafetière und ein Kännchen Milch.

»Wunderbar.«

»Vielleicht eine klitzekleine Möglichkeit, um mich bei Ihnen zu bedanken.« Sie gingen zusammen zur Terrasse. Der Himmel war heute bedeckt, schwere graue Wolken, durchbrochen von kleinen blauen Flecken, hingen über der Bucht. »Gran war von Ihrem Tapioka-Pudding begeistert, und sie hat gestern Abend auch die Tomatensuppe gegessen.« Er stellte das Tablett auf einem Tisch ab, dann schenkte er ihr eine Tasse Kaffee ein.

»Das freut mich.« Sie gab etwas Milch in ihre Tasse und setzte sich auf eine Bank. »Mein Urgroßvater erkrankte im vergangenen Jahr an einer Lungenentzündung. Er hat nichts zu sich genommen außer gutem, einfachem Essen, von Tapioka bis hin zu hausgemachter Eiskrem.«

»Sie haben ihn im August verloren.«

Lara nickte. »Aber nicht wegen der Lungenentzündung.« Sie stand auf. »Ich denke, wir sollten überlegen, was wir ihr heute anbieten können. Vielleicht kann ich Ihnen auch noch etwas beibringen, solange ich hier bin?« Ihre Augen schweiften über die Bucht. In der Ferne erhob sich die weiße Säule des Leuchtturms vor dem blaugrauen Wasser.

Er lachte und gab sich alle Mühe, beleidigt zu wirken. Sie dagegen versuchte, keine Miene zu verziehen, doch es gefiel ihr, wie sich kleine Lachfältchen um seine Augen bildeten, wenn er schmunzelte. Sein ganzes Gesicht hellte sich auf. »Sollen wir anfangen?«, fragte sie mit ihrer besten Lehrerinnenstimme.

»Ja, Ma'am.« Er grinste. »Bitte folgen Sie mir.« Jack betrat das Haus durch die Terrassentür und ging ihr voran in die Küche. Lara hatte die Zeit sehr genossen, die sie gestern mit ihm verbracht hatte.

»Wohnen nur Sie und Ihre Großmutter hier?«

»Ja.« Er lehnte sich gegen die Anrichte. An einer Wand entdeckte Lara ein Regal voller Kochbücher, die aussahen, als würden sie sehr häufig benutzt, so abgegriffen waren ihre Rücken. Ein paar Namen kannte sie, auch ein Buch von Stephan, ihrem ehemaligen Boss, war darunter.

»Ich habe gestern gar nicht gefragt, aber gibt es etwas, das Ihre Großmutter ganz besonders gern isst?« Lara sprach leise für den Fall, dass sich die alte Dame in einem der angrenzenden Zimmer aufhielt und sie hören konnte.

»Sie interessiert sich nicht sonderlich für Speisen oder das Kochen.«

»Dann stehen wir vor einer echten Herausforderung.« Sie wandte sich Jack zu. »Was ist Ihre Spezialität?«

Seine Mundwinkel zuckten. »Ossobuco.«

»Was noch?« Sie öffnete den großen Kühlschrank, prüfte seinen Inhalt und stellte ein Konzept auf.

»Ach, mehreres. Was ist mit Ihnen? Was können Sie mir beibringen?«

Jetzt war es an ihr zu schmunzeln. »Eine Menge.«

Seine Augenbrauen wanderten in die Höhe.

»Ich habe als Souschef in einem Zwei-Sterne-Restaurant gearbeitet.«

Sie beobachtete, wie die Information einsackte.

»Warum die bezahlte Freistellung?«

Sie steckte den Kopf in die Speisekammer. Sollte sie die Tatsachen auf den Tisch legen oder beschönigen? Nach kurzem Zögern entschied sie, dass Ehrlichkeit besser war. »Ich habe meinem Chef gegenüber die Beherrschung verloren und musste deshalb meine Kochmütze an den Nagel hängen – zumindest vorübergehend.«

»Muss ich mir Sorgen machen? Haben Sie ihm noch andere Dinge als zornige Worte an den Kopf geworfen?«

»Nein, hab ich nicht.« Sie ging zur Seitentür in Richtung Kräuter- und Gemüsegarten. »Wir fangen mit einer Tarte Tatin an und versuchen, Ihre Großmutter mit Obst aus dem eigenen Garten in Versuchung zu führen.«

»Das ist eine gute Wahl. Sie liebt Apfelstreusel. Die französische Küche ist nicht so ihr Ding – da zieht sie gutes englisches Essen vor, ohne ausländische Einflüsse.«

»Aber kochen Sie nicht Ossobuco für sie?«

»Doch, aber ich nenne es Eintopf und serviere es mit Kartoffeln.«

Lara grinste. Seine Art gefiel ihr. »Nun, dann probieren wir es mit ein paar ausländischen Gerichten, die ihr zum Teil vertraut sind. Hoffentlich regt das ihren Appetit an.«

Sie warf einen Blick zum Himmel. »Wir sollten die Äpfel lieber rasch pflücken, es sieht nach Regen aus.« Jack reichte ihr einen Korb, und sie liefen hinüber zu den Obstbäumen.

»Welche wachsen hinter dem Haus?«

»Soweit ich weiß, überwiegend Tafeläpfel. Die Bäume, die am weitesten vom Haus entfernt stehen, tragen die Kochäpfel.«

»Tafeläpfel und Kochäpfel. Nun, ich denke, damit kann ich etwas anfangen.«

»Oh, Sie wollten die Sorten wissen?«

Sie nickte und fing an, reife Äpfel zu pflücken und Fallobst aufzuheben.

»Ich glaube, wir haben eine Mischung aus den einheimischen Sorten wie Rattler, Tommy Knight, Manaccan Primrose und Pig's Snout, um nur ein paar zu nennen.«

»Das sind ja köstliche Namen!«

Er lachte. »Das finde ich auch.«

Jack und die junge Frau hatten die Terrasse verlassen. Das war also seine Lara. Hatte er die Ähnlichkeit nicht bemerkt? Ich stand auf und griff mit zitternder Hand nach den ungeöffneten Briefen meiner Schwester. Der Stapel begann im Jahr 1946, der letzte Brief war im Oktober 1950 abgestempelt. Vermutlich hatte sie irgendwann aufgehört zu schreiben, weil ich nicht geantwortet hatte.

Wie hätte ich auch auf ihre Briefe reagieren sollen? Ich drehte den ersten Umschlag um und versuchte, mir ihr Leben in den Vereinigten Staaten mit ihrer Tochter Elizabeth vorzustellen. Ich war nicht zur Taufe nach Hause gekommen; um genau zu sein, war ich erst nach Windward zurückgekehrt, um nach Mutter zu sehen, als Amelia und Elizabeth schon einen Monat fort waren.

Mein Magen schnürte sich zusammen. Der Umschlag fiel mir aus den Händen. Ich konnte Amelias Briefe nicht lesen, nicht jetzt, nicht nach all den Jahren. Dennoch war ein Teil von mir neugierig, war immer neugierig gewesen. Ich legte den Stapel in die oberste Schublade meines Sekretärs. Diese Briefe würden mir alles sagen, was ich wissen und nicht wissen wollte.

Der Wind frischte auf und rüttelte an meinem Fenster. Trotz des klaren Vormittags konnte ich sehen, dass das Wetter umschlug; von Osten zogen graue Wolken herauf. Bald würde es anfangen zu schütten. Ich öffnete meine Schlafzimmertür. Aus der Küche zog der Duft nach Zimt und Nelken zu mir herauf – Gerüche aus der Vergangenheit, wenn wir Äpfel geerntet und diese zusammen mit Mrs Tonks eingekocht hatten. Ich nahm mir ein Glas Wasser, setzte mich und ließ meine Gedanken in die Vergangenheit schweifen. Ich brauchte keine Speisen von früher, um mich an damals zu erinnern – die Erinnerung war ohnehin allgegenwärtig.

Die ersten Regentropfen fielen, obwohl in der Ferne noch die Sonne auf eine Kuhweide schien. Lara machte sich auf den Weg zurück in die Küche, als ihr Blick an einer ganz besonderen Frucht hängen blieb. »Sie haben Feigen.«

»Brown Turkey.«

»Was für ein netter Name.« Sie streckte sich, griff nach oben und pflückte mehrere pralle Feigen. So viele waren schon reif. Sobald sie mit den Äpfeln fertig waren, müssten sie sich den Feigen zuwenden. Diese hier wollte sie gleich für das Mittagessen verwenden. Lara hatte eine Auswahl an in Papier eingeschlagenem Käse auf der Marmoranrichte in der Speisekammer entdeckt, die zeigte, dass Jack durchaus ein Feinschmecker war.

Zurück in der Küche bemerkte Lara, wie Jack sie ansah. Plötzlich fing er an zu lachen.

»Was ist?« Lara stellte den Korb mit Früchten auf dem Küchentresen ab.

»Sie legen den Kopf in genau demselben Winkel schräg wie Gran. Außerdem ringen Sie genauso häufig und ausdrucksvoll die Hände wie sie.«

»Tatsächlich?«

»Ja. Ich weiß, es klingt merkwürdig, aber es fällt mir schwer, die Ähnlichkeit *nicht* zu bemerken.«

»Das Foto, das Sie erwähnt haben«, fragte Lara vorsichtig, »von Ihrer Großmutter am VE-Day – darf ich es sehen?«

Jack nickte und stellte seinen Korb ab. »Ich hole es schnell.« Er verließ die Küche.

Lara ging zum Kühlschrank und vergewisserte sich, dass ausreichend Butter vorhanden war, bevor sie mit der Tarte begannen.

»Möchten Sie noch eine Tasse Kaffee?«, fragte Jack, als er in die Küche zurückkehrte, das Foto in der Hand.

»Ich trinke lieber Tee.«

»Selbstverständlich.« Er legte die Aufnahme auf den Tisch und stellte den Kessel auf den Herd. Lara nahm das Bild. Ihre Hand fing an zu zittern. Das war sie. Es war, als hätte ihr jemand eine Uniform angezogen und sie in eine Kulisse gestellt.

»Die Ähnlichkeit ist verblüffend, nicht wahr?«, fragte Jack, der sah, wie sie auf das Foto starrte. Er griff in einen Schrank und holte eine braunglasierte Teekanne heraus, die der von Grandie sehr ähnlich sah – und da spürte sie es. Es war, als wäre ihr Urgroßvater in diesem Raum und blickte ihr über die Schulter. Es war seltsam, ihn zu spüren – aber wenn er seinen Hochzeitsempfang tatsächlich in Windward gehalten hatte, könnte in der Tat eine Verbindung bestehen.

»Wie heißt Ihre Großmutter?«

»Elle Rowse, aber ihr Mädchenname war Seaton.«

»Elle? Das ist ungewöhnlich für eine Frau, die die französische Küche ablehnt.«

»Nicht nur die französische, alle ausländischen Speisen.

Sie hält zum Beispiel Knoblauch für suspekt, aber seit wir unseren eigenen anpflanzen, toleriert sie ihn.«

Lara lachte.

Er schenkte ihr Tee ein. »Milch?«

»Ein bisschen, bitte.«

»So, wo fangen wir an?«, fragte er und lehnte sich gegen die Anrichte.

»Wie sieht es bei Ihnen mit Mehlspeisen aus?«

Er schüttelte den Kopf.

»Dann fangen wir damit an.«

»Wenn es sein muss. Ich nehme für gewöhnlich fertigen Teig.«

Lara grinste. »Das ist toll, wenn man keine Zeit hat, aber das trifft bei uns ja nicht zu, oder?«

»Heute nicht. Ich war schon um fünf auf den Beinen und habe erledigt, was erledigt werden musste, deshalb kann ich Ihnen jetzt meine volle Aufmerksamkeit schenken.«

Beinahe hätte Lara sich an ihrem Tee verschluckt. »Sie beeindrucken mich.« Sie hielt sich die Hand vor den Mund und hustete.

»Genau das wollte ich damit bezwecken.«

Er konnte so charmant sein, wenn ihm der Sinn danach stand. »Kommen wir also zur großen Streitfrage.«

»Die da wäre?«

»Verwendet man Blätterteig oder Mürbeteig für eine Tarte Tatin?«

Er zuckte die Schultern. »Ich nehme den Teig, den das Rezept vorgibt.«

»Ich persönlich bevorzuge Mürbeteig, aber ich muss

zugeben, dass auch Blätterteig hervorragend schmeckt, wenn man die Tarte sofort isst.«

»Warum?«

»Blätterteig ist köstlich und zerschmilzt auf der Zunge, aber er kann matschig werden, wenn man ihn zu lange stehen lässt.«

»Das ergibt einen Sinn.« Er schmunzelte. »Und es trifft auf viele Dinge zu.«

»Stimmt.« Sie lachte und fragte sich, wie und wann er sich in diesen spaßigen, unbeschwerten Jack verwandelt hatte. Sie zog eines der Kochbücher – eine Rezeptsammlung von Julia Child – aus dem Regal rechts neben dem gusseisernen Herd. »Gehören die Ihnen?«

»Nein, sie gehörten meinem Großvater.« Er trat neben sie. »Sie brauchen ein Rezept für den Teig?«, fragte er skeptisch.

»Ganz bestimmt nicht – allerdings möchte ich Ihnen ein paar verschiedene zeigen, da alle ihre ganz besonderen Vorzüge haben.«

»Aber welches ist Ihr Lieblingsrezept?« Er kam ihr so nahe, dass sie sein Aftershave riechen konnte – frisch, mit einer Spur Zitrone. Sie schnupperte noch einmal: Limette und Sandelholz und ein Hauch von etwas, was sie nicht recht zuordnen konnte.

»Noch einmal: Alles hängt von den Zutaten ab, die Sie verwenden, zum Beispiel den Äpfeln. Kochäpfel oder Tafeläpfel, wie Sie sagten. Jede Sorte hat ihren eigenen Zuckergehalt, ihre eigene Textur und einen ganz eigenen Geschmack.«

»Hm. Klingt kompliziert, was der Grund dafür ist, dass

ich mich stets genau an das Rezept halte. Das erleichtert vieles.«

»Außerdem macht es großen Spaß, mit frischen Zutaten zu kochen.« Sie nahm einen der Äpfel aus ihrem Korb und drehte ihn in den Händen. »Sehr süße Äpfel brauchen weniger Zucker. Mit Gewürzen wie Zimt oder sogar Salz kann man ihren Geschmack verfeinern.« Sie hielt den Apfel an ihre Nase und schnupperte daran. »Erde und Regen und ein Hauch Moschus.« Die Textur des Apfels war fest und gab bei Druck nicht nach. Sie sah Jack an und fragte sich, was ihn dazu gebracht hatte, sich von weich und süß in hart und sauer zu verwandeln. Seine blauen Augen blieben ausdruckslos, außer wenn er lachte oder von seiner Großmutter sprach. Was für ein Gewürz würde sie bei Jack verwenden, um ihn ausgewogener zu machen? Vielleicht die Hitze von Chili und die Wärme von Kardamom?

Sie errötete. Sie sollte über ihre Apfel-Tarte nachdenken, anstatt den attraktiven Mann vor ihr mit Äpfeln zu vergleichen. In diesem Augenblick verzogen sich seine Lippen zu einem Lächeln. Vielleicht würde gar kein Chili nötig sein. Das Feuer schwelte ohnehin längst unter der Oberfläche.

Es fiel mir schwer stillzustehen, ohne einen Laut von mir zu geben. Jack tanzte förmlich um diese Frau herum, die da in unserer Küche stand. Er schien äußerst interessiert zu sein, ließ sie nicht aus den Augen, als hätte sie ihn verzaubert. Stumm verharrte ich im Flur und sah zu, wie die beiden den Teig kneteten. Ich sah, wie er Mehl von ihrer

Wange wischte. Eine intime Geste. Ich schloss die Augen und erinnerte mich daran, wie es war, sich so stark zu einem anderen Menschen hingezogen zu fühlen.

Die beiden sprühten vor Verlangen, auch wenn ihnen das gar nicht bewusst war. Von meinem Posten im Flur aus roch ich den intensiven Duft von Zitrone und schloss anhand Jacks Gesichtsausdruck darauf, dass die Apfelstückchen, die sie ihm zum Probieren reichte, sauer waren. Sie erkundigte sich nach den Namen der Sorten, und er wusste die Antwort nicht immer – ich schon.

Es war, als würde ich mir selbst zusehen, was die Sehnsucht in mir noch unerträglicher machte. Ich wollte, dass Jack Liebe fand, aus dem Käfig ausbrach, den er um sein Herz gebaut hatte. Ich schloss die Augen und dachte an das Gefühl schier endlosen Glücks, das mich befallen hatte, wenn ich auf Bobby wartete oder ihm auch nur beim Atmen zusah.

Die beiden alberten noch immer in der Küche herum. Hätte ich es nicht besser gewusst, hätte ich geschworen, sie wären ein Liebespaar. Allerdings war es vermutlich nur eine Frage der Zeit, bis sie es tatsächlich waren.

Ich hielt den Atem an. Der Flur schwankte. Eilig streckte ich die Hand nach dem Türrahmen aus, doch ich griff ins Leere.

Kapitel zweiunddreißig

Weymouth, Dorset
18. Juni 1944

Wir waren zusammen mit ein paar Offizieren der US-Armee im White Heart. Wir hatten uns für dieses Pub entschieden, weil das Golden Lion völlig überfüllt war, aber hier war es auch nicht viel besser. Diese Offiziere hatten überlebt, daher hatte ich Hoffnung, ein klein wenig Hoffnung, dass auch Bobby es geschafft hatte. Dot wusste, dass es ihrem Bomberpiloten gutging. Er hatte sie gestern Abend angerufen – der Überraschungsangriff, zu dem man ihn abkommandiert hatte, war glattgegangen. Anfangs hatte ich gedacht, sich ausgerechnet in einen Flieger zu verlieben sei die riskanteste Wahl, doch nun beneidete ich sie. Wir hatten vor, tanzen zu gehen, aber erst wollten wir etwas trinken. Die Jungs sprachen über nichts anderes als über die Invasion, allerdings sagten sie nichts, was ich nicht auch in der Zeitung gelesen hatte. Je mehr sie erzählten, desto bleicher wurde Pat. Die Männer waren nicht in derselben Kompanie wie Joe, trotzdem stieg ihre Nervosität mit jedem Wort.

»Meine Damen, lassen Sie uns tanzen gehen und vergessen«, schlug ein texanischer Captain vor. Ich schaute auf das Bier in meinem Glas. Pat stand auf und schwankte, aber ich wusste, dass das nicht vom Alkohol kam. Der große Texaner stützte sie und führte sie hinaus in den herrlichen Frühlingsabend. Ich ging das Gespräch in Gedanken noch einmal durch, um herauszufinden, was ihr solche Sorge bereitete. Ein paar Bekannte gesellten sich zu unserer Gruppe, ein Major schloss sich Pat und dem Texaner an. Als wir das Tanzlokal erreichten, blieb Pat stehen und schüttelte den Kopf.

»Ich kann das nicht. Ich fahre zurück zur *HMS Attack.*«

Ich trat vor. »Ich begleite dich.«

»Nein, Tim macht das schon. Danke, Adele.« Sie nahm den Arm des Texaners und entfernte sich mit ihm. Irgendetwas musste während des Gesprächs gesagt worden sein, was gar nicht gut war. Beklommen betrat ich zusammen mit den anderen das Tanzlokal. Es war voll wie immer, und noch bevor ich über meine eigenen Sorgen nachdenken konnte, zog mich schon jemand in seine Arme und tanzte mit mir »Chattanooga Choo Choo«.

Als ich fünf oder sechs Tänze später die Tanzfläche verließ, war ich völlig außer Atem. In meinem Kopf drehte sich alles, und ich bemerkte kaum die bedrückten Gesichter an unserem Tisch. Dot saß mit versteinertem Gesicht da, was völlig untypisch für sie war. »Die meisten Rangers, die wir kannten, sind tot«, flüsterte sie. »Joe auch.«

»Tot?«

»Es gab keine Überlebenden beim Rangerbataillon am Omaha Beach.«

Ich schlug die Hand vor den Mund. Vor Monaten hatte ich die letzten Worte der sterbenden Männer während der *Exercise Tiger* empfangen. Die Worte der Ranger würden nicht viel anders gewesen sein.

In unserer Kajüte war alles dunkel, als ich zurückkehrte. Ich konnte Pat atmen hören, nicht den gleichmäßigen Rhythmus einer Schlafenden, sondern den abgehackten, unregelmäßigen von jemandem, der geweint hatte. Ich blieb in der Tür stehen. Mir war klar, dass es mir genauso ergehen könnte wie ihr. Ich sprach ein Gebet und ließ sie allein, damit sie in Ruhe in den Schlaf finden konnte.

Es war dreiundzwanzig Uhr, und die hellsten Sterne zeigten sich am Himmel, der Mond wirkte beinahe durchscheinend. Zuerst suchte ich den Großen Wagen beziehungsweise den Großen Bären. Lächelnd versuchte ich, an meiner Hoffnung festzuhalten, doch mit jedem Tag, an dem ich nichts von Bobby hörte, wurde meine Sorge größer. Wenn er überlebt hatte – und das war ein großes »wenn« –, würde er keine Zeit haben zu schreiben. Keiner der Männer, mit denen ich heute Abend gesprochen hatte, wusste, ob Lieutenant Webster noch am Leben war. Ich hatte sie nach dem Tanzen alle gefragt, aber leider hatten sie mir keine Antwort geben können.

Der Oriongürtel. Ob er ihn heute Abend auch sehen konnte? Würde er spüren, dass ich hier auf dem Hügel lag, in den Himmel schaute und an ihn dachte?

Bitte, lieber Gott, lass ihn in Sicherheit sein.

Ich hielt inne in meinem Gebet, um eine Sternschnuppe zu beobachten.

Und bitte mach, dass es auch Eddie gutgeht.

Ein Schatten fiel über den Hügel, und ich sah, wie jemand auf mich zukam. Ich setzte mich auf, als ich Commander Rowse erkannte. Seine Schultern waren leicht abgesackt.

»Guten Abend«, sagte er. »Stehen Sie nicht auf.«

Ich entspannte mich.

»Genießen Sie einen Moment der Ruhe?«

Im Dunkeln konnte ich seine Gesichtszüge nicht ausmachen. »Ja.«

»Ich auch.«

Ich hörte die Erschöpfung in seiner Stimme. Es war sein Job, dafür zu sorgen, dass alles glattlief, und die Koordination einer Basis wie dieser hier war bei all dem, was momentan passierte, keine leichte Aufgabe. Er nickte mir zu, dann ging er weiter.

Jetzt würde er seine Frau an seiner Seite brauchen, dachte ich, jemanden, der ihm half, seine Sorgen zu mindern, und sei es auch nur für einen kurzen Augenblick. Aber wer wusste schon, wann – und ob überhaupt – wir Urlaub nehmen konnten? Vielleicht sollte Mrs Rowse herkommen. Oder würde das alles nur noch schlimmer machen? Im einen Moment zusammen, im nächsten wieder getrennt. Eine Kostprobe, mehr nicht.

Ich ging zurück zu unseren Quartieren. Ich würde mich schon mit der kleinsten Kostprobe zufriedengeben, wüsste ich nur, dass Bobby noch lebte. Als ich unsere Kajüte betrat, streckte mir Dot etwas entgegen – einen offiziell aussehenden Briefumschlag. Ich holte tief Luft, dann nahm ich ihn mit zitternden Händen.

»Möchtest du, dass ich bleibe?«, fragte sie. Ihre Stimme klang ganz ruhig. Auch sie ging vom Schlimmsten aus.

Ich schüttelte den Kopf. Ich musste mich dem allein stellen. »Geh nur. Du hast wichtige Arbeit zu erledigen.«

Sie nickte und umarmte mich, dann machte sie sich auf den Weg zu den Tunneln. Zum Glück verstand sie.

Meine Hände zitterten so sehr, dass es mir schwerfiel, den Umschlag zu öffnen.

Liebling,

ich möchte nichts über den D-Day schreiben. Ich bin mir sicher, du hast in Portland genug gesehen. Die Schönheit des Helford zu verlassen und in Omaha Beach zu landen war, als würde ich den Himmel gegen die Hölle eintauschen. Alles war gegen uns, einschließlich der Gezeiten. Mehr will ich nicht sagen. Der Gedanke daran, zu dir zurückzukehren, hält mich aufrecht. Ich bin zu müde, um mehr zu schreiben.

Ich liebe dich.
Xxx

Der Brief fiel aus meiner Hand auf den Boden. Ich lehnte mich gegen die Wand. Tränen liefen über meine Wangen. Er war am Leben.

Kapitel dreiunddreißig

***HMS Attack*, Portland, Dorset**
20. August 1944

Man hatte mir erlaubt, unten am Strand schwimmen zu gehen, und ich hoffte, die kurze Auszeit würde mir helfen, den Kopf freizubekommen und mich etwas zu erfrischen. Die Hitze des Tages hatte mich überrumpelt. Mein Dienst war vorbei, ich hatte die Tunnel verlassen, und alles, was für mich jetzt noch zählte, war das strahlende Blau der See. Bobby war in London, aber ich bekam keinen Urlaub. Trotzdem war das in Ordnung. Wenn er in London war, war er nicht tot.

Der Pfad zum Strand hinunter war steil, und ich verspürte den überwältigenden Drang, kreischend hinunterzurennen wie ein Kind. Gestern Abend hatte ich mit Amelia telefoniert. Eddie war wohlauf, Mutter leider nicht. Vater hielt sich bedeckt, was seine momentane Funktion anbetraf. Sie schöpfte keinen neuen Mut aus der Tatsache, dass er nicht länger an der Front war. Wie man hörte, wurden seine chirurgischen Fähigkeiten nun woanders gebraucht.

Ich fing an, »Roll Out the Barrel« zu summen, als ich

den menschenleeren Strand erreichte. Bevor ich ins Wasser ging, blickte ich prüfend zum Horizont. Die Wellen brachen sich ein ganzes Stück von der Küste entfernt, alles sah gut aus. Ich hatte meinen Badeanzug schon in der Kajüte angezogen, sodass ich jetzt nur schnell meine Shorts und das Oberteil ablegen musste. Das Wasser war klar und kühl. Eine einsame Krabbe flitzte über den Strand. Ich konnte nicht sagen, ob die Flut kam oder ob das Wasser bereits zurückging, weil die Wellen stets bis zur gleichen Stelle rollten.

Genauso wenig wusste ich, wie schnell das Wasser tief wurde, aber ich nahm an, dass der Strand plötzlich steil abfiel. Die anderen Mädchen waren bereits schwimmen gewesen, doch ich hatte mich ihnen nie anschließen können. Meine Füße wurden taub von der Kälte, und als ich bis zu den Knien im Wasser war, tauchte ich unter, dann durchbrach ich prustend die Wasseroberfläche. Meine Haut kribbelte, und ich spürte, wie unendlich dankbar ich war, am Leben zu sein. Entspannt drehte ich mich auf den Rücken und trat sanft gegen die Strömung an, die mich vom Strand fortzog. Sie war nicht stark, deshalb war ich zuversichtlich, auf der Stelle zu bleiben.

Der Schäfchenwolkenhimmel über mir kündigte einen Wetterwechsel an. Ich war beinahe froh darüber – noch mehr Hitze wäre unerträglich. Wie sehr ich Amelia und die faulen, sorglosen Sommertage vermisste, die wir miteinander verbracht hatten! Ich drehte mich auf den Bauch und schaute zum Ufer, das weiter weg war, als ich erwartet hatte. Sehr viel weiter. Panik stieg in mir auf, als mir bewusst wurde, wie weit ich abgetrieben war.

Als geübte Schwimmerin wusste ich, was passiert war. Ich war von einem Rippstrom, einem an der kornischen Küste häufig vorkommenden Brandungsrückstrom, erfasst worden. Eine solche Strömung zog den Schwimmer immer weiter ins offene Wasser hinaus. Ich versuchte, ruhig zu bleiben und mich daran zu erinnern, was man in einem solchen Fall am besten tat. Ich schwamm so kräftig, wie ich nur konnte, kämpfte gegen die Gewalt des Wassers an, aber je mehr ich mich verausgabte, desto weiter wurde ich hinausgetragen. Adrenalin und Panik machten jeden klaren Gedanken unmöglich. Plötzlich entdeckte ich eine Gestalt am Strand. Ich winkte, doch das führte nur dazu, dass mich die Strömung noch schneller wegzog.

Meine Arme und Beine schmerzten bereits vor Anstrengung, als ich sah, wie der Mann zurückwinkte. Er deutete die Küste hinunter, und auf einmal wusste ich, was er meinte. Ich hörte auf, mich gegen die Strömung zu wehren, und ließ mich stattdessen im Wasser treiben. Es fühlte sich falsch an, aber ich zwang mich, nichts dagegen zu tun. Der Mann rannte den Strand entlang.

Langsam ließ die Strömung nach, verlor an Kraft, und ich atmete ruhig durch, bis ich mich in der Lage fühlte, mit leichten Brustzügen entlang der Küste zu schwimmen. Ich legte eine lange Strecke zurück, aber ich wusste, dass der Mann am Strand zu mir schwimmen würde.

Ich bemerkte ihn kaum, als er bei mir ankam und mir zurück ans Ufer half. Als ich endlich den Sand unter meinen Füßen spürte, öffnete ich hustend und spuckend die Augen und erkannte endlich Commander Rowse, der mich anstarrte, klatschnass, das Gesicht zutiefst besorgt.

Wassertropfen hingen an seinen langen schwarzen Wimpern. »Willkommen zurück!«, sagte er trocken.

»Vielen Dank, Sir!«, stieß ich atemlos hervor.

»Das war ziemlich knapp.«

»Nochmals danke.« Ich war so erschöpft, dass ich kaum etwas anderes hervorbringen konnte. Ich ließ mich in den Ufersand sacken und spürte, wie alles vor meinen Augen verschwamm. Nach einer Weile versuchte ich, mich aufzurichten.

»Lassen Sie sich Zeit.« Er strich mir die Haare aus dem Gesicht und zögerte einen Augenblick, bevor er sagte: »Ich bin mir sicher, Sie haben das schon tausendmal gehört, aber Ihre Augen sind außergewöhnlich.«

Ich lächelte. Bei jedem anderen hätte ich das als Annäherungsversuch aufgefasst, doch nicht so bei Commander Rowse.

»Ah, da kommen ein paar Amerikaner. Ich wette, die haben etwas Zuckerhaltiges bei sich. Das wäre jetzt genau das Richtige.«

»Commander, wie ich sehe, wird unsere Hilfe nicht mehr gebraucht.« Einer der Männer, die zu uns geeilt waren, zwinkerte ihm zu und grinste anzüglich. Meine Haut kribbelte. Ich kannte ihn nicht, und ich wollte ihn auch nicht kennenlernen. Den Lieutenant, der ihn begleitete, kannte ich vom Sehen.

»Haben Sie etwas zu essen bei sich?«, fragte Commander Rowse. »Leading Wren Seaton hat einen schlimmen Schock erlitten und wäre um ein Haar ertrunken. Ich denke, bevor wir den Hügel in Angriff nehmen, sollte sie eine Stärkung zu sich nehmen.«

»Zufälligerweise haben wir tatsächlich etwas bei uns.« Der Lieutenant zog ein paar Sandwiches und eine Thermoskanne aus einer Tasche.

Der Commander half mir, mich aufzusetzen. Trotz der Hitze lief mir ein Frösteln über den Rücken. Mit bebender Hand nahm ich die Sandwichhälfte, die man mir reichte. Ich konnte sehen, dass Marmelade darauf war, doch bei dem anderen Aufstrich war ich mir nicht sicher. Ich nahm einen Bissen, dann riss ich die Augen auf. Die salzige Erdnussbutter mit rotem Traubengelee war gelinde gesagt ein unerwartetes Geschmackserlebnis.

»Wie schmeckt Ihnen das Sandwich, Ma'am?«, fragte der Amerikaner mit dem anzüglichen Grinsen. Er hatte sich bis auf die Badehose ausgezogen, doch obwohl er muskulös war, wirkte er im Vergleich zum Commander eher unfit.

»Interessant.«

Der Commander schmunzelte, ich lächelte. Die Kombination schmeckte nicht schlecht, aber lecker war sie auch nicht. Ich war dankbar, dass Bobby mich auf unseren Ausflügen nicht mit diesen »Köstlichkeiten« verwöhnt hatte. Der Lieutenant schenkte mir etwas Limonade aus der Thermoskanne ein, die ich in kleinen Schlucken trank.

»Besser?«, fragte der Commander leise.

»Ja, Sir.«

»Gut, wenn Sie sich dazu bereit fühlen, gehe ich mit Ihnen den Hügel hinauf.«

Ich wollte schon ablehnen, aber ich wusste, dass das albern wäre. Meine Hände zitterten noch immer. »Danke.«

Windward, Mawnan Smith, Falmouth, Cornwall
20. September 2015

Ich öffnete die Augen und schaute an die Wohnzimmerdecke. Etwas Eiskaltes wurde gegen meinen Kopf gedrückt. Jack starrte mich an. »Hallo«, sagte er.

»Ja.« Ich blinzelte und versuchte, klar zu sehen.

Er rieb sich den Nacken. »Das war vielleicht ein Auftritt!«

Ich musste vornüber in die Küche gestürzt sein. Das erklärte die Packung mit gefrorenen Erbsen auf meinem Kopf. Sonst hatte ich keine größeren Schmerzen.

»Der Arzt ist unterwegs.« Jack beugte sich vor, eine Taschenlampe in der Hand. »Tut mir leid, Gran, aber du bist ordentlich aufgeprallt. Ich muss sichergehen, dass du kein Schädel-Hirn-Trauma erlitten hast.«

Ich schloss die Augen.

»Öffnen.«

Ich gehorchte, blickte ihn an und blinzelte, als er den Strahl der Taschenlampe auf meine Augen richtete.

»Deine Pupillen reagieren.« Ich versuchte, mich aufzusetzen, und er streckte mir die Hand entgegen und zog mich hoch. Alles um mich herum fing an, sich zu drehen. Ich hielt die Erbsen fest. »Wir haben etwas zu Mittag gekocht, und ich möchte, dass du davon isst. Vielleicht bist du deshalb umgekippt. Keine Kraft und zu früh aus dem Bett aufgestanden. Das hättest du nicht tun dürfen.«

Du hast ja keine Ahnung. Ich seufzte. So lange reglos dazustehen, um die beiden zu beobachten, war das Problem gewesen, nicht das Essen. Jack half mir auf die

Füße und führte mich aus dem Wohnzimmer in die Küche. Draußen prasselte der Regen von Süden. Es war ein düsterer Nachmittag, und hier in der Küche stand eine Replik meines jugendlichen Ichs. Lara.

»Gran, das ist Lara Pearce. Ich habe sie gestern schon erwähnt.«

Ich sah ihn mit großen Augen an, aber ich sagte nichts. Mein Herz wusste auch so, wer sie war. Ich sah es in ihrem Gesicht, ihren Augen, sogar in der Art und Weise, wie sie sich bewegte. Reden würde die Dinge bloß verkomplizieren. Reden würde zu weiteren Gesprächen führen, und ich wollte nicht mehr wissen als das, was meine Augen mir sagten. Bobby. War er am Leben? War meine Schwester am Leben, und was war mit ihrer Tochter Elizabeth?

»Hi, Mrs Rowse«, sagte mein jugendliches Ebenbild. »Sie haben ein wunderschönes Zuhause. Es muss herrlich sein, so viele Obstbäume zu besitzen.«

Ich nickte. Jack half mir, mich auf einen Stuhl zu setzen. »Tee?«, fragte er.

Ich seufzte. Er hatte die alte braune Teekanne genommen, nicht die silberne. Auf dem Tisch standen verschiedene Käsesorten mit Feigen, ein Salat und ein paar Speckstreifen, mit denen Jack gestern versucht hatte, mich in Versuchung zu führen. Er schenkte Tee in eine Tasse, die ich mit beiden Händen ergriff. Meine Gelenke schmerzten.

Lara und Jack setzten sich. »Vielleicht hast du es nicht mitbekommen, aber Lara hat bei Petas Hochzeit ausgeholfen. Cassie, die Besitzerin des Catering-Services, musste zu ihrer Mutter, die überraschend ins Krankenhaus eingeliefert wurde.«

Ich sah zwischen den beiden hin und her. Lara strich Butter auf ein Stück Brot und bereitete ein Sandwich mit Schinkenspeck und einem Spritzer Vollkornsenf zu. Ihre Hände… Sie waren genau wie die von Amelia, so geschickt in der Küche. Hatte sie das Kochen etwa von meiner Zwillingsschwester gelernt? Ich öffnete den Mund und klappte ihn wieder zu. Ich wollte kein Interesse bekunden. Das Beste wäre zu schweigen. Aber Jack schwieg nicht. Er war lebhafter, als ich ihn seit vielen Jahren erlebt hatte, zu vielen Jahren.

Er sah mich durchdringend an, als wolle er mich dazu bringen, etwas zu sagen. »Bevor sie nach Cornwall gekommen ist, war Lara Köchin.«

Die junge Frau errötete. Sie hatte einen herrlichen Teint. War mir eigentlich klar gewesen, wie schön wir damals waren? Offenbar nicht. Wie hieß es noch gleich? Die Jugend weiß mit der Jugend nichts anzufangen. Jack schnitt eine Feige auf und reichte Lara eine Hälfte. Ihre Finger berührten sich, als sie sie nahm. Ich wandte den Blick ab. Sosehr ich mir wünschte, sie wäre nicht hier, so musste ich doch zugeben, dass sie Jack guttat. Seine Augen hatten wieder zu leuchten begonnen.

HMS Attack, Portland, Dorset
30. August 1944

»Adele.«

»Bobby.« Ich drückte den Hörer ans Ohr. »Bist du in London?«

»Nein, aber ich werde nächste Woche dort sein.«

»Ich sehe zu, was ich tun kann.« Ich hielt den Atem an. Hoffentlich würde ich die Genehmigung bekommen, über Nacht fortzubleiben.

»Geht es dir gut nach dieser Tortur?«, fragte er.

»Du meinst das Erdnussbutter-Traubengelee-Sandwich?« Anscheinend hatte er meinen Brief erhalten.

Sein Lachen ließ mich erbeben vor Glück. »Das scheint einen bleibenden Eindruck bei dir hinterlassen zu haben.«

»Ganz bestimmt.«

»Nun, man kann nicht bei allem einen guten Geschmack haben.« Ich hörte Stimmen im Hintergrund, französische.

»Trink nicht zu viel Champagner.«

Er lachte leise. »Ich gebe mir Mühe. Vielleicht kann ich uns das nächste Mal eine Flasche mitbringen.«

»O ja!« Ich lächelte.

»Pass auf dich auf.«

»Du auch auf dich.« Ich schickte ihm einen Kuss durch die Leitung und hörte, wie er dasselbe tat.

»Ich liebe dich.« Die Leitung war tot.

Chelsea, London
19. September 1944

Bobby öffnete eine Flasche Pol Roger. Ich konnte nicht glauben, dass wir zusammen in dem spartanisch eingerichteten Apartment waren, in dem er wohnte, wenn er in London war. Allein. Ich wollte keinen Champagner, ich wollte ihn, aber ich blieb einfach still sitzen und nahm jedes Detail von ihm in mich auf.

»Wie dekadent.« Ich lächelte.

»Da hast du recht. Die Flasche war ein Geschenk.«

Ich sah ihn mit gespielter Strenge an. »Hoffentlich nicht von einer Freundin?«

Er lachte. »Wo denkst du hin? Ein gewiefter Franzose hat sie mir geschenkt.«

»Tatsächlich?«

»Auf Empfehlung eines vornehmen, zigarrerauchenden Engländers.«

Ich riss die Augen auf. Er tippte sich mit dem Finger an die Nase.

»Du warst in Paris?«

»Gut möglich.« Er schenkte Champagner in zwei klobige Gläser, die an Zahnputzbecher erinnerten.

»Verrat mir, was du tust, Captain Webster.« Ich strich ihm mit der Hand über die Taille.

Er küsste mich auf die Nasenspitze. »Bist du etwa ein Spion?«

Ich lachte. »Nein. Im Ernst, was ist deine Aufgabe bei der Armee?«

»Ich bin ein Papierkrieger, ein Melder.« Er reichte mir ein Glas und hob seins.

»Auf uns.«

»Ja, auf uns«, erwiderte er. Der Champagner war kalt und nicht übermäßig sprudelnd. Bobby stellte das Grammophon an. »I Only Have Eyes For You« erklang, und er streckte seine Hand aus und zog mich an sich. »Ich liebe dich so sehr«, flüsterte er mir ins Ohr, dann sang er leise den Text mit. »Ich kann an niemand anderen denken als an dich.«

»Mir geht es genauso.« Wir küssten uns. Als das Lied zu Ende war, ließen wir uns aufs Sofa fallen. Er liebkoste mich ungenierter als zuvor, seine Hände tasteten sich mein Bein hinauf bis zu meinem Strumpfband. Ich hielt den Atem an. »Ja.«

Seine Hände verharrten, dann glitten sie höher.

»Bitte.«

»Das dürfen wir nicht.« Seufzend griff er nach seinem Glas und leerte es in einem Zug.

»Aber …«

»Wir haben es bis jetzt geschafft, da schaffen wir es auch noch bis zur Hochzeit.«

Ich setzte mich auf und strich meinen Rock glatt. Ich wusste, wenn ich ihn jetzt drängte, wäre er nicht länger in der Lage, nein zu sagen. Aber ich liebte ihn, und es war sein Wunsch zu warten. Ich nahm einen Schluck Champagner. Er schmeckte gut, aber längst nicht so gut wie Bobby, der aufstand und zu seinem Mantel ging.

»Es ist kein angemessener Ring, aber ich wollte, dass du wenigstens etwas hast.« Er kniete sich vor mich und nahm meine Hand. »Du bist die Liebe, die zu finden ich mir nie hätte träumen lassen. Ich verspreche dir, wenn dieser Krieg vorbei ist, werden wir so bald wie möglich heiraten. Und dann …«, er steckte mir einen schlichten Goldreif mit kleinen, zarten türkisfarbenen Steinen an den Finger, »… dann werden wir uns lieben, zur rechten Zeit, das verspreche ich dir.«

Ich sah ihm in die Augen und erblickte so viel Gefühl

darin, dass es beinahe schmerzte. Ich liebte diesen Mann mehr, als ich es je für möglich gehalten hätte. Von Glück erfüllt, zog ich ihn in meine Arme und schwor ihm meine ewige Liebe.

Gestohlene Gezeiten

Kreisend und kreisend in immer weiterem Bogen
Entschwindet der Falke dem Ruf des Falkeniers.
Alles fällt auseinander, die Mitte hält nicht mehr;
Bare Anarchie bricht aus über die Welt.
Blutgeblendete Strömungen sind losgelassen. Allenthalben
Wird der heilige Vorgang der Unschuld überschwemmt.
Den Besten erlahmt der Glaube, und die Schlimmsten
Sind voll von leidenschaftlicher Heftigkeit.

W. B. Yeats, »Der jüngste Tag«

Kapitel vierunddreißig

London
8. Mai 1945 – VE-Day, Tag der Befreiung

Ich schaute erneut auf die Uhr. Der Zug hatte mittlerweile zwei Stunden Verspätung, dabei steckten wir unmittelbar vor Clapham Junction fest. Ich seufzte. Am liebsten wäre ich ausgestiegen und hätte das verdammte Ding angeschoben. Bobby wartete im Savoy auf mich; vermutlich würde er noch eine Weile länger warten müssen. Aber das war egal. Von nun an hatten wir alle Zeit der Welt. Der Krieg in Europa war vorbei. Mutter hatte sich getäuscht – der Krieg hatte uns viele wundervolle Männer geraubt, aber nicht alle. Nicht Bobby und nicht Angus. Ich schluckte. Leider wurde nur in Europa nicht mehr gekämpft, Eddie riskierte in Fernost immer noch sein Leben. Ich bezweifelte, dass Amelia heute Abend feiern würde. Zumindest wusste ich, dass sie glücklich war. Wir hatten vor weniger als einer Woche miteinander gesprochen. Es war mir nicht gelungen, die Aufregung aus meiner Stimme fernzuhalten, die in mir brodelte, seit die deutsche Wehrmacht am zweiten Mai in Italien kapituliert hatte.

Als der Zug endlich am Bahnhof Waterloo einfuhr, hatte ich meinen Plan, mich bei Tante Margaret in ein Abendkleid zu werfen, bereits aufgegeben. Ich stieg aus und stürzte mich in ein London voller Lichter.

Nach Jahren der Dunkelheit sah es einfach fantastisch aus. Ein Taxi war nicht in Sicht, also ging ich über die Waterloo Bridge, schaute flussabwärts zum Parlament und stellte voller Erstaunen fest, dass der Turm mit der großen Uhr immer noch stand.

So schnell ich konnte, eilte ich durch die überfüllten Straßen. *Bobby.* Ich hatte ihn seit sechs Wochen nicht gesehen, und mir war beinahe schwindelig vor Vorfreude. Der Krieg in Europa war vorbei, und wir hatten beide überlebt. Nun konnten wir durchschnaufen und anfangen, unser gemeinsames Leben zu planen.

Jemand stieß gegen mich. »Entschuldigen Sie, meine Liebe.« Der Mann mit dem starken kornischen Akzent hob höflich seinen Hut, bevor er seinen Weg fortsetzte, und ich rieb mir die schmerzende Schulter. Meine Gedanken schweiften nach Cornwall und zu meiner Mutter. Es ging ihr nicht gut. Die offizielle Bestätigung, dass Onkel Reginald tatsächlich tot war, hatte ihr schwer zugesetzt. Das Zittern in ihrer Stimme damals war nur der Anfang gewesen. Die kleinste Kleinigkeit konnte sie aus der Fassung bringen. Hoffentlich würde meine Verlobung mit Bobby ihre Laune heben. Bobby und ich hatten vor, uns so bald wie möglich mit Vater zu treffen und anschließend Mutter einen Besuch abzustatten. Ich betete, dass meine Eltern einen Weg finden würden, sich einander wieder anzunähern. Nun verstand ich, dass eine Trennung einen

Menschen auffressen konnte. Vater hatte sie in der Vergangenheit immer aus ihren Tiefs herausgeholt, und ganz bestimmt würde ihm das nun auch wieder gelingen.

Um mich herum waren die Straßen voller tanzender und singender Menschen. »Roll Out the Barrel« schallte aus einem Lokal, und ich sang mit und hörte nicht auf zu singen, als ich über die Brücke zum Embankment lief, wo mir zwei Piloten entgegenkamen, ein breites Grinsen im Gesicht. Ich wusste, wie sie sich fühlten. Sie hakten sich bei mir unter und zogen mich mit sich durch die Menge.

»Wohin geht ihr?«, fragte ich. Einer der beiden hatte eine breite Narbe auf der Wange, der andere war rothaarig.

»Zum Trafalgar Square. Und Sie?«

»Ins Savoy.«

»Das liegt auf dem Weg.« Der Rothaarige lachte.

»In der Tat.«

»Gestatten Sie uns das Vergnügen, Sie zu begleiten?«, fragte der mit der Narbe.

»Es wäre mir eine Freude.« Wir drängten uns durch die singende, Fähnchen schwenkende Menge. Als wir am Savoy ankamen, hörten wir aus einem offenen Fenster Musik, und der Pilot mit der Narbe zog mich in seine Arme, um zu den Klängen von »In the Mood« mit mir zu tanzen. Das letzte Mal hatte ich mit Bobby zu diesem Lied getanzt, und ich hoffte sehr, in ein paar Minuten wieder in seinen Armen zu liegen.

Mit einem strahlenden Lächeln drehte ich mich um und sah einen Fotografen, der ein Foto von dem Piloten mit der Narbe und mir machte. Ich konnte mir vorstellen, wie ich aussah mit meinem verrutschten Hut und einem Grinsen, das sich von einem Ohr bis zum anderen erstreckte. Der Krieg war vorbei und Bobby ganz in der Nähe. Die Musik verklang, weshalb ich eilig ein paar Schritte zurücktrat.

»Sie müssen schon gehen?«, fragte mein Tanzpartner.

»Ja, so leid es mir tut.«

Er ließ meine Hand los. Die Menge drückte mich Richtung Eingang. Irgendwo in diesem Chaos war Bobby. Ich schaute erneut auf meine Uhr und stellte fest, dass ich drei Stunden zu spät war. Entschlossen bahnte ich mir einen Weg durch die überfüllte Lobby zur American Bar, wo ich suchend ins Gedränge starrte. Ich entdeckte ein paar amerikanische Offiziere, doch da ich keinen von ihnen kannte, ging ich weiter zum Grill in der Hoffnung, ihn dort anzutreffen. Ehe ich mich's versah, fand ich mich in der Umarmung eines Generals wieder, der mich herumwirbelte und an einen anderen Gentleman weiterreichte. Es war schwer, sich nicht von dem Taumel der Glückseligkeit anstecken zu lassen, aber ich wäre erst glücklich, wenn ich Bobby gefunden hätte.

Endlich hatte ich das Grill Restaurant erreicht, aber auch dort war Bobby nicht. Ich sah einen von Vaters Kollegen, der mich ebenfalls entdeckte und mir bedeutete, mich zu ihm zu gesellen, aber ich winkte einfach nur zurück und verschwand wieder in der Menge.

»Was für ein Glück!«, sagte eine vertraute Stimme, und plötzlich wurde ich in die Arme eines anderen Mannes gezogen und bekam einen dicken Kuss.

»Angus, du Teufel!« Ich lachte.

»Mein Gott, das wollte ich schon seit Jahren tun«, sagte

er, »und diesmal weiß ich sogar, wer welche von euch ist.« Er grinste und erinnerte schmerzhaft an den Jungen, mit dem wir am Strand herumgetollt hatten – trotz der Falten um seine Augen, die bei unserer letzten Begegnung noch nicht da gewesen waren.

»Bist du dir sicher?«, fragte ich schmunzelnd.

Er musterte mich mit zusammengekniffenen Augen. »Nein, und um ehrlich zu sein, werde ich mir wohl nie sicher sein, aber ich weiß, dass Adele Seaton beim WRNS ist – deine Uniform ist mir eine große Hilfe.«

»Amelia ist ebenfalls bei den Wrens«, gab ich zu bedenken.

»Stimmt – aber wenn ich so darüber nachdenke, bin ich mir doch sicher, dass du Adele bist.« Er deutete auf mein Telegraphistinnenabzeichen.

»Komm schon, Angus.« Ein hoch gewachsener Pilot zog am Arm meines lieben Freundes. »Wir wollen tanzen gehen.«

»Komm mit uns, Adele. Wir sind auf dem Weg in den 400 Club.«

Angus bedeutete mir, mich ihnen anzuschließen, aber ich sah mich weiterhin suchend um.

»Bist du mit jemandem verabredet?«

»Ja, aber ich bin viel zu spät dran.« Ich legte die Stirn in Falten.

»Heute Abend ist jeder zu spät dran. Komm mit uns feiern.«

»Aber ich bin gar nicht richtig dafür angezogen.«

»Das ist keiner. Sag einfach ja.«

Ich warf einen Blick auf meine Armbanduhr. Mittlerweile waren fast vier Stunden vergangen, seit ich mich mit Bobby hätte treffen sollen, und er war noch immer nicht hier. Angus sah mich mit einem erwartungsvollen Lächeln an, und ich konnte nicht widerstehen. »Ja.«

»Schade, dass Melly nicht dabei ist.«

»O ja, das wäre toll.« Amelia würde heute Abend gemischte Gefühle haben, weil sie so weit weg von Eddie war, was mein eigenes Glücksgefühl ein wenig dämpfte. Angus hakte sich bei mir unter, und gemeinsam schoben wir uns durchs Gedränge bis hinaus auf die Straße. Ich fragte mich, was Amelia heute Abend vorhatte, während London feierte, als würde es kein Morgen geben.

Windward, Mawnan Smith, Falmouth, Cornwall
22. September 2015

Auf dem Tablett mit der Teekanne standen noch die Reste der köstlichen Rühreier auf Toast, die ich genossen hatte. Jack hatte sogar Petersilie aus dem Garten geholt. Etwas Zeit mit Lara, und schon garnierte er die Mahlzeiten. Ich schnupperte, um mich zu vergewissern, dass es stimmte, was ich geschmeckt hatte. Trüffel. Herr im Himmel, er machte sich wirklich Sorgen um mich. Das hatte ich nicht beabsichtigt. Ich hatte nur einfach nicht reden oder mir Fragen stellen lassen wollen, doch nun würde es sicher nicht mehr lange dauern, bis Lara genau das tat. Ich sah es in ihren Augen, sah es an der Art und Weise, wie sie mich musterte. Sie schaute mich an und sah sich selbst, während ich in ihr meine Jugend sah und so viel mehr, so viel von dem, das unwiederbringlich verloren war. Warum um alles auf der Welt sollte ich darüber reden? Auf meinem geöffneten Sekretär, der außer Reichweite dem Bett gegenüber stand, lagen die Briefe meiner Schwester. Was würden sie mir erzählen, wenn ich sie öffnete?

Peta räumte das Frühstückstablett ab, dann kehrte sie mit einer frischen Tasse Tee zurück. Ich starrte aus dem Fenster auf das trübe Wetter und die Regentropfen, die gegen die Scheiben prasselten.

»Na schön, Gran, was ist los?«

Ich sah zu, wie sie ans Fenster trat und sich dann zu mir umdrehte.

»Schweigen ist keine Antwort.« Peta lächelte. »Mir ist bewusst, dass es mitunter die leichteste Option ist, aber sich zu verstecken ist nie eine gute Idee.« Sie schüttelte den Kopf. »Ich weiß, dass es um Lara geht. Da ist etwas, womit du dich nicht auseinandersetzen möchtest, außerdem versuchst du, deine Gedanken vor mir abzuschotten.«

Ich nahm einen Schluck Tee. Peta setzte sich neben mich und nahm meine Hände in ihre. Sie waren warm, meine dagegen kalt. »Hör mal, Gran. Du musst dir Mühe geben. Für Jack. Gerade jetzt braucht er dich.« Sie rieb sanft meine Finger, die nicht mehr waren als Knochen, papierene Haut, blaue Adern und Leberflecken.

»Ich weiß, dass es um Lara geht, und ich weiß, dass dir irgendetwas Angst macht.« Sie schaute von meinen Händen auf. »Ich will ehrlich sein – und ob du's glaubst oder nicht, es fällt mir nicht leicht, das zu sagen –, aber du darfst jetzt nicht an dich selbst denken. Du hast mit eigenen Augen gesehen, wie Jack sich verwandelt, wenn er in ihrer Nähe ist. Er lässt zu, dass die Mauern bröckeln. Lara ist die erste Außenstehende, die er näher an sich heranlässt.« Sie lächelte.

Ich wandte mich ab.

»Sei tapfer, Gran.«

Sie hatte ja keine Ahnung.

»Doch, habe ich«, reagierte sie auf meine Gedanken, noch bevor ich sie ausgesprochen hatte. »Ich kann es nicht in Worte fassen, aber ich verstehe es.« Sie küsste meine Hand und drückte sie an ihre Wange. Ihre Liebe strömte durch mich hindurch, als sie versuchte, mir Kraft zu geben.

400 Club, Leicester Square, London
8. Mai 1945 – VE-Day

Warum Angus und seine Freunde glaubten, ausgerechnet auf Londons kleinster Tanzfläche Platz zum Tanzen zu finden, war mir schleierhaft. Es war noch verqualmter als beim letzten Mal, als ich mit Bobby dort gewesen war. Er hatte sich darüber amüsiert, dass man im 400 Club die Flasche Whisky, die er bestellt hatte, für seinen nächsten Besuch aufhob. Ich spähte durch den dämmrigen, überfüllten Raum und fragte mich, wo wir sitzen, geschweige denn tanzen sollten, aber ich hätte mir keine Gedanken machen müssen, denn kurz darauf quetschten wir uns zu Freunden von Angus aus dessen Bomberstaffel an den Tisch.

»Es tut mir so leid wegen Eddie.« Ein Fliegerleutnant mit sandfarbenem Haar beugte sich zu mir.

»Was ist denn mit Eddie?«, fragte ich mit gerunzelter Stirn.

Angus legte den Arm um mich. »Das ist nicht Eddies Verlobte, das ist ihre Schwester.«

»Sieht genauso aus wie die Frau auf dem Foto, das er uns gezeigt hat.«

Angus nickte.

»Was ist denn mit Eddie?«, wiederholte ich. Mein Magen schnürte sich zusammen.

Der Lieutenant sah mich entschuldigend an. »Er wird vermisst«, antwortete er zögernd. »Vermutlich …«

Die Band fing an zu spielen, sodass seine letzten Worte in den Klängen eines Horns untergingen. Mein Blick schweifte zu Angus. Eddie war sein bester Freund. Er presste die Kiefer zusammen und schluckte. Meine Augen wanderten weiter zu dem Champagner in meiner Hand. Nach feiern war mir nicht mehr zumute. Ich schloss die Augen und versuchte, Amelia zu spüren, aber meine Gefühle waren genauso vernebelt wie die Luft um mich herum. Ich nahm Angus die Zigarette aus der Hand und zog fest daran. Jene unbeschwerten Sommer, wenn wir in Cornwall mit unseren Booten hinausfuhren, schienen mir unendlich weit entfernt zu sein von dem düsteren Mief um uns herum.

Angus zog mich an sich. »Er würde nicht wollen, dass wir Trübsal blasen, schon gar nicht heute.«

Ich holte tief Luft. Er hatte recht. Eddie hatte immer gerne ausgelassen gefeiert. Ich hob mein Glas, und Angus stieß leicht mit mir an.

»Auf Eddie.«

»Eddie.«

Wir leerten unsere Gläser, ließen uns nachfüllen, und ehe ich mich's versah, fand ich mich in Angus' Armen wieder, wiegte mich im Takt der Musik und versuchte, nicht an Eddie zu denken oder daran, wie meine Schwester die Nachricht aufnehmen würde.

Als die Mondschein-Serenade gespielt wurde, legte ich den Kopf auf Angus' Schulter. Der Champagner ließ die Welt weicher wirken und dämpfte ein klein wenig den Schmerz. Was würde Amelia tun? Ich schaute Angus an. Er war ein guter Fang, aber mir war klar, dass sie ihr Herz nicht so leicht einem anderen schenken würde.

Die letzten Töne verklangen, die Band stand auf, um eine Pause einzulegen. Wir standen auf der hinteren Seite des Nachtklubs, ein ganzes Stück von unseren Freunden entfernt. Um mich abzulenken, ließ ich meinen Blick über die Tische schweifen und fragte mich, wie viele der Gäste wohl mit jemandem hier waren, mit dem sie nicht hier sein sollten.

Plötzlich blieb mir das Herz stehen. An einem der Tische saß Vater, in leidenschaftlicher Umarmung mit Tante Margaret.

»Wen hast du entdeckt?«, fragte Angus dicht an meinem Ohr. Er schaute in die gleiche Richtung wie ich, dann nahm er meine Hand und zog mich zum Ausgang. »Bausch das nicht auf. Tu einfach so, als hättest du nichts gesehen.«

Vater sah zu mir herüber. Unsere Blicke begegneten sich just in dem Moment, in dem Angus mich fortzog.

Kapitel fünfunddreißig

Kensington, London
9. Mai 1945

Ich saß allein an Tante Margarets Küchentisch. Es war Mittag. Mein Kopf schmerzte, und ich erinnerte mich nur an wenig von dem Rest der Nacht, nachdem wir den Klub verlassen hatten. Trotz dem, was ich gesehen hatte – oder vielleicht gerade deswegen –, hatte ich in der Menge nach Bobby Ausschau gehalten. Ich hätte ihn in jenem Moment so sehr gebraucht. Er war ein aufrechter Amerikaner, der seinen Werten treu blieb. Nein, ich war unfair den Engländern gegenüber. Ich musste doch nur an Commander Rowse denken. Er war so, wie ein Mann sein sollte – mein Vater dagegen nicht. Mein Vater besaß noch nicht einmal den Anstand, eine Affäre mit jemandem außerhalb der Familie zu beginnen. Herrgott noch mal, der Bruder meiner Mutter war kaum ein Jahr tot!

Ich vergrub den Kopf in den Händen und fragte mich, was mit der Welt passiert war. Meine Mutter saß deprimiert und einsam in Cornwall. Mein Vater vergnügte sich mit meiner Tante, der Verlobte meiner Schwester wurde vermisst, war vermutlich gefallen, und ich liebte einen Amerikaner. Auf einmal fing ich laut an zu lachen. Wenn ich diese Liste meiner Großmutter präsentierte, würde sie meinen Amerikaner vermutlich für das größte Problem halten.

Das Telefon stand ganz in meiner Nähe. Dreimal hob ich den Hörer ab und legte ihn wieder auf. Ich konnte nicht zu Hause anrufen und fragen, ob Amelia da war. Was, wenn Mutter dranging? Was sollte ich sagen? Es gab nichts, was ich sagen konnte. Sie wusste es. Sie musste es wissen oder zumindest vermuten. Wie lange ging das zwischen Vater und Tante Margaret schon?

Ich nahm meinen Tee mit hinauf in das Zimmer, in dem ich schlief und ein paar Sachen aufbewahrte. Das kleine Schlafzimmer war für mich mein London-Stützpunkt gewesen, und bis gestern Nacht hatte es sich für mich angefühlt wie ein Zuhause. Ich nahm meinen Koffer und fing an zu packen. Ich konnte nicht länger hierbleiben. Doch wo sollte ich hin? Heute fuhren keine Züge. Ich würde versuchen, Bobby zu erreichen, und wenn mein Kopf wieder richtig funktionierte, würde ich mal sehen, wer sonst noch in der Stadt war. Zunächst einmal war wichtig, dass ich wieder klar denken konnte, aber momentan war mein Gehirn dazu noch nicht in der Lage.

Ich öffnete den Kleiderschrank, um mein Abendkleid herauszunehmen, auch wenn ich mich fragte, ob ich es wirklich behalten wollte – immerhin hatte es Margaret gehört. Seltsamerweise war es nicht da. Der Kleiderbügel, auf dem es sonst immer hing, war leer. Ich legte den Kopf schief, als würde mein Gehirn dann besser arbeiten. Ich wusste, dass ich es hier hängen gelassen hatte, als ich das letzte Mal in London gewesen war. Ich hatte es erst vor einem Monat getragen.

Ich sank aufs Bett und nahm einen Schluck Tee, dankbar, dass meine Tante nicht da war, auch wenn ich gar nicht daran denken mochte, wo sie wohl stecken konnte. Der Krieg hatte alles verändert, aber das hatte ich nicht erwartet. Vielleicht hätte ich damit rechnen müssen – Vater war hier, und Mutter war in Cornwall. Sie hätten sich nicht trennen dürfen, sie hätte bei ihm in London bleiben sollen. Doch dann dachte ich an den *Blitz*-Angriff und ihre Nerven. Als sie erst einmal auf dem Land und bei Großmutter war, ging es ihr besser. Vater hatte das Kriegsministerium. Tante Margaret hatte das Rote Kreuz. Doch offensichtlich war das nicht genug. Aber Mutter hatte doch schließlich auch nichts mit einem der amerikanischen Generäle angefangen, die zuhauf das Ferryboat Inn besuchten, und auch nicht mit dem gutaussehenden Holländer mit dem kaputten Bein, der so unverfroren mit ihr flirtete. Mutter war schön, still, fürsorglich. Margaret war …

»Hallo.«

… direkt vor mir, in der offenen Tür, einen verlegenen Ausdruck im Gesicht.

»Du gehst?« Ihre Stimme war heiser, ihr Gesicht ein wenig abgespannt.

Ich zuckte die Schultern.

»Darf ich reinkommen?«

Ich schluckte die Worte herunter, die mir auf der Zunge lagen – *Es ist dein Haus* –, und nickte.

»Dein Vater sagt, du seist gestern Abend im 400 Club gewesen.«

»Ja.«

Sie machte einen Schritt ins Zimmer. Meine für gewöhnlich so selbstbewusste, muntere, glamouröse Tante wirkte plötzlich unsicher.

Ich sah sie direkt an. »Bin ich das einzige Familienmitglied, das Bescheid weiß?«

»Ich nehme an, deine Mutter hat einen Verdacht.«

Ich nickte. »Und was ist mit meiner Großmutter?«

»Ebenfalls.«

»Ganz London?«

»Nein. Natürlich nicht.«

Sie wandte die Augen ab und schaute aus dem Fenster, doch ich konnte ihr die Wahrheit vom Gesicht ablesen. Die Leute wussten Bescheid. Sie würden reden. Meine Mutter bemitleiden. Und Amelia würde meinen Vater umbringen.

»Er brauchte jemanden.« Sie drehte sich wieder zu mir um. »*Ich* brauchte jemanden.«

»Dann war das also eine Art Zweckaffäre.« Ich zog eine Augenbraue in die Höhe und gab mir Mühe, nicht allzu bitter zu klingen.

»Anfangs ja, um ehrlich zu sein.« Sie holte tief Luft. »Dein Vater war nicht mein erster Liebhaber, seit ich Witwe wurde, und auch nicht davor.« Ihr Blick schweifte wieder zum Fenster und zu dem großen Loch am Ende des Gartens, wo früher das Nachbarhaus gestanden hatte. »Ich habe versucht, auf jede mir mögliche Art und Weise meine Einsamkeit zu kompensieren.«

»Dann hat mein Vater also die Lücke in deinem Leben geschlossen.«

Sie lachte trocken. »Nein, als er nach dem D-Day zurückkehrte, war er nicht mehr derselbe Mann.«

Das konnte ich verstehen.

»Er schreckt nachts schreiend aus dem Schlaf auf.«

Ich schloss die Augen. So etwas wollte ich nicht wissen, aus vielerlei Gründen. Hauptsächlich aber wollte ich es nicht von meiner Tante erfahren, einem Menschen, zu dem ich bis gestern Abend stets aufgeblickt hatte.

»Adele, du bist jetzt erwachsen«, sagte sie.

»Das rechtfertigt gar nichts.« Die Verschlüsse meines Koffers schnappten mit einem lauten Klacken ein.

»Nein, aber die Dinge sind nie bloß schwarz und weiß.«

»Möchtest du, dass er sich von Mutter scheiden lässt?«

Sie verschränkte die Arme. »Um Himmels willen, nein.«

Ich runzelte skeptisch die Stirn.

»Ich liebe deinen Vater.« Sie setzte sich auf die Bettkante. »Und ich liebe deine Mutter und dich und Amelia.« Sie sah mir direkt in die Augen mit demselben Blick, mit dem mich die Leute bedachten, wenn sie herauszufinden versuchten, welche von uns Schwestern vor ihnen stand. Vater hatte gestern Abend gewusst, dass ich es war. Gut möglich, dass meine Uniform mich verraten hatte, die Abzeichen. Hätte er es auch gewusst, wenn ich zuvor in mein Abendkleid geschlüpft wäre?

Ich verschränkte meine Hände und legte sie in den Schoß. »Was hast du jetzt vor?«, fragte ich Tante Margaret. Ich wollte die Antwort im Grunde nicht wissen, aber vielleicht würde sie mir irgendwie weiterhelfen.

»Nichts.«

Ich schüttelte den Kopf. Wenn sie meinen Vater liebte, dann wollte sie doch bestimmt mit ihm zusammen sein. Jetzt, da der Krieg vorbei war, würde Mutter erwarten, dass er nach Windward zurückkehrte. Ich betrachtete meine Finger.

»Er möchte dich sehen.«

Ich schaute von meinen Händen zum Flur.

Margaret bemerkte meinen Blick. »Er ist nicht hier. Er ist in seinem Klub. Um eins wird er im Ritz sein.« Sie stand auf. »Ich weiß, dass das ein ganz schöner Brocken für dich ist, und ich erinnere mich sehr gut, wie zornig ich war, als ich erfuhr, dass mein Vater eine Geliebte hatte.« Sie lachte. »Am Ende haben wir uns sehr nahegestanden.« Damit drehte sie sich um und verließ das Zimmer.

Das mag vielleicht bei dir damals so gewesen sein, dachte ich. *Aber das hier ist etwas anderes.*

Kapitel sechsunddreißig

Constantine, Falmouth, Cornwall
23. September 2015

Lara hatte einiges vor, als sie Cassies Haus verließ und ins Auto stieg. Hier in Cornwall war es elf Uhr dreißig, also noch sehr früh in Boston, aber das war ihr gleich. Sie musste unbedingt mit Leo reden, bevor sie in Windward eintraf. Lara ließ den Motor an und fuhr los. Die ganze Nacht über war Elle Rowses Gesicht durch ihre Träume gegeistert. Sie hatte noch einmal Grandies dürftige Tagebucheinträge gelesen in der Hoffnung, auf einen Hinweis zu stoßen. Er hatte Cornwall erwähnt, Falmouth und den Helford River, allerdings nur im Mai 1944, als er mit »A« im Urlaub gewesen war.

15. Mai 1944

Mit A nach Cornwall aufgebrochen.

Oberhalb einer Bucht Whisky getrunken. Kann meine Gefühle für sie nicht in Worte fassen.

Das Haus ist bezaubernd. Haben im Ferryboat zu Mittag gegessen.

Das Ferryboat Inn. Sie lächelte, froh, dass sie sich nun ein Bild von dem Lokal machen konnte. Grandie hatte es in seinem Tagebuch ein paarmal erwähnt.

30. Mai 1944

Seltsam, ohne A. hier zu sein. Ich treffe hier den DQ. Diese Gegend erinnert mich so sehr an Cape Cod.

Lara wusste, dass nur Grandie in der Lage gewesen wäre, die Initialen für die Menschen und Orte in seinem Tagebuch komplett zu entschlüsseln, doch sie war sich sicher, dass Windward und Mrs Rowse auf irgendeine Art und Weise mit ihm verbunden waren. Eine Regenböe peitschte die Windschutzscheibe, als sie in einer Haltebucht anhielt und ihr Handy aus der Tasche zog. Zum Glück hatte sie Empfang, also wählte sie Leos Nummer.

»Guten Morgen.« Die Stimme am anderen Ende der Leitung gehörte Deborah, die klang, als sei sie schon seit Stunden wach.

»Hier spricht Lara.«

»Ich hab an dich gedacht. Leo ist unruhig, was bedeutet, dass du ebenfalls unruhig bist.«

»Entschuldige.«

»Du musst dich nicht entschuldigen. Ich wusste, auf was ich mich da einlasse. Mit einem Zwilling zusammen zu sein bedeutet weit mehr als eine erhöhte Chance, selbst Zwillinge zu bekommen. Ich geb ihn dir mal.« Es folgte eine kurze Pause, dann knackte es in der Leitung, und sie hörte Leos Stimme.

»He, du.«

Lara lächelte. »Ich weiß, es klingt seltsam, Leo, aber ich spüre Grandie hier überall, genau wie ich es dir erzählt habe. Doch jetzt kommt das Verrückteste: Ich habe eine alte Frau kennengelernt, die mir total ähnlich sieht. Genauer gesagt, sie hat mir ähnlich gesehen, als sie jung war.« Sie holte tief Luft. »Du hättest ihre Augen sehen sollen – selbst jetzt noch schauen sie genauso aus wie unsere. Es ist fast so, als würde man einen Blick in die eigene Zukunft werfen.«

»Ist sie eine Verwandte?«

»Ich denke schon, anders kann ich mir das nicht erklären.« Lara seufzte. »Am liebsten würde ich eine Million Fragen auf sie abfeuern, aber es geht ihr gesundheitlich nicht gut.«

»Hm.«

»Ach, da fällt mir noch etwas ein: Ich konnte diesen General Tucker telefonisch nicht erreichen.«

»Entschuldige, ich hätte dich auf den neuesten Stand bringen sollen. Er ist in ein Pflegeheim gezogen. Ich hatte ein ausführliches Gespräch mit ihm.«

»Wusste er etwas?« Ein Traktor kam auf sie zu, aber er konnte mühelos an ihr vorbeifahren. Der Fahrer winkte ihr zu.

»Laut General Tucker war Grandie in ein Mädchen namens Adele verliebt. Sie war bei den Wrens, eine Schönheit mit bernsteinfarbenen Augen.«

»Adele.« Lara schaute auf die Felder. Ein Windstoß wehte Blätter auf ihre Motorhaube.

»Ja, Adele. Ich habe ihm erzählt, dass er eine Amelia geheiratet hat. General Tucker wusste das.«

»Ich nehme nicht an, dass er Amelias Nachnamen kannte?«

»Nein, er ist Amelia nie begegnet, aber er kannte Adele gut, die als Telegraphistin in Portland arbeitete. Grandie und er waren in Weymouth stationiert, was laut Landkarte ganz in der Nähe liegt.«

»Und du hast mich nicht sofort nach dem Gespräch angerufen?« Lara schüttelte den Kopf. »Ich nehme an, das erklärt seine letzten Worte.«

»Adele muss seine große Liebe gewesen sein.« Sie hörte, wie er einen Schluck – vermutlich Kaffee – nahm.

»Aber was ist mit Amelia? Sie ist diejenige, die er geheiratet hat.«

»Tucker wusste, dass Grandie eine andere zur Frau genommen hatte, aber er konnte sich nicht an die Details erinnern. Obwohl sie über die obligatorischen Weihnachtskarten Kontakt hielten, sahen sie sich nach Grandies Austritt aus der Armee nicht wieder.«

Lara klopfte mit der freien Hand gegen das Lenkrad. »Danke. Das hilft mir weiter. Adele war also die Liebe seines Lebens, und doch hat er Amelia geheiratet. Warum?«

»Vielleicht hat er einen Fehler begangen und das einzig Richtige getan?«

»Mag sein, aber wie passt das zusammen? Ein Mädchen zu schwängern und jeden Abend auf Knien den Rosenkranz zu beten?« Sie sah Grandie so deutlich vor sich neben dem Bett, den Kopf geneigt, als stünde sie direkt neben ihm.

»Trotzdem – vielleicht hat er genau das getan.«

Lara schüttelte den Kopf. »Ganz bestimmt nicht.«

»Halt mich auf dem Laufenden. Hab dich lieb, Zwerg. Ich muss jetzt ins Büro.«

»So früh?«

»Großer Fall«, erwiderte er. »Bye!«

»Ich hab dich auch lieb.« Die Kühe hatten ihr Auto entdeckt und kamen nun aufs Gatter zu. Sie ging im Kopf noch einmal sämtliche Fakten durch, die sie kannte, und schloss die Augen. Entging ihnen etwas? Sie riss die Augen wieder auf. Selbstverständlich! Das »A« in den Briefen stand nicht für Amelia, sondern für Adele! Von ihr waren die leidenschaftlichen Liebesbriefe, die sie in der Metallkiste unter Grandies Bett gefunden hatte.

Lara ließ den Motor an und setzte ihren Weg nach Windward fort, wobei sie sich fragte, ob Elle Rowse Amelias Cousine war oder womöglich ihre Schwester. Laras Ähnlichkeit mit der jungen Elle war zu auffällig, um als Zufall durchzugehen.

Vorsichtig bog sie in die Auffahrt ein, damit der Weizensauerteig, den sie in einem Korb auf dem Rücksitz verstaut hatte, nicht überquoll. Sie freute sich auf den Tag, den sie mit Brotbacken verbringen würde. Jetzt, da Elle etwas mehr aß, war es gut, die Speisen zu variieren, außerdem genoss Lara die Zeit, die sie mit Jack in der Küche verbrachte. Sie hatte vergessen, wie viel Freude es machte, allein zum Vergnügen zu kochen. Sie stellte ihren Wagen neben seinem Allradfahrzeug ab und stieg aus. Es hatte aufgehört zu regnen, und es war herrlich, die klare Luft einzuatmen. Das Meer in der Ferne war ruhig und grau, eine Nuance heller als der Himmel. Bald würde es wieder Regen geben, da war sie sich ganz sicher.

Sie nahm den Sauerteig vom Rücksitz und ging um die zahlreichen Pfützen herum zur Küche. Die Seitentür stand weit offen, doch niemand war zu sehen. Sie stellte den Sauerteig ab und fragte sich, ob sie rufen oder einfach mit den Vorbereitungen loslegen sollte.

»Hallo?«, entschied sie sich für Ersteres und trat auf den Flur hinaus, um einen Blick ins Frühstückszimmer zu werfen. Leer. Im Ess- und Wohnzimmer war auch niemand. Auf Zehenspitzen ging sie weiter durchs Haus und fühlte sich wie ein Eindringling. Die Fotos, an denen sie vorbeikam, zeigten Jack und Peta und einen Mann, wahrscheinlich den Vater der beiden.

Im Wohnzimmer entdeckte sie eine Aufnahme von Elle und einem hochgewachsenen, gutaussehenden Mann. Darauf trug sie einen Hut und hielt ein Bouquet in den Händen, weshalb Lara vermutete, dass es sich um ein Hochzeitsfoto handelte. Elle musste ungefähr vierzig sein, und der Stil ihres Kleids legte nahe, dass sie in den 1960ern geheiratet hatte.

Plötzlich hörte sie im ersten Stock ein dumpfes Geräusch, gefolgt von einem Aufschrei. Lara stürmte zur Treppe. »Hallo?« Diesmal rief sie so laut, dass man sie nicht überhören konnte. »Mrs Rowse? Jack?«

Keine Antwort. Sie rannte die Stufen hinauf, blieb stehen und sah sich um. Der Lärm musste von der Vorderseite des Hauses über dem Wohnzimmer gekommen sein. Tatsächlich, dort stand eine Tür einen Spalt breit auf – und dahinter konnte sie Elle auf dem Fußboden liegen sehen, einen Stapel Briefe in den Händen.

Lara stürzte hinein und ging neben der alten Dame auf die Knie. Elles Atmung ging angestrengt, aber ihre Augen waren offen – und auf Lara geheftet.

»Ich kenne dich.«

»Ja, das tun Sie. Ich bin Lara.« Sie suchte nach Anzeichen für eine Verletzung, konnte aber keine entdecken. »Sind Sie verletzt?«

»Ich kenne dich.«

Lara lächelte und versuchte, Elles Zustand einzuschätzen. Ihre Pupillen reagierten langsam, aber sie reagierten. Ihre Hände hielten immer noch den Stapel Briefumschläge umklammert. Lara fasste ihr Handgelenk und tastete nach ihrem Puls. Elles Haut war weiß und papieren.

»Warum bist du hier?« Die Worte der alten Dame klangen schleppend und leicht verschliffen.

»Ich bin hier, um zu kochen.« Lara fragte sich, ob sie womöglich einen Schlaganfall erlitten hatte. Auf dem Nachttisch stand ein Telefon, und Lara stand eilig auf und wählte den Notruf. Nachdem man ihr versichert hatte, dass ein Krankenwagen unterwegs sei, hockte sie sich wieder neben Elle.

»Warum bist du hier?«, wiederholte Elle. Ihre Augen bohrten sich in Laras, doch die wusste, dass die alte Frau etwas anderes sah. »Wir haben das Falsche getan, musst du wissen.«

»Das Falsche getan? Inwiefern?«

»Damals schien es uns das einzig Richtige zu sein.«

Lara hoffte, dass der Krankenwagen möglichst schnell eintraf. Sie legte ihre Hände um Elles, die immer noch die Umschläge umklammert hielten. Ihre Finger, lang und schlank wie Laras eigene, waren so kalt, vor allem der leicht gekrümmte kleine Finger.

»Warum bist du hier?« Elle musterte Lara.

»Ich bin hier, um etwas über meine Urgroßmutter Amelia herauszufinden.«

Elle schnappte nach Luft und schloss die Augen. Lara sah zu, wie sich ihre Brust hob und senkte. Es erinnerte sie an ihre letzte Zeit mit Grandie.

»Amelia.« Elles Stimme klang sehr schwach.

»Ja. Sie hat meinen Urgroßvater geheiratet, Robert Webster.«

Lara konnte eine Uhr ticken hören. Draußen begann es wieder zu regnen, ein paar Tropfen prasselten gegen die Scheibe. Wo zum Teufel war Jack? Sein Wagen stand vor dem Haus. Sie hatten vor gut zwanzig Minuten mit dem Kochen beginnen wollen. Noch einmal tastete sie nach Elles Puls. Wie lange würde es dauern, bis Hilfe eintraf?

»Ist er tot?«

Beinahe wäre Lara aus der Haut gefahren vor Schreck über diese unerwartete Frage. Elle hatte die Augen wieder geöffnet und sah sie konzentriert an.

»Ja«, sagte sie. »Er starb im August, vor etwas über einem Monat.« Bei dem Gedanken an Grandie schnürte sich Laras Herz zusammen. Damals war ihr sein Leben ganz einfach erschienen: Er war alleinerziehender Vater gewesen und hatte den Großteil seines Lebens um seine verstorbene Frau getrauert. Jetzt war es mehr als wahrscheinlich, dass er noch sehr viel länger um seine große Liebe getrauert hatte.

Elle heftete die Augen auf einen Punkt hinter Lara. »Hat er dich geschickt?«

»Nein.«

»Amelia.« Sie murmelte den Namen so leise, dass Lara sich nicht sicher war, ob er für ihre Ohren bestimmt war.

»Ja, Amelia war meine Urgroßmutter.« Lara strich eine Haarsträhne aus Elles Gesicht.

»Du siehst genauso aus wie sie.«

»Was zum Teufel ist passiert?« Jack kam ins Zimmer gestürmt, gefolgt von zwei Sanitätern. Lara erhob sich, trat beiseite und beantwortete die Fragen, die die beiden ihr stellten, dann verließen Jack und sie das Zimmer und gingen hinunter, um die Sanitäter ihre Arbeit machen zu lassen.

Jack blieb eine Ewigkeit im Wintergarten stehen und starrte schweigend hinaus in den Regen. Auch Lara verlor jegliches Zeitgefühl, wenn sie an die Frau im ersten Stock dachte. Wer war Elle? Ihre Worte »Du siehst genauso aus wie sie« wollten ihr nicht aus dem Kopf. Es war offensichtlich, dass Elle und sie verwandt waren, blieb nur die Frage, wie.

Kapitel siebenunddreißig

Hotel Ritz, London
9. Mai 1945

Noch immer lächelten alle, denen ich begegnete, wenngleich sie erschöpft aussahen. Meinen Koffer in der Hand, stieg ich aus dem Bus der Linie 9 aus und machte mich auf den Weg zum Ritz. Überall fanden sich Spuren des nächtlichen Freudenfests. Ich richtete meinen Hut und strich meine Jacke glatt. Meine Uniform war nicht gerade die beste Kleiderwahl, doch alles andere erschien mir auch nicht passender. Mein Vater würde ebenfalls in Uniform sein. Ich wollte ihn nicht sehen, aber ich hatte keine Wahl. Nein, das stimmte nicht ganz – ein Teil von mir *wollte* ihn sehen. In mir tobten so viele ganz unterschiedliche Gefühle. Ich stieg über Papierschnipsel und zerbrochenes Glas. Gestern Abend war mir das umherfliegende Papier lustig vorgekommen, ein Ausdruck der Freude, doch als ich nun einen alten Mann sah, der es zusammenkehrte, war es nicht mehr als Arbeit.

Ich legte den Weg durch die Lobby zum Restaurant beinahe im Laufschritt zurück. Mein Vater stand auf, als ich an seinen Tisch trat. »Ich war mir nicht sicher, ob du tatsächlich kommst.«

»Ich mir auch nicht.« Ich nahm Platz und musterte meinen Vater. Er sah gut aus, sehr gut sogar. Seine grünen Augen wirkten lebhaft, intelligent, wenngleich ziemlich erschöpft. Er musste gewusst haben, dass wir irgendwann von seinem Verhältnis mit meiner Tante erfahren würden, wenn er sich nicht von ihr trennte. Doch vielleicht hatte er genau das beabsichtigt. So musste er nicht selbst die Neuigkeiten überbringen – das konnte er mir überlassen, da ich es war, die ihn ertappt hatte.

»Delly«, begann er, und ich zuckte zusammen. »Es tut mir leid … dass du es herausfinden musstest.«

Ich blinzelte. *Herausfinden?* Er entschuldigte sich dafür, dass ich von seiner Affäre erfahren hatte, nicht dafür, dass er uns allen einen schweren Schlag versetzte? »Mir tut es leid, dass du dachtest, du könntest einfach so weitermachen und ich würde es nicht herausfinden.«

»Wir waren äußerst diskret.« Das Wort *diskret* rief in mir Bilder von dunklen Gassen und zwielichtigen Absteigen hervor, die mir gar nicht behagten. »Keiner denkt sich etwas dabei, wenn er uns zusammen beim Diner sieht.«

Ich schüttelte den Kopf und versuchte zu begreifen, worauf mein Vater hinauswollte. »Letzte Nacht war also eine Ausnahme?«

»Ganz genau. Dem Freudentaumel des VE-Day geschuldet. Außerdem spricht man nicht über das, was man im 400 Club mitbekommt.«

»Das stimmt nicht. Ich habe gehört, wie du dich über die Eskapaden gewisser Leute ausgelassen hast.«

»Richtig, aber für mich interessiert sich dort keiner.«

»Für dich vielleicht nicht, für Tante Margaret dagegen schon.«

Er schaute in seinen Whisky. Ich nahm an, dass er bereits einige Gläser getrunken hatte, während er auf mich wartete, und wenn ich genauer hinschaute, konnte ich die Zeichen des Alkohols erkennen: Sein Gesicht war gerötet, ein feiner Schweißfilm glänzte über seinen Augenbrauen. »Margaret ist einfach anders.«

»Was hast du dir dabei gedacht?« Ich drehte mein Wasserglas auf dem Tisch. Ein Kellner erschien, doch ich bedeutete ihm, sich zurückzuziehen. Essen war das Letzte, was ich jetzt wollte.

»Ich habe mir …«

»… gar nichts gedacht? Was ist mit Mutter, Amelia und mir? Sind wir dir denn völlig gleichgültig?«

»Nein, selbstverständlich nicht.«

»Es wäre vielleicht nicht ganz so schlimm, wenn es jemand anders wäre, aber ausgerechnet *Margaret*?«

Er sah mir in die Augen, dann wieder auf seine Hände. Einst hatte ich sie für tüchtig, stark und kompetent gehalten, jetzt waren sie für mich die Hände eines Mannes, der nur an sich selbst dachte. Margaret hätte jeden haben können, freie, ungebundene Männer. Vater hatte nicht einen Gedanken an Mutter verschwendet.

Ich stand auf. »Es tut mir leid, aber ich kann das nicht einfach so hinnehmen.«

Er erhob sich ebenfalls und streckte die Hand nach mir aus. »Mach keine Szene.«

Ich starrte ihn fassungslos an. Ich sollte *keine Szene* machen? »Keine Sorge«, flüsterte ich. »Das kriegst du sehr gut allein hin.«

»Sag deiner Mutter nichts und auch nicht Amelia.« Er schüttelte den Kopf. »Ich weiß, dass ihr zwei ohne Worte kommuniziert, aber bitte sag nichts.«

»Wie bitte? Erträgst du es nicht, von dem Sockel zu stürzen, auf den sie dich gestellt hat?« Ich lachte leise. »Daran hättest du denken sollen, bevor du mit meiner Tante ins Bett gestiegen bist, Vater.«

Ich sah ihn ein letztes Mal an und ging davon. Als ich das Restaurant verließ, hörte ich ein leises, wehleidiges »Bitte!« hinter mir, aber ich drehte mich nicht um.

Windward, Mawnan Smith, Falmouth, Cornwall
23. September 2015

»Ich bin so froh, dass du da warst – ich darf doch ›du‹ sagen, oder?«

Lara nickte. Jack strich sich verlegen das Haar im Nacken glatt und ließ die Hand dort liegen, sodass sein Hemd nach oben rutschte und ein breites Stück seines straffen, muskulösen Bauchs freigab. Lara versuchte, nicht dorthin zu starren. »Ich war bei Martha, unserer Nachbarin, um ihr bei einem Problem mit dem Auto zu helfen, was länger gedauert hat, als ich dachte.«

»Mach dir deswegen keine Gedanken. Du hättest den Schlaganfall nicht verhindern können, wenn es denn tatsächlich einer war, und im Augenblick geht es ihr den Umständen entsprechend gut.«

»Ich glaube nicht, dass sie noch lange durchhält.« Er ließ die Hand sinken. »Die Lungenentzündung hat ihren Allgemeinzustand drastisch verschlechtert.«

Lara nickte. Der Arzt war bei Elle. Er hatte dringend geraten, Jacks Großmutter ins Krankenhaus einliefern zu lassen, wenngleich er davon ausging, dass sie lediglich einen sehr leichten Schlaganfall erlitten hatte. Elle hatte sich aber geweigert und dem Arzt hoch und heilig versprochen, sie würde sich schonen.

»Was hat das alles zu bedeuten?« Jack steckte seine Hand in die Hosentasche.

»Sie ist alt und erschöpft.« Lara machte ein paar Schritte auf ihn zu. »Es ist schwer, ich weiß.« Sie biss sich auf die Lippe und dachte an Grandie. »Aber vielleicht ist es für sie ein Segen.«

Seine Augen füllten sich mit Tränen.

»Jack, ich weiß aus eigener Erfahrung, wie schwer es ist loszulassen«, sagte sie.

Er nickte, und sie streckte die Hand aus und griff nach seiner. Er nahm sie und hielt sie fest.

Chelsea, London
9. Mai 1945

Ich hatte versucht, Bobby anzurufen, aber es ging niemand ans Telefon. Also schrieb ich ihm eine Nachricht und machte mich auf den Weg zu seinem Apartment, um sie dort abzugeben. Es war nicht weit weg von der Wohnung von Angus' Mutter, Mrs Lambert, die in Cadogan

Gardens lebte. Ich hatte sie am Morgen angerufen und sie ohne jede Erklärung gefragt, ob sie mir einen Schlafplatz zur Verfügung stellen könne. Ich nahm an, dass Angus mit ihr gesprochen hatte, denn sie sagte ohne Umschweife ja und war sehr zuvorkommend.

Als ich an die Tür von Bobbys Apartment klopfte, wurde mir von einem derangiert aussehenden Offizier geöffnet, den ich nicht kannte. »Entschuldigen Sie bitte die Störung – ich möchte zu Captain Robert Webster.«

Er musterte mich mit einem merkwürdigen Blick. »Der ist weg, heute Morgen abgereist.«

Ich schaute auf das Briefchen in meiner Hand. Der Captain starrte mich an, als hätte er mich schon einmal gesehen, obwohl ich mir sicher war, ihm nie zuvor begegnet zu sein. »Darf ich ihm eine Nachricht hinterlassen?«

»Sicher, aber er wird für eine Weile fort sein. Wenn der Brief wichtig ist, sollten Sie ihn am besten nachsenden. Ich kann Ihnen die Adresse geben.«

Ich runzelte die Stirn. »Die habe ich bereits.«

»Ich hoffe, Sie hatten eine angenehme Nacht.« Er grinste.

»Danke, das hatte ich. Es war eine wundervolle Feier.«

»In der Tat.« Er warf mir einen anzüglichen Blick zu.

Schaudernd wandte ich mich ab und verließ das Haus. Draußen auf dem Gehsteig steckte ich den Brief an Bobby in meine Tasche, machte mich auf den Weg zu Angus' Mutter und dachte über die seltsame Bemerkung des fremden Offiziers nach.

Plötzlich sah ich Tante Margarets langjährige Freundin Lady Hall vor mir auf dem Gehweg, der ich im Augenblick gar nicht über den Weg laufen wollte. Eilig bog ich nach rechts ab und hastete die Moore Street entlang. Zum Glück war ich meiner Tante nicht begegnet, als ich ihr Haus verließ, um mich mit Vater zu treffen. Es gab zwischen uns nichts mehr zu reden. Zweifelsohne würde sie von Vater erfahren, wie ich mich fühlte.

Wie sollte ich Amelia verschweigen, was ich wusste? Wie konnte er das von mir verlangen?

Andererseits hatte ich ihr auch kaum etwas über Bobby erzählt, ich hatte ihr also schon vorher Dinge vorenthalten. Allerdings hatte sie mit Bobby nichts zu tun, bei Vater und Tante Margaret dagegen war das etwas ganz anderes, und die Affäre würde alles ändern. Amelia und ich würden uns um Mutter kümmern müssen – genauer gesagt Amelia, denn wenn alles nach Plan lief, wäre ich bald als Mrs Robert Webster auf dem Weg in die Vereinigten Staaten.

Es war zu schade, dass ich Bobby letzte Nacht verpasst hatte, dennoch war ich froh, dass er Vaters Betrug nicht mitbekommen hatte. Angus hatte hervorragend reagiert, und von den anderen aus unserer Gruppe hatte niemand etwas bemerkt. Wir hatten den 400 Club verlassen und waren letztendlich im Embassy Club gelandet. Die Worte des beliebten Chart-Stürmers »Don't Sit Under the Apple Tree (with Anyone Else but Me)« gingen mir durch den Kopf. Es war nicht mehr weit bis zur Wohnung der Lamberts. Ich dachte an das wunderschöne Maiwochenende mit Bobby in Cornwall, an dem wir unter den in letzter Blüte stehenden Apfelbäumen gesessen und er für mich gesungen hatte. Meine Sehnsucht nach ihm war nun, da wir wussten, dass es eine Zukunft für uns gab, noch größer – vorausgesetzt, das war überhaupt möglich.

Auf der untersten Stufe zu Mrs Lamberts Wohnung verspürte ich plötzlich einen Stich und blieb stehen. Amelia. Was war mit ihrer Zukunft? Sie musste schrecklichen Kummer haben. Ich sah mich um, spürte, dass sie ganz in meiner Nähe war, aber außer mir war niemand auf der Straße. Wo war sie? Ich schauderte und konzentrierte mich darauf, sie bei mir zu behalten, wenngleich ich spürte, dass sie mich wegstieß. Die Tür wurde geöffnet, Mrs Lambert stand mit einem strahlenden Lächeln auf der Schwelle. »Adele! Komm doch bitte herein«, begrüßte sie mich. »Wir wollen gerade Tee trinken, und dann muss Angus auch schon zurück zu seiner Einheit.«

Windward, Mawnan Smith, Falmouth, Cornwall
23. September 2015

Meine Schwester war tot.

Sie musste tot sein. Auch Bobby war bereits verstorben, und jetzt war Lara hier, um mehr über Amelia zu erfahren. Die Briefe, die meine Schwester mir geschrieben hatte, lagen auf dem Sekretär, doch ich hatte keine Kraft, mich zu regen. Die Lungenentzündung hatte mich geschwächt. Von unten zog der Duft nach Butter, Zwiebeln und Knoblauch zu mir herauf. Ich stellte mir Jack und Lara in der Küche vor und lächelte. Peta hatte recht – Jack brauchte Lara. Er fing an, Vertrauen zu fassen und sie in sein Leben zu lassen – meinetwegen. Was bedeuteten meine Geheimnisse, wenn sie ihm helfen konnte, wieder zu leben? Gar nichts.

Meine Schwester war tot, Bobby war tot. Und ich würde mich bald zu ihnen gesellen.

Das Bedürfnis, etwas über das Leben meiner Schwester zu erfahren, war erwacht. Natürlich war es immer schon da gewesen, aber ich hatte es vor so vielen Jahren gewaltsam betäubt. Nun jedoch hatte es sich zu einer offenen Wunde ausgewachsen, die ich nicht länger ignorieren konnte. Ich versuchte, die Beine zu bewegen, aber sie verlagerten sich nur um wenige Zentimeter. Was würden mir jene Briefe erzählen? Wovor hatte ich jetzt noch Angst?

»He, Gran.« Peta kam zur Tür herein.

»Peta.«

Sie marschierte schnurstracks zum Sekretär und nahm die Briefe. »Die hier möchtest du haben, oder?«

Ich nickte, und sie setzte sich zu mir auf die Bettkante. »Hier, bitte sehr.« Sie drehte die an mich adressierten Umschläge um. »Die hat dir eine A. Webster aus Falmouth, Massachusetts, geschickt«, stellte sie fest. »Warum hast du sie nie geöffnet?«

»Das ist ganz einfach«, antwortete ich. »Ich wollte nicht wissen, was darin steht.«

Sie lachte. »Aber du hast sie auch nicht weggeworfen.«

»Doch, das habe ich – allerdings hat meine Mutter, die damals nicht mal mehr wusste, welchen Wochentag wir hatten, sie aus dem Müll gefischt und in meinem alten Koffer aufbewahrt.«

»Demenz?«

»Da bin ich mir gar nicht mal sicher.« Ich hustete, und

sie reichte mir ein Glas Wasser. »Ich glaube eher, ein Nervenzusammenbruch, als mein Vater bei meiner Tante, ihrer Schwägerin, einzog.«

»Autsch.«

»Ja, das kannst du laut sagen. Am Anfang waren sie noch diskret, aber das hielt nicht lange an.«

»Scheidung?«

Ich schüttelte den Kopf. »Auf lange Sicht wäre das bestimmt besser gewesen, aber Großmutter duldete das nicht.«

»Und warum nicht?«

»Sie verlangte von meiner Mutter, dass sie sich blind stellte und dankbar für das war, was sie hatte. Als geschiedene Frau hätte sie schlechter dagestanden. Dass ihr Mann eine Geliebte hatte, trug ihr Mitleid ein, doch es stempelte sie nicht zur sozialen Außenseiterin.«

»Seltsame Zeiten.«

»Ausgesprochen seltsam. Der Krieg stellte unsere Welt auf den Kopf.« Ich betrachtete die Briefe meiner Schwester. A. Webster. Sie hatte nicht Mrs R. Webster geschrieben. »Die Menschen taten Dinge, die sie vor dem Krieg nicht für möglich gehalten hätten.«

»Das kann ich mir vorstellen.«

»Nein, Peta, selbst du hast keine Ahnung.« *A. Webster.* Was würden mir die Briefe erzählen? Wie wundervoll Amelias Leben mit Bobby war? Wie niedlich das Baby?

»Sei tapfer, Gran. Wir lieben dich.«

Ich versuchte, ihre Hand zu drücken, aber ich war zu schwach.

»Du musst dich ausruhen.« Peta nahm meine Hand

und küsste sie. »Ach übrigens: Gerade eben habe ich Jack als Souschef unten in der Küche gesehen, wie er ohne Rezept kochte.« Sie grinste. »Ich konnte kaum meinen Augen trauen. Lara lässt ihn die Zutaten probieren und will, dass er allein nach Geschmack entscheidet.«

»Wunderbar.« Ich lächelte. Es bestand also noch Hoffnung für ihn.

»Ja, das finde ich auch. Und jetzt schlaf ein bisschen, damit du wieder zu Kräften kommst.«

Ich nickte.

»Alles wird gut.«

Ich schüttelte den Kopf.

»Vertrau mir.«

Ich wusste, dass ich ohnehin keine Wahl hatte. Die Ereignisse nahmen ihren eigenen Verlauf, genau wie sie es vor siebzig Jahren getan hatten. Doch wenn ich starb, würden diese Briefe die ganze Geschichte erzählen?

Kapitel achtunddreißig

10. Mai 1945

Ich saß im Zug und schaute aus dem Fenster auf die Landschaft von Dorset, die an mir vorbeizog, ein leeres Blatt Papier vor mir. Ich hatte Bobby so viel zu erzählen, aber ich wusste nicht, wo ich anfangen sollte.

Endlich schrieb ich:

Mein Herzallerliebster,

ich kann nicht glauben, dass ich dich am VE-Day verpasst habe. Ich weiß, dass ich dir das schon in meiner kurzen Nachricht geschrieben habe. Ich hoffe, du hast ohne mich feiern können? Was hast du Schönes gemacht?

Ich stellte mir vor, wie er in den überfüllten Straßen tanzte und feierte. Mein Herz setzte einen Schlag aus. Er würde doch keine andere geküsst haben, zumindest nicht ernsthaft? Ich dachte an all die Männer, die mich an jenem Tag geküsst hatten, und fing an zu lachen – doch dann musste ich plötzlich an Vater denken. Alles in mir zog sich zusammen. Ich konnte ihm nicht von Vater und Tante Margaret schreiben, und doch verspürte ich das dringende Bedürfnis, mich jemandem anzuvertrauen.

Es war mir nicht wohl dabei, zu Hause anzurufen. Es wäre da, in Mutters Stimme – das Wissen um das, was passiert war. Es half mir nicht zu wissen, warum sie deprimiert war. Bevor ich den wahren Grund kannte, hatte ich gedacht, es sei wegen Vaters Abwesenheit. Natürlich war nach wie vor der Krieg daran schuld, denn er kostete die Schwächen der Menschen aus. Nichtsdestotrotz entwickelten viele von ihnen eine Stärke, von der sie bis dahin nicht einmal geahnt hatten, dass sie in ihnen steckte. Ich hätte mir nicht träumen lassen, dass Vater jemals an den Stränden der Normandie landen würde, ganz zu schweigen von dem, was er dort zu sehen bekommen hatte. Seine nächtlichen Schreie überraschten mich nicht; ich war nur verblüfft, von wem ich von diesen Schreien erfuhr. Es hätte Mutter sein sollen, die Vater tröstete.

Ich habe dich verpasst. Irgendwann hatte ich mich bis zum Savoy durchgekämpft, kam aber erst Stunden nach dem ausgemachten Zeitpunkt dort an. Zum Glück habe ich einen alten Freund, Angus Lambert, getroffen, der mit ein paar von seinen Pilotenfreunden unterwegs war. Es war ein netter Abend, aber nicht wirklich lustig ohne dich.

Die Landschaft draußen vor dem Fenster strotzte förmlich vor Lebendigkeit, als würde das Land selbst frohlocken, und ein Teil von mir tat das auch. Der Krieg war vorüber. Es gab eine Zukunft, die nicht nur düster und öde war. Doch dann fiel mir Amelia ein.

Ich habe mich so danach gesehnt, in deinen Armen zu liegen und deine Lippen auf meinen zu spüren. Ich weiß, dass wir auf diesen Augenblick gewartet haben. Jetzt können wir unsere Zukunft tatsächlich planen. Gestern Nacht habe ich geträumt, dass wir endlich miteinander geschlafen haben, weil wir wussten, dass die Zukunft uns gehört. Ich weiß, dass es falsch gewesen wäre, weil du möchtest, dass wir uns diesen letzten Schritt bis nach der Hochzeit aufheben, aber gleichzeitig wäre es auch so richtig gewesen. Auf dem Weg zu meiner Tante Margaret

Mitten im Satz ließ ich den Stift sinken und blinzelte, als ich daran dachte, wie ich zu Margarets Haus gegangen war und das, was ich gesehen hatte, zu verdauen versuchte. An meine Furcht, sie könne schon dort sein, wenn ich dort eintraf.

sah ich Liebespaare, die einander in den Armen lagen, und ich sehnte mich nach dir. Beinahe hätte ich geschrien vor innerem Verlangen. Ich vermisse dich so sehr, und doch weiß ich, dass ich Geduld haben muss. Noch ist dieser Krieg nicht endgültig vorbei. Ich bete, dass sie dich jetzt nicht nach Fernost schicken.

Ich kann es kaum erwarten, endlich von dir zu hören, und ich hoffe von ganzem Herzen, dass wir bald wieder zusammen sein können. Ich kann hören, wie du mir zuflüsterst, dass ich mich gedulden soll. Ich bin geduldig gewesen, Liebster, und ich werde versuchen, es noch eine Weile zu bleiben.

Küsse, Umarmungen und ganz viel mehr
Xxxx

Als der Zug in den Bahnhof einfuhr, drehte ich den Ring, den er mir geschenkt hatte. Dann faltete ich den Brief zusammen und versiegelte ihn mit einem Kuss.

Windward, Mawnan Smith, Falmouth, Cornwall
23. September 2015

Der Regen hatte nachgelassen, das Brot backte im Ofen. Peta war in Windward eingetroffen und saß oben an Elles Bett, während Jack und Lara einen Spaziergang zu einem Hof in der Nähe machten, um Kartoffeln zu kaufen. Laras Gummistiefel schmatzten auf dem schlammigen Pfad, doch sonst herrschte Stille. Jack schwieg, und sie nahm an, dass er in Gedanken bei seiner Großmutter war. Als er seufzte, drehte sie sich zu ihm und fragte: »Wann hast du eigentlich mit dem Kochen angefangen?«

Überrascht schaute er auf. »Als ich auf der Universität war. Warum fragst du?«

»Ich dachte, hier würde man als Student nur gebackene Bohnen auf Toast essen.«

Er grinste. »Das stimmt, aber das wird ziemlich schnell langweilig. Als Peta mir in meinem ersten Jahr an der Uni zu Weihnachten ein Kochbuch geschenkt hat, hab ich angefangen zu kochen.«

»Und du bist immer strikt nach Rezept vorgegangen?« Sie drehte sich um und ging rückwärts weiter, um ihn ansehen zu können.

»Selbstverständlich.«

»Und was hast du gemacht, wenn dir eine Zutat fehlte?«

»Dann hab ich das Rezept nicht ausprobiert.«

Sie lachte, drehte sich um und ging neben ihm weiter. »Du bist Buchhalter?«

»So ist es.«

»Dann ergibt das alles einen Sinn.«

»Warum hab ich bloß den Eindruck, dass du dich über mich lustig machst?« Ein Grinsen umspielte seine Lippen.

»Auf keinen Fall! So etwas könnte ich gar nicht.«

»Genauso wenig, wie du insgeheim glaubst, ich könnte nicht kochen?«

»Touché, aber nein.«

Sie verließen den Pfad und gingen an der Straße entlang. Blätter trudelten von den Bäumen und landeten in den Pfützen. Lara sprang in eine hinein und spritzte Jack nass. Er ließ sich nicht bitten, und kurz darauf hüpften sie von Pfütze zu Pfütze, bis sie die Abzweigung zum

Hof erreichten. Laras Jeans war schlammbespritzt, und sie lachte, wie sie schon ewig nicht mehr gelacht hatte.

»Du bist doch verrückt!«, schimpfte er schmunzelnd und schaute an sich herunter. Der Matsch reichte bis hinauf an sein Hemd.

»Ja, und es fühlt sich verdammt gut an!«

Er nickte.

Als sie den Verkaufsstand auf dem Hof erreicht hatten, kauften sie Kartoffeln und bewunderten das angebotene Gemüse, dann machten sie sich schnellen Schritts auf den Rückweg nach Windward. Kaum waren sie angekommen, öffnete der Himmel seine Schleusen, und es fing erneut an zu schütten.

HMS Attack, Portland, Dorset
10. Mai 1945

Ich hatte den Eindruck, dass Mary, das neue Mädchen in unserer Kajüte, niemals fertig werden würde mit ihren Schilderungen der VE-Day-Party auf der *HMS Attack*. Es war nicht so, dass ich ihr nicht zuhören wollte, doch ich hielt einen Brief von Bobby in der Hand. Unsere Briefe mussten sich überschnitten haben. Der Umschlag fühlte sich an wie glühende Kohlen, und ich hatte den Eindruck, mir die Finger zu verbrennen, als sie gar nicht mehr aufhörte zu reden. Ein festgefrorenes Lächeln auf dem Gesicht, dachte ich an Bobby. Durfte er mir jetzt sagen, wo er war und wann wir uns wiedersehen würden? Ich bekäme bald Urlaub, und ich wollte nicht heim nach Cornwall. Ich wollte mit ihm wegfahren. Vielleicht könnten wir uns davonstehlen und heiraten? Das wäre doch bestimmt möglich? Ich würde mit dem Pater reden.

»Hast du eigentlich ein Wort von dem mitbekommen, was ich dir erzählt habe?«, fragte Mary.

Ich blinzelte. Flunkern würde nichts bringen. »Nein.«

»Das hab ich mir schon gedacht. Ist das ein Brief von deinem Ami?« Sie schaute auf meine Hand.

Ich nickte.

»Toll«, blaffte sie. »Dann lies ihn. Steht sowie nur sinnloses Liebesgesäusel drin. Er wird dich fallen lassen, das tun diese Amis immer.« Sie stapfte hinaus auf den Korridor und zog die Tür hinter sich zu. Mir war zu Ohren gekommen, warum sie so dachte, aber Bobby war anders. Er war ein Mann, der unsere Leidenschaft in Schach und unsere Zukunft im Blick hielt. Er wollte alles richtig machen, hatte Prinzipien – anders als Vater.

Ich drehte den Umschlag um und steckte den Fingernagel unter die Lasche, dann hob ich ihn an meine Nase und schnupperte. Duftete er nach ihm? Leider nahm ich nichts anderes wahr als den trockenen Geruch des Papiers.

Mein geliebter Engel,

ich weiß nicht, wo ich anfangen soll, denn ich habe keine Ahnung, ob du mir jemals verzeihen wirst. Du bist geflohen, bevor ich wach war, bevor ich mich entschuldigen, bevor ich etwas sagen konnte.

Ich ließ den Brief sinken. Das ergab keinen Sinn. Wovon redete er?

Furcht beschlich mich, und es dauerte einen Moment, bis ich weiterlesen konnte.

Ich habe einen Fehler begangen, den fürchterlichen Fehler, mit dir zu schlafen, als wir beide betrunken waren. Das war nicht das, was ich mir für uns gewünscht hatte. Ich kann mir nicht verzeihen und verstehe, wenn du mir nicht verzeihen kannst, dass ich dich so behandelt habe. Ich wollte voll und ganz da sein, wenn ich dich zum ersten Mal auf diese Weise berührte, nicht benebelt von Whisky und Bier. Ich kann mir nur ansatzweise vorstellen, wie du dich nun fühlst.

Ich verstehe, warum du am Morgen nicht neben mir aufwachen wolltest, auch wenn ich wünschte, du wärest geblieben. Denn dann hätte ich versuchen können, es wiedergutzumachen. Ich möchte es wiedergutmachen. Wir können das schaffen, das weiß ich. Ich liebe dich so sehr, und ich glaube trotz allem, was passiert ist, dass wir füreinander bestimmt sind.

Mehr als alles andere wünsche ich mir, dass ich nicht die Fehler wiederhole, die mein Vater begangen hat, und dennoch habe ich genau das getan. Du ahnst nicht, wie unglücklich ich darüber bin. Wie unermesslich leid mir das tut.

Meine Finger zitterten, als ich den Brief sinken ließ. Er hatte am Tag der Befreiung mit einer anderen geschlafen und bat mich dafür um Vergebung. Ich presste die Hände aufs Herz und starrte auf die verstreuten Seiten auf der Bettdecke. Könnte ich es ertragen, auch noch den Rest zu lesen?

Du hast so schön ausgesehen in deinem grünen Kleid, und ich habe alles verdorben. Ich wünschte, ich könnte die Zeit zurückdrehen zu jenem Augenblick, in dem ich dich am Trafalgar Square entdeckt habe, wünschte, ich hätte mich richtig verhalten. Ich bin nicht stolz auf das, was passiert ist, und ich bitte dich, mir zu verzeihen.

Ich möchte, dass du meine Frau wirst. Ich muss dich sehen, aber ich weiß nicht, wann ich das nächste Mal nach London fahren kann. Bitte sag, dass es dir gutgeht und dass du mich zumindest sehen willst.

Ich liebe dich mehr als das Leben.

Für immer der Deine
Bxxxx

Ich rannte zur Toilette und schaffte es gerade noch rechtzeitig, bevor ich anfing zu würgen. Mein Magen versuchte, sich zu erleichtern, aber nichts kam außer etwas Galle.

Bobby dachte, er hätte mit mir geschlafen.

Amelia.

Flut

Verlorn, als ich gerettet war!
Schon ging die Welt vorbei!
Gewappnet war ich für das Treffen mit der
Ewigkeit,
Als Atem wiederkam,
Und auf der andern Seit
Ich weichen hörte die enttäuschte Flut!

Als Heimgekehrter, fühl ich mich,
Der von obskuren Grenzen spricht!

Emily Dickinson

Zeit und Gezeiten warten auf niemanden.

Chaucer, *The Clerk's Tale*

Kapitel neununddreißig

Cornwall
14. August 1945

Es war der Tag vor dem VJ-Day, dem Tag des Siegs über Japan, und der Zug war voller fröhlicher Menschen. Ich hatte diese Reise vor mir hergeschoben, aber nun hatte ich Urlaub und war deshalb doch gefahren. Ich wusste nicht, wo Bobby sich aufhielt. Der heutige Tag erinnerte mich in vielerlei Hinsicht an den Tag der Befreiung, also konzentrierte ich mich auf die Landschaft und versuchte zu vergessen. Draußen vor dem Zugfenster bemerkte ich verschiedenste Anzeichen, dass sich das Leben wieder normalisierte. Die Felder standen voll mit reifendem Weizen. Es war August, und es sah aus, als würden wir einen frühen Herbst bekommen.

Meine Finger umklammerten die Handtasche auf meinem Schoß. Darin war ein Brief von Bobby. Ich hatte ihn nicht geöffnet. Zwischen diesem und dem letzten klaffte eine große Lücke. Ich hatte den anderen wieder und wieder gelesen, bis das Papier förmlich auseinanderfiel. Seine Worte hatten sich in mein Gehirn eingeprägt, Worte, denen ich entnehmen konnte, was sich vor drei Monaten zugetragen hatte. Es war nicht seine Schuld. Es war meine. Er hatte nicht gewusst, dass meine Schwester mein eineiiger Zwilling war, das hatte ich ihm nie erzählt. Er konnte unmöglich wissen, dass er mich in betrunkenem Zustand mit meiner Schwester verwechselt und mit ihr geschlafen hatte, aber ich wusste es.

Ich hatte keine Ahnung, ob Amelia in Cornwall sein würde. Ich hatte sie aus meinem Kopf verbannt, und ich verschloss mich ihrem Schmerz. Bis zum VE-Day war sie Bobby zwar niemals begegnet, aber sie hätte wissen müssen, dass er es war. Welcher andere amerikanische Captain hätte sie »Adele« rufen und sie mit mir verwechseln sollen? Sie hatte genau gewusst, was sie tat. Sie hätte Kontakt zu mir aufnehmen können, aber sie hatte weder geschrieben noch angerufen.

Als wir Plymouth erreichten, fand ich mich einer in Trümmern liegenden Stadt gegenüber, die Narben des Krieges waren deutlich zu sehen. Die sommerliche Landschaft war herrlich, doch rings um den Bahnhof standen überall zerstörte Gebäude, von denen zum Teil nur noch die Grundmauern übrig waren. Als der Zug in den Bahnhof einfuhr, formte das Klackern der Räder und Bremsen ein Wort in meinem Kopf: -··· · - ·-· ··- --·, *Betrug*.

Ich schloss die Augen. Amelia musste wissen, was sie getan hatte, alles andere war ausgeschlossen.

Der Zug kam ruckelnd zum Stehen. Ich öffnete die Augen und stellte erstaunt fest, dass die Brunel Bridge, die über den Tamar führte, intakt geblieben war. Bei jedem Halt beobachtete ich, wie sich die Menschen auf den Bahnsteigen vor Freude über das Wiedersehen in die Arme fielen. Mutter wusste, dass ich nach Hause kam, aber ich rechnete nicht damit, dass mich jemand abholte. Ich hatte vor, Mutter während meines Aufenthalts in Windward aus dem Weg zu gehen, aber ich würde versuchen, mit Großmutter zu reden. Sie war ein schwieriger Mensch, aber sie war geradeheraus. Vielleicht könnte ich mit ihr über meine Zukunft sprechen. Mit Amelia konnte ich auf keinen Fall reden.

Ich zog Bobbys Brief aus der Tasche und öffnete ihn endlich.

Meine Liebste,

ich weiß nicht, was ich sagen soll. Ich habe gerade deinen Brief erhalten und bin völlig verwirrt. Wenn es nicht du warst, wer hat dann reagiert, als ich deinen Namen rief, wer hat genauso geredet wie du und dein grünes Kleid getragen? Deinem Brief entnehme ich, dass du es ganz offensichtlich nicht warst.

Das Einzige, was mir aufgefallen ist, war, dass diese andere Frau nicht nach Maiglöckchen, sondern nach etwas Exotischerem geduftet hat. Ich hätte es wissen müssen. Bitte sag mir, was ich getan habe.

Bxxx

Ich holte tief Luft und schaute hinaus aufs Moor mit seiner rauen Schönheit. Der Himmel war voller schwerer Regenwolken, doch wie ich hielt er seine Tränen zurück. Sie würden ohnehin nicht helfen, und ich war mir nicht sicher, ob es überhaupt etwas gab, was in einer Situation wie dieser helfen könnte. Wenn Bobby sich selbst verzeihen könnte, hätten wir vielleicht eine Chance, nach vorn zu blicken. Ich liebte ihn. In meinen Augen hatte er nichts Falsches getan, meine Schwester dagegen sehr wohl. Wir würden nach Amerika gehen, und ich würde sie nie wiedersehen müssen.

Als sich der Zug wieder in Bewegung setzte, nahm ich Stift und Papier heraus und fing an, einen Brief an Bobby zu schreiben.

Mein Herzallerliebster,

ich glaube, ich weiß, was passiert ist, und das ist meine Schuld. Ich habe noch nicht mit ihr gesprochen, aber ich kenne die Wahrheit. Am Trafalgar Square bist du meiner Zwillingsschwester Amelia begegnet. Sie hat mein Kleid getragen.

Ich schloss die Augen. Ob sie mein Kleid wohl noch hatte? Nicht dass ich es wiederhaben wollte.

»Schreiben Sie an Ihren Liebsten?«, fragte die alte Frau mir gegenüber mit einem Lächeln.

Ich nickte, doch ich wollte mich nicht auf ein Gespräch

einlassen. Außer beim Umsteigen hatte ich meine Mitreisenden keines Blickes gewürdigt. Im Augenblick waren die Gefechte in meinem Kopf wichtiger als alles andere.

»Ist er noch fort, noch nicht nach Hause zurückgekommen?«

Wieder nickte ich und schaute auf das, was ich geschrieben hatte. Ich wünschte mir so sehr, dass das alles nicht passiert wäre, dass ich ihm von meinem eineiigen Zwilling erzählt hätte. Meine Gedanken kreisten ohne Unterlass um ein und dieselbe Frage: *Was, wenn?* Was, wenn der Zug nicht zu spät gewesen wäre? Was, wenn meine Schwester nicht mein Kleid getragen hätte? Was, wenn …

Der Zug bremste ruckelnd, während der Schaffner rief: »St. Austell!« Die alte Frau stand auf und nahm ihre Tasche. »Sorgen Sie dafür, dass er weiß, dass Sie ihn noch lieben«, riet sie mir. »Genau wie nach dem letzten Krieg werden Männer Mangelware sein. Passen Sie auf sich auf.« Sie schlurfte aus dem Abteil. Ich wusste nicht, was diese Frau erlebt hatte, doch ich war die gesamte Kriegszeit über von Männern umgeben gewesen – in meinen Augen waren sie alles andere als Mangelware.

Warum hatte ich Bobby nie erzählt, dass Amelia mein Zwilling war? Konnte es sein, dass ich mich zum ersten Mal im Leben als eigenständige Person wahrnahm, wenn ich mit ihm zusammen war? Bis zur Trennung zu Beginn unserer Ausbildung hatte es sich angefühlt, als wären Amelia und ich eins. Als kleine Mädchen kleideten wir uns gleich, sprachen gleich, machten alles genau wie die andere, bis wir in die Schule kamen. Erst da zeigten sich Unterschiede, doch unsere Verbindung blieb stark, kraftvoll.

Ich zwang mich, mich zu konzentrieren und den Brief fertig zu schreiben.

Es tut mir so leid, dass das passiert ist, Bobby, aber es muss nicht uns betreffen. Ich liebe dich. Du liebst mich. Ich muss dich sehen, damit ich sicher weiß, dass du dir meiner Gefühle für dich bewusst bist. Ich bin für zehn Tage in Cornwall im Urlaub, dann muss ich zurück zur HMS Attack. *Ich nehme an, dass ich bald aus dem Wehrdienst entlassen werde.*

Ich liebe dich von ganzem Herzen
Axxx

»Nächster Halt Truro. Richtung Falmouth bitte umsteigen!« Die Stimme des Schaffners verklang. Ich faltete den Bogen zusammen und steckte ihn in einen Umschlag. All meine Träume von unserer gemeinsamen Zukunft waren in diesem Brief enthalten. Ich nahm mein Gepäck und machte mich zum Umsteigen bereit. Ich betete, dass Bobby sich selbst verzeihen könnte, so wie ich bereit war, ihm zu verzeihen.

Constantine, Falmouth, Cornwall
24. September 2015

Lara erntete einen empörten Blick von Snowy, als sie Trockenfutter in sein Näpfchen füllte, aber das war ihr egal. Sie sprudelte förmlich über vor Aufregung und konnte es kaum erwarten, dass sie heute endlich nach Windward fahren konnte. Elle hatte gestern Abend die ganze Suppe mitsamt dem Brot aufgegessen. Sie nahm jetzt mehr zu sich, aber sie war noch immer sehr zurückhaltend, sagte nicht viel, was verständlich war. Lara wusste, dass Elle die Antworten hatte, die sie brauchte, doch sie würde Geduld beweisen müssen.

Es läutete. Sie öffnete die Tür und sah sich dem Paketboten gegenüber. »Ich habe ein Päckchen für Sie.«

»Danke.« Sie unterschrieb, trug es ins Haus und öffnete es eilig. Darin lagen ein kleines leinengebundenes Buch sowie ein handgeschriebener Brief von ihrer Mutter.

Mein Liebling,

ich habe in der Bibliothek von Eventide diese Gedichtsammlung entdeckt. Ich dachte, ich könnte sie im Unterricht verwenden, doch da hatte ich noch nicht hineingeschaut. Lies mal die Widmung, Liebes.

Lara ließ den Brief sinken, nahm vorsichtig das Buch aus dem Päckchen und öffnete es.

Für meine geliebte Schwester Amelia zum ersten Weihnachtsfest, das wir getrennt verbringen müssen.
Ich liebe dich und vermisse dich.

Adele, im Dezember 1943

Ihre Hand zitterte. Adele war Amelias Schwester. Waren Adele und Elle ein und dieselbe Person? Das Bedürfnis, dies herauszufinden, war schier überwältigend. Was zum Teufel hatte Grandie getan? Sie konnte nicht einfach in Windward hereinplatzen und Elle darauf ansprechen, schon gar nicht in deren momentanem Zustand.

Sie setzte den Kessel auf und versuchte, alles gründlich zu durchdenken. Was war vor all den Jahren passiert? Warum hatte Grandie am Ende die falsche Schwester geheiratet? Ein Schauder lief Laras Rückgrat hinab, als sie überlegte, was für ein Verrat dahinterstecken mochte. Ihr Auftauchen hier in Cornwall würde all den Schmerz in Elle wieder aufgewühlt haben – wenn sie tatsächlich Adele und nicht irgendeine andere Verwandte war.

Herr im Himmel, wer war sie, dass sie all diese Fragen stellte? Sollte sie das tatsächlich tun? Jetzt war klar, woher ihre Urgroßmutter stammte, dass sie Grandie in Windward geheiratet und dass er in eine Adele verliebt gewesen war. Lara schüttete kochendes Wasser auf den gemahlenen Kaffee und schaute zu, wie das Pulver es verschluckte. Sie hatte die Büchse der Pandora geöffnet und wusste nun nicht mehr, was sie von Grandie halten sollte.

Windward, Mawnan Smith, Falmouth, Cornwall
14. August 1945

Ich winkte Mr Tonks nach, der über die schmale Straße davonfuhr, dankbar, dass er mich auf dem Weg vom Bahnhof hierher aufgelesen hatte. Windward sah noch genauso aus wie beim letzten Mal, als ich mit Bobby hier gewesen war, auch wenn mir das beinahe unmöglich erschien. Es wäre leichter gewesen, wenn es sich verändert hätte, genau wie alles andere in meiner Welt, die plötzlich kopfstand. Die granitenen Torpfosten sahen aus wie immer. Die Hecken waren voller Geißblattranken, ein Duft, der mir bereits entgegenwehte, als ich an den Obstbäumen vorbeikam. In der Ferne, hinter dem Haus, leuchtete blau das Meer, ein Handelsschiff war auf dem Weg nach Falmouth. Alles war so, wie es sein sollte – doch in Wirklichkeit war gar nichts so, wie es sein sollte. Abgesehen von den Bienen regte sich nichts. Ob niemand zu Hause war? Ich hätte zumindest das Radio hören müssen, aber kein Laut war zu hören.

Im Garten vor der Küche rankten Erbsen, die Küchentür war zu. Ich runzelte die Stirn, stellte meine Tasche ab und drehte den Knauf. Die Tür war verschlossen. Das Haus war *nie* abgeschlossen. Ich trat einen Schritt zurück, schaute an der Fassade hinauf und stellte erleichtert fest, dass die Fensterläden offen standen. Mir war gar nicht in den Sinn gekommen, dass Mutter und Großmutter womöglich nicht da waren; ich hatte lediglich gehofft, dass ich Amelia nicht begegnen würde.

Auf dem Weg zur Haustür bewunderte ich Großmutters Rosen, die immer noch blühten. Sie waren genauso prächtig wie ihr Gemüse. Es mochte ihr zwar nicht gefallen, ihre eigenen Kartoffeln anbauen zu müssen, doch sie hatte definitiv einen grünen Daumen.

Die Haustür war verschlossen, die Terrassentüren hinter dem Haus ebenfalls. Es war eine lange Reise gewesen, und ich brauchte dringend eine Tasse Tee oder etwas Stärkeres. Ich hockte mich auf die kleine Terrassenmauer und blickte hinaus aufs Meer in Richtung des Leuchtturms von St. Anthony. Abgesehen von den über das Wasser ziehenden Schiffen sah aus dieser Entfernung alles unverändert aus, doch ich wusste, dass die Strände noch immer vermint waren. Es würde eine Weile dauern, bis das Leben zur Normalität zurückkehrte, ganz gleich, wie diese aussehen mochte. Mein Kopf schmerzte, mein Herz war gebrochen. Eine Tasse Tee würde Ersteres mildern, mit Bobby zusammen zu sein, Letzteres heilen.

Ich wusste nur eines ganz sicher: Meine Zukunft lag nicht hier, sondern in Amerika mit Bobby. Amelias Verrat hatte mir die Entscheidung leichtgemacht. Vorher hatte ich mir Gedanken gemacht, ob ich sie mit Mutter in Windward zurücklassen konnte, nun wusste ich, dass es keine andere Möglichkeit gab.

Das Geräusch eines Wagens auf der Zufahrt unterbrach meine Gedanken. Ich sprang auf, dann sackte ich zurück auf die Mauer. Weder Mutter noch Großmutter konnten Auto fahren, was bedeutete, dass Amelia eingetroffen war. Ich ballte so fest die Fäuste, dass meine Fingernägel in meine Handflächen schnitten, dann holte ich tief Luft, richtete mich auf und ging langsam zum Eingang.

Als ich um die Hausecke bog, sah ich Mutter, die Großmutter aus dem Wagen half, während Amelia etwas aus dem Kofferraum nahm. Sie schlug den Deckel zu, schaute auf und sah mich. Sie lächelte kurz, doch dann verschwand das Lächeln, und gleichzeitig wich jegliche Farbe aus ihrem Gesicht.

»Adele!«, rief Mutter. »Wie schön, euch beide zu Hause zu haben. Wir wussten nicht, dass du kommen würdest, sonst hätten wir dich abgeholt.«

Ich sah sie erstaunt an. Vor ein paar Tagen hatte ich mit ihr telefoniert. Als ich näher kam, konnte ich die Anspannung in ihren fein gemeißelten Gesichtszügen erkennen. Großmutter hatte sich nicht verändert, nur ihr Humpeln war ausgeprägter geworden.

»Hat man dich aus dem Wehrdienst entlassen? Amelia ist fertig.«

»Nein, noch nicht.«

»Wie schade! Es wäre wundervoll, wenn wir wieder alle zusammen wären. Hoffentlich kehrt euer Vater bald zu uns zurück.«

Meine Augen wurden groß. Ich glaubte nicht, dass Vater vorhatte, zu Mutter und dem Leben hier zurückzukehren. Mutter schien meine Überraschung nicht zu bemerken, da sie in diesem Moment zu Amelia sah, doch Großmutter blickte direkt in meine Richtung.

»Warum hilfst du deiner Schwester nicht?«, fragte Mutter, ging zur Haustür und schloss auf. Ich machte ein paar Schritte auf das Auto zu und blieb stehen. Ich konnte Amelias Gedanken fühlen, sie waren überall und nirgends. Aus dieser Nähe spürte ich alles – Schmerz, Ärger, Furcht und jene vertraute Ganzheit. Ich schloss die Augen und versuchte, mich abzuschotten, aber es wollte mir nicht gelingen. Ich konnte dem Gefühl, eins mit ihr zu sein, nicht entkommen, das mich erfasste, sobald wir zusammen waren. Es war mit den Jahren nicht weniger stark geworden, und auch ihr Verrat konnte es nicht mindern.

»Delly«, sagte sie. »Ich …«

»Nein.«

»Aber …«

»Nein.« Ich nahm eine Tasche und ging zum Haus. Sie würde das, was geschehen war, ohnehin nur verdrehen und am Ende mir die Schuld in die Schuhe schieben. Das hatte ich schon bei Großmutters Ming-Vase erlebt, aber das hier war etwas ganz anderes.

Kapitel vierzig

Windward, Mawnan Smith, Falmouth, Cornwall
24. September 2015

Ich konnte die Wellen hören und das Toastbrot riechen, aber sehen konnte ich nichts.

»Guten Morgen, Gran.« Petas Stimme war ganz in meiner Nähe, und ich hörte, wie sie das Tablett abstellte. Ich versuchte, die Augen zu öffnen, aber sie wollten mir nicht gehorchen. »Warte, Gran«, sagte Peta. »Deine Augen sind ganz verklebt.«

Ich ließ mich ins Kissen sacken und hörte, wie Peta ins Bad ging. Es würde eine Weile dauern, bis die Pumpe das warme Wasser bis in den ersten Stock befördert hätte. Besser wäre es, hinunter in die Küche zu laufen und etwas aus dem Kessel zu holen, der aller Wahrscheinlichkeit nach noch warm war – der Duft frisch aufgebrühten Kaffees wehte von unten ins Zimmer. Durchs offene Fenster hörte ich das Rollen der Wellen in der Ferne.

»Halt still, damit ich dir die Augen säubern kann.« Peta legte die Finger auf meine Stirn und wischte mir mit der anderen Hand vorsichtig den Schlaf aus den Augen. Ich blinzelte ein paarmal, und meine Sicht wurde klar. *Vielleicht hätte ich lieber weiterschlafen sollen*, dachte ich, als ich die Fragen in Petas Augen bemerkte. Mein Blick schweifte zum Fenster. Ein bleierner Himmel hing über der Bucht und schien weiteren Regen zu bringen. War dies die Ruhe vor dem Sturm? Tobte der Sturm bereits draußen auf See und wartete nur darauf, den Wellen zu folgen, die er als Vorhut geschickt hatte? Aber war das überhaupt von Bedeutung?

»Wie geht es dir?« Sie brachte mir das Tablett.

Ich schloss die Augen.

»Gran.«

Ich öffnete die Augen wieder und sah die Sorge in ihrem Gesicht.

»Gib jetzt nicht auf. Wenn du aufgibst, wird Jack das Gleiche tun.«

Ich legte die Stirn in Falten.

»Er macht diesen Affenzirkus mit Lara nur deinetwegen.«

Ich schüttelte den Kopf. »Das möchte er gern glauben, aber das stimmt nicht.« Ein Seufzen drang über meine Lippen.

»Ich weiß.« Peta bestrich eine Scheibe Toast mit Butter, schnitt sie in zwei Hälften und bot sie mir an. »Marmelade?«

»Nein danke.« Ich nahm eine Scheibe und knabberte an einer Ecke.

»Er kocht mit Lara. Er glaubt, sie kann dir helfen, über die Vergangenheit zu reden, damit es dir wieder besser geht.«

Ich riss die Augen auf. »Das wird es nicht!«

»Du solltest mitspielen.« Peta seufzte, und ich wusste, dass sie meine Gedanken lesen konnte. Ihre Hand suchte meine. »Du weißt, was du zu tun hast. Du liebst ihn.«

Das konnte ich nicht leugnen, doch was sie von mir verlangte, drohte mich schier zu zerreißen.

»Er muss denken, dass er dir hilft. Wir müssen ihn dazu bringen, so lange weiterzumachen, bis der Affenzirkus kein Affenzirkus mehr ist. Bis er feststellt, dass er menschliche Gefühle hegt, dass die Liebe das Risiko wert ist.« Sie drückte meine Hand. »Gran, du weißt, dass Liebe gut ist.«

Ich holte tief Luft. *Liebe.* Ich glaubte nicht, dass ich die Kraft dazu hatte.

14. August 1945

Als wir uns zum Essen setzten, ließ die Stille den leeren Platz am Tisch nur noch schmerzhafter spürbar werden. Wir hätten uns lebhaft unterhalten sollen – schließlich war dies mein erster Urlaub, in dem ich Mutter und Großmutter wiedersah. Wenigstens schmeckte das Essen köstlich, und Großmutters Gemüse spielte die unangefochtene Hauptrolle. Ihre einst makellosen Hände waren voller Schwielen, die Fingernägel an mehreren Stellen eingerissen, trotzdem trug sie ihre Perlen und hatte sich zum Abendessen umgezogen. Ich lächelte, froh darüber, dass zumindest eine Person noch dieselbe war.

Meine Schwester stocherte in ihrem Essen. Ich wollte

sie noch immer nicht in meine Gedanken lassen, deshalb tat ich alles, um die Verbindung zu blockieren, doch ich musste ihre Gefühle gar nicht spüren – ihr Gesicht mit den hohlen Wangen und den dunklen Rändern unter den Augen sprach Bände. Sie sah ganz anders aus als bei unserer letzten Begegnung. Es war offensichtlich, dass sie dringend etwas essen sollte, doch sie schob mit der Gabel lediglich alles von einer Seite ihres Tellers auf die andere.

Tat sie das, damit ich ihr verzieh? Ihr Herz musste in tausend Stücke zersprungen sein. Eddie war tot. Sie trug noch immer seinen Ring, wodurch es ihr sicherlich noch schlechter ging. Ich hatte meinen Ring abgenommen, damit ich mich nicht Fragen ausgesetzt sah, auf die ich keine Antworten hatte.

Ich legte Messer und Gabel zur Seite und stand auf. Ich konnte die Stille nicht länger ertragen. Mutter versuchte nicht einmal, die Leere mit ihrem Geplapper zu füllen, wie sie es für gewöhnlich tat.

»Entschuldigt mich.«

Ich verließ das Zimmer, ging in die Küche und nahm meinen Teller mit. Mir war bewusst, wie unhöflich ich mich benahm, aber es war zu schwer, einfach nur dazusitzen. Nachdem ich den Teller, Töpfe und Pfannen abgewaschen hatte, ging ich zur Küchentür hinaus. Warum war ich nach Hause gekommen?

Ich ging die Zufahrt entlang, schlenderte über die Felder und fand mich irgendwann auf dem Weg zur Kirche wieder. Der Himmel, an dem sich die ersten Sterne zeigten, war von einem tiefen, weichen Blau. Ich konnte den Großen Wagen erkennen und sehnte mich nach Bobby.

Nach einer Weile durchquerte ich das überdachte Friedhofstor und ging zwischen den Grabsteinen hindurch. Eigentlich hätte ich mich fürchten müssen, so allein zwischen den Steinen, die nach Anbruch der Dunkelheit immer längere Schatten warfen, aber ich wusste, dass ich nie wieder Angst vor den Toten haben würde. Vor Jahren waren Amelia und ich einmal vom Friedhof gestürmt, voller Angst vor ein paar Dohlen, die in unseren Augen die Geister der Toten verkörperten. Mrs Tonks hatte uns dabei ertappt und uns zur Seite genommen. »Macht euch keine Sorgen wegen der Toten«, hatte sie gesagt, »sie können euch nichts tun. Nehmt euch lieber vor den Lebenden in Acht.« Jetzt, Jahre später, verstand ich, was sie damit meinte.

24. September 2015

Es schüttete. Jack stand an der Spüle, als Lara an die Tür klopfte. Er war klatschnass, um seine Füße bildeten sich Pfützen.

»Hi.« Lara trat ein und spähte über seine Schulter. Die Spüle war voller Makrelen. »Warst du angeln?«

Er nickte, machte einen Schritt zur Seite und zog sein Hemd aus, dann nahm er sich ein Handtuch aus einem Korb mit zusammengefalteter Wäsche. Lara schluckte. Es fiel ihr schwer, nicht hinzusehen, als er sich abtrocknete. Er rubbelte seine Haare trocken, streifte sich ein frisches T-Shirt aus dem Wäschestapel über den Kopf und strich anschließend die strubbeligen, nach allen Richtungen abstehenden Strähnen mit den Fingern glatt.

Lara wandte sich den Fischen in der Spüle zu. »Was hast du damit vor?«, fragte sie neugierig. »Willst du sie räuchern?«

»Ich weiß noch nicht so recht.« Er drehte ihr den Rücken zu und stieg aus seiner Jeans. Sie nahm einen der festen, kläräugigen Fische aus der Spüle und fing an, Jacks Ausbeute zu zählen, um ihn ja nicht anzusehen. Erst als sie sicher sein konnte, dass er voll bekleidet war, wandte sie sich um. Jack hatte seine nasse Jeans über den Griff des gusseisernen Herds gehängt. An der Art und Weise, wie er dastand, konnte sie erkennen, dass sich etwas verändert hatte. Wüsste sie es nicht besser, würde sie glauben, dass ein anderer Mann vor ihr stand, breitbeinig, die Arme verschränkt, die Augen abweisend. Keine Spur mehr von dem übermütigen Pfützenspringer von neulich.

Lara biss sich auf die Lippe und überlegte, was sie tun sollte. Sie wollte unbedingt mit Elle sprechen und mehr Zeit in Windward verbringen, doch sie spürte, wie Jack anfing zu mauern, und das war noch milde ausgedrückt. »Ist es gerade unpassend?«, erkundigte sie sich vorsichtig.

Er öffnete den Mund.

»Im Gegenteil, es ist perfekt.« Peta betrat die Küche. »Gran hat soeben ihr Frühstück aufgegessen und fragt sich, was für Köstlichkeiten ihr zwei zum Mittagessen zaubern werdet.«

Jack drehte sich abrupt um und ging die Treppe hinauf. Lara hatte gespürt, dass er vorhatte, sie zum Gehen aufzufordern, als Peta in die Küche kam, aber aus irgendeinem Grund wollten seine Schwester oder Elle, dass sie blieb. Lara wusste, wann sie unerwünscht war – vermutlich war das auch der Grund dafür gewesen, warum sie beschlossen hatte, ihrem Boss Kontra zu geben. Sie blinzelte. Natürlich. Stephan, ihr Chef, war ekelhaft zu ihr gewesen, weil sie ihn auf den Schlips getreten hatte. Mit ihrer Kündigung hatte sie ihm einen Gefallen getan. Sie schüttelte den Kopf, wenn sie jetzt daran zurückdachte.

»Danke, aber ich weiß, wann ich unerwünscht bin«, sagte sie zu Peta.

Jacks Schwester füllte Wasser in den Kessel. »Unsinn. So ist Jack manchmal. Beachte ihn einfach nicht.« Sie lachte. »Ich denke, es ist der Buchhalter in ihm. Er will, dass alles so funktioniert wie seine Zahlen, und wenn seine Rechnung nicht aufgeht, zieht er sich zurück.« Sie stellte den Kessel auf den Herd. »Aber so läuft es im Leben nun mal nicht. Es folgt keinen konkreten Vorgaben, es ist unberechenbar. Es bewirft einen einfach mit Zutaten und schaut, ob man eine anständige Mahlzeit daraus zaubern kann oder ein Chaos anrichtet.« Peta nahm drei Tassen aus dem Schrank. »Jack mag es, sich nach einem Rezept zu richten. Das ist sicherer, und am Ende steht garantiert ein vernünftiges Ergebnis.«

Lara dachte an Jacks nackte Brust und schluckte. Nicht beachten, das war leichter gesagt als getan.

Peta lächelte. »Hast du schon ein offizielles Jobangebot von Demi und Sam bekommen?«

Lara griff nach dem Stuhl vor ihr und zog ihn zu sich heran. »Nein, noch nicht.«

»Dann kommt es heute.«

»Tatsächlich?« Lara wusste, dass sie in diesem Fall ernsthaft ins Grübeln geraten würde, trotzdem wollte sie zunächst etwas anderes klären, ihr eigentliches Anliegen, der Grund, aus dem sie nach Cornwall gereist war. »Hör mal, Peta – ich würde mich liebend gern mit Elle unterhalten, um herauszufinden, ob sie die Schwester meiner Urgroßmutter ist oder vielleicht eine Cousine, aber ich möchte sie auf keinen Fall aufregen.«

Peta nahm den Kessel vom Herd und schüttete das kochende Wasser in die alte Teekanne. »Mach dir deshalb keine Gedanken. Sie braucht bloß noch ein wenig Zeit, bevor sie reden kann.«

»Hat sie die Zeit noch?«

»Das kann ich dir nicht sagen.« Peta reichte Lara eine Tasse. »Aber ich hoffe es sehr.«

Kapitel einundvierzig

Windward, Mawnan Smith, Falmouth, Cornwall
15. August 1945 – VJ-Day, Tag des Siegs über Japan

Großmutter behauptete, der Strand in der Bucht unterhalb von Windward sei nicht vermint worden, doch es würde noch eine Weile dauern, bis man den Stacheldraht und andere Verteidigungsanlagen entfernt hätte. Als ich jetzt von oben darauf hinabschaute, sah der Strand gleich und dennoch anders aus. Es war Ebbe, die zerklüfteten Felsen lagen frei, die Farbe des Wassers reichte von einem tiefen Dunkelblau bis hin zu Türkis. Die Sonne schien mir heiß auf den Rücken, und ich erinnerte mich an das letzte Mal, als ich in Portland schwimmen gegangen war. Wenn ich hier ins Wasser ging und wieder in Schwierigkeiten geriet, wäre niemand da, der mich retten könnte – doch diesmal bestand kein Risiko. Ich kannte die Strömungen in dieser Bucht zu gut.

Ich kletterte über einen kleinen Zaun, um zum Hauptweg Richtung Strand zu gelangen, der immer noch aus Kieselsteinen und Sand bestand. Ich wusste nicht, warum ich davon ausgegangen war, dies hätte sich geändert, doch ich ertappte mich dabei, dass ich überall nach Unterschieden suchte und doch keine fand. Falmouth hatte sich auf vielerlei Weise verändert, aber hier war das Leben nahezu dasselbe. Meine Augen schweiften über das Feld, als ich ein Geräusch hörte. Ich drehte mich um und erblickte eine Frau, die das Geschirr eines Pflugpferds richtete. Sie sah mich und winkte. Ich kannte sie nicht. Sie musste zur *Women's Land Army* gehören, Stadtfrauen, die während des Kriegs an landwirtschaftliche Betriebe vermittelt wurden, um dort die Arbeit der kämpfenden Männer zu verrichten. Das war eine Sache, die definitiv anders war.

VJ-Day. Japan hatte kapituliert. Der Krieg war wirklich und wahrhaftig vorbei, und alles hatte sich verändert, genau wie von Mutter vorhergesagt – nur nicht so, wie ich es erwartet hatte.

Als ich den Strand erreichte, ließ ich meine Sachen gleich unterhalb der Klippenwand fallen und kletterte über ein paar große Felsbrocken, um dem Stacheldraht auszuweichen. Nichts würde mich davon abhalten, zum Meer zu gelangen, schon gar nicht an einem Tag, der wie gemacht schien zum Schwimmen und Lachen. Ich wusste, dass mir Letzteres verwehrt bliebe, also würde ich mich mit Ersterem begnügen. Dieser Ort barg so viele glückliche Erinnerungen, darunter auch mein erster Kuss mit Philip. So viel Gutes, Verheißungsvolles war verloren gegangen.

Ich gelangte zum feineren Sand an der Wasserkante und zuckte zusammen, wenn ich mit der zarten Haut meiner nackten Füße die scharfen Muschelschalen berührte. In den vergangenen Sommern waren meine Fußsohlen abgehärtet gewesen von den barfüßigen Tagen der Freiheit, doch nun waren sie empfindlich. Ich ging auf Zehenspitzen ins Wasser, schnappte nach Luft, als die kalten Wellen meine Füße umspülten, doch dann stürzte ich mich kopfüber in die Fluten. Meine Augen brannten vom Salz, und endlich fühlte ich mich zum ersten Mal seit Tagen sauber, was die Frage aufwarf, warum ich mich schmutzig gefühlt hatte. Hatte ich den Eindruck, befleckt zu sein durch das Verhalten meines Vaters und den Betrug, den er von mir erwartete? Ja. Mutter davon reden zu hören, wie herrlich es wäre, wenn Vater endlich zurückkehrte, war grauenhaft gewesen. Ich hatte mir auf die Zunge beißen müssen, um sie nicht anzuschreien, sie solle endlich aufhören, sich selbst und uns zu belügen.

Ich trat ins Wasser und schaute zurück nach Windward. Das Haus wirkte unerschütterlich, friedlich und als habe es schon immer dort gestanden. Von hier aus konnte ich nicht sehen, dass der Rasen voller Blumenkohl war oder dass die Fenster nicht so blitzten wie in der Vergangenheit, als sich eine Hausangestellte darum gekümmert hatte. Die Zukunft von Windward war ungewiss, und obwohl ich mich darum sorgte, was aus dem Haus werden würde, würde ich fortgehen. Sie würden hier auch ohne mich zurechtkommen. Wenn sie Glück hatte, könnte Amelia Angus heiraten, und Mutter und Großmutter würden sich schon irgendwie durchschlagen. Was Vater täte, wüsste nur Gott allein. Tante Margaret würde es gutgehen. Sie hatte Geld, sie hatte Beziehungen, und sie war schön.

Die eisige Frische des Wassers hatte meinen Kopf klar

werden lassen, doch die Traurigkeit hatte sie nicht vertreiben können. Jedes Mal, wenn ich mich umsah und all das erblickte, was ich liebte, verspürte ich einen Stich des Bedauerns. Ich wusste, dass ich Bobby nicht mehr hierherbringen konnte, damit er mit mir schwimmen ging oder einfach nur Cornwall genoss. Aber wir würden andere Plätze finden, an denen wir zusammen glücklich sein könnten, da war ich mir sicher. Nur nach Windward würde ich nicht mehr zurückkehren. Ich fing wieder an zu schwimmen, und bei jedem Zug brannte sich diese Gewissheit etwas mehr in mein Herz ein und ließ den Riss darin größer werden. Trotzdem verspürte ich feste Entschlossenheit, als ich mich umdrehte, um zum Ufer zurückzuschwimmen – wo ich Amelia neben meinem Handtuch und meiner Kleidung sitzen sah.

Tropfnass starrte ich sie an. Ich war an den Strand gegangen, um Abstand zu gewinnen, vor allem von ihr.

»Du verstehst es nicht«, sagte sie und rang die Hände.

Ich nahm mein Handtuch und fing an, mich trocken zu rubbeln. »Nein.«

»Du versuchst es nicht mal.«

»Du …« Ich wickelte mich in das Handtuch. »Du und Bobby.«

»Ich weiß.«

»Was gibt es daran zu verstehen?«

»Ich war betrunken.« Sie sah mich mit großen, flehenden Augen an.

»Na und?« Ich zog meinen Badeanzug aus.

»Das ist keine Ausrede.« Sie stand auf. »Ich wollte mich nicht betrinken. Es ist einfach passiert.«

Ich zog Unterhose und Shorts an und band meinen Gürtel zu fest. »Ich weiß.«

»Eddie.« Ihre Augen – meine Augen – zeigten mir den Schmerz, den sie empfand. Ich wusste, dass sie litt, verstand es sogar, aber was war mit *meinem* Schmerz? »Eine Gruppe von uns hat gefeiert, und dann hat mich auf dem Trafalgar Square die Nachricht von Eddies Tod erreicht.« Sie holte tief Luft. »In dem Moment ist für mich die Welt untergegangen. Ich habe alles in mich hineingekippt, was ich in die Hände bekam – und das war viel. Ich habe meine Freunde aus den Augen verloren, habe mich selbst verloren, wurde von der Menge verschluckt.«

Ich zog BH und Bluse an und konnte das, was sie mir da erzählte, vor mir sehen, als sei ich mit ihr dort gewesen. Alle um sie herum feierten, und Amelia stand allein da, ihre Welt lag in Trümmern. Trotz allem, was sie getan hatte, fühlte ich mit ihr. »Es tut mir leid«, sagte ich.

»Ja.«

Ich griff noch einmal nach dem Handtuch und rubbelte das letzte bisschen Wasser aus meinen Haaren. »Warum?«

Sie zuckte die Schultern.

Ich wandte den Blick ab. Sie schuldete mir Antworten.

»Ich – ich habe nicht nachgedacht«, stammelte sie schließlich.

»Nein. Das hast du in der Tat nicht.«

»Ich wollte doch nur Liebe.«

»Oder mir meine Liebe nehmen.«

»Nein.« Sie stand auf und machte einen Schritt auf mich zu. »Das hatte ich niemals vor.«

»Lügnerin.« Ich drehte mein Haar zusammen und steckte es mit einer Spange fest.

»Nein, ich – ich habe nicht nachgedacht.«

»Das tust du nie.«

Ich drehte mich um und stieg die Klippe hinauf. Amelia blieb am Strand zurück. Sie hatte gewusst, was sie tat, ganz gleich, was sie behauptete. Sie wusste, dass sie ihre Gedanken nicht vor mir verstecken konnte.

24. September 2015

Jack schritt am Fußende meines Betts auf und ab. Seine Haare waren nass und zerzaust. Einen Moment lang blieb er stehen, sah mich an, dann nutzte er weiter den Teppich ab. Wie konnte ich es ihm leichter machen? Hatte Peta recht? »Willst du, dass ich seekrank werde?«

»Entschuldige.« Er blieb stehen und setzte sich auf die Bettkante. »Ich will bloß …«

»Ja, was willst du?«

Er schüttelte den Kopf.

»Fang endlich an zu leben.« Ich biss mir auf die Zunge. Er brauchte keine Lektion von mir. Peta hatte definitiv recht. Ich musste weitermachen und ein Spiel spielen, damit er lernte, wieder jemanden in sein Leben zu lassen. Lara. Bobbys Urenkelin. Bobby hatte mein Herz geöffnet, und sie war der Schlüssel zu Jacks. Ganz gleich, was es mich kosten würde, ich musste Jack helfen, sich selbst zu retten. Er musste begreifen, dass Liebe nicht unweigerlich zum Tod führte. Ja, sein Vater war mit dem Verlust nicht klargekommen, aber so war es nicht immer. Wir hatten nie darüber geredet, und vielleicht mussten ein paar Dinge einfach ausgesprochen werden.

»Jack?«

Er sah auf.

»Ist Lara hier?« Meine Stimme krächzte.

Auf seiner Stirn bildeten sich Falten.

»Sobald ich mich noch ein bisschen ausgeruht habe, würde ich sie gern sehen.«

»Bist du dir sicher?« Er stand auf und schob die Hände in die Hosentaschen.

»Ja, ganz sicher.« Ich schloss die Augen und betete, dass ich das Richtige tat. Schon seit Jahren hatte ich kein Gebet mehr gesprochen. Ich betete, dass die Enthüllung der Vergangenheit heilsam auf die Gegenwart wirkte oder Jack zumindest eine Tür öffnete. Ich würde ihn nicht zwingen können, diese Tür zu durchschreiten, aber ich könnte ihm einen kleinen Schubs geben. Oder würde meine Einmischung noch mehr Leben zerstören?

15. August 1945 – VJ-Day

Die Wände und die Decke meines Zimmers schlossen sich immer enger um mich. Ich holte meinen Koffer hervor und fing an zu packen. Meine Uniform und Bobbys Briefe waren das Einzige, was mich noch zusammenhielt. Sie sorgten dafür, dass ich nicht verrückt wurde. Die Menschen in Windward machten mich dagegen krank. Ich legte auch den Rest meiner Habseligkeiten inklusive meines alten Teddybären hinein und schloss den Deckel. Es gab nur noch eine einzige Sache, die ich haben wollte – Großmutters Brautschleier. Ich wusste, wo er war. Ich hatte vor, nie mehr hierher zurückzukehren, und etwas anderes als den Schleier würde ich nicht mitnehmen.

Den Koffer in der Hand schlich ich aus meinem Zimmer und stieg die steile Treppe zum Dachboden hinauf. Jedes Knarzen der Bodendielen drohte mich zu verraten. Im Zwielicht dort oben tastete ich mich zu der alten Truhe. Langsam, um bloß keinen Staub aufzuwirbeln, hob ich den Deckel und nahm den Schleier heraus, der sorgfältig in Seidenpapier eingeschlagen war. Plötzlich musste ich niesen – und ließ erschrocken den Deckel fallen, der mit einem lauten Knall auf dem Truhenrand aufschlug. Ich hielt den Atem an, wartete darauf, Schritte zu hören – den Lärm musste doch irgendwer gehört haben! –, doch Gott sei Dank kam niemand.

Als ich den Schleier in meinen Koffer gepackt hatte, stieg ich die Treppe vorsichtig wieder hinunter. Wenn ich jetzt ginge, würde ich es rechtzeitig bis nach Falmouth schaffen, um von dort aus irgendeinen Zug zu nehmen. Wohin er fuhr, war mir im Grunde gleich, solange ich nicht hierbleiben musste.

Ich tappte auf Zehenspitzen über den Treppenabsatz, sorgfältig darauf bedacht, bloß kein Geräusch zu machen, als ich plötzlich meine Großmutter bemerkte, die dort stand und mich beobachtete.

»Ich habe mich schon gefragt, wann du abreisen würdest.« Sie stützte sich schwer auf ihren Gehstock.

»Wie bitte?«

»Ich wusste, dass du gehen würdest.«

Dank des Koffers in meiner Hand konnte ich mein Vorhaben kaum leugnen.

»Ich mache dir keinen Vorwurf«, sagte sie. »Dein Vater trifft bald ein, und ich kann mir gut vorstellen, dass das unerfreulich werden könnte.« Sie schüttelte den Kopf. »Natürlich muss es nicht dazu kommen, wenn sich deine Eltern beide vernünftig zeigen.«

Ich hob die Augenbrauen. Sagte meine Großmutter tatsächlich das, was ich glaubte? »Du weißt davon?«

»Selbstverständlich. Bist du schockiert? Nun, das solltest du nicht sein. Mein Vater hatte ebenfalls eine Geliebte, worüber meine Mutter sehr erleichtert war.«

Ich sackte mit dem Rücken gegen die Wand.

»Sie hatte ihren Teil geleistet, hatte ihm die gewünschten Erben geboren und interessierte sich weit mehr für ihren Garten als für ihn. Sie war heilfroh, dass er nun eine andere mit seinem körperlichen Verlangen belästigte, während sie das Haus, den Titel und das Geld behalten konnte.«

Ich schluckte.

»Ja, ich denke, es ist tatsächlich das Beste, wenn du gehst.« Sie seufzte. »Vor allem da ich vermute, dass deine Schwester in Bälde ihre Schwangerschaft verkündet, und dann werden wir sie nach dem Vater fragen müssen, denn ihr Verlobter hat schon Monate vor seinem Tod keinen englischen Boden mehr betreten.«

Ich spürte, wie mir sämtliche Farbe aus dem Gesicht wich.

»Du weißt, wer er ist oder?« Sie schüttelte missbilligend den Kopf. »Zum Glück hast du genügend Verstand, dich nicht genauso aufzuführen wie sie.« Sie musterte mich so durchdringend, als wollte sie in mich hineinsehen. »Und jetzt ab mit dir!«

Meine Hände zitterten. Großmutter hatte recht: Amelia war schwanger. Das war es, was ich gespürt hatte. Ich konnte es nur nicht recht einordnen, weil ich es nicht verstand. Verstehen wollte. Dabei lag alles klar auf der Hand: Amelia war schwanger mit Bobbys Kind. Der Koffer fiel mir aus der Hand. Im selben Moment hörte ich unten die Stimme meines Vaters.

»Was ist?«, fragte Großmutter. »Hast du deine Meinung etwa geändert und beschlossen, zum Feuerwerk hierzubleiben? Ich nehme an, es wird eine gewaltige Szene geben.« Sie wandte sich zum Gehen. »Es ist eine Sache, wenn sich dein Vater schlecht benimmt, aber eine ganz andere, wenn deine Schwester das tut«, murmelte sie, als sie an mir vorbei zur Treppe humpelte. »Männer haben es immer leichter.«

Ich wusste, dass ich mit Amelia sprechen musste, aber meine Füße waren wie angewurzelt, als ich plötzlich eine weitere Stimme vernahm – die von Bobby. Ach du liebe Güte! Warum war er hier? Hatte Amelia ihn kontaktiert? Nein, das konnte ich mir nicht vorstellen. Er musste meinen Brief erhalten und schnurstracks nach Windward gefahren sein.

Amelia öffnete ihre Zimmertür und schaute mich an. Sie hatte geweint. Trotz meiner eigenen Gefühle wollte ich sie in den Arm nehmen und ihr sagen, dass alles gut werden würde. Aber ich wusste, dass das nicht stimmte. Nichts würde gut werden. Es gab keine Möglichkeit, dass irgendetwas jemals wieder ins Lot kommen würde.

Kapitel zweiundvierzig

Windward, Mawnan Smith, Falmouth, Cornwall
24. September 2015

Lara stand an der Küchenspüle und schaute in die gläsernen Augen der Makrelen, und das seit einer gefühlten Ewigkeit. Sie wusste, dass man die Fische am besten filetieren sollte – es sei denn, Jack wollte sie als Köder benutzen, was eine Sünde wäre. Sie wusste nicht, ob sie noch immer in Windward willkommen war, trotz dem, was Peta angedeutet hatte, aber sie nahm an, dass ein bisschen Vorbereitung nicht schadete, bevor sie sich auf den Heimweg begab. Sie machte ein Spültuch nass und legte es auf die Anrichte, dann stellte sie ein weißes Schneidbrett darauf. Jacks Küche war wirklich gut ausgestattet – ohne groß danach suchen zu müssen, fand sie ein Filetiermesser mit flexibler Klinge und machte sich an die Arbeit, während sie über die Möglichkeit nachdachte, hier in der Gegend zu bleiben und ein eigenes Restaurant zu führen. Die Kulisse war atemberaubend, und sie könnte sich auf saisonale einheimische Produkte spezialisieren. In der Umgebung gab es einige der besten Fischgewässer der

Welt, und es war nur ein kurzer Weg aus dem Wasser auf den Teller.

»Lara.«

Erschrocken fuhr sie herum, das Messer in der Hand. Mit hämmerndem Herzen ließ sie es langsam sinken.

»Entschuldige«, sagte Jack und hob abwehrend die Hände in die Höhe. »Ich wollte dich nicht erschrecken.«

»Kein Problem. Ich hatte nicht vor, dich umzubringen.«

»Da bin ich aber froh.« Er machte einen Schritt auf sie zu, und sie stellte fest, dass seine Augen nicht mehr ganz so abweisend blickten wie zuvor. »Wie ich sehe, hast du mir die ganze Arbeit abgenommen.«

»Nun, die Fische lagen da.« Sie zuckte die Schultern und versuchte herauszufinden, ob er noch immer verstimmt war.

»Was hast du damit vor?«, fragte er.

»Eigentlich wollte ich hören, was du mit den Makrelen geplant hattest.«

»Im Grunde gar nichts.« Er trat neben sie an die Anrichte und nahm eines der Filets in die Hand. »Für gewöhnlich nehme ich sie einfach aus und lege sie auf den Grill.«

»Oh, tut mir leid.« Lara strich mit dem Finger über die glatte Haut. »Ich finde, als Filets lassen sie sich besser zubereiten, außerdem sind sie leichter zu genießen ohne die Gräten.«

»Da hast du recht.« Er legte das Filet zurück. »Ich muss noch ganz schön viel lernen.« Damit griff er nach einer Schürze, band sie sich um und legte den Kopf schräg. »Womit fangen wir an?«

15. August – VJ-Day

Bobby strich mit dem Daumen über jeden einzelnen meiner Finger, was Schauder durch meinen Körper jagte bis hin zu Stellen, die ich zu ignorieren versuchte, da ich sie jetzt nicht mehr brauchen würde. Er hatte meine Welt verändert, indem er meine Hand gehalten und sich mein Herz erschlossen hatte. Wir hatten uns in meinem Geheimversteck getroffen, der kleinen Öffnung in den Klippen unterhalb des Felsvorsprungs auf halbem Weg zur Bucht, und nun saßen wir dort, schweigend. Ich kämpfte gegen den überwältigenden Drang an, auf der Stelle mit ihm durchzubrennen, wollte ihn davor bewahren, die Wahrheit zu erfahren. Das Bedürfnis war ungeheuer mächtig, dennoch durfte ich ihm nicht nachgeben – das wäre nicht fair.

Ich hatte immer noch den Ausdruck auf seinem Gesicht vor Augen, als er vor ein paar Stunden Amelia und mich die Treppe herunterkommen sah. Er hatte nicht gewusst, welche von uns welche war, und das hatte mir erneut das Herz gebrochen.

Ich hatte mir immer gewünscht, jemanden zu finden, der mich kannte, wirklich kannte, und ich dachte, Bobby wäre dieser Jemand. Doch als er uns beiden gegenüberstand, wurde mir klar, dass er mich nicht erkennen konnte.

Und nun musste ich meine Schwester retten. Sie hatte ohnehin nur wenige Möglichkeiten, doch ich wusste, dass nur eine davon für Bobby in Frage kam. Die einzige Möglichkeit für mich wäre die Flucht mit ihm, doch dann würde ich ihn belügen müssen und könnte nie wieder in Kontakt mit meiner Familie treten. Bobby würde misstrauisch werden, und zwischen uns stünde eine Lüge. Keine gute Basis für ein gemeinsames Leben.

Ohne ein Wort zu sagen, hatte mich meine Zwillingsschwester um Hilfe gebeten. Sie wusste nicht, was sie tun oder wohin sie gehen sollte. Was konnte ich tun? *Und was ist mit mir-*Schreien würde keinem von uns etwas bringen. Ihr Schicksal lag in meinen Händen, genau wie das von Bobby. Sollte ich einfach sein Herz brechen, indem ich behauptete, ihn nicht mehr zu lieben nach dem, was er mit Amelia getan hatte? Wäre ihm klar, dass das eine Lüge war? Sein Herz würde genauso brechen, wenn ich ihm mitteilte, dass meine Schwester sein Kind in sich trug. Ich wusste, dass es von ihm war. Seit Amelia ihr Herz Eddie geschenkt hatte, war sie mit keinem anderen Mann ins Bett gestiegen – bis sie meinem begegnet war.

Die Kiefer über uns ließ ein paar Nadeln fallen. Sie trafen auf meine Hand, und ich spürte ihre Spitzen, die in meine Haut drangen. Bobby strich die Nadeln beiseite, die einen so angenehmen Duft verbreiteten. Ich lehnte meinen Kopf gegen seine Schulter. Das letzte Mal, als wir hier gesessen hatten, war der Himmel schwarz gewesen, und sein Atem roch nach Whisky. Jetzt roch er nach Pfefferminz, und ich wusste, dass die Küsse, die wir uns hier geben würden, die letzten wären. Ich schluckte.

»Es tut mir so leid.« Seine tiefe Stimme drang mir bis ins Mark.

»Ich weiß.«

Er drehte mein Gesicht zu sich. »Ich würde nichts tun, was dich verletzen könnte. Du bedeutest mir alles.«

Seine Lippen berührten vorsichtig die meinen fast so, als bitte er mich um Erlaubnis. Ich schloss die Augen und erwiderte seinen Kuss mit all meiner Liebe. Das Verlangen, das wir beide verspürten, trieb mir die Tränen in die Augen. Bobby rückte ein kleines Stück von mir ab und betrachtete mich ganz genau, als versuche er, einen Unterschied zu erkennen, der nicht da war. Amelia und ich waren körperlich so gut wie identisch. Nur im Innern waren wir völlig verschieden.

»Ich habe dich zum Weinen gebracht.«

Ich schüttelte den Kopf.

»Doch, das habe ich«, beharrte er.

»Nein. Das hat jemand anders getan.«

Er streifte mir die Tränen mit dem Daumen ab. »Was hast du auf dem Herzen?«

»Zuerst küss mich noch einmal.«

Ich wollte mich für immer an diesen Moment erinnern, denn ich wusste, dass es das letzte Mal sein würde. Ich klammerte mich an ihn, wollte mir alles ins Gedächtnis einprägen. »Halt mich«, flüsterte ich an seinem Hals.

»Was ist los?«

Ich konnte es ihm nicht länger verschweigen. Ich wusste, dass Amelia unseren Eltern gestand, dass sie schwanger war, während ich mich hier mit Bobby versteckte. Sie würden ihre Möglichkeiten abwägen, und auch Großmutter könnte es sich sicherlich nicht verkneifen, ihre Meinung kundzutun. Ab nach Schottland, um das Kind zur Welt zu bringen, und es anschließend zur Adoption freigeben. Vaters Beziehungen nutzen und eine Abtreibung vornehmen lassen. Doch als Erstes würden sie in sie dringen, den

Vater preiszugeben, denn sie wussten, dass das Kind nicht von Eddie war. Ich hatte keine Ahnung, was Amelia sagen würde, doch mir war klar, dass Bobby wissen musste, dass sie ein Kind von ihm bekam.

»Es gibt keine Möglichkeit, das, was ich dir sagen will, zu beschönigen.«

Er legte fragend die Stirn in Falten.

»Amelia ist schwanger.«

Er schloss die Augen.

»Du hast kein Kondom benutzt, oder?«

Er schüttelte den Kopf, dann sah er hinaus auf die Bucht. Seine Schultern sackten herab. Das Wasser unter uns sah aus wie Glas. Es war Flut. Nichts störte das Bild, nicht einmal ein Schiff, das Richtung Falmouth fuhr.

»Ich dachte, du solltest das wissen.«

Er nickte.

»Ich weiß nicht, was sie tun wird.«

Bobby sah mich an. »Was meinst du damit?« Sein Gesicht wurde blass, das Blau seiner Augen hob sich noch intensiver davon ab. »Du willst doch nicht etwa sagen, sie würde das Kind loswerden wollen?«

»Ich weiß es nicht«, wiederholte ich. Ich wusste nur, dass Amelia keine Ahnung hatte, was sie tun sollte.

»Das kann sie nicht machen.« Er fasste meine Hand. »Ich darf das nicht zulassen.«

»Ich weiß.« Ich führte seine Hand an meine Lippen und küsste sie. »Wir müssen zu meiner Familie gehen und sagen, dass du sie heiraten wirst.«

»O Gott.« Seine Augen füllten sich mit Tränen. »Warum kannst nicht du es sein? Du hättest es sein sollen!«

»Ich weiß.« Alles in mir schnürte sich zusammen. Am liebsten hätte ich mich gekrümmt vor Schmerz, doch ich musste ihm das hier so leicht wie möglich machen.

»Ich will das Richtige tun, aber …«

»Das ist das Richtige.« Ein Krampf durchzuckte mich. Er würde niemals glücklich werden, wenn er wüsste, dass irgendwo dort draußen ein Kind von ihm lebte oder dass Amelia dieses Kind abgetrieben hatte.

Tränen liefen über seine Wangen. Ich wischte sie ab, dann nahm ich seine Hand und führte ihn aus meinem Geheimversteck den Fußweg entlang zurück zum Haus.

Bevor wir hineingingen, blieben wir stehen. »Ich liebe dich.« Ich küsste ihn ein letztes Mal. Sein Blick war so voller Liebe und Pein, dass es schwer war, die beiden Gefühle zu unterscheiden. Seine Tränen waren getrocknet, der Soldat war zurück. Seite an Seite gingen wir hinein.

Kapitel dreiundvierzig

Windward, Mawnan Smith, Falmouth, Cornwall
25. September 2015

Auf der Fahrt nach Windward nahm Lara nicht viel von der Landschaft um sie herum wahr. Immer wieder schweiften ihre Gedanken zu den Ereignissen des Vortags. Elle hatte die meiste Zeit über geschlafen, doch sie hatte zumindest etwas von der gegrillten Makrele gegessen, die Lara ihr auf einem Bett aus grob gewürfelter Salsa mit Zutaten aus dem Garten serviert hatte. Gestern hatte kein weiteres Gespräch stattgefunden, und sie hatte auch keine Gelegenheit bekommen, Jacks Großmutter Fragen zu stellen, doch heute, so hoffte Lara inständig, würde dies anders sein, zumal auch der Arzt vorbeigeschaut hatte.

Sie wollte weder Elle noch Jack aufregen, trotzdem krampften sich ihre Finger voller Aufregung ums Lenkrad. Sie stand ganz knapp davor herauszufinden, was damals passiert war. Anscheinend hatte Grandie einen riesigen Fehler gemacht. Der Gedichtband, den Adele ihrer Schwester Amelia zu Weihnachten geschenkt hatte, lag auf dem Rücksitz. Sie hoffte, Elle heute danach fragen zu können.

Ein Traktor kam ihr auf der schmalen Straße entgegen, und diesmal wich sie ihm geschickt aus, ohne die Nerven zu verlieren. Endlich kamen die Torpfeiler von Windward in Sicht, und als sie vor dem Haus anhielt, stellte sie wieder einmal fest, wie sehr sie es genoss, Zeit mit Jack zu verbringen. Sie parkte neben einem Wagen, den sie nicht kannte. Ein alter Herr stieg aus. Als er sich aufgerichtet hatte, schaute er sie an und lächelte. »Guten Morgen, junge Schönheit«, sagte er und deutete eine Verbeugung an.

»Guten Morgen«, erwiderte sie.

»Erlauben Sie, dass ich mich vorstelle. Mein Name ist Eddie Carew, und Sie müssen Amelias Urenkelin sein.«

Lara zog scharf die Luft ein. Ihre Hand verharrte am Griff der Fondtür.

»Darf ich Ihnen helfen?«

»Nein, vielen Dank.« Sie öffnete die Tür, nahm den Gedichtband vom Rücksitz und griff nach ihrer Handtasche. »Ich bin Lara.«

»Was für ein entzückender Name.« Sie gingen zusammen zum Haus. »Ich habe gehört, dass es meiner lieben Freundin gar nicht gutgeht.«

Lara nickte.

»Ich fürchte, Sie zu sehen, wirft Licht auf die Vergangenheit«, fügte er seufzend hinzu.

»Ist das schlimm?« Sie hielten auf die Küchentür zu. Lara betrachtete sein Gesicht, das überzogen war von Falten. In jeder von ihnen schien eine Geschichte zu stecken, und jetzt, in diesem Augenblick, hätte sie sie am liebsten alle gehört.

Er blieb einen Schritt zurück, damit sie zuerst durch die offene Küchentür ins Haus treten konnte. »Ob es schlimm ist, kann ich nicht sagen, aber gewiss ist es nicht leicht für sie gewesen.« Er musterte sie mit seinen sanften braunen Augen, in denen Lara nichts als Freundlichkeit entdeckte. »Wissen Sie, Lara, Sie sehen meiner großen Liebe so ähnlich, dass es wehtut.«

»Ihrer großen Liebe?«, fragte sie überrascht.

»Ja, ich war mit Amelia verlobt.«

Lara schnappte nach Luft. Er lachte freudlos. »Lassen Sie uns einen kleinen Spaziergang machen, bevor wir zu den anderen gehen«, schlug er dann vor.

Lara nickte, und sie gingen über die große Rasenfläche, von der aus man die Bucht überblicken konnte.

»Diese Dame«, sagte er leise, drehte sich um und deutete hinauf zum Fenster von Elles Zimmer, »ist Ihre Urgroßtante Adele.«

Seine Worte bestätigten das, was sie vermutet hatte, dennoch war sie überrascht. »Die erste Liebe meines Urgroßvaters.«

»Ja, und die Zwillingsschwester meiner großen Liebe.«

»Ach du lieber Himmel!« Lara blieb stehen und verharrte einen Augenblick, um die Information einsinken zu lassen.

»Die Details kenne ich nicht. Adele hat nie darüber gesprochen, was ich verstehen kann.« Er lächelte. »Ich kam aus Fernost zurück und musste feststellen, dass meine Verlobte Adeles Amerikaner geheiratet und sein Kind zur Welt gebracht hatte.«

Lara streckte die Hand nach ihm aus.

»Amelia dachte, ich sei tot«, fuhr Eddie fort. »Und um ehrlich zu sein, wünschte ich mir genau das, nachdem ich erfahren hatte, was passiert war.«

»Ich weiß nicht, was ich sagen soll.« Lara brachte es nicht über sich, dem alten Mann in die Augen zu blicken. Der Schmerz in ihm war zu heftig, selbst nach siebzig Jahren.

»Erzählen Sie mir von Amelia«, bat er.

»Es tut mir leid, das kann ich nicht.« Lara atmete tief durch. »Sie ist ertrunken, als meine Großmutter Betty vier Jahre alt war.«

Der alte Herr atmete tief durch, dann blickte er aufs Meer hinaus.

»Deshalb habe ich mich auf diese Reise begeben. Ich wollte mehr über sie erfahren. Das letzte Wort meines Urgroßvaters war ›Adele‹.«

Jack kam ums Haus herum und gesellte sich zu ihnen. »Wie ich sehe, habt ihr euch schon bekannt gemacht.«

Lara nickte. »Wie geht es ihr?«

»Sie schläft wieder, aber sie hat gefrühstückt.« Jack verschränkte die Arme vor der Brust.

»Gut. Ich könnte nämlich eine anständige Tasse Kaffee gebrauchen, junger Mann«, ließ Eddie sich vernehmen.

»Dann folgt mir.« Jack ging ihnen voran ins Haus, doch Lara blieb zurück. Statt in die Küche ging sie zu der Mauer am Rand des Gartens und setzte sich, um aufs Wasser hinauszublicken. Es gab so viel, worüber sie nachdenken musste. Sie schlug den Gedichtband auf und betrachtete die Widmung. *Weihnachten 1943*. Nachdenklich blätterte sie durch die Seiten, um herauszufinden, ob sie irgendwelche Anmerkungen bei den Gedichten entdeckte, die ein bisschen mehr Licht auf Amelia warfen.

15. August 1945 – VJ-Day

Meine Mutter hielt Amelias Hand, Vater schritt im Wohnzimmer auf und ab, und Großmutter schaute aus dem Fenster auf ihre Rosen, während Bobby und ich Seite an Seite dastanden. Sein Arm berührte leicht den meinen. Meine Finger streckten sich nach seiner Hand aus, doch ich wusste, wenn ich sie nahm, würde ich nicht mehr die Kraft aufbringen, ihn loszulassen. Amelia sah mich an, die Hand schützend auf ihren Bauch gelegt – eine Geste, die mir zeigte, wie mein Vater zu dem Ganzen stand, und auf gewisse Art und Weise wäre dies sicherlich die einfachste Lösung gewesen. Es würde bedeuten, dass ich noch immer Bobby heiraten konnte – doch ich wusste, dass er sich das niemals verzeihen und nie mehr der Mann sein würde, den ich liebte.

Vater blieb stehen und bedachte mich mit einem finsteren Blick. »Jetzt ist nicht unbedingt der richtige Zeitpunkt für freudige Neuigkeiten.«

»Amelia, mach bitte einen Spaziergang mit Bobby.« Ich sah die Frage in den Augen meiner Schwester, doch sie stand auf und kam auf uns zu. Ich schenkte Bobby ein ermutigendes Lächeln, dann trat ich beiseite, damit sie gemeinsam hinausgehen konnten.

Vater wartete, bis sie den Raum verlassen hatten, dann wandte er sich mir zu. »Was soll das?«

»Ich muss euch etwas erzählen.«

»Ich habe verdammt noch mal nicht die Zeit für Geschichten. Amelia hat eine unverzeihliche Dummheit begangen. Wir müssen reagieren, und zwar schleunigst.«

Ich holte tief Luft und sah Mutter an. Sie war am Boden zerstört. Ihre Augen waren gerötet, sämtliche Farbe war aus ihrem Gesicht gewichen. Ich wusste, dass ich das Problem lösen konnte – vorausgesetzt, Amelia gab Bobby ihr Jawort. »Ich weiß nicht, wie viel Amelia euch erzählt hat.«

Vater, der Amelia und Bobby draußen im Garten beobachtete, riss den Blick vom Fenster los. »Sie war am Tag der Befreiung sturzbestrunken und hat mit einem Fremden geschlafen.«

Insgeheim dankte ich meiner Schwester dafür, dass sie versuchte, Bobby und mich zu beschützen, allerdings war mir klar, dass das nicht funktionieren würde. »Sie war betrunken, aber es war kein Fremder, mit dem sie geschlafen hat.«

Großmutter riss den Blick von ihren Rosen los und drehte sich zu uns um. »Nun raus mit der Sprache!«

Ich holte tief Luft. »Es war Bobby, mein Verlobter.«

»Dein *was*?«, stieß Mutter entsetzt hervor.

»Wie viele andere war auch Bobby an jenem Tag betrunken, und er ist Amelia begegnet«, erläuterte ich schlicht. »Ich denke, wir brauchen keine weiteren Details, nur dass er dachte, sie sei ich.«

»Ach du lieber Gott.« Großmutter ließ sich auf den Stuhl neben Mutter fallen.

»Ja.« Ich seufzte.

Vaters Blick bohrte sich in meinen. »Dann ist deine Schwester also schwanger von deinem Verlobten.«

Ich nickte. Meine Beine zitterten, aber ich presste die Knie zusammen, damit sie nicht einknickten. Einer von uns musste ja stark bleiben. Aus dem Augenwinkel sah ich, wie Bobby im Garten Amelias Hand nahm. Dann legte er den Arm um ihre Schultern. Ich wandte den Blick ab.

»Was geht da draußen vor sich?« Großmutter deutete zum Fenster.

»Bobby macht Amelia einen Heiratsantrag.«

»Ehrenhaft, aber unnötig.« Ihre Stimme klang schroff. »Ich denke, dein Vater hat recht. Wir müssen schnell reagieren. Es ist das Beste, das Baby abzutreiben, anstatt gleich drei oder vier Leben zu ruinieren.« Sie griff nach ihrem Gehstock und stand auf.

Ich starrte sie an. Ich verstand, was sie sagte, aber sie täuschte sich – keiner von uns würde unbeschadet aus diesem Schlamassel herausgehen, ganz gleich, welche Schritte wir unternahmen. Mein einziges Ziel war, dem Berg an Leid, der bereits angehäuft war, so wenig Kummer wie möglich hinzuzufügen.

Ich musste nichts weiter erklären. Ich hatte alles getan, was ich konnte.

Das Einzige, was mir noch blieb, war, hier bei ihnen zu stehen und zu warten, bis Bobby und Amelia aus dem Garten zurückkehrten.

»Darf man gratulieren?«, fragte Vater mit zusammengebissenen Zähnen, als die zwei das Wohnzimmer betraten.

Amelia nickte. Ich konnte spüren, dass sie sich beruhigt

hatte, aber ich konnte den Anblick der beiden nicht länger ertragen. Mehr als alles andere wünschte ich mir, weit fort zu sein. »Ich gehe dann mal«, sagte ich, und noch bevor irgendwer etwas erwidern konnte, stürzte ich aus dem Zimmer. Die Stimme meiner Schwester folgte mir die Treppe hinauf, aber ich zögerte nicht. Mein Koffer war gepackt. Ich zog den Schleier heraus und legte ihn aufs Bett, dann klappte ich den Deckel zu, rannte die Hintertreppe hinunter und verließ mein geliebtes Windward.

25. September 2015

»Was soll der Quatsch? Beinahe wärst du mir weggestorben«, sagte Eddie, als er in mein Schlafzimmer gehumpelt kam. Er trug ein Tweedjackett, eine dicke Kordhose und ein kariertes Hemd mit sorgfältig gebundener Krawatte – ein Bildnis längst vergangener Zeiten. In den Händen hielt er ein Tablett mit zwei Gläsern und einer Flasche Single Malt Whisky, das er auf meinen Nachttisch stellte.

»Also wirklich, Delly, wir haben schon viel zu viel durchgemacht, um jetzt schwach zu werden.« Er schenkte großzügig ein und reichte mir ein Glas. »Das ist doch albern. Bloß weil Amelias Urenkelin aufgetaucht ist.« Er richtete seine tadellos sitzende Krawatte. »Wir sollten uns freuen. Sie ist ein hübsches Mädchen, und so ist wenigstens etwas Gutes aus dieser unglückseligen Verbindung hervorgegangen.«

Meine Augen füllten sich mit Tränen. Er zog ein Taschentuch hervor und wischte mir die Tränen ab. »Du alberne alte Schachtel.«

»Ich weiß.« Ich berührte seine Hand, und er hielt in der Bewegung inne.

»Das ist doch alles Schnee von gestern«, fuhr er sanft fort. »Ich bin mir sicher, wir beide würden heute vieles anders machen, wenn wir die Möglichkeit dazu hätten.«

»Ich ganz bestimmt, aber Amelia blieb kaum eine Wahl.« Ich schluckte.

»Ich weiß. Sie hatte so ein gutes Herz.« Eine Träne rollte über seine Wange. »Verschwendete Leben. Wie ich schon sagte: Das einzig Gute, das daraus hervorgegangen ist, ist das Kind, und nun haben wir Lara.«

»Da ist so vieles, was du nicht weißt.«

Er schaute in seinen Whisky, dann nahm er einen großen Schluck. »Du musst mir das nicht erzählen.«

»Aber ich möchte es. Nach all diesen Jahren werde ich endlich reden.« Ich lehnte mich in die Kissen, während sich Eddie zu mir auf die Bettkante setzte und meine Hand hielt.

»Dann schieß los.«

Ich nippte an meinem Whisky, dachte nach und versuchte, die richtigen Worte zu finden.

»Warum lässt du nicht einfach mich beginnen?«, fragte er und strich mir über die Wange. »Ich war am Boden zerstört, als ich herausfand, was passiert war.« Er schüttelte den Kopf. »Ich musste so weit wie möglich fort von unseren gemeinsamen Erinnerungen, deshalb bin ich nach Frankreich gezogen. Ich habe erst wieder einen Fuß auf englischen Boden gesetzt, als ich gezwungen war, mich nach Mutters Tod in den späten Sechzigern um das Haus zu kümmern.«

»Ich erinnere mich. Du hast mich besucht.«

»Das habe ich.« Er schüttelte den Kopf. »Es war schlimmer, als ich gedacht hatte, dich zu sehen, sie zu sehen … wenn du weißt, was ich meine.«

Ich nickte.

Er hob den Kopf und wandte sich ab. »Wie hast du das geschafft?«, fragte er leise. »Wie hast du ertragen, dass die beiden geheiratet haben?«

Jetzt nahm auch ich einen großen Schluck Whisky. »Es war die einzige Möglichkeit. Amelia hat großes Unrecht begangen, indem sie mit Bobby geschlafen hat, doch andererseits hatte sie kurz zuvor erfahren, dass du vermisst wurdest. Sie musste annehmen, dass du gefallen warst.« Ich drehte das Glas in meinen Händen. »Als ich ihm gesagt habe, dass sie ein Kind von ihm bekam, waren die Würfel gefallen.« Eddie hielt meine Hand und streichelte sie. Ich konnte die Tränen nicht länger zurückhalten. »Er war ein ehrenhafter Katholik und meine Schwester ein guter Mensch, der keiner Fliege etwas zuleide tun konnte.« Ich wischte mir mit Eddies Taschentuch das Gesicht ab. »Deshalb musste ich tapfer sein und das Richtige tun.«

»Oh, mein liebes Mädchen.«

»Was habe ich bloß getan?«

»Ich weiß es nicht, aber die hübsche junge Frau unten gehört zu dir. Nicht alles ist verloren.«

Ich dachte an Jack. Wenn sie helfen konnte, ihn zu retten, hatte Eddie vielleicht recht.

Kapitel vierundvierzig

Windward, Mawnan Smith, Falmouth, Cornwall
25. September 2015

Ein Windstoß fuhr durch Laras Haare und wehte sie ihr in die Augen. Sie strich die losen Strähnen hinters Ohr und schaute hinaus auf die Bucht. Weiße Schaumkronen tanzten in der Ferne. Sie hatte im Garten auf der Mauer gesessen, Gedichte gelesen und dabei offenbar die Zeit vergessen. Es war Ewigkeiten her, seit sie so etwas gemacht hatte. Sie schaute auf den Gedichtband in ihrer Hand und machte sich daran, eine neue Seite aufzuschlagen, doch die Seite klebte an der nachfolgenden fest. Vorsichtig löste Lara das Papier und entdeckte zwischen den beiden Seiten einen offenen vergilbten Umschlag. Das Siegel hatte das Papier zusammengeklebt, sodass Elizabeth Barrett Brownings Sonett »Wie ich dich liebe?« verdeckt war. Der letzte Vers war mit verblasstem Bleistift unterstrichen: *Und wenn Gott es giebt / will ich dich besser lieben nach dem Tod.*

Laras Hand zitterte, und sie hatte Mühe, die spinnenhafte Schrift auf dem Umschlag zu entziffern.

Mr Robert Webster
Eventide
Falmouth Heights
Falmouth
Massachussetts

Auf dem Umschlag war keine Briefmarke. Lara versuchte, den Kloß zu schlucken, der sich in ihrer Kehle bildete. Was würde in dem Brief stehen? Am liebsten hätte sie ihn in das Buch zurückgelegt, doch stattdessen zog sie den Bogen Papier aus dem Umschlag und fing an zu lesen.

Lieber Bobby,

ich habe es versucht. Du hast es versucht. Du siehst mich an und erblickst meine Schwester, und dann erkennst du mich, und das Licht in deinen Augen erlischt. Ich weiß, dass es leichter für uns beide ist, wenn du fort bist. Dann müssen wir uns nicht verstellen, aber Elizabeth braucht einen Vater. Ich kann ohne Ehemann leben, zumindest dachte ich, dass ich das könnte.

Meine Mutter hat geschrieben. Unter all ihrem belanglosen Geschwätz, was zu Hause so passiert ist, findet sich die unfassbare Nachricht, dass Eddie am Leben ist. Er war in Kriegsgefangenschaft und hat ein Bein verloren, doch Mutter schreibt, all das zähle für ihn nicht. Was ihn laut seiner Mutter wirklich zerstört habe, sei mein Verrat. Anschließend berichtet sie mir weiter von ihrer geliebten Blumenschau.

Ich kann dir gar nicht schildern, wie ich mich fühle. Wie einsam ich bin. Das kann ich wohl niemandem begreiflich machen. All das ist in mir gefangen, und ich kann nicht entkommen. Ich möchte eine Scheidung.

Der Brief war weder wirklich fertig noch unterschrieben, doch die Schrift schien beim letzten Wort zu schwinden wie ein abflauender Ton. So wie es aussah, hatte Grandie ihn nie gelesen. Lara drehte den Bogen um auf der Suche nach weiteren Hinweisen, doch sie fand keine.

»Du bist schon eine ganze Weile hier draußen.« Jack tauchte neben der Gartenmauer auf und reichte ihr eine Tasse Tee. »Alles in Ordnung?«

Sie nickte.

Er setzte sich neben sie. »Was ist das?«

»Ich bin mir nicht sicher.« Lara reichte ihm den Brief und sah, wie er ihn überflog.

»Ist Bobby dein Urgroßvater?«

»Ja.«

»Und du glaubst, meine Großmutter ist mit Amelia verwandt.«

»Ich weiß es.«

Er sah sie fragend an.

»Eddie hat es mir erzählt. Sie waren Zwillingsschwestern.«

Jack schüttelte den Kopf. »Vielleicht sollten wir den Brief meiner Großmutter zeigen. Eddie ist bei ihr.«

»Bist du dir sicher?« Lara nahm einen Schluck Tee.

Er fuhr sich mit der Hand durchs Haar und lächelte Lara unsicher an. »Nein, aber ich hab keine Ahnung, was ich sonst tun könnte.«

Es klopfte an der Tür, dann trat Jack ein.

»Was ist denn hier los?« Schmunzelnd betrachtete er die Whiskyflasche. »Trinkst du schon wieder in deinem Schlafzimmer, Gran? Ich weiß nicht, ob der Doktor das gutheißt.«

Ich sah Lara an, die hinter Jack eingetreten war. »Ich muss Lara etwas sagen, und das fällt mir nicht leicht.« Ich streckte die Hand nach der jungen Frau aus, doch plötzlich fiel mein Blick auf einen Brief, den sie in der Hand hielt. »Die Schrift kenne ich.«

Lara reichte mir den Bogen. »Ergeben die Worte für Sie einen Sinn, Elle?«

Ich las den Brief und schlug die Hand vor den Mund. Als ich zu Ende gelesen hatte, nickte ich langsam.

»Ich verstehe das nicht«, sagte Lara. »Grandie hätte sich niemals scheiden lassen.«

»Ich weiß.« Ich holte tief Luft.

»Sei tapfer.« Eddie legte den Arm um mich. »Vergangenheit ist Vergangenheit.«

Ich sah ihn gequält an. »Trotzdem macht es das nicht einfacher.« Ich holte tief Luft und sagte: »Ich habe Bobby Webster mehr geliebt, als ich sagen kann.«

Lara klappte den Mund auf, aber ich hob die Hand. »Bitte gebt mir die Briefe da drüben«, sagte ich und deutete zum Sekretär.

Jack reichte mir den Stapel. »Gran, ist das eine gute Idee?«

»Das bezweifle ich, aber jetzt haben wir damit angefangen. Ich werde zuerst den letzten Brief öffnen, den ich von Amelia bekommen habe.«

Lara legte ihre Hand auf meine. »Wann ist er denn gekommen?«

Ich deutete mit dem Kinn auf die Briefmarke. »Im Oktober 1950.«

»Das ist ihr Abschiedsbrief.« Petas Stimme schien aus dem Nichts zu kommen. Ich schaute auf und sah Jacks Schwester in der offenen Tür stehen, als habe sie gewusst, was hier oben vor sich ging. Und dann begriff ich, was Peta da sagte. Amelias Tod war kein Unfall gewesen.

»Vielleicht möchtest du den Brief lieber nicht laut vorlesen, Gran«, sagte Peta.

»Sollen wir dich allein lassen?« Eddie drückte meine Schulter.

Ich schüttelte den Kopf. »Bitte bleibt, ihr alle. Ich bin nicht stark genug, um dies allein durchzustehen.« Damit riss ich den Umschlag auf, zog den zusammengefalteten Bogen Papier heraus und öffnete ihn. Ich begann zu lesen, und kurz darauf liefen mir die Tränen übers Gesicht. Vorsichtig streckte ich den Brief Lara entgegen und bedeutete ihr, ihn zu nehmen. »Lies ihn laut vor, bitte.«

Lara schluckte, nahm den Bogen aus meiner Hand und gab ihr Bestes.

15. Oktober 1950

Geliebte Hälfte,

er beachtet mich nicht. Wenn er auf Urlaub zu Hause ist, bemüht er sich, ein liebevoller Vater zu sein, doch meine Anwesenheit zu ertragen fällt ihm zu schwer. Er kann mich nicht lieben. Er sieht mich an und sieht dich. Er berührt mich nur, wenn es sich nicht vermeiden lässt. Jeden Tag sterbe ich ein bisschen mehr. Elizabeth ist ziemlich eigenständig. Sie erinnert mich an Großmutter. Ich gebe ihr Liebe, aber sie will sie nicht.

Gestern habe ich einen Brief von Mutter bekommen, in dem sie schrieb, dass Eddie lebt. Ich dachte, ich könnte einfach so weitermachen, aber ich kann es nicht. Elizabeth will mich nicht. Ich bin so allein hier in Eventide.

Zu wissen, dass Eddie lebt und gebrochen ist durch den Krieg und durch mich, ist eine Last, die ich nicht länger tragen kann. Ich dachte, ich wüsste, was Einsamkeit bedeutet – dachte, ich sei einsam gewesen ohne Eddie und ohne dich. Ich weiß, dass du meine Briefe nicht liest. Ich weiß, dass es dir das Herz gebrochen hat, Bobby aufzugeben, um mich zu retten. Du hast mich geliebt, und daran halte ich mich fest. Du dachtest, mir Bobby zu schenken wäre das Richtige, aber meine Verfehlungen ließen sich nicht wiedergutmachen. Es gab es kein Richtig, nur Falsch.

Lebe wohl, geliebte Hälfte, bessere Hälfte.
Axxxx

Je weiter Lara las, desto öfter brach ihre Stimme. Eddies Kopf war auf die Brust gesackt.

»Großer Gott«, krächzte Lara ergriffen, nachdem sie geendet hatte. »So viel Liebe und so viel Schmerz.«

»Ja.« Jack nahm ihr den Brief ab.

Lara griff nach meiner Hand. »Er hat Sie bis an sein Lebensende geliebt. Sein letztes Wort war ›Adele‹.«

Ich schloss die Augen und zog Laras Hand an mein Herz. »Ich danke dir.«

Lara stand am Rand der Rasenfläche und schaute über die Falmouth Bay. Die Sonne war schon lange untergegangen, die Brise von Osten war kühl. Sie spielte mit den Perlen an ihrem Hals. Elle hatte ihr die zweite Schnur geschenkt, die zu der gehörte, die Betty ihr überlassen hatte. Die beiden ließen sich am Verschluss zusammenfügen. Elle hatte ihr erzählt, dass ihre Großmutter an Amelias Hochzeitstag jedem Zwilling eine Kette geschenkt hatte. Als sie die beiden Schnüre wiedervereint an Laras Hals sah, waren Elle die Tränen übers Gesicht gelaufen.

Plötzlich hörte sie ein Hüsteln und wirbelte herum. Hinter ihr stand Jack.

»Ich hoffe, du hast nicht vor, schon abzureisen, jetzt, da du die Geschichte deiner Urgroßmutter herausgefunden hast.«

Sie zog eine Augenbraue in die Höhe. »Möchtest du etwa, dass ich hierbleibe, weil dir klargeworden ist, dass du noch immer keine Ahnung vom Kochen hast?«

»Ich kann kochen.«

»Nun ja … ein bisschen. Aber du musst lernen, dich

auf die Zutaten und deinen Geschmackssinn zu verlassen.«

»Hm«, sagte er und tat so, als dächte er über ihre Worte nach. »Kochen ohne Rezept, meinst du?«

»Genau. Zumindest solltest du das Rezept lediglich als eine Art Leitfaden betrachten.«

»Ich bin mir nicht sicher, ob ich dazu schon bereit bin. Vielleicht brauche ich noch ein paar Unterrichtsstunden.«

»Es überrascht mich, dass ausgerechnet du das sagst ...« Sie musterte ihn durchdringend.

»Danke, dass du so einfühlsam Gran gegenüber warst.« Er lächelte und berührte ihre Hand. »All die Jahre über dachte ich, sie sei lediglich stur und vernünftig. Sie hat sich nie anmerken lassen, welchen Schmerz sie in der Vergangenheit durchlitten hat.«

Lara holte tief Luft. »Grandies Verhalten ergibt nun ebenfalls Sinn. Er hat sie geliebt, sie allein. Es muss sehr schwer für Amelia gewesen sein, damit zurechtzukommen.«

»Was wirst du deiner Familie erzählen?«

»Das ist eine gute Frage.« Sie schlenderte zur Gartenmauer und setzte sich. »Ich möchte nicht noch mehr Schmerz verursachen, aber vielleicht könnte meine Großmutter ihrem Vater verzeihen, wenn sie wüsste, was passiert ist.«

»Verzeihen ist sehr schwer.« Er stockte und setzte sich neben sie. »Mein Vater hat meine Mutter so sehr geliebt, dass er von uns gegangen ist. Er hat uns im Stich gelassen. Das kann ich ihm nicht verzeihen.« Er blickte aufs Wasser.

Sie berührte seinen Arm.

»Die Liebe hat eine solche Macht, dass sie mir Angst macht«, sagte er und sah sie an.

»Mir auch.« Sie holte tief Luft. Die Intensität seines Blicks ging ihr unter die Haut. »Vielleicht … vielleicht ist es so wie beim Kochen. Man braucht Zeit, Geduld und die richtigen Zutaten, damit es etwas wird.«

Springflut

Gib niemals auf, es ist bloß eine Frage von Ort und Zeit, dass sich die Gezeiten ändern.

Harriet Beecher Stowe, *Oldtown Folks*

Kapitel fünfundvierzig

Boat House Restaurant, Boscawen, Constantine, Cornwall
11. März 2016

Das Wasser des Flusses stand so hoch, dass Lara sich Sorgen machte, es könne bis über den Kai hinaus ansteigen und das Restaurant überfluten. Sowohl Mark Triggs, der Architekt, als auch Demi hatten ihr versichert, dass sie in ihre architektonischen Berechnungen Springfluten und Sturmfluten mit einbezogen hatten, doch als Lara das klare Wasser betrachtete, das draußen vorbeiströmte, war sie nicht wirklich überzeugt. Es sah eher danach aus, als würde die Meeräsche, die im Fluss unter ihr schwamm, nicht auf dem Teller, sondern auf dem Fußboden landen, wenn das Wasser noch höher stieg.

Bald sollten die ersten Gäste eintreffen. Die Tische waren gedeckt – auf jedem standen Schlüsselblumen und brennende Kerzen. Heute Abend war die inoffizielle Eröffnung des Bootshauses, und Laras Magen schlug Purzelbäume, wenn sie nur daran dachte. Es kamen nicht nur Freunde aus der Gegend ins Boat House, sondern auch Leo, Deborah, Mom, Gerard, Betty und Kevin, die ihretwegen die lange Reise aus den Staaten angetreten hatten.

Sie atmete tief durch, dann kehrte sie in die Küche zurück. Alles war bereit, ihr Team stand in den Startlöchern. Heute Abend würde es ein festes Menü geben, angefangen mit Muscheln in Cider aus Boscawen, Sahne und wildem Knoblauch, gefolgt von Surf and Turf mit Meeräsche – nicht aus dem Fluss, sondern aus der Bucht – und Rinderfilet. Anschließend sollte es ein Rhabarber-Sorbet geben und zu guter Letzt eine Auswahl einheimischer Käse.

»Die Gäste sind da, ich kann sie schon hören.« Cassie, die sie heute Abend unterstützte, öffnete eine Flasche Pol Roger, Grandies Lieblingschampagner. Lara lehnte sich aus dem Fenster und sah die Laternen leuchten, die den Weg durch den Wald wiesen. Auf einmal entdeckte sie in der Dunkelheit das weiße, flauschige Fell von Snowy, der sich ganz ausgezeichnet in seinem neuen Zuhause bei Lara in den umgebauten Stallungen von Boscawen eingelebt hatte und nun um das Boat House streifte. Sie konnte sich fast vorstellen, dass jetzt auch noch Feen auftauchten, so magisch wirkte der Abend, aber die einzige Person, die sie erblickte, war Jack. Er hatte einen Strauß Narzissen in der Hand. Ihr Herz schlug schneller, und sie tastete nach den Perlen an ihrem Hals.

»Komm schon«, drängte Cassie. »Als Chef de Cuisine musst du deine Gäste begrüßen. Du kannst dich heute Abend nicht in der Küche verstecken.« Sie nahm ein Tablett mit Champagnerflöten und sah ihre Freundin aufmunternd an. Lara richtete ihre Schürze und nickte dem Team zu, bevor sie zur Tür ging.

Jack lächelte, als sie zu ihm trat, dann beugte er sich vor und küsste sie innig. »Gratuliere«, flüsterte er, als er sich endlich von ihr löste. »Träume werden also tatsächlich wahr.«

Lara schloss für einen Moment die Augen. *Das tun sie,* dachte sie, *nur nicht so, wie ich es mir anfangs erträumt hatte.* »Ja.« Sie reichte ihm ein Glas und nahm ihm die Blumen ab. »Danke.« Eine der Kellnerinnen stellte die Narzissen in eine Vase mit Wasser, während Lara ihre Familie und all diejenigen begrüßte, die sie während der vergangenen Monate kennengelernt hatte.

Demi klopfte an ihr Glas. »Willkommen im Boat House. Vielen Dank, dass Sie gekommen sind.« Sie hob lächelnd ihr Glas. »Dieses Restaurant ist das Resultat harter Arbeit und jeder Menge schöpferischer Fantasie. Ich weiß, dass wir heute Abend mit einem Mahl verwöhnt werden, das unsere Geschmacksknospen beglücken wird – Genaueres erfahren Sie von unserem Chef de Cuisine.«

Lara strahlte. »Danke, Demi. Herzlich willkommen. Heute Abend spielen lokale Produkte eine Hauptrolle – wie ich hoffe mit dem gewissen Pfiff, der Sie überraschen und begeistern wird.« Sie schaute in die erwartungsvollen Gesichter der Menschen, die an den Tischen saßen. Sie kannte sie alle. Jeder von ihnen hatte auf irgendeine Art und Weise dazu beigetragen, dass dieser Abend stattfinden konnte, doch es war schwer, nicht auch an die zu denken, die heute fehlten. »Demi hat Ihnen – euch – bereits allen unseren herzlichen Dank ausgesprochen, und ich hoffe, ihr lasst es euch schmecken. Es hat mir große Freude bereitet, mir zu überlegen, welche Speisen ich heute serviere.« Mit einem glücklichen Lächeln hob sie ihr Champagnerglas in die Höhe. »Bevor ich in die Küche verschwinde, würde ich gern auf all unsere Freunde und Verwandten anstoßen, die den heutigen Abend aus dem ein oder anderen Grund nicht mit uns verbringen können.«

»Zum Wohl!«, sagten alle gleichzeitig und hoben die Gläser. Lara schaute zu Eddie und Betty hinüber. Elle wäre sicher gern bei ihnen gewesen, aber sie war kurz vor Neujahr verstorben. Lara nahm einen Schluck Champagner, dann eilte sie in die Küche und machte sich an die Arbeit.

Die nächsten beiden Stunden vergingen wie im Flug, und Lara ruhte nicht eher, bis das letzte Dessert die Küche verlassen hatte. Endlich war auch der Käse angerichtet, und sie konnte ins Restaurant zurückkehren. Jack blickte auf und lächelte, als sie hereinkam, dann stand er auf und zog den freien Stuhl neben seinem für sie unter dem Tisch hervor. Alle applaudierten, als sie sich erschöpft daraufsinken ließ. Selbstverständlich hatte sie in der Vergangenheit wesentlich längere Schichten hinter sich gebracht, doch nie zuvor hatte ihr die Arbeit so viel bedeutet.

»Das Menü war ein echter Triumph.« Jack schenkte ihr ein Glas Wein ein und steckte ihr ein Stückchen kornischen Yarg, einen köstlichen, halbfesten Kuhmilchkäse, in den Mund, dann legte er einen Arm um ihre Schultern.

Sie schloss die Augen, lauschte den Gesprächsfetzen um sie herum und genoss Jacks Gegenwart.

»Ich wünschte, Gran würde noch leben, um das hier zu sehen«, sagte er leise.

»Ich auch.« Lara öffnete die Augen und schaute Richtung Küche, wo das Kochbuch von *Tante Marie* einen Ehrenplatz im Regal neben der Tür innehatte. Elle hatte ihr bestätigt, dass es ihrer Zwillingsschwester Amelia gehört hatte und davor einer geflüchteten Französin namens Mme Pomfrey.

Jack hob sein Glas. »Wie du vorhin sagtest: Auf die, die heute Abend nicht bei uns sein können.«

Auch Lara hob ihr Glas und sah ihm tief in die Augen. »Und auf die Zukunft.«

»Auf die Zukunft.« Ihre Gläser berührten sich mit einem leisen Klirren, dann begegneten seine Lippen den ihren.

Anmerkung der Autorin

Es ist nicht leicht zu entscheiden, wo man anfangen soll, wenn man etwas über den Zwischenfall bei dem von britischen und US-amerikanischen Streitkräften gemeinsam durchgeführten Militärmanöver, bekannt als *Exercise Tiger*, *Operation Tiger* oder schlicht *Slapton-Sands-Disaster*, herausfinden will. Man tippt die Stichwörter bei Google ein und erhält die unterschiedlichsten Treffer. Doch wie kam es überhaupt dazu, dass dieser Vorfall eine Schlüsselrolle im vorliegenden Roman spielt? Das habe ich meiner Schwiegermutter June Fenwick zu verdanken.

1994 saßen mein Ehemann Chris und ich im Haus meiner Schwiegereltern in Cornwall. Ich kann mich deutlich an so vieles erinnern, worüber wir an jenem Abend sprachen, nur nicht daran, wie wir auf die Rolle zu sprechen kamen, die meine Schwiegermutter im Krieg innehatte. Ich nehme an, wir haben etwas in den Nachrichten gesehen, was uns darauf gebracht hat. Sie erzählte, sie sei Telegraphistin gewesen, doch sie bestand darauf, dass der Krieg, wie ihn mein Schwiegervater erlebt hatte, weitaus aufregender war, denn er hatte in Fernost gedient.

Wie immer, wenn wir als Familie zusammensaßen, gab

es viel Gelächter, doch plötzlich berichtete meine Schwiegermutter von der Nacht, in der deutsche Schnellboote die US-Truppen angriffen, die für die Landung in der Normandie am sogenannten D-Day trainierten. Ihre Stimme versagte, als sie uns erzählte, dass sie in jener Nacht für die Amerikaner gearbeitet hatte. Die Männer auf den Schiffen hätten plötzlich aufgehört, ihre Nachrichten kodiert zu übermitteln, und in ihrer Panik unverschlüsselt gesendet. Sie sagte, sie habe sie sterben hören. Mein Herz setzte einen Schlag aus, und das tut es noch heute, wenn ich an ihre Erzählung zurückdenke. Später drängte ich sie, ihre Kriegserlebnisse aufzuschreiben, und immer wieder beteuerte sie, dass sie das irgendwann tun würde, doch leider ist es nie dazu gekommen.

Bis heute finden sich einander widersprechende Berichte über das, was wirklich am 28. April 1944 geschah. Denen, die Genaueres wussten, wurde verboten, über die Ereignisse zu sprechen, und nun sind sie tot. Fest steht nur, dass ein tragischer Verlust so vieler Leben zu beklagen ist, der aus vielerlei Gründen verschleiert wurde. Der Hauptgrund war vermutlich die bevorstehende Invasion der alliierten Truppen in der Normandie am 6. Juni 1944. Ich hoffe, dass sich eines Tages ein Historiker findet, der mehr Licht in das Dunkel dieser Tragödie bringen wird.

Ich weiß, dass jenes Ereignis meine Schwiegermutter niemals losgelassen hat. Jahrelang konnte sie wegen des *Official Secrets Act*, dem Gesetz zur Wahrung von Staatsgeheimnissen, nicht darüber sprechen, und als sie es durfte, tat sie es nicht. Ihr Verhalten war typisch für eine Generation, die Dinge miterlebt hat, die heutzutage kaum vorstellbar sind.

Bitte bedenken Sie, dass ich viele Lücken zu füllen hatte, als ich diesen Vorfall in meinen Roman einarbeitete, aber zum Glück bin ich Schriftstellerin und kein Historiker. Mein Werk ist fiktiv, kein Tatsachenbericht. Ich habe verschiedene Informationsbruchstücke zusammengefügt und hoffe, es ist mir gelungen, das grauenvolle Ereignis zumindest ansatzweise so einzufangen, wie meine Schwiegermutter und die, die mit ihr dienten, es erlebt haben könnten. Ich habe großen Respekt vor ihrer Tapferkeit, Stärke und Ehrbarkeit.

Dank

Das Leuchten des Meeres war für mich ein gewaltiger Schritt ins Ungewisse und gleichzeitig in ein finsteres Kapitel der Geschichte. Der Zweite Weltkrieg ist ein Thema, das mich immer schon fasziniert hat, doch tatsächlich darüber zu schreiben bereitet mir noch heute schlaflose Nächte. Im Februar 2015 bat mich meine Lektorin Kate Mills um eine größere Geschichte, und während wir Ideen sammelten, dachte ich plötzlich an meine Schwiegermutter June Fenwick, die im Zweiten Weltkrieg als Wren gedient hatte. Als Telegraphistin war ihr ganz besonders ein Ereignis im Gedächtnis geblieben – die *Exercise Tiger* (siehe auch Anmerkung der Autorin). Aus diesem einen Vorfall, ihrem ganz persönlichen Kriegserlebnis, ging *Das Leuchten des Meeres* hervor. Ohne Kates unerschütterlichen Glauben, dass ich das schaffen würde, hätte ich diesen Roman niemals geschrieben. Danke, Kate.

Glücklicherweise gab es in meinem Umfeld ein paar wundervolle Menschen, die bereit waren, ihre Erinnerungen an ihre Erlebnisse im Zweiten Weltkrieg mit mir zu teilen. Jean Rawson und Val Watson, zwei Wrens, die auf der *HMS Attack* gedient haben, waren ein schier unerschöpflicher Quell an Informationen. Val vertraute mir ihr Tagebuch von 1944 an, was mir hautnahen Einblick in das Leben während des Krieges verschaffte. Dafür bin ich sehr dankbar. Ohne die Hilfe von Twitter hätte ich diese beiden Frauen nicht gefunden. Christine Baker führt den Twitter-Account für die *WRNS Association* von Weymouth, und sie hat mir nicht nur dabei geholfen, Wrens zu finden, die auf der *HMS Attack* dienten, sie hat auch die frühen Entwürfe meines Romans gelesen und die nautischen und marinetechnischen Details überprüft. Sämtliche Fehler gehen auf mein Konto, nicht auf ihres. Ohne ihre Unterstützung wäre das Buch womöglich nicht über das Recherchestadium hinausgekommen.

Mein Dank gilt auch Gloria Richardson, die als Wren in Plymouth gedient hat. Sie hat mir berichtet, wie sie Cornwall erkundete, indem sie sich von den Amerikanern mitnehmen ließ. Was die GIs betrifft, so hatte ich das Vergnügen, John Salzer zu interviewen. Er hat mir von den Freuden und Tücken des Kampierens auf einem schlammigen Feld in England berichtet und mir die Kriegsgegebenheiten aus der Sicht eines Soldaten geschildert.

Cornwall spielte in jenem Krieg eine entscheidende Rolle. Ich bin Jane Hubbard dankbar, die den Kontakt zu Sylvia Dunstan und Sylvia Kind hergestellt hat, die mich beide mit Recherchematerial sowie ihren Erinnerungen an den Krieg auf der Nordseite des Helford River versorgten. Auch Tiffany Truscott von der BBC Cornwall war mir behilflich, als ich in ihrer Sendung nach Menschen suchen durfte, die mir ihre Kriegserinnerungen zur Verfügung stellten.

Ist man selbst eine eher mittelmäßige Köchin, steht man vor so einigen Herausforderungen, wenn es darum geht, über eine Sterneköchin zu schreiben. Um Cornwalls fantastische Speisen ins rechte Licht zu rücken, habe ich mich in Philleigh Ways Kochschule gewagt, wo Chefkoch George Pascoe und Fischexpertin Annie Siebert mir beibrachten, wie man Fisch filetiert und zubereitet; insbesondere bewies mir Annie, dass Meeräsche nicht unbedingt wie Löschpapier schmecken muss.

Wie immer konnte ich auf die Hilfe meiner Familie zählen – meine Schwägerin Debbie Barton machte mich mit den Feinheiten bei der Herstellung von Hochzeitstorten vertraut, während mir ihre Tochter Philippa Kay berichtete, wie man eine wunderschöne kornische Hochzeit feiert.

Vielen Dank auch an mein Team, das mich beim Schreiben unterstützt – Julia Hayward, Sarah Callejo, John Jackson, Dom Fenwick und Anita Burgh. Im Oktober 2016 ist meine wunderbare Agentin Carole Blake gestorben. Ihre Erfahrung, ihr Lachen und ihre Ermutigung haben mich als Neuling mit Freundschaft, Liebe und Gin durch die komplizierte Verlagswelt geführt. Ich werde ihren weisen Rat, ihr schelmisches Lachen und ihre Freundschaft vermissen. Weil sie an mich geglaubt hat – selbst dann, wenn ich es nicht getan habe –, gibt es inzwischen fünf Liz-Fenwick-Bücher und eine Erzählung. Sie fehlt mir sehr.

Ein herzliches Dankeschön an Bethan Jones und alle beim Team Orion. Mein besonderer Dank gilt der fantastischen Brigid Coady … Soundingboard und Freundin.

Ohne die Unterstützung meiner Familie könnte ich nicht schreiben. Sie toleriert, dass ich mich in eine andere Welt zurückziehe, zu den ungelegensten Zeitpunkten mit Abgabeterminen konfrontiert und unsagbar nervtötend bin. Ihre Liebe, vor allem die meines Ehemanns Chris, ermöglicht es mir zu schreiben.

Ende September 2016 habe ich meinen wundervollen Vater verloren. Es fällt mir schwer, darüber zu schreiben, aber ich muss sagen, dass in Bobby Webster mehr als nur ein bisschen von ihm steckt.

Zu guter Letzt wünschte ich mir, meine Schwiegereltern June und Gordon Fenwick wären noch bei uns. Die Details, die sie uns über den Krieg erzählt haben, haben mich zu vielem in diesem Buch inspiriert.

PS: Manche von Ihnen wissen, dass wir unseren geliebten Kater Snowy verloren haben, während ich dieses Buch schrieb. Irgendwie hat er seinen Weg zwischen die Seiten gefunden …

Autorin

Man könnte sagen, dass Liz Fenwick schon als Weltbürgerin geboren wurde: Als Tochter irischer Eltern erblickte sie in Boston das Licht der Welt. Nach neun internationalen Zwischenstopps lebte die dreifache Mutter lange in Dubai, bevor sie ihrem Herzen gefolgt und nach England gezogen ist, denn wirklich zu Hause fühlt sie sich nur in ihrem Cottage in Cornwall, wo auch ihre Romane beheimatet sind.
Mehr zu Liz Fenwick unter www.lizfenwick.com.

Liz Fenwick im Goldmann Verlag:

Sterne über Cornwall. Roman (nur als E-Book erhältlich)
Ein Sommer in Cornwall. Roman (auch als E-Book erhältlich)
Ein Garten in Cornwall. Roman (auch als E-Book erhältlich)
Das Leuchten des Meeres. Roman (auch als E-Book erhältlich)

GOLDMANN
Lesen erleben

Unsere Leseempfehlung

640 Seiten
Auch als E-Book erhältlich

816 Seiten
Auch als E-Book erhältlich

795 Seiten
Auch als E-Book erhältlich

London 1904: Lady Celia Lytton betört die englische Society mit ihrer Intelligenz und Schönheit zugleich. Sie ist die perfekte Gastgeberin, veröffentlicht im eigenen Verlag einen Bestseller nach dem anderen und genießt ihr junges Familienglück – ein privilegiertes Leben. Doch dramatische Ereignisse kündigen sich an, und als ihr Mann Oliver in den Krieg eingezogen wird, können die Lyttons nicht mehr die Augen vor der Realität verschließen. Die makellose Fassade bekommt erste Risse, und Celia beginnt zu verstehen, dass sie einen Preis zahlen muss, für die Entscheidungen, die sie getroffen hat, und die Geheimnisse, die sie bewahrt …

www.goldmann-verlag.de
www.facebook.com/goldmannverlag

GOLDMANN
Lesen erleben